*Buch*

»Roter Lampion« ist das Kennwort zwischen dem Waffenhändler Ivo Sorokin und seinem chinesischen Kompagnon. Sorokin ist ein undurchsichtiger Geschäftsmann, umgeben von Geheimnissen und schönen Frauen. Mordanschläge, die ihm gelten, überlebt er, er kennt seine Freunde und Feinde und mißtraut beiden. Als er Gordon Cooper als Privatsekretär engagiert, ahnt er allerdings nicht, daß er damit einen Beamten des Secret Service zu seinem Vertrauten macht . . . Die Szenerie ist international. Ein Klubhaus in London, der Hafen von Rotterdam, ein Luxusdampfer auf der Reise in den Fernen Osten, Hotels und Bars in Malaysia, die Villenviertel und Elendsquartiere von Hongkong sind der Rahmen des Geschehens, das um den rätselhaften »Roten Lampion« kreist. In seinem Licht kreuzen sich die Wege vieler Menschen. Interessante Männer und faszinierende Frauen, alle sind sie Spieler und Einsatz zugleich in einem gefahrvollen Spiel.

*Autor*

C. C. Bergius wurde 1919 geboren. Schon während seiner Schulzeit begann er zu fliegen und wurde später Flugkapitän. Nach dem zweiten Weltkrieg wandte Bergius sich der Literatur zu. Er ist heute einer der erfolgreichsten Autoren deutscher Zunge.

# C.C.Bergius

# Roter Lampion

## Roman

**Wilhelm Goldmann Verlag**

*Um zu Ansehen und Ehren zu gelangen,*
*muß man durch viele Paläste schreiten.*
*Um zu Reichtum zu kommen,*
*muß man viele Märkte besuchen.*
*Um zu innerem Glück zu gelangen,*
*muß man viele Einöden durchwandern.*

*Ding Fu Bau*

Ungekürzte Ausgabe

Made in Germany · 11/83 · 1. Auflage · 1.–20. Tsd.
Lizenzausgabe mit Genehmigung des C. Bertelsmann Verlages GmbH, München
© 1969 by C. C. Bergius
Umschlagentwurf: Design Team, München
Umschlagfoto: The Image Bank / Hidalgo, Hamburg
Druck: Elsnerdruck GmbH, Berlin
Verlagsnummer: 6637
MV · Herstellung: Sebastian Strohmaier
ISBN 3-442-06637-9

## 1

Dichter Nebel lag über London, als ein Mechaniker der Firma Simons & Simons zu später Stunde das Hotel Ritz betrat und verlegen stehenblieb. Die geräumige Hotelhalle mit ihren funkelnden Kristallüstern, seidenen Tapeten, dicken Teppichen und schweren Fauteuils machte ihn unsicher. Betreten schaute er zur Empfangsloge hinüber, in der einige blaß aussehende Herren ihren Aufgaben nachgingen.

»Wohin wollen Sie?« fragte ihn ein goldbetreßter Page, der aus einem neben dem Eingangsportal befindlichen Raum heraustrat.

»Ich soll einen Wagen abholen.«

»Wessen Wagen?«

»Weiß ich nicht.«

»Sie sind aber drollig«, entgegnete der Page und wies zur Rezeption hinüber. »Erkundigen Sie sich dort.«

Der Mechaniker tat wie ihm geheißen und ging auf die Empfangsloge zu. Stinkvornehm, dachte er dabei. Hier würde mir nicht einmal ein Bier schmecken.

Der Portier blickte ihm mit hochgezogenen Augenbrauen entgegen. »Sie wünschen?« fragte er mit nasaler Stimme.

»Ich soll einen Wagen abholen.«

»Einen Wagen?«

»Ich weiß Bescheid«, rief jemand aus einem rückwärtig gelegenen Büro, und unmittelbar darauf erschien ein glattrasierter junger Mann. »Sind Sie von der Firma Simons & Simons?«

»Ja.«

»Hier sind die Schlüssel und Papiere des Wagens. Außerdem die genaue Bezeichnung des Piers und der Firma, bei der das Fahrzeug in Southampton zur Verladung angeliefert werden soll.«

»Und wo steht der Wagen?«

»Gleich vorne am Portal. Fragen Sie den Pagen nach dem ›Bentley‹ von Mister Sorokin. Und wenn Sie nochmals zu uns kommen, dann nehmen Sie gefälligst Ihre Mütze vom Kopf.«

Das nächste Mal soll der Chef einen anderen schicken, dachte der Mechaniker betroffen und wandte sich an den Pagen, der ihn zu einem silbergrauen Coupé führte.

»Trinkgeld werden Sie mir ja wohl nicht geben«, frotzelte ihn ein hinzukommender Parkplatzwächter.

»Erraten!« erwiderte der Mechaniker, schloß die Tür auf, setzte sich hinter das Steuer und betätigte den Anlasser.

Im selben Moment schoß eine blauweiße Stichflamme unter der Motorhaube hervor, und eine ohrenbetäubende Explosion zerriß die Nacht. Der Wagen barst auseinander. Teile sausten wie Schrapnelle durch die Luft. Der Mechaniker sackte zusammen. Vom Luftdruck erfaßt, wurde der Page gegen das Portal geschleudert.

Eine zweite Detonation erfolgte. Der Parkplatzwächter schrie auf und stürzte zu Boden. Benzin spritzte umher, und Sekunden später brannte der Wagen lichterloh.

In der Ferne schrillte eine Polizeipfeife. Menschen eilten herbei und blieben entsetzt stehen, als sie in den Flammen einen kopflosen Körper sich drehen sahen.

Ein Angestellter des Hotels lief auf den Parkplatzwächter zu und riß ihn von der Unfallstelle fort. »Holt einen Feuerlöscher!« schrie er, als er sah, daß die Kleidung des Bewußtlosen brannte.

Ein Polizist tauchte vor ihm auf und starrte entgeistert in die hochschlagenden Flammen. »Wie ist das passiert?«

»Woher soll ich das wissen?« fuhr ihn der Hotelangestellte an.

»Das sieht nach einem Attentat aus!«

»Kümmern Sie sich lieber um den Pagen dort!«

Hausdiener stürzten herbei.

»Alarmiert das Überfallkommando!« rief der Polizist und beugte sich über den regungslos am Boden liegenden Pagen.

Zehn Minuten später, der Krankenwagen des ›Royal Hospital‹ war gerade mit den beiden Schwerverletzten in Richtung Chelsea davongefahren, machten die ersten Reporter ihre Blitzlichtaufnahmen von den ausgebrannten Trümmern des Wagens und seinem verkohlten Insassen.

Ein steifer Nordwestwind hatte den Himmel über London blank gefegt, als Sir George Harrison, der Leiter des Amtes für Spionageabwehr, die in einer Villa des Stadtteils Mayfair etablierte Abteilung M.I.5 des Secret Service verließ, um im nahe gelegenen St. Thomas Club seinen Tee einzunehmen. Er genoß die wärmenden Strahlen der Frühlingssonne, die zartgrüne Schleier über die Bäume legte und den wolkenlosen Himmel, an dem sich Kondensstreifen wie Klingen kreuzten, stahlblau erstrahlen ließ.

Das heitere Bild des Tages veranlaßte den wie immer makellos gekleideten Sir George, der einen Homburg trug und seinen Schirm mit der Attitüde seines Standes führte, einen kleinen Umweg durch den Green Park zu machen, den er jedoch schnell beendete, als er erkannte, daß viele Menschen den gleichen Gedanken gehabt hatten. Er kehrte zur Piccadilly zurück und war froh, als er das Klubhaus erreichte, dessen bronzener Türklopfer in der Sonne wie Feuer leuchtete.

Ein livrierter Hausmeister öffnete ihm die Tür und verneigte sich mit devoter Miene.

»Großartiger Tag heute«, geruhte Sir George ihm zu sagen.

»Sehr wohl«, erwiderte der Butler, nahm Schirm und Hut entgegen und hielt die zur Empfangshalle führende Pendeltür auf.

In der holzgetäfelten Halle herrschte ein bunt-diffuses, durch farbige Butzenscheiben einfallendes Licht. Süßlicher Tabakgeruch lag in der Luft.

Harrison, von dem kein Klubmitglied wußte, daß er dem Secret Service angehörte und Chef des *Directorate of the Security* war, nahm einen für ihn reservierten ›Daily Telegraph‹ vom Garderobentisch und begab sich in den Rauchsalon, wo ihn bereits anwesende Herren über ihre Zeitungen hinweg mit lässigem Kopfnicken begrüßten.

Er hatte seinen Stammplatz kaum eingenommen, da brachte ihm ein Kellner seine Tabaksdose und mehrere Pfeifen, die er wählerisch musterte, bevor er eine von ihnen nahm und mit dem Zeremoniell des Pfeifestopfens und Anzündens begann.

Der Kellner servierte inzwischen den Tee, und Harrison faltete, als seine Pfeife den richtigen Brand hatte, befriedigt die Zeitung auseinander, um sich ganz dem Genuß der mittäglichen Stunde hinzugeben.

Plötzlich aber war er wie erstarrt. Über dem Foto eines bis zur Unkenntlichkeit zerstörten Wagens stand in dicken Lettern: ›Attentat auf den Hongkonger Großkaufmann Ivo Sorokin!‹

Harrison glaubte nicht richtig zu lesen. Vor vierzehn Tagen hatten seine Agenten Ivo Sorokin, den er aus besonderen Gründen seit Monaten überwachen ließ, in New York aus den Augen verloren, und nun lieferte ihm eine Morgenzeitung den schmerzlichen Beweis dafür, daß es dem gebürtigen Russen, der durch eine zweite Ehe seiner Mutter die britische Staatsangehörigkeit erhalten hatte und als einer der größten Waffenhändler galt, offensichtlich keine Mühe gekostet hatte, unbemerkt nach London zu reisen. Schlimmer aber noch als diese peinliche Feststellung war die Tatsache, daß der zwielichtige und aus gegebener Veranlassung unter die Lupe genommene Hongkonger Kaufmann unentdeckt im Hotel Ritz wohnte; keine Viertelmeile von der Zentrale des britischen Abwehrdienstes entfernt.

Harrison stieg das Blut in den Kopf. Wie war eine solche Panne möglich? Entsetzen und Empörung ließen ihn eine in der Empfangshalle befindliche Telefonzelle aufsuchen, in der er voller Nervosität die Geheimnummer seines Amtes wählte, das sich unter einer Tarnbezeichnung meldete.

»Geben Sie mir Gordon Cooper«, rief er hastig.

Es dauerte eine Weile, bis die Verbindung hergestellt war.

»Hören Sie zu, Cooper«, sagte er mit gedämpfter Stimme, als sich sein Mitarbeiter meldete. »Ich bin in meinem Klub. Kommen Sie sofort herüber. Ich muß Sie dringend sprechen.«

»Bin schon unterwegs, Sir«, erwiderte der Angesprochene und legte den Hörer auf.

Das hätte ich mir früher nicht erlaubt, dachte Harrison konsterniert. Er schätzte Coopers Fähigkeiten, erregte sich aber immer wieder über dessen unkonventionelle Art.

Als er in den Rauchsalon zurückkehrte, mußte er sich förmlich zwingen, den Artikel über die Explosion des Wagens in Ruhe zu lesen. Wie Hohn erschien es ihm, daß es darin hieß:

›Ivo Sorokin, der den Auftrag erteilt hatte, seinen Wagen am Montag, dem 24. April, auf das Motorschiff »Bayern« zu verladen, auf dem er eine Passage nach Hongkong gebucht hat, kann sich den Mordanschlag nicht erklären und glaubt an eine Verwechslung, weil ihm niemand bekannt ist, der ein Interesse daran haben könnte, ihn zu töten.‹

Aus der Zeitung muß ich erfahren, wo Ivo Sorokin sich aufhält und mit welchem Schiff er nach Hongkong zurückkehren will, dachte Harrison voller Bitterkeit. Aber jetzt greife ich durch. Nicht noch einmal soll ...

Der Butler unterbrach seine Gedanken. »Mister Cooper wünscht Sie zu sprechen, Sir. Er wartet in der Halle.«

Harrison erhob sich und faltete die Zeitung zusammen. »Ist die Fensternische frei?«

»Yes, Sir.«

»Gut, dann werden wir dort Platz nehmen.«

Als der Leiter des Spionageabwehramtes in die Empfangshalle trat, ging ihm Gordon Cooper, ein gutaussehender junger Mann, mit schnellen Schritten entgegen. Er war groß, hatte leuchtend blaue Augen und leicht rötliches Haar. Seine linke Wange zeigte eine Narbe, die sein interessantes und ein wenig auch verwegenes Aussehen noch unterstrich.

»Ich hoffe, ich habe Sie nicht allzu lange warten lassen«, begrüßte er seinen Vorgesetzten.

Der schüttelte den Kopf und erwiderte in Anspielung auf den hellen Anzug seines Mitarbeiters: »Eine Schwalbe macht noch keinen Sommer!«

»Gewiß nicht, Sir«, entgegnete Cooper. »Aber sie macht lustig.«

Harrison räusperte sich und wies zur Fensternische hinüber, in der zwei Sessel standen. »Dort können wir uns ungestört unterhalten.«

Bin gespannt, was er von mir will, dachte Cooper, als er auf die Nische zuging, deren Butzenscheiben gelbe, rote und blaue Kreise in den Raum warfen.

»Wünschen Sie einen Drink?«

»Nein danke, Sir.«

»Ich nehme an, daß Sie die Morgenzeitung gelesen haben«, begann Harrison das Gespräch, als sie Platz genommen hatten.

»Gewiß, Sir«, antwortete Cooper. »Es ist schon unglaublich, was sich unser Außenminister wieder einmal geleistet hat. Er mag ja recht haben, aber der Frau eines britischen Botschafters darf auch ein Minister . . .«

»Ich habe Sie nicht hierher gebeten, um mit Ihnen über Staatsmänner und deren Manieren zu sprechen«, unterbrach ihn Harrison ungehalten. »Hier, lesen Sie!« Damit übergab er den ›Daily Telegraph‹ und wies auf den Artikel über Ivo Sorokin.

Gordon Cooper stieß einen Pfiff aus. »Donnerwetter! Ihr Freund ist in London? Welch peinliche Überraschung.«

»Das kann man wohl sagen«, bestätigte der Leiter der Abwehrzentrale und fügte vorwurfsvoll hinzu: »Aber auch Pfiffe berühren einen manchmal peinlich.«

»Ich bitte um Entschuldigung«, erwiderte Cooper ohne aufzublicken. »Ach, und am Montag fährt Mister Sorokin mit der ›Bayern‹ nach Hongkong! Wie schön, das zu wissen. Das ist wirklich sehr beruhigend. Die Herren Reporter haben prächtige Arbeit geleistet.«

»Hören Sie auf!« fuhr ihn Harrison unwillig an. »Ich bin nicht in der Stimmung, Scherze zu ertragen. Es muß etwas geschehen, Cooper! Und damit etwas geschieht, übernehmen Sie ab sofort den Fall Sorokin.«

Gordon Cooper hob abwehrend die Hände. »Tun Sie das nicht, Sir. Sie wissen, daß ich in dieser Angelegenheit meine eigene Meinung habe. Wie soll ich jemanden jagen, von dem ich nicht überzeugt bin, daß er gejagt werden muß?«

»Überlassen Sie das mir! Ich habe im Laufe meiner dreißigjährigen Tätigkeit so etwas wie einen Spürsinn für aufzunehmende Fährten bekommen, und ich sage Ihnen: Ivo Sorokin ist der Kopf des seit langem in Hongkong vermuteten weltweiten Agentennetzes.«

»Weil er Waffenhändler ist und in Hongkong lebt, braucht er noch lange kein Spion oder gar der Leiter einer Spionagezentrale zu sein«, warf Gordon Cooper wenig respektvoll ein. »Es liegt doch nichts Konkretes gegen ihn vor.«

»Sie täuschen sich«, entgegnete Harrison triumphierend. »Seit fast einer Woche besitze ich eine Bestätigung für die Richtigkeit meiner Vermutung. Am fünfzehnten April, also vor sechs Tagen, fiel nach einem Gefecht zwischen der Hongkonger Marinepolizei und chinesischen Schmugglern, die mit einer Dschunke nach Macao übersetzen wollten, ein von Geschossen förmlich durchsiebter Mann in unsere Hände. Er hat kaum mehr sprechen können, es steht aber fest, daß er — wenn auch schwer verständlich – zweimal ›British Chinese Ex- and Import Company‹ gestammelt hat.«

Gordon Cooper war wie elektrisiert. »Das ist ja Sorokins Firma!«

Harrison strahlte. »Eben!«

»Und es ist kein Irrtum möglich?«

»Völlig ausgeschlossen. Zwei Beamte bestätigten die Aussage.«

»Dann kann ich Ihnen nur gratulieren, Sir. Allem Anschein nach besitzen Sie wirklich so etwas wie einen Spezialspürsinn.«

Harrison lachte selbstgefällig. »Nun ja, im Laufe der Jahre macht man so seine Erfahrungen. Bei Sorokin war ich ·mir anfangs natürlich auch nicht ganz sicher. Intime Verbindungen zu allen möglichen führenden ostasiatischen Persönlichkeiten sind schließlich kein Grund, jemanden zu verdächtigen. Als negative Bestätigung der Richtigkeit meiner Annahme betrachte ich jedoch die Tatsache, daß Sorokins Firma trotz schärfster Kontrolle keine Übertretung der für den Waffenhandel gültigen Bestimmungen nachzuweisen ist.«

Cooper verzog sein Gesicht. »Eine bedenkliche Theorie.«

»Meiner Sache wurde ich mir erst sicher, als es keinem unserer Mittelsmänner gelang, an Sorokin heranzukommen«, fuhr Harrison unbeirrt fort. »Selbst unsere attraktivste Agentin konnte es nicht fertigbringen, Sorokins Aufmerksamkeit zu erregen. Er verkehrt einfach mit niemandem. Das ist unnatürlich, sagte ich mir.«

»Da gebe ich Ihnen recht«, erwiderte Gordon Cooper lebhaft. »Das habe ich ebenfalls als merkwürdig empfunden. Sorokin ist ja schließlich noch kein alter Mann.«

»Gerade erst vierzig ist er«, erklärte Harrison. »Aber nun zu Ihnen, mein lieber Cooper. Sie müssen den Fall übernehmen. Webston ist alt geworden, das tritt immer deutlicher zutage.«

»Gewiß, Sir. Ich möchte ihm aber nicht weh tun.«

»Darum geht es jetzt nicht. Im Fall Sorokin muß einfach etwas geschehen.«

»Fragt sich nur, was?« entgegnete Cooper und blickte grüblerisch vor sich hin. »An ihn heranzukommen ist offensichtlich nicht möglich, ihn zu beschatten völlig sinnlos.«

»Moment!« rief Sir Harrison erregt und griff nach der Zeitung. »Ich hab's!«

»Was?«

»Wie Sie vorgehen müssen, Cooper! Hier«, er wies auf den Zeitungsartikel. »Sorokin selbst gibt uns den Tip. In drei Tagen begibt er sich an Bord der ›Bayern‹. Was halten Sie von einer Seereise nach Hongkong? Fünf Wochen mit Ivo Sorokin auf einem Schiff! Vielleicht sogar an einer Tafel, bestimmt in derselben Bar und im gleichen Swimming-pool. Meinen Sie nicht, daß sich da etwas erreichen ließe?«

Gordon Cooper verschlug es fast die Sprache. »Sie meinen, *ich* soll . . .?«

»Ein anderer kommt nicht in Frage!«

Cooper preßte seine Hände gegen die Schläfen. Die Narbe auf seiner Wange färbte sich grellrot. »Das geht mir zu schnell, Sir«, entgegnete er mit entwaffnender Offenheit und bemühte sich, Ordnung in seine Gedanken zu bringen. Er sollte nach Ostasien reisen und versuchen, auf der Überfahrt Kontakt mit Sorokin zu bekommen? Ein grandioser Gedanke. Aber lief er nicht Gefahr, sein Ansehen zu verlieren, wenn er die in ihn gesetzten Erwartungen nicht erfüllte? Nach den Erfahrungen aller bisher eingesetzten Agenten glich der Hongkonger Waffenhändler einer uneinnehmbaren Festung. Allerdings hatte noch niemand die Chance gehabt, fünf Wochen hindurch in seiner unmittelbaren Nähe zu sein. »Haben Sie eine Ahnung, warum unser vielbeschäftigter Freund plötzlich mit dem Schiff um die halbe Erde fahren will?«

Harrison zuckte die Achseln. »Keine Ahnung. Vielleicht wünscht er Entspannung.«

»Das kann ich mir nicht denken«, entgegnete Cooper selbstsicher. »Männer wie er haben niemals Zeit. Doch ich habe noch eine andere Frage: Wissen Sie zufällig, wieviel Passagiere die ›Bayern‹ aufnimmt?«

»Die Hamburg-Ostasien-Linie setzt auf der Japanroute nur sogenannte Kombischiffe ein, die achtzig bis neunzig Passagiere Erster Klasse mitnehmen.«

Achtzig bis neunzig Passagiere dürften auf einer längeren Seereise zu einer großen Familie werden, sagte sich Cooper. Da kann sich so leicht niemand ausschließen.

Der Leiter des Spionageabwehrdienstes sah ihn erwartungsvoll an. »Was halten Sie von der Sache?«

»Es könnte klappen, Sir. Ihre Idee ist großartig. Ich weiß zwar nicht, ob viel dabei herauskommen wird, aber den Versuch muß man machen. Zumal Sorokins in die Luft geflogener Wagen beweist, daß dunkle Kräfte im Spiel sind.«

»Sie übernehmen also die Aufgabe?«

Gordon Cooper lachte. »Sogar gerne. Ich befürchte nur, daß es auf dem zur Debatte stehenden Schiff keine Kabine mehr geben wird.«

»In diesem Fall werden wir das Glück korrigieren«, erwiderte sein Vorgesetzter gelassen.

»Well, Sir. Ich bin aber in keiner Weise vorbereitet. Wenn ich mich recht erinnere, legt die ›Bayern‹ am Vierundzwanzigsten für einige Stunden in Southampton an. Also am Montag. Heute ist Freitag!«

»Ein Nachmittag dürfte genügen, um einen gutgebauten jungen Mann mit ausreichender Wäsche und Kleidung zu versorgen«, warf Harrison trocken ein.

»Danke für die Blumen«, entgegnete Gordon Cooper und fügte grinsend hinzu: »Darf ich um einen entsprechenden Vorschuß bitten?«

Harrison zog ein Notizbuch aus der Tasche. »Die Jermyn Street ist fünf Minuten von hier entfernt. Dort gibt es die besten Herrenausstatter. Und wenn ich mich nicht täusche, befindet sich in der Straße ebenfalls die Agentur der Hamburg-Ostasien-Linie.«

Gordon Cooper fuhr sich durch die Haare. Seine Narbe war immer noch flammend rot. »Ich bin völlig durcheinander«, bekannte er verwirrt.

»Das wird sich wieder geben«, erwiderte Harrison in stoischer Ruhe und schraubte seinen Füllfederhalter auf.

»Gewiß, Sir. Aber woher nehme ich, um nur ein Beispiel zu nennen, den erforderlichen Impfschein?«

»Den wird Ihnen der Schiffsarzt ausstellen, nachdem er Sie entsprechend gepiesackt hat.«

Cooper seufzte. »Es ist also eine ausgemachte Sache, daß ich – holterdiepolter – nach Hongkong reise?«

Harrison schrieb einige Zeilen und reichte seinem Mitarbeiter den Zettel. »Hier haben Sie eine Anweisung, Ihnen zwei Blankoschecks auszuhändigen, bezogen auf eine unserer Tarnfirmen. Den einen verwenden Sie bei der Schiffahrtsgesellschaft, den anderen bei Ihrem Herrenausstatter. Und nun lassen Sie sich nicht aufhalten. Wenn auf der ›Bayern‹ keine Kabine frei sein sollte, rufen Sie mich an. Ich leite dann die erforderlichen Maßnahmen ein. Im übrigen erwarte ich Sie heute abend um acht Uhr im Restaurant ›Le Coq d'Or‹ in der Stratton Street. Wir können uns dann beim Essen in Ruhe über alles Weitere unterhalten.«

Gordon Cooper war wie berauscht, als er den St. Thomas Club verließ und auf schnellstem Wege in die Curzon Street eilte, wo er dem Zahlmeister des Amtes für Spionageabwehr die von Sir George Harrison ausgestellte Anweisung mit provozierender Geste vorlegte. Dann kehrte er zur Piccadilly zurück, überquerte sie in Höhe des Hotels Ritz und suchte die in der Jermyn Street gelegene Agentur der Hamburg-Ostasien-Linie auf, deren Abteilungsleiter seinem Wunsch, eine Passage auf der in drei Tagen auslaufenden ›Bayern‹ zu buchen, mit höflichem Erstaunen begegnete. Er erklärte sich jedoch bereit, sogleich Rotterdam anzurufen, wo das Schiff im Augenblick Ladung aufnehme.

Während das Telefongespräch geführt wurde, blätterte Cooper in einem Prospekt, der die Kombischiffe in allen Details schilderte. Er hatte jedoch nicht die Kraft, sich den Lageplan der Kabinen, die Fahrtroute und andere Dinge in Ruhe anzusehen. Ein unheimliches Gefühl saß ihm plötzlich im Nacken. Er versuchte es abzuschütteln, brachte es jedoch nicht fertig.

Du bist durchgedreht, sagte er sich. Aber ist das ein Wunder? Innerhalb einer Mittagspause wurde dein Leben auf den Kopf gestellt. Gib dich keinen Illusionen hin: In die Curzon Street kehrst du nicht zurück. Wer einmal hinausgeschickt wird, bleibt draußen.

Der Leiter der Agentur ging hastig auf ihn zu und erklärte ihm strahlend: »Sie haben unwahrscheinliches Glück. Heute morgen ist infolge Krankheit eines Passagiers die Kabine fünfunddreißig frei geworden.« Er wies auf den Lageplan des Prospektes. »Hier, dies ist sie. Mit Bad und WC. Fenster zur Steuerbordseite. Sie müßten sich allerdings sofort entschließen, das heißt, die Kosten wären noch heute zu entrichten.«

»Sie können auf der Stelle einen Scheck bekommen«, antwortete Gordon Cooper.

»Dann werde ich gleich alles klarmachen«, erwiderte der Abteilungsleiter und eilte davon. »Ich habe Rotterdam noch in der Leitung.«

»Moment!« rief Cooper hinter ihm her, da ihm plötzlich der Gedanke kam, schon in Rotterdam an Bord zu gehen. Dies erschien ihm unverfänglicher und bot ihm die Möglichkeit, gewisse Vorbereitungen zu treffen. »Fragen Sie, wann das Schiff drüben ausläuft. Ich möchte eventuell in Rotterdam an Bord gehen.«

Eine halbe Stunde später verließ er die Agentur mit einem Flugschein nach Rotterdam in der Tasche und im beglückenden Gefühl, die nächsten fünf Wochen auf einem Überseeschiff zu verbringen.

Zeit blieb ihm allerdings kaum noch übrig. Zum Einkauf aller benötigten Sachen stand ihm der Nachmittag zur Verfügung, am Abend hatte er sich mit Harrison zu treffen, und den Samstag mußte er dazu benutzen, seine Privatdinge zu erledigen und sich von einigen Bekannten sowie seiner Freundin zu verabschieden. Ein paar Tränen waren einzukalkulieren, aber früher oder später gibt es die ja immer. Er durfte natürlich niemandem sagen, daß er nach Ostasien fuhr. Man hielt ihn für einen technischen Kaufmann, und da war es das beste, wenn er erklärte, nach Glasgow versetzt zu sein. Die Stadt lag weit vom Schuß. Am Sonntagvormittag schließlich hatte er nach Rotterdam zu fliegen und sich zum Schiff zu begeben, das um 16 Uhr auslief.

Ein beachtliches Wochenendprogramm, dachte Cooper beklommen, und er fand es mit einem Male gut, daß seine Eltern nicht mehr lebten. Was hätte er ihnen sagen sollen?

Harrison, mit dem er am Abend ausgezeichnet speiste, beglückwünschte ihn zu dem spontanen Einfall, bereits in Rotterdam an Bord zu gehen. »Ich sehe, Sie werden schon alles richtig machen«, fügte er gönnerhaft hinzu. »Dennoch gibt es einige Dinge, über die ich mit Ihnen sprechen muß.«

Gordon Cooper erwartete unwillkürlich eine zwar gutgemeinte, aber langweilige Instruktionsstunde. Er bekam jedoch etwas völlig anderes zu hören. Ihm wurden Kontaktpersonen und Verbindungsstellen genannt, von denen er es niemals für möglich gehalten hätte, daß sie im Dienst des Secret Service standen.

»Dies war eine der interessantesten, um nicht zu sagen erre-

13

gendsten Stunden meines Lebens«, bekannte er offen, als Harrison seine Informationen abschloß. »Ich danke Ihnen für Ihr Vertrauen, Sir, und ich versichere Sie, alles daranzusetzen, die erwiesenermaßen in Hongkong vorhandene Agentenzentrale aufzudecken; mag sie nun von Ivo Sorokin oder einem anderen geleitet werden.«

Der Leiter des Abwehramtes klopfte ihm auf die Schulter. »Seien Sie aber vorsichtig, Cooper. Hongkong ist ein heißer Boden.«

## 2

Die Natur schien sich des Sonntags bewußt zu sein. Das grelle Mittagslicht war durch den Widerschein der Rotterdam umgebenden Weiden wie durch eine Sonnenbrille gedämpft. Das Blau des Himmels hatte einen seidigen, mattschimmernden Glanz. Am Horizont stehende Wolken erinnerten an Segler in der Flaute. Die Luft war rein und erfüllt vom Hauch des Meeres.

Gordon Cooper genoß die Schönheit des Tages, als er aus der Viscount der British European Airways ausstieg, die ihn nach Rotterdam gebracht hatte.

Nachdem er die notwendigen Kontrollstellen passiert und seinen Koffer erhalten hatte, mietete er sich ein Taxi und forderte den Fahrer auf, ihn zunächst in die Stadt und dann zum Hafen zu fahren. Er kannte Rotterdam und hatte nach den turbulenten letzten achtundvierzig Stunden das Bedürfnis, eine Weile durch die modernen Straßen dieser Stadt zu schlendern; allein und ohne an irgend etwas denken zu müssen.

Die Lijnbaan, die in aller Welt bekannte Ladenpromenade mit ihren exquisiten Geschäften und Boutiquen, ihren Volières, Plastiken, Cafés, Markisen und Wasserspielen inmitten herrlicher Blumenbeete, faszinierte ihn ebenso wie der Hafen, dessen Anlage es den größten Ozeandampfern gestattet, mitten durch die Stadt zu fahren.

Gut eine Stunde vertrödelte Gordon Cooper, dann kehrte er zum Taxi zurück und ließ sich zum Pier der Hamburg-Ostasien-Linie bringen. In der Umgebung der ›Bayern‹ herrschte grauer Alltag. Hunderte von Autos und Berge von Fässern mußten noch verladen werden. Kräne und Hebebäume schwenkten in verwirrendem Rhythmus. Motoren dröhnten, Ketten rasselten, und das Schiff selbst lag da, als habe es mit dem hektischen Treiben nichts zu tun.

Ganz anständiger Kasten, dachte Cooper, als er zu dem weiß gestrichenen Aufbau hochblickte, in dem die Kabinen und Gesellschaftsräume untergebracht waren.

Über eine silbern gestrichene, bei jedem Schritt blechern scheppernde und unangenehm schwingende Gangway erreichte er das B-Deck und trat durch ein Schott in das Foyer des Schiffes, das durch erleuchtete Glasvitrinen und eine zum A-Deck führende geschwungene Treppe einen großzügigen Eindruck machte.

Aus einem der zu beiden Seiten befindlichen Büroräume eilte ein Besatzungsangehöriger auf ihn zu, dessen Hakennase und stechende

Augen ihn an einen Habicht erinnerten. »My name is Tann«, sagte er. »Ich bin der ›Chief‹.«

Cooper nannte seinen Namen.

»Ich habe vermutet, daß Sie es sind«, erklärte der Chiefsteward geräuschvoll schnaufend. »Alle anderen in Rotterdam hinzukommenden Gäste sind nämlich bereits an Bord.«

»Dann kann es ja losgehen«, entgegnete Cooper, um etwas zu erwidern.

Der ›Chief‹ übernahm Coopers Handkoffer. »Haben Sie sonst noch Gepäck, Sir?«

»Nein, meine Sachen werden in Southampton angeliefert. Ich habe mich hier von meiner Schwester verabschiedet.«

»Ah, so ist das. Ich wunderte mich schon, daß Sie in Rotterdam an Bord gehen. Darf ich Ihnen Ihre Kabine zeigen?«

»Ich bitte darum.«

Sie stiegen zum A-Deck hinauf, wo der Chiefsteward in dem Augenblick, da er die unmittelbar am Deckvorraum liegende Kabine 35 öffnen wollte, mit einer jungen Dame zusammenstieß, die aus dem Kabinengang heraustreten wollte.

»Oh, Verzeihung!« sagte sie erschrocken.

»Ich habe mich zu entschuldigen«, widersprach der ›Chief‹ und blickte von einem zum anderen. »Gestatten Sie, daß ich die Herrschaften miteinander bekannt mache: Mister Cooper — Fräulein Holstein.«

Sie reichte Cooper die Hand und ärgerte sich wie gewöhnlich darüber, daß beim weiblichen Geschlecht immer gleich der Familienstand deklariert wird.

Cooper war beeindruckt von dem aparten Aussehen der Deutschen und dachte: Wenn mich nicht alles täuscht, meint der Himmel es gut mit mir.

Der Chiefsteward öffnete die Kabinentüre. »Die Herrschaften sind Nachbarn. Fräulein Holstein hat die Kabine siebenunddreißig.«

»Wie schön«, entfuhr es Gordon Cooper.

Auf Margit Holsteins Stirn bildete sich eine Unmutsfalte. Ihre mandelförmig geschnittenen Augen verengten sich. »Entschuldigen Sie mich«, sagte sie und stieg die Treppe zum Promenaden-Deck empor.

Cooper hätte sich die Zunge abbeißen mögen.

Der ›Chief‹ trat in die Kabine, in der außer dem Bett ein Sofa, ein Tisch mit einem Sessel und eine Frisierkommode standen. Letztere war so gestaltet, daß sie gleichzeitig als Schreibtisch benutzt werden konnte. Zwischen zwei Wandschränken befand sich die Tür zum Bad.

Die Einrichtung überraschte Cooper, und er hielt mit anerkennenden Worten nicht zurück.

»Ja, unser Schiff ist wirklich ›first class‹«, erwiderte der Chief-steward. »Sie haben Glück gehabt, so kurzfristig eine Kabine zu erhalten. Wünschen Sie noch etwas zu speisen?«

»Nein, danke, ich habe schon gegessen«, antwortete Cooper, und es hätte nicht viel gefehlt, dann hätte er »im Flugzeug« hinzugefügt.

Dieser ihm beinahe unterlaufene Fehler sowie die Tatsache, daß ihm die dumme Bemerkung »Wie schön!« herausgeflogen war, dämpften seine Stimmung, als er seine Sachen einräumte.

Reagiere nicht immer so impulsiv, beschwor er sich, doch bereits wenige Minuten später veranlaßte ihn eine in seiner Kommode stehende Dose Bonbons, die allem Anschein nach seine Vorgängerin zurückgelassen hatte, seinen Vorsatz über Bord zu werfen. Einem jähen Einfall folgend nahm er die noch ungeöffnete Dose und suchte das Promenaden-Deck auf, wo er nach Fräulein Holstein Umschau hielt. Unter den anwesenden Gästen, die ihn neugierig musterten, konnte er sie jedoch nicht entdecken. Er stieg deshalb zum Boots-Deck hinauf, wo er sie an der Reling stehen sah. Der Wind spielte in ihrem dunkelbraunen Haar, das in der Sonne wie Kupfer glänzte. Ohne zu zögern, trat er an sie heran.

Margit Holstein schaute sich verwundert um.

»Ich bitte um Entschuldigung«, erklärte er forsch. »Aber ich fand soeben in meiner Kabine diese blecherne Bonbonnière, die ich Ihnen schenken möchte, um den schlechten Eindruck fortzuwischen, den ich mit meiner taktlosen Bemerkung machte.« Damit hielt er ihr die Dose hin. »Bitte, verzeihen Sie mir.«

Im ersten Moment wußte sie nicht, was sie erwidern sollte, dann aber fragte sie lachend: »Sind Sie immer so spontan?«

»Leider!« bekannte er und gab sich einen zerknirschten Anschein. »Und ich hatte mir vor ein paar Minuten noch vorgenommen, mich gründlich zu bessern.«

»Vergeblich, wie ich sehe.«

Cooper sah sie flehend an. »Bitte, verschmähen Sie mein Opfer nicht.«

»Sie haben die Dose wirklich in Ihrer Kabine gefunden?«

»Mein Ehrenwort! Das Schicksal muß sie dorthin praktiziert haben.«

»Mir scheint eher, unser Kabinensteward läßt zu wünschen übrig«, entgegnete sie belustigt. »Bei gewissenhafter Säuberung hätte er die Dose entdecken müssen.«

»Sie haben recht«, bekannte er überrascht. »Ich werde den Burschen zusammenstauchen. Nein, lieber doch nicht«, korrigierte er sich schnell. »Denn wäre er gewissenhafter gewesen, hätte ich keine Bonbons gefunden. Sie würden dann jetzt noch böse und ich traurig sein. Das Schicksal hat sich seiner bedient, das steht einwandfrei fest.«

Sie lachte. »Ihre Beweisführung ist umwerfend.«

»Gott sei Dank!« seufzte er und fügte gleich darauf hinzu: »Ich hätte übrigens noch eine Bitte. Da wir Englisch miteinander sprechen, wäre es nett, wenn Sie mich — wie es in meiner Heimat üblich ist — einfach Gordon nennen würden. Mister Cooper klingt so steif. Finden Sie nicht auch?«

Er ist entwaffnend, dachte sie, wobei sie den Kopf wandte und über den Hafen hinwegblickte. »Gut, mein Name ist Margit.«

Er schnippte mit den Fingern. »What a pretty nice name!« Damit drehte er sich um und eilte davon, als müsse er vor sich selber flüchten.

Gordon Cooper war sehr mit sich zufrieden, als er in seine Kabine zurückkehrte. Er hatte seiner ungünstigen Ausgangsposition eine erfreulich positive Wendung gegeben und unter Beweis gestellt, daß sein Reaktionsvermögen im Bürodienst der letzten Jahre nicht gelitten hatte.

Wenig später trieb ihn der Lärm von polternden Ladeluken aus der Kabine heraus, doch als er das Promenadendeck erreichte, erkannte er sogleich, daß es bis zur Ausfahrt noch eine Weile dauern würde. Nach wie vor wurden Wagen geladen und Fässer gestapelt. Er ging deshalb zum Chiefsteward und bat ihn um eine Passagierliste, für die er sich nicht ohne Grund interessierte, wie sein weiteres Verhalten zeigte. Denn als der Chiefsteward ihm eine der als Büchlein aufgemachten Listen übergab, verwickelte er ihn in ein Gespräch, in dessen Verlauf er wie unbeabsichtigt eine zweite Liste in die Hand nahm und darin herumblätterte, bis er sich plötzlich überrascht stellte und verwundert fragte: »Sorokin? Ivo Sorokin ist an Bord?«

»Noch nicht«, antwortete der ›Chief‹. »Mister Sorokin hat ab Southampton gebucht.«

»Nach Hongkong?«

»Ja, Sir. Kennen Sie ihn?«

Gordon Cooper schüttelte den Kopf und trat dicht an den Chiefsteward heran. »Mister Tann«, flüsterte er beschwörend. »Sie würden mich außerordentlich verpflichten, wenn Sie Mister Sorokin und mich im Speisesaal an einen Tisch setzen würden. Es könnte die Chance meines Lebens sein! Sorokin ist in Hongkong einer der einflußreichsten Kaufleute. Wenn ich Tuchfühlung mit ihm bekomme, dürfte sich meine Position wesentlich verbessern. Bitte, setzen Sie uns zusammen.«

Die Augen des Chiefstewards wurden stechend. »Geht in Ordnung, Mister Cooper. Ich habe noch einen Zweiertisch am Fenster frei.«

Eine Fünfpfundnote wechselte ihren Besitzer.

Es läuft wie am Schnürchen, dachte Cooper und begab sich in

seine Kabine, wo er vor jeden der in der Passagierliste aufgeführten Namen eine Nummer notierte, die er anschließend in die zweite Liste übertrug, die er mitgenommen hatte. Diese steckte er sodann in einen Umschlag, verklebte ihn und schloß ihn mit der eigenen Liste im Sicherheitsfach seines Schreibtisches ein. Dann machte er sich frisch und suchte das Lidodeck auf, wo sich schon die meisten der an Bord befindlichen Gäste eingefunden hatten. Das Deck war bereits gescheuert, an den Ladebäumen waren einige Matrosen jedoch noch mit dem Verzurren der Flaschenzüge beschäftigt.

Nachdem Gordon Cooper sich ein wenig umgeschaut hatte, entdeckte er Margit Holstein, die gerade zum Bootsdeck hinaufstieg. Er wollte ihr schon folgen, besann sich dann jedoch eines Besseren. Es wird noch genügend Gelegenheiten geben, sagte er sich und trat an die Reling heran.

Wenige Minuten später heulte die Schiffssirene auf, und unmittelbar danach wiederholten zwei längsseits gekommene Bugsierschiffe das Signal und ließen ihre Motoren mit voller Kraft laufen, um die ›Bayern‹ vom Pier fortzuziehen.

Auf der Kommandobrücke gingen der Lotse und der Kapitän abwechselnd von der Steuerbord- zur Backbordseite, um das Ablegemanöver zu verfolgen. Durch das Schiff lief ein Zittern, und gleich darauf war zu spüren, daß die Motoren die Schraube in Bewegung setzten. Am Heck verfärbte sich das Wasser und schäumte auf. Aus dem Decklautsprecher ertönte die Melodie: Muß i denn, muß i denn zum Städtele hinaus . . .

Gordon Cooper, der zwei Jahre in Deutschland gelebt hatte, summte das Lied mit, obwohl er es höchst banal fand.

Der ›Euromast‹, Rotterdams Sendeturm, glitt langsam vorüber. Seine in hundert Meter Höhe befindliche Terrasse war überfüllt von winkenden Menschen.

Jetzt gehe ich doch zu der hübschen Margit, dachte Cooper und stieg die Treppe zum Boots-Deck hinauf.

Sie sah ihn kommen und begrüßte ihn mit einem schlichten »Hallo . . .!«

»Hallo«, erwiderte er und überlegte, ob sie die profane Begrüßungsform gewählt hatte, um ihn nicht beim Vornamen nennen zu müssen. »Toller Hafen, nicht wahr?«

Margit Holstein nickte. Ihre Augen glänzten in unverhohlener Begeisterung. »Er ist wirklich einmalig. Ich habe gestern eine Rundfahrt durch ihn gemacht.«

»Hoffentlich waren Sie auch in der Stadt.«

»Sogar in einem Museum. Und Zadkines Bronzestatue habe ich mir ebenfalls nicht entgehen lassen.«

»Wie finden Sie die Gestalt?«

»Sehr eindrucksvoll.«

»Viele werden nicht mit ihr fertig.«

»Ich verstehe das, weil sie irgendwie erschreckend ist«, erwiderte sie nachdenklich. »Aber die verrenkten, zum Himmel erhobenen Arme sind ein treffendes Symbol für diese Stadt, die nach der erlittenen Bombardierung wie Phönix aus der Asche stieg und nur noch dem Frieden dienen will.«

Gordon Cooper blickte verwundert zu Margit Holstein hinüber, die den Kopf in den Nacken legte und begierig die frische Brise einatmete, die nun über das Schiff wehte. Es lag ihm auf der Zunge zu fragen: Waren das die Worte Ihres Fremdenführers? Er beherrschte sich jedoch und war froh, keinen neuen Fauxpas begangen zu haben.

Eine Weile plauderten sie noch über Rotterdam, dann lag die Stadt hinter ihnen, und die Fahrt der ›Bayern‹ wurde merklich beschleunigt. Zu beiden Seiten der ›Nieuwe Maas‹ breitete sich stilles Marschland mit saftigen Weiden aus, auf denen schwarzweiß gefleckte Kühe grasten. Der Friede des beginnenden Abends lag in der Luft. Am Himmel dahinsegelnde Wolken erhielten rotgoldene Ränder. Das Wasser des Flusses färbte sich dunkel. Der Horizont versank in grauem Dunst, und über die Polder hinweg zauberten Windmühlenflügel beschauliche Zeiten herauf.

Margit Holstein rieb sich die Arme. »Mir wird es zu kühl. Ich muß mir einen Mantel holen.«

»Eine gute Idee«, erwiderte Gordon Cooper. »Ich werde ebenfalls so vernünftig sein. Rheumatismus wird auf See bekanntlich gratis geliefert.«

Gemeinsam gingen sie nach unten, wobei Cooper insgeheim registrierte: Aufrechte Haltung, schmale Taille, schlanke Beine, federnder Schritt.

Als sie das Lido-Deck überquerten, schauten einig Passagiere hinter ihnen her.

Jetzt werden sie tratschen, dachte Margit Holstein, die schon eine Woche an Bord der ›Bayern‹ war und in dieser Hinsicht einiges erlebt hatte. Aber das machte ihr nichts aus. Sie wußte, was sie zu tun und zu lassen hatte.

Als beide in Mänteln zurückkehrten und erneut zum Bootsdeck emporstiegen, war für verschiedene Damen das Thema des Abends gesichert. Ohne es zu ahnen, trug Gordon Cooper allerdings dazu bei, denn er hielt seinen Arm wie schützend hinter Margit Holstein, als diese mit ihm die etwas steilen Stufen hinaufstieg.

»Wohin reisen Sie eigentlich?« erkundigte er sich, als sie die Reling erreichten und über das friedliche Land hinwegblickten.

»Nach Malaysia«, antwortete sie und schloß ihren Mantelausschnitt. »Genauer gesagt, nach Kuala Lumpur. Ich gehe in Penang von Bord. Heute in fünfundzwanzig Tagen.«

»Ich reise nach Hongkong«, erwiderte er.

»Dann bleiben Sie ja fast fünf Wochen auf dem Schiff.«

Er nickte.

»Waren Sie schon in Ostasien?«

»Nein.«

»Ich auch nicht. Bin irrsinnig gespannt.«

»Worauf?«

»Auf das, was ich zu sehen bekomme«, antwortete sie belustigt. »Ich bleibe sechs Monate in Kuala Lumpur und nehme an, daß ich auch andere Teile des Landes kennenlernen werde. Penang ja ohnehin, und Ipoh liegt auf der Strecke nach Kuala Lumpur. Ayer-Itam und Sam-Poh-Tong sind mir also sicher.«

Gordon Cooper schaute sie von der Seite an.

»Entschuldigen Sie, ich weiß nicht, wovon Sie reden . . ., Margit«, fügte er etwas stockend hinzu. »Ayer-Itam? Sam-Poh-Tong? Was sind das?«

Sie konnte ihre Verblüffung nicht verbergen. »Aber Gordon! Sie fahren über Penang und wissen nichts vom Ayer-Itam-Tempel? Wenn jemand nach Kairo reist, informiert er sich doch auch über die Cheopspyramide.«

»Hoppla!« entfuhr es Cooper. »Ich glaube, da besteht aber ein gewaltiger Unterschied.«

»Für mich nicht«, entgegnete sie bestimmt. »Entwicklungsgeschichtlich ist . . .«

»Moment!« unterbrach er sie ungebührlich. »Entwicklungsgeschichtlich, sagten Sie? Beschäftigen Sie sich womöglich mit Völkerkunde oder dergleichen?«

»Mit vergleichender Völkerkunde«, antwortete sie betont. »Ich habe Ethnologie studiert und erhielt ein Stipendium der Universität Kuala Lumpur.«

Cooper rieb sein Kinn. »Dann verstehe ich, daß für Sie Ayer . . .«

». . . Itam und Sam-Poh-Tong . . .«

». . . hochinteressant sein müssen«, führte er seinen Satz unbeirrt zu Ende. »Für einen normalen Erdenbürger jedoch nicht. Nehmen Sie es mir nicht übel, Margit, ich weiß nicht einmal, was man mit Ethnologie anfangen kann.«

Sie lachte, doch ihr Lachen hatte einen bitteren Unterton. »Es ist immer wieder das gleiche: Ethnologie wird als etwas Wirklichkeitsfremdes angesehen. Dabei ließe sich beispielsweise die Ostasienpolitik wesentlich besser gestalten, wenn man sich mehr nach den geschichtlichen und ethnischen Hintergründen der jetzigen Lage richten würde als nach technisch-wirtschaftlichen Überlegungen, die ohnehin nur für eine relativ kurze Zeit Gültigkeit haben.«

Cooper fuhr sich durch die Haare. »Gehen Sie jetzt nicht ein bißchen zu weit? Man kann sich in der Politik doch nicht nach . . .«

»Man muß es sogar tun, wenn man Fehler vermeiden will!« unterbrach sie ihn temperamentvoll. »Ein Beispiel nur: Der Monsun hat zu allen Zeiten in die Geschichte Südostasiens eingegriffen, und er tut es auch heute noch. Während der Regenzeit werden alle Wege zu Schlammbächen und für die meisten Fahrzeuge unpassierbar. Wie in Europa der russische Winter, so bringt in Ostasien der Monsun jeden Krieg zum Stehen, und nur wer das berücksichtigt und vor Beginn des Großen Regens eine geeignete Position besetzt, wird sie in den daraufffolgenden Monaten ohne Schwierigkeiten halten und ausbauen können. Und so gibt es viele Dinge, die ›unrealistischen‹ Ethnologen vertraut sind, ›realistischen‹ Politikern hingegen ewig unbekannt bleiben.«

Gordon Cooper schlug seinen Mantelkragen hoch. »Das mit dem Monsun habe sogar ich gewußt.«

»Ich wählte auch bewußt ein primitives Beispiel«, entgegnete sie spitz. »Wenn Sie wollen, kann ich Ihnen andere nennen.«

»Lieber nicht!« widersprach er und hob die Hände.

Sie sah ihn betroffen an. »Und warum nicht?«

Er schnitt eine Grimasse. »Weil ich befürchte, bei Ihnen könnte die Intelligenzbestie zum Vorschein kommen.«

»Wäre das so schlimm?«

»Schlimm nicht, aber schade.«

»Für *Sie*?« Die Frage knallte wie eine Peitsche.

Sie *ist* eine Intelligenzbestie, dachte Cooper wütend und blickte über das Land, das in der Dämmerung versank. Die Lichtbündel eines Leuchtfeuers huschten über das Schiff hinweg und kündeten den baldigen Eintritt in die Nordsee an.

Eine Weile standen Margit Holstein und Gordon Cooper wie gereizte Hunde nebeneinander, die sich nicht anzusehen wagen, dann sagte sie mit spröder Stimme: »Entschuldigen Sie mich, bitte. Ich möchte gehen.«

»Bye, bye!« entgegnete er und stützte seine Arme auf die Reling.

## 3

Dunkle Wolken wälzten sich über das Meer, das kalt und grau aussah und von weißen Schaumstreifen durchzogen wurde, als sich die ›Bayern‹ am Morgen des nächsten Tages der englischen Küste näherte. Obwohl das Schiff nur wenig schlingerte und stampfte, zogen es viele Passagiere vor, in ihrer Kabine zu bleiben.

Zu ihnen gehörte auch Margit Holstein, der die kreuzlaufende Dünung sehr zusetzte. Sie atmete deshalb erleichtert auf, als ihr der Kabinensteward meldete, das Schiff erreiche in spätestens einer halben Stunde die Insel Wight, in deren Windschatten der See stets glatt wie ein Ententeich sei. Doch was nützte das? Der Gedanke, mit Gordon Cooper zusammenzutreffen, war ihr unangenehm. Sie fand, daß sie sich schlecht benommen hatte. Einfach fortzulaufen, das war keine Lösung. Andererseits war es eine Frechheit gewesen, sie als Intelligenzbestie zu bezeichnen. Zumal sie ihr Wissen nicht hatte an den Mann bringen wollen. Sie hatte lediglich reagiert. Vielleicht etwas zu impulsiv. Wahrscheinlich, weil sie sich immer wieder über die geistige Verflachung der jungen Wohlstandsgeneration erregte, zu der Gordon Cooper zu gehören schien. Er mußte ein vermögender Nichtstuer sein, denn wie hätte er sich sonst eine fünfwöchige Schiffsreise leisten können?

Margit Holstein besaß ein hervorragendes Denkvermögen, in manchen Dingen aber hatte sie geradezu naive Vorstellungen. Versponnen in alten Kulturen, sah sie das gegenwärtige Leben vielfach mit den Augen eines Kindes, das eine Puppe sterben sieht, wenn deren Füllung an einer geplatzten Naht zum Vorschein kommt. Nicht Auflehnung, sondern Traurigkeit war es gewesen, was sie bewogen hatte, Cooper stehenzulassen.

Aber nicht nur Margit Holstein grübelte über ihr Verhalten nach; Gordon Cooper tat das gleiche. Im ersten Moment hatte er sich über das abrupte Fortgehen der Deutschen empört, dann jedoch, als ein steifer Wind aufgekommen war und das Schiff bei Eintritt in die Nordsee zu stampfen anfing, freute er sich, daß sie ihre Kabine aufgesucht hatte, denn er wußte, wie sehr die meisten Frauen unter Seegang leiden. Spätestens zu diesem Zeitpunkt tat es Cooper leid, die Formulierung ›Intelligenzbestie‹ gebraucht zu haben, und er bedauerte es um so mehr, als er es absichtlich getan hatte. Dabei gehörte er nicht zu jenen Männern, die von einer Frau in erster Linie Anpassungsfähigkeit und Zärtlichkeit erwarten. Margit Holsteins Ausführungen waren ihm plötzlich auf die Nerven gegangen. Vielleicht, weil im Unterbewußtsein das Wissen

in ihm schlummerte, sich durch nichts belasten zu dürfen und ab-
wehren zu müssen, was ihn an der Erfüllung seiner Aufgabe hindern könnte. Im Prinzip gab er Margit Holstein recht. Er wußte
sehr wohl, daß es außer realistischen Betrachtungsweisen auch andere Möglichkeiten gibt, diese Welt zu erfassen.

Aus diesem Grunde hatte er das Bedürfnis, die schlechte Erinnerung an den Abend fortzuwischen, und er wählte den direkten
Weg, als er Margit Holstein gegen elf Uhr auf das Promenaden-
deck kommen sah. »Guten Morgen!« wünschte er ihr unbekümmert
und ging auf sie zu. »Scheußliches Wetter, nicht wahr?«

Sie war ihm dankbar dafür, daß er die vorangegangene Verstimmung ignorierte. »Ich habe bis eben im Bett gelegen.«

»Das Beste, was Sie tun konnten«, erwiderte er lachend. »Und
jetzt lade ich Sie zu einem Drink ein. Die Bar wurde eben geöffnet.«

»Geben Sie mir eine halbe Stunde Zeit«, bat sie ihn. »Ich möchte
zunächst etwas an der frischen Luft sein.«

Er hob die Hand wie zum Gruß. »Well, ich erwarte Sie dann in
der Bar.«

Margit Holstein fiel ein Stein vom Herzen, und seiner Zurückhaltung hatte Cooper es zu verdanken, daß sie ihm später gerne
nachfolgte.

In der überfüllten Bar lud jeder jeden zum Drink ein; es war
die einfachste Art des Sich-kennen-Lernens. Kurz nach Mittag
aber stürmten plötzlich alle nach draußen, da irgend jemand gerufen hatte, der Lotse komme an Bord. Das mußte man natürlich
gesehen haben.

Als später der Hafen von Southampton erreicht wurde, erfolgte
das Anlegen des Schiffes mit bewundernswerter Exaktheit, und
Gordon Cooper, der unter den am Pier stehenden Menschen nach
Ivo Sorokin Ausschau hielt, hatte den gebürtigen Russen bald entdeckt. Er war von stattlicher Figur, hatte ein markantes, braungebranntes Gesicht und trug eine zu seinem modisch taillierten Mantel passende Sportmütze. Neben ihm stand ein dezent gekleideter
Chauffeur mit einer Aktentasche in der Hand. Gepäckstücke waren nicht zu entdecken.

Von Sorokins äußerer Erscheinung hatte Cooper ebensoviel gehört wie von der Zurückhaltung des umstrittenen Waffenhändlers.
Dennoch überraschte es ihn zu sehen, mit welcher Bescheidenheit
der vielfache Millionär auftrat. Während die meisten der hinzukommenden Passagiere mit Wagen vorgefahren waren, hatte Ivo
Sorokin offensichtlich das letzte Ende des Weges zu Fuß zurückgelegt.

Gordon Cooper fieberte plötzlich wie ein Pferd vor dem Rennen.
Immer wieder musterte er seinen zukünftigen Tischnachbarn. Würde er Kontakt mit ihm bekommen? Er spürte, daß er behutsam zu

Werke gehen mußte. So, wie Sorokin da stand, sah er aus, als gewahre er die vor ihm stehenden Menschen nicht, als schaue er durch sie und das Schiff hindurch auf die offene See hinaus.

Eine reichlich auffällig gekleidete, aber dennoch attraktiv wirkende Dame, die einen tief in den Nacken herabgezogenen großen Hut trug, ging mit schnellen Schritten auf Ivo Sorokin zu und fragte ihn mit Überraschung in der Stimme: »Reisen Sie auch mit der ›Bayern‹?«

Seine buschigen Brauen hoben sich, seine dunklen Augen aber ließen keine Regung erkennen. »Ich habe nicht die Ehre, Ihre Bekanntschaft gemacht zu haben, Madam«, entgegnete er mit sonorer Stimme.

»Mein Name ist Patrice MacDonald. Wir begegneten uns mehrfach im Ritz. Ich wohnte ebenfalls dort.«

»Ich bedaure, mich nicht zu erinnern, Madam«, erwiderte er mit leichter Verneigung.

Sie lachte girrend. »Verständlich. Es wurde ja ein Attentat auf Sie verübt. Schrecklich, daß der Garagenangestellte dabei ums Leben kam.«

Gordon Cooper, der nicht hören konnte, wovon die Rede war, bemerkte, daß sich ein schmächtiger Chinese, der eine zu voll gestopfte Aktenmappe trug, den beiden näherte.

Ivo Sorokin deutete zum Schiff hinüber. »Die Gangway ist freigegeben, Madam.«

Patrice MacDonalds hübsche Augen wurden eisig. »Ich verstehe«, murmelte sie betroffen und ärgerte sich mehr über sich selbst als über die erlittene Abfuhr. Wie oft im Leben hatte ihr ungezügeltes Temperament ihr schon einen Strich durch die Rechnung gemacht. Mit festen Schritten ging sie auf die Gangway zu, vor der sich die an Bord gehenden Passagiere mit ihren Gepäckträgern stauten.

Ivo Sorokin wandte sich an den neben ihm stehenden Chauffeur, der ihm daraufhin die Tasche übergab und davonging. Er selbst blieb wie unbeteiligt stehen.

Der Chinese schloß sich nun ebenfalls den Passagieren an. Er ging dabei merkwürdig verkantet und erinnerte an ein schräg im Wasser liegendes Boot.

Gordon Cooper kam sich vor wie jemand, der vor einem Fernsehapparat sitzt, dessen Ton ausgefallen ist. Er sah alles und verstand nichts.

Ivo Sorokin rührte sich erst vom Fleck, als die Gangway nicht mehr von Menschen verstopft war und ein auf Hochglanz polierter Rolls-Royce wie im Zeitlupentempo vorfuhr. Ihm entstiegen ein Gepäckträger und der Chauffeur, der zuvor bei Sorokin gestanden hatte.

Zurückhaltender geht es wirklich nicht, dachte Cooper, als mehrere Koffer aus dem Wagen ausgeladen wurden. Der Herr Millionär geniert sich, im Rolls-Royce vorzufahren!

Wenige Minuten später verließ Cooper seinen Beobachtungsposten und begab sich in das Foyer, das voller Menschen war. Es ging ihm jetzt aber nicht darum, Ivo Sorokin im Auge zu behalten; er hatte vielmehr gesehen, daß ein Lieferwagen seine eigenen Koffer brachte. Dennoch war es erregend für ihn, erstmals unmittelbar neben dem gebürtigen Russen zu stehen, dessen braune Haut über eine Erschöpfung hinwegtäuschte, die seine dunklen Augen erkennen ließen.

Vor dem Waffenhändler trat der Chinese mit der zu voll gestopften Aktentasche an die Rezeption.

»Sie wünschen?« erkundigte sich der Chiefsteward kurz angebunden.

»Lim!« antwortete der Chinese und lachte, als habe er einen köstlichen Witz gemacht.

Die Augen des ›Chiefs‹ weiteten sich. »Sie sind Mister Lim?«

Der Chinese lachte erneut. »Hah, I am Lim Swee Long!« Damit griff er in die Seitentasche seines Jacketts und überreichte seinen Paß. »Hah!«

Der Chiefsteward setzte eine verbindliche Miene auf. »Sie haben Kabine neunundzwanzig im A-Deck, Mister Lim. Darf ich mich nach Ihrem Gepäck erkundigen?«

»Gepäck?« Der Chinese lachte wiehernd und hielt seine Aktentasche hoch. »Hah, das ist mein Gepäck. Eine Hose, drei Hemden, dreimal Unterwäsche, Zahnbürste, Kamm und Kleinigkeiten. Täglich werden eine Hose, zwei Hemden und zwei Garnituren Unterwäsche gewaschen. Es sind doch chinesische Wäscher an Bord, hah?«

»Aber gewiß.«

»Hah! Kein Koffer – kein Problem!«

Ein Steward trat an ihn heran und wollte ihm die Tasche abnehmen.

Der Chinese schlug sich auf die Brust. »Hah, die Tasche trage ich selber«, erklärte er und setzte sich mit schrägem Oberkörper in Bewegung.

Während der ›Chief‹ sich an Ivo Sorokin wandte, ging Cooper auf das Eingangsschott zu, durch das ein junger Mann mit zwei Koffern trat. Er forderte ihn auf, ihm zu folgen, und führte ihn in seine Kabine, wo er ihm herzlich die Hand schüttelte und leise sagte: »Nimm es mir nicht übel, daß ich dir nicht geholfen habe. Aber wenn ich einen der Koffer übernommen hätte, wäre garantiert ein Steward herbeigestürzt, und wir würden keine Sekunde allein gewesen sein.«

»Ist doch klar«, entgegnete der junge Mann, wobei er sich den Schweiß von der Stirn wischte und interessiert um sich schaute. »In so einer Kabine möchte ich auch um die Welt reisen.«

»Für dich wird der große Tag genauso kommen, wie er jetzt für mich gekommen ist«, erwiderte Gordon Cooper und schloß das Sicherheitsfach seines Schreibtisches auf, dem er den Umschlag entnahm, den er in Rotterdam eingeschlossen hatte. »Hör zu, Bill! Hierin befindet sich die Liste aller Passagiere, denen ich jeweils eine Nummer zugeteilt habe. Ich besitze ein Duplikat. Prüft sofort, ob sich jemand an Bord befindet, der etwas mit der Polizei zu tun gehabt hat oder aus anderen Gründen interessant für mich sein könnte, und gebt mir nach Genua Bescheid. Dort haben wir zwei Tage Aufenthalt.«

Der junge Mann steckte den Umschlag in sein Jackett und reichte Cooper die Hand. »Mach's gut, Gordon. Wenn du Hilfe benötigst: Postkarte genügt!«

Ein melodisches Glockenspiel kündigte den Lunch an, der wegen der hinzukommenden Gäste später als gewöhnlich serviert wurde. Da Margit Holstein am Abend zuvor nicht im Speisesaal erschienen war, konnte Gordon Cooper erst jetzt feststellen, welchen Platz sie hatte. Sie saß auf der Backbordseite des Schiffes, also weit von ihm entfernt.

Er hatte dies kaum registriert, da führte der Chiefsteward die auffällig gekleidete Engländerin, die sich am Pier an Ivo Sorokin gewandt hatte, an Margit Holsteins Tisch und machte die Damen miteinander bekannt.

Das ist ja ein glücklicher Zufall, dachte Cooper verblüfft, da er die Engländerin aufgrund seiner Beobachtungen für eine Bekannte Ivo Sorokins hielt. Da werde ich von Margit einiges erfahren können.

Beim Essen klappte an diesem Tage nicht alles so, wie es sollte. Es herrschte jene nervöse Atmosphäre, die Landluft auf Schiffen hervorruft. Gordon Cooper war deshalb ganz froh, daß Ivo Sorokin nicht zum Lunch erschien. Weniger erfreut war er allerdings darüber, daß sich sein zukünftiger Tischpartner auch den ganzen Nachmittag über nicht sehen ließ und ebenfalls nicht die Bar aufsuchte, um vor dem Dinner einen Aperitif zu sich zu nehmen.

Seine attraktive Bekannte aber erschien zur Dämmerstunde in der Bar, und da sämtliche Hocker besetzt waren, beeilten sich alle Herren, ihr einen Platz anzubieten. Cooper hatte das Glück, der Tür am nächsten zu sitzen, und Patrice MacDonald dankte ihm für sein Anerbieten mit einem so charmanten Lächeln, daß es ungehörig von ihm gewesen wäre, sich nicht vorzustellen. Unversehens kam ein Gespräch in Gang, bei dem eifrig an Getränken genippt wurde. Mit dem Erfolg, daß Cooper binnen einer Stunde die sagenhaftesten Dinge erfuhr. Ob diese stimmten, war freilich eine andere Frage. Sie brauchten jedoch nicht der Wahrheit zu entsprechen, da sie am Bartisch erzählt waren, der seine eigenen Gesetze hat. Unabhängig davon war Patrice MacDonald nicht ohne Faszination, und das räumt Sonderrechte ein. Ihre blauen Augen waren ausdrucksvoll, ihre hohe Stirn verriet Intelligenz, und ihr leicht blaugrau getöntes Haar kokettierte mit ihrem Alter, das ein sorgfältiges Make-up zu verbergen suchte.

Beim Dinner war es dann endlich soweit, daß der Chiefsteward Ivo Sorokin und Gordon Cooper miteinander bekannt machte.

Der umstrittene Waffenhändler schaute Cooper mit einem Blick an, der den Gedanken in ihm aufkommen ließ, hinter den Augen seines Gegenübers befinde sich ein alles registrierender Computer.

»Sind Sie schon länger an Bord?« erkundigte sich Sorokin, um der Höflichkeit Genüge zu tun.

»Seit gestern«, antwortete Cooper und fügte nach kurzer Pause hinzu: »Ich bin zwar von London, stieg aber in Rotterdam ein, weil ich mich von meiner dort lebenden Schwester verabschieden wollte.«

Ivo Sorokin lächelte verbindlich und griff nach der Speisekarte, die er jedoch schon bald wieder fortlegte. Dann prüfte er das Weinsortiment mit der Sicherheit eines Kenners, der weiß, was er wünscht.

Der Chiefsteward, der wie ein Habicht auf der Lauer gelegen hatte, stürzte augenblicklich herbei, als Sorokin seine Serviette auseinanderfaltete. Coopers Hinweis auf Sorokins einflußreiche Position hatte seine Wirkung getan. »Haben Sie das Gewünschte gefunden, Sir?« fragte er mit Schweißperlen auf der Nasenspitze.

»Ja«, antwortete Sorokin und nannte, ohne nochmals auf die Karte zu sehen, die erbetenen Speisen. »Von jedem Gang aber nur eine Kleinigkeit«, fügte er gedämpft hinzu. »Ich esse gerne variationsreich, jedoch nicht viel.«

Ein Gourmet, der diagonal liest und einen Registrierapparat im Kopf hat, dachte Cooper beeindruckt.

Der ›Chief‹ machte seine Notizen. »Und was darf ich Ihnen zu trinken bringen, Sir?«

»Die Nummer sechzig.«

Die Augen des Chiefstewards weiteten sich wie die einer Eule, und es war ihm anzusehen, daß es ihm plötzlich schwerfiel, auch Cooper noch um seine Wünsche zu bitten. Der Grund hierfür wurde wenige Minuten später ersichtlich; denn nicht der Getränkesteward, sondern der ›Chief‹ höchstpersönlich brachte eine in ein Körbchen gebettete Flasche Rotwein, die er wie ein zur Taufe zu haltendes Baby trug. Und was folgte, glich einer heiligen Handlung. Wie er das Etikett zeigte, das Körbchen behutsam auf den Tisch stellte, den Korken millimeterweise herauszog, mit geschlossenen Augen an ihm roch und den Wein schließlich mit Andacht in ein schräg gehaltenes bauchiges Glas fließen ließ, das alles glich einem sakralen Zeremoniell.

Sorokin probierte den Wein und drückte seine Zufriedenheit mit einem einzigen Wort aus. »Exzellent!« sagte er und genoß in der Folge in Ruhe das Essen und Trinken.

Gesprochen wurden nur die üblichen Höflichkeitsfloskeln, und Gordon Cooper machte nicht den Versuch, ein Gespräch in die Wege zu leiten. Mit dem Erfolg, daß Sorokin bei Aufhebung der Tafel dachte: ein angenehmer Mensch.

Da die See während des Dinners rauh geworden war, zogen sich die meisten Gäste sehr bald in ihre Kabinen zurück. Unter ihnen befand sich auch Margit Holstein. Patrice MacDonald hingegen machte die Schaukelei nichts aus. Sie residierte in der Bar und genoß es, sich Komplimente machen zu lassen. Daß hinter ihrer attraktiven und lebenshungrigen Fassade jedoch ein anderer Kern steckte, trat zutage, als einige Herren sich anschickten, gewisse Witze zu erzählen. Sie verließ die Bar, noch bevor jemand Einspruch erheben konnte.

Die Fahrt durch die Biskaya wurde für manchen Passagier recht unangenehm. Es regnete in Strömen, und ein heulender Sturm fegte den Gischt der hochgehenden Wogen über das ganze Schiff hinweg. Erst als am Morgen des dritten Tages das an der Südküste von Portugal gelegene Cap St. Vicente umfahren war und Kurs auf Gibraltar genommen wurde, nahm der Seegang ab, und aufbrechende Wolken kündeten den Eintritt in eine bessere Wetterzone an. Tatsächlich veränderte sich der Himmel bald darauf, als führe ein Zauberstab über ihn hinweg. Binnen einer halben Stunde breitete sich ein leuchtendblaues, nur noch mäßig bewegtes Meer aus, in das die Sonne feurige Lanzen zu schleudern schien.

Endlich, dachte Gordon Cooper erleichtert, da er Margit Holstein in der ganzen Zeit nicht gesehen hatte und auch mit Ivo Sorokin um keinen Schritt weitergekommen war. Der Hongkonger Waffenhändler erschien nur zu den Mahlzeiten, bei denen kaum gesprochen wurde.

Im Gegensatz zu ihm war Patrice MacDonald überaus redselig. Cooper ging ihr jedoch möglichst aus dem Wege, weil ihn die Tatsache, daß Sorokin noch kein Wort mit ihr gewechselt hatte, unsicher machte. Irgend etwas stimmte da nicht.

Auf dem Lidodeck wurden bequeme, mit wattierten Überzügen ausgestattete Liegestühle aufgestellt, und Gordon Cooper hatte sich gerade in einen von ihnen gelegt, als er Margit Holstein kommen sah. Sie trug ein hübsches kurzes Kleid mit einem Collegekragen, der ihr apartes Aussehen noch unterstrich.

Mit wenigen Schritten war er bei ihr. »Wie schön, Sie wiederzusehen, Margit.«

Sie verzog ihr Gesicht. »Mir ging es gar nicht gut. Aber jetzt . . .« Sie unterbrach sich und blinzelte in die Sonne. »Ich fühle mich schon bedeutend wohler.«

Cooper wies auf die Liegestühle. »Belegen Sie den Platz neben mir. Die Stühle werden heute verteilt und mit Namen versehen.«

Margit Holstein ließ sich in den neben Coopers Platz stehenden Liegestuhl fallen. »Ach, ist das schön«, seufzte sie zufrieden. »Das sind ja die reinsten Liegemaschinen.«

Cooper folgte ihrem Beispiel, erhob sich aber gleich darauf wieder und schimpfte mit sich selbst: »Jetzt habe ich doch meine Sonnenbrille vergessen. Entschuldigen Sie mich einen Moment, ich hole sie mir schnell.«

Sie schloß die Augen und genoß die Strahlen der Sonne, bis sie plötzlich einen Schatten auf ihrem Gesicht verspürte und eine sonore Stimme fragen hörte: »Verzeihung, Madam, ist einer dieser Stühle frei?«

Margit Holstein öffnete die Augen. Vor ihr stand ein braungebrannter Herr, der einen sportlichen Rollkragenpullover trug. »Ich glaube schon«, antwortete sie unsicher. »Dieser ist allerdings belegt«, fügte sie schnell hinzu und wies auf Coopers Platz.

»Der andere ist noch frei«, mischte sich ein im nächsten Stuhl liegender älterer Herr in das Gespräch.

Der so Angesprochene blickte fragend zu Margit Holstein hinüber. »Ist es Ihnen recht?«

»Aber selbstverständlich!«

»Sorokin!« stellte er sich vor und nahm Platz, nachdem auch Margit Holstein und der ältere Herr ihre Namen genannt hatten.

Gordon Cooper glaubte seinen Augen nicht zu trauen, als er zurückkehrte und den Hongkonger Waffenhändler im Liegestuhl neben Margit Holsteins Platz entdeckte. »Das ist aber nett, daß Sie uns Gesellschaft leisten«, sagte er in seiner Verwirrung.

Sorokin begriff die Bemerkung nicht. Uns, fragte er sich verwundert. Wie ist das zu verstehen? Er ließ sich jedoch nichts anmerken, sondern stellte die Rückenlehne seines Stuhles höher.

Cooper war über die Nähe des gebürtigen Russen alles andere als erfreut. Er konnte sich Margit Holstein gegenüber nun nicht so geben, wie er es sich wünschte. Ihm war zumute, als habe ihm jemand die Tür vor der Nase zugeschlagen.

In anderer Hinsicht aber sollte sich ein Tor vor ihm öffnen. Genaugenommen stieß er selbst es auf, und zwar mit seinem in der Verwirrung gesprochenen dummen Satz. Denn der hellhörige und mißtrauische Sorokin kam nicht über das ›uns‹ hinweg, weil er wußte, daß Cooper in Rotterdam an Bord gegangen war, also gerade einen Tag vor ihm. Und die Tatsache, daß Margit Holstein und Cooper nicht an einem Tisch saßen, ließ den Rückschluß zu, daß die beiden sich in Rotterdam noch nicht gekannt hatten. Woher also kam das ›uns‹? Im Bestreben, der Sache auf den Grund zu gehen, leitete er beim Lunch ein Gespräch ein, das nicht ohne Folgen bleiben sollte.

»Ein reizendes Mädchen, dieses Fräulein Holstein«, begann er die Unterhaltung.

»Ja, das ist sie«, antwortete Cooper, der augenblicklich spürte, daß Sorokin etwas von ihm wollte.

»Kennen Sie Miß Holstein schon länger?«

Er wundert sich darüber, daß wir uns beim Vornamen nennen, blitzte es in Cooper auf, und im nächsten Moment schaltete sein Instinkt ein entsprechendes Relais vor sein Hirn. »Nein, ich habe Miß Holstein hier an Bord kennengelernt«, antwortete er und lächelte still vor sich hin.

Was mag ihn da belustigen, fragte sich Ivo Sorokin.

Da Cooper sein Gegenüber unauffällig beobachtete, entging ihm nicht der nachdenkliche Ausdruck in dessen Augen, den er als Bestätigung für die Richtigkeit des von ihm eingeschlagenen Weges wertete. »Unser Kennenlernen war recht komisch«, fuhr er wie in Gedanken versunken fort und erzählte von dem Fauxpas, den er sich geleistet hatte, von der in der Kabine gefundenen Bonbondose und seinem Reagieren, von der Ausfahrt aus Rotterdam, der unversehens aufgetretenen Verstimmung und der schließlich erfolgten Versöhnung.

Sorokin, den Coopers Ehrlichkeit verblüffte, tupfte sich den Mund mit der Serviette ab. »Miß Holstein ist also Ethnologin und geht nach Kuala Lumpur?«

»Ja«, erwiderte Cooper und trank einen Schluck Wein.

»Und wohin reisen Sie?«

»Nach Hongkong«, antwortete er und dachte: Frag weiter! Frag weiter!

»Sind Sie dort tätig?«

»Ich möchte es werden«, erwiderte Cooper ohne zu zögern. »Der Mann meiner in Rotterdam lebenden Schwester hat mich einigen Freunden empfohlen.«

»Das ist aber ein ungewöhnlicher Weg«, entgegnete Ivo Sorokin erstaunt. »Normalerweise fährt man erst los, wenn man einen Vertrag in der Tasche hat.«

Cooper nickte. »Gewiß. Mir blieb jedoch keine andere Wahl. Ein Kavaliersdelikt zwang mich, London zu verlassen.«

Ivo Sorokin räusperte sich, als wäre ihm des Gehörte in die Kehle geraten. Das Gespräch wurde ihm peinlich, und um es, ohne unhöflich zu werden, zu Ende bringen zu können, erkundigte er sich nach dem Beruf seines Tischpartners.

»Da beginnen die nächsten Schwierigkeiten für mich«, antwortete Cooper, der nun ganz in seinem Metier aufging. »Mein Vater war der Vermögensverwalter einer bekannten Persönlichkeit. Als er vor sieben Jahren starb, übernahm ich seinen Posten. Alles klappte vorzüglich, bis mein hoher Herr und Gebieter sich auf eine zweite Ehe einließ. Mit einem reizenden Geschöpf von neunzehn Jahren. Er selbst war achtundsechzig! Die Versuchung lag auf der Hand, und sie steigerte sich zu himmlischen Aspekten. Wir konnten nicht widerstehen, betraten den Garten Eden, wurden beim Früchteessen erwischt und – ich mußte mich verpflichten, England zu verlassen. Sozusagen, um das Geschehene ungeschehen zu machen.«

Ivo Sorokin konnte sich eines Schmunzelns nicht erwehren. Auch wußte er nicht, was er Coopers Offenheit entgegensetzen sollte. »Kavaliersdelikt und Positionsverlust auf einmal, das ist natürlich ein bißchen viel«, sagte er amüsiert und irritiert zugleich.

Gordon Cooper zuckte die Achseln. »Mein edler Gebieter war so gnädig, meine jahrelange verschwiegene Tätigkeit — ich meine natürlich in vermögensverwalterischer Hinsicht — mit einer großzügigen Abfindung zu honorieren. Es wird mir also nichts ausmachen, wenn ich umsonst nach Hongkong reise, was durchaus möglich ist, weil ich über kein Zeugnis verfüge. Und den Namen meines bisherigen Chefs kann ich ja schlecht nennen.«

Ivo Sorokin betrachtete ihn prüfend. »Warum nicht?«

Cooper gab seiner Stimme einen vertraulichen Klang. »Ich würde ihn dann doch bloßstellen.«

»Das ist richtig«, erwiderte der Waffenhändler, wobei er den Stiel seines Weinglases spielerisch drehte. »Eines Tages aber, wenn ihre Mittel erschöpft sind, werden Sie es wohl oder übel tun müssen.«

»Niemals!« entgegnete Cooper mit soviel Nachdruck, daß die Narbe auf seiner Wange rot anlief. Er wußte, daß er jetzt überzeugen mußte. »Um keinen Preis würde ich seinen Namen nennen. Die Rechnung habe ich nun selber zu zahlen.«

Er scheint nicht nur offen, sondern auch vertrauenswürdig zu sein, dachte Ivo Sorokin angenehm berührt. Vielleicht ist es gut, ihn kennengelernt zu haben.

Gordon Cooper sah den grüblerischen Gesichtsausdruck seines Gegenübers und wußte, daß er gewonnen hatte. Das Eis war gebrochen.

## 4

Am Mittag des vierten Reisetages wurde die Insel Ibiza bei so hervorragendem Wetter erreicht, daß der Swimming-pool der ›Bayern‹ der mit durchfließendem Meereswasser versorgt wurde, gefüllt werden konnte.

Man sollte eigentlich niemals fliegen, dacht Ivo Sorokin, als er das Wasser in das Schwimmbecken plätschern sah. Flugreisen verändern die Beziehung zwischen Raum und Zeit so sehr, daß sie eine Persönlichkeitsspaltung herausfordern. Wie geruhsam ist es doch auf einem Schiff.

Völlig andere Gedanken bewegten Margit Holstein, die den verträumt am Schwimmbecken sitzenden Hongkonger Kaufmann heimlich beobachtete. Unerklärbares hatte sie mit einem Male davon überzeugt, daß Gefühle eines Menschen von einfachen Ideenverbindungen auf eine Weise beherrscht und beeinflußt werden können, gegen die mit Logik nichts auszurichten ist.

Gordon Cooper hingegen, der in seinem Liegestuhl lag und sah, wie Margit Holstein nachdenklich zu Ivo Sorokin hinüberblickte, wurde plötzlich eifersüchtig. Ich muß mich beeilen, sagte er sich. Sonst laufe ich Gefahr, mein Verlangen im Auflodern einer anderen Flamme verglühen zu sehen.

Ein Steward riß ihn mit der Meldung, er werde am Telefon verlangt, aus seinen Gedanken.

»Wer mag mich sprechen wollen?« fragte er an Margit Holstein gewandt und erhob sich, um die auf dem Kommandodeck gelegene Funkkabine aufzusuchen. Er wußte natürlich, daß nur ein Kollege vom Secret Service am Apparat sein konnte.

In der Funkstation übergab ihm der diensttuende Nachrichtenoffizier den Telefonhörer mit dem Hinweis: »Sie werden aus Rotterdam verlangt. Drücken Sie beim Sprechen auf die Taste.«

Cooper tat wie ihm geheißen und rief seinen Namen.

»Ach, Gordon, wie schön, daß du da bist«, antwortete eine Frauenstimme.

Cooper war nicht überrascht, da ihn verabredungsgemäß von Rotterdam nur ›seine Schwester Alice‹ anrufen konnte.

»Ich mußte dich unbedingt sprechen«, fuhr die Stimme in einem wehleidig anmutenden Tonfall fort. »Du weißt, heute ist der Siebenundzwangzigste, mein Geburtstag. Und ich liege mit vierzig Grad Fieber im Bett!«

»Um Gottes willen, was fehlt dir denn?« fragte Cooper besorgt und addierte im Geist die gehörten Zahlen zusammen. Man machte ihn auf den Passagier aufmerksam, dem er die Nummer 67 gegeben hatte.

»Der Arzt meint, es sei eine schwere Grippe. Er hat mir DST verordnet.«

»Wie heißt das Mittel?« erkundigte sich Cooper, um einen Hörfehler auszuschließen.

»DST! Du kennst es doch.«

»Ja, natürlich«, erwiderte er, obwohl er die Buchstaben nicht zu deuten wußte. »Es wird dir bestimmt helfen.«

»Da bin ich noch nicht so sicher«, widersprach die Frauenstimme. »Auf jeden Fall bin ich froh, dich zu hören. Nach Genua habe ich dir geschrieben.«

Eine Weile noch unterhielten sie sich über belanglose Dinge, dann verabschiedete sich Cooper mit den besten Genesungswünschen.

Als er die Nachrichtenzentrale verließ, fragte er sich nervös: Was mag DST heißen? Er wollte sogleich seine Kabine aufsuchen, änderte jedoch sein Vorhaben, weil er es für unverfänglicher hielt, zunächst zum Lidodeck zurückzukehren. Es bestand immerhin die Möglichkeit, daß Ivo Sorokin den Steward bemerkt hatte, der ihn zum Telefon rief.

Tatsächlich war dies der Fall, und aufgrund des am Tage zuvor mit Cooper geführten Gespräches fragte sich Sorokin, wer seinen Tischpartner wohl zu sprechen wünschte. Die Frau, mit der er verbotene Früchte . . . ?

»Haben Sie eine gute oder schlechte Nachricht erhalten?« erkundigte sich Margit Holstein, als er zurückkehrte. Auf sie wirkten Telegramme und Ferngespräche wie Dämonen auf gläubige Buddhisten.

»Weder noch«, antwortete er lachend und ließ sich in seinen Liegestuhl fallen. »Meine Schwester hat heute Geburtstag und fühlt sich allein. Da griff sie in ihren Sparstrumpf und rief mich an.«

»Was eigentlich Ihre Aufgabe gewesen wäre.«

»Wo denken Sie hin«, widersprach Gordon Cooper und fabulierte munter drauflos. »Sie würde sich dann jetzt betroffen fühlen. Meine Schwester ist nur glücklich, wenn sie mich bemuttern kann, was sie praktisch seit meiner Kindheit tut. Wir verloren unsere Mutter sehr früh.«

Margit Holstein fühlte eine warme Welle in sich aufsteigen. Wie schrecklich mußte es sein, seine Mutter im Kindesalter zu verlieren.

Ohne es zu ahnen, pflanzte Cooper mit einer erfundenen Geschichte ein tiefes Mitgefühl in Margit Holstein ein. Für sie wölbte sich das Blau des Himmels plötzlich zur Kuppel eines riesigen Domes, und sie wünschte sich, mit Cooper irgendwo in Ostasien zu sein. Vielleicht in Angkor, im silbernen Licht einer versunkenen Stadt, die auch der Gegenwart noch goldene Schätze zu bieten hat.

Ivo Sorokin spürte, was in Margit Holstein vor sich ging, und unwillkürlich lehnte er sich gegen Cooper auf, bis er sich an einen Spruch erinnerte, den der Hauspope seiner Eltern ihn gelehrt hatte: Die Ereignisse sind bei Gott; nur ihre Betrachtung geziemt dem Menschen.

Indessen schloß Gordon Cooper die Augen und erweckte den Anschein, als genieße er die Wärme der Sonne. In Wirklichkeit aber fragte er sich unentwegt: Was mag DST bedeuten? Auch brannte er darauf, zu erfahren, welchem Passagier er die Nummer 67 zugeteilt hatte. Er hielt es schließlich nicht mehr aus und behauptete, einen solchen Durst zu haben, daß er die Bar aufsuchen müsse.

Margit Holstein sah ihn bittend an. »Darf ich Ihnen Gesellschaft leisten? Ich weiß nicht, woher es kommt«, fügte sie hastig hinzu, »aber ich habe ebenfalls einen furchtbaren Durst. Ob das die Meeresluft macht?«

»Das ist gut möglich«, erwiderte Cooper und erhob sich. »Was immer aber auch der Grund sein mag, ich freue mich auf Ihre Gesellschaft.«

Sie griff nach einer über der Armlehne ihres Liegestuhles hängenden Leinentasche. »Ich komme nach«, sagte sie dabei und begann ihr Buch, ihre Sonnenbrille und was sie sonst noch mit sich führte, einzupacken.

»Well«, erwiderte Cooper. »Wir sehen uns dann in der Bar.«

Ihr Taktgefühl verbietet es ihr, gemeinsam mit Cooper zu den Kabinen hinunter zu gehen, dachte Ivo Sorokin beeindruckt. Warum ist mir eine solche Frau nicht früher begegnet?

Seine Gedanken nahmen andere Wege als die Gordon Coopers, der nicht schnell genug in seine Kabine kommen und das Sicherheitsfach seines Schreibtisches aufschließen konnte. Wer war die Nummer 67? Da er die Namen der Gäste willkürlich und nicht der Reihe nach numeriert hatte, dauerte es eine Weile, bis er den Passagier gefunden hatte, auf den man ihn aufmerksam machte. Er hieß Charles Lefèvre.

Cooper reagierte auf den französischen Namen wie ein Automat, in den eine Münze eingeworfen wird. Augenblicklich wußte er, daß DST die Abkürzung für *Direction de la Surveillance du Territoire* war.

Charles Lefèvre gehörte zur französischen Spionageabwehr? Cooper zweifelte keinen Augenblick an der Richtigkeit der Mitteilung, er fragte sich aber vergeblich: Warum informiert man mich über Lefèvres Anwesenheit? Hält man es für möglich, daß er mit Sorokin unter einer Decke steckt? Unternimmt der gerissene Waffenhändler die Seereise womöglich nur, um sich unbeobachtet mit einem Beamten der französischen Spionageabwehr treffen zu können?

Cooper erinnerte sich plötzlich daran, daß ›seine Schwester‹ am Telefon auf seine Bemerkung, das DST würde ihr bestimmt helfen, geantwortet hatte: »Da bin ich noch nicht so sicher.« Sollte das eine Warnung sein?

Während Cooper sich umzog, überlegte er fieberhaft, was man von ihm erwartete. Machte man ihn auf Lefèvre aufmerksam, damit er feststellte, ob zwischen Sorokin und ihm ein irgendwie gearteter Kontakt bestehe? Nun, er hatte den gebürtigen Russen in den vergangenen Tagen mit niemandem sprechen sehen; Margit Holstein und sich selbst ausgenommen. Es bestand natürlich die Möglichkeit, daß Sorokin und Lefèvre sich des Nachts heimlich in ihren Kabinen getroffen hatten. Aber das war höchst unwahrscheinlich.

Je mehr Cooper über die Sache nachdachte, um so weniger begriff er den Anruf. Man mußte in London doch wissen, daß er mit dem gegebenen Hinweis allein nicht viel anfangen konnte. Wie die Dinge lagen, vermochte er nichts anderes zu tun, als festzustellen, wer unter den Passagieren Monsieur Lefèvre war, welche Kabine er bewohnte und ob er künftighin mit Sorokin in Verbindung trat. Um mögliche nächtliche Rendezvous zu ermitteln, brauchte er an Lefèvres Kabinentür nur einen kleinen Faden zu kleben, sobald sich der Franzose des Abends zurückgezogen hatte. War der Faden am nächsten Morgen nicht gerissen, dann stand einwandfrei fest, daß die Kabine weder verlassen noch aufgesucht worden war. Im übrigen mußte er abwarten, was man ihm nach Genua schrieb.

Cooper schob alle Grübeleien zur Seite, schlüpfte in seine Klubjacke und suchte die Bar auf, in der Patrice MacDonald auf ihrem angestammten Platz saß und sich mit dem schmächtigen Chinesen unterhielt, der kaum über den Bartisch hinwegschauen konnte. Er trug wie immer ein blütenweißes Hemd und hatte, außer zu den Mahlzeiten, an Bord noch nie ein Jackett angehabt.

»How are you, Mister Lim?« erkundigte sich Gordon Cooper, nachdem er seine Landsmännin begrüßt hatte.

»Hah, very well«, antwortete der Chinese lachend und beschrieb mit seinen feingliedrigen Händen zwei gegenläufige Kreise durch die Luft. »No problem! Schönes Wetter, gutes Essen und — hübsche Frauen!« fügte er nach einer kurzen Pause mit wieherndem Gelächter hinzu.

»Ja, das alles kann nur eine Schiffsreise bieten«, entgegnete Cooper und bestellte sich ein Bier. »Wohin fahren Sie?«

»Hah, nach Singapore. Dort bin ich zu Hause.«

»Waren Sie länger unterwegs?«

»Hah, wie man es nimmt«, antwortete Lim und spreizte die Finger seiner linken Hand so sehr, daß sie sich nach hinten bogen. Dann drückte er den kleinen Finger nach innen und sagte: »Eine Woche war ich in Japan.« Es folgte der Ringfinger. »Die zweite Woche in Südamerika.« Der Mittelfinger kam an die Reihe. »In der dritten reiste ich durch die Vereinigten Staaten.« Er legte den Zeigefinger gegen die Handfläche. »Und in der vierten Woche besuchte ich Europa.«

»Und was sagt Ihre Frau dazu?« fragte Patrice MacDonald.

Der Chinese lachte schallend. »Hah, no problem! Ich bin nicht verheiratet und werde nicht heiraten. Wozu? Für mich gibt es keine Probleme mehr.« Erneut spreizte er die Finger und zählte auf: »Mutter gestorben. Vater gestorben. Bruder gestorben. Erste verheiratete Schwester gestorben. Zweite unverheiratete Schwester gestorben. Schwager gestorben. Now I have no problem! Würde ich heiraten, gäbe es wieder Probleme.«

»Was Sie da sagen, entspricht aber nicht der chinesischen Art zu denken«, warf Margit Holstein ein, die während der letzten Sätze hinzugekommen war. »Stärker als jedes andere Volk hat ihre Nation die ursprünglich an das Blut gebundene Gruppenhaftigkeit bewahrt. Wenn diese Grundlage in Ihrer Heimat verlorengeht, wird Furchtbares passieren.«

O je, dachte Gordon Cooper. Jetzt steht sie auf dem Katheder.

Im Gesicht des Chinesen spielte ein feines Lächeln. »Die schöne Blume der Romantik blüht nur noch an verborgenen Orten, mein verehrtes Fräulein. Was heute kultiviert wird, ist der Kampf Mensch gegen Mensch. Für den Kommunismus — gegen den Kommunismus. Unsere Jugend interessiert sich nicht mehr für Pagoden und Tempel. Transistorradios und Düsenflugzeuge sind ihr wichtiger.«

»Ein anderes Thema!« bat Cooper, um einer unerfreulichen Debatte zuvorzukommen. Dann wandte er sich an Margit Holstein. »Was darf ich für Sie bestellen?«

»Einen Campari-Soda«, antwortete sie und fügte gedämpft hinzu: »Mit Ihnen werde ich über das Thema aber noch sprechen.«

»Ja, natürlich«, erwiderte er und legte seinen Arm um sie. »Wir müssen es schon tun, um vor Gefahren geschützt zu sein, die über uns kommen, wenn der Mond hoch am Himmel steht und den Versuch macht, verliebten Menschen die Sinne zu rauben.«

Ihre Augen weiteten sich. »Von der Seite kenne ich Sie ja gar nicht.«

Ihm lag es auf der Zunge zu erwidern: noch nicht! Er beherrschte sich jedoch und prostete ihr zu: »Your health!«

Unmittelbar nach dem Lunch suchte Gordon Cooper das Office des Chiefstewards auf, der sich, wie er wußte, noch im Speisesaal befand. Er hatte bei früherer Gelegenheit gesehen, daß in dessen Büro ein mit den Namen der Passagiere versehener Lageplan hing, auf dem er, indem er einen wartenden Eindruck erweckte, feststellen wollte, welche Kabine Charles Lefèvre bewohnte. Es dauerte nicht lange, bis er den Namen fand, und im selben Moment wußte er, daß der Franzose andere Interessen hatte, als sich des Nachts mit Ivo Sorokin zu besprechen. Denn Lefèvre besaß die unmittelbar am Vorraum gelegene Kabine 32, die über zwei Betten verfügte, und Cooper hatte ihn schon mehrfach aus ihr herauskommen beziehungsweise in sie hineingehen sehen. Und zwar in Begleitung einer hübschen und so jungen Blondine, daß einige Engländerinnen bereits von einem Skandal gesprochen hatten.

Seine Tür brauche ich mit keinem Faden zu versehen, dachte Cooper erleichtert, und er fand sich bestätigt, als er am nächsten Tag in Genua einen Luftpostbrief erhielt, in dem es unter anderem hieß:

›Über Lefèvres Anwesenheit an Bord der »Bayern« informierten wir Sie, um uns keine Vorwürfe machen zu müssen, wenn sich jemals herausstellen sollte, daß Sorokin Verbindungen zur DST unterhält, was wir jedoch für ausgeschlossen halten. Im übrigen ergab eine Rückfrage in der Rue des Saussaies, daß Lefèvre sich zur Zeit im Urlaub befindet. Sein Aufenthalt auf der »Bayern« war bekannt. Er geht in Genua von Bord; deshalb unser Anruf.‹

Cooper würde sich keine Minute mehr mit dem Franzosen beschäftigt haben, wenn er nicht eine halbe Stunde später zufällig gesehen hätte, daß Lefèvre beim Verlassen des Schiffes einen heimlichen Gruß zu dem schmächtigen Chinesen hinüberschickte, der sich mit steifem Oberkörper vor ihm verneigte.

Für Cooper stand es plötzlich fest, daß sich an Bord etwas Außergewöhnliches abgespielt hatte. Es gab zwar keinerlei konkrete Hinweise dafür, aber wie vage sein Verdacht auch sein mochte, er mußte London informieren. Zumal der Chinese ihn belogen hatte, wie aus einem weiteren Passus des in Rotterdam aufgegebenen Schreibens hervorging. Es hieß da:

›Wir haben uns mit Lim Swee Long befaßt, weil wir feststellten, daß er erst fünf Tage vor Auslaufen des Schiffes von Hongkong nach London flog. Das erschien uns merkwürdig. Eine Rückfrage bei der Reederei ergab, daß die Kabine für ihn vor zwei Monaten in Hongkong gebucht wurde, und zwar einen Tag nach der Notierung für Ivo Sorokin. Zufall? Nicht wahrscheinlich. Eine in der Kronkolonie eingezogene Erkundigung ergab, daß gegen Lim nichts vorliegt. Er ist Flüchtling aus der Volksrepublik. Vor vier Jahren ließ er sich in Hongkong registrieren.‹

Den werde ich mir unter die Lupe nehmen, schwor sich Gordon Cooper. Seine Behauptung, in Singapore zu wohnen und seit fünf Wochen unterwegs zu sein, wird ihm schlecht bekommen.

Der Brief des Secret Service enthielt aber noch eine dritte Mitteilung. Sie lautete:

›Es wird für Sie interessant sein zu wissen, daß Patrice Mac-

Donald die Witwe des Generals Richard MacDonald ist, der Gouverneur von Indien war. Unter ihrem Mädchennamen, Patrice Lawrence, wurde sie 1951 allgemein bekannt, als sie ihren Geliebten, den Chinesen Lee Kon-kim, der sich im Zweiten Weltkrieg in Malaya als Freiheitskämpfer hervorgetan hatte, unseren Truppen dann aber als Rebell und Partisan unüberwindbare Schwierigkeiten bereitete, für ein Kopfgeld von 700 000 Singapore Dollar dem Secret Service verriet.‹

Gordon Cooper war wie benommen. Patrice MacDonald hatte einen Menschen, schlimmer noch: ihren Geliebten für ein Kopfgeld verraten? Er konnte es nicht glauben. Wie in Trance las er die Mitteilung ein zweites und ein drittes Mal. Es wollte ihm nicht in den Kopf, daß die attraktive und in gewisser Hinsicht sogar faszinierende Patrice MacDonald einen Mann für Geld ans Messer geliefert haben sollte.

Da müssen Dinge vorliegen, die uns unbekannt sind, sagte er sich, als er das Schreiben in kleine Fetzen riß und in der Toilette verschwinden ließ.

Wenige Minuten später, er knüpfte gerade seinen Binder, klopfte es an seiner Tür.

»Come in!« rief er in der Annahme, es sei der Kabinensteward. Zu seiner Verwunderung erschien Margit Holstein im Türrahmen.

»Ich habe ein Attentat auf Sie vor«, sagte sie, ohne in den Raum einzutreten. »Hätten Sie Lust, mich in die Stadt zu begleiten?«

»Aber gerne«, antwortete Cooper, obwohl ihn ihre Bitte in arge Verlegenheit brachte. Er mußte unbedingt das britische Konsulat aufsuchen. »Ich wollte ohnehin gerade zu einem Bummel durch Genua starten.«

»Ohne mich mitzunehmen?« fragte sie vorwurfsvoll.

Er grinste sie frech an. »Wenn ich jetzt erkläre, vorgehabt zu haben, Sie einzuladen, würden Sie denken, ich belüge Sie. Ich lasse Ihre Frage deshalb unbeantwortet und preise mich glücklich, Sie zu sehen.«

Unversehens gerieten beide in eine gelöste Stimmung, die sich noch steigerte, als sie das Hafentor passierten. Die steil aus dem Meer herauswachsende Stadt, deren Häuser und Paläste, Gassen und Straßen unter dem durchsichtigen Blau des italienischen Himmels wie Teile einer riesigen Theaterkulisse anmuten, begeisterte sie. Ohne ihr Dazutun wurden sie zu Statisten eines Schauspiels, das pausenlos abrollt und keine Zuschauer kennt. Sie genossen Genua und das Wissen, unbeobachtet zu sein, eine Situation, die es auf dem Schiff praktisch nicht gab.

Die Schaufenster in den Arkaden der Via XX Settembre blieben auf Margit Holstein natürlich nicht ohne Anziehungskraft, und Gordon Cooper tat insgeheim einen tiefen Seufzer, als sie den

Wunsch äußerte, eines der Geschäfte aufzusuchen, um angesichts der vielen Festivitäten auf dem Schiff noch ein Cocktailkleid zu erstehen.

»Dann treffen wir uns am besten in einer Stunde in der Bar des Hotels Bristol«, schlug Cooper vor. »Es liegt gleich drüben auf der anderen Seite.«

Zwanzig Minuten später unterhielt er sich angelegentlich mit einem V-Mann des Secret Service, den er beauftragte, London über seine Beobachtungen bezüglich Lefèvre zu informieren. Darüber hinaus ersuchte er ihn, die Hafenkontrollbehörden zu veranlassen, von jeder Seite des dem Chinesen Lim gehörenden Passes eine Fotokopie anzufertigen. Dann kehrte er in die Via XX Settembre zurück und prallte, als er das Hotel Bristol betreten wollte, mit Lefèvre und dessen blonder Begleiterin zusammen.

»Pardon!« entschuldigte sich Cooper und lüftete zuvorkommend seinen Hut.

Der Franzose tat das gleiche und lächelte, als habe er eine Auszeichnung erhalten. »Et bon voyage, monsieur!«

Mir wäre wohler, wenn ich wüßte, was ich nicht weiß, dachte Cooper grimmig und ging an der Rezeption vorbei auf die Bar zu. Im nächsten Moment aber blieb er wie angewurzelt stehen: Ivo Sorokin saß in einem der Barsessel und blätterte in einer Zeitung. Auf dem niedrigen Tisch vor ihm standen außer einem Glas Whisky zwei Espressotassen.

Cooper machte auf der Stelle kehrt und ging zurück. Seine Gedanken überschlugen sich. Narrte ihn ein Zufall? Er zweifelte daran. Lefèvre und seine Begleiterin mußten am Tisch von Sorokin gesessen haben, denn dieser blätterte in der Zeitung, als habe er sie gerade aufgenommen. Und auf dem Tisch standen zwei leere Tassen. Gewiß, es gab die Möglichkeit, daß Sorokin eben erst in die Bar gekommen war und zufällig den Tisch gewählt hatte, der zuvor von Lefèvre und seiner hübschen Blondine belegt gewesen war. Dagegen aber sprach der bereits servierte Whisky. Je mehr Cooper über alles nachdachte, um so überzeugter wurde er, daß zwischen Lefèvre und Lim sowie Sorokin und Lefèvre eine Verbindung bestand. Die heimliche Verneigung des Chinesen vor dem Franzosen ließ nur eine Deutung zu, und eine kurze Unterredung mit dem Empfangschef des Hotels ergab, daß im Bristol ein Ehepaar Lefèvre weder abgestiegen noch angemeldet war. Der Franzose und seine Begleiterin konnten somit nur in der Bar gewesen sein.

Im höchsten Grade unzufrieden, dennoch aber froh darüber, die neuerliche Beobachtung gemacht zu haben, verließ Cooper das Hotel, um vor dem Eingang auf Margit Holstein zu warten. Sie erschien pünktlich zur verabredeten Zeit und schwenkte übermütig eine flache Schachtel.

»Ich habe ein entzückendes Kleid bekommen«, erklärte sie mit so strahlenden Augen, daß Cooper nicht widerstehen konnte, sie in die Arme zu schließen und im Kreis herumzuwirbeln.

»Halt! Halt!« rief sie verwirrt. »Haben Sie den Verstand verloren?«

»Indeed!« antwortete er und gab sie frei. »Und eben darum dürfen Sie mir nichts verübeln.«

Sie warf einen Blick in die Scheibe einer Vitrine, vor der sie standen, und griff ordnend in ihr Haar. »Mich auf offener Straße herumzuwirbeln!«

»Hat es Ihnen keinen Spaß gemacht?«

»Natürlich, Sie unverschämter Mensch.«

Sie benahmen sich plötzlich wie ausgelassene Kinder, und nachdem sie einen Spaziergang gemacht hatten, schlug Cooper vor, an diesem Abend nicht an Bord des Schiffes, sondern in einem typisch italienischen Lokal zu essen. Margit Holstein war damit einverstanden, und so schwelgten sie bei ›Marco‹ unter einer Markise sitzend in frischen Salaten, hauchdünnem Schinken, Frutti di mare und sonstigen Spezialitäten. Und der einfache Landwein schmeckte ihnen besser als manch edler Tropfen, den sie früher getrunken hatten.

»Zufrieden?« fragte Cooper, als sie zu später Stunde durch winklige Gassen zum Hafen hinuntergingen.

»Sehr!« antwortete sie und hakte sich bei ihm ein. »Das Pflaster ist hier so schlecht, daß ich Ihres Haltes bedarf.«

Er nickte. »Darum habe ich diesen Weg ja gewählt.«

Als Gordon Cooper am nächsten Morgen gegen zehn Uhr sein Frühstück einnehmen wollte, meldete ihm ein Steward, daß die Ausfahrt der ›Bayern‹ nicht um 17 Uhr, wie ursprünglich geplant, sondern bereits um 12 Uhr erfolgen würde.

Das hat mir gerade noch gefehlt, dachte er aufgebracht, da er sich für 14 Uhr mit dem V-Mann des Secret Service verabredet hatte. Unmöglich konnte er darauf verzichten, sich über den Paß des Chinesen Lim zu informieren. Er entschloß sich deshalb, das britische Konsulat auf schnellstem Weg aufzusuchen. Angenehmer wäre es ihm gewesen, wenn er die Angelegenheit telefonisch hätte erledigen können, aber das durfte er aus naheliegenden Gründen nicht riskieren.

Über Genua lag eine Nebeldecke, die den Hafen grau und schmutzig erscheinen ließ. Die ›Bayern‹, an deren Ladebäumen Seile wie Lianen herabhingen, hatte das Aussehen einer aus dem Wasser gezogenen Katze.

Was ein bißchen Sonne doch ausmacht, dachte Cooper, als er zum Portal des Hafens eilte, wo er in ein Taxi stieg, dessen Chauffeur er nach Nennung seines Zieles unter Zusicherung eines besonderen Trinkgeldes aufforderte, so schnell wie möglich zu fahren. Der Italiener tat, was er konnte, der Verkehr aber verlief so schleppend, daß sie kaum vorwärts kamen. Erst kurz vor elf Uhr ereichte Cooper den Vertrauensmann, den er sprechen wollte.

»Haben Sie die Fotokopien erhalten?« fragte er ihn hastig.

»Vor einer knappen Stunde. Hier sind sie.«

Gordon Cooper glaubte nicht richtig zu sehen. Seite für Seite bewies der Paß des Chinesen, daß er nicht erst vor wenigen Tagen von Hongkong nach London geflogen war, sondern in den letzten Wochen Japan, Süd- und Nordamerika sowie Europa bereist hatte. Und als ständiger Wohnsitz war Singapore angegeben.

Sollte hier eine Verwechslung vorliegen, fragte Cooper sich verwirrt. So unwahrscheinlich ihm dies erschien, er ersuchte seinen Gesprächspartner, die Unterlagen unverzüglich nach London zu senden und den Secret Service zu bitten, die ihm nach Genua übermittelten Angaben einer nochmaligen Überprüfung zu unterziehen.

»Da stimmt etwas nicht«, fügte er hinzu. »Ich kann mir nicht vorstellen, daß die Zentrale einen solchen Fehler macht. Aber wie dem auch sei: Ich erbitte telegraphische Verständigung via Rotterdam. ›Es geht mir wieder besser‹, soll man mir durchgeben, wenn die Londoner Angaben stimmen. ›Dank für deinen langen Brief‹, wenn sich ein Fehler eingeschlichen hatte. Ist das klar?«

»Sonnenklar«, antwortete der V-Mann und machte sich entsprechende Notizen.

»Well, dann will ich mich beeilen. Die ›Bayern‹ läuft schon um zwölf Uhr aus.«

Wenige Minuten später saß Cooper wieder in seinem Taxi und forderte den Fahrer auf, mit Volldampf zum Hafen zurückzufahren. Mitten in der Stadt befahl er dann aber plötzlich anzuhalten, sprang aus dem Wagen und lief in ein Geschäft, in dem er, ohne lange auszusuchen, eine Badehose erstand.

Nur keinen Fehler machen, sagte er sich, und es dauerte nicht lange, bis sich die Klugheit seines Handelns erwies. Denn als er das Schiff erreichte, fehlten nur noch zehn Minuten bis zum Hochziehen der Gangway, und unter den Passagieren, die wie üblich an der Reling standen, um das Ablegen zu beobachten, befanden sich auch Margit Holstein und Ivo Sorokin.

»Wo haben Sie bloß gesteckt?« rief sie ihm zu.

Er winkte mit seinem Päckchen. »In der Stadt. Ich stellte fest, daß ich meine Badehose vergessen habe.«

## 5

Wie in Rotterdam und Southampton, so ertönte auch in Genua das Lied: Muß i denn, muß ich denn zum Städtele hinaus ..., als die ›Bayern‹ von kräftigen Bugsierschiffen aus dem Hafenbecken herausgezogen wurde. Und erneut summte Gordon Cooper die Melodie.

Margit Holstein sah ihn verwundert an. »Sie sprechen Deutsch?«

»Nein«, log er ohne zu zögern, da er hinsichtlich seiner Sprachkenntnisse nicht mehr die Wahrheit sagen konnte, nachdem er Ivo Sorokin in groben Zügen den Ablauf seines Lebens geschildert und seine Tätigkeit in Deutschland, die militärischer Natur gewesen war, nicht erwähnt hatte. »Ich kenne lediglich dieses Lied«, fügte er erklärend hinzu. »Meine Schwester war mit einer Deutschen befreundet, die das Lied des öfteren sang. Ich glaube, wenn sie Heimweh hatte.«

Margit Holstein sah, daß sich die Narbe auf seiner Wange verfärbte, und im gleichen Augenblick kombinierte sie: Ihm wird heiß, weil er nicht die Wahrheit sagt. Warum leugnet er, die deutsche Sprache zu verstehen? Sie war sich ihrer Sache so sicher, daß sie ihn offen fragen wollte, unterließ es dann aber, weil ihr der Gedanke kam, daß er vielleicht nur wenig Deutsch spreche und lieber flunkere, als radebrechen zu müssen.

Cooper empfand es indessen als belastend, bei jedem Satz überlegen zu müssen, ob er die Wahrheit sagen durfte oder an einer Lüge weiterweben mußte, die er aus taktischen Gründen in die Welt gesetzt hatte. Er wußte, daß selbst hervorragende Agenten an dieser Klippe gescheitert waren. Sein unbeschwertes und glückliches Naturell half ihm jedoch, über diese Belastung hinwegzukommen.

Mit etwas anderem aber wurde er nicht so leicht fertig: mit der Tatsache, daß Patrice MacDonald alias Patrice Lawrence für Geld ihren Geliebten verraten haben sollte. Wo immer er sie in den nächsten Tagen sah, er beobachtete jede ihrer Bewegungen und Gesten und kam zu der Überzeugung, daß die Triebkraft ihrer Handlungsweise eine andere gewesen sein müsse, als es den Anschein haben mochte. Sie war zweifellos eine selbstbewußte, ehrgeizige und egozentrische Frau, schien ihm aber nicht die Kälte zu besitzen, um des eigenen Vorteiles willen einen Menschen über die Klinge springen zu lassen. Oder hatten die Folgen ihrer Tat sie verändert? Er konnte es nicht beurteilen und unterhielt sich wie zuvor mit ihr, wenn er die Bar aufsuchte, in der sie beinahe die ganze Fahrt verbrachte.

Im übrigen verliefen die Dinge an Bord des Schiffes so, wie Cooper es sich erhofft hatte. Unter dem nunmehr von Sonnensegeln geschützten Lidodeck wuchsen die Passagiere zu einer großen Familie zusammen. Alle kamen glänzend miteinander aus, und selbst Ivo Sorokin taute sichtlich auf. Er zog sich nicht mehr wie eine Schnecke zurück, wenn ihn jemand ansprach, und er ging nun auch des öfteren in die Bar, wo er sich einige Male sogar mit Patrice MacDonald unterhielt. Den Chinesen Lim jedoch, der sich allgemeiner Beliebtheit erfreute, schien er nicht zu mögen. Offensichtlich störte ihn das dauernde Lachen dieses Menschen.

Am wohlsten fühlte sich Sorokin, wenn er sich mit Margit Holstein unterhalten konnte, wenngleich deren Welt so fern von der seinen war, daß er bei ihren Schilderungen manchmal glaubte, Geschichten von einem anderen Stern zu hören. Für ihn bedeuteten Kriege und Revolutionen nichts anderes als Waffen und Business, für sie hingegen die Entfesselung des Primitiven. Erschreckend und ernüchternd nannte sie die Tatsache, daß das Angeborene im Menschen mächtiger ist als das Erlernte und daß aus diesem Grunde die Berührung mit dem Primitiven selbst im zivilisierten Menschen das Primitive neu weckt und Instinkte aus einem atavistischen Zustand entfesselt.

Ivo Sorokin zog Parallelen zwischen Margit Holstein und seiner Mutter, deren Charme und Intelligenz ihn fasziniert und beglückt hatten, bis ein britischer Gesandter ihm raubte, was er nach dem Tode seines Vaters als seinen unteilbaren Besitz angesehen hatte. Ernüchterung breitete sich aus, wo beseligende Träume gewesen waren. Wärme schlug in Kälte um und erweckte in Sorokin den Ehrgeiz, wenigstens das reale Leben zu beherrschen, wenn er das andere schon nicht halten konnte. Nüchterne Kalkulationen leiteten seither seine Überlegungen und sein Dasein, das nur einmal noch von einer Frau erhellt worden war, von einer jungen Wienerin, deren Schönheit so fesselte, daß er nichts anderes mehr zu sehen vermochte. Bis er erkannte, daß ihr Leben in erster Linie aus Gesellschaftstratsch und nicht enden wollenden Sitzungen bei Schneiderinnen und Friseuren bestand. Seitdem lebte er ausschließlich für seine Geschäfte, die er so atemberaubend gestaltete, daß ein Kriminalroman dagegen langweilig erschien. Seine Traumwelt, in der sich Charme und Intelligenz in einer Frau vereinigten, war dahin.

Und nun kreuzte ein Mensch seinen Weg, der seiner Mutter sehr ähnlich war. Nicht im Aussehen. Da war seine Mutter schöner gewesen. Auch nicht im Geist. In dieser Hinsicht schien ihm Margit Holstein noch nicht genügend gelöst zu sein. Aber sie vereinte all jene Elemente in sich, die er bei seiner Mutter angebetet hatte.

Ivo Sorokin zwang sich, Gedanken und Vorstellungen zu verscheuchen, die sich ihm aufdrängten. Er war an die zwanzig Jahre älter als Margit Holstein, und es war offensichtlich, daß sie Gefallen an Gordon Cooper fand.

Dieser hielt sich allerdings mit einem Male sehr zurück. Es bedrückte ihn, daß aller Wahrscheinlichkeit nach auf der Fahrt von Southampton nach Genua Dinge geschehen waren, die er nicht bemerkt hatte, und aus der Sorge heraus, ihm könnte erneut etwas entgehen, wenn er sich ablenken ließe, verzichtete er darauf, sich heimliche Wünsche zu erfüllen. Mit dem Erfolg, daß er Margit Holstein noch besser gefiel.

Im übrigen verlief die Fahrt nach Port Said, die an Stromboli vorbei und durch die Straße von Messina führte, sehr geruhsam. Man las oder spielte das auf allen Schiffen beliebte ›Shuffleboard‹, und niemand machte sich ernstliche Sorge wegen der Nachrichten, die von der Möglichkeit eines offenen Krieges zwischen Israel und Ägypten berichteten.

Vor Port Said aber war Gordon Cooper plötzlich nahe daran, die Nerven zu verlieren. Die ›Bayern‹ war auf Reede vor Anker gegangen und hatte eben zwei Ruderboote mit je vier Ägyptern übernommen, die sich bestimmungsgemäß während der Fahrt durch den Suezkanal an Bord eines jeden Schiffes befinden müssen, als die Gangway für die in Motorbarkassen heranrückenden Beamten der Hafenbehörde und Kanalverwaltung herabgelassen wurde. Und dann geschah das, was Cooper in helle Aufregung versetzte. Unmittelbar nach dem Eintreffen eines schnellen und blitzsauberen Bootes erschien Ivo Sorokin auf der Gangway und ging von Bord des Schiffes, als warte ein großer Empfang auf ihn.

Cooper, der gelangweilt an der Reling gestanden hatte, verschlug es fast den Atem, als er erkannte, was sich vor seinen Augen abspielte. Sekundenlang war er wie gelähmt, dann aber lief er zum Foyer hinunter, in dem sich der Zahlmeister gerade mit dem Chiefsteward stritt.

»Sie hatten kein Recht, seinen Paß herauszugeben«, erregte sich der Purser. »Die Verwaltung der Pässe obliegt mir und nicht Ihnen.«

»Das weiß ich selber«, entgegnete der ›Chief‹ verbissen. »Aber was sollte ich ...« Er unterbrach sich, da er Cooper kommen sah. »Kann ich etwas für Sie tun, Sir?«

»Ja, das können Sie«, antwortete Cooper und bemühte sich, seine Erregung zu verbergen. »Uns Passagieren wurde gestern erklärt, daß die auf dieser Route üblichen Tagesausflüge nach Kairo und Suez diesmal nicht genehmigt worden seien.«

»That's right, Sir. Sie wurden ohne Bekanntgabe von Gründen untersagt.«

»Well, dann verstehe ich nicht, wieso Mister Sorokin von Bord gehen darf. Nicht, daß ich ihm den Spaß mißgönne. Ich möchte nur ebenfalls einen Abstecher nach Kairo machen.«

Auf der Nase des Chiefstewards perlten Schweißtropfen. »Ich bedaure, Ihnen sagen zu müssen, daß das nicht geht, Sir. Bei Mister Sorokin liegen die Dinge anders. Er verfügt über eine Sondergenehmigung der ägyptischen Regierung, die eine Staatsbarkasse zu seiner Abholung schickte.«

»Ach, so ist das«, entgegnete Cooper, sich enttäuscht stellend. »Ich glaubte, er macht den Tagesausflug, von dem Sie sprachen.«

»Nein, nein«, erwiderte der ›Chief‹ und schüttelte den Kopf. »Mister Sorokin fährt ganz privat nach Kairo.«

»Und wann kommt er zurück?«

»Morgen abend. Wir übernehmen ihn in Suez.«

Ich könnte mir die Haare raufen, dachte Cooper, als er wieder nach oben ging. Aber ich habe Harrison ja gleich gesagt, daß Männer wie Sorokin nicht zur Erholung mit dem Schiff reisen. Jetzt ist alles klar. Ihm kam es darauf an, unauffällig nach Ägypten zu kommen. Wäre ich nicht zufällig an Bord, würde sein Abstecher unbekannt bleiben.

Der Nachrichtenoffizier des Schiffes trat an Cooper heran und riß ihn aus seinen Gedanken. »Dies Telegramm ist eben für Sie eingegangen.«

Cooper öffnete es und las: ›Es geht mir wieder besser. Lincoln war in Macao. Herzliche Grüße. Alice.‹

Unwillkürlich spitzte er die Lippen. Der Chinese war überführt! ›Es geht mir wieder besser‹ besagte vereinbarungsgemäß, daß die vom Secret Service übermittelten Angaben stimmten. Mister Lim war also nicht, wie er behauptete und wie aus seinem Paß hervorging, um die Erde gereist, sondern erst fünf Tage vor Auslaufen der ›Bayern‹ von Hongkong nach London geflogen. Demnach mußte er über zwei Pässe verfügen, und die im Telegramm zusätzlich gegebene Nachricht: ›Lincoln war in Macao‹, wies deutlich darauf hin. Denn ›Lincoln‹ konnte nur ein willkürlich gewähltes Synonym für ›Lim‹ sein, und die Erwähnung der Stadt Macao sollte ihn an die in Kreisen der internationalen Polizei allgemein bekannte Tatsache erinnern, daß man unweit von Hongkong auf portugiesischem Territorium ohne Schwierigkeiten jedes nur denkbare Dokument in unanfechtbarer Qualität erhalten kann.

Cooper genoß das Wissen, den Chinesen entlarvt zu haben. Wenn es auch unwahrscheinlich war, daß er jemals etwas gegen ihn unternehmen würde – er hätte sich dann ja decouvrieren müssen –, so erfüllte es ihn doch mit Genugtuung, daß ihn sein Instinkt nicht im Stich gelassen hatte. Mehr denn je stand es für ihn fest, daß Lim und Lefèvre in irgendeiner Weise Verbündete gewesen waren. Wahrscheinlich gab es auch eine Verbindung zwischen Lefèvre und Sorokin, keinesfalls aber eine solche zwischen diesem und dem

Chinesen. Zu offensichtlich war es, daß die beiden sich nicht leiden konnten.

Während Cooper über Lefèvre, Lim und Sorokin nachgrübelte, spürte er, daß er unmittelbar vor der Auflösung des Rätsels stand, das sich ihm gestellt hatte. Nur eine Kleinigkeit fehlte ihm noch, ein Geistesblitz, der alles erhellte. Aber wie sehr er sich auch anstrengte, ihm kam kein erlösender Gedanke. Im Gegenteil, seine Kombinationen wurden immer verwirrender, so daß er sich schließlich entschloß, alle Grübeleien über Bord zu werfen und mit Margit Holstein einen fröhlichen Abend zu verbringen.

Sie nahm seine Einladung gerne an, doch in der Bar herrschte eine so ausgelassene Stimmung, daß beide keine Lust verspürten, sich dort aufzuhalten. Sie gingen deshalb ins Freie und waren überrascht von der kühlen Brise, die ihnen entgegenschlug. Der Himmel war sternklar, und auf dem träge sich wiegenden Meer spielten die Lichter der Schiffe, die am Morgen im Konvoi in den Suez-Kanal einfahren sollten.

Margit Holstein legte den Kopf in den Nacken und schnupperte in die Luft. »Ich bilde mir ein, das Land zu riechen.«

Gordon Cooper sah ihr hübsches Profil und legte seine Hände um ihr Gesicht.

Ihre Augen schlossen sich.

Da küßte er sie.

Sie erwiderte seinen Kuß mit scheuer Verhaltenheit und trat dann schnell an die Reling, um zur Küste hinüberzuschauen, die von einer an ein Perlenband erinnernden Lichterkette gesäumt war.

»Wo sind deine Gedanken?« fragte er sie nach einer Weile, da sie regungslos nach Ägypten hinüberblickte.

»Bei Hatschepsut, einer faszinierenden ägyptischen Königin, deren Überreste nie gefunden wurden«, antwortete sie versonnen. »Ihr Geliebter war ein Architekt namens Senmut. Er schuf ihr Grabmal, und wenn ihr Nachfolger sie auch daraus verbannte, so gewann Senmut doch seine letzte Wette mit den Göttern. Noch heute, über dreieinhalb Jahrtausende hinweg, huldigt er seiner Geliebten in vier gemeißelten Bildern mit dem Vorrecht eines Königs.«

»Der er nicht war«, warf Cooper ernüchternd ein.

»Doch war!« widersprach Margit Holstein energisch. »Ein Mann ist immer das, was er an der Seite einer Frau wird. Umgekehrt gilt übrigens das gleiche.«

»Das beruhigt mich.«

Sie lächelte spöttisch und hakte sich bei ihm ein. »Hast du Angst gehabt, die Intelligenzbestie könnte wieder durchbrechen?«

»Ein bißchen«, gestand er, den Verzagten spielend.

Sie tippte mit ihrem Zeigefinger auf seine Nase. »Keine Sorge.

Ich kenne dich ja inzwischen und weiß, daß dir gurrende Weibchen lieber sind.«

»Das ist nicht wahr!« empörte er sich.

Sie gab ihm einen Kuß und lief davon. »Fortsetzung morgen!«

In der folgenden Nacht wälzte sich Gordon Cooper schlaflos auf seinem Lager. Es waren jedoch nicht Gedanken an Margit Holstein, die ihn nicht zur Ruhe kommen ließen. Auch Ivo Sorokin raubte ihm nicht den Schlaf; dafür lagen die Dinge bei ihm jetzt zu klar. Er besuchte Kairo, um Waffengeschäfte zu tätigen, die ihm zweifellos großen Nutzen, aber auch Feinde einbrachten. Den Israelis konnte es beispielsweise nicht gleichgültig sein, daß er Ägypten mit Waffen versorgte, und um seine Kontakte zu tarnen, reiste er nicht offiziell, sondern heimlich nach Kairo.

Wenn Cooper sich über den unerwarteten ›Landgang‹ des Hongkonger Waffenhändlers im ersten Augenblick auch erregt hatte, so besaß Sorokins Abstecher doch nur allgemeines Interesse für ihn. Er gehörte zur Spionageabwehr und wußte sehr wohl, daß der Handel mit Waffen in keinem Land verboten ist. Was ihn in dieser Nacht nicht schlafen ließ, waren denn auch nicht Sorokins Geschäfte, sondern der zweite Paß des Chinesen Lim, der eindeutig bewies, daß seinem Inhaber nicht über den Weg zu trauen war.

Entweder will er etwas vertuschen, das sich auf dem Flug nach London abgespielt hat beziehungsweise in den Tagen, in denen er sich in London aufhielt, oder es geschieht noch etwas, das für ihn den Besitz eines zweiten Passes notwendig macht, sagte sich Cooper, und er vermutete, daß der zur Zeit von Lim benutzte Paß von einer Sache fortlocken sollte, die sich bereits zugetragen hatte. Was aber mochte das sein?

Diese Frage ließ Cooper erst wieder los, als er am nächsten Morgen plötzlich spürte, daß die Motoren der ›Bayern‹ liefen. Mit einem Satz war er aus dem Bett, denn die Einfahrt in den Suezkanal wollte er nicht verpassen. Doch zu spät: Port Said wurde gerade passiert, und als Cooper sich eilig frisch gemacht und angezogen hatte, erreichte er das Lidodeck in dem Augenblick, da der langgestreckte und voll von Schiffen liegende Hafen durchfahren war und der eigentliche Kanal seinen Anfang nahm.

»Guten Morgen, Herr Langschläfer«, begrüßte ihn Margit Holstein, die bereits nach ihm Ausschau gehalten hatte. »Erstaunlich, daß Sie überhaupt aufgestanden sind.«

Er warf einen Blick auf die Deckuhr. »Es ist doch erst sechs!«

Sie lächelte. »Gut geschlafen?«

»Saumäßig!« brummte er unwirsch und blickte nach Port Said zurück. »Habe ich etwas verpaßt?«

Sie schüttelte den Kopf.

»Gehen wir auf das Bootsdeck«, schlug er vor. »Von dort aus können wir auch nach vorne sehen.«

Margit Holstein war einverstanden, und so stiegen sie zum nächsthöheren Deck hinauf, wo sie mit Freude feststellten, daß sich dort noch niemand aufhielt.

Der vor ihnen liegende, wie mit einem Lineal gezogene, etwa achtzig Meter breite Kanal machte einen unwirklichen Eindruck, der nicht zuletzt dadurch hervorgerufen wurde, daß dreißig bis vierzig im Konvoi durch eine Wüstenlandschaft fahrende Ozeandampfer zwangsläufig einen absonderlichen Anblick bieten.

Der Wüstensand wehte bis zum Schiff hinüber. Kein Baum, kein Strauch, kein Halm war zu sehen. Nur hin und wieder gab es winzige Haine, die in der Nähe eines Brunnens entstanden waren. Sie wirkten wie bekleidete Weiße inmitten nackter Neger.

Je länger das Schiff fuhr, um so unwirklicher wurde das Land. Alles sah krank aus, sogar der Sand, der schmutzigen Totenlaken glich. Über ihn hinweg fegte der Atem der Hölle, der schließlich auch Gordon Cooper und Margit Holstein zwang, sich in das Innere des Schiffes zurückzuziehen. Fast fünfzig Grad heißer Wind wirbelte glühende Sandfontänen durch die Luft.

Und dann glaubten sie ihren Augen nicht trauen zu dürfen: Ein Kriegerdenkmal mit den Jahreszahlen 1914—1918 glitt an ihnen vorüber. Also auch hier hatte die Krone der Schöpfung gekämpft, und breite Freitreppen verbrämten nun ein sinnlos gewesenes Morden.

Unwirklich erschien alles. Unwirklich das Land, das nur Wind und Sand, Hitze und Kälte kennt. Unwirklich das Schiff, das geruhsam die Wüste durchquert. Unwirklich Margit Holsteins Erzählung von ägyptischen Pharaonen, die bereits vor dreieinhalb Jahrtausenden einen Kanal vom Nildelta zum Golf von Suez hatten graben lassen.

Sandstürme, die aus Strahlgebläsen zu kommen schienen, verdunkelten zeitweilig das Licht des Tages und ließen die Sonne wie eine braunrote Scheibe am Himmel stehen. Die Luft knisterte vor Trockenheit. Apathie breitete sich aus.

»Das ist ja zum Verrücktwerden«, stöhnte Gordon Cooper, der Margit Holstein nicht den Wunsch hatte abschlagen mögen, mit ihr noch einmal ins Freie zu gehen.

»Ich verstehe dich nicht«, entgegnete sie mit einer wie aus weiter Ferne kommenden Stimme. »Das alles gehört doch dazu! Wer vor solchen Erlebnissen flüchtet, dem werden sich vergangene Zeiten niemals erschließen. Was glaubst du, was ich jetzt sehe? Stürme politischer Art, die Luxor, Karnak und Theben zum Verhängnis wurden.«

Cooper betrachtete sie überrascht von der Seite. Ihr Haar flatterte wie eine Fahne. Mit zusammengekniffenen Augen blickte sie nach Westen, wo Luxor, Karnak und Theben liegen mochten. Ihre schmalen Nasenflügel vibrierten. Sie könnte Hatschepsut sein, dachte er und empfand plötzlich eine übermächtige Zuneigung zu ihr.

Später, als der Bittersee durchfahren und der Sturm zu einem linden Säuseln abgeflaut war, freute sich Gordon Cooper, daß er auf Margit Holstein gehört hatte. Er wußte nun, wie wertvoll es ist, seine Umwelt mit Gedanken zu beleben, und als die Sonne sich am Abend wie ein glühender Ball dem Horizont näherte, da hörte er im Geiste seinen alten Schullehrer Verse des ägyptischen Königs Echnaton deklamieren, der allen Göttern entsagt und die von ihm zum einzigen Gott erhobene Sonne mit den Worten gepriesen hatte: ›Die Erde und die Menschen sind in deiner Hand. Bist du aufgegangen, so leben sie. Sinkst du hinab, so sterben sie. Du selbst bist das Leben. Man lebt durch dich.‹

## 6

Es war schon Nacht, als sich die ›Bayern‹ dem Ende des Kanals näherte. Das Dinner war vorüber, und die Passagiere standen erwartungsvoll an der Reling, um Suez zu sehen und das Übersteigen von Ivo Sorokin zu beobachten, der während der Fahrt an Bord kommen mußte, da das Schiff für ihn nicht eigens gestoppt werden konnte. Der Himmel war sternklar und die Natur so friedlich, daß man versucht war zu glauben, die Nacht wünsche einen Ausgleich für die Willkür des Tages zu schaffen. Am Horizont flimmerte ein unübersehbares Lichtermeer, über dem an verschiedenen Stellen die für Hydrierwerke typischen rötlichen Flammen wehten.

Margit Holstein, die an diesem Abend ein Cocktailkleid aus türkisfarbener Seide trug, wies in die Ferne und sagte an Gordon Cooper gewandt: »Wie gütig die Nacht doch ist. Aus scheußlichen Industrieanlagen macht sie faszinierende Lichtgebilde.«

»Und aus alten Weibern junge Mädchen«, ergänzte er sarkastisch und schob die Hände in die Taschen seines weißen Dinnerjacketts.

Im ersten Moment wollte sie aufbegehren, doch dann erwiderte sie überlegen: »Intelligent ist nur, wer das Wahre erkennt.«

Cooper krümmte sich, als habe er einen Schlag erhalten. »Der Hieb sitzt so sehr, daß ich dich bitten möchte, meine dumme Bemerkung mit einem Kuß wettmachen zu dürfen.«

»Interessant, wie du Intelligenz durch Raffinesse ersetzt«, entgegnete sie belustigt.

Cooper schloß sie in die Arme.

Sie drängte ihn zurück. »Das habe ich dir nicht gestattet!«

Auf der Kommandobrücke wurde ein Scheinwerfer eingeschaltet, dessen Lichtkegel sich langsam auf die herabgelassene Gangway richtete.

Gordon Cooper stützte seine Arme auf die Reling. »Es geht los! Mister Sorokin wird in wenigen Minuten ohne Netz und doppelten Boden auf einen fahrenden Ozeandampfer springen!«

Margit Holstein sah ihn unsicher an. »Wirst auch du gehässig?«

»Auch?«

»Du weißt doch, welche Bemerkungen gemacht werden, seit Sorokin in einer Staatsbarkasse davonrauschte.«

Er machte eine wegwerfende Bewegung. »Neidisches Gerede ist das, während ich hier den Versuch mache, mit reporterhaftem Gequatsche dein Herz zu gewinnen. Und was tust du? Du verdächtigst mich!«

Sie hakte sich bei ihm ein. »Im Gegenteil, ich will dir etwas anvertrauen. Mistreß MacDonald erzählte mir vorhin, daß wenige Tage vor Abfahrt des Schiffes in London ein Attentat auf Sorokin verübt wurde. Er ist Waffenhändler!«

Cooper gab sich einen erstaunten Anschein. »Ein richtiges Attentat?«

»Sein Wagen flog in die Luft. Sorokin ist nur noch am Leben, weil er eine Firma beauftragt hatte, seinen Wagen abzuholen. Der Fahrer war auf der Stelle tot.«

»Schrecklich!« entgegnete Cooper mit entsetzter Miene. »Weiß außer dir und Mistreß MacDonald noch jemand davon?«

»Ich glaube nicht. Sie tat jedenfalls sehr geheimnisvoll und bat mich, die Geschichte nicht publik zu machen.«

Cooper rieb seine Nase. »Das ist auch besser. Über Sorokin wird seit gestern gerade genug gelästert. Dabei ist er ein kultivierter und wirklich angenehmer Mensch.«

»Aber er ist Waffenhändler, wie wir nun wissen«, entgegnete Margit Holstein vielsagend. »Mir hat es einen richtigen Stich versetzt, als ich das erfuhr.«

Gordon Cooper gab ihr einen Kuß. »Waffenhändlern wird vieles nachgesagt. Betrachtet man die Dinge jedoch nüchtern, dann sind sie nichts anderes als Generalvertreter von Flugzeugfabriken, Schiffswerften und sonstigen Rüstungsindustrien.«

Margit Holstein schüttelte den Kopf. »Ihre Tätigkeit ist dennoch anrüchig.«

»Nicht anrüchiger als die von Politikern, die sich zum Kauf von Waffen entschließen.«

Sie wies zum Ufer hinüber, an dem einige erleuchtete Villen auftauchten. »Ist das schon Suez?«

»Es sieht so aus. Der ›Chief‹ sagte mir, es sei eine hübsche Stadt.«

Eine unscheinbare Anlegestelle glitt vorbei, von der sich eine Barkasse löste, die gleich darauf mit hoher Bugwelle hinter der ›Bayern‹ herlief und sich rasch der Gangway näherte, auf deren unteren Stufen zwei Matrosen standen, die allem Anschein nach Hilfestellung leisten sollten. Doch das war nicht notwendig. Wie im Spiel setzte sich das Boot neben die Gangway, und Ivo Sorokin, der eine Aktentasche in der Hand hielt, setzte mühelos über.

»Darauf sollten wir uns einen Drink genehmigen«, sagte Cooper an Margit Holstein gewandt, als er die enttäuschten Gesichter einiger Passagiere bemerkte, die Sorokin gelassen die Gangway emporsteigen sahen.

Sie griff in ihr Haar. »Ich muß zuvor aber meine Frisur in Ordnung bringen.«

Das hatte Cooper gehofft, denn er wollte schnellstens zum Foyer hinuntereilen, um wie zufällig mit Ivo Sorokin zusammenzutreffen.

»Hatten Sie eine angenehme Fahrt, Sir?« erkundigte sich der Chiefsteward gerade, als Cooper die letzten Stufen der Treppe erreichte.

»Es war reichlich heiß«, erwiderte der Waffenhändler.

»Wünschen Sie noch etwas zu essen?«

»Wenn ich ein paar Appetithappen bekommen könnte, wäre ich dankbar«, antwortete Sorokin nach kurzem Zögern. »Dazu vielleicht eine Flasche Röderer.«

Der ›Chief‹ drehte seine Augen nach oben. »Superb! Darf ich in der Lounge servieren?«

»Bin ich dort telefonisch erreichbar? Ich muß ein Gespräch nach Hongkong anmelden.«

Der Chiefsteward machte eine bedauernde Geste. »Ferngespräche können nur von der Nachrichtenzentrale aus geführt werden. Ich kann die Anmeldung aber für Sie übernehmen und veranlassen, daß Sie über den Apparat des Barkeepers verständigt werden, wenn es soweit ist.«

»Bitte, tun Sie das«, erwiderte Sorokin und warf einen Blick auf seine Armbanduhr. »Wie lange dauert es für gewöhnlich, bis ein Gespräch nach Ostasien zustande kommt?«

»Mit ein bis zwei Stunden werden Sie rechnen müssen.«

»Das käme gut aus«, entgegnete Sorokin wie zu sich selber und trat an den Tisch der Rezeption, um die Nummer zu notieren, mit der er verbunden werden wollte. »In Hongkong ist es jetzt fünf Uhr morgens.« Damit übergab er seine Notiz und ließ sich seinen Kabinenschlüssel geben.

Gordon Cooper legte nun hastig die letzten Stufen zurück und erweckte den Anschein, als komme er gerade vom A-Deck. »Herzlich willkommen!« begrüßte er seinen Tischpartner. »Die Ohren müssen Ihnen geklungen haben, so habe ich geflucht, als ich hörte, daß Sie nach Kairo gefahren sind, ohne mich mitzunehmen. Die Stadt muß ja irrsinnig interessant sein.«

Ivo Sorokin machte einen nervösen Eindruck. »Ich habe leider nichts von Kairo gesehen, da ich Verhandlungen zu führen hatte.«

»Ach, Sie waren geschäftlich unterwegs?« erwiderte Cooper, den Erstaunten spielend, und fügte mit gedämpfter Stimme hinzu: »Sagen Sie das nur nicht Miß Holstein. Sie wäre entsetzt. Irgend etwas werden Sie ihr ja über die Cheopspyramide erzählen können.«

Sorokin, der im ersten Moment verblüfft gewesen war, lachte plötzlich herzhaft. »Sitzt Ihnen Ayer-Itam immer noch in den Knochen?«

Cooper war wie erstarrt. »Sie kennen den Tempel?«

»Nein. Aber Sie erwähnten ihn, als Sie mir Ihren Disput mit Miß Holstein schilderten.«

Er muß ein Hirn wie ein Computer haben, dachte Cooper nicht ganz ohne Neid und erwiderte: »Richtig, ich erinnere mich. Ich habe mich übrigens eben mit Miß Holstein zu einem Drink verabredet. Hätten Sie Lust, uns Gesellschaft zu leisten?«

»Herzlich gerne, wenn Sie sich bereit erklären, meine Gäste zu sein«, antwortete Sorokin zuvorkommend. »Wir treffen uns in der Lounge, sobald ich mich frisch gemacht habe.«

Wenige Minuten später suchte Cooper die mit dem Gesellschaftsraum verbundene Bar auf, in der sich an diesem Abend nur wenige Gäste aufhielten. Die Hitze des Tages war für die meisten zu anstrengend gewesen. Patrice MacDonald saß freilich wie immer auf ihrem angestammten Hocker und unterhielt sich mit dem Chinesen Lim, dessen feingliedrige Hände beim Sprechen nie zur Ruhe kamen.

»Have a drink?« fragte sie Cooper und wies auf den freien Platz neben sich.

»Thank you, Madam«, erwiderte er und blieb neben ihr stehen. »Ich erwarte Miß Holstein.«

Sie lächelte ihn an und erkundigte sich hintergründig, ob es stimme, daß Ivo Sorokin mit der Grandezza eines Spaniers übergestiegen sei.

»Die Formulierung ist treffend«, antwortete ihr Cooper. »Haben Sie nicht zugeschaut?«

»Oah no! Mister Lim hat es mir erzählt.«

Der Chinese deutete eine springende Bewegung an und rief: »Heja – hupp!« Dann lachte er schallend.

»Das sollten Sie Mister Sorokin vorführen«, entgegnete Gordon Cooper mit eisiger Miene. »Er wird gleich kommen.«

Die Augen des Chinesen wurden zu Schlitzen. Seine Haut schimmerte plötzlich kalkig-grün.

Cooper sah die jähe Veränderung und grübelte verwundert über ihre Ursache nach.

Patrice MacDonald zündete sich eine Zigarette an. »Wenn Sorokin so spät noch in die Bar kommt, dann ist das eine kleine Sensation.«

»Die nicht eintreten wird«, fügte Cooper trocken hinzu. »Denn Mister Sorokin geruht in der Lounge Platz zu nehmen, wo ihm ein kleines Nachtmahl serviert wird.«

Seine Landsmännin lachte. »Sie sind aber gut im Bilde!«

Gordon Cooper lachte nun ebenfalls. »Weil Mister Sorokin Miß Holstein und mich gebeten hat, ihm noch für ein halbes Stündchen Gesellschaft zu leisten.«

Der Chinese warf einen Blick auf die Baruhr, die halb elf anzeigte. »Geben Sie mir einen Whisky«, wandte er sich an den Keeper.

Der schaute ihn fassungslos an. »Einen *Whisky?* Sie haben doch noch nie etwas Hartes bestellt.«

Lim Swee Long hatte sich wieder gefangen und lachte wiehernd. »Ich bin eben sehr genügsam. Aber heute wünsche ich einen Whisky.«

Der Barkeeper entsprach dieser Bitte. Mit dem Erfolg, daß der Chinese kurz darauf von Hustenanfällen geschüttelt die Bar verließ.

Warum hat er heute Whisky getrunken, fragte sich Gordon Cooper, aber dann erschien Margit Holstein und lenkte seine Gedanken in eine andere Richtung.

Sie begrüßte Patrice MacDonald, die ein gewagtes Kleid aus rotem Moiré trug, ungewöhnlich herzlich, und die schnell in Fluß kommende Unterhaltung ließ erkennen, daß die beiden Frauen, die so gar nicht zueinander zu passen schienen, gut miteinander auskamen. Die Gründe hierfür lagen in Margit Holsteins Aufgeschlossenheit und in Patrice MacDonalds Bestreben, einen Menschen an sich zu ziehen. Sie sehnte sich nach einer Freundschaft, für die sie bereit war, jeden Preis zu zahlen. Der Schatten der Vergangenheit war seit Jahren wie ein Gespenst hinter ihr hergelaufen und hatte jede Bekanntschaft nach kurzer Zeit zunichte gemacht. Seit ihrer Rückkehr nach England vor fünfzehn Jahren wurde sie von jedermann gemieden. Von jedem Klub und jeder Gesellschaft wurde sie ausgeschlossen, und ihr Vermögen, das es ihr auch ohne das ihr ausbezahlte Schandgeld gestattet haben würde, ein luxuriöses Leben zu führen, nützte ihr nichts. Auch ihre Schönheit vermochte nicht zu verhindern, daß sie überall wie eine Aussätzige behandelt wurde. In ihrer Verzweiflung hatte sie England verlassen und war nach Indien gegangen, wo sie den um fast fünfunddreißig Jahre älteren General MacDonald kennenlernte, den sie so becirzte, daß er sie schon wenige Wochen später heiratete. Ihre Hoffnung aber, durch ihre Eheschließung wieder gesellschaftsfähig zu werden, ging nicht in Erfüllung. Wohl erwies man ihr die der Frau eines Gouverneurs gebührende Reverenz, doch das war auch alles und währte nur bis zum Tode ihres Mannes, dem sie vor knapp einem halben Jahr das letzte Geleit gegeben hatte. Seit dieser Zeit war sie die Ausgestoßene von ehedem, und sie reiste nun nach Malaysia, um im stillen einen Triumph auszukosten, von dem niemand wußte, daß sie ihn errungen hatte. Nach schweren Kämpfen war es ihr gelungen, General MacDonald zu bewegen, fünfundvierzig Prozent der Aktien jener Zinnmine zu erwerben, die ihr Vater gegründet und ihre Mutter nach seinem Tode dem Chinesen Lee Kon-kim verkauft hatte, dessen Geliebte sie, Patrice Lawrence, später geworden war. Gewiß, sie hatte es nicht geschafft, die Herrin der ›Albion-Tin-

Works‹ zu werden, wie es in jüngeren Jahren ihr Traum gewesen war, aber sie hatte nun das fünfundvierzigste Lebensjahr erreicht und war nicht mehr von dem krankhaften Ehrgeiz besessen, der ihre Sinne einst getrübt hatte.

Die rasch in Schwung gekommene Unterhaltung zwischen Patrice MacDonald und Margit Holstein wurde durch das Erscheinen von Ivo Sorokin unterbrochen, der wie Gordon Cooper ein weißes Dinnerjackett trug. Er begrüßte die Damen ein wenig steif, unterließ es aber nicht, Patrice MacDonald mit in den Gesellschaftsraum zu bitten. Sie bat um Verständnis dafür, der Einladung nicht folgen zu können, da sie zu müde sei, und so begab sich der Waffenhändler mit Margit Holstein und Gordon Cooper in die Lounge, in der eine appetitanregende kalte Platte und eine Flasche Sekt bereitgestellt waren.

Ivo Sorokin, der zunächst etwas verklemmt wirkte, wurde bald gelöster und zeigte sich von einer so charmanten Seite, daß Cooper verblüfft war, als er den sonst stets zurückhaltenden und alles nüchtern betrachtenden Waffenhändler in den farbigsten Bildern über Kairos Kulturschätze reden hörte. Man spürte förmlich die Hitze des Tages, vernahm den seit Jahrtausenden am Sockel der Cheopspyramide mahlenden Sand, sah die Kuppeln und Minarette der Sultan-Hassan-, Tulan- und Azhar-Moschee und atmete die Kühle des erhabenen Tempels Muhamed Ali.

»Haben Sie auch die Zitadelle aufgesucht«, erkundigte sich Margit Holstein, die jedes Gebäude in Kairo zu kennen schien.

»Selbstverständlich«, antwortete Sorokin ohne zu lügen, da er die Zitadelle vor Jahren einmal besichtigt hatte. »Aber nun müssen Sie mir von Ihrer Fahrt durch den Suezkanal berichten«, fügte er bittend hinzu, da ihm die von Cooper aufgezwungene Rolle zuwider war. »Haben Sie einen Sandsturm erlebt?«

Margit Holstein nickte lebhaft und schilderte den Verlauf der Fahrt in allen Details. »Erst beim Eintritt in den Timsah-See, also kurz hinter Ismailia, wurde die Luft wieder klar«, beendete sie ihre Erzählung und fügte lachend hinzu: »Dadurch habe ich übrigens den zwischen einer ›Mig 19‹ und ›Mig 21‹ bestehenden Unterschied kennengelernt.«

Ivo Sorokin glaubte nicht richtig zu hören.

Cooper sah den erstaunten Gesichtsausdruck des Waffenhändlers und beeilte sich, Margit Holsteins Bemerkung zu erklären. »Wir konnten während der Fahrt durch den Timsah-See eine Anzahl Düsenjäger beobachten, die auf einem unmittelbar am See gelegenen Flugplatz starteten und landeten. Es waren ausschließlich russische Maschinen. Unter ihnen gab es allerdings nur eine ›Mig 21‹.«

Wenn Cooper glaubte, mit seiner Erklärung Margit Holsteins Bemerkung verständlicher gemacht zu haben, so täuschte er sich. Das

Gegenteil war der Fall. »Woher kennen Sie die Typen so genau?« erkundigte sich Sorokin interessiert.

»Ich habe fünf Jahre bei der Royal Air Force gedient und besitze die Lizenz zur Führung von Düsenmaschinen«, antwortete Cooper mit einem gewissen Stolz in der Stimme.

»Die Narbe auf seiner Wange ist ein ›Geschenk‹ aus jener Zeit«, ergänzte Margit Holstein und ergriff ihre Handtasche. »Bitte, nehmen Sie es mir nicht übel, wenn ich mich jetzt verabschiede. Es ist gleich Mitternacht.«

Beide Herren erhoben sich und wünschten ihr eine gute Nacht, und als sie gegangen war, nahm Sorokin das Gespräch wieder auf, indem er beiläufig fragte: »Sind Sie damals verunglückt?«

»Das wäre zuviel gesagt«, antwortete Cooper bescheiden. »Ich flog den Starfighter und hatte eines Tages in tausend Meter Höhe einen Flammenabriß, der immer mal vorkommen kann. Ich zündete sofort neu, aber es geschah nichts. Der Treibstrahl setzte nicht wieder ein. Da konnte ich nichts anderes tun, als mich hinauszukatapultieren, denn im Gegensatz zu anderen Flugzeugen, die bei einem Motorenausfall in den Gleitflug übergehen können, plumpst der Starfighter einfach in die Tiefe.«

»Ich weiß«, erwiderte Sorokin. »Und wie kam es zu Ihrer Gesichtsverletzung?«

»Ich landete mit dem Fallschirm in einem Steinbruch. Es war zu blöd.«

»Sind Sie seitdem nicht mehr geflogen?«

»Doch, doch, natürlich! Vor wenigen Wochen habe ich noch die alljährlich erforderlichen Pflichtflüge durchgeführt. Meinen Flugschein lasse ich so schnell nicht verfallen.«

Er wird immer interessanter für mich, dachte Ivo Sorokin. Dann aber glaubte er plötzlich, daß Coopers Angaben über seinen bisherigen Lebenslauf nicht mit seinem Alter übereinstimmen könnten. »Wie alt sind Sie eigentlich?« fragte er ihn unverblümt.

»Fünfunddreißig«, antwortete Gordon Cooper, der augenblicklich vermutete, daß Sorokin die Jahre zusammenrechnete, die seine Tätigkeit bei der Air Force und als Vermögensverwalter ausmachen mußten. »Ich bin Jahrgang zweiunddreißig.«

Er ist nur sieben Jahre jünger als ich, rechnete Sorokin sich aus. Ich hätte ihn für höchstens dreißig gehalten. Unter diesen Umständen dürften seine Angaben stimmen. Einer jähen Regung folgend hob er sein Glas und prostete Cooper zu. »Auf Ihren glücklich verlaufenen Unfall!«

Sie hatten die Gläser kaum geleert, da meldete der Barkeeper das Zustandekommen des Gespräches nach Hongkong. Er bat Sorokin, ihm über eine im Schiffsinnern gelegene Personaltreppe zu folgen, und während er den Waffenhändler so auf schnellstem Wege zur Nachrichtenzentrale führte, eilte Cooper außen herum über das

Lidodeck zum Fenster der Funkkabine, das der Hitze wegen geöffnet und nur von einer Blendjalousie verdeckt war. Neben diesem Fenster blieb er stehen, um zu lauschen. Er wurde jedoch bitter enttäuscht. Ivo Sorokin redete in einer Sprache, die Cooper nicht beherrschte. Allem Anschein nach war es Chinesisch, denn seine Worte klangen abgehackt und waren ausnahmslos einsilbig. Hin und wieder nannte er allerdings Zahlen in der englischen Sprache.

Da es unter den gegebenen Umständen sinnlos war, sich das Gespräch länger anzuhören, suchte Cooper die Bar auf, um Sorokins Rückkehr bei einem Glas Pils abzuwarten. Der gebürtige Russe blieb jedoch länger aus, als vorauszusehen war, und Cooper bestellte sich gerade ein zweites Glas, als Sorokin sichtbar erschöpft zurückkehrte. Auf seiner Stirn standen Schweißtropfen.

»Vernünftig, daß Sie hier Platz genommen haben«, sagte er und fuhr sich mit einem Tuch über das Gesicht. »Ein kühles Bier wird auch mir jetzt guttun. Die Verständigung wurde von Minute zu Minute schlechter. Am Schluß habe ich regelrecht schreien müssen.« Damit setzte er sich neben Cooper.

Er hatte jedoch noch nicht richtig Platz genommen, da donnerte eine Explosion los, die das Schiff erzittern ließ. Es war, als würde die ›Bayern‹ von einer Riesenfaust geschüttelt.

Cooper sprang erschrocken auf und lief zur Tür.

Sorokin rannte hinter ihm her und hielt ihn fest. »Ich vermute, daß in meiner Kabine etwas passiert ist.«

Alarmglocken setzten ein.

»Sie meinen wie in London?«

»Sie wissen davon?«

»Seit heute abend. Miß Holstein erfuhr es von Mistreß MacDonald.«

»Kommen Sie!« forderte Sorokin ihn auf und setzte sich erneut in Bewegung.

Auf der Treppe zum A-Deck stürzten ihnen nur dürftig bekleidete Passagiere entgegen. Aus dem Gang zu Sorokins Kabine drang Brandgeruch. Cooper riß einen der überall angebrachten Feuerlöscher aus seiner Halterung und eilte in den Gang hinein. In das Schrillen der Alarmglocken mischten sich hysterische Schreie. Er prallte mit einer schluchzenden Dame zusammen, lief weiter und erreichte Sorokins Kabine, deren Tür geborsten in ihren Angeln hing. Das Innere des Raumes brannte lichterloh. Er schlug den Knopf des Feuerlöschers auf den Boden und sprühte den herausschießenden Schaum in die Flammen.

Sorokin versuchte in die Kabine einzudringen.

Cooper hielt ihn zurück. »Haben Sie den Verstand verloren?«

»Ich muß meine Aktentasche herausholen!«

»Sie sollten froh sein, Ihr Leben gerettet zu haben!« schrie Cooper ihn wütend an. »Wenn der Brand gelöscht ist, können Sie Ihre Tasche suchen.«

Der schrille Ton der Alarmanlage brach jäh ab und ließ taube Ohren zurück. Aus dem Treppenhaus ertönte Geschrei. Über die Bordlautsprecher wurden die Passagiere aufgefordert, Ruhe zu bewahren. Sobald man wisse, was geschehen sei . . .

Cooper drückte Sorokin den Feuerlöscher in die Hand. »Den Rest besorgen Sie. Ich informiere die Schiffsleitung.«

Im Treppenhaus drängten und schoben sich die Passagiere.

»Es besteht keinerlei Gefahr!« rief Cooper, so laut er konnte. Vergebens. Jeder wünschte so schnell wie möglich zum Promenadendeck und von dort ins Freie zu gelangen.

Gordon Cooper blieb nichts anderes übrig, als zum A-Deck hinunter zu laufen, wo ihm der Chiefsteward, der nun nicht mehr an einen Habicht, sondern an einen Vogel in der Mauser erinnerte, in die Arme lief. »Rufen Sie den Käpten an!« forderte er ihn auf. »Die Explosion fand in Mister Sorokins Kabine statt. Der entstandene Brand ist fast gelöscht. Die Passagiere brauchen sich keine Sorgen mehr zu machen.«

Der ›Chief‹ wählte hastig die Nummer der Kommandobrücke und verständigte den diensthabenden Offizier, der gleich darauf über die Bordlautsprecher beruhigend auf die Passagiere einredete und sie aufforderte, in ihre Kabinen zurückzukehren.

Cooper wollte sich eben entfernen, als ihm der Chiefsteward den Telefonhörer übergab. »Der Erste Offizier ist am Apparat. Sprechen Sie mit ihm. Sie wissen besser Bescheid als ich.«

Gordon Cooper erklärte dem Offizier nach einer kurzen Schilderung der Situation, daß seiner Meinung nach der Versuch gemacht worden sei, Sorokin zu töten.

»Wie kommen Sie darauf?« erkundigte sich der Offizier bestürzt.

»Ich weiß zufällig, daß vor kurzem in London ein Anschlag auf ihn verübt worden ist.«

»Täuschen Sie sich da nicht?«

»Ich habe eben noch mit Mister Sorokin darüber gesprochen.«

»Dann müssen wir sofort eine Untersuchung einleiten.«

»Das ist auch meine Meinung«, erwiderte Cooper, der plötzlich das Gefühl hatte, noch in dieser Nacht eine Antwort auf die Frage zu bekommen, die sich ihm seit Erhalt des Telegramms immer wieder stellte.

Der Erste Offizier beendete das Gespräch, und kurz darauf erklärte er über Bordlautsprecher mit ruhiger Stimme: »Ladies and gentlemen! Aus besonderer Veranlassung sieht sich der Kapitän gezwungen, sämtliche Passagiere in den Gesellschaftsraum zu bitten. Ich wiederhole: sämtliche Passagiere in den Gesellschaftsraum.

Alle dienstfreien Offiziere und Besatzungsmitglieder versammeln sich in der Mannschaftsmesse. Ende der Durchsage.«

Cooper eilte zu Sorokin zurück, der total verschmutzt im Kabinengang kniete und den Inhalt seiner Aktentasche prüfte. In seiner Nähe standen einige halb bekleidete Stewards und Matrosen, die mit ihren Äxten und Sägen zu spät gekommen waren.

»Uns fehlt die zum Löschen erforderliche Flüssigkeit«, sagte einer von ihnen anzüglich.

Cooper blinzelte ihm verständnisvoll zu und trat an Sorokin heran. »Alles okay?«

Der Waffenhändler erhob sich und nickte. »Für mich wäre es sehr unangenehm gewesen, wenn meine Tasche ... Glücklicherweise hat der Schreibtisch nicht so schnell Feuer gefangen.«

»Daß Sie im Jenseits schweben könnten, scheinen Sie zu vergessen.«

Sorokin schüttelte den Kopf. »Ganz gewiß nicht. Da ich aber davongekommen bin, brauche ich diese Papiere.« Damit erhob er sich und fragte gedämpft: »Dürfte ich die Tasche vorübergehend in Ihren Schreibtisch einschließen?«

»Selbstverständlich!« antwortete Cooper ohne zu zögern und fügte hinzu: »Am besten erledigen wir das gleich. Hier können wir doch nichts mehr tun.«

Der Kapitän, ein vierschrötiger Mann mit mächtigem Schädel, kam ihnen entgegen. »Zunächst einmal meinen herzlichsten Glückwunsch!« wandte er sich überlaut an Ivo Sorokin und reichte ihm die Hand. »Das hätte ja mächtig schiefgehen können.«

Der Waffenhändler nickte.

»Eine ganz verdammte Schweinerei ist das«, fuhr der Kapitän polternd fort. »Aber den Täter fassen wir, das garantiere ich Ihnen. Ich weiß schon, wo er zu suchen ist. Will mir nur schnell den Schaden ansehen. Über alles Weitere werden wir uns in der Lounge unterhalten.«

Cooper führte Sorokin in die eigene Kabine, wo er die Aktentasche im Sicherheitsfach seines Schreibtisches einschloß und dem Waffenhändler den Schlüssel übergab.

»Das ist sehr liebenswürdig von Ihnen«, bedankte sich Sorokin.

»Aber ich bitte Sie«, entgegnete Cooper und wies auf seine Couch. »Am besten lassen wir dort ein Bett für Sie herrichten. Von mir aus können Sie hierbleiben, bis Ihre Kabine instand gesetzt ist. Doch jetzt sollten wir nach oben gehen. Bin gespannt, was der Kapitän unternehmen wird.«

Verständlicherweise fanden sich die Passagiere nur langsam im Gesellschaftsraum ein. Niemand verspürte Lust, sich notdürftig bekleidet seinen Mitmenschen zur Schau zu stellen, und so suchten alle zunächst ihre Kabinen auf, um sich einigermaßen zurecht zu machen.

Während der Kapitän mit seinen Offizieren geduldig wartete, saß Ivo Sorokin bedrückt in einem Sessel und fragte sich immer wieder, wer an seiner Ermordung Interesse haben könnte. Konkurrenten? Das hielt er für ausgeschlossen. Ein Staat, dem bestimmte Lieferungen nicht paßten? Die Möglichkeit war nicht von der Hand zu weisen. Aber wer es auch sein mochte, er mußte künftighin für seinen Schutz sorgen. Ob Cooper derartiges in die Hand nehmen könnte?

Während Sorokin dies überlegte, starrte Cooper mit verbissener Miene vor sich hin. Er wußte plötzlich, wer der Täter war, mußte aber schweigen, wenn er seine Aufgabe nicht gefährden wollte. Wie eine Erleuchtung war es über ihn gekommen, als er den Chinesen Lim in die Lounge eintreten sah. Er und niemand sonst kam als Täter in Frage. Und mehr noch: Auch das Attentat in London ging auf sein Konto!

Alles, was Cooper sich bis dahin nicht hatte erklären können, lag mit einem Male wie ein offenes Buch vor ihm. Fünf Tage vor Abfahrt des Schiffes war der Chinese von Hongkong nach London geflogen. Am Tage darauf, am 20. April, ließ er Sorokins Wagen in die Luft fliegen. Dann tauchte er für zwei Tage unter, bis er seinen zweiten Paß, der einen Einreisestempel vom 22. April besaß, benutzen konnte. Von diesem Augenblick an war er in der Lage, jederzeit nachzuweisen, daß er sich nicht in der Stadt befunden hatte, als das Attentat geschah.

Programmgemäß ging es dann weiter. Die vor zwei Monaten gebuchte Rückreise mit der ›Bayern‹, auf der auch Sorokin eine Kabine belegt hatte, bot ihm die Möglichkeit eines zweiten Attentates, falls beim ersten Anschlag etwas nicht klappen sollte. Wer wollte schon jemanden verdächtigen, der nur mit einer Aktentasche ausgerüstet an Bord gegangen war? Darüber hinaus konnte kein Passagier und kein Besatzungsmitglied in Verdacht geraten, wenn die Bombe erst nach der Fahrt durch den Suezkanal explodierte. Denn von Port Said bis zum Golf von Suez wird jedes Schiff von acht Ägyptern begleitet, und die mit ihren Booten auf dem vorderen beziehungsweise hinteren Ladedeck stationierten Beduinensöhne lassen sich, wie jeder Informierte weiß, auf Passagierschiffen nicht davon abhalten, die verschiedenen Decks aufzusuchen, um Lederwaren, Intarsienarbeiten und dergleichen zum Verkauf anzubieten. Angesichts dieser Tatsache mußte der Verdacht auf sie fallen, wenn das Attentat zu einem Zeitpunkt erfolgte, da sie das Schiff im Golf von Suez wieder verlassen hatten.

Cooper zweifelte keinen Augenblick mehr daran, daß der Chinese Lim der Täter des zeitlich klug angelegten Mordanschlages war, und es kostete ihn viel Überwindung, seine Feststellungen und Kombinationen nicht preiszugeben und kurzen Prozeß zu machen. Fieberhaft suchte er nach einer Möglichkeit, die Schiffsleitung zu informieren, er fand jedoch keinen Weg, sein Wissen an den Mann zu bringen, ohne sich decouvrieren zu müssen. Wohl oder übel blieb ihm nichts anderes übrig, als zu schweigen und abzuwarten, wie die Dinge liefen.

Als es schließlich soweit war, daß der Kapitän das Wort ergreifen konnte, glaubte Cooper auch in anderer Hinsicht klarzusehen. Jedenfalls rechnete er mit der Möglichkeit, daß der Franzose Lefèvre der Lieferant der in London und auf dem Schiff benutzten ›Höllenmaschinen‹ war. Ohne Helfer konnte Lim Swee Long nicht gearbeitet haben, denn es war höchst unwahrscheinlich, daß er auf seinem Flug von Hongkong nach London zwei Bomben im Gepäck gehabt hatte.

Gegen die Verdächtigung Lefèvres sprach allerdings die Tatsache, daß er der *Direction de la Surveillance du Territoire* angehörte. Aber hatte nicht gerade der französische Abwehrdienst durch publik gewordene Fälle von Menschenraub, Mord und Totschlag peinliche Beispiele dafür geliefert, welcher Methoden er sich bediente! Es war durchaus denkbar, daß Sorokin französischen Behörden ein Dorn im Auge war, weil er Waffen an Nationen lieferte, die man selber beliefern wollte.

Gordon Cooper, der so in Gedanken versunken war, daß er nicht einmal Margit Holstein gewahrte, die nur wenige Schritte von ihm entfernt in einem Sessel Platz genommen hatte, horchte auf, als der Kapitän das Wort ergriff und nach einigen einleitenden Worten unumwunden erklärte:

»Täter kann meines Erachtens nur einer der Fellachen sein, die wir notgedrungen an Bord nehmen mußten. Ich bitte Sie deshalb, darüber nachzudenken, ob Sie im Verlauf des letzten Tages irgend etwas Verdächtiges bemerkt haben. Zum Beispiel, ob sich einer der Ägypter in der Nähe des Schlüsselbrettes der Rezeption oder an der Tür zu Mister Sorokins Kabine zu schaffen machte.«

»Entschuldigen Sie, Käpten, aber Sie gehen von falschen Voraussetzungen aus«, widersprach ihm Ivo Sorokin und erhob sich. »Der Täter kann sich weder unter den ägyptischen Bootsleuten noch unter der Besatzung dieses Schiffes befinden. Er sitzt in diesem Raum!«

Eine ungeheure Erregung bemächtigte sich der Passagiere, und Cooper, der annehmen mußte, Sorokin habe eine konkrete Feststellung gemacht, schaute schnell zum Chinesen Lim hinüber, der still vor sich hin lächelte und keinerlei Besorgnis erkennen ließ.

»Wie kommen Sie zu dieser Behauptung?« fuhr ein Schotte den Waffenhändler an.

»Das frage ich mich auch!« stimmte ihm ein Hamburger Kaufmann zu. »Es ist empörend, eine solche Behauptung aufzustellen!«

»Aber meine Herrschaften!« rief der Kapitän im Bestreben, die Gemüter zu beruhigen. »Ich gebe zu, daß Mister Sorokins Erklärung schockiert, bin jedoch überzeugt, daß er seine Behauptung nicht aus der Luft gegriffen hat.«

»Ganz gewiß nicht«, bestätigte Sorokin mit fester Stimme. »Aber lassen Sie mich zunächst sagen, daß es mir nicht darum geht, einen bestimmten Personenkreis zu belasten. Ich möchte vielmehr als erstes all jene entlasten, die als Täter *nicht* in Frage kommen können.«

»Und woher wollen Sie das wissen?« erboste sich der Schotte erneut.

»Um das zu erklären, muß ich Ihnen etwas anvertrauen, das ich lieber für mich behalten würde«, antwortete Sorokin in aller Ruhe. »Am zwanzigsten April, zu einem Zeitpunkt also, da dieses Schiff in Rotterdam Ladung aufnahm, wurde in London ein gegen mich gerichtetes Attentat verübt, das den Fahrer meines Wagens das Leben kostete.«

Ein wildes Stimmengewirr erfüllte sekundenlang den Raum.

»Wer das weiß, wird verstehen, daß ich davon überzeugt bin, daß der heutige Anschlag vom selben Täter vorbereitet wurde«, fuhr Sorokin gelassen fort, als wieder Ruhe eingetreten war. »Denn es wäre absurd, anzunehmen, daß mir gleich zwei Menschen beziehungsweise Gruppen den Garaus machen möchten. Wenn das Londoner Attentat aber mit dem heutigen Anschlag in Zusammenhang zu bringen ist, dann kann der Täter nur jemand sein, der sich am zwanzigsten April in London aufhielt. Die Besatzung des Schiffes sowie die ägyptischen Bootsleute sind somit entlastet, und ich möchte hinzufügen: Gott sei Dank! Ebenfalls entlastet sind alle Passagiere, die sich nachweislich am zwanzigsten April nicht in London aufhielten.«

Ein Elektronenhirn könnte nicht besser arbeiten, dachte Cooper, den die zwingende Logik tief beeindruckte. Dennoch werden wir keinen Schritt weiterkommen.

Sorokin fuhr sich mit dem Tuch über die Stirn. »Ich schlage deshalb vor, daß diejenigen unter den Anwesenden, die sich zur fraglichen Zeit nicht in London aufgehalten haben, dies der Schiffsleitung erklären. Alle übrigen, also die ›Verdächtigen‹, zu denen auch ich mich zähle, da ich mich durch Attentatsversuche interessant machen könnte, sollten sich zusammensetzen und beraten, was zu unternehmen ist. Ich glaube, dies ist ein fairer Vorschlag.«

»Sehr fair!« bestätigte Gordon Cooper aus Überzeugung und in der Hoffnung, den Chinesen doch noch ins Spiel bringen zu können. »Und ich melde gleich, daß ich mich am zwanzigsten April in London aufgehalten habe.«

Patrice MacDonald hob spontan ihre Hand. »Ich ebenfalls!«

In bunter Reihenfolge meldeten sich noch weitere sieben Herren und drei Damen, und Cooper, der den wie unbeteiligt dasitzenden Chinesen Lim nicht aus den Augen ließ, dachte erbost: Wenn ich im Augenblick auch nichts unternehmen kann, er wird mir nicht entwischen.

## 7

Der Himmel glich pastellfarbener Shantungseide, das Wasser hatte die Leuchtkraft eines Saphirs, und die Berge am Ufer des Roten Meeres sahen wie alte Männer aus, denen das Leben Runzeln geschlagen hat. Nicht einen grünen Flecken gab es an Land zu sehen. So weit das Auge reichte, verbrannte die Sonne, was sie in anderen Breiten zu Leben erweckt.

Für die Passagiere der ›Bayern‹ verlief die drei Tage dauernde Fahrt durch das Rote Meer anders, als sie es sich vorgestellt hatten. Das Gefühl, einen Attentäter unter sich zu haben, bedrückte jeden. Von morgens bis abends wurde über nichts anderes gesprochen, und wenn Ivo Sorokin erschien, verstummten all jene, die glaubten, daß einem Mann, auf den innerhalb von vierzehn Tagen zwei Mordanschläge verübt wurden, nicht zu trauen sei.

Es gab natürlich auch Passagiere, die anders dachten, und zu ihnen zählten alle Damen und Herren, die ohne Zögern bekannt hatten, am 20. April in London gewesen zu sein. Nüchtern und sachlich besprachen sie die Dinge, bis sie zu dem Schluß kamen, daß die unzweifelhaft logische Überlegung Ivo Sorokins, der erste Täter müsse identisch mit dem zweiten sein, zwangsläufig zu keinem Ergebnis führen könne, da ein Täter sich niemals selbst belasten, sondern stets erklären würde, am fraglichen Tage nicht in London gewesen zu sein. Eine Kontrolle war ja praktisch unmöglich.

Gordon Cooper hatte diese Gefahr sogleich erkannt, er wies jedoch erst in der zweiten Sitzung auf sie hin, weil er wünschte, daß Sorokin eine Weile mit Menschen diskutierte, die sich als aufrichtig und nicht ängstlich erwiesen hatten. Es ging ihm darum, den stark deprimierten Waffenhändler abzulenken und einen impulsgebenden Kontakt zwischen ihm und einigen Mitreisenden herzustellen.

Ohne sich dessen bewußt zu sein, veränderte sich Coopers Einstellung zu Sorokin. Sein Auftrag lautete, zu ermitteln, ob der gebürtige Russe der Kopf einer in Hongkong befindlichen Agentenzentrale sei, doch im Bestreben, das Vertrauen des Verdächtigen zu erringen, steigerte er sich so in die übernommene Rolle hinein, daß er ihn mehr und mehr mit anderen Augen sah und anfing, wie ein Freund an ihn zu denken. Erst als Sorokin zwei Tage nach dem Attentatsversuch wieder in seine neu hergerichtete Kabine einzog, erkannte Cooper, welch gefährlicher Wandel sich in ihm vollzogen hatte, und er beschwor sich, nicht nochmals zu vergessen, daß Sorokin möglicherweise einer der größten Feinde der westlichen Welt sei.

Schleich dich in sein Herz, sagte er sich. Leihe ihm, was ihm jetzt fehlt: Kleidung, Wäsche und was er sonst noch braucht. Setze alles daran, in seine Dienste zu treten, aber betrachte ihn so lange als verdächtig, bis er dir das Gegenteil bewiesen hat.

Gerne hätte Cooper einen ausführlichen Bericht nach London gesandt, doch in Französisch-Somaliland, wo die meisten Schiffe nur für einige Stunden anlegen, um ihre Tanks mit billigem Öl zu füllen, wagte er es nicht, der Post eine Nachricht anzuvertrauen, die keinesfalls in falsche Hände geraten durfte. Er unterließ es deshalb, seine Dienststelle zu informieren und nahm sich vor, von Penang aus die Außenstelle des Secret Service in Singapore anzurufen. Wenn der dortige Leiter nicht allzu bürokratisch vorging, konnte der Chinese Lim beim Verlassen des Schiffes eine böse Überraschung erleben.

Sosehr diese Vorstellung Cooper befriedigte, so traurig stimmte ihn der Gedanke an Penang, wo Margit Holstein von Bord gehen mußte. Er hatte sich in sie verliebt und fragte sich immer häufiger, ob sie nicht die richtige Frau für ihn sei. Ihr Charme, ihr gutes Aussehen und ihre hübsche Figur bezauberten ihn; Angst aber flößte ihm ihre Intelligenz ein. Er wurde das Gefühl nicht los, ihr Intellekt könne sich jeden Augenblick in eine kleine Bestie verwandeln.

Margit Holstein kannte Coopers Abneigung, mit ihr über Probleme zu diskutieren, und sie bedauerte dies um so mehr, als er dem Traumbild ihrer Jugend sehr nahe kam. Seine unkonventionelle und manchmal geradezu jungenhafte Art gefiel ihr und sprach ihren mütterlichen Instinkt an.

Völlig anders waren ihre Empfindungen Ivo Sorokin gegenüber. Seine Zurückhaltung erschien ihr männlich, und sie konnte sich wesentlich besser mit ihm als mit Gordon Cooper unterhalten. Es war jedoch etwas da, womit sie nicht fertig wurde. Manchmal glaubte sie, sein Herz sei vom Verstand dirigiert und registriere Empfindungen gleichsam nur theoretisch. Dieses Gefühl stand wie eine gläserne Wand vor ihr, bis der nächtliche Mordanschlag einen jähen Wandel herbeiführte. Sie wünschte sich plötzlich nichts sehnlicher, als dem Menschen beizustehen, dessen Verhältnis zu sich selbst, wie ihr schien, nicht in Ordnung war.

Ivo Sorokin aber hielt sich mehr denn je zurück. Nicht zuletzt, weil ihm Margit Holsteins Zuneigung, die er nun deutlich spürte, mitleidiger Natur zu sein schien. Das jedoch war das letzte, was er sich wünschte.

Cooper entging Margit Holsteins Veränderung nicht, und er verdoppelte seine Bemühungen, ihr zu gefallen. Sie fühlte sich hin und her gerissen, aber unter der leichten Art, mit der er sich über alles hinwegsetzte, schmolz sie schließlich wie Butter in der Sonne dahin. Zumal sie ein Erlebnis hatten, das einen starken Eindruck in ihr hinterließ.

Gemeinsam mit Ivo Sorokin und Gordon Cooper hatte sie in Dschibuti, dem Hafen Französisch-Somalilands, eine Rundfahrt durch die Stadt und deren nähere Umgebung unternommen, auf der sie an einem Lagerplatz vorbeikamen, der ihre Aufmerksamkeit erregte. Verwegen aussehende Kameltreiber suchten sich dort von ihren Strapazen zu erholen. Ihre Lasttiere lagen mit zusammengebundenen Beinen hilflos am Boden und glotzten glasig vor sich hin.

»Darf man sich den Platz näher ansehen?« erkundigte sie sich, als der Fahrer anhielt.

Da niemand einen Fotoapparat mitgenommen hatte, um die strenggläubige mohammedanische Bevölkerung, die in der Schaffung eines Ebenbildes ein schweres Vergehen erblickt, nicht unnötig zu reizen, hatte der Taxifahrer keine Bedenken. Er erklärte allerdings: »Aber vorsichtig sein! Beduinensöhne sein stolz!«

Als Margit Holstein zwischen Sorokin und Cooper über den Platz ging, auf dem die meisten Männer im Windschatten einiger Ziegelsteine auf dem nackten Boden schliefen, sagte sie mit einem Male bedrückt: »Wir hätten diesen Platz nicht betreten sollen. Unsere Neugier ist geschmacklos.«

»Ich bin ganz Ihrer Meinung«, pflichtete ihr Sorokin bei. »Machen wir kehrt!«

Cooper nickte zustimmend und zog eine Packung Zigaretten aus der Tasche, um sie unter einige Jungen zu verteilen, die ihnen gefolgt waren. Er hatte zunächst jedoch kein Glück. Niemand wollte eine Zigarette annehmen. Plötzlich aber lachten die Jungen und entsprachen Coopers Wunsch, woraufhin er ein Streichholz anzündete, um ihnen auch Feuer zu reichen. Im selben Augenblick trat jedoch ein alter Karawanenführer an ihn heran und schlug ihm das Streichholz aus der Hand. Dann schrie er die Jungen an, die erschrocken zusammenfuhren und schleunigst versuchten, ihre Zigaretten zurückzugeben.

Margit Holstein bemerkte mit Entsetzen, daß von allen Seiten unheimlich aussehende Gestalten herbeiliefen.

Cooper blickte verwundert von einem zum anderen, aber noch bevor er etwas sagen konnte, wies der Alte schimpfend auf die Zigaretten und deutete mit unmißverständlicher Geste an, sie zurückzunehmen und zu verschwinden.

»Nicht so hitzig«, entgegnete Cooper in aller Ruhe. »Ich habe ja schließlich nicht aus Boshaftigkeit gehandelt.«

»Nimm das Zeug und laß uns gehen!« flehte ihn Margit Holstein an. »Du sprichst nicht seine Sprache, und alles Reden ist somit sinnlos.«

Sie hatte es kaum gesagt, da riß der Alte einem der Jungen die erhaltene Zigarette aus der Hand und hielt sie provozierend unter die Nase von Cooper.

Jetzt wird es brenzlig, dachte dieser betroffen. Wenn ich mich nicht auf der Stelle behaupte, sind wir geliefert. Eine Sekunde zögerte er noch, dann schlug er dem Karawanenführer die Zigarette mit solcher Gewalt aus der Hand, daß sie in hohem Bogen durch die Luft flog.

Die umherstehenden Beduinen waren wie erstarrt.

»Platz da!« fuhr Cooper sie mit solchem Stimmaufwand an, daß die Narbe auf seiner Wange sich verfärbte.

Wie elektrisiert gehorchten die Kameltreiber, und Cooper führte Margit Holstein und Ivo Sorokin ohne weiteren Zwischenfall zum Taxi zurück.

Sein unerschrockenes Vorgehen blieb nicht ohne Wirkung auf Margit Holstein, und Ivo Sorokin war von dieser Stunde an der festen Überzeugung, daß Cooper alle Voraussetzungen besaß, um ihn vor weiteren Anschlägen zu schützen.

Während Margit Holstein in den nächsten Tagen die Fahrt über den Indischen Ozean genoß, drängte es Sorokin mehr und mehr, in aller Offenheit mit Cooper zu sprechen. Ursprünglich hatte er ihn noch eine Weile beobachten und das Gespräch erst kurz vor Hongkong mit ihm führen wollen, aber Cooper hatte es auf raffinierte Weise verstanden, ihn nervös zu machen.

»Ich überlege ernstlich, ob ich meine Pläne nicht über den Haufen werfen und in Malaysia bleiben soll«, hatte er ihm nach einem besonders nett verlaufenen Abend gesagt. »Miß Holstein gefällt mir immer besser.«

In dieser Nacht fand Sorokin keinen Schlaf. Er bangte mit einem Male darum, Cooper nicht für seine Pläne gewinnen zu können, und er wünschte sich nichts sehnlicher, als ihn von Margit Holstein zu trennen. Sie beschäftigte ihn selbst so sehr, daß er bereits mit dem Gedanken spielte, sie von Hongkong aus in Kuala Lumpur zu besuchen, wo sich ein zufälliges Treffen unschwer bewerkstelligen ließ, da er wußte, daß sie Patrice MacDonalds Drängen nachgegeben und ihr versprochen hatte, in Kuala Lumpur als ihr Gast im Federal Hotel zu wohnen.

Als Sorokin am nächsten Morgen das Lidodeck aufsuchte, stand Gordon Cooper in der Badehose an der Reling und schaute hinter fliegenden Fischen her, die in Gruppen aus den Wellen herausschossen und vierzig bis fünfzig Meter weit flogen. Seine Schulter bedeckte ein Frotteetuch, und seinen in der Stirn hängenden Haaren war anzusehen, daß er gerade geschwommen hatte.

Sorokin trat an ihn heran und wünschte ihm guten Morgen.

»Morning, Sir!« erwiderte Cooper und wies auf die fliegenden Fische. »Heute sind sie besonders munter. Ich könnte ihnen stundenlang zuschauen.«

Sorokin nickte. »Mir geht es ähnlich. Ist Ihnen der Abend gut bekommen?«

»Danke, ausgezeichnet. Ihnen ebenfalls?«

»Bekommen ist er mir schon, ich habe nur nicht einschlafen können. Und zwar Ihretwegen!«

Cooper wußte augenblicklich, daß die von ihm geäußerte Absicht, eventuell in Malaysia zu bleiben, ihre Wirkung getan hatte. »Meinetwegen?« fragte er, sich verwundert stellend.

»Ja, Ihretwegen!« wiederholte Sorokin, der zunächst vorgehabt hatte, in aller Form mit Cooper zu sprechen, nun aber glaubte, sein Ziel auf eine weniger direkte Art angehen zu können. »Aus irgendeinem Grunde erinnerte ich mich daran, daß Sie mir erzählten, ohne Vertrag zu sein, und da kam mir der Gedanke, daß es für uns beide von Vorteil sein könnte, wenn Sie in meine Dienste treten würden.«

Coopers Augen erhielten einen freudigen Glanz. »Sie möchten, daß ich Ihre Vermögensverwaltung übernehme?«

Ivo Sorokin schüttelte den Kopf. »Da ich über keine Liegenschaften verfüge, fällt es mir nicht schwer, mein eigener Vermögensverwalter zu sein. Und mein chinesischer Kompagnon ist ein so gerissener Kaufmann, daß Ihnen bei Einblick in unsere Transaktionen wahrscheinlich übel werden würde.«

»Sie bewegen sich am Rande der Legalität?«

Sorokins Lippen verzogen sich zu einem Schmunzeln. »Nein, nein, so ist das nicht. Wir benötigen nur manchmal Kredite von wahrhaft schwindelerregenden Höhen. Mein Kompagnon, Ah Boon, hat sie bisher stets beschafft. Über das Wie zerbreche ich mir nicht den Kopf. Das ist seine Aufgabe, wie es die meine ist, Aufträge hereinzubringen.«

»Ist es richtig, daß Sie mit Waffen handeln?«

»Ja. Stört Sie das?«

Cooper nahm sein Tuch von der Schulter. »Keineswegs. Der eine verkauft Walzwerkerzeugnisse, der andere fertigt Waffen daraus. Ich möchte nicht wissen, wieviel Arbeitslose es gäbe, wenn alle Rüstungsbetriebe plötzlich nicht mehr produzieren würden.«

»Da haben Sie recht«, erwiderte Ivo Sorokin zustimmend. »Es gibt aber viele Menschen, die den Waffenhandel als anrüchig betrachten.«

»Was ich verstehe«, bekannte Cooper offen. »Denken Sie nur an die Ihnen zugedachte Höllenmaschine.«

Sorokin entledigte sich eines scheußlich bunten Bademantels, den er in Dschibuti erstanden hatte. »Das ist wirklich ein wunder Punkt in unserer Branche. Immer wieder werden Waffenhändler umgebracht, und ich gebe zu, daß die Anschläge auf mich meinem Magen und meiner Galle nicht gerade gut bekommen sind.«

»Vergessen Sie die Leber nicht«, warf Cooper trocken ein.

Sorokin legte seinen Bademantel über die Reling. »Jetzt mal ganz ohne Scherz. Die Explosion hier an Bord hat in mir den Wunsch geweckt, etwas für meine Sicherheit zu tun. Ich bin nicht ängstlich, will aber auch nicht leichtsinnig sein, und ich richte deshalb die Frage an Sie: Hätten Sie Lust, mein Privatsekretär zu werden und so etwas wie eine kleine ›Hausmacht‹ zu organisieren?«

Gordon Cooper tat so, als schnappe er nach Luft. »Entschuldigen Sie, Mister Sorokin, aber Ihre Frage kommt reichlich überraschend für mich.«

»Ich erwarte nicht, daß Sie sie sogleich beantworten.«

Cooper strich sich über die Nase. »Um ehrlich zu sein, ich würde gerne in Ihre Dienste treten. Ich weiß nur nicht, ob meine Kenntnisse ausreichen.«

»Das lassen Sie meine Sorge sein!« erwiderte Sorokin lachend. »Zumal ich, und daraus will ich keinen Hehl machen, zwei Fliegen mit einer Klappe schlagen möchte. Ich trage mich ernstlich mit dem Gedanken, mir ein Reiseflugzeug zu kaufen. Aller Voraussicht nach würden Sie also auch als Pilot in Aktion treten können.«

Gordon Cooper vergaß die Rolle, die er zu spielen hatte. Seine Augen brannten plötzlich, und die Narbe auf seiner Wange wurde flammend rot. »Sir!« erklärte er, sich militärisch straffend. »Wenn eine solche Aussicht besteht, bin ich bereit, für Sie mit dem Teufel zu fechten. Fliegender Privatsekretär und Kommandant einer Leibgarde – das wäre der Job meines Lebens!«

»Dann sollten wir nicht zögern, konkrete Abmachungen zu treffen«, entgegnete Sorokin und verbarg die Erleichterung, die er empfand. »In Anbetracht der Hongkonger Verhältnisse biete ich Ihnen das Doppelte Ihres bisherigen Einkommens. Wären Sie damit einverstanden?«

»Gewiß«, antwortete Cooper und dachte frohlockend: Ich habe es geschafft! Er ist mir ins Netz gegangen.

»Über die Honorierung Ihrer Tätigkeit als Pilot unterhalten wir uns, wenn es soweit ist«, fuhr Ivo Sorokin geschäftsmäßig fort. »Wohnen können Sie bei mir. In meinem Haus ist Platz genug. Ich wohne in Stanley. Dort ist das Klima besser als auf der Nordseite von Hongkong, und der Blick über die Tai Tam Bay ist einmalig schön.«

Cooper wurde es unheimlich zumute. Ein Paradies tat sich vor ihm auf. Aber lief er nicht Gefahr, sich an ein verschwenderisches Leben zu gewöhnen, wenn er aus seiner bisherigen Welt heraustrat? Konnte er sich dann überhaupt noch objektiv bemühen, Sorokin zu überführen? Und woher sollte er, falls er belastende Dinge feststellte, die Kraft nehmen, sich selbst aus seinem Glück zu verbannen? Würde er Sorokin nicht gegebenenfalls um des eigenen Vorteiles willen decken? Er brauchte ja nur zu schweigen. Wenn es darauf ankam, lag es an ihm, darüber zu entscheiden, ob er das große Leben an der Seite eines Waffenhändlers oder ein kleines im Dienste des Secret Service führen wollte.

Blitzartig erkannte Cooper die Gefahr, die auf ihn zukam, und er war ehrlich genug, sich vor ihr zu fürchten. Er hatte aber auch den Mut, den Kampf mit sich selber aufzunehmen, und er schloß deshalb noch am selben Tage einen Vertrag ab, dessen Auswirkung auf sein Leben nicht zu übersehen war.

Der Indische Ozean, der sich acht Tage lang wie ein weiches Bett dargeboten hatte, das Entspannung und Ruhe bietet und traumhafte Freuden zu bringen vermag, gebärdete sich am neunten Fahrtag wie ein störrischer Esel. Aus dem Golf von Bengalen wehte ein verspäteter Nordost-Monsun, und über Sumatra, das in greifbare Nähe gerückt war, ballten sich gefährliche Gewitter, die in hochgespannter Feuchtigkeit ihre Nahrung fanden. Die Folge war eine aufgewühlte See, die das Abschiedsessen, das der Kapitän der ›Bayern‹ zu Ehren der in Penang von Bord gehenden Gäste gab, zu einem Fiasko werden ließ.

Margit Holstein gehörte diesmal aber nicht zu jenen Passagieren, die sich in ihre Kabinen zurückzogen. Im Gegenteil, sie war lebendig wie ein Delphin in der Kabbelsee, und sie genoß jede Minute des Abends, den sie mit Gordon Cooper, Ivo Sorokin und Patrice MacDonald verbrachte. Zu vorgeschrittener Stunde wurde sie sogar recht ausgelassen, bis es sie plötzlich nach draußen drängte und sie vom südlichen Sternenhimmel schwärmte, an dem Sirius, der hellste aller Fixsterne, zu dieser Zeit zu sehen sei.

Da sich jeder nach frischer Luft sehnte, folgte man ihr gerne. Auf dem Lidodeck war es jedoch so unfreundlich, daß Patrice MacDonald und Ivo Sorokin gleich wieder in die Lounge zurückkehrten. Der Wind heulte in den Masten und sprühte mächtige Gischtfontänen über die Reling.

»Wo ist er denn jetzt, dein leuchtender Sirius in indischblauer Nacht?« fragte Cooper frotzelnd, als er mit Margit Holstein hinter einer Bordwand Deckung gesucht hatte.

Sie blickte nach Süden, wo fernes Wetterleuchten hohe Wolkentürme erkennen ließ. »Mein Sirius?« wiederholte sie versonnen. »Vielleicht steht er neben mir.«

Cooper riß sie in die Arme. »Ist das dein Ernst?«

Ihre Augen blitzten verdächtig. »Warum nicht? Man nennt ihn doch auch den Hundsstern.«

»Das wirst du mir büßen!« keuchte er und küßte sie leidenschaftlich. Sie geriet in einen Rausch und erwiderte seinen Kuß wie eine Ertrinkende.

Gordon Cooper war wie von Sinnen und wurde zudringlich.

»Laß das!« stammelte sie erschrocken.

Er hörte sie nicht, atmete nur den Duft ihrer Haut.

Margit Holstein hingegen glich einem Opiumraucher, dem ein Ätherbausch unter die Nase gehalten wird. Ernüchterung überkam sie. Coopers Leidenschaft, die sie eben noch mitgerissen hatte, entsetzte sie plötzlich. »Ich flehe dich an, sei vernünftig!« beschwor sie ihn und drängte ihn mit aller Gewalt zurück.

Er starrte sie verständnislos an.

Sie ahnte, was in ihm vorging, und wußte, daß sie nicht ganz schuldlos war. »Verstehe mich«, bat sie ihn. »Übermorgen trennen sich unsere Wege. Wahrscheinlich werden wir uns niemals wiedersehen. Sollen wir da in letzter Minute zerstören, was wir an schönen Erinnerungen mitnehmen können?«

Cooper fuhr sich durch die Haare. »Unabhängig davon, daß es mir ferngelegen hat, etwas zu zerstören, bezweifle ich, daß eine Erinnerung durch Entsagung schöner wird.«

»Das habe ich auch nicht behauptet.«

»Sondern?«

»Daß wir uns trennen und wahrscheinlich nicht wiedersehen werden. Dieses Wissen war es, das mich zur Vernunft zurückbrachte. Ich will nicht die Achtung vor mir selbst verlieren.«

Cooper nahm ihr Gesicht in die Hände. »Wenn es so ist . . . Als Mann sieht man die Dinge anders.«

Sie gab ihm einen scheuen Kuß. »Ich danke dir.«

Er lachte verkrampft. »Deine Meinung kann ich dennoch nicht teilen. Für mich ist eine Vereinigung der Ausdruck einer großen Zuneigung; Raum und Zeit können sie nicht herbeiführen. Dementsprechend dürfen Raum und Zeit sie auch nicht verhindern oder ihr im Wege stehen.«

»Sophistik nennt man die schlechte Kunst des Scheinbeweises«, entgegnete Margit Holstein schlagfertig und fügte mit weicher Stimme hinzu: »Im übrigen bin ich nicht der Meinung, daß eine möglicherweise endgültige Trennung grundsätzlich gegen eine Vereinigung spricht. Ich kann mir sogar vorstellen, daß ein Trennungsschmerz sie geradezu herbeiführt. Dieser klassische Fall dürfte bei uns aber nicht gegeben sein. Oder bist du anderer Ansicht?«

Er deutete einen Kratzfuß an. »Solcher Ehrlichkeit kann ich schlecht widersprechen.«

Sie hakte sich bei ihm ein. »Vielleicht ist es schade, daß wir uns trennen müssen, vielleicht auch nicht. Wer weiß das? Wir können nur Zwiesprache halten mit den Göttern und Trost suchen in Dingen, die uns helfen.«

»Und was hilft dir, zum Beispiel?«

»Die Wahrheit.«

»Hast du sie jemals gefunden?«

»O ja!« erwiderte Margit Holstein lebhaft. »Ein indischer Lehrsatz hat mir dabei geholfen. Er lautet: ›Wer ernsthaft Wahrheit sucht, der findet sie, wenn er sie in sich aufnimmt, in sich selbst. Sie kommt zu ihm und wird offenbar, wenn er sie liebt.‹«

Im Wasser der Straße von Malakka spiegelte sich die tropische Hitze des Tages, als die malaiische Insel Penang auftauchte. Der Himmel verschwamm im Dunst, und das ölig glatte Meer atmete träge. Mit gemischten Gefühlen blickten die Passagiere auf Tausende und aber Tausende metergroßer Quallen hinab, durch die sich der Rumpf der ›Bayern‹ wie durch ein Schlammbecken zwängte.

»Scheußlich!« sagte Gordon Cooper an Ivo Sorokin gewandt, mit dem er an der Reling stand und auf Margit Holstein wartete, die mit Patrice MacDonald den Zahlmeister hatte aufsuchen müssen, um letzte Formalitäten zu erledigen. »Mein Traum von exotischen Mädchen und dickbäuchigen Buddhas ist dahin.«

Sorokin betrachtete ihn unauffällig von der Seite. »Exotische Mädchen gibt es in Hongkong zur Genüge.«

»Hoffentlich!«

»Sie brauchen nur zu wählen.«

Cooper schnaufte wie ein Walroß, lachte dann aber über sich selbst. Sein Reagieren versetzte Sorokin in eine gehobene Stimmung. Dieser befand sich ohnehin schon in guter Laune, weil er wußte, daß er in wenigen Stunden wieder eigene Wäsche, Kleidung und Schuhe tragen würde, und er freute sich auf den Abend, an dem er im ›Eastern & Oriental‹, dem ersten Hotel Penangs, zu Ehren der beiden scheidenden Damen ein exquisites Essen geben und dabei insgeheim Coopers Trennung von Margit Holstein feiern wollte. Beständig kreisten seine Gedanken um die Deutsche, der er jedoch kein einziges Mal zu erkennen gegeben hatte, was er für sie empfand. Zu billig war es ihm erschienen, an Bord des Schiffes einen Wettkampf um ihre Gunst zu veranstalten, und eben darum befriedigte ihn Coopers Reagieren, welches ihm zeigte, daß er sich in Margit Holstein nicht getäuscht hatte.

Seit Tagen schon spielte Ivo Sorokin mit dem Gedanken, die junge Ethnologin in Kuala Lumpur zu besuchen, in dieser Stunde aber faßte er den Entschluß, sich noch im selben Monat mit ihr zu treffen. Sie war die Frau, die er sich wünschte.

Margit Holstein und Patrice MacDonald kehrten auf das Lidodeck zurück und stöhnten über die Hitze, die ihnen entgegenschlug. Sie hatten sich schon ›landfein‹ gemacht, was Cooper einige hämische Bemerkungen entlockte; speziell über aufgedonnerte Frisuren.

»Jetzt ist es aber genug«, schalt ihn Margit Holstein schließlich.

»Schau dir lieber das langgestreckte weiße Gebäude dort drüben an. Ist das ein Palais?« fragte sie an Patrice MacDonald gewandt.

»Oah no!« antwortete die Engländerin lachend. »Das ist das Eastern & Oriental Hotel, allgemein nur ›E. & O.‹ genannt. Dort wohnen wir in den nächsten Tagen.«

Margit Holsteins Augen glänzten voller Glück. »Ich kann es immer noch nicht fassen, das Land meiner Träume erreicht zu haben. Und das merkwürdige dabei ist, daß ich nicht das Gefühl habe, anzukommen, sondern heimzukehren. Wenn ich schon einmal gelebt habe, dann muß es in Ostasien gewesen sein.«

Gordon Cooper klopfte ihr väterlich auf den Rücken. »Ganz ruhig bleiben. Es tut dir niemand etwas. Der liebe Buddha wird dich beschützen.«

Sie sah ihn unwillig an. »Und wenn du dich zehnmal auf den Kopf stellst: Ich fühle mich hier zu Hause!«

»Wahrscheinlich, weil du die Geschichte dieses Landes mit riesigen Löffeln in dich hineingeschüttet hast.«

»Möglich, daß das nicht ohne Einfluß blieb«, erwiderte sie unbeirrt. »Es gibt aber auch Dinge, die tiefer liegen. Goethe deutet im Westöstlichen Diwan schon darauf hin, daß eine Reise in den Orient zugleich eine Reise in die Vergangenheit ist.«

Jäh einsetzendes Poltern von Stahlplanken unterbrach das Gespräch und ließ alle zum Hinterschiff hinabblicken, wo zentnerschwere Planken von der Ladeluke fortgerollt wurden.

»Ich hätte Lust, einen Blick in den Bauch des Schiffes zu werfen«, sagte Sorokin und fragte Cooper, ob er mitkommen wolle.

Der schüttelte den Kopf. »Ich habe mir die Geschichte bereits in Rotterdam angesehen. Es ist unglaublich, was in so ein Schiff hineingeht. Hunderte von Autos verschwanden noch, als ich glaubte, der Laderaum sei bereits voll.«

»Well, dann gehe ich allein«, erwiderte Ivo Sorokin und wandte sich der nach unten führenden Treppe zu.

»Wenn ich nicht schon umgezogen wäre, würde ich Sie begleiten«, rief Margit Holstein hinter ihm her. »Aber ich schaue Ihnen zu.«

Sorokin war es, als habe er ein Geschenk erhalten. Bei jeder Stufe, die er hinabschritt, hörte er die Worte: Aber ich schaue Ihnen zu.

Als er das Ladedeck erreichte, zog er sein Taschentuch heraus, um seine Hände abzuwischen, die am Geländer der zumeist nur von der Besatzung benutzten steilen Treppe reichlich schmutzig geworden waren. Das Tuch entglitt ihm jedoch, und er bückte sich, um es wieder aufzunehmen. Im selben Augenblick hörte er jemanden »Vorsicht!« schreien, und dann prallte ein schwerer Gegenstand auf seinen Rücken und schleuderte ihn zu Boden.

Margit Holstein schrie auf, und mit ihr alle Passagiere, die gerade zur Ladeluke hinunterblickten.

Cooper, der mit Entsetzen sah, daß ein schwerer Flaschenzug auf Sorokin herabfiel, war sekundenlang wie gelähmt. Dann aber rannte er zur Treppe, die er förmlich hinabsprang.

Margit Holstein folgte ihm.

Die Passagiere schrien durcheinander und riefen nach dem Schiffsarzt.

Matrosen beugten sich über Sorokin, der mit um die Knie gelegten Händen und geschlossenen Augen zusammengekrümmt auf der Seite lag.

»Nicht anrühren!« schrie Cooper, als er sah, daß ein Besatzungsmitglied versuchen wollte, den Verunglückten aufzuheben. Im nächsten Moment kniete er neben Sorokin und fragte ihn: »Wo haben Sie Schmerzen?«

Sorokins Brust entrang sich ein dumpfes Stöhnen. Er hielt den Kopf wie jemand, der einen steifen Nacken hat. Offensichtlich wagte er kaum zu atmen.

Cooper schwante Böses. »Schnell, holt den Arzt«, sagte er an die Matrosen gewandt. »Er soll gleich Morphium mitbringen. Und besorgt eine Tragbahre.«

Margit Holstein beugte sich über Sorokin und legte ihm die Hand auf den Kopf.

Cooper flüsterte ihr zu: »Hole einen Schirm, damit wir ihn vor der Sonne schützen können. Ich vermute, daß er bis zum Abtransport hier liegenbleiben muß.«

Ihre Augen weiteten sich. »Du meinst, er ist schwer verletzt?«

»Hol den Schirm!« zischte Cooper. »Dort kommt übrigens schon der Arzt. Gut, daß Sie da sind«, fuhr er übergangslos an den Mediziner gewandt fort. »Ein Flaschenzug ist auf ihn gefallen.«

Der Schiffsarzt, ein pensionierter Medizinalrat, nickte vor sich hin. »Ich habe es zufällig vom Bootsdeck aus gesehen.« Damit neigte er sich über den Verunglückten und fragte ihn: »Glauben Sie, sich bewegen zu können?«

Über Sorokins Lippen drang nur ein schweres, wie aus der Brust kommendes Stöhnen. Seine Augen blieben geschlossen, seine Hände verkrampft.

Der Arzt erhob sich mit besorgter Miene. »Ich werde ihm als erstes eine Spritze geben.«

»Und dann?«

»Bringen wir ihn schnellstens ins Hospital.«

## 8

Gordon Coopers Tätigkeit für Ivo Sorokin begann anders, als er es sich vorgestellt hatte. Er bewies aber so viel Energie und Umsicht, daß der Hongkonger Waffenhändler sehr zufrieden gewesen wäre, wenn er seinen neuen ›Privatsekretär‹ hätte beobachten können. Ohne zu zögern durchbrach Cooper alle Schranken, die einem Passagier auf einem Schiff gesetzt sind. Er stürmte auf die Kommandobrücke, wo er den Lotsen nach dem Namen des Krankenhauses von Penang fragte und sich erkundigte, an welchem Pier angelegt werde.

»An keinem«, bedeutete ihm der Kapitän, der über Sorokins Unfall bereits informiert worden war. »Wir haben eben darüber gesprochen. Penang verfügt nur über eine kleine Hafenanlage. Wir müssen draußen auf Reede bleiben.«

»Dann sorgen Sie dafür, daß schnellstens ein Boot zur Übernahme bereitgestellt wird«, erwiderte Cooper und wandte sich an den Ersten Offizier. »Verbinden Sie mich mit dem ›General Hospital‹. Jede Minute ist jetzt kostbar.«

Das Gespräch kam schnell zustande, und Cooper verlangte den leitenden Arzt zu sprechen, der glücklicherweise erreichbar war. Er erklärte ihm mit wenigen Worten, worum es ging, und übermittelte die Vermutung des Schiffsarztes, daß wahrscheinlich eine Wirbelfraktur, kaum aber eine vollständige oder teilweise Rückenmarkdurchtrennung vorliege. Der Chefarzt des Krankenhauses sicherte ihm daraufhin die sofortige Entsendung eines Sanitätswagens zum Swettenham-Pier zu, und eine knappe Viertelstunde später wurde die Bahre, die der deutsche Medizinalrat nach einer intravenös gegebenen Injektion behutsam unter Sorokin hatte schieben lassen, zwischen zwei Ladebäumen hängend an der Bordwand herabgelassen und von einem Kutter übernommen, der in der leichten Dünung nur wenig schaukelte. Cooper und der Schiffsarzt stiegen über die Gangway hinzu, und nach einer weiteren Viertelstunde wurde Sorokin, den Morphium in einen tiefen Schlaf gelegt hatte, inmitten einer gaffenden Menschenmenge in einen blitzsauberen Krankenwagen geschoben, dessen malaiisch gekleidetes Begleitpersonal mit seinen schwarzsamtenen Kopfbedeckungen und eng um die Taille gewickelten Sarongs den ersten Eindruck eines fremden Landes vermittelte.

Das wäre geschafft, dachte Cooper erleichtert und wischte sich den Schweiß von der Stirn, als sich die Wagentür hinter ihm schloß. Dann erst wurde ihm richtig bewußt, was geschehen war. Die Vorstellung, Sorokin könnte für immer querschnittsgelähmt sein, raubte ihm fast den Atem. Er fragte sich aber auch: Was wird nun aus meinem Auftrag werden? Einen bewegungsunfähigen Menschen zu beschatten dürfte wenig Sinn haben.

Gleich darauf schossen ihm andere Gedanken durch den Kopf. Sorokin ist jetzt auf dich angewiesen, sagte er sich. Zwangsläufig wirst du nun Einblick in Dinge gewinnen, die du unter normalen Umständen nie kennengelernt hättest. Niemand in London wird auf die Idee kommen, dich abzuberufen. Deine Chancen sind gestiegen!

Cooper war ehrlich genug, sich einzugestehen, daß er um die Erfüllung eines Traumes bangte, den er träumte, seit er Sorokins Privatsekretär geworden war. Im Geiste hatte er sich bereits am Steuersegment eines schnellen Reiseflugzeuges sitzen sehen.

Es kann ja noch alles gut werden, sagte er sich. Ein gelähmter Geschäftsmann braucht eher eine Privatmaschine als ein gesunder.

Im nächsten Moment schämte sich Cooper solcher Gedanken und versuchte sie fortzuschieben. Vergebens. Immer wieder drängten sich eigene Wünsche vor die Frage, welches Ergebnis Sorokins Untersuchung bringen würde. Um sich abzulenken fragte er den Medizinalrat. »Waren Sie schon einmal in Malaysia?«

Der Deutsche schüttelte den Kopf. »Nein, dies ist meine erste große Reise.«

»Dann haben Sie sich den Besuch von Penang auch anders vorgestellt, nicht wahr?«

»Das schon. Aber mir macht das nichts aus. Als Schiffsarzt habe ich freie Reise, und ich bin berechtigt, für Konsultationen ein Honorar zu verlangen. Ich werde meiner Frau somit ein hübsches Andenken mitbringen können.«

Bei ihm ist es wie bei mir, dachte Cooper ernüchtert. Jeder denkt nur an sich. Was in Margit jetzt wohl vor sich gehen mag? Ihre Freude auf Penang wird dahin sein.

Es war schlimmer. Patrice MacDonald brachte es nicht einmal fertig, Margit Holstein zum Verlassen des Schiffes zu bewegen. Sie war krank vor Sorge und wollte Coopers Rückkehr abwarten, um schnellstens Näheres über Sorokins Zustand zu erfahren. Nach zwei Stunden geduldigen Wartens aber sah sie ein, daß es keinen Sinn hatte, weiterhin an Bord zu bleiben, zumal sie das Schiff ohnehin bis zum Abend verlassen mußte. Da war es richtiger, das Hotel aufzusuchen und zu hoffen, daß Cooper dorthin kommen würde.

Margit Holstein kam sich plötzlich schutzlos vor. Sie sehnte sich nach Cooper. Sorokins Unfall war wie eine Katastrophe über sie hereingebrochen. Nie zuvor hatte sie Glück und Unglück so nahe beieinander erlebt.

Ganz anders war Patrice MacDonalds Reaktion. Im ersten Moment hatte sie das Schicksal verflucht, das einen Menschen, der zwei Mordanschläge glücklich überstanden hat, gewissermaßen über einen Strohhalm stolpern läßt. Dann aber fand sie, daß sich die Dinge für sie persönlich außerordentlich günstig entwickelten. Hatte sie in den letzten Tagen, in denen sie immer näher an Margit Holstein, Gordon Cooper und Ivo Sorokin herangerückt war, nicht oftmals gedacht: Könnte es doch ewig so bleiben! Seit ihrem vor fünfzehn Jahren erfolgten Ausstoß aus der Gesellschaft hatte sie sich nie mehr so wohl gefühlt. Sie konnte mit einem Male sogar ohne Whisky leben, da ihre Vergangenheit ihr keine Schreckensbilder mehr einjagte. Und nun verlängerte das Schicksal ihr unverhofftes Glück auf unbestimmte Zeit, denn es war ausgeschlossen, daß Sorokin seine Reise fortsetzen konnte. Und Gordon Cooper hatte sich, wie er ihr gesagt hatte, vor zwei Tagen vertraglich an ihn gebunden.

Patrice MacDonald wußte, daß egoistische Motive ihr Denken leiteten, aber sie war auch bereit, alles nur Erdenkliche für Sorokin zu tun. Notfalls wollte sie sogar seine Krankenpflegerin werden.

In ihrem Bestreben, einmal gewonnene Freundschaften nicht zu gefährden, zeigte sie nach Ankunft auf dem Swettenham-Pier sogleich Verständnis dafür, daß Margit Holstein nicht mit ihr zum Hotel fahren, sondern allein durch die Stadt gehen wollte. Sie erklärte ihr den Weg, der leicht zu beschreiben und kaum zu verfehlen war, und fuhr dann in bester Stimmung davon.

Wie in Trance und ohne ihre Umgebung richtig aufzunehmen, schritt Margit Holstein durch Straßen, deren nur teilweise asiatisches Aussehen sie enttäuschte. Wohl waren die Häuser im typischen chinesischen Stil errichtet, prägten Areca-Palmen, deren malaiische Bezeichnung der Insel den Namen Penang gegeben hatte, das Gesicht der freien Plätze, die Menschen aber schienen von der Technik des 20. Jahrhunderts verwandelt zu sein. Sie hatten ihre Zöpfe mit Sonnenbrillen vertauscht und fuhren moderne Wagen und Motorroller, zwischen denen nur hin und wieder Fahrrad-Rikschas zu entdecken waren, die jedoch nicht von Malaien oder Chinesen, sondern nur von Touristen benutzt wurden. Die einheimischen Männer trugen durchweg dunkle Hosen und blütenweiße Hemden, die Frauen weitgeschnittene Pyjamas oder hauteng, bis zu den Schenkeln geschlitzte Kleider.

Doch je weiter Margit Holstein kam, um so reizvoller und exotischer wurde das Aussehen der Stadt, die sie stellenweise an die französische Riviera erinnerte. Leuchtende Farben und ein überwältigender Reichtum an Blumen gaben ihr einen so verführerischen Charme, daß Margit Holstein doch sehr beeindruckt war, als sie das Hotel E. & O. erreichte, vor dem ein indischer Türsteher in phantasievoller Uniform dafür sorgte, daß kommenden und gehenden Gästen jeder Wunsch erfüllt wurde.

Die zu ebener Erde gelegene Hotelhalle hatte riesige Ausmaße und gestattete einen Durchblick auf das Meer, vor dem auf gepflegten Rasenflächen bequeme Korbstühle standen. In weiße Westen und handgewebte Sarongs gekleidete Kellner hielten sich diskret zurück, eilten aber auf das kleinste Zeichen hin sogleich herbei.

Patrice MacDonald, die in der Halle Platz genommen hatte, um den Hoteleingang überschauen zu können, ging Margit Holstein entgegen. »Es ist traumhaft, wieder in Malaya zu sein«, rief sie überschwenglich und drehte sich im Kreise. »Schauen Sie sich nur diese Halle an. Rundherum Boutiquen! Wo finden Sie so etwas in Europa? Und wir haben phantastische Apartments mit Blick auf das Meer bekommen; eine Erlösung nach der engen Schiffskabine.«

»In der ich mich sehr wohl gefühlt habe«, entgegnete Margit Holstein frostig. »Im übrigen interessiert mich im Augenblick nur, wie es Mister Sorokin geht. Haben Sie etwas gehört?«

»Nein.«

»Ich habe schreckliche Angst um ihn.«

»Wegen der möglicherweise eintretenden Lähmung? Das ist doch bloß eine Vermutung. Außerdem ist Sorokin vermögend. Mit Geld kann man vieles erreichen.«

»Aber nicht alles!«

»Gewiß nicht«, stimmte ihr Patrice MacDonald zu. »Es hat aber keinen Sinn, jetzt den Kopf hängen zu lassen. Warten wir erst einmal ab, was Mister Cooper berichten wird. Er kommt ganz gewiß vorbei. Bis dahin müssen wir uns wohl oder übel gedulden.«

Während Patrice MacDonald dies sagte, wartete Gordon Cooper bereits über drei Stunden in der geräumigen Halle des ›General Hospitals‹ auf das Urteil des britischen Chefarztes, der Ivo Sorokin sofort übernommen hatte. Die lange Wartezeit zerrte an seinen Nerven, und er fühlte sich wie erlöst, als der Arzt nach fast vier Stunden endlich erschien.

»Es tut mir leid, daß es so lange gedauert hat«, sagte er erschöpft. »Aber mit bewegungsunfähigen Patienten geht es nun einmal nicht schnell.« Damit zündete er sich eine Zigarette an. »Wo steckt mein deutscher Kollege?«

»Den habe ich fortgeschickt«, antwortete Gordon Cooper und fügte erklärend hinzu: »Für ihn ist der Fall ja ohnehin erledigt. Da soll er die paar Stunden seines Aufenthaltes in Penang nicht im Krankenhaus verbringen. Aber was ist mit Mister Sorokin?«

»Es sieht leider nicht gut aus«, erwiderte der Chefarzt mit Bedauern in der Stimme. »Er ist ab Leibesmitte total gelähmt und von der Brust ab gefühllos. Die Röntgenbilder zeigen eindeutig Frakturen mehrerer Wirbelkörper, respektive eine Verlagerung beziehungsweise Verschiebung oder Verletzung deselben. Ich glaube aber nicht, daß wir es mit einem völlig hoffnungslosen Fall zu tun haben, denn bei Durchführung der sogenannten Queckenstedschen Probe zur Untersuchung des Liquordruckes, das heißt des Druckes der Gehirn-Rückenmarks-Flüssigkeit, stellte ich keine Verstopfung des Wirbelkanals fest, was als gutes Zeichen anzusehen ist. Vielleicht wurde das Rückenmark nicht so schwer verletzt. Dann wäre der Fall nicht hoffnungslos.«

»Und was ist zu tun?« fragte Cooper hastig.

»Der Zustand des Verunglückten läßt sich meiner Meinung nach durch eine frühzeitige Druckentlastung des Rückenmarkes bessern, möglicherweise auch dadurch, daß ein Knochenstück oder eine Blutung, die auf das Rückenmark drückt, herauszunehmen wäre. Ich schlage deshalb umgehende Operation vor, allerdings nicht von mir durchgeführt — ich habe auf diesem Gebiet keine besondere Erfahrung —, sondern von Professor Crabb, dem Chefchirurgen der Universitätsklinik in Kuala Lumpur. Er ist Spezialist auf dem Gebiet der Laminektomie. Besprechen Sie sich in diesem Sinne mit Mister Sorokin, der vor kurzem wieder zu sich gekommen ist und nach Ihnen verlangte, und geben Sie mir dann Bescheid. Aber halten Sie sich nicht lange bei ihm auf, und erschrecken Sie nicht über sein schweres Sprechen. Ursache sind die Injektionen und der Schock, den er erlitten hat. Er liegt übrigens bereits im Gipsbett, so daß sein Transport möglich ist.«

»Den werden wir auf alle Fälle mit einem Hubschrauber durchführen«, erklärte Cooper ohne lange zu überlegen und fügte bedenkenlos hinzu: »Telefonieren Sie gleich mit Professor Crabb, und sagen Sie ihm, daß wir spätestens morgen mittag neben der Universitätsklinik landen werden.«

»Aber Sie müssen doch erst mit Mister Sorokin sprechen!« begehrte der Chefarzt auf. »Und woher wollen Sie so schnell einen Hubschrauber nehmen?«

Gordon Cooper zog ein Tuch aus der Tasche und wischte sich über die Stirn. »Den Helicopter bekomme ich, und wenn ich die ganze Nacht telefonieren muß. Und Mister Sorokin ist zu klug, um Ihre Empfehlungen in den Wind zu schlagen. Wozu also zögern und Zeit verlieren?«

Seine Argumentation verfehlte ihre Wirkung nicht. Der Chefarzt erklärte sich bereit, sogleich mit Professor Crabb zu telefonieren, und Cooper nützte die Zeit zu einem Besuch von Sorokin, der im Nordflügel des Hospitals in einem Zimmer untergebracht war, dessen Fenster einen Blick auf den dichtbewaldeten Penang Hill sowie auf eine Pferderennbahn und ein Polofeld gestattete, das unmittelbar neben dem Krankenhaus lag.

Als er in den Raum eintrat, entspannten sich Sorokins Gesichtszüge. Seine Wangen waren von durchsichtiger Blässe, und seine unnatürlich groß wirkenden Augen lagen in tiefen Höhlen. »Gut . . ., daß Sie . . . da sind«, sagte er mühsam sprechend. »Das Schicksal . . . hat gewollt . . . daß Sie und ich . . .«

Gordon Cooper berührte Sorokins Hand, die kraftlos auf der

Bettdecke lag. »Ich bin sehr froh, Ihnen beistehen zu können, und ich werde alles tun, um Sie wieder auf die Beine zu bringen. Der Chefarzt telefoniert bereits mit Professor Crabb von der Universitätsklinik in Kuala Lumpur, der einen kleinen operativen Eingriff vornehmen soll. Einer Ihrer Rückenwirbel ist verletzt, und wenn da gleich etwas geschieht, ist die Sache halb so schlimm. Noch heute organisiere ich einen Hubschrauber, mit dem wir morgen früh nach Kuala Lumpur fliegen werden. Ich hoffe, Sie sind mit meinen Dispositionen einverstanden.«

»Selbstverständlich«, erwiderte Ivo Sorokin mit schwacher Stimme. »Ich danke Ihnen . . . für alles. Doch nun . . . etwas Wichtiges. Nehmen Sie . . . meine Schlüssel . . ., und stellen Sie meine Aktentasche sicher. Sollte . . . mir etwas zustoßen . . ., so übergeben Sie die Tasche . . ., die wichtige Dokumente enthält . . ., meinem Kompagnon Ah Boon. Nennen Sie . . . dabei das Kennwort: ›Roter Lampion!‹ Wir . . . machten es . . . für den Fall aus . . .« Er holte tief Luft und fuhr dann angestrengt fort: »Ah Boon . . . wird Sie . . . wie einen Sohn . . . aufnehmen!«

Cooper fiel ein Stein vom Herzen. Das Kennwort machte es ihm mit großer Wahrscheinlichkeit möglich, seinen Auftrag selbst dann noch auszuführen, wenn Sorokin das Schlimmste zustoßen sollte. Unabhängig davon erkannte er auch die ungeheure Chance, die sich ihm bot, wenn es ihm gelang, Sorokins grausame Lage zu verbessern. Zwangsläufig mußte er dann zu dessen bestem Freund und Mitarbeiter werden. »Sie dürfen nicht mehr sprechen, Sir«, sagte er schnell und drückte Sorokins Hand. »Ich erledige alles in Ihrem Sinne. Sie brauchen sich um nichts Gedanken zu machen. Das ist jetzt meine Aufgabe.«

Ivo Sorokin versuchte den Händedruck zu erwidern. »Ich . . . danke Ihnen . . ., Gordon.«

Wenige Minuten später war Cooper wieder beim Chefarzt, der ihm erklärte, Professor Crabb gerade noch erreicht zu haben.

»Gerade noch?« fragte Cooper verwundert und blickte auf seine Armbanduhr, die halb sieben anzeigte. »Du lieber Gott, es ist ja viel später, als ich dachte. Und ich muß den Hubschrauber noch organisieren!«

Sein Landsmann nickte vielsagend. »Bin gespannt, wie Sie das bewerkstelligen wollen.«

»Indem ich telefoniere«, antwortete Cooper gelassen. »Würden Sie so liebenswürdig sein, mir Ihren Apparat zur Verfügung zu stellen?«

»Gerne. Aber nur, wenn Sie nichts dagegen haben, daß ich verschwinde.«

Gordon Cooper lachte. »Das ist doch selbstverständlich, zumal es nun bestimmt eine ganze Weile dauern wird, bis ich den Kommandeur der Royal Air Force erreicht habe. Ich bin Reserveoffizier dieses Vereins«, fügte er nach kurzem Zögern hinzu.

Seine Vermutung bestätigte sich, doch als er endlich mit dem Kommandeur verbunden war, dachte dieser nicht daran, ihm ohne weiteres einen Helicopter zu senden. Über zwei Stunden vergingen, bis es Cooper nach Einschaltung der Singaporer Außenstelle des Secret Service gelang, die Zusage zu erhalten, am nächsten Morgen einen Hubschrauber zu bekommen. Als Landeplatz wurde das neben dem ›General Hospital‹ gelegene Polofeld vereinbart.

Infolge der langwierigen Verhandlungen war es bereits dunkel geworden, als Cooper das Krankenhaus verließ und zum Hotel E. & O. fuhr, wo er sich ein Zimmer mietete und Margit Holstein und Patrice MacDonald zu sprechen wünschte. Da ihm bedeutet wurde, die Damen säßen gerade beim Dinner, bat er darum, ihnen zu bestellen, er sei im Hotel abgestiegen, habe aber noch einmal zum Schiff fahren müssen und würde in etwa zwei Stunden zurück sein.

Es wurde jedoch wesentlicher später, da Cooper nicht gleich ein Boot fand, das ihn zu der auf Reede liegenden ›Bayern‹ brachte. Und an Bord des Schiffes verlief ebenfalls nicht alles so reibungslos, wie er es sich vorgestellt hatte. Abrechnungen waren zu erstellen und eine Aufenthaltsgenehmigung bei der malaiischen Einwanderungsbehörde zu beantragen. Außerdem mußte er Koffer packen und eine Kleinigkeit essen, und verschwitzt, wie er war, konnte er sich nirgendwo sehen lassen. Also nahm er noch ein Bad, und es ging deshalb schon auf Mitternacht zu, als er mit seinem Gepäck und den wenigen Sachen, die Sorokin verblieben waren, im E. & O. eintraf, dessen Halle bereits im Dunkeln lag.

»Miß Holstein bittet darum, sie in jedem Fall noch aufzusuchen«, übermittelte ihm der Nachtportier. »Sie bewohnt das Apartment Nummer dreißig.«

Cooper drückte dem Portier ein Trinkgeld in die Hand und ließ sich zunächst auf sein Zimmer und dann zu Margit Holsteins Apartment führen, an dessen Tür er verhalten klopfte.

»Come in!« rief sie sogleich und erhob sich aus einem Sessel, in dem sie, unter einer Stehlampe sitzend, in einem Buch gelesen hatte.

Gordon Cooper trat in den Raum und blieb verblüfft stehen. »Donnerwetter!« entfuhr es ihm, als er die kostbare Ausstattung des Apartments erblickte. »Du wohnst ja wie eine Prinzessin!«

»Was mir gar nicht recht ist«, entgegnete sie unzufrieden und eilte auf ihn zu, wobei ihr aus schwerer Seide gefertigter Morgenrock vernehmlich rauschte. »Mistreß Mac Donald ist eine Verschwenderin. Diesen Hausmantel hat sie mir zur Begrüßung geschenkt«, fügte sie wie sich entschuldigend hinzu. »Aber was ist mit Mister Sorokin? Wie geht es ihm? Ist seine Verletzung gefährlich?«

Cooper legte seinen Arm um ihre Schulter und führte sie zu dem Sessel zurück, in dem sie gesessen hatte. »Es sieht nicht gut aus. Er ist ab Leibesmitte gelähmt, und es besteht die Gefahr, daß es so bleibt. Wir fliegen gleich morgen früh nach Kuala Lumpur zu einem Professor, der eine Kapazität auf dem Gebiet der Operation von Wirbelsäulen sein soll.«

Margit Holstein war wie erstarrt. Panische Angst überfiel sie. Jeder Satz war wie ein Stilett in ihr Herz eingedrungen. Sie fror plötzlich. Der Wunsch, nicht zu denken, wurde übermächtig in ihr.

»Du zitterst ja«, hörte sie Gordon Cooper sagen.

Ihr war es, als müsse sie verbluten. Ihre Lippen bebten. Sie ahnte, daß Sorokins Leiden auch ihr Leiden sein würde.

Cooper zog sie behutsam an sich. »Was ist nur mit dir?«

Sie wußte es nicht, hatte nur Angst, schreckliche Angst. »Ich friere«, stammelte sie hilflos. »Wärme mich. Nimm mich in die Arme.«

Sekundenlang zögerte Cooper, dann hob er Margit Holstein auf und trug sie in den Schlafraum, der nur von einer Nachttischlampe erhellt war. Über ihrem Bett drehte sich lautlos ein Propeller. Die Fenster waren verhangen. Von irgendwoher drang das Surren der Klimaanlage. »Margit«, flüsterte er zärtlich, als er sie auf das Bett gelegt hatte und sich über sie beugte.

Sie schlang ihre Arme um seinen Hals und zog ihn zu sich herab. Heißes Verlangen erfaßte sie. In jäher Lebensgier küßte sie ihn.

Cooper wußte nicht, wie ihm geschah. »Margit!« seufzte er beglückt und nahm ihren Kopf in die Hände.

Ein Rausch überkam beide. Wie Ertrinkende umklammerten sie sich — verschmolzen, wurden eins.

Bei jeder Umdrehung des an der Zimmerdecke angebrachten Propellers fiel ein von der Nachttischlampe reflektierter Lichtschein in Margit Holsteins Augen und ließ sie wie gebannt auf das nächste Aufblitzen warten. Auf einfache Weise schaltete sie so ihr Denkvermögen aus, seit ihr leidenschaftlicher Rausch verflogen war und das Geschehene ihr unbegreiflich erschien. Abgrundtiefe Trauer erfüllte sie. Was sollte sie tun, wie sich verhalten, wenn Gordon Cooper erwachte? Unendlich zart und liebevoll war er zu ihr gewesen, doch was nützen alle Freuden auf Erden, wenn der Geist im Augenblick des höchsten Glückes eigene Wege geht und sich einem anderen zuwendet? Cooper hatte sie sich hingegeben, Ivo Sorokin aber in ihr Herz aufgenommen.

Margit Holstein wußte, daß sich Unwahrheit nur mit Wahrheit aus der Welt schaffen läßt. Sie mußte jetzt ehrlich sein und das Mysterium ihres Herzens aufdecken.

Ohne ein Geräusch zu verursachen erhob sie sich und zog den Morgenrock an, den sie plötzlich haßte und nie erhalten zu haben wünschte. Dann suchte sie das Bad auf, das sie erst wieder verließ nachdem sie sich zurechtgemacht und ihr Inneres gewissenhaft geprüft hatte.

Cooper erwachte unter den Geräuschen, die sie nun absichtlich verursachte. »Margit!« rief er und streckte die Arme nach ihr aus.

Sie trat an ihn heran und setzte sich auf den Bettrand.

Er ergriff ihre Hände. »Glücklich?«

Sie ließ den Kopf sinken. »Todunglücklich!«

Das Wort fiel wie ein Stein in eine Scheibe.

»Was ist geschehen?« erkundigte er sich erschrocken und betrachtete ihr Gesicht, das sie zu verbergen suchte. »Habe ich etwas Unrechtes getan?«

»Du nicht«, beruhigte sie ihn. »Wenn sich jemand Vorwürfe machen muß, dann ich.«

Er richtete sich auf und versuchte sie zu umarmen.

Sie wehrte ihn ab und erhob sich. »Es tut mir leid, Gordon, daß ich dich zurückweisen muß. Aber es darf nichts mehr zwischen uns sein.«

Eine Ohrfeige hätte ihn nicht schlimmer treffen können. »Ach, so ist das«, erwiderte er aufgebracht. »Das deutsche Gretchen schämt sich ihrer Gunstbezeigung und druckst an der Frage herum: Was denkt er jetzt von mir?«

Margit Holstein schüttelte den Kopf. »Die Frage stellt sich mir nicht, da ich mich weder über etwas schäme noch das geringste bereue. Dennoch bin ich todunglücklich.«

»Aber warum denn?«

»Weil ich — ich weiß nicht wieso — in der Umarmung plötzlich nur noch Ivo Sorokin gesehen habe. Ich muß dir das sagen, Gordon. Ich darf die Illusion, die mich in deine Arme führte, nicht als Wirklichkeit ansehen und die Wirklichkeit als Illusion.«

Cooper war zutiefst getroffen. In seiner Ernüchterung aber sah er hinsichtlich der ihm vom Secret Service gestellten Aufgabe auch peinliche Komplikationen auftauchen, wenn Margit Holsteins Herz für Ivo Sorokin schlug und er, Gordon Cooper, wie ein Hindernis in ihrer Empfindungswelt stand. »Geh in den Wohnraum«, bat er sie, um Zeit zu gewinnen. »Ich möchte mich anziehen.«

Als Cooper den Wohnraum aufsuchte, stand sie am Fenster und weinte. Ein ihn jäh überkommendes Mitgefühl drängte jede Auflehnung in ihm zurück. Was weiß ein Mann schon vom komplizierten Innenleben der Frau, dachte er und trat behutsam hinter sie. »Beruhige dich«, erklärte er ihr und legte seine Hände auf ihre Schultern. »Die Realität ist der Faden der Ariadne, mit dessen Hilfe wir den Weg aus dem Irrgarten unserer Illusionen finden müssen. Ich bedaure, dich ausgerechnet in dem Augenblick zu verlieren, da ich glaubte, dich errungen zu haben, ich weiß aber auch, daß die kommende Zeit für dich schwerer als für mich sein wird. Angesichts dieser Tatsache und im Hinblick darauf, daß ich dich wirklich sehr, sehr gern habe, kann ich dir in dieser Stunde nur versichern, daß deine Ehrlichkeit und dein Entschluß dich ehren und mich verpflichten, dir beizustehen. Unser Verhältnis soll bleiben, was es war: eine echte Freundschaft. Das andere werden die Götter ungeschehen machen.«

Als Gordon Cooper am nächsten Morgen zum ›General Hospital‹ fuhr, begleitete ihn Margit Holstein, die es sich nicht nehmen lassen wollte, Ivo Sorokin zu verabschieden. Da Cooper am Tage zuvor im Krankenwagen hinter Milchglasscheiben gesessen hatte und am Abend erst in der Dunkelheit zurückgefahren war, sah er nun zum ersten Male etwas von der wegen ihrer Schönheit so gepriesenen Insel. Die Sauberkeit der Straßen und die Buntheit der verschiedenen Baustile beeindruckten ihn ebensosehr wie die Üppigkeit der Vegetation.

Sie fuhren an weitläufig gebauten Villen vorbei, deren kunstvoll angelegte Gärten auf den ersten Blick chinesische Besitzer erkennen ließen. Künstliche Hügel und Wasserfälle, idyllische Lotosteiche, kleine Brücken und Pavillons, deren kühn geschwungene, mit bunten Majolikaziegeln bedeckte Dächer an aufsteigende Paradiesvögel erinnerten, legten ein beredtes Zeugnis vom Streben der Chinesen ab, sich daheim eine eigene Welt zu schaffen, eine Welt, in der sich künstliche Elemente mit Naturgegebenheiten zu einer neuen Harmonie vereinigen.

Die Traumwelt, durch die sie fuhren, löste Margit Holsteins Verkrampfung, und am Schluß der Fahrt kostete es sie keine Überwindung mehr, Gordon Cooper zu bitten, in Kuala Lumpur nicht in dem Hotel abzusteigen, in dem Patrice MacDonald für sie ein Apartment hatte reservieren lassen.

So großes Verständnis er für ihre Bitte hatte, es fiel ihm schwer, die erbetene Zusage zu machen. Der Verlauf der Nacht saß ihm noch zu sehr in den Gliedern, und er war froh, als es endlich soweit war, daß sie das Hospital erreichten, dessen Pförtnerin er ersuchte, Margit Holstein zu Ivo Sorokin zu führen, da er bei der Verwaltung noch eine Reihe von Formalitäten zu erledigen habe.

Margit Holstein warf ihm einen dankbaren Blick zu. Wenige Minuten später aber, als sie Sorokins matt gewordene Augen auf sich gerichtet sah, war sie zu Tode erschrocken.

»Sie hier?« stammelte er mit zitternder Stimme.

Sie trat an sein Bett und ergriff seine Hände. »Ich kann Sie doch nicht ohne Verabschiedung nach Kuala Lumpur fliegen lassen. Außerdem ist es mir ein Bedürfnis, Ihnen zu sagen, daß ich Sie künftighin täglich besuchen werde. Täglich, Mister Sorokin!«

Seine Mundwinkel zuckten. »Ich danke ... Ihnen ... Margit. Sie helfen ... mir ... damit sehr.«

Sie legte ihren Zeigefinger auf seine Lippen. »Schonen Sie sich. Ich rufe heute abend in Kuala Lumpur an und erkundige mich, wie es Ihnen geht. Die Operation wird bestimmt gut verlaufen.«

Er drückte ihre Hand. »Danke, Margit. Danke!«

Sie nahm ein neben seinem Kopfkissen liegendes Tuch und tupfte ihm Schweißtropfen von der Stirn. »Ich hoffe, Sie bleiben eine Weile in Kuala Lumpur. Wir können dort viel zusammen sein.«

Ivo Sorokin war es zumute, als senke sich ein Sonnenstrahl in sein Herz. Seltsam, dachte er. Vor zwei Tagen faßte ich den Entschluß, sie noch in diesem Monat zu besuchen, und nun werde ich mich täglich mit ihr unterhalten können.

Der Lärm eines Hubschraubers wurde vernehmbar.

»Die Maschine«, sagter er verkrampft.

Margit Holstein nickte. »Ich werde mich hier von Ihnen verabschieden. Draußen sind wir nicht allein, und ich möchte Ihnen doch sagen, daß meine Gedanken von nun an immer bei Ihnen sein werden, Ivo.«

Der Ausdruck seines Gesichtes wurde starr. »Ist es ... Mitleid ..., das Sie ... so sprechen läßt?« fragte er, mit jedem Wort ringend.

»Nein«, antwortete sie und strich zärtlich über sein dichtes Haar. »Es ist etwas ganz anderes. In Ihnen wird nun ein Prozeß vor sich gehen, in den ich mich auf unerklärliche Weise einbezogen fühle. Das Reifen geschieht für einige nach dem Tode, für andere in diesem Leben.«

## 9

Während am politischen Himmel ein Gewitter heraufzog, das sich über Ägypten und Israel zu entladen drohte und die Gefahr eines neuen Weltbrandes heraufbeschwor, erhellten sich über der Universitätsklinik von Kuala Lumpur die Wolken, die Ivo Sorokins Dasein so jäh beschattet hatten. Die von Professor Crabb vorgenommene Operation der Wirbelsäule hatte die gewünschte Druckentlastung gebracht, und es gab vage Anzeichen dafür, daß die eingetretene Lähmung mit der Zeit zurückgehen könnte. Wenn Bestimmtes auch noch nicht zu sagen war, die Möglichkeit einer Besserung war gegeben, und damit leuchtete ein Hoffnungsstrahl, der allen half und neuen Mut schenkte. Besonders natürlich Ivo Sorokin, den Margit Holstein nun schon seit zwei Wochen täglich für mehrere Stunden besuchte. Ihre Gegenwart beglückte ihn so sehr, daß ihn die Vorstellung bedrückte, jemals wieder ein Leben ohne sie führen zu müssen. Sie war die Frau seiner Träume, und er wäre der glücklichste Mensch gewesen, wenn ihn der furchtbare Gedanke an eine möglicherweise lebenslängliche Lähmung nicht permanent verfolgt hätte. Dabei mußte er es als ein Geschenk des Himmels ansehen, daß seine inneren Organe nicht in Mitleidenschaft gezogen waren, wodurch ihm Peinlichkeiten erspart blieben, die mit Rückenmarksverletzungen vielfach verbunden sind. Doch solches Wissen nützt wenig, wenn der Körper ab Mitte des Leibes gefühl- und bewegungslos ist und das Hirn den unteren Organen keine Befehle mehr zu erteilen vermag.

Vielleicht war es das schlimmste für Sorokin, daß sein Geist nach wie vor mit der Exaktheit eines Computers arbeitete und sich bereits mit Dingen befaßte, die noch gar nicht an ihn herantraten. So fragte er sich nach jedem Besuch Margit Holsteins, ob ein Mann, der einer Frau in geistiger und finanzieller Hinsicht viel, körperlich aber nichts geben kann, überhaupt das Recht hat, einen Menschen an sich zu binden. Die Vorstellung, Sehnsüchte zu erwecken und zu empfinden, sie aber nicht befriedigen zu können, brachte sein Hirn in Aufruhr, und wenn er versuchte, sich selbst zu analysieren, dann begriff er nicht, wieso ihn derartige Vorstellungen immer wieder überfielen. Bisher hatte er sexuelle Probleme nicht gekannt; weshalb beschäftigten sie ihn jetzt unaufhörlich? Weil ihm geraubt war, was er bis dahin als zweitrangig erachtet hatte?

Sorokin war manchmal der Verzweiflung nahe, und er atmete

jedesmal erleichtert auf, wenn Gordon Cooper des Morgens gegen zehn Uhr zu ihm kam und ihn aus seinen Grübeleien herausriß. So auch am 5. Juni, an dem Cooper ihn allerdings nicht so forsch und unbeschwert wie gewöhnlich begrüßte, sondern einen besorgten Eindruck machte.

»Schlechte Nachrichten?« fragte Sorokin ihn sogleich und schob einen Arm unter den Kopf, um seinen Blickwinkel zu verbessern.

Gordon Cooper nickte. »Ja, Sir. Der Krieg ist ausgebrochen. Israel hat Ägypten angegriffen.«

»Was habe ich Ihnen gesagt!« erwiderte Sorokin erregt. »Es mußte ja so kommen. Melden Sie gleich ein Gespräch nach Hongkong an. Ich hoffe, daß die dreißig ›Mig 21‹ noch nicht überführt wurden.«

Cooper, der inzwischen erfahren hatte, welch beachtliche Verbindungen der Waffenhändler zur arabischen Welt unterhielt, war verwundert. »Das hoffen Sie?« fragte er, während er den Telefonhörer abhob und die Nummer der Vermittlung wählte.

»Natürlich hoffe ich das«, antwortete Sorokin. »Ägypten ist nicht ausreichend gerüstet und verliert den Krieg. Es braucht also hinterher viel Material, um neu aufbauen zu können. Die ›Migs‹ kommen dann sehr gelegen; jetzt würden sie nur zerstört. Ich befürchte allerdings, daß die Sowjets nun groß einsteigen, das heißt, künftighin direkt liefern werden. Eine Basis am Mittelmeer ist zu verlockend für sie.«

Die Vermittlung meldete sich, und Cooper gab die gewünschte Hongkonger Telefonnummer durch, wobei er es nicht unterlassen konnte, dem Telefonfräulein einige Komplimente zu machen.

Sorokin ärgerte sich darüber, ließ ihn jedoch gewähren, weil er zu wissen glaubte, daß sich das zwischen Margit Holstein und Gordon Cooper bestehende Verhältnis grundlegend gewandelt hatte. Als Cooper den Hörer auflegte, fragte er ihn aber dennoch: »Müssen Sie eigentlich immer Süßholz raspeln?«

»Ich muß es nicht, aber es macht mir Spaß«, antwortete Cooper entwaffnend und zog einen Stuhl heran, auf dem er Platz nahm. Dann öffnete er seine Aktentasche und entnahm ihr einen Notizblock.

Ivo Sorokin, der ihn beobachtete, fragte sich insgeheim, warum Cooper wohl ein anderes Hotel gewählt haben mochte als das ›Federal‹, in dem Margit Holstein und Mistreß MacDonald abgestiegen waren. Schon einige Male hatte er sich diese Frage gestellt, nun aber richtete er sie in aller Offenheit an Cooper.

Der sah ihn im ersten Moment betroffen an, antwortete dann jedoch gelassen: »Margit bat mich darum.«

Sorokin gelang es kaum, seine Genugtuung zu verbergen. »Es tut mir leid, die Frage an Sie gerichtet zu haben«, erwiderte er verlegen. »Bitte, entschuldigen Sie.«

Gordon Cooper machte eine abwehrende Bewegung. »For nothing. Doch jetzt möchte ich Sie etwas fragen. Glauben Sie wirklich, daß Ägypten im Fall einer Niederlage bald neu aufrüsten kann?«

»Selbstverständlich.«

»Und wie sieht es nach einem verlorenen Krieg mit der Zahlung aus?«

»Gleichbleibend gut. Im Land wird die Armut natürlich anwachsen, aber gibt es Regierungen, die sich mehr für die Not des Volkes als für Waffen interessieren?«

»Ihr Zynismus setzt mich in Verwunderung«, entgegnete Gordon Cooper.

»Mit Zynismus hat das nichts zu tun«, widersprach Ivo Sorokin. »Es ist nun einmal eine Tatsache, daß sich die Welt um die Armen nicht kümmert, um Reiche aber bemüht. Soll ich diese Realität ignorieren? Mir werden die Aufträge nicht erteilt, weil man mir etwas zu verdienen geben will, sondern weil man Waffen nötig hat und weiß, daß ich notfalls auch eine halbe Milliarde Dollar in Bewegung setzen kann.«

Cooper kniff die Augen zusammen. »Eine halbe Milliarde? Wie bewerkstelligt man so etwas?«

Sorokin wechselte den Arm unter seinem Kopf. »Ich deutete in unserem ersten Gespräch bereits an, daß Finanzierungsangelegenheiten Sache meines Kompagnons Ah Boon sind. Er unterhält gute Verbindungen zur ›Bank of China‹.«

Die Erwähnung des als Pekings verlängerter Arm bekannten Hongkonger Bankhauses ließ Cooper aufhorchen. Wurden die schier unglaublichen Beträge den Herren Sorokin und Ah Boon womöglich zur Verfügung gestellt, weil sich hinter ihrer Firma, der ›British Chinese Ex- and Import Company‹, eine Agentenzentrale befand? Cooper schob den Gedanken beiseite und erwiderte leichthin: »Ich bin gespannt, Mister Ah Boon kennenzulernen.«

»Sie müssen das Ah kurz aussprechen, weil es sonst eine andere Bedeutung bekommt«, korrigierte ihn Sorokin und fügte erklärend hinzu: »Ah vor seinem Namen zu führen, ist nach chinesischen Begriffen eine Schande, denn Ah wird normalerweise vor den einsilbigen Namen eines niedrigen Dienstboten gesetzt. Als Mister Boon, dem früher ein bekanntes Schanghaier Exporthaus gehörte, nach Hongkong auswanderte und sich dort zunächst kümmerlich sein Geld verdienen mußte, rief man ihn Ah Boon, obwohl man wußte, wer er war. Chinesen können sehr herzlos sein. In jenen Tagen schwor er sich, das schändliche Ah beizubehalten und zu einer Art Auszeichnung zu erheben.«

»Großartig!« entfuhr es Gordon Cooper.

»Er ist wirklich ein großartiger Mann, wenn wir das Wort nicht auf seine Figur beziehen«, erwiderte Ivo Sorokin. »Mister Ah Boon ist nämlich klein und dünn wie eine Spindel. Na, Sie werden ihn ja nun kennenlernen. Haben Sie Ihren Flug schon gebucht?«

»Ja, für Sonntag den Elften. Ich hoffe bis dahin die Unterlagen von Cogswell & Harris zu haben. Die deutsche Mexer AG hat bereits gekabelt, via Liechtenstein jede Menge liefern zu können.«

»Well, dann erledigen Sie die Sache im besprochenen Sinne und sorgen Sie dafür, daß Mister Ah Boon den Betrag einplant. Übrigens wollte ich Sie noch bitten, meinem Kompagnon das Kennwort ›Roter Lampion‹ nicht zu nennen«, fuhr Sorokin nach kurzem Zögern fort. »Ich wäre Ihnen dankbar, wenn Sie es vergessen würden.«

»Wie Sie wünschen«, erwiderte Gordon Cooper.

»Ich habe Mister Ah Boon inzwischen ja mehrfach telefonisch gesprochen und ihm ausführlich von Ihnen berichtet«, fügte Ivo Sorokin wie zu seiner Entschuldigung hinzu. »Das Kennwort war nur für den Notfall vereinbart.«

Natürlich, dachte Cooper und wunderte sich darüber, daß Sorokin so viele Worte über diese Sache verlor.

Wie auf dem Schiff, so nahm Cooper auch im Krankenhaus den Lunch gemeinsam mit Sorokin ein, der trotz seiner körperlichen und seelischen Belastung Stunde für Stunde konzentriert arbeitete und Gordon Cooper systematisch mit den Aufgaben vertraut machte, die er übernehmen und an seiner Stelle erledigen sollte. Und Cooper war ein gelehriger Schüler. Darüber hinaus hatte er den Ehrgeiz, Ivo Sorokin schnellstens zu entlasten und Ah Boons Gunst durch möglichst umfassende Sachkenntnis zu gewinnen. Der chinesische Kompagnon schien ihm die gefährlichste Hürde zu sein, die er noch zu nehmen hatte.

Daß die Geschäfte der ›British Chinese Ex- and Import Company‹ korrekt und den bestehenden Bestimmungen gemäß abgewickelt wurden, war für ihn schon nach wenigen Tagen erkennbar gewesen. In dieser Hinsicht hatte er auch nichts anderes erwartet, und die für ihn außerordentlich günstige Entwicklung der Dinge hätte ihn eigentlich in eine Hochstimmung versetzen müssen. Wenn dies nicht der Fall war, so lag es an seinem Erlebnis mit Margit Holstein, das ihm mehr zusetzte, als er es wahrhaben wollte. Dabei war er nicht etwa eifersüchtig. Im Gegenteil, er gönnte Ivo Sorokin von ganzem Herzen, daß Margit Holstein sich in selbstloser und liebevoller Weise um ihn kümmerte. Sein getroffener Stolz ließ ihn jedoch immer wieder daran denken, was sie ihm in jener unglückseligen Nacht hatte sagen müssen.

Es gab aber noch etwas anderes, das ihm zu schaffen machte. Der Chinese Lim war ihm auf denkbar einfache Weise entwischt.

Schon in Dschibuti hatte Gordon Cooper sich vorgenommen gehabt, die Singaporer Außenstelle des Secret Service unmittelbar nach seiner Ankunft in Penang anzurufen, um sie zu bitten, Lim

Swee Long beim Einlaufen des Schiffes in Singapore wegen der Benutzung gefälschter Papiere festzunehmen. Sorokins Unfall lenkte Coopers Denken dann in andere Bahnen, und er erinnerte sich erst wieder an den Chinesen, als Professor Crabb ihn nach gut verlaufener Operation über Ivo Sorokins Zustand unterrichtete. Noch am selben Abend rief er den Leiter des Secret Service an, der ihm zusicherte, Lim Swee Long beim Eintreffen in Singapore gebührend zu empfangen. Zur Verwunderung der entsandten Beamten befand sich der Chinese jedoch nicht an Bord der ›Bayern‹, als diese in Singapore einlief. Er hatte, wie der Zahlmeister des Schiffes berichtete, knapp zwanzig Minuten vor dem Auslaufen aus Penang seine Papiere verlangt und eine Bescheinigung der Imigration vorgelegt, derzufolge er berechtigt war, nach Kuala Lumpur zu reisen und von dort aus außer Landes zu fliegen. Sofort angestellte Ermittlungen ergaben, daß Lim Swee Long tatsächlich via Kuala Lumpur nach Bangkok geflogen war, wo seine Spur mit einem großen Fragezeichen endete.

Anders als Flucht konnte man das plötzliche Verschwinden des Chinesen nicht nennen, zumal einwandfrei ermittelt wurde, daß der Name Lim Swee Long in Bangkok weder in einem Hotel noch bei einer Fluggesellschaft aufgetaucht war. Aller Voraussicht nach hatte er sich eines neuen Namens und somit eines dritten Passes bedient.

Gordon Cooper setzte es mächtig zu, daß ihm der zierliche Chinese ein Schnippchen geschlagen hatte, und er begoß seinen Kummer mit einigen Whiskys, zu denen ihn Patrice MacDonald verleitete.

In ihrer Langeweile hatte sie ihn in seinem Hotel aufgesucht und ihm unverhohlen erklärt: »Im ›Federal‹ halte ich es nicht aus. Ich kenne da niemanden, und Margit, die den ganzen Tag in der Universität ist, bleibt des Abends bis zur Dunkelheit bei Mister Sorokin. Letzteres verstehe ich noch, ich kann aber nicht begreifen, wie man den ganzen Tag über studieren kann. Finden Sie das normal?«

Cooper wußte genug. Patrice MacDonald machte ihm Avancen, seit sein Verhältnis zu Margit Holstein sich verändert hatte. Er hätte lachen mögen, da sie mindestens zehn Jahre älter war. Andererseits konnte er nicht umhin zuzugeben, daß sie blendend aussah und über Reize verfügte, die sich nicht übersehen ließen. Nur wer sie aus unmittelbarer Nähe betrachtete, vermochte zu erkennen, daß sie nicht mehr die Jüngste war.

Da er auf ihre Frage nicht reagierte, stieß sie ihn burschikos in die Seite. »Wo sind Sie mit Ihren Gedanken, mein Herr?«

»Bei Ihnen!« antwortete er und fügte wenig überzeugend hinzu: »Sie wollten doch wissen, ob ich es normal finde, wenn man den ganzen Tag studiert. Darüber habe ich eben nachgedacht.«

»Und zu welchem Ergebnis sind Sie gekommen?«

Er sah ihre ausdrucksvollen Augen und ihre feuchtglänzenden Lippen. »Zu dem Ergebnis, daß ich nicht begreifen kann ... Ach, reden wir von etwas anderem«, unterbrach er sich und hakte sich übermütig bei ihr ein. »Gehen wir in die Bar. Ein Whisky wird uns guttun.«

Patrice MacDonald sorgte dafür, daß es nicht bei einem Whisky und dem steifen ›Sie‹ zwischen Cooper und ihr blieb, und von diesem Tage an erschien sie regelmäßig gegen fünf Uhr im Hotel Merlin. Vorher besuchte sie Sorokin, dessen weiß getünchtes Krankenzimmer sie mehr und mehr in einen immer üppiger werdenden Blumensalon verwandelte.

Ivo Sorokin wußte nicht, was er dazu sagen sollte. Er bedankte sich mit Worten, die Patrice MacDonald von ihm hören wollte, und im übrigen war er froh, wenn sie ihren Auftritt beendete und glücklich von dannen rauschte. Das war in der Regel gegen halb fünf der Fall. Von diesem Augenblick an genoß er das Warten auf Margit Holstein, die zumeist kurz vor sechs Uhr erschien und bei ihm blieb, bis die Nachtschwester auftauchte und ihr einen vorwurfsvollen Blick zuwarf.

Wie üblich, so meldete Margit Holstein ihr Kommen auch an diesem Tage durch ein behutsames Klopfen an und steckte gleich darauf ihren Kopf durch die um einen Spalt geöffnete Tür. Sie freute sich auf diese Minute, da sie wußte, daß alles für ihren Empfang bereitgestellt war. Das war nämlich das Widersinnige an ihren Besuchen: Sorokin empfing sie! Frisch rasiert und nach herbem Gesichtswasser duftend machte er ihr seine Aufwartung. stets standen ein mit erlesenem Geschmack gedecktes Tischchen und ein bequemer Sessel für sie bereit. »Darf ich eintreten?« fragte sie ihn erwartungsvoll.

»Sie dürfen!« antwortete er und war aufs neue von ihrem Aussehen begeistert. Ihre dunklen Augen hatten den seidigen Glanz schwarzer Perlen, und über ihrem braunen Haar lag ein tizianroter Schimmer.

Mit schnellen Schritten ging sie auf ihn zu, reichte ihm die Hand und beugte sich über ihn. »Den Tag gut verbracht?«

»Ich bin zufrieden«, antwortete er. »Der Professor leider nicht.«

Über ihr Gesicht glitt ein Schatten. »Und weshalb ist er es nicht?«

»Weil ich seiner Meinung nach zuviel arbeite und mir mehr Ruhe gönnen soll.«

»Da hat er vollkommen recht«, erwiderte sie lebhaft. »Es ist nicht richtig, daß Sie den ganzen Tag über mit Gordon ...«

»Er fliegt am Sonntag nach Hongkong«, unterbrach Ivo Sorokin sie schnell. »Von da an bin ich ohnehin zur Untätigkeit verdammt.«

»Das stimmt nicht«, widersprach sie lachend und nahm in dem neben seinem Bett stehenden Sessel Platz. »In Kürze beginnen die ersten Massagen.«

Seine Miene verfinsterte sich. »Davon verspreche ich mir nichts. Etwas anderes wäre es, wenn ich schon irgendein Gefühl verspüren würde. Aber nichts rührt sich, gar nichts!«

»Dafür ist es auch noch zu früh«, beruhigte sie ihn, während sie Tee einschenkte. »Professor Crabb rechnet damit, daß ehestens nach vier bis sechs Wochen eine Besserung eintreten kann. Er sagte mir, es könne sogar zwei, drei oder mehr Monate dauern. Wichtig ist jetzt, daß Sie nicht ungeduldig werden.«

Ivo Sorokin tat einen Seufzer. »Er hat gewiß recht, und ich bin undankbar. Wenn ich Sie, Gordon Cooper und Mistreß MacDonald nicht zufällig kennengelernt hätte, läge ich hier mutterseelenallein.«


»Ich kann es immer noch nicht begreifen, daß Kuala Lumpur sich so verändert hat«, sagte Patrice MacDonald zu Gordon Cooper, mit dem sie kreuz und quer durch die Metropole fuhr, um ihr neues Kabriolett durch eine Fahrt mit zurückgeschlagenem Verdeck einzuweihen. »Die Stadt ist noch faszinierender geworden, als sie es schon war.«

Mitten in Kuala Lumpur gab es ein Chinesenviertel, dessen Straßen so überfüllt waren, daß sie mit dem Wagen kaum passiert werden konnten. Mit Lasten bepackte Kulis bahnten sich in ihnen wie in alten Zeiten mühsam ihre Wege.

Im eigentlichen Stadtkern fuhr Patrice MacDonald über großzügig angelegte Straßen und Avenuen an prächtigen Bauwerken im zumeist maurischen Stil vorbei. Cooper meinte manchmal, Paläste aus Tausendundeiner Nacht vor sich zu haben, und er glaubte zum Narren gehalten zu werden, als Patrice MacDonald ihm erklärte, daß ein von ihm für ein Sultanspalais gehaltenes Gebäude der Bahnhof von Kuala Lumpur sei.

Etwas abseits vom Stadtkern entdeckte er auf einer von zwei Flüssen gebildeten Landzunge eine in roten und weißen Farben gehaltene herrliche Moschee, die ihm jedoch beinahe armselig erschien, als er kurz darauf die im modernen Stil errichtete neue ›Negara Masjed‹ gewahrte, deren Minarett wie eine Nadel in den Himmel hineinragt und deren Tempelbau einem flachen, die Gläubigen beschützenden Schirm gleicht.

Kontraste folgten auf Kontraste. Ohne die Stadt zu verlassen, durchfuhren sie die sowohl englisch als auch tropisch anmutenden ›Lake Gardens‹, in deren lehmfarbigem See sich des imposante, die Landschaft weit überragende moderne neue Parlamentsgebäude spiegelt. Dann wieder jagten sie über auf Säulen stehenden Autobahnen dem riesig angewachsenen Universitätsviertel entgegen, staunten über Sportanlagen, die europäischen Hauptstädten Ehre machen würden, und waren schließlich überwältigt von der Schönheit und Zweckmäßigkeit des Flughafens und seines Empfangsgebäudes.

Kuala Lumpur und seine Umgebung begeisterten Cooper. »Ich begreife nicht, daß du diese Stadt einmal verlassen konntest«, sagte er zu Patrice MacDonald, als diese eine neue Fahrtrichtung einschlug.

Sie überhörte seine Bemerkung und fragte ihn statt dessen, ob er Lust habe, sich den Golfplatz anzusehen, der über 45 Löcher verfüge. »Wir müssen uns jetzt nämlich leider trennen«, fügte sie bedauernd hinzu. »Aber nachdem du auch Margit zum Abendessen eingeladen hast, muß ich etwas für meine Schönheit tun.«

»Um so mehr werde ich dein Angebot zu würdigen wissen, mich zuvor noch zum Golfplatz zu fahren«, erwiderte er mit galanter Geste. »Von dort aus fahre ich dann noch auf einen Sprung zu Mister Sorokin . . .«

»Um Margit abzuholen?« unterbrach sie ihn eifersüchtig.

»Um mich von Mister Sorokin zu verabschieden, wie du genau weißt!« entgegnete er ungehalten. »Da heute Samstag ist, kreuzt Margit bekanntlich schon zum Lunch bei ihm auf, wodurch ich mit dir zusammen sein konnte.«

»Entschuldige, es war nur ein Scherz«, erwiderte Patrice MacDonald verkrampft und ärgerte sich darüber, daß sie unversehens eifersüchtig geworden war. »Vom Golfplatz zur Klinik ist es übrigens nicht allzu weit.«

»Fein«, antwortete er einsilbig.

Sie spürte, daß er verstimmt war, und bemühte sich so sehr um ihn, daß er schließlich lachen mußte und ihr erklärte: »Wenn ich könnte, würde ich dich mit nach Hongkong nehmen. Du wärst der ideale Chauffeur für mich.«

Patrice MacDonald tat einen kleinen Freudenschrei. »Weißt du, was ich tun werde? Dich besuchen!«

Da habe ich was Schönes angerichtet, dachte er betroffen und entgegnete: »Unterstehe dich! Du weißt, welche Aufgabe mir Mister Sorokin übertragen hat. Da lasse ich mich von niemandem ablenken.«

Sie spielte die Schmollende. »Auch nicht von mir?«

»Von niemandem!« erwiderte er so energisch, daß sie sich keinen Illusionen mehr hingab.

Wenige Minuten später erreichten sie die zum Golfplatz führende Circular Road, und gleich darauf tauchte das Klubhaus vor ihnen auf.

Cooper bedankte sich bei Patrice MacDonald und stieg aus dem Wagen. »Wir treffen uns, wie verabredet, um neun Uhr in der Dragon Bar.«

Sie nickte. »Ich werde schon eine Stunde vorher dort sein.«

»Will sehen, was sich machen läßt«, entgegnete er und hob die Hand. »Bye, bye!«

Sie gab Vollgas und führte einen Kavalierstart durch, der ihn kopfschüttelnd hinter ihr herblicken ließ. Blöde Angabe, dachte er und ging auf den Eingang des Klubgebäudes zu.

In diesem Augenblick wandte sich ein stattlicher, graumelierter Herr an ihn, der trotz seines Alters einen forschen Eindruck machte. »Entschuldigen Sie, daß ich Sie anspreche«, sagte er und lüftete seinen Golfhut. »Mein Name ist Hamilton. David Hamilton. Darf ich eine Frage an Sie richten?«

Cooper blickte in ein braungebranntes, vertrauenerweckendes Gesicht. »Aber gewiß«, antwortete er und nannte seinen Namen.

»Freut mich, Sie kennenzulernen«, erwiderte David Hamilton, dessen Aussprache den Amerikaner erkennen ließ. »Ich sah Sie eben aus dem Kabriolett aussteigen und bilde mir ein, in der Dame hinter dem Volant jemanden erkannt zu haben, der eigentlich nicht hier sein kann. Ist der Name der Fahrerin Patrice Lawrence?«

Gordon Cooper glaubte, in den Augen seines Gegenübers einen besorgten Ausdruck zu erkennen. »Nein«, entgegnete er, fügte aber sogleich hinzu: »Patrice Lawrence war, wie ich zufällig auf der Überfahrt nach hier erfuhr, der Mädchenname jener Dame. Sie heißt heute Patrice MacDonald.«

Die Augen des Amerikaners weiteten sich. Sein Mund stand jäh schief. »Patrice MacDonald, sagten Sie?«

»Ja, Sir«, antwortete Cooper, der plötzlich zu erfahren hoffte, was er schon lange wissen wollte. »Sie ist meines Wissens die Witwe des Generals MacDonald, der Gouverneur von Indien war.«

David Hamilton vermeinte, den Boden unter den Füßen zu verlieren. Seine Hand tastete nach einem Halt.

Cooper sah es und ergriff den Arm des Amerikaners. »Ist Ihnen schlecht?«

»Das kann man wohl sagen«, erwiderte der Angesprochene grimmig und straffte sich. »Aber es geht schon vorüber.«

Gordon Cooper wies auf eine neben dem Eingang des Klubhauses stehende Sesselgruppe. »Möchten Sie drüben Platz nehmen?«

»Nein, danke«, antwortete David Hamilton verächtlich. »Ich gehe lieber in die Bar. Darf ich Sie zu einem Drink einladen? Ich brauche dringend einen Whisky. Einen doppelten sogar!«

Ich möchte wissen, was ihn so erschüttert hat, dachte Cooper und folgte seinem neuen Bekannten, der ihn durch eine weite Halle zu einer Bar führte, in der sich nur wenig Gäste aufhielten.

»Sie müssen mir erzählen, was Sie von Mistreß MacDonald wissen«, nahm der Amerikaner das Gespräch auf, nachdem er seine Bestellung gemacht hatte.

»Das ist sehr wenig«, erwiderte Cooper und schilderte, wie er seine Landsmännin auf dem Schiff kennengelernt und sich durch Margit Holstein mit ihr angefreundet hatte. »Es gab allerdings ein Gerücht an Bord, das uns vor ihr warnte«, flunkerte er hinzu, um zur Sprache bringen zu können, was er vom Secret Service erfahren hatte. »Aber wir glaubten dem Gerede nicht, weil es zu dumm war. Es hieß, Mistreß MacDonald hätte vor Jahren einen malaiischen Rebellen und Partisanen für ein schmutziges Kopfgeld verraten.«

Der Barkeeper brachte den Whisky.

David Hamilton ergriff sein Glas. »Auf meinen Freund Lee Konkim, der mir einmal sagte: Wen der Herrgott strafen will, dem schickt er eine schöne Frau über den Weg.« Damit leerte er sein Glas in einem Zuge und stellte es knallend auf den Tisch zurück. »Noch zwei doppelte!«

Was mag in ihm vor sich gehen, fragte sich Cooper, da er deutlich spürte, daß sein Gegenüber mit sich zu kämpfen hatte. »Miß Holstein studiert an der hiesigen Hochschule«, nahm er das Gespräch wieder auf. »Sie erhielt ein Stipendium der Universität Kuala Lumpur, und Mistreß MacDonald war so freundlich, sie als ihren Gast ins ›Federal‹ einzuladen. Sie kümmert sich auch sehr um einen Hongkonger Großkaufmann, der auf dem Schiff verunglückte und hier operiert wurde.«

»Von Professor Crabb?« fragte David Hamilton aufhorchend.

»Richtig! Sie kennen ihn?«

»Ja, er ist ein Klubkamerad und erzählte mir von dem Fall. Wie heißt der Verunglückte noch?«

»Sorokin.«

»Richtig!«

»Ich bin sein Privatsekretär.«

»Interessant. Und was hat Mistreß MacDonald mit ihm zu tun?«

»Direkt nichts. Sie lernte ihn auf dem Schiff kennen und baut nun ein Meer von Blumen um ihn auf.«

»Dann sagen Sie Ihrem Mister Sorokin, er soll sich vor Mistreß MacDonald in acht nehmen«, fauchte der Amerikaner erbost. »Dieses Scheusal hat meinen Freund erledigt, und nun hat sie, wie ich jetzt weiß, auch mich aufs Kreuz gelegt! Ebenfalls Lee Akira! Ich sage Ihnen, der Junge wird sie umbringen, wenn er das erfährt!« In seiner Erregung schlug David Hamilton krachend auf den Tisch und rief: »He, Dick, wo bleibt der Whisky?«

»Kommt schon, Sir«, antwortete der malaiische Keeper und brachte zwei neue Gläser.

David Hamilton stieß mit Gordon Cooper an. »Cheerio! Auf meinen Freund Kon-kim!« Damit kippte er den Alkohol wie Wasser hinunter, schloß die Augen und lehnte sich zurück, als müsse er Kraft sammeln.

Cooper spürte, daß sein Gegenüber nahe daran war, sich Luft zu verschaffen. Und er täuschte sich nicht, denn David Hamilton gab sich plötzlich einen Ruck und stand auf.

»Kommen Sie«, sagte er und fuhr sich über die Augen. »Machen wir einen Spaziergang. Ich werde Ihnen erzählen, wer Patrice MacDonald, alias Lawrence, ist und was sie angestellt hat.« Mit wütender Gebärde stülpte er sich seinen Golfhut auf den Kopf und gab dem Keeper zu verstehen, die Getränke auf sein Konto zu setzen. Dann verließ er das Klubhaus mit weitausholenden Schritten, die seiner Erregung entsprechen mochten, und steuerte auf den Rand eines Waldes zu, der das Spielfeld begrenzte. Seine Hände hielt er dabei zu Fäusten geballt in den Taschen seines Sportjacketts. »Haben Sie schon etwas von Lee Kon-kim gehört?« fragte er, als sie den Waldrand erreicht hatten.

»Sie erwähnten seinen Namen bereits zweimal«, antwortete Gordon Cooper ausweichend.

»Kon-kim entstammte einer enorm reichen chinesischen Familie«, fuhr der Amerikaner beinahe pathetisch fort. »Für mich ist er der Kennedy Südostasiens.«

»Wie bitte?«

»Sie haben richtig gehört, und ich will Ihnen auch sagen, warum er das für mich ist. Weil er sich aufgrund seines Vermögens verpflichtet fühlte, etwas für sein Land zu tun. Wie John F. Kennedy, so verzichtete auch er darauf, den vermögenden Nichtstuer und Playboy zu spielen, und beide wurden deshalb erschossen. Einem Rubirosa kann so etwas nicht passieren!«

»Auf dem Schiff wurde aber erzählt, Patrice MacDonald habe einen Partisanen ans Messer geliefert«, warf Gordon Cooper in dem Bestreben ein, seinen Begleiter in die Wirklichkeit zurückzuführen.

»Von mir aus können andere ihn nennen wie sie wollen«, entgegnete David Hamilton ruppig und riß sich die Krawatte vom Hals. »Lee Kon-kim war kein Partisan, sondern ein Mann, der die Freiheit liebte und das Land verteidigte, in dem er lebte. Wir waren Studienkameraden. Nach den Unruhen der dreißiger Jahre wanderte er von China nach Malaya aus, und hier lernte er Jane Lawrence kennen, die ihm die von ihrem Mann gegründeten, aber hoch verschuldeten ›Albion-Tin-Works‹ gegen den Willen ihrer Tochter Patrice verkaufte.

Dann brach der Zweite Weltkrieg aus. Die Japaner fielen in Malaya ein, und Lee Kon-kim stellte eine Widerstandsgruppe auf, mit der er den Japanern das Leben zur Hölle machte. Wohlverstanden, er finanzierte den Dschungelkampf aus eigener Tasche!«

»Das dürfte ein Vermögen gekostet haben«, warf Gordon Cooper ein, um den sichtlich erregten Amerikaner weiter anzustacheln.

»Weiß Gott!« erwiderte David Hamilton und fuhr sich mit einem Tuch über den Hals. »Die Summen, die er ausgegeben hat, sind mir nur zu gut bekannt. Ich handelte damals mit Waffen und versorgte ihn.«

»Sie waren Waffenhändler?«

»Bis Kriegserlebnisse mich eines Besseren belehrten. Das können Sie übrigens Ihrem Mister Sorokin bestellen.«

Gordon Cooper lachte.

»Nach dem Krieg bot Patrice Lawrence meinem Freund, dessen Unternehmen total auf den Hund gekommen war, alles Geld an, das ihr aus dem Verkauf der ›Albion-Tin-Works‹ zugeflossen war. Er winkte jedoch ab, obwohl er dringend Kapital benötigte. Patrice Lawrence war ihm zu sprunghaft. Er befürchtete, das Unternehmen könnte eines Tages durch aufflackernde Streitigkeiten gefährdet werden.

In dieser für Lee Kon-kim höchst unangenehmen Situation kehrte ich nach Singapore zurück, und als ich von seinen Schwierigkeiten hörte, bot ich ihm meine Ersparnisse an.«

»Die dank Ihres lukrativen Vorkriegshandels beachtlich gewesen sein dürften.«

»Stimmt, Sie Hellseher! Kon-kim akzeptierte mein Angebot, machte mich zum Teilhaber, und die ›Albion-Tin-Works‹ waren saniert. Und dann schufteten wir wie Kulis.

Patrice Lawrence aber, die inzwischen Kon-kims Geliebte geworden war – weiß der Teufel, wer von den beiden es geschafft hatte –, sah nur noch rot, als sie erfuhr, daß ich Mitinhaber der ›Albion-Tin-Works‹ geworden war. Sie setzte alles daran, mich von meinem Freund zu trennen und ihn zur Heirat zu überreden. Letzteres würde sie vielleicht geschafft haben, wenn die Widerstandskämpfer in ihrer Erbitterung darüber, daß sie für ihren jahrelangen, im Interesse Englands geführten Kampf keine Entschädigung erhalten sollten, nicht erneut zu den Waffen gegriffen hätten. Kon-kim übernahm heimlich das Kommando, und Patrice Lawrence, die durch Zufall von seinem Doppelleben erfuhr, erblickte plötzlich die Möglichkeit, sich dafür zu rächen, daß er sie nicht zur Herrin der ›Albion-Tin-Works‹ gemacht hatte. Als er dann auch noch den japanischen Jungen Akira Ishii adoptierte, der im Krieg Furchtbares hatte erleben müssen, geriet sie in Raserei. Sie verriet Lee Kon-kim, der bei seiner Verhaftung erschossen wurde, obwohl er keinen Widerstand leistete. Abgeknallt von irgendeinem Idioten!«

Es erleichterte Gordon Cooper zu hören, daß Patrice Lawrence ihren Geliebten nicht um Geldes willen verraten hatte. »Eine scheußliche Geschichte«, sagte er, als der Amerikaner schwieg. »Ich verstehe nur nicht, wieso Mistreß MacDonald nun Sie und Mister Lee Akira aufs Kreuz gelegt hat, wie Sie sich ausdrückten.«

»Sie besitzt jetzt fünfundvierzig Prozent Aktien der ›Albion-Tin-Works‹!« rief David Hamilton erregt. »Keine Ahnung habe ich davon gehabt! Ich könnte mir die Haare raufen!«

»Ich verstehe Sie immer noch nicht«, entgegnete Cooper kopfschüttelnd. »Wieso wissen Sie plötzlich, was Sie vorher nicht wußten?«

»Herrgott, von Ihnen erfuhr ich doch, daß die Witwe des Generals MacDonald mit der früheren Patrice Lawrence identisch ist. Vor einem Jahre verkaufte ich meine Anteile an den ›Albion-Tin-Works‹ dem früheren Gouverneur von Indien, General Richard MacDonald. Begreifen Sie nun mein Entsetzen? Patrice Lawrence hat ihr Ziel erreicht! Und die Schuld liegt bei mir. Ich hätte nicht verkaufen dürfen!«

»Und warum haben Sie es getan?«

David Hamilton blieb stehen und hob wie hilflos die Arme. »Warum? Ich bin alt geworden, Lee Akira aber steht in den besten Jahren. Da gab es Reibereien, zumal der Junge das Pech hat, im Schatten seines in Malaysia noch heute verehrten Adoptivvaters zu stehen, den er nachzuahmen versucht. Ich schied deshalb aus, schenkte Lee Akira fünf Prozent meiner Anteile, um die Majorität zu sichern, und den Rest verhökerte ich, um Ruhe zu haben. Und was habe ich erreicht? Die Laus sitzt im Pelz, und ich zittere darum, daß mein Schützling Patrice MacDonald umbringt, wenn er erfährt, daß sie hier ist.«

Lee Akira wußte es bereits und traf schon seine ersten Maßnahmen.

Gordon Cooper kam nicht sogleich mit sich ins reine, als er David Hamilton verlassen hatte und zur Universitätsklinik fuhr, um sich von Ivo Sorokin zu verabschieden. Angesichs der zwischen Margit Holstein und Patrice MacDonald bestehenden Freundschaft fühlte er sich Sorokin gegenüber verpflichtet, sein Wissen preiszugeben, wenngleich ihm nicht wohl dabei zumute war und er sich wie ein Verräter vorkam.

Zu seiner Verwunderung nahm der Waffenhändler den Bericht gelassen auf. »Behalten wir die Geschichte für uns«, sagte er nach kurzer Überlegung, als Cooper geendet hatte. »Margits Studium darf nicht gestört werden, und ich befürchte, sie würde das Federal Hotel verlassen, wenn sie etwas über die Vergangenheit ihrer Gastgeberin erführe. Schweigen wir also. Im übrigen habe ich eben am Radio gehört, daß Israels Blitzkrieg zu Ende ist. Damit dürfte ein riesiges Geschäft auf uns zukommen, denn die Sowjets haben durch die Niederlage der von ihnen unterstützten Araber einen Prestigeverlust erlitten, den sie nur ausbügeln können, wenn sie die arabischen Staaten vor den politischen Folgen des Feldzug-Fiaskos bewahren. Ohne neue Aufrüstung geht das nicht.«

Cooper staunte über Sorokins Gedankenkombination.

»Aber auch Israel wird jetzt interessant für uns«, fuhr Ivo Soro-kin wie im Selbstgespräch fort. »De Gaulle war so ungeschickt, sich gleich zu Beginn der Krise von Israel zu distanzieren. Dabei hatte Frankreich den Israelis nicht nur ›Mirage‹-Jagdflugzeuge, sondern auch andere Waffen geliefert. Über holländische Tarn-firmen. Der Spaß dürfte nun vorbei sein, und damit öffnet sich für mich ein Tor, das mir bislang verschlossen war.«

Gordon Cooper lachte. »Ihnen scheint es wieder gutzugehen.«

Ivo Sorokins Gesicht verfinsterte sich. »Gut? Noch nicht das geringste Gefühl hat sich eingestellt. Immer wieder fasse ich nach meinen Beinen. Nichts! Ich könnte verzweifeln. In meiner Not mache ich am laufenden Band Pläne. Vorhin habe ich Ah Boon angerufen und ihm geraten, den Chinesen zu empfehlen, Ägypten schnellstens hundert oder hundertfünfzigtausend Tonnen Weizen zu schenken und Nasser ein zinsloses Darlehen von zehn bis zwan-zig Millionen Dollar zur Verfügung zu stellen. Wollen wir wetten, daß man meinen Vorschlag akzeptiert? Die Chinesen wissen genau, daß eine solche Aktion für Moskau ein Schlag ins Gesicht sein wird.«

»Und was haben Sie davon?«

»Das Darlehen übernimmt unsere Firma, und Ägypten erhält dafür Waffen, die nicht gerade den letzten Stand der Technik widerspiegeln. Jetzt wird alles abgenommen.«

Gordon Cooper schnappte nach Luft. »Man könnte meinen, Sie hätten einen direkten Draht nach Peking.«

»Gott sei Dank habe ich den nicht«, erwiderte Sorokin mit ab-wehrend erhobenen Händen. »Denn hätte ich ihn, würde er durch-schnitten. Die Dinge liegen viel einfacher. Chinesen halten wie die Kletten zusammen, und Ah Boon hat ein paar gute Freunde bei der ›Bank of China‹, die man auch den Schnorchel Pekings nennen könnte.«

Von dort aus dürften auch die Puppen gelenkt werden, mit de-nen ein Staat sich nicht belasten kann, dachte Cooper zufrieden. Auf Biegen und Brechen muß ich meinen Auftrag erfüllen. Nie im Leben wieder wird mir eine solche Chance geboten.

## 10

Ein schweres Gewitter tobte über der Hauptstadt Malaysias, als Gordon Cooper zum Flughafen von Kuala Lumpur fuhr, um mit einer Bristol ›Britannia‹ der Malaysian Airways nach Hongkong zu fliegen. Der Regen platschte wie aus Eimern vom Himmel, und der Fahrer des Taxis, der die Straße kaum noch zu sehen vermochte, wischte unablässig über die vordere Scheibe des Wagens, um ihr Beschlagen zu verhindern.

»Schwere Sumatra!« sagte er immer wieder. »Schwere Sumatra! Zu früh für diese Jahreszeit. Sumatra erst muß kommen am Nachmittag. Flugzeug nicht fliegen. Wir schön können langsam fahren.«

Cooper blickte durch das Seitenfenster und dachte: Bei dem Regen versaufen die Motoren wirklich. Gut, daß ich Margit und Patrice das Versprechen abgenommen habe, mich nicht zum Flughafen zu begleiten.

Als Gordon Cooper diese Bitte aussprach, hatte er mehr an Patrice MacDonald gedacht, von der er annahm, daß sie Margit Holstein überreden und allein erscheinen würde. Dem wollte er aus dem Wege gehen, obgleich er sich vorgenommen hatte, seiner Landsmännin künftighin wie bisher entgegenzutreten und sie nicht Dinge büßen zu lassen, die ihn nichts angingen. Nur im gegenwärtigen Zeitpunkt wollte er nicht mit ihr allein sein. David Hamiltons Erzählung schwang noch so in ihm nach, daß er befürchtete, ihr nicht offen in die Augen schauen zu können, ohne sich zu verraten. Am Abend zuvor war es ihm selbst in Gegenwart von Margit Holstein schwergefallen, sich nichts anmerken zu lassen.

Blitze fuhren wie Schwerter durch die Wolken. Ihnen folgten Donner, die nicht rollten, sondern krachten, als schlüge alles Eisen der Erde aufeinander.

»Schwere Sumatra!« wiederholte der Fahrer und wischte über die Frontscheibe seines Wagens. »Neue Häuser nicht gut dafür. Wasser laufen durch Wohnung. Ich weiß, macht nichts. Stunde später alles trocken. Ich aber wohne in ›Kampong‹. Das ist malaiische Haus auf Pfahl. Kein Wasser laufen durch Wohnung. Sehr gut!«

Wenn Cooper das Gerede des Malaien auch amüsierte, so war er doch froh, als der Flughafen endlich erreicht wurde. Alles an ihm war feucht und klamm, und er atmete erlöst auf, als er aussteigen konnte und von einem Pagen unter einem riesigen Schirm zum Eingang geführt wurde.

Da ihm in der Empfangshalle der Abfertigungsbeamte erklärte, der Start würde sich wahrscheinlich um eine Stunde verzögern, begab er sich in das Flughafenrestaurant, um eine Tasse Tee zu trinken.

In seiner Nähe saß ein ihm auf den ersten Blick sympathischer Japaner, der gelangweilt in einer Illustrierten blätterte. Er mochte im gleichen Alter wie er selber sein, was sich bei Asiaten allerdings kaum mit Sicherheit sagen läßt. Sein widerborstiges Haar stand ihm wirr auf dem Kopf und erweckte einen lustigen Eindruck. Sein Mund war männlich, und seine dunklen, prüfend blickenden Augen hatten den Glanz und die Weichheit japanischer Lackarbeiten. Und doch schlummerte eine gewisse Härte in ihnen. Er trug einen modernen Rollkragenpullover und darüber eine Wildlederjacke, der anzusehen war, daß sie von keinem alltäglichen Herrenausstatter stammte.

Gordon Cooper wäre gewiß sehr erstaunt gewesen, wenn er gewußt hätte, wer da in seiner Nähe saß und ungeduldig auf Wetterbesserung wartete: Lee Akira, von dem David Hamilton gesprochen hatte.

Entgegen Coopers Annahme begab sich der Adoptivsohn Lee Konkims nicht zur viermotorigen Turbopropmaschine der Malaysian Airlines, als die Fluggäste nach Hongkong aufgerufen wurden. Er stieg vielmehr die Stufen zur Wetterwarte empor und bat den diensthabenden Meteorologen, auch ihm den Start freizugeben.

»Sie wissen doch, daß ich die Strecke nach Singapore wie meine Westentasche kenne«, fügte er werbend hinzu.

»Gewiß«, erwiderte der Meteorologe und warf einen prüfenden Blick auf die vor ihm liegende Wetterkarte. »Im Süden stehen aber gerade die stärksten Gewitter. Eine Stunde werden Sie noch warten müssen.«

Lee Akira blieb nichts anderes übrig, als in das Flughafenrestaurant zurückzukehren und den Start der ›Britannia‹ zuzuschauen, die sich federleicht vom Boden abhob und gleich auf Nordostkurs ging. Dann bestellte er sich ein Getränk und überdachte nochmals alles, was er in den nächsten Wochen unternehmen wollte, um Patrice MacDonald zu erledigen.

Als er von einem Angestellten des Federal Hotels erfahren hatte, daß eine dort abgestiegene attraktive Witwe namens Patrice MacDonald laut ihrem Paß eine geborene Lawrence sei, war er nahe daran gewesen, sie auf der Stelle umzubringen. Dann aber erinnerte er sich an seinen Adoptivvater, der ihm einmal geraten hatte, den französischen Ausspruch: *Fixer les objects longtemps sans être fatigué* zu beherzigen, wenn er vor einem schweren Problem stehe.

Und Kon-kim hatte erläuternd hinzugefügt: »Wenn du dich lange mit einer Sache befaßt, ohne zu ermüden, wirst du sie bis ins kleinste durchdenken und keinen Fehler machen.«

Diesem Ratschlag folgend war Lee Akira zu dem Ergebnis gekommen, daß es raffinierter sei, einen Menschen lebend zu vernichten, als ihn vom Leben zu befreien. Gewiß, die Durchführung seines in allen Teilen exakt durchdachten Planes kostete Zeit, Geld und Nerven, aber er wollte lieber alles opfern, als zu dulden, daß der Frau, die seinen großen Gönner vernichtet hatte, auch nur ein Stein der ›Albion-Tin-Works‹ gehörte. Arm wie eine Kirchenmaus sollte sie werden.

Mit asiatischer Schläue ging Lee Akira zu Werke, und daß sein Vorhaben nicht durchschaubar war, erwies sich bereits wenige Stunden später.

Nach anstrengendem Flug war er mit seiner ›Cessna 182‹ auf dem Singapurer Flughafen Subang gelandet, um dort einen Direktor der ›Hongkong & Shanghai Banking‹ zu treffen, mit dem er nicht nur geschäftliche, sondern auch freundschaftliche Beziehungen pflegte, die auf seinen Adoptivvater zurückgingen.

»Hallo, Aidah!« begrüßte er den Malaien, als er ihn im Flughafenrestaurant entdeckte. »Habe ich dich lange warten lassen?«

Der Bankdirektor, der einen silbergrauen Sarong und ein helles Seidenjackett trug, umarmte ihn in der landesüblichen Weise. »Ich bin eben erst gekommen.«

Lee Akira klopfte ihm auf die Schulter. »Ich freue mich, dich gesund zu sehen. Wie geht es deiner Frau?«

»Danke, ausgezeichnet.«

»Und den Kindern?«

»Ebenfalls sehr gut. Aber setzen wir uns doch. Oder wollen wir gleich in den Grillraum gehen? Ich habe dort einen Tisch reservieren lassen, an dem wir ungeniert sprechen können.«

»Dann sollten wir uns hier nicht lange aufhalten«, erwiderte Lee Akira. »Ich muß möglichst bald zurück, da am Nachmittag erneut mit Gewittern zu rechnen ist.«

Über alles mögliche plaudernd schlenderten sie zum Grillroom, wo Lee Akira gleich nach Erhalt des Aperitifs den Grund seines Kommens nannte und dadurch sehr an Gesicht verlor. Aber das gehörte zu seinem Plan.

»Um mit der Tür ins Haus zu fallen«, sagte er unvermittelt, »ich möchte die leise Anfrage an dich richten, ob du glaubst, daß deine Bank eventuell bereit wäre, mir einen ansehnlichen Kredit zur Verfügung zu stellen.«

Aidah Rahman verbarg seine Verwunderung. »An welche Höhe hast du gedacht?«

Lee Akira nahm aus einer vor ihm stehenden Schale eine Mandel und steckte sie in den Mund. »Das kann ich noch nicht genau sagen. Eineinhalb bis zwei Millionen US-Dollar.«

»Du gehst aber ganz schön ran.«

Lee Akira lachte jungenhaft. »Das tue ich sogar bei hübschen Mädchen.«

»Da ist die Gefahr des Verlierens für dich auch nicht allzu groß«, entgegnete der Bankdirektor schlagfertig. »Aber zur Sache: zwei Millionen Dollar sind ein Batzen Geld. Wofür benötigst du einen solchen Betrag?«

»Ach, weißt du, ich möchte alles modernisieren«, erklärte Lee Akira mit vor Begeisterung glänzenden Augen.

»Das kostet höchstens ein Zehntel der von dir genannten Summe. Und soviel Rücklagen hast du, daß du den Betrag selber aufbringen kannst.«

»Natürlich«, stimmte Lee Akira ihm bei und gab sich einen nervösen Anschein. »Ich möchte aber auch die Gummiwälder roden lassen. Der Baumbestand ist zu alt. Dafür sollen Ölpalmen gesetzt werden, bei denen man schon nach drei bis vier Jahren abkassieren kann.«

Der Bankdirektor verstand zu rechnen und entgegnete ohne zu zögern: »Das kostet ein weiteres Zehntel der von dir genannten Summe.«

»Nun ja, aber eins kommt zum anderen«, erwiderte Lee Akira störrisch. »Ich möchte nämlich auch noch allerhand Grund und Boden kaufen. Ohne Vorratswirtschaft geht es nicht.«

Aidah Rahman sah sein Gegenüber durchdringend an. »Mir kannst du so schnell nichts vormachen. Was ist los?«

Lee Akira druckste herum. »Was soll schon los sein. Nichts Besonderes. Es erscheint mir nur angebracht, schnellstens viel Land zu kaufen. Die Grundstückspreise klettern wie die Affen.«

Lee Akira spielte seine Rolle so gut, daß sein mehr oder weniger befreundeter Bankdirektor es mit der Angst zu tun bekam. Die ›Hongkong & Shanghai Banking‹ hatte sich bei den ›Albion-Tin-Works‹ zwar nicht mit einem einzigen Penny engagiert, sie konnte aber dennoch viel Geld verlieren, wenn mit dem Unternehmen etwas nicht stimmte. »Hör zu, Akira«, sagte er beinahe flehend. »Schenke mir reinen Wein ein. Du weißt, daß wir im Auftrage David Hamiltons dessen Aktienpaket en bloc verkauft haben.«

»Für drei Millionen Dollar!« warf Kon-kims Adoptivsohn ein. »Ein tolles Geschäft hat er da gemacht.«

»Gewiß. Der Käufer aber, ein britischer General, ließ sich von uns fast die Hälfte der Summe bevorschussen.«

Weil ich das weiß, bin ich ja hier, dachte Lee Akira zufrieden.

»Eins Komma drei Millionen stellten wir ihm zur Verfügung!«

»Und habt euch bestimmt abgesichert, indem ihr das ganze Paket in euer Portefeuille nahmt.«

»Selbstverständlich! Aber überlege, was geschieht, wenn bei den ›Albion-Tin-Works‹ etwas nicht in Ordnung ist. Dein Wunsch, einen Kredit von zwei Millionen Dollar aufzunehmen, macht mich nervös. Sage mir also, was los ist.«

»Es besteht überhaupt kein Grund zur Nervosität«, erklärte Lee Akira und steckte sich eine weitere Mandel in den Mund. »Erstens werdet ihr einen Darlehensvertrag abgeschlossen haben, der euch berechtigt, die sicherheitsübereigneten Aktien im Falle eines eintretenden Kursverlustes zu verkaufen, und zweitens stehen die ›Albion-Tin-Works‹ so gut, daß im letzten Geschäftsjahr fünfzehn Prozent Dividende ausgeschüttet werden konnte. Mir geht es heute nur darum, Land zu kaufen. Aber ich verstehe, daß ihr euch nicht bei den Aktionären *und* beim Unternehmen engagieren dürft. Das könnte ins Auge gehen, und darum wollen wir das Thema beenden.«

»Und was wirst du nun tun?«

»Den Betrieb mit eigenen Mitteln modernisieren und vorerst keine Felder kaufen. Mir bleibt ja nichts anderes übrig.«

»Ich würde genauso handeln«, erwiderte Aidah Rahman erleichtert und ahnte nicht, daß Lee Akira sein Ziel erreicht hatte.

Nach einem Flug von fast vier Stunden, auf dem Südvietnam vom Mekong-Delta bis in die Höhe von Binh Dinh über eine Stunde lang in 9 000 Meter Höhe überflogen wurde und die Passagiere mit gemischten Gefühlen auf das leidgeprüfte Land hinabblickten, das wie ein pastellfarbenes Relief unter ihnen dahinzog, tauchte voraus die nach der ›Weihnachts-Bucht‹ benannte britische Kronkolonie ›Hong Kong‹ auf, deren wie Pilze aus der Erde schießende Wolkenkratzer gleich protzenden Kapitalisten an der Grenze des kommunistischen China stehen. Imposant und schockierend zugleich wächst ein Mischmasch von Millionärsvillen und Elendsbaracken den Hang zum Peak hinauf, der wie von der Räude befallen anmutet und nur noch im oberen Teil Platz für Pinien, Kampfer- und Banjanbäume bietet.

Mit Erstaunen gewahrte Cooper, daß Hongkong über keinen Flugplatz im eigentlichen Sinne des Wortes verfügt, sondern nur über eine Start- und Landepiste, die auf der Kowloonseite weit in die Bucht hineingebaut ist und trotz ihrer Länge nur schwer angeflogen werden kann, weil bei der zumeist herrschenden Windrichtung ein mit Hochhäusern bespickter Berg überflogen werden muß. Als Pilot konnte Gordon Cooper die Landemanöver der malaiischen Besatzung beurteilen, was zur Folge hatte, daß er völlig verkrampft in seinem Sessel saß.

Wenn ich das öfters mitmachen muß, werde ich krank, dachte Cooper mehr im Unterbewußtsein als in Wirklichkeit, als die

›Britannia‹ zum Abstellplatz gerollt wurde, von wo aus die Passagiere unter überdachten Gängen zur Abfertigungshalle gelangten.

»Mister Cooper! Mister Cooper!« rief plötzlich jemand mit merkwürdig spitzer und abgehackt klingender Stimme.

Gordon Cooper blickte in die Richtung, aus der der Ruf kam, und sah einen mittelgroßen Chinesen, an dem alles schwammig zu sein schien, obwohl er nicht korpulent war.

»Mister Cooper! Mister Cooper!« rief der Fremde erneut.

Gordon Cooper winkte notgedrungen zu dem Chinesen hinüber, dessen Gesicht wie eine Speckschwarte glänzte.

»Herzlich willkommen, Mister Cooper! Herzlich willkommen!«

Daß der Kerl nicht warten kann, bis ich die Abfertigung passiert habe, dachte Cooper peinlich berührt, lächelte aber zu dem Rufer hinüber, der Ah Boons Neffe sein mußte, von dem Ivo Sorokin ihm gesagt hatte: ›Er ist wie Schlamm: man kann ihn nicht greifen. Dennoch müssen Sie sich gut mit ihm stellen. Er ist Ah Boons vergötterter Liebling.‹

Mit gemischten Gefühlen reichte Cooper dem Chinesen die Hand, als die Abfertigungsprozedur endlich erledigt war und er zur Kofferausgabe gehen konnte. »Mister Lo Sung, wie ich vermute«, sagte er dabei und unterdrückte den Widerwillen, der in ihm aufstieg, als er eine Hand fühlte, die weich wie warmer Teig war.

Der Chinese strahlte. »Ja, ich Lo Sung, und nochmals Sie herzlich begrüße im Namen von Onkel Ah Boon, der sich freut, Sie zu empfangen morgen. Neun Uhr, er bittet. Jetzt ich Sie bringe nach Stanley zu Haus von Mister Sorokin. Dann wir fahren gut essen in Aberdeen und Schluß. Schlafen bis morgen. Einverstanden?«

»Mit allem!« erwiderte Gordon Cooper, obwohl ihm vor den nächsten Stunden graute. »Ich bin Ihnen sehr dankbar dafür, daß Sie sich so um mich kümmern.«

Lo Sung fuhr mit einem Tuch über seine schwammigen Wangen. »Entschuldigen Sie. Wir gleich bekommen Abkühlung. Spätestens in fünf Minuten. Fast man kann stellen die Uhr danach. Darum ich schnell hole Wagen vom Parkplatz und fahre vor. Sie dann kommen, wenn erhalten Koffer. Gut so?«

»Gewiß!« antwortete Cooper und dachte belustigt: Nimm die Sache von der komischen Seite.

Als er wenige Minuten darauf in Begleitung eines Gepäckträgers die Abfertigungshalle verließ, goß es bereits in Strömen. Die Auffahrt war jedoch überdacht, so daß er nicht in den Regen hinaus mußte.

Lo Sung hatte den Gepäckraum seines amerikanischen Straßenkreuzers bereits geöffnet und verstaute Gordon Coopers Koffer mit einer Behutsamkeit, als enthielten sie unersetzbare Kostbarkeiten. Dann bat er seinen Gast einzusteigen, nahm hinter dem Steuer Platz und ließ den Motor an. Doch kaum hatte er den Wagen in

Bewegung gesetzt, da eilte eine eifrig winkende chinesische Stewardeß auf ihn zu. Lo Sung trat sogleich auf die Bremse und fragte verwundert: »Was sie mag wollen?« Damit drückte er auf einen Knopf, der ein Fenster seines Cadillacs auf Coopers Seite öffnete.

Die Stewardeß beugte sich hinab und schaute in den Wagen. »Würden Sie mich mitnehmen?« fragte sie bittend.

»Wir zur ›Ferry‹ fahren«, entgegnete Lo Sung.

Sie nickte. »Ich muß auch nach drüben.«

Ah Boons Neffe sah Gordon Cooper unsicher an. »Wenn Sie nichts haben dagegen . . .?«

»Natürlich nicht«, erwiderte er und griff hinter sich, um die Tür zu öffnen. »Bitte, steigen Sie ein.«

Die Sterwardeß bedankte sich und nahm Platz.

»Sie wollen nach Victoria?« erkundigte sich Lo Sung, als er anfuhr.

»Nein, aber dort bekomme ich einen Bus«, antwortete sie mit melodisch klingender Stimme.

Cooper wandte sich zurück und blickte in ein auffallend zartes Gesicht, das ein Pagenkopf umrahmte, auf dem ein keckes kleines Käppchen saß. Ihre Augen hatten einen ernsten Ausdruck und lagen unter weitgeschwungenen Brauen. Ihre Uniform entsprach dem Schnitt chinesischer Kleider. Der Rock war seitlich bis über das Knie geschlitzt, und ihre Bluse besaß einen enggeschlossenen, hohen Kragen, aus dem ihr Köpfchen wie das einer bezaubernden Puppe herausschaute.

»Vielleicht wir fahren in gleiche Richtung«, nahm Lo Sung das Gespräch wieder auf, als er in die Waterloo Street einbog, um zur Autofähre zu gelangen. »Dann Sie können mit uns fahren und brauchen kein Bus.«

»Das wäre ein großer Zufall«, erwiderte sie schüchtern. »Ich muß zur Repulse Bay.«

»Und wir nach Stanley«, entgegnete Lo Sung aufgekratzt. »Ob ich nun fahre oben oder unten herum, bleibt alles gleich. Sie also sich können sparen Geld und Zeit.«

Die ›Ferry‹ war bald erreicht, und Minuten später fuhren sie durch ein unübersehbares Getümmel von Sampans, Schleppdampfern, Dschunken, Barkassen, Frachtschiffen, Ozeanriesen und Kriegsschiffen auf die Insel Hongkong zu, an deren Ufer die Hochhäuser wie schützende Riesen standen, während die in faszinierendem Gewirr am Hang des Victoriaberges errichteten Villen zur Spitze hinaufzukrabbeln schienen.

»Phantastisch!« sagte Gordon Cooper begeistert, was Lo Sung dankbar quittierte und die im Fond sitzende Stewardeß mit unergründlichen Augen zu ihm hinüberblicken ließ. Dann aber bemerkte sie, daß ihr Landsmann sie im Rückspiegel beobachtete, und sie schaute irritiert nach draußen.

Lo Sung sah es und gab sich einen unbefangenen Anschein. »Bei welcher Fluggesellschaft sind Sie tätig?«

»Leider noch bei keiner«, antwortete die Chinesin etwas kläglich. »Trotz meiner Sprachenkenntnisse habe ich es erst bis zur Hostess der Flughafenverwaltung Kai Tak gebracht.«

Gordon Cooper drehte sich nach ihr um. »Wer so hübsch ist wie Sie, wird sein Ziel über kurz oder lang erreichen.«

Sie lächelte dankbar, da ihr die vor ihrem Landsmann gemachte Bemerkung des Europäers viel Gesicht gab.

Lo Sung beobachtete sie im Spiegel und gönnte ihr die Genugtuung. »Drüben wir übrigens haben unsere Geschäftsräume«, sagte er an Cooper gewandt und deutete zum Government Pier hinüber. »Oberste Fenster von gelbe Hochhaus sind unsere.«

»Alle Achtung!« erwiderte Gordon Cooper überrascht und wies auf einen Angestellten des Fährbootes, der heftig gestikulierend zur Abfahrt aufforderte.

Lo Sung grinste und fuhr an. »Ich nicht aufgepaßt habe. Macht nichts.« Damit steuerte er von der Fähre herunter und bog in die am Ufer entlangführende Connaught Road ein.

Die großzügig angelegten Straßen und Avenuen, die in den nächsten Minuten durchfahren wurden, beeindruckten Cooper nicht so sehr wie die zum Peak hinaufführenden Seitengassen, in denen sich alle Welt ein Stelldichein zu geben schien. Chinesen, Inder, Araber, Europäer, Amerikaner, Malaien, Philippinos, Thailänder, Japaner, Indonesier und Mongolen bildeten eine Palette von erregender Farbigkeit, die sich noch dadurch steigerte, daß alle Schichten der Bevölkerung vertreten waren: Hausfrauen, Bankdirektoren, fliegende Händler, Matrosen, Geschäftsleute, Dirnen, Hafenarbeiter und Touristen.

Dann aber verlor sich das Großstadtgewühl, und nachdem einige Hochschulgebäude, Krankenhäuser und Friedhöfe passiert waren, fuhr Lo Sung eine Uferstraße entlang, die Gordon Cooper zeitweilig glauben ließ, sich an der Riviera zu befinden. Palmen und Pinien wechselten mit Oleander, Hibiskus, Bougainvilleen sowie unzähligen kleinen Bäumen und Sträuchern ab, die den ganzen Sommer über in den schönsten Farben blühen.

»Dort Sie jetzt können sehen Aberdeen«, sagte ihm Lo Sung und wies auf eine Bucht, in der Tausende von kleinen Booten, Sampans genannt, so dicht nebeneinanderlagen, daß kein Wasser mehr zu entdecken war. »Furchtbar schrecklich dort«, fügte er hinzu. »Aber Menschen nicht merken. Sind geboren auf Sampan, leben auf Sampan, sterben auf Sampan. Macht nichts.«

Du hast Nerven, dachte Cooper und fragte wie nebenbei: »Haben Sie nicht vorhin gesagt, daß wir heute abend in Aberdeen essen wollen?«

Lo Sung nickte lebhaft und hielt den Wagen an. »Sie sehen die zwei große bunte Boote dort?«

»Ja. Um sie herum gibt es wenigstens noch Wasser.«

»Das ›Floating Restaurants‹. Dort wir essen beste Fisch, den es gibt.«

Gordon Cooper schnitt eine Grimasse. »Angesichts der Sampans ist mir nicht ganz wohl dabei zumute.«

»Sie brauchen sich keine Sorge zu machen«, mischte sich die Hostess in das Gespräch. »Beide Restaurants sind bekannt für die Qualität ihrer Küche. Sie werden dort nur gutes Publikum antreffen.«

»Wenn Sie das sagen, wird es stimmen«, erwiderte Cooper galant und warf einen Blick hinter sich.

Sie lächelte wie ein Engel. Ein zweites Mal hatte sie an Gesicht gewonnen. »Letzteres hätte ich eigentlich nicht sagen dürfen«, korrigierte sie sich verlegen.

Gordon Cooper schaute sie fragend an. »Und warum nicht?«

»Weil ich heute abend zufällig selber dort bin und mich somit selbst als gutes Publikum bezeichnet habe.«

»Darauf kann ich nur erwidern, daß ich mich glücklich preisen würde, wenn ich eine Frau wie Sie zur Tischdame hätte.«

»Danke«, antwortete sie kaum hörbar und neigte ihr hübsches Köpfchen, um sich vor ihrem Landsmann zu verbergen, der sie erneut im Rückspiegel belauerte. Der ›rote Teufel‹ verstand es unheimlich, einer Frau Gesicht zu geben.

Lo Sung ließ den Wagen anfahren und wischte über seinen feisten Hals. »Vielleicht dann wir uns sehen heute abend.«

»Das ist gut möglich«, entgegnete sie ohne zu zögern. »Ich bin mit meinem Freund im ›Tai Pak‹ verabredet.«

Großartig reagiert, dachte Cooper, aber schon im nächsten Moment bedauerte er, daß die reizende Chinesin, die ihn immer wieder an eine hübsche Puppe erinnerte, einen Freund hatte.

Die Straße führte nun über einen Höhenrücken hinweg an der Deep Water Bay vorbei zur Repulse Bay, in der Lo Sung die Hostess auf ihre Bitte hin vor einem im Kolonialstil erbauten Hotel absetzte. Sehr hastig und unfreundlich tat er das, und als er weiterfuhr, gab er Gordon Cooper eine Erklärung für sein plötzlich verändertes Verhalten.

»Ich gut bekannt bin im Repulse Bay Hotel. Für mich deshalb es war peinlich, ausgerechnet dort ... Macht nicht«, beendete er das Thema und fragte: »Haben Sie gesehen ein paar hundert Meter vor Hotel das große Haus am Meer, welches hat rundherum hohe Mauer?«

»Gewiß!« antwortete Cooper. »Eine von außen etwas finster wirkende, aber wahrscheinlich herrliche Besitzung.«

»Ist Haus von Onkel Ah Boon. Ich vorhin nicht darauf aufmerksam gemacht, weil Mädchen nicht braucht wissen, wer ich bin. Verstehen?«

»Natürlich.«

»Und jetzt gleich wir kommen nach Stanley. Wohnung von Mister Sorokin ganz mächtig wunderschön. Nicht unten am Wasser, sondern oben mit weite Blick über Tai Tam Bay.«

Trotz dieser Ankündigung war Cooper überrascht, als er Ivo Sorokins Haus erblickte. Es war ein im Winkel gebauter moderner Bungalow, doch weder sein imposantes Aussehen noch der ihn umgebende gepflegte Garten, dessen englischer Rasen ein Teppich zu sein schien, in dem rot, gelb, weiß und rosa blühende Büsche wie eine Dekoration standen, fesselten Cooper so sehr wie eine Gruppe von Menschen, die aus einem Seiteneingang herausstürzte und sich zu einer Reihe gruppierte.

»Die Dienerschaft«, sagte Lo Sung und grinste abfällig.

Außer einem vollbärtigen Inder mit einem mächtigen Turban auf dem Kopf, der sein noch nie geschnittenes Haar verbarg, trug das gesamte Personal schwarze Kalikohosen und weiße Leinenjacken.

Lo Sung stieg aus dem Wagen. »Ich Ihnen vorstelle«, sagte er zu Gordon Cooper gewandt und ging auf die Dienerschaft zu, die ihre Hände vor der Brust faltete und sich verneigte. Damit wies er auf ein altes Weib, dessen pergamentfarbene Haut voller Runzeln war. »Dies ist Lao Tai-tai, die ›ehrwürdige ältere Dame‹, der untersteht das Gesinde.«

Cooper reichte ihr die Hand.

»Das nicht tun!« zischte Lo Sung erschrocken und fuhr nunmehr hastig und ohne Pausen einzulegen fort: »Dies der Koch Tong, seine Frau Po, die Zimmermädchen Wan und Sen, der Wäscher Tschin, die Gärtner Ho und Long, der Boy Tim – er hält in Ordnung Ihre Kleidung – und der indische Chauffeur Rajan, ein Sikh, wie Sie sehen. Sikh immer tragen Turban, weil verstecken müssen Haare«, fügte er lachend hinzu.

Gordon Cooper ließ sich nicht davon abhalten, jedem die Hand zu geben, sein Versuch jedoch, ein paar Worte anzubringen, scheiterte in fast allen Fällen, da nur der Boy und der Chauffeur die englische Sprache verstanden. Sein entgegenkommendes Verhalten aber entsetzte die Chinesen. Er hatte sein Gesicht verloren. Ein Herr, der sich herabläßt, ist kein Herr. Doch konnte man von einem ›roten Teufel‹ etwas anderes erwarten? Gewiß, Mister Sorokin war ebenfalls kein Chinese; er war aber ein Herr und ein ›Taipan‹ dazu.

Nur einer fand Gefallen an Gordon Cooper: der Inder Rajan. Er hatte in der britischen Kolonialarmee gedient.

Etwa zur gleichen Zeit, da Cooper sich anschickte, Ivo Sorokins Haus zu betreten, landete Lee Akira mit seiner ›Cessna 182‹ auf dem Flugplatz von Ipoh, wo er auf eine kleine Holzhalle zurollte, vor der ein malaiischer Mechaniker stand, der ihn einwinkte und die Arme kreuzte, als die Maschine ihren Abstellplatz erreichte.

»Ich habe eine Stunde länger als sonst gebraucht«, sagte ihm Lee Akira, als er aus der Kabine herauskletterte und seine Wildlederjacke auszog. »Ein Gewitter nach dem anderen mußte ich umfliegen.«

Der Mechaniker wies auf sich ballende Wolkentürme. »Dreimal hat es heute schon geduscht!«

»An der Maschine keine Beanstandungen«, stellte Lee Akira sachlich fest und streifte seinen Rollkragenpullover über den Kopf. »Gib mir die Reisetasche.«

Der Malaie reichte sie ihm vom hinteren Sitz des Flugzeuges.

Lee Akira öffnete sie und zog ein hellblaues Leinenhemd heraus. »Verdammt schwül hier«, knurrte er dabei vor sich hin und stellte die Tasche auf den Boden. »Konntest du die drei verständigen?«

»Bis auf Go Cho Hong, der nicht zu Hause war. Seine Frau gibt ihm aber Bescheid. Sie sagte, er würde bestimmt bis fünf Uhr zurück sein.«

Lee Akira schlüpfte in das Hemd und knöpfte seine Hose auf. »Hast du den Wagen getankt?«

»Bis oben hin.«

»Okay«, erwiderte Lee Akira und angelte sich seine Manschettenknöpfe aus der Reisetasche. »Fahr den Wagen schon hinaus.«

»Bereits geschehen«, entgegnete der Malaie. »Er steht hinter der Halle im Schatten.«

Lee Akira stopfte seinen Pullover in die Reisetasche und übergab diese zusammen mit seiner Wildlederjacke dem Flugzeugwart, »Verstaue das Zeug.«

Wenige Minuten später jagte Lee Akira mit seinem Jaguar-Coupé in Richtung Ipoh davon. Er hielt sich in der Stadt jedoch nicht auf, sondern durchfuhr sie auf kürzestem Wege, um so schnell wie möglich zu den Zinnminen seines Unternehmens zu gelangen. Je weiter er kam, um so gegensätzlicher wurde das Bild der Landschaft. Aus den im Osten gelegenen Bergen traten eigenartige rote, grüne und weiße Felspartien hervor, die an chinesische Aquarelle erinnerten, die Gegend aber, die er durchraste, war eine ›Landschaftsleiche‹. Immer wieder passierte er trostlos aussehende Erdlöcher von etwa fünfhundert mal dreihundert Meter Ausdehnung und zwanzig bis vierzig Meter Tiefe, in denen Zinn abgebaut worden war.

In der Nähe einer dieser Minen ließ Lee Akira seinen Wagen am Straßenrand stehen und ging durch verkümmertes Strauchwerk auf eine Bauhütte zu, neben der Gußrohre gestapelt waren. Doch noch bevor er die Hütte erreichte, wurde ihre Tür geöffnet, und drei sonntäglich gekleidete Männer erschienen, die ihm lachend entgegenblickten.

Lee Akira begrüßte sie herzlich und ging mit ihnen in die Bauhütte, wo er sich an einen wackligen Holztisch setzte und die ihn erwartungsvoll anschauenden Männer mit einer Geste aufforderte, ebenfalls Platz zu nehmen.

»Patrice Lawrence ist im Land!« sagte er dabei und schaute von einem zum anderen.

Sekundenlang waren seine Mitarbeiter wie gelähmt, dann aber schrien sie wild durcheinander.

Lee Akira zog ein Messer aus der Tasche, hielt es über den Tisch und ließ seine Klinge herausschnellen.

Unwillkürlich schwiegen die drei.

Er steckte die Messerspitze in eine Fuge des Tisches und blickte in die Gesichter seiner Angestellten, die jahrelang unter Kon-kim gekämpft hatten und ihren einstigen Anführer nach wie vor abgöttisch verehrten. »Ich will euch nichts vormachen«, begann er nach einer wohlberechneten Pause. »Als mir die Unverfrorenheit gemeldet wurde, habe ich im ersten Moment nur einen Gedanken gehabt: Umbringen! Dann aber sagte ich mir: Mach sie auf andere Weise fertig. Es lohnt nicht, für ein solches Weib eingelocht zu werden.«

»Ganz meine Meinung!« warf der Chinese Go Cho Hong ein, der bereits unter Lee Kon-kim technischer Leiter der ›Albion-Tin-Works‹ gewesen war.

»Etwas anderes aber wird sich lohnen«, fuhr Lee Akira mit nunmehr brennenden Augen fort. »Um das zu erklären, muß ich euch jedoch zunächst sagen, daß Patrice Lawrence es auf raffinierte Art verstanden hat, die von David Hamilton verkauften Aktien in ihren Besitz zu bringen.«

Erneut schrien die Männer erregt durcheinander.

Lee Akira stocherte mit seinem Messer in der Tischfuge herum, bis ein Käfer zum Vorschein kam, den er genüßlich aufspießte. »Gebt endlich Ruhe«, sagte er dann und wischte den Käfer von der Klinge. »Sonst versteht ihr nicht, worauf ich hinaus will. Patrice Lawrence muß alles verlieren, was sie besitzt. Auf legalem Wege!«

»Und wie willst du das machen?« fragte ihn der technische Leiter.

»Das ist meine Sache und geht vorerst nur mich etwas an«, antwortete Lee Akira ausweichend. »Von euch verlange ich folgendes: Erstens: Ab sofort fördern die Schwimmbagger der unter Grundwasser stehenden Minen von Tag zu Tag immer weniger, bis sie in etwa vier Wochen kaum noch zinnhaltige Erde zutage bringen. Zweitens: Die Kapazität der Pumpstation wird so schnell wie möglich durch irgendein geeignetes Mittel – Einbau von Rohrverengungen oder dergleichen – stark reduziert, so daß das Auswaschen der Erde in den offenen Minen zurückgeht. Drittens: Beginnend in etwa drei Wochen stellt ihr euch äußerst besorgt und erklärt bei passender Gelegenheit, daß ihr jedem, der behauptet, die Baggerminen seien nicht mehr fündig und unsere Wasserquellen seien am Versiegen, den Schädel einschlagen werdet. Viertens: Die Männer, die eingeweiht werden müssen, beispielsweise die Baggerführer und Techniker der Pumpstation, sind auf absolutes Stillschweigen zu vergattern. Für sie gilt das im Dschungelkampf gültig gewesene Gesetz: Wer redet, hat sein Leben verwirkt! Macht ihnen das klar. Die Existenz der ›Albion-Tin-Works‹ wird gefährdet, wenn auch nur ein einziges Wort über die von mir befohlene Aktion nach außen dringt.«

Go Cho Hong hob die Hand. »Und was bezweckst du mit den von dir geschilderten Maßnahmen, die sich natürlich durchführen lassen, infolge Verdienstausfalls aber ein Vermögen kosten werden?«

Lee Akira, der wieder mit seinem Messer in der Tischplatte herumstocherte, förderte einen zweiten Käfer zutage, den er mit dem Nagel seines Daumens zerdrückte. »Ich weiß, daß der Spaß viel Geld kosten wird«, sagte er gelassen. »Er bringt aber auch ein Vermögen ein: nämlich die Aktien von Patrice Lawrence. Versteht ihr, worauf ich hinauswill?«

»No«, antwortete einer der drei Männer. »Aber du wirst es schon richtig machen.«

Dem technischen Leiter hingegen war nicht ganz wohl zumute. »Ich vertraue dir, Akira«, erwiderte er nach kurzer Überlegung. »Dennoch möchte ich es nicht unterlassen, dir einen chinesischen Spruch zu nennen: Wer andere benachteiligt, den trifft Unheil; wer anderen verzeiht, der wird gesegnet.«

Lee Akira stieß sein Messer in die Tischplatte. »Soll ich der Mörderin des Mannes, dem ich alles, aber auch alles zu verdanken habe, etwa verzeihen?«

»Das wollte ich nicht damit sagen«, erwiderte der Chinese unbeeindruckt. »Mir ging es lediglich darum, dich auf mögliche Folgen aufmerksam zu machen.«

»Patrice Lawrence hat Kon-kim auf dem Gewissen!«

»Und du leitest daraus das Recht ab, das Unheil zu lenken, das sie treffen soll.«

»Quatsch! Ich will nur ein bestehendes Unrecht aus der Welt schaffen! Kann ich mich dabei auf euch verlassen: ja oder nein?«

Die drei reichten ihm die Hand.

»Dann gute Nacht, Patrice Lawrence!«

Gordon Cooper glaubte zu träumen, als Lo Sung ihn durch Ivo Sorokins Wohnung führte. Von einer im chinesischen Stil eingerichteten Empfangshalle, die erlesene Kostbarkeiten aus Elfenbein und Jade enthielt, gelangte er in einen modern gestalteten riesigen Wohnraum, dessen bis zum Boden hinabreichende versenkbare Fenster eine selten schöne Aussicht auf die Tai Tam Bay und die ihr vorgelagerten Inseln gestattete. Die windgeschützte Ecke des im Winkel gebauten Bungalows war von einer Markise überspannt, unter der französische Gartenmöbel standen.

Cooper selbst erhielt ein im Seitentrakt des Hauses befindliches Apartment, das aus einem sehr damenhaft eingerichteten Wohnraum, einem Schlafzimmer mit fast rundem Doppelbett und einem rosa gekachelten Bad bestand — ein Apartment, das gewiß nicht für einen Herrn geplant war.

Gegen Reichtum läßt sich nichts einwenden, wenn man sein Nutznießer ist, dachte Gordon Cooper zufrieden, als Lo Sung, mit dem er sich für acht Uhr in Aberdeen verabredet hatte, gegangen war und er sich in einen Sessel fallen ließ, die Füße von sich streckte und über das Meer hinwegblickte. Entspannen, nichts als entspannen . . .!

Cooper hätte nicht sagen können, wie lange er untätig dagesessen hatte, als der Boy Tim an ihn herantrat und mit koboldhaftem Lächeln meldete: »Mister, Kleiderei fertig. Wollen Bad — können. Eine Stunde Aberdeen. Wollen fahren — können. Rajan fertig. Macht nichts.«

Cooper begriff, daß seine Kleidung bereitgelegt sei und er noch ein Bad nehmen könne, da er erst in einer Stunde nach Aberdeen fahren müsse, wohin ihn der Chauffeur Rajan bringen werde. Was aber bedeutete das ›Macht nichts‹, das auch Lo Sung schon mehrfach gesagt hatte?

»Ich nehme ein Bad«, erwiderte er und erhob sich.

»Wollen Duft — können«, entgegnete der Boy und sah ihn erwartungsvoll an.

Cooper lachte. »Wollen Duft!«

Tim eilte davon, und Gordon Cooper ging in seinen Schlafraum, um sich auszukleiden. Es dauerte aber nicht lange, da erschien der Boy und griff nach dem Hemd, das er gerade auszog.

»Komm, komm«, wehrte Cooper ihn wie eine lästige Fliege ab. »Beim An- und Ausziehen möchte ich allein sein.«

Der Boy erblaßte und rief klagend: »Ai-ya! Ai-ya! Mister schlimm reden! Mir rauben Gesicht! Wollen ausziehen — können! Jetzt ausziehen. Ich Kleiderei. Mister baden. Dann anziehen. Ich Kleiderei. Dann Mister fahren.«

Gordon Cooper gab es auf. »Well«, antwortete er gottergeben. »Du Kleiderei, ich baden. Du Kleiderei, ich fahren.«

Tim strahlte. »Hah, Mister jetzt gut reden!« Damit eilte er ins Bad, um die Temperatur des Wassers zu prüfen.

Später, als Cooper gebadet und sich angezogen hatte, trat der Boy dicht an ihn heran und sagte zutraulich: »Mister heute Hupp-hupp wollen – können. Wann zurückkommen?«

»Hupp-hupp?« wiederholte Cooper, obwohl er ahnte, was Tim damit meinte.

»Hah, Wan und Sen beide mächtig gut Hupp-hupp.«

Gordon Cooper starrte ihn fassungslos an. »Du sprichst von den Zimmermädchen?«

Die Augenschlitze des Boys verengten sich und wirkten dadurch noch schräger, als sie es schon waren. »Ai-ya! Ai-ya!« klagte er verzweifelt. »Mister böse? Nicht gelogen ich. Wan und Sen beide sehr mächtig gut Hupp-hupp. Wenn Mister später wollen Hupp-hupp – können.«

»Nein, danke«, erwiderte Cooper und nahm sich vor, sich über nichts mehr zu wundern und alles gelassen hinzunehmen.

Er ahnte nicht, daß dieser Vorsatz bereits auf die Probe gestellt werden sollte, als er das Haus verließ, um in Sorokins Wagen einzusteigen, dessen Tür der Chauffeur in militärischer Haltung offenhielt.

»Ich setze mich vorne zu Ihnen«, sagte er ihm.

Der Inder zog die Augenbrauen hoch. »Bitte, steigen Sie ein, Sir.«

»Aber warum denn?« entgegnete Cooper unwillig. »Ich möchte vorne sitzen und mich mit Ihnen unterhalten.«

Rajans Augen flackerten. »Bitte, Sir, tun Sie das nicht! Ich verliere vor dem Hauspersonal mein Gesicht, wenn Sie mich nicht wie einen herrschaftlichen Chauffeur behandeln.«

Des Menschen Wille ist sein Himmelreich, sagte sich Cooper, stieg in den Fond des Wagens und spielte den Herrn. Die Stimmung aber war ihm verdorben, weil er sich irgendwie gemaßregelt vorkam und sich unwillkürlich an seinen Vater erinnerte, der ihm einmal erklärt hatte: Wer keine Distanz zwischen sich und dem Personal schafft, wird nie ein Herr werden!

Da redet man vom Schmelztiegel Hongkong, in Wirklichkeit aber begegnen sich die Rassen hier nur, dachte Cooper voller Auflehnung. Zusammengeschmolzen wird nichts. Vorurteile und Mißverständnisse dominieren.

Nach einer Fahrt von etwa zwanzig Minuten, während der sich der Himmel golden färbte und die Aberdeen vorgelagerte Insel Ap Lichnan im Schatten Hongkongs schon der Nacht entgegenging, hielt der Inder vor der buntbemalten Anlegestelle eines von Lotoslaternen geschmückten Sampans, über das sich im Halbbogen ein Dach aus geflochtenem Bast spannte.

Rajan stieg behende aus dem Wagen und riß die Tür zum Fond

auf. »Bitte«, sagte er und wies zur Anlegestelle hinüber. »Dies Boot bringt Sie zum Restaurantschiff ›Tai-Pak‹. Mister Lo Sung ist bereits dort.«

»Woher wissen Sie das?« fragte ihn Gordon Cooper erstaunt.

Der Inder deutete auf einen Cadillac. »Sein Wagen parkt wie immer an verbotener Stelle.«

»Und die Polizei sagt nichts dazu?«

»Er sagt höchstens der Polizei etwas«, antwortete Rajan hintergründig und fügte wie entschuldigend hinzu: »Hier sind keine Briten. Nur Chinesen.«

Interessant, dachte Cooper und bat den Inder, ihm zu zeigen, wo er ihn später finden könne. Dann bestieg er das Sampan und ließ sich zu dem etwa zweihundert Meter entfernt liegenden Floatingboot bringen, dessen grellfarbige Neonlichter bereits leuchteten und sich im Wasser spiegelten.

Ein penetrant freundlich lächelnder Chinese begrüßte Gordon Cooper und geleitete ihn über eine Treppe zum Restaurant, wo er ihn zunächst zur Küche führte, neben der große Kästen im Wasser hingen, aus denen die Köche die von den Gästen gewünschten Fische herausangelten.

»Sie sehen, alles bei uns ist frisch und sauber«, bedeutete ihm der Chinese und steigerte sein Lächeln zu einer unheimlichen Fratze. »Welchen Fisch wünschen Sie? Hummer, King-prawns, Pomfrets, Garoupas . . .?«

»Danke, danke«, wehrte Cooper hastig ab. »Ich bin verabredet und möchte die Auswahl meinem Bekannten überlassen.«

Das Gesicht des Chinesen entspannte sich. »Hah, erwartet Sie womöglich Mister Lo Sung?«

Gordon Cooper nickte. »Sie vermuten richtig.«

»Hah, dann werde ich Sie gleich zu ihm führen.«

Vorbei an Tischen, an denen eifrig Mahjong gespielt wurde, gelangte Gordon Cooper in einen großen Raum, in dem Lo Sung saß, der sich sofort erhob und ihm mit schnellen Schritten entgegenging, als er ihn kommen sah. Sein schwabbeliges Gesicht glänzte, als wäre es eingeölt.

»Ich mich sehr freuen, Sie zu sehen«, sagte er lebhaft kichernd. doch schon im nächsten Moment setzte er eine todtraurige Miene auf. »Leider ich muß aussprechen große Bitte. Wichtiger Besuch ist zu Hause gekommen. Ganz unangemeldet. Würden Sie verstehen, wenn wir essen gleich und ich gehen um neun Uhr?«

Cooper unterdrückte einen Seufzer der Erleichterung und erwiderte, daß er im Grunde genommen froh sei, wenn er zeitig ins Bett komme, da ihn der Tag sehr angestrengt habe.

»Dann ich erleichtert und werde bestellen. Was Sie wünschen?«

»Das überlasse ich ganz Ihnen«, antwortete Cooper verbindlich. »Überraschen Sie mich mit einer Spezialität Ihrer Heimat.«

Seine Worte erfüllten Lo Sung mit Befriedigung, und Sekunden später prallte ein Schwall von Worten wie ein Maschinengewehrfeuer auf den Geschäftsführer ein, der sich viele Male verneigte und mit hastigen Schritten davoneilte.

»Und nun Sie mir müssen erzählen ausführlich von Mister Sorokin«, wandte Lo Sung sich an Gordon Cooper. »Wie ist gekommen Unglück? Und was war mit Explosion auf Schiff?«

Cooper berichtete, wie es zu Sorokins Verletzung kam, seine Gedanken aber waren kaum bei der Sache, weil er sich erinnerte, daß Ivp Sorokin ihm gesagt hatte, er habe, um Ah Boon nicht unnötig zu beunruhigen, am Telefon nicht über die Mordanschläge gesprochen. Woher konnte Lo Sung also etwas von der Explosion auf dem Schiff wissen? Diese Frage ließ Cooper nicht mehr los, und als er die Ereignisse in Penang geschildert hatte, fragte er den Chinesen unvermittelt: »Woher wissen Sie eigentlich von dem Attentatsversuch?«

Lo Sung stutzte. Seine Wangen hingen jäh schlaff herab. »Woher?« stammelte er. »Woher? Ich nicht mehr weiß. Onkel Ah Boon wird mir haben erzählt wahrscheinlich. Macht nichts.«

O doch, dachte Gordon Cooper und bemühte sich, seine Erregung zu verbergen. Mir macht das sogar sehr viel aus. Er verriet sich aber nicht, sondern schüttelte den Kopf und entgegnete lachend: »Dann muß Mister Sorokin mit Ihrem Onkel darüber gesprochen haben. Zunächst wollte er die Geschichte verschweigen, um Mister Ah Boon nicht zu beunruhigen.«

»Nein, ich doch nicht habe erfahren von mein Onkel«, erklärte Lo Sung, nachdem er sekundenlang angespannt dagesessen hatte. »Ich weiß jetzt: auf Schiff mir erzählt wurde.«

Cooper war verblüfft. »Auf welchem Schiff?«

»Wie hieß deutsche Schiff?«

»Meinen Sie die ›Bayern‹?«

»Ja, ›Bayern‹! Ich habe besucht Schiff als ankam in Hongkong. Habe gefragt nach Unfall. Dann man mir auch hat erzählt von Mordanschlag.«

Gordon Cooper war es, als würde ihm etwas aus der Hand genommen. Eben noch hatte er gehofft, eine zwischen Lim Swee Long und Lo Sung bestehende Verbindung entdeckt zu haben, und nun löste sich seine Kombination in Wohlgefallen auf. An die Möglichkeit, daß der Chinese im Bruchteil einer Sekunde eine absolut plausible Erklärung gefunden haben könnte, wollte er nicht glauben.

Das Erscheinen von drei Kellnern, die eine große Anzahl von Schüsseln brachten, riß Cooper aus seinen Gedanken. »Du lieber Gott«, stöhnte er besorgt. »Sollen wir das etwa alles essen?«

»Warum nicht?« erwiderte Lo Sung und strahlte über das ganze

Gesicht. »Chinesische Küche sehr leicht. Nicht wie europäische. Darum man viel kann essen.«

Angesichts der aufgetischten Gerichte traute Cooper der Behauptung nicht so recht. Vor ihm standen geröstete und in Sirup gedünstete King-Prawns, Hummer in einer roten Gewürzsauce, Taschenkrebse mit Hühnerfleisch gemischt, Schweinefleisch süßsauer zubereitet, in Honig getränkte Pilze, verschiedene Gemüseschüsseln und aus Reismehl hergestellte Glasnudeln. Dazu wurde warmer Wein serviert.

Lo Sung empfahl Cooper, als erstes King-prawns mit Schweinefleisch und süßen Pilzen zu nehmen, doch als er sah, daß Cooper mit den Eßstäbchen nicht zurechtkam, legte er ihm die Speisen mit seinen Stäbchen vor und sagte dabei beinahe väterlich: »Bitte, ruhig sich bedienen mit Gabel.« Damit forderte er einen Kellner auf, ein Eßbesteck zu bringen, und legte Cooper noch das Fleisch einer Hummerschere auf. »Essen Ihnen soll schmecken und nicht bereiten Schwierigkeit.«

Sein warmer Tonfall überraschte Cooper, und er erwiderte erleichtert: »Jetzt fühle ich mich schon wohler.«

Es dauerte nicht lange, da gerieten sie in eine beinahe ausgelassene Stimmung. Der Reiswein tat seine Wirkung, und die Gerichte mundeten Cooper so gut, daß er sich nicht mehr fragte, ob die Schüsseln leer werden würden. Aber noch bevor das Essen beendet war, stutzte er plötzlich und blickte wie gebannt zu einer zarten Chinesin hinüber, die dem Ausgang zustrebte. Sie trug ein opalisierendes Seidenkleid im Shanghaistil, das sich eng um ihren schlanken Körper legte und bei jeder Bewegung ein buntes Feuerwerk versprühte. An den Seiten war das Kleid bis über die Knie hinauf geschlitzt, und aus seinem hohen Kragen wuchs ein schlanker Hals mit einem Köpfchen, das aus Elfenbein geschnitzt zu sein schien. »Das ist doch unsere Hostess!« entfuhr es ihm.

Die hübsche Chinesin kam näher und machte nicht den Eindruck, als suche sie jemanden.

»Sollen wir sie bitten an unseren Tisch?« raunte Lo Sung hastig.

»Wenn es geht.«

»Natürlich. Aber ich gleich muß fort«, erwiderte der Chinese und erhob sich, um seine Landsmännin zu begrüßen. »Hallo...!« rief er ihr entgegen und wischte sich mit einem Tuch über das Gesicht. »Daß wir Sie sehen heute zweimal, ist große Zufall. Ihr Freund nicht gekommen?«

Sie senkte ihr Gesicht und schaute unsicher zu Gordon Cooper hinüber. »Es muß etwas passiert sein. Wir waren für sieben Uhr verabredet. Nun ist es gleich neun. Ich will deshalb gehen.«

Cooper erhob sich. »Ohne zu essen?«

Sie schüttelte den Kopf. »Oh, nein. Ich habe gespeist.«

»Ich wage dennoch zu wiederholen, was ich Ihnen heute nachmittag bereits sagte«, entgegnete Cooper und deutete eine Verneigung an. »Ich würde mich glücklich schätzen, wenn Sie meine Tischdame wären. Bitte, leisten Sie uns Gesellschaft. Zumal durchaus die Möglichkeit besteht, daß Ihr Freund noch erscheint. Fährt er einen Wagen?«

»Ja.«

»Dann hat er wahrscheinlich eine Panne und kommt später.«

Ihr Gesicht erhellte sich. »Glauben Sie wirklich?«

»Bestimmt! Und bis dahin verschönen Sie uns den Abend.«

Sie schaute ihn von unten herauf an und lächelte. »Gut, eine halbe Stunde will ich noch warten.«

Gordon Cooper bot ihr einen Stuhl an. »Sie müssen uns nur gestatten, daß wir schnell zu Ende essen.«

»Und dann ich mich verabschieden«, ergänzte Lo Sung mit trauriger Miene. »Ich vorhin schon gesagt, daß ich leider muß gehen um neun Uhr. Stimmt?«

»Gewiß«, erwiderte Cooper und warf der Chinesin einen vielsagenden Blick zu. »Ich glaube nicht, daß wir uns dann langweilen werden, oder?«

»Ich hoffe es nicht«, erwiderte sie lachend. »Es wäre jedenfalls ein Armutszeugnis für uns beide.«

Gordon Cooper konnte es plötzlich nicht erwarten, Lo Sung zu verabschieden, und als es endlich soweit war, da beglückwünschte er sich zu dem Zufall, der ihm eine solch reizende junge Chinesin zugeführt hatte. »Nun möchte ich mich aber vorstellen«, sagte er ihr und nannte seinen Namen.

»Gordon?« wiederholte sie träumerisch. »Das klingt gut. Ich heiße Su-su.«

Obwohl ihm der Name nicht sehr ausdrucksvoll erschien, machte er ihr ein nettes Kompliment und fragte sie, was ›Su-su‹ in der chinesischen Sprache bedeute.

Sie lächelte verschämt. »Soviel wie ›Kleiner Schmetterling‹.«

Cooper blickte Su-su verliebt an und bat sie, mit ihm auf ihre Bekanntschaft anzustoßen. Sie tat es, und da ihm danach nichts Besseres einfiel, erkundigte er sich, ob sie in Hongkong oder in China geboren sei.

»In China!« antwortete sie in einem Tonfall, als wäre es eine Schande, aus Hongkong zu stammen. »Ich komme aus Nanking.«

»Und woher sprechen Sie so perfekt Englisch?«

»Ich bin schon drei Jahre hier und habe eifrig an Kursen teilgenommen. Die Grundbegriffe lernte ich daheim in der Schule.«

»Mir scheint, Sie sind sehr fleißig.«

»Das sind alle Chinesen«, erwiderte sie und nippte an ihrem Wein. »Hier in Hongkong vielleicht noch mehr als drüben, weil das

Leben hier ungeheuer hart ist. Es bietet freilich auch mehr Chancen.«

Gordon Cooper spielte mit den Eßstäbchen, die er nicht benutzt hatte. »Wenn man in Knechtschaft aufgewachsen ist, muß es ein großartiges Gefühl sein, plötzlich in Freiheit zu leben.«

»Nun ja . . .«

»Das klingt nicht sehr überzeugt«, erwiderte er verwundert.

Su-su zuckte die Achseln. »Die Dinge sind nicht immer so, wie allgemein angenommen wird. Knechtschaft, zum Beispiel, habe ich drüben nicht kennengelernt. Gewiß, wir wurden geschult und gedrillt, aber welches Kind empfindet das schon als Knechtschaft? Und man fütterte uns mit Parolen, doch welcher Jugendliche nimmt Worte, die ihn gewissermaßen erwachsen machen, nicht freudigen Herzens in sich auf? Wenn ich ganz ehrlich bin, muß ich sagen, daß ich drüben nie so deprimiert war, wie ich es hier vielfach bin.«

»Und warum sind Sie es?« erkundigte sich Cooper betroffen.

Sie strich eine Haarsträhne zurück, die in ihr Gesicht gefallen war. »Kann ich in Hongkong werden, was ich will? Anders als in der Volksrepublik, in der alle gleichberechtigt sind, bin ich hier wieder geworden, was unsereins früher in China war: nur ein Mädchen! Man ist nichts wert und wird nicht geachtet.«

Cooper sah sie ungläubig an. »Ist das nicht etwas übertrieben?«

Sie schüttelte den Kopf. »Warum bin ich noch nicht Stewardeß? Weil ich mit bestimmten Leuten keine Liebesspiele treibe. Ich kann meinen Freund, der mein Apartment bezahlt, doch nicht einfach betrügen. Das aber verlangt man von mir. Und wissen Sie, was komisch dabei ist? Würde ich nachgeben und Stewardeß werden, dann verdiente ich nicht einmal die Summe, die mein Freund heute für mich zahlt.«

Gordon Cooper saß plötzlich ein Kloß im Hals. Was hatte ihm das einer zierlichen Puppe gleichende Geschöpf da gesagt? Liebesspiele treiben? Sie kann den Freund nicht betrügen, der ihr Apartment bezahlt? Er hatte zwar schon davon gehört, daß Chinesen sehr nüchtern denken, und irgendwo hatte er auch gelesen, daß es in der chinesischen Sprache keine dem Begriff ›Liebe‹ entsprechende Vokabel gibt. Su-sus Worte aber, die so gar nicht zu ihrem ätherischen Aussehen paßten, erschreckten ihn.

»Was ist mit Ihnen?« fragte sie Cooper, der gedankenverloren vor sich hin blickte. »Sie sehen aus, als sei Ihnen der Feng-schui über den Weg gelaufen.«

»Der wer?« fragte Cooper verwirrt.

»Ich bitte um Entschuldigung, das konnten Sie wirklich nicht verstehen«, antwortete Su-su lachend. »Der Hausgeist, hätte ich sagen müssen. Normalerweise ist er gut, er kann aber auch sehr, sehr böse werden, und dann . . .«

»Sie glauben an Geister?« unterbrach Cooper sie schroff. Zu

absurd erschien es ihm, daß ein Mensch, der die Liebe von einer geradezu unverständlich nüchternen Seite betrachtet, an Geister und den dazugehörigen Hokuspokus glaubt.

»Natürlich!« antwortete sie mit ernster Miene.

Er schlug die Hände zusammen. »Ist denn das die Möglichkeit!«

»Was?«

»Daß Sie an Geister glauben.« Der Ausdruck ihres Gesichts wurde streng und verlor alles Puppenhafte. »Darf ich ein paar Fragen an Sie richten?«

»Bitte.«

»Sind Sie Christ?«

»Ja.«

»Sie glauben also an Gottvater, Gottsohn und den Heiligen Geist.«

»Gewiß.«

»Was würden Sie nun sagen, wenn ich, die ich nicht an diese göttlichen Wesen glaube, weil ich in einem anderen Sinne erzogen und groß geworden bin, die Hände über dem Kopf zusammenschlagen und mich über Ihren Glauben lustig machen würde?«

»Pardon, das war nicht meine Absicht«, erklärte Cooper betroffen.

»Dann wollen wir das Thema vergessen«, erwiderte sie sichtlich erleichtert. »Und damit möchte ich mich auch gleich von Ihnen verabschieden. Mein Freund wird doch nicht mehr kommen.«

Gordon Cooper war die Laune verdorben. Unabhängig davon spürte er, daß es keinen Sinn hatte, Su-su umzustimmen. Er bot ihr jedoch an, sie im Wagen nach Hause zu bringen, was sie dankbar akzeptierte, und so kam es, daß er bald darauf mit ihr durch eine mondhelle Nacht fuhr, die beiden klarmachte, wie dumm sie sich benommen hatten. Dennoch wagte er es nicht, ein neues Treffen vorzuschlagen, als sie ein in der Repulse Bay gelegenes modernes Apartmenthaus erreichten, in dem die Su-su wohnte. Sie trennten sich so plötzlich, wie sie sich kennengelernt hatten, und in den darauffolgenden Minuten kam Cooper nicht einmal dazu, über die ihn doch sehr bewegende kleine Chinesin nachzudenken. Denn als er wieder in den Wagen einsteigen wollte, sagte ihm der indische Fahrer:

»Wenn Sie es wünschen, können Sie jetzt vorne Platz nehmen. In der Dunkelheit sieht uns niemand, und das Hauspersonal schläft um diese Zeit schon.«

Wie gnädig, dachte Cooper belustigt und setzte sich zu dem Inder. Dann aber wurde ihm klar, daß sich das Denken aller Menschen, mit denen er an diesem Tage zusammengetroffen war, auf völlig unterschiedlichen Ebenen bewegte. »Wie werden Sie eigentlich mit den Chinesen fertig?« fragte er Rajan, als dieser angefahren war.

»Gut«, antwortete der Inder ohne jeden Vorbehalt. »Als Sikh bin ich zur Toleranz erzogen. Es gibt deshalb keine Schwierigkeiten für mich.«

»Und warum legen Sie Wert darauf, Ihr Gesicht nicht zu verlieren? Das ist doch nicht indisch gedacht.«

»Gewiß nicht. Aber es hat etwas mit Toleranz zu tun. Das chinesische Hauspersonal würde sich gekränkt fühlen, wenn ich verliere, was man hier ›Gesicht‹ nennt. Also sorge ich dafür, daß in meinem Bereich nichts geschieht, was meinen Kollegen und Kolleginnen Kummer bereiten könnte.«

Gordon Cooper nickte anerkennend. »Das ist sehr edel gedacht.«

»Vernünftig, würde ich sagen«, widersprach der Inder. »Ich wähle den Weg des geringsten Widerstandes, und ich möchte mir, so paradox das klingen mag, aus diesem Grunde auch erlauben, Ihnen zu raten, bei Mister Lo Sung vorsichtig zu sein.«

»Warum?« fragte Cooper verblüfft.

»Er mag Sie nicht.«

»Hat er Ihnen das gesagt?«

»Nein.«

»Und woher wissen Sie es?«

»Ich habe es in seinen Augen gesehen.«

Gordon Cooper lachte. »Gewisse Gefühlsregungen sind sicherlich an unseren Augen abzulesen, aber man kann doch nicht erkennen, ob ein Mensch einen anderen mag oder nicht.«

»Möglich, daß Sie recht haben, Sir«, entgegnete der Fahrer. »Dennoch möchte ich unsere Augen mit der Rinde von Bäumen vergleichen, der untrüglich anzusehen ist, mit welcher Baumart wir es zu tun haben. Mister Lo Sung mag Sie nicht, und ich sage Ihnen dies, weil Sie Mister Sorokins Vertrauter sind.«

Cooper fühlte sich mit einem Male nicht mehr wohl in seiner Haut. Hatte er nicht vom ersten Augenblick an eine starke Abneigung gegen Lo Sung verspürt? Wenn der Chinese . . .

Ein phantastischer Gedanke schoß ihm durch den Kopf. Bestand nicht die Möglichkeit, daß Su-su im Auftrage Lo Sungs handelte? Konnte nicht alles ein abgekartetes Spiel sein? Blitzschnell ließ er die Stationen des Tages an sich vorüberziehen und kam zu dem Ergebnis, daß er einem Hirngespinst aufgesessen sei. Su-sus Verhalten bewies geradezu, daß sie keinen Wert auf seine Bekanntschaft legte, was sie jedoch hätte tun müssen, wenn sie im Auftrage von Lo Sung handelte. Und welches Interesse sollte der Neffe Ah Boons daran haben, ihn durch ein bildhübsches junges Mädchen bespitzeln zu lassen? Nein, der Inder hatte ihm einen verrückten Gedanken in den Kopf gesetzt, den er schnellstens wieder von sich schieben mußte.

Wie hatte Rajan sich ausgedrückt? ›Ich wähle den Weg des geringsten Widerstandes!‹ Das werde auch ich tun, sagte sich Cooper und erwiderte dem Inder: »Vielleicht haben Sie recht. Ich werde Ihren Hinweis auf alle Fälle beherzigen.«

Noch während er dies sagte, vergegenwärtigte er sich Su-sus hübsches Gesicht. Was immer sie auch gesagt hatte, sie war ohne Zweifel ein gescheites Mädchen. Margit Holstein verfügte freilich über ein ganz anderes Wissen, aber dafür war sie auch wesentlich schwieriger. Was hatte sie ihm in jener Nacht noch gesagt? ›Ich darf die Illusion, die mich in deine Arme führte, nicht als Wirklichkeit ansehen und die Wirklichkeit nicht als Illusion.‹

Sie ist schon sehr kompliziert, dachte Cooper und wußte, daß verletzter Mannesstolz ihn dies denken ließ. Denn sein geistiges Auge sah nicht Margit Holstein, sondern Su-su, und in seinem Hirn tanzte das Wort ›Liebesspiele‹ die wahnsinnigsten Tänze.

## 11

Die Sonne stand schon hoch am Himmel, und der schrille Morgengesang des metallisch glänzenden Eisvogels war bereits verstummt, als Gordon Cooper erwachte und den Boy Tim mit einer Teeschale in der Hand neben sich stehen sah. »Mister wollen Tee – können«, sage er und grinste über das ganze Gesicht.

»Wollen«, erwiderte Cooper und richtete sich auf. »Mir scheint, es ist schon wieder mächtig heiß.«

»Ai-ya, Mister. Sehr furchtbar mächtig heiß. Kleiderei nur Hose und Hemd. Macht nichts.«

Immer wieder ›Macht nichts‹, dachte Cooper und trank den heißen, fade schmeckenden Jasmintee, den er seiner kühlenden Wirkung wegen schon in Kuala Lumpur schätzen gelernt hatte. Sein Blick fiel dabei durch das bis zum Boden hinabreichende Fenster auf die der Tai Tam Bay vorgelagerten felsigen Inseln, und plötzlich kam ihm alles unwirklich vor. Es war wie in einem Traum, in dem man sich selbst sieht und nicht weiß, wo Wirklichkeit und Traum sich begegnen. Das beinahe runde Doppelbett, der Boy Tim, der Blick auf das Meer, Lo Sung, Su-su . . .

Cooper reichte die Teeschale zurück und erhob sich. Er träumte nicht, sondern war von einer traumhaften Wirklichkeit umgeben.

Später jedoch, als der Betel kauende Inder Rajan ihn auf dem nächsten Weg über den Mount Davis hinweg nach Hongkong fuhr, erschien ihm die Wirklichkeit erschreckend. Anstelle von Villen sah er nun in Schmutz erstarrende Mietskasernen, chinesische Friedhöfe, deren eigenartige, halbrunde Gräber ihm Schauer einjagten, Elendshütten, in die europäische Bauern nicht einmal ihr Vieh stecken würden, und schließlich wieder moderne Hochhäuser, blühende Bäume und saubere Straßen, die in das geschäftige Zentrum Victorias führten.

Rajan stellte seinen Wagen auf einem in der Nähe des Bürohauses befindlichen Parkplatz ab und führte Cooper in ein Gebäude, dessen Marmorportal einen großzügigen Eindruck erweckte. Zwei Aufzüge brachten Angestellte und Besucher lautlos zu den achtzehn Etagen, und für Cooper war es merkwürdig, unversehens vor einem Bronzeschild mit dem Namen der Firma zu stehen, deren engster Mitarbeiter er durch eine Laune des Schicksals geworden war.

Der Inder geleitete ihn zu einer älteren Chinesin, die ihn zurückhaltend begrüßte und telefonisch bei Ah Boon anmeldete, der ihn sogleich zu sich bat.

Ah Boons Sekretärin öffnete eine gepolsterte Flügeltür, und Gordon Cooper trat in einen Raum, in dem er im ersten Moment nichts anderes als einen großen Schreibtisch sah, hinter dem ein kleines Männchen saß, das ihm mit gespitzten Lippen entgegenblickte. Die winzigen Augen des Chinesen hatten einen prüfenden Ausdruck. Auf der linken Wange seines schmalen Gesichtes befand sich ein Leberfleck, aus dem einige lange, borstige Haare herauswuchsen, die sorgsam gehütet wurden, weil ihnen nach chinesischer Auffassung eine magische Kraft innewohnt. Seine Hände waren schmal und wären schön wie die einer zarten Frau gewesen, wenn ihre wohl zwei Zentimeter überstehenden und spitz zugeschnittenen Fingernägel, die Reichtum und damit verbundene Untätigkeit zum Ausdruck bringen sollen, nicht an Krallen erinnert hätten.

Als Cooper den Schreibtisch erreichte und mit einer leichten Verbeugung vor Ah Boon stehenblieb, erhob sich dieser und reichte ihm sichtlich zufrieden die Hand. »Ich bin froh, daß Sie da sind«, sagte er mit einer Stimme, die wie ein wohltönendes Metallband schwang. »Und ich freue mich darauf, Sie kennenzulernen.« Damit setzte er sich wieder und bat auch Cooper, Platz zu nehmen. »Meine Sekretärin bringt den Tee sogleich.«

Gordon Cooper sagte sein Begrüßungssprüchlein herunter und erging sich in anerkennenden Worten über Hongkong und all das, was er inzwischen zu sehen bekommen hatte.

Ein angenehmer junger Mann, dachte der schon über sechzig Jahre alte Ah Boon und bat Cooper, ihm ausführlich vom Mißgeschick seines Kompagnons sowie dessen körperlicher und seelischer Verfassung zu berichten.

Cooper tat dies in einer Weise, die den Chinesen beeindruckte und ihn nochmals zum Ausdruck bringen ließ, daß er froh sei, ihn als neuen Mitarbeiter in Hongkong begrüßen zu dürfen.

»Sie werden sich vielleicht fragen, warum ich das so sehr betone«, fügte er, jedes Wort sorgsam wählend, mit ernster Miene hinzu. »Weil ich mir Sorgen mache. Sie kennen die Arbeitseinteilung in unserer Firma. Mister Sorokin versieht den Außendienst, während ich für die finanzielle Abwicklung der Geschäfte verantwortlich bin. Beide aber verfügen wir über keinen Stellvertreter. Mein Neffe Lo Sung, den ich vor einigen Jahren aus meiner Heimat nachkommen ließ, hat sich zwar gut eingearbeitet, aber es wird noch eine ganze Weile dauern, bis er das in unserer Branche leider notwendige Jonglieren mit Millionenbeträgen wirklich beherrscht. Doch was nützen alle raffinierten Finanzierungskunststücke, wenn keine Aufträge vorliegen? Auf Gedeih und Verderb hängen wir von Mister Sorokins Tätigkeit ab, und Sie werden deshalb begreifen, wie froh ich darüber bin, daß er Ihnen sein volles Vertrauen schenkt und davon überzeugt ist, in Ihnen seinen künftigen Stellvertreter gefunden zu haben.«

Gordon Cooper, der nicht wußte, was er dazu sagen sollte, rettete sich in die Versicherung, alles in seiner Macht Stehende zu tun, um das in ihn gesetzte Vertrauen zu rechtfertigen. Innerlich aber frohlockte er. Die Hürde Ah Boon, vor der er sich irgendwie gefürchtet hatte, war genommen. Wenn sich hinter der ›British Chinese Ex- and Import Company‹ eine geheime Agentenzentrale befand, dann konnte sie ihm auf die Dauer nicht verborgen bleiben.

»Soweit es mir möglich ist, stehe ich Ihnen selbstverständlich mit Rat und Tat zur Seite, wie ich bis auf weiteres auch Routinearbeiten übernehmen werde, die Sie erst erledigen können, wenn Sie einen vollen Überblick gewonnen haben«, fuhr Ah Boon mit weicher Stimme fort und blätterte in einigen Geschäftspapieren, die auf seinem Schreibtisch lagen. »Hier, zum Beispiel, erhalten wir aus Washington die interessante Mitteilung, daß Westdeutschland Verhandlungen zum Ankauf von Sikorsky-Hubschraubern des Types CH-53 A führt. Stückpreis rund zweieinhalb Millionen Dollar. Wenn ein solcher Vertrag perfekt werden sollte, kann sich für uns daraus ein riesiges Geschäft entwickeln, weil Deutschland dann die vor Jahren in Auftrag gegebenen ›Transall‹-Transportflugzeuge, die zur Zeit zu einem Stückpreis von etwa fünf Millionen Dollar ausgeliefert werden, nicht mehr benötigen wird. Es bahnt sich also eine der bei uns so beliebten Fehldispositionen an, die früher oder später zum Verkauf neuwertiger Waffen zu Ramschpreisen führen.«

Cooper konnte nur noch staunen. »Ich weiß nicht, was ich mehr bewundern soll«, erwiderte er beeindruckt. »Ihr Kombinationsvermögen oder Ihre Organisation.«

»Von welcher Organisation sprechen Sie?« erkundigte sich Ah Boon verwundert.

»Von der Ihres Nachrichtendienstes. Sie sagten doch, daß Sie die Mitteilung aus Washington erhalten haben.«

»Hah, ich verstehe«, entgegnete Sorokins Kompagnon und lächelte zufrieden vor sich hin. »Ja, wenn man will, kann man es wirklich eine kleine Organisation nennen.« Damit öffnete er ein Seitenfach seines Schreibtisches und entnahm ihm eine schwarze Kladde, die er Cooper reichte. »In diesem Büchlein befinden sich alle Namen und Adressen der Lobbyisten, Journalisten und Reporter, die wir gegen Zahlung eines entsprechenden Honorars verpflichtet haben, uns jede mit dem Kauf beziehungsweise Verkauf von Waffen zusammenhängende Nachricht umgehend mitzuteilen.«

»Grenzt das nicht an Spionage?« fragte Gordon Cooper, sich naiv stellend.

Ah Boon schüttelte den Kopf. »Wenn das der Fall wäre, würden wir uns hüten, die genannten Aufträge zu erteilen. Wir erfahren keine geheimen Dinge, sondern lediglich, was in den Wandelgängen der Ministerien gesprochen wird.«

Bis zum Mittag unterhielt sich der Chinese mit Gordon Cooper über alle möglichen geschäftlichen Dinge, dann führte er ihn in Ivo Sorokins extrem modern eingerichteten Arbeitsraum und sagte mit fast feierlicher Stimme: »Dies wird nun für eine Weile Ihr Reich sein. Ich hoffe, daß es Ihnen gelingt, meinen Kompagnon bald würdig zu vertreten.«

Während Ah Boon dies sagte, kam Cooper sich plötzlich hinterhältig vor. Man setzte die größten Hoffnungen in ihn, er hingegen schickte sich an, auf mehr oder weniger unerlaubte Weise die Geschäftsgeheimnisse einer Firma zutage zu fördern. Und nicht nur das. Er ließ sich für diese Tätigkeit auch noch ein beachtliches Gehalt zahlen, handelte also eindeutig gegen Treu und Glauben. Würde er den Knoten, an dem er pausenlos knüpfte, jemals wieder lösen können? Weder der Leiter des Secret Service noch er selbst hatte den ihm erteilten Auftrag in all seinen Konsequenzen durchdacht, nun aber, da er erreicht hatte, was er in seinen kühnsten Träumen nicht für möglich gehalten hätte, erkannte er, daß er in etwas hineingerutscht war, das weit über seine Aufgabe und Kompetenz hinausging.

»Gefällt Ihnen der Raum?« erkundigte Ah Boon sich höflich.

»Sehr!« antwortete Cooper verwirrt, da er in Gedanken versunken gewesen war. »Ich bin so beeindruckt, daß ich nicht weiß, was ich sagen soll. Die herrliche Einrichtung, der Blick über den Hafen – alles hier ist unbeschreiblich schön.«

Ah Boon lächelte. »Ja, es ist schön hier. Doch jetzt werde ich Sie entführen«, fügte er nach einer kurzen Pause hinzu. »Und zwar in ein Restaurant mit kantonesischer Küche!«

Gordon Cooper bedankte sich für die Einladung, und es war interessant für ihn, mit Ah Boon durch die Straßen Hongkongs zu schlendern. Er lernte dadurch nicht nur die parallel zum Ufer verlaufenden asphaltierten Avenuen, sondern auch die sie kreuzenden, den Berg hinaufführenden Treppengassen kennen, in denen chinesisches Leben sich unverfälscht abspielt.

An einer Stelle wies Ah Boon zu der vor wenigen Jahren noch alle Gebäude überragenden ›Bank of China‹ hinüber und sagte sichtlich bewegt: »Wir verdanken diesem Unternehmen sehr viel, und ich möchte Sie deshalb bitten, keinem der unzähligen Märchen zu glauben, die über diese Bank erzählt werden.«

Gordon Cooper dachte sich seinen Teil und erwiderte: »Mister Sorokin informierte mich bereits darüber, daß Sie gute Verbindungen zu ihr unterhalten.«

»Sehr gute sogar!« betonte Ah Boon. »Meine Freunde sind die leitenden Herren. Wir kennen uns aus Shanghai, wo ich ein Exporthaus besaß. Im Gegensatz zu mir verließen meine Freunde die Stadt jedoch nicht aus politischen beziehungsweise wirtschaftlichen Gründen. Sie kamen als Mitglieder der Partei hierher.«

»Und trotz Ihrer unterschiedlichen Auffassungen sind Sie gute Freunde geblieben?«

Ah Boon blickte unsicher zu ihm hoch. »Wie soll ich das verstehen? Unterschiedliche politische Auffassungen machen doch keine Feinde.«

»Nicht unbedingt«, entgegnete Cooper. »Aber zwischen Kommunisten und . . .«

»Wir sind Chinesen«, unterbrach ihn Ah Boon ungewöhnlich energisch. »Zwischen unserem und dem europäischen Denken klafft ein Abgrund, der es mir geraten erscheinen läßt, das Thema zu meiden. Übrigens erwuchs die zwischen Mister Sorokin und mir bestehende Freundschaft durch das Vermeiden gewisser Themen.«

»Interessant«, entfuhr es Cooper. »Kennen Sie sich eigentlich schon lange?«

»Hah, seit Ende des Zweiten Weltkrieges. Mister Sorokin kam damals als blutjunger Mann nach Shanghai. Er trat in meine Firma ein, doch nach der Niederlage Tschiang Kai-scheks verließ er die Stadt und ging nach Hongkong, wo wir uns dann viele Jahre später zufällig wiedertrafen.«

Warum hat Sorokin mir verschwiegen, daß er seinen Kompagnon in Shanghai kennenlernte, fragte sich Cooper gerade, als Ah Boon plötzlich stehenblieb und besorgt zu ihm hochschaute.

»Ich glaube, das hätte ich für mich behalten sollen«, sagte er nervös.

»Aber warum denn?« erkundigte sich Cooper, ohne erkennen zu lassen, wie sehr ihn die Antwort interessierte.

»Weil . . . Ich weiß es nicht . . . Ich habe mit einem Male das Gefühl, daß Mister Sorokin Ihnen nichts über seine Tätigkeit in Shanghai erzählt hat.«

»Nein, das tat er nicht«, erwiderte Cooper in aller Offenheit. »Über private Dinge haben wir praktisch überhaupt noch nicht gesprochen. Die geschäftlichen Dinge waren wichtiger.«

»Gewiß«, entgegnete Ah Boon und setzte sich wieder in Bewegung. »Vielleicht wird er Ihnen eines Tages von Shanghai erzählen. Wenn nicht, dann . . . Die Sache ist im Grunde genommen eine Kinderei!« unterbrach er sich und blieb mit einer lebhaften Geste erneut stehen. »Mister Sorokin befürchtet, im Westen an Vertrauen zu verlieren, wenn bekannt wird, daß er einige Jahre in meiner Firma tätig war.«

»Das verstehe ich nicht«, warf Gordon Cooper ein, um noch mehr herauszulocken. »Warum sollte ihn diese Tätigkeit belasten?«

»Weil mein Hauptgeschäft schon damals der Handel mit Waffen

war. Ich bezog sie aus Japan und belieferte die ›Vierte Armee‹, die unter dem Befehl Tschiang Kai-scheks stand, dann aber meuterte und sich fortan ›Rote Armee‹ nannte. Zwangsläufig wurde ich dadurch Lieferant der Kommunisten, mit deren Führern selbstverständlich verhandelt werden mußte. Dadurch lernte ich – später auch Mister Sorokin – Männer wie Tschou En-lai und Liu Tschao-tschi kennen, und das möchte mein heutiger Kompagnon für seine Person nicht publik werden lassen. Er befürchtet, daß sich im Westen alle Türen vor ihm verschließen würden, wenn man erfährt, daß er einmal mit Kommunisten Geschäfte gemacht hat.«

»Da gebe ich ihm recht«, fiel Cooper lebhaft ein und überlegte: Wenn Sorokin seine früheren Beziehungen zu kommunistischen Führern verheimlicht, dann muß es andere als die genannten Gründe geben. Was aber veranlaßte Ah Boon, ihm, dem gerade neu gewonnenen Mitarbeiter, so viel Vertrauen zu schenken? Es erschien Cooper absurd, dem routinierten Finanzexperten Leichtfertigkeit oder gar Absicht zu unterstellen.

Ah Boons ein wenig ratlos klingende Frage: »Glauben Sie wirklich, daß Mister Sorokin gut daran tut, seine früheren Bekanntschaften zu verschweigen?« riß Cooper aus seinen Gedanken.

»Das ist ganz entschieden meine Meinung«, antwortete er mit Nachdruck und fügte lächelnd hinzu: »Da Sie dies nicht ganz zu verstehen scheinen, wage ich es, an jenen Abgrund zu erinnern, von dem Sie vorhin sprachen. Das europäische Denken unterscheidet sich wirklich sehr vom chinesischen.«

Ah Boon nickte grüblerisch vor sich hin. »Dann möchte ich Sie in unser aller Interesse bitten, das Gehörte für sich zu behalten.«

»Darauf gebe ich Ihnen mein Wort«, versicherte Cooper mit warmer Stimme. »Auch Mister Sorokin gegenüber werde ich schweigen, weil es sein könnte, daß es ihm nicht ganz recht ist, wenn ich ... Aber reden wir von etwas anderem«, unterbrach er sich lachend. »Wo steckt Ihr Neffe? Ich habe ihn überhaupt nicht zu sehen bekommen.«

Der Themenwechsel schien Ah Boon zu erleichtern. »Er bekam gestern den Besuch eines Freundes aus Macao, der ihn bat, mit nach Kanton zu fahren.«

»Nach Kanton?« fragte Cooper erstaunt. »Die Stadt liegt doch in der Volksrepublik.«

»Allerdings.«

»Und da kann man einfach hinfahren?«

»Aber gewiß. Wir Chinesen können jederzeit in unsere Heimat reisen.«

Noch am selben Tage suchte Cooper ein Reisebüro auf, das ihm eine andere Auskunft erteilte und unmißverständlich erklärte, daß selbst in dringenden Sonderfällen keine kurzfristige Grenzübertrittsgenehmigung erteilt werde.

Der Fall ›British Chinese Ex- and Import Company‹ fängt an interessant zu werden, dachte Cooper zufrieden, als er auf die Straße zurückkehrte. Sorokin verschweigt, daß er in Shanghai gelebt hat und dort vielversprechende Beziehungen anknüpfte. Ah Boon belügt mich und könnte ein Wolf im Schafspelz sein. Lo Sung kann jederzeit nach China reisen und hat einen Freund, der in der portugiesischen Domäne Macao wohnt, wo Laster, Schmuggel und Agenten zu Hause sind. Mein Auftrag sieht nicht mehr ganz hoffnungslos aus.

Der Schatten des Verwaltungsgebäudes der ›Bank of China‹ fiel bereits auf das Spielfeld des britischen Kricketclubs, als Gordon Cooper mit dem Inder Rajan nach Stanley zurückfuhr. Er war mit dem Verlauf des Tages zufrieden und wollte noch am selben Abend einen ausführlichen Brief an seinen Londoner Vorgesetzten Sir Harrison schreiben, dem er bisher nur eine über die Britische Botschaft in Kuala Lumpur geleitete kurze Information über Sorokins Unfall und die sich daraus ergebende Umdisponierung hatte zukommen lassen. Die Stadt lag jedoch noch nicht ganz hinter ihm, als er fand, daß es nicht schlecht wäre, die triste Tätigkeit des Briefschreibens durch ein unterhaltsames Stündchen mit Su-su einzuleiten. Er bat deshalb den ständig Betel kauenden Inder, bei der nächsten Telefonzelle zu halten, und bereits wenige Minuten später wählte er die Flughafenleitung Kai Tak, verlangte Su-su zu sprechen und verabredete mit ihr, sie um sechs Uhr am Blake Pier zu treffen.

»Zurück, marsch, marsch!« kommandierte er Rajan, als er wieder in den Wagen einstieg. »Wir fahren unten herum nach Hause und nehmen das junge Fräulein von gestern bis zur Repulse Bay mit.«

»Velly well«, erwiderte der Inder, der kein ›r‹ aussprechen konnte.

Diese sprachliche Eigenart erinnerte Cooper an das vielfach gehörte »Macht nichts«, und er fragte den Fahrer nach der Bedeutung dieser Redensart.

»Das kann ich Ihnen nicht sagen«, antwortete der Inder. »Vielleicht hat sie sich daraus ergeben, daß man in der chinesischen Sprache hinter einer Frage gleich auch die Verneinung anbringt. Wenn ich mich erkundigen will, ob es Ihnen gutgeht, dann frage ich: Hau bu hau? — Gut, nicht gut?«

»Merkwürdig«, erwiderte Gordon Cooper und erkundigte sich, was ›Macht nichts‹ auf chinesisch heißt.

»Gan tsiu!« sagte Rajan und lachte still vor sich hin, als er hörte, daß sein Fahrgast die Worte immer wieder vor sich hin sprach.

Als Gordon Cooper eine halbe Stunde später mit Su-su zusammentraf, war er aufs neue überrascht von ihrer zarten Schönheit. Ihr Köpfchen und ihr schlanker Hals erinnerten ihn an eine noch geschlossene langstielige Rose, und mit Begeisterung stellte er fest, daß sie — eine Seltenheit bei Chinesinnen — geradegewachsene Beine hatte und nicht die in Ostasien vielfach zu beobachtende Torheit besaß, mit ihren winzigen Füßen in möglichst spitzen und hochhackigen europäischen Schuhen umherzustelzen. Sie trug einen blauen Rock und eine straff sitzende weiße Bluse, die ihre kleinen Brüste appetitlich zur Schau stellte.

»Ich finde es sehr nett, daß Sie mich angerufen haben«, sagte sie zu Cooper, als er sie begrüßte. Dann aber errötete sie, da er ihr eine Orchidee überreichte, die er sich schnell noch von Rajan hatte besorgen lassen. Ihr Mund formte sich zu einem Kreis, und Cooper hörte schon ein überraschtes »Oh ...!« über ihre mattgeschminkten Lippen dringen, doch dann kam nichts. Sie stand da wie ein Engel, der zur Kantate anhebt, aber vor der Pracht, die sich ihm bietet, die Stimme verliert.

Cooper hätte sie auf der Stelle umarmen mögen. Nicht wie eine Frau, eher wie ... Ja, wie eigentlich? Wie ein Kind? Wie eine Schwester? Nein, so auch nicht.

Die Verwirrung war auf beiden Seiten, und Gordon Cooper wie Su-su waren froh, als sie im Wagen saßen und in Richtung Aberdeen davonfuhren.

»Unsere gestrige Verstimmung hat mir sehr leid getan«, sagte sie ihm nach einer Weile und fügte gedämpft hinzu: »Ich habe nicht mehr damit gerechnet, Sie wiederzusehen.«

»Und nun müssen Sie sogar mit mir zu Abend essen«, antwortete er lachend.

Sie strich über ihren Rock. »So, wie ich bin?«

»So, wie Sie sind. Gan tsiu.«

Ihr Kopf flog herum. »Gan tsiu? Wer hat Ihnen das beigebracht?«

Cooper wies nach vorne. »Rajan. Macht nichts.«

Sie lachte. »Dann sollen Sie auch von mir etwas lernen, womit Sie andere verblüffen können. Sagen Sie morgen mittag, wenn Sie zu Tisch gehen wollen: Jam Tschah! Das heißt: Laßt uns Tee trinken, bedeutet aber: Essen wir zu Mittag!«

»Jam Tschah!« wiederholte Cooper und schmunzelte. »Woher kommt die zweifache Bedeutung?«

»Die kantonesischen Gaststätten sind aus Teehäusern entstanden, in denen sich früher Geschäftsleute, Studenten und Künstler zur Mittagszeit trafen, um zu debattieren und kleine Happen zu sich zu nehmen. Beispielsweise die heute in allen chinesischen Restaurants angebotenen ›Frühlingsrollen‹. Dabei wurde sehr viel Tee getrunken, und so sagt man noch heute: Jam Tschah!«

»Und was heißt: Prost!«

»Kan beh! Aber dann müssen Sie Ihr Glas ganz leeren, denn wörtlich übersetzt bedeutet es: ›Trockne das Weinglas aus!‹«

»Nun weiß ich genug«, erklärte Cooper, wobei er zu Su-su hinüberblinzelte. »Außerdem habe ich ja Sie!«

Das Blut stieg ihr in den Kopf.

»I beg your pardon!« entschuldigte er sich hastig. »Das ist mir so herausgeflogen.«

Sie legte ihre Hand auf die seine. »Sie brauchen sich nicht zu entschuldigen. Es war nur ...« Sie unterbrach sich und sagte leise: »Ich erzähle es Ihnen später.«

Cooper begriff, daß Su-su in Gegenwart des Chauffeurs nicht sprechen wollte, und so unterhielt er sich mit ihr über alltägliche Dinge, bis die Repulse Bay erreicht wurde, wo er den Fahrer anwies, vor dem Repulse Bay Hotel zu halten. Sie erhob sogleich Einspruch, doch ihren Einwand, für das luxuriöse Hotel nicht gut genug gekleidet zu sein, wischte er mit dem Hinweis fort, daß sie von allen Damen des Hotels wegen ihrer Schönheit, ihrer phantastischen Figur und sportlichen Aufmachung beneidet und von ihm voller Stolz geführt werden würde.

Su-su war überglücklich. So viel Gesicht hatte ihr noch niemand gegeben. Sie begriff nicht, daß sie Cooper erst am Tage zuvor kennengelernt hatte. Er war ihr vertraut, als stünde sie schon lange an seiner Seite, und er nahm ihr die Angst, die seit Wochen wie ein Gespenst hinter ihr herlief. Am liebsten hätte sie sich ihm auf der Stelle anvertraut, aber das konnte sie schlecht tun.

Gordon Cooper spürte, daß Su-su etwas bedrückte, und da er glaubte, die Ursache zu kennen, fragte er sie, als sie auf der überdachten Terrasse des Hotelrestaurants Platz genommen hatten: »Haben Sie Ihren Freund inzwischen gesprochen?«

Er sticht genau in meine Wunde, dachte sie betroffen und antwortete kaum hörbar: »Nein.«

Cooper betrachtete sie prüfend. »Ist etwas passiert? Ich meine, ist er mit dem Wagen verunglückt?«

Sie schüttelte den Kopf und blickte auf die Orchidee, die sie vor sich hingelegt hatte. »Es ist etwas anderes. Vielleicht werde ich es Ihnen einmal erzählen, nur jetzt ...« Sie unterbrach sich und lächelte ihn an. »Ich bin froh, daß ich bei Ihnen sitze.«

Sie lächelt, der Ausdruck ihrer Augen aber ist traurig, dachte Cooper und wandte sich an einen Kellner, der in der Nähe stand. »Bitte, bringen Sie uns die Speisekarte.«

Su-su war ihm dankbar für die Art, mit der er das Thema wechselte. »Darf ich mir etwas wünschen?« fragte sie ihn.

»Aber natürlich!« antwortete er erfreut.

»Ich habe noch nie einen Cognac getrunken. Glauben Sie, daß er mir bekommen würde?«

»Aber gewiß! Sie müssen ihn nur schön langsam trinken.«

Wie vorauszusehen war, belebte das Getränk Su-su so sehr, daß sie ihre Sorgen vergaß, und als sie nach dem Essen mit Cooper zu dem in der Nähe gelegenen Hochhaus hinüber ging, in dem sie ein Apartment gemietet hatte, da hakte sie sich mit einem Mal bei ihm ein und sagte: »Ich hätte nicht gedacht, daß ›rote Teufel‹ so nett sein können.«

»Mich nennen Sie einen ›roten Teufel‹?« begehrte er auf.

Sie nickte heftig. »Barbaren nennen wir ›rote Teufel‹.«

»Barbaren . . .? Das wird ja immer schlimmer!«

»Nicht doch!« widersprach sie mit Schalk in den Augen. »Nach chinesischer Auffassung sind alle Nichtchinesen Barbaren und alle Chinesen große Ästheten. Und dabei wollen wir es belassen. Die göttliche Ordnung darf nicht gestört werden.«

Cooper drohte mit dem Finger. »Wenn Sie nicht so zart wären, würde ich Sie jetzt übers Knie legen und . . .«

»Und . . .?« fragte sie erwartungsvoll, da er schwieg.

»Ihnen eine Tracht Prügel geben!«

Su-su tat einen Hüpfer und rannte davon.

»Was ist denn los?« rief er und eilte hinter ihr her.

Sie wandte sich im Laufen um. »Das erkläre ich Ihnen ein anderes Mal. Für heute sage ich auf Wiedersehen! Gute Nacht!«

Zunächst glaubte Cooper an einen Scherz, dann aber begriff er, warum Su-su ihn so unvermittelt verlassen hatte. Auf geschickte Weise war sie dem Abschiedskuß ausgewichen, auf den er sich Hoffnung gemacht hatte.

Gordon Cooper war in bester Stimmung, als er in Ivo Sorokins Bungalow zurückkehrte, wo sich der Boy Tim sofort bei ihm meldete und sich erkundigte, ob er noch irgendwelche Wünsche erfüllen könne.

»Kannst du«, antwortete ihm Cooper. »Wollen Bier – können. Gan tsiu!«

Einen Augenblick lang war der Boy wie erstarrt, dann aber lachte er schrill wie ein Mädchen. »Mister gut! Mister sehr mächtig gut. Bier können – sofort. Macht nichts!« Damit lief er davon und brachte zwei Flaschen, die er Cooper strahlend hinhielt. »Wollen ›San Miguel‹? Wollen ›Tiger‹?«

»Beide können«, antwortete Cooper. »Ich werde probieren, welches Bier mir besser schmeckt. Dann weiß ich für morgen Bescheid. Stell die Flaschen auf den Schreibtisch und verschwinde. Ich habe zu arbeiten und möchte nicht gestört werden. Gute Nacht.«

»Nacht, Mister«, erwiderte Tim, schob die Flaschen in silberne Thermohüllen und stellte sie mit zwei Gläsern auf den Schreibtisch.

Cooper schenkte sich ein und ging auf die Terrasse hinaus, die im Licht des hoch am Himmel stehenden Mondes lag. Er war nicht in der Stimmung, einen sachlichen Bericht aufzusetzen, und er überlegte eben, ob er Harrison nicht erst am nächsten Tag schreiben solle, als seine Gedanken zu Su-su wanderten, der er versprochen hatte, sie am nächsten Abend wieder abzuholen. Er zwang sich deshalb, in den Raum zurückzugehen und am Schreibtisch Platz zu nehmen.

Die ersten, allgemein gehaltenen Sätze gingen ihm flott von der Hand, dann aber, als er konkret werden mußte, stockte er, um die richtige Formulierung zu finden. Dabei schaute er unwillkürlich auf eine an der gegenüberliegenden Wand hängende Farbstudie, deren Komposition ihn fesselte. Um sich nicht ablenken zu lassen, legte er den Kopf in den Nacken und blickte zu dem Haken empor, an dem das von einer Seidenkordel gehaltene Bild hing. Es war ein normaler Leistenhaken, aber irgend etwas an ihm ließ Gordon Cooper plötzlich stutzen. Funkelte er nicht bei einer bestimmten Blickrichtung? Cooper bewegte den Kopf. Tatsächlich, manchmal blitzte der Haken in der Mitte seiner gewölbten Erhöhung wie ein kleiner Brillantsplitter auf.

Eine unheimliche Ahnung überkam ihn. Hatte er selbst nicht einmal einen solchen Gegenstand über der Fensterdekoration eines Hotelzimmers angebracht? Ohne ein Geräusch zu verursachen, erhob er sich und holte aus dem Nebenraum einen Stuhl, stellte ihn behutsam unter das Bild und stieg auf ihn, um sich den Haken aus der Nähe anzusehen. Es gab keinen Zweifel: die gewölbte Erhöhung des Hakens war aufgebohrt, und darunter befand sich ein winziges Geheimmikrophon, dessen Rand ein wenig herausschaute und das einfallende Licht in einem bestimmten Winkel reflektierte.

Hier ist mehr los, als zu vermuten war, dachte Cooper, als er den Stuhl leise zurücktrug und wieder am Schreibtisch Platz nahm. Aus der Existenz des Mikrophons ergab sich für ihn die Frage, ob die drahtlose Abhöranlage ihm selbst galt oder Ivo Sorokin. Und wer bediente den Empfänger, der sich in der Nähe befinden mußte? Es war ziemlich sicher, daß sich das mit einer Tonbandanlage gekoppelte Gerät im Haus befand. Irgend jemand vom Personal mußte den Empfänger und das Aufnahmegerät bedienen, aber wie konnte er, Gordon Cooper, die betreffende Person ausfindig machen, ohne sich zu verraten?

Sosehr Cooper über diese Frage nachgrübelte, er fand keinen Weg, den Fall im Alleingang zu klären. Er überdachte deshalb die Gesamtsituation und kam nicht umhin, sich einzugestehen, daß er aller Wahrscheinlichkeit nach bereits mehrfach düpiert worden war. Von wem, das wußte er nicht. Lo Sung kam in Frage, vielleicht sogar auch Su-su. Hierüber mußte er sich Gewißheit verschaffen, und bevor er diese nicht besaß, erschien es ihm unzweckmäßig, Harrison einen Bericht zu geben. Er zerriß deshalb den bereits beschriebenen Bogen in kleine Fetzen und ließ ihn in der Toilette seines Bades verschwinden. Dann begab er sich ins Bett und hoffte, daß sich ein so liebenswertes Geschöpf wie Su-su nicht als gerissene Agentin entpuppen würde.

Gordon Cooper war sich bereits darüber im klaren, wie er sich Gewißheit verschaffen konnte. Er wurde am nächsten Tag jedoch auf eine harte Probe gestellt, da Lo Sung, mit dem er sich zunächst unterhalten wollte, nicht im Büro erschien, sondern sich noch in Kanton ›amüsierte‹, wie sein Onkel Ah Boon nachsichtig lächelnd erklärte. Um sich abzulenken, wühlte Cooper in Akten herum, die er gewissenhaft studierte, um jede durchgeführte Transaktion kennenzulernen. Daß ihm dieser Einblick gewährt wurde, sprach dafür, daß man nichts zu verheimlichen hatte. Andererseits war nicht anzunehmen, daß Geschäftsakten Hinweise auf eine Untergrundorganisation enthielten, wenn eine solche bestand.

Um so zwiespältiger waren die Gefühle, mit denen Gordon Cooper dem Treffen mit Su-su entgegensah, die an diesem Abend erst ab acht Uhr für ihn Zeit hatte, da sie zum Spätdienst eingeteilt worden war. Sie sah wieder entzückend aus und schien in einer Hochstimmung zu sein, denn sie richtete an Cooper sogleich die Bitte, sie in den ›Paramont Ballroom‹ zu führen, von dem sie schon viel gehört habe, in dem sie aber noch nicht gewesen sei.

»Ich war überhaupt noch nie in einem Nachtklub«, fügte sie treuherzig hinzu und schaute zu Cooper wie ein Kätzchen hoch, das miauend um die Beine streicht.

»Dann wird es natürlich höchste Zeit«, erwiderte er, da es ihm angesichts der Frage, die er an Su-su richten wollte, ganz lieb war, nicht mit ihr allein zu sein. »Sie müssen mir nur erklären, wo sich der ›Paramont Ballroom‹ befindet.«

Sie zuckte die Achseln. »Das weiß ich nicht. Vielleicht kann Ihr Chauffeur es uns sagen.«

Rajan wußte Bescheid und brachte sie zu einem durch keine Leuchtreklame und kein Schild gekennzeichneten Nachtklub, der seine Räume im Dachgeschoß eines Hochhauses hat und nur Mitgliedern Zutritt gewährt. Mitglied aber wird man durch Eintragen seines Namens in ein Buch, das vor der Eingangstür ausliegt.

»Etwas ernüchternd«, sagte Cooper, als er sich anschickte, Su-su in die Bar zu führen. Gleich darauf war er jedoch so überrascht, daß er stehenblieb, als wäre er gegen eine unsichtbare Wand geprallt. Vor ihm lag eine geschmackvoll eingerichtete Bar, die gewissermaßen in einem erleuchteten Aquarium untergebracht war, in dem schillernde Zierfische zwischen Seerosen und bizarren Wasserpflanzen umherschwammen. Alle Wände des Raumes waren aus Glas, und das grün schimmernde Licht des Wassers gab der Bar einen gespenstig intimen Charakter. Und darauf kam es dem Besitzer wohl an; denn der Reiz des Ballrooms lag im ungenierten Sichgeben der allen Rassen und Nationen angehörenden Gäste, denen nicht ein Tropfen Alkohol, sondern nur fade schmeckender grüner Tee verabreicht und Gelegenheit geboten wurde, nach den Klängen einer philippinischen Kapelle mit chinesischen Mädchen zu tanzen.

Die Atmosphäre behagte Su-su offensichtlich nicht, denn sie machte einen etwas unglücklichen Eindruck, als sie an einem kleinen Tischchen Platz genommen hatten. Cooper hingegen fand es interessant, dem bunten Treiben zuzuschauen. Unabhängig davon waren ihm der Trubel und das schummrige Licht gerade recht für die Frage, die er an Su-su stellen wollte. Er steuerte jedoch nicht direkt auf sein Ziel los, sondern erkundigte sich wie nebenbei, warum ihr Freund sie nie in einen Nachtklub geführt habe.

»Er haßt Jazzmusik und alles, was modern ist«, antwortete sie bedrückt.

»Das ist aber merkwürdig«, erwiderte Cooper im Bestreben, das Thema nicht fallenzulassen. »Ist er viel älter als Sie?«

Su-su schüttelte den Kopf. »Er ist fünfundzwanzig.«

»Haben Sie ihn hier in Hongkong kennengelernt?«

Ihr Köpfchen senkte sich wie eine Blume, die ihre Kraft verliert. »Nein. Wir sind beide aus Nanking. Er hat mich mitgenommen.«

»Also eine Jugendfreundschaft«, entgegnete Cooper, dem es plötzlich schwerfiel, weitere Fragen zu stellen. Doch er mußte es tun. »Hat Ihr Freund sich inzwischen gemeldet?«

Sie schaute ihn flehend an. »Ich habe Ihnen gestern schon gesagt, daß ich Ihnen einmal alles erzählen werde. Im Augenblick kann ich es einfach noch nicht. Bitte, gedulden Sie sich.«

»Entschuldigen Sie meine Aufdringlichkeit«, erwiderte Cooper bedauernd und zwang sich, zur geplanten Fangfrage anzusetzen. »Ich wollte Sie nicht bedrängen, aber Sie beschäftigen mich so sehr, daß ich den ganzen Tag an Sie denken muß. Unwillkürlich möchte man dann dieses und jenes wissen. Zum Beispiel, wo haben Sie Mister Lo Sung kennengelernt?«

Su-su blickte erschrocken auf. »Wo ich Mister Lo Sung . . .? Das wissen Sie doch. Am Flughafen, als es so regnete und ich an den Wagen herantrat, um zu fragen, ob ich mitfahren dürfe.«

»Ach, ich dachte, Sie hätten ihn vorher schon gekannt«, entgegnete Cooper im Bestreben, seine ihn jäh überkommende Erregung zu verbergen.

»Nein, ich kannte ihn nicht«, erwiderte Su-su befreit. »Ich war nur so frech, zwei mir völlig unbekannte Herren anzusprechen.«

Gordon Cooper neigte sich zu ihr hinüber. »Mit Erfolg, wie man sieht.«

Ihre Augen strahlten, und ihr reizendes Köpfchen saß plötzlich wieder fest auf ihrem schlanken Hals. »Ich glaube, wir sollten doch lieber anderswo hingehen.«

»Damit bin ich sehr einverstanden«, antwortete Cooper, der sich kaum noch zu beherrschen wußte. Su-su war ihm auf den Leim gegangen. Auf seine Frage, wo sie Lo Sung kennengelernt habe, hätte sie in Anbetracht der Tatsache, daß der Chinese sich im Restaurant nicht vorgestellt hatte und sein Name weder zuvor noch hinterher gefallen war, nur antworten können: Wer ist Mister Lo Sung?

Für Gordon Cooper gab es keinen Zweifel mehr: Su-su war eine Agentin Lo Sungs, und beide hatten ihm ein meisterhaftes Theater vorgespielt. Doch so enttäuschend dieses Wissen auch war, Cooper erkannte die unerhörte Chance, die sich ihm nun bot. Wenn er seine Rolle weiterspielte, hielt er die Fäden in der Hand, da Lo Sung und Su-su nicht ahnen konnten, daß sie durchschaut waren. Das Blatt hatte sich gewendet. Aus dem zu Beobachtenden war ein Beobachter geworden, und was die in seinem Hirn immer wieder herumtanzenden ›Liebesspiele‹ anbelangte, da brauchte er sich nun keine allzu großen Gedanken mehr zu machen. Warum sollte eine gegen ihn eingesetzte Agentin nicht seine Geliebte werden?

Spätestens an diesem Punkt seiner Überlegungen wußte Cooper, daß er sich belog. Su-su war für ihn eine aus einem Märchenbuch herausgeschlüpfte orientalische Prinzessin, an die er weiterhin glaubte, weil es ihm unmöglich war, ihr eine Hinterhältigkeit zuzutrauen. Es fiel ihm deshalb nicht schwer, auch künftighin den werbenden Mann zu spielen, wobei er allerdings zu berücksichtigen hatte, daß nicht nur er gezinkte Karten in den Händen hielt. Auch mußte er Lo Sung noch auf die Probe stellen, und das tat er gleich am nächsten Morgen, als er mit ihm in Ah Boons Vorzimmer zusammentraf.

»Sie Ausreißer!« begrüßte er ihn lebhaft und schüttelte ihm herzlich die Hand. »Hatten Sie schöne Tage in Kanton?«

»Hah, es ist gewesen sehr lustig«, erwiderte Lo Sung mit schleimigem Lächeln. »Und wie ist es ergangen Ihnen? Schon eingelebt etwas?«

Gordon Cooper nickte. »Dank Su-su mehr als das. Wir haben uns täglich getroffen.«

»Ist der Freund nicht wieder aufgetaucht?«

»Ich glaube, mit dem ist Schluß, und ich rücke an seinen Platz«, antwortete Cooper und lachte schallend.

Lo Sung fiel in das Lachen ein, das Cooper provoziert hatte, um weitere Überlegungen des Chinesen zu verhindern.

Tatsächlich bemerkte Lo Sung nicht, daß er in eine Falle gestolpert war, denn Su-su hatte ihren Namen in Aberdeen erst genannt, nachdem ihr Landsmann gegangen war.

An diesem Abend fiel es Gordon Cooper schwer, sich mit Su-su zu treffen. Er beging jedoch nicht den Fehler, sich seine Enttäuschung anmerken zu lassen. Im Gegenteil, er versuchte, sich von seiner charmantesten Seite zu zeigen, und sie war so reizend, daß er sich immer wieder ins Gedächtnis rufen mußte, was er festgestellt hatte. Ihre mädchenhafte Frische betörte ihn, und wenn sie erzählte und ihn dabei mit kindlich strahlenden Augen anschaute, dann erschien es ihm unwahrscheinlich, daß sie ihn belogen hatte. Aber darüber konnte kein Zweifel mehr bestehen, und Cooper schob deshalb den für London zu erstellenden Bericht nicht länger vor sich her. In aller Sachlichkeit meldete er Harrison seine Beobachtungen, um abschließend zu folgendem Resümee zu kommen:

›Fest steht, daß Ivo Sorokin seine Bekanntschaft mit führenden chinesischen Politikern verschweigt. Erwiesen ist, daß Lo Sung und Su-su ein raffiniertes Spiel aufgezogen haben, dessen Sinn nur meine Überwachung sein kann. Unbestreitbar ist, daß Ah Boon mir wissentlich die Unwahrheit sagte, als er behauptete, man könne jederzeit nach China reisen. Tatsache ist, daß sich ein drahtlos arbeitendes Geheimmikrophon in Sorokins Arbeitsraum befindet, wobei nur die Frage offenbleibt, ob das Mikrophon gegen Ivo Sorokin oder mich eingesetzt wurde.

Wie die Dinge liegen, kann nicht mehr daran gezweifelt werden, daß im Bereich der ›British Chinese Ex- and Import Company‹ einiges faul ist. Das beweisen auch die Mordanschläge, für die ich den Chinesen Lim Swee Long verantwortlich mache, der mir durch Sorokins Unfall leider entkommen ist. Die hiesige Außenstelle des Secret Service sollte unbedingt versuchen, ihn aufzuspüren.

Wichtiger aber ist es im Augenblick für mich, herauszufinden, wer die Abhöranlage bedient. Meines Erachtens muß es einer der Dienstboten sein. Ich frage mich leider nur vergeblich, unter welchem Vorwand die hiesige Polizei eine Durchsuchung des Anwesens vornehmen könnte, ohne erkennen zu lassen, worum es geht. Mit dem hiesigen Secret Service möchte ich mich nicht ins Benehmen setzen, nachdem meine Beschattung als gegeben angesehen werden muß und mit wahrhaft asiatischer Schläue in die Wege geleitet wurde. Vielleicht denken Sie, Sir George, einmal mit meinen Kollegen darüber nach, was man tun könnte, um eine Klärung herbeizuführen.‹

Nachdem Gordon Cooper den Brief beendet und in einen Umschlag gesteckt hatte, schob er ihn unter sein Kopfkissen, da ihm kein Platz im Haus mehr sicher genug erschien. Zumindest war es für den Boy Tim, der jeden Morgen unbemerkt in sein Zimmer schlich und ihn mit einer Tasse Tee in der Hand weckte, kein Problem, alle Sachen zu durchsuchen. Cooper traute niemandem mehr, und aus diesem Grunde erkundigte er sich am nächsten Vormittag absichtlich bei Lo Sung, wo sich die britische Administration befinde, die er seines Passes wegen aufsuchen müsse. Das stimmte freilich nicht. Er wollte lediglich keinen Verdacht erwecken, wenn Lo Sung feststellen sollte, daß er die britische Behörde aufsuchte, bei der er nichts anderes tat, als seinen Brief zur ›Weiterbeförderung im Kuriergepäck‹ abzugeben.

## 12

Eines Morgens weckte Cooper nicht der Boy Tim, sondern der Lärm von Knallfröschen, die von der kreischend durch den Garten rennenden Dienerschaft abgefeuert wurden. Ihr Gebaren steigerte sich zu einer solchen Raserei, daß Cooper schließlich erbost auf die Terrasse hinaustrat, um für Ruhe zu sorgen.

»Seid ihr denn total verrückt geworden?« rief er aufgebracht und beorderte den Boy zu sich. »Was ist los mit euch? Warum macht ihr solchen Krach?«

Tim bleckte grinsend die Zähne. »Mister nicht können verstehen. Sehr viel mächtig Bumm! Ganz sehr viel mächtig Bumm!«

»Hört auf damit!« befahl Cooper, da er das ›Bumm‹ auf den von Knallfröschen verursachten Krach bezog. »Ich bin den Lärm leid und möchte schlafen.«

Der Boy nickte und zog einen Feuerwerkskörper aus der Tasche. »Schlafen wollen – können«, sagte er ungerührt und zündete ein Streichholz an.

Cooper verlor die Beherrschung. Er gab dem kleinen Chinesen eine Ohrfeige, die ihn der Länge nach zu Boden schlagen ließ.

»Ai-ya! Ai-ya!« schrie Tim wie von Sinnen und rannte wie ein Wiesel davon. Und als habe er das Signal gegeben, verschwanden plötzlich auch alle anderen von der Bildfläche.

Merkwürdige Geschichte, dachte Cooper, doch er würde noch eigenartiger berührt gewesen sein, wenn er gewußt hätte, daß ihm die Ohrfeige viel Gesicht eingebracht hatte. Das Personal mochte ihn nicht, weil er niemals Befehle erteilte. Nun aber hatte er gezeigt, daß er sich nicht auf dem Kopf herumtanzen ließ. Er war also doch ein Herr, und das zu wissen tat mächtig gut.

Dementsprechend servierte ihm der Boy den Tee an diesem Morgen mit besonders strahlendem Gesicht, wie er sich nunmehr auch mit vor der Brust gefalteten Händen vor Cooper verneigte, was er bis dahin nur bei der ersten Begrüßung getan hatte.

Den Grund des frühmorgendlichen Feuerwerkes aber erfuhr Gordon Cooper erst, als er mit dem indischen Chauffeur in die Stadt fuhr und sich nach der Ursache des Spektakels erkundigte.

»Man feiert die im Radio gemeldete Explosion der ersten chinesischen Wasserstoffbombe«, sagte ihm Rajan unbewegt.

Cooper glaubte nicht richtig zu hören. »China hat eine Wasserstoffbombe gezündet?«

»Ja, über der Wüste von Sinkiang. Ihre Sprengkraft soll dreihundertmal größer als die der Atombombe von Hiroshima sein.«

»Das ist ja unglaublich«, erwiderte Cooper betroffen.

Der Inder strich sich über den Bart. »Was ich nicht verstehen kann, ist die Tatsache, daß die vor dem Kommunismus geflüchteten Chinesen die Explosion der Bombe feiern.«

Cooper nickte gedankenverloren vor sich hin. »Was mag in den Köpfen dieser Menschen vor sich gehen? In ihrem Nationalstolz tolerieren sie den Kommunismus. Hoffentlich sind das Einzelerscheinungen.«

»Nein, Sir«, erwiderte Rajan selbstsicher. »Mit Ausnahme der Gefolgschaft Tschiang Kai-scheks werden heute so ziemlich alle Chinesen jubeln.«

Wie recht der Inder hatte, zeigte sich, als sie die Stadt erreichten, in der allenthalben Knallfrösche explodierten. Die Menschen schrien und jubelten, und sogar der sonst stets zurückhaltende Ah Boon war nicht wiederzuerkennen. Glücklich lächelnd durchwanderte er die Büroräume, um allen Angestellten die Hand zu reichen.

»Ich begreife Ihre Freude nicht«, sagte ihm Cooper in aller Offenheit, als er mit ihm allein war. »Mit der Wasserstoffbombe erringt der chinesische Kommunismus doch die Insignien der Furcht und des Schreckens!«

»So kann man es nennen«, entgegnete Ah Boon nachsichtig. »Als Chinese betrachte ich die Dinge aber von einer anderen Warte. Für mich ist die Volksrepublik nichts anderes als eine der vielen Dynastien, die vorher kamen und gingen. Gleichgültig ob sie gut oder schlecht waren, sie alle verschwanden eines Tages wieder. China aber blieb bestehen, und ich bin stolz, ein Sohn des Reiches der Mitte zu sein, das bis in das vierzehnte Jahrhundert als Wiege der Erfinder und Techniker galt und sich nun anschickt, sich seines alten Ruhmes würdig zu erweisen.«

»Unser Denken ist wirklich sehr verschieden«, erwiderte Cooper nach kurzer Überlegung. »Im Prinzip ist mir Ihr Gedankengang natürlich verständlich, aber man kann doch unmöglich mit Leuten paktieren, die dem Menschen keinerlei individuelle Freiheit einräumen.«

»Wenn Amerikaner mit Russen paktieren können, werden Chinesen sich nicht gegenseitig auffressen müssen«, entgegnete Ah Boon und fügte lächelnd hinzu: »Im übrigen ist der heutige Tag auch für unsere Firma von besonderer Bedeutung, denn wir haben viele Geräte und Materialien zur Erstellung eines Zwanzig-Millionen-Volt-Zyklotrons geliefert, ohne das China vielleicht noch nicht so weit wäre, wie es nun gekommen ist.«

Trotz seiner Überraschung gelang es Gordon Cooper, nüchtern zu reagieren. »Haben Sie vielleicht auch die erforderlichen Blaupausen für die Atom- und Wasserstoffbombe beschafft?« fragte er lachend.

Ah Boon machte ein ernstes Gesicht. »Mir scheint, Sie sind sich der Gefährlichkeit Ihrer Frage nicht bewußt. Blaupausen? Das wäre Werkspionage!«

»In diesem Falle sogar noch mehr«, ergänzte Cooper kaltschnäuzig.

»Eben! In atomarer Hinsicht haben nicht einmal die Russen Pläne und Pausen zur Verfügung gestellt.«

Für Gordon Cooper stand es plötzlich fest, daß sich Ivo Sorokins Partner nicht nur in finanztechnischen Dingen hervorragend auskannte. Erstaunlich war es jedoch für ihn, daß Ah Boon offen mit ihm über durchgeführte Lieferungen von Geräten zur Erstellung eines leistungsstarken Zyklotrons sprach. »Ich wundere mich eigentlich darüber, daß Sie Material für einen Beschleuniger kleinster Teilchen beschaffen konnten«, entgegnete er, um dieses Thema wieder aufzunehmen.

Der Chinese lächelte hintergründig. »Darüber haben sich viele gewundert, und unserer Firma hat die Lieferung das Vertrauen meiner Landsleute eingebracht. Dabei haben wir gegen keines der bestehenden Gesetze verstoßen. Mister Sorokin hatte nur den genialen Gedanken, einen versierten Physiker zu beauftragen, eine Liste aller für ein Zyklotron benötigten Teile zu erstellen. Das Weitere werden Sie sich denken können. Wir lieferten gewissermaßen ein auseinandergenommenes Fahrrad.«

Was Cooper zu hören bekam, verblüffte ihn nicht so sehr wie die Tatsache, daß Ah Boon ungeniert Firmeninterna preisgab. Bereits bei seiner Erzählung von Ivo Sorokins Aufenthalt in Shanghai hatte Cooper sich über die Unbedenklichkeit gewundert, mit der Ah Boon ihm alles anvertraute, nun aber fragte er sich ernstlich, ob Sorokins Kompagnon mit seinen freimütigen Äußerungen etwas bezwecke oder nur ein Schwätzer sei. Er kam zu dem Ergebnis, daß weder das eine noch das andere der Fall sein könne. Ein routinierter Finanzexperte konnte einfach kein Tölpel sein, und es war absurd, ihm irgendeine böse Absicht zu unterstellen. Seine überraschende Offenheit mußte in dem Vertrauen liegen, das er zu ihm, Gordon Cooper, aufgrund einer von Ivo Sorokin angestimmten Lobeshymne gefaßt hatte.

Wohin Cooper blickte, überall tauchten Fragen auf, nirgendwo aber fand er einen konkreten Hinweis dafür, daß die ›British Chinese Ex- and Import Company‹ der Deckmantel eines internationalen Spionageringes sein könnte. Es blieb ihm nichts anderes übrig, als sich mit Geduld zu wappnen und zu hoffen, daß ihm das Glück eines Tages jenen Fingerzeig geben würde, ohne den selbst der tüchtigste Geheimagent nicht auskommen kann.

Der Himmel begann sich zu bewölken, und die Luftfeuchtigkeit nahm sprunghaft zu, als Gordon Cooper am Abend zum Blake Pier hinüberging, um Su-su abzuholen, die wieder einmal Spätdienst hatte. Er traf sich täglich mit ihr, wenngleich es ihm manchmal lieber gewesen wäre, sie nicht zu sehen. Ihr exotisches Flair brachte sein Blut in Wallung und machte es ihm schwerer, sich ihr nicht als Mann zu nähern. Er hatte zwar einmal geglaubt, ihr gegenüber keine Skrupel mehr haben zu brauchen, ihr Liebreiz aber war stärker als sein mehrfach gefaßter Vorsatz, alle Bedenken beiseite zu schieben und sich zu nehmen, was sie ihm wahrscheinlich schon wegen der ihr zugeteilten Aufgabe nicht verweigern würde. Er brachte es jedoch nicht fertig, sie wie eine jener Frauen zu nehmen, bei denen man sich keine Gedanken macht. Sie war für ihn das einer zarten Blume gleichende Geschöpf, in das er sich schon am ersten Tag verliebt hatte, und wenn er sich gewissenhaft prüfte, kam er zu dem Ergebnis, daß er allen Vernunftsgründen zum Trotz noch nicht ganz von ihrer gegen ihn gerichteten Tätigkeit überzeugt war. Wenn sie ihn anschaute, gewahrte er in ihren Augen eine Zuneigung, die nicht gespielt sein konnte, und wenn ihn der Widerspruch seiner Gedanken und Empfindungen einsilbig werden ließ, dann wurde sie ratlos und glich einem im Regen sitzenden Vogel, der traurig vor sich hin blickt.

Hatte Su-su Spätdienst, so benutzte sie zur Fahrt von Kowloon nach Victoria eine Barkasse, die am Blake Pier anlegte, in dessen Nähe der Inder mit dem Wagen parken konnte. Cooper selbst stand regelmäßig am Ende des Anlegesteges und winkte ihr mit ein paar Blumen oder einem Päckchen entgegen, das eine Überraschung für sie enthielt. Einen Schal, ein Seidentuch, ein Buch oder eine Bonbonniere.

»Sie sind ein Verschwender«, sagte sie ihm, als er ihr an diesem Abend eine flache Schachtel überreichte. »Mir ist es peinlich, so verwöhnt zu werden.«

»Das höre ich gerne«, entgegnete er gelassen und führte sie zum Wagen. »Ich hoffe, Sie haben heute nicht wieder in der Kantine gegessen?«

Ihre Augen funkelten wie schwarze Diamanten. »Ich werde mich hüten, einen Streit vom Zaun zu brechen.«

Wenn ich doch in sie hineinschauen könnte, dachte er unzufrieden und erwiderte: »Dann bitte ich, ein gutes Restaurant vorzuschlagen.«

Sie blickte unsicher zu ihm hoch. »Mir ist es überall recht.«

»Vielleicht sollten wir einmal wieder nach Aberdeen fahren«, entgegnete Gordon Cooper und forderte Su-su auf, in den Wagen einzusteigen, neben dessen Tür Rajan wie immer in strammer Haltung stand.

»Das würde ich Ihnen heute nicht empfehlen«, erlaubte sich der

Inder zu bemerken und wies zum Government Pier hinüber. »Dort wird gerade das Signal sechs aufgezogen.«

Su-su schaute in die gewiesene Richtung. »Wie schade! Und ich hatte mich so auf den Abend gefreut. Aber bei Warnung sechs fahren wir am besten gleich nach Hause. Dann dauert es nicht mehr lange, bis acht oder neun gegeben wird.«

»Was sind das für Warnungen?« fragte Cooper, der nicht begriff, wovon die Rede war.

»Taifun-Warnungen«, antwortete Su-su. »Wenn das Signal drei überschritten wird, ist damit zu rechnen, daß Hongkong in das unmittelbare Windfeld gerät.«

»Was zweifellos nicht gerade angenehm sein dürfte«, entgegnete Cooper. »Aber deshalb gleich nach Hause fahren . . .? Wir müssen doch etwas essen.«

Su-su schüttelte den Kopf. »Nicht im Lokal. Sie werden daheim bestimmt etwas bekommen, und ich verfüge immer über eine Kleinigkeit, die ich mir zubereiten kann. Bei Signal sechs ist es höchste Zeit, sich in seine Wohnung zu begeben. Bei Warnung neun müssen sogar Schutzräume aufgesucht werden. Das Radio meldet nun laufend die Position des Taifuns.«

Gordon Cooper blickte ungläubig nach draußen. »Zu sehen ist aber nichts.«

»Doch!« widersprach der Inder. »Ich verstehe zwar nicht viel davon, aber wenn Wolken aufkommen und die Luftfeuchtigkeit zunimmt, dann ist das ein untrügliches Zeichen. Ich möchte Ihnen deshalb ebenfalls empfehlen, kein Lokal mehr aufzusuchen.«

»Die jetzt ohnehin geschlossen werden«, fügte Su-su hinzu und schaute Cooper aus samtweichen Augen an. »Sehen wir uns morgen?«

Er nickte. »Sofern uns der Taifun bis dahin nicht vernichtet hat.«

Cooper ahnte nicht, daß ihm tatsächlich schwere Stunden bevorstanden. Nicht jedoch, weil ein entfesselter Orkan ihn bedrohte, sondern weil sich Sorokins Dienstboten aus Angst vor dem stündlich stärker werdenden Taifun mit all ihren Familienangehörigen in den Herrschaftsräumen häuslich niederließen und bei jeder Bö, die das Haus erfaßte und die heruntergelassenen Metalljalousien ohrenbetäubend rasseln ließ, ein wehleidiges Geschrei anstimmten. In ihrer kindlichen Angst stülpten sie sich sogar Kochtöpfe über, die ihr hysterisches Gekreische bis zur Unerträglichkeit verstärkten.

Zunächst hatte Cooper alle davonjagen wollen, dann aber hatte ihm der Inder bedeutet, daß es ein ungeschriebenes chinesisches Gesetz sei, dem Hauspersonal in Stunden der Gefahr die für am stabilsten gehaltenen Herrschaftsräume nicht zu verwehren. Es blieb ihm nichts anderes übrig, als sich den Sitten des Landes anzupassen und das groteske Bild der zwischen modernen Sesseln und kostbaren Vasen schreiend auf dem Boden liegenden Chinesen zu ertragen.

»Beim nächsten Taifun ziehe ich in ein Hotel«, sagte er dem Inder, als er sich am darauffolgenden Mittag in die Stadt fahren ließ.

In den frühen Morgenstunden hatte der Orkan noch mit unverminderter Stärke getobt, gegen zwölf Uhr aber hatte das Radio schließlich melden können, der ›Große Wind‹ sei seitlich an Hongkong vorbeigezogen, und es bestehe nicht mehr die Gefahr des gefürchteten Windstoßes aus der entgegengesetzten Richtung.

Als Gordon Cooper das Büro der ›British Chinese Ex- and Import Company‹ erreichte, war Lo Sung bereits anwesend, während die meisten Angestellten noch fehlten. Der Chinese begrüßte ihn mit einer kaum mehr erträglichen Herzlichkeit, und Cooper, der alles gewissenhaft registrierte, führte Lo Sungs von Tag zu Tag wachsende Freundlichkeit darauf zurück, daß Su-su ihm Berichte gab, die ihm zusagten und seine Eitelkeit befriedigten. Er hatte den Spieß umgedreht und die als Ohr eingesetzte kleine Chinesin zu seinem Mund gemacht.

An diesem Tag aber bemühte sich Lo Sung so sehr um Gordon Cooper, daß dieser stutzte und sich fragte, was dahinterstecken könnte. Doch dann klärte der Chinese des Rätsels Lösung selber auf.

»Es mir schrecklich peinlich ist«, begann er sichtlich verlegen, »aber mir ist passiert etwas, wo hätte niemals geschehen dürfen. Heute morgen ich selbst öffne die Post, weil durch Taifun Angestellte noch fehlen, und was ich habe plötzlich in der Hand? Brief, wo beginnt mit: ›Dear Gordon!‹ Glauben Sie mir, ich furchtbar erschrocken. Habe nicht gelesen weiter, sondern Bogen schnell zugeknickt und gesteckt in Umschlag.« Damit überreichte er einen Brief, den er hinter sich gehalten hatte. »Ich nur kann bitten um Entschuldigung. Mir sehr leid tun.«

Gordon Cooper hatte das Gefühl, daß Lo Sung die Wahrheit sagte. Im Augenblick aber interessierte ihn das nur an zweiter Stelle. Viel wichtiger war es für ihn, zu erfahren, wer ihm an seine Geschäftsadresse schrieb. Noch dazu, wie ihm die Briefmarke und der Umschlagaufdruck zeigten, aus dem Ashoka-Hotel in Neu-Delhi. Da stimmte doch etwas nicht. »Sie gestatten, daß ich das Schreiben lese«, sagte er, um der Form zu genügen, und zog den Brief aus dem Kuvert.

»Aber selbstverständlich«, erwiderte Lo Sung beflissen. »Ich will Sie auch nicht länger stören.«

»Nein, bleiben Sie ruhig«, entgegnete Gordon Cooper kurz aufblickend. »Der Brief enthält ja nur wenige Zeilen.« Dann aber faßte er sich plötzlich ans Kinn und rief: »Ich werde verrückt!«

»Eine unangenehme Nachricht?« fragte Lo Sung besorgt.

»Im Gegenteil«, antwortete Cooper, für den es bereits klar war, daß sein Gegenüber Theater spielte. Das Schreiben war zu kurz, als daß ein Mann, der ihn beschatten ließ, es nicht schnell gelesen hätte. In diesem Fall war es jedoch sogar gut, wenn Lo Sung wußte, was ein gewisser Bill Hawker, der sich als Verwandter ausgab, in Wirklichkeit aber jener junge Mann war, der Coopers Koffer in Southampton an Bord der ›Bayern‹ gebracht hatte, aus Delhi schrieb:

›Dear Gordon! Du wirst es nicht glauben, aber ich habe im Lotto gewonnen und genehmige mir nun die Weltreise, die ich mir schon immer wünschte. Wenn Du diesen Brief erhältst, sitze ich bereits in Bangkok, und am 27. Juli treffe ich mit der »Air France« um 15 Uhr 45 in Hongkong ein. Da Dein Schwesterlein mir sagte, Du habest im Augenblick über Tag wahrscheinlich keine Zeit für mich, wäre es nett, wenn Du mich bei Dir unterbringen könntest, damit wir wenigstens am Abend Gelegenheit haben, in Ruhe miteinander zu plaudern. Kannst Du mich am Flugplatz abholen? Herzlichst Dein Schwippschwager Bill.‹

»Kaum zu glauben«, sagte Gordon Cooper an Lo Sung gewandt, während er fieberhaft überlegte, was der Brief bedeuten mochte. »Der Bruder meines Schwagers hat im Lotto gewonnen und macht nun eine Weltreise!«

»Wie schön!« erwiderte der Chinese erfreut.

»Er trifft schon morgen hier ein und fragt an, ob ich ihn bei mir unterbringen kann. Meinen Sie, daß ich mir das ohne Rückfrage bei Mister Sorokin erlauben darf?«

»Aber gewiß!« antwortete Lo Sung. »Mister Sorokin nicht könnte verstehen, wenn Sie Verwandte bringen in Hotel. Das unmöglich in China. Zu Hause schön gemütlich und können alles sprechen.«

Und abhören, dachte Cooper bissig. Bestimmt kam Bill wegen der Geheimanlage. Das aber bedeutete, daß Harrison einen Weg zur unauffälligen Aufklärung der mit der Abhöranlage verbundenen wichtigsten Frage, nämlich, wer das Gerät bediente, gefunden haben mußte.

»Ich glaube auch, daß Mister Sorokin nichts dagegen hat, wenn ich meinen Verwandten in Stanley einquartiere«, erwiderte Cooper nach kurzer Überlegung. »Dennoch werde ich ihn heute abend anrufen und um Erlaubnis bitten.«

Lo Sung lächelte. »Wenn es Sie beruhigt ... Notwendig wäre es nicht.«

»Ich muß mich ohnehin einmal bei ihm melden, und ich möchte auch wissen, wie es ihm geht.«

»Unverändert«, entgegnete Lo Sung in einem Tonfall, als sei von einem wildfremden Menschen die Rede.

»Woher wissen Sie das?«

»Mein Onkel telefonierte gestern mit ihm.«

Was die beiden nur dauernd miteinander zu reden haben, dachte

Cooper und spürte neben seinem natürlichen Interesse an dieser Frage eine höchst unnatürliche Eifersucht in sich aufsteigen, die ihn in den folgenden Stunden ebenso beschäftigte wie das Verlangen, herauszufinden, ob zwischen Hongkong und Kuala Lumpur Dinge besprochen wurden, die man ihm verschwieg.

Für Gordon Cooper war es nicht leicht gewesen, Lo Sung gegenüber die Erregung zu verbergen, in die ihn Bill Hawkers Brief versetzt hatte. Harrison mußte den Fall Sorokin für sehr wichtig halten, wenn er eigens einen Mitarbeiter nach Hongkong schickte. Daß der junge und immer lustige Bill Hawker den Brief an die Geschäftsadresse schickte, gab Cooper zu verstehen, daß er seinen Inhalt publik machen sollte. Doch das hatte der Zufall ja bereits großartig besorgt. Cooper brauchte nur noch Su-su anzurufen und ihr zu sagen, daß er sie an diesem und voraussichtlich auch an den nächsten Abenden nicht treffen könne, weil er Verwandtenbesuch erwarte, um den er sich kümmern müsse.

»Und warum haben Sie heute keine Zeit?« fragte sie ihn mit trauriger Stimme, als er sie am Spätnachmittag anrief.

»Weil ich schon jetzt nach Hause fahren muß, um ein Telefongespräch mit Kuala Lumpur zu führen. Bis eine solche Verbindung hergestellt ist, vergehen oft Stunden.«

»Schade«, erwiderte sie tonlos. »Und ich hatte mich gestern dazu durchgerungen, Ihnen Antwort auf Ihre Frage bezüglich meines Freundes zu geben.«

Sein Herz klopfte unwillkürlich schneller. Wollte sie ihm reinen Wein einschenken? Sich nur keinen Illusionen hingeben, sagte er sich. Außerdem interessierten ihn im Augenblick ganz andere Dinge. »Darüber können wir morgen sprechen«, entgegnete er zerfahren.

»Morgen?« fragte Su-su hoffnungsvoll. »Eben sagten Sie doch, daß Sie in den nächsten Tagen keine Zeit haben.«

»Ja, natürlich!« antwortete Cooper schnell. »Ich bitte um Entschuldigung, aber ich scheine etwas durcheinander zu sein. Kein Wunder nach der furchtbaren Nacht. Das Personal war so liebenswürdig, sich in meinen Räumen zu versammeln und bis zum Morgen Mord und Zeter zu schreien.«

»Aiii-ya!« rief Su-su mit hoher Stimme, um gleich darauf herzhaft zu lachen. »Jetzt wird mir manches klar, und ich habe volles Verständnis für Ihre geistige Indisposition. Ich hoffe nur, daß Sie mich in den nächsten Tagen nicht vergessen.«

»Ganz bestimmt nicht«, entgegnete Cooper und sah im Geiste das von einem blauschwarzen Pagenkopf umrahmte Gesicht Susus vor sich, dessen durchsichtig erscheinende Haut glatt wie Elfenbein war. »Sie können sich sogar darauf verlassen, daß ich Sie täglich anrufen werde. Und wenn ich wieder allein bin, feiern wir unser Wiedersehen mit einem kantonesischen Festessen im ›Tai Tung‹, ›Kwong Chau‹ oder wo immer Sie wollen.«

»Danke«, flüsterte sie erstickt. »Danke, Gordon. Ich bin jetzt sehr froh und warte geduldig, bis Sie kommen. Sie wissen ja: Für eine Frau ist der Mann der Spiegel, in dem sie sich sieht.«

Gordon Cooper atmete erleichtert auf, als die Sonne sich dem Horizont näherte und die kurze Dämmerung ankündigte, die den stets erbarmungslos hellen Hongkonger Tag mit einem wohltuenden Akkord beendet. Unter der Markise sitzend blickte er über die Tai Tam Bay hinweg, und nach mancherlei Überlegungen kam er zu der Auffassung, daß er seit Antritt seiner Reise zwar eine ganze Reihe merkwürdiger Dinge beobachtet und persönlich auch viel erreicht habe, in der Sache selbst aber keinen Schritt weitergekommen sei. Lag es an ihm? Hatte er sich zuviel ablenken lassen; zunächst von Margit, dann von Su-su? Er glaubte es nicht, war vielmehr der Meinung, daß er ohne seinen Flirt mit der intelligenten deutschen Ethnologin nicht jenen Kontakt zu Ivo Sorokin gefunden haben würde, der ihm dessen Vertrauen eingebracht hatte. Und ohne den reizenden chinesischen Schmetterling hätte er niemals erfahren, daß Lo Sung ihn beschatten ließ. Ihm fehlte lediglich jemand, mit dem er alle Möglichkeiten besprechen konnte, und er nahm sich vor, seine Probleme in den nächsten Tagen mit Bill Hawker ausgiebig durchzudiskutieren. Wo aber konnte er mit dem Kameraden zusammen sein, ohne belauscht zu werden? In der Wohnung war der Abhörapparat. Im Wagen begleitete sie der Inder Rajan. In Lokalen waren immer Menschen in der Nähe. Nach der Erfahrung, die er mit Lo Sungs Fähigkeiten im Arrangieren von Zufälligkeiten gemacht hatte, durfte er niemandem trauen. In jedem vor und hinter ihm gehenden Menschen mußte er einen Lauscher vermuten. Nur einen Platz gab es, der ihm sicher zu sein schien: der voll überblickbare hintere Teil des Gartens.

Die schrille Glocke des Telefons riß Cooper aus seinen Gedanken und ließ ihn in den Arbeitsraum eilen, dessen Abhöranlage, wie er vermutete, nun eingeschaltet wurde.

»Hier kommt Ihr Gespräch nach Kuala Lumpur«, meldete ihm eine Telefonistin.

Gordon Cooper rief seinen Namen in die Sprechmuschel. »Das ist aber eine Überraschung«, antwortete ihm Ivo Sorokins sonore Stimme. »Wie geht es Ihnen? Haben Sie sich gut eingelebt?«

»Ausgezeichnet, Sir.«

»Ich habe Ihnen doch gesagt, daß Sie sich den ›Sir‹ schenken sollen«, fiel Sorokin unwillig ein. »Im übrigen ist es seltsam, daß Sie mich gerade jetzt anrufen. Eben noch habe ich mit Miß Holstein über Sie gesprochen. Ich brauche Sie dringend, Gordon, und ich möchte Sie bitten, so bald wie möglich hierherzukommen.«

»Das höre ich nicht ungern«, entgegnete Cooper geschmeichelt. »Im Augenblick würde es mir jedoch schwerfallen, Hongkong zu verlassen, da ich Ihnen nicht unter die Augen treten möchte, ohne zuvor sämtliche Akten durchgeackert zu haben, so daß ich mich über alle Vorgänge mit Ihnen unterhalten kann.«

»Und was nützt mir das?« entgegnete Sorokin unbeherrscht. »Denken Sie lieber an mich! Ich liege hier und starre von morgens bis abends die Decke an . . .«

»Stimmt nicht!« rief Margit Holstein energisch dazwischen. »Wenn ich bei Mister Sorokin bin, und ich leiste ihm mindestens drei Stunden am Tage Gesellschaft, dann schaut er nicht ein einziges Mal zur Decke hoch!«

»Hoppla, Margit, du bist aber ganz schön keß geworden«, erwiderte Cooper lachend.

»Das ist wahrscheinlich die Folge meines permanenten Bemühens, einen störrischen Mann zur Vernunft zu bringen«, antwortete sie ungeniert, fügte aber sogleich hinzu: »Doch Scherz beiseite, Gordon. Du mußt baldmöglichst kommen. Mister Sorokin ist verzweifelt darüber, untätig im Bett liegen zu müssen und nicht dieses und jenes veranlassen zu können. Ich habe schon vorgeschlagen, eine Sekretärin zu engagieren . . .«

»Das kommt überhaupt nicht in Frage!« rief Ivo Sorokin ärgerlich dazwischen und nahm den Hörer wieder an sich. »Ich lasse mir doch nicht in die Karten schauen! Außerdem genügen mir die täglichen Besuche von Mistreß MacDonald. Sie meint es ja gut, ist aber eine Nervensäge. Und eine Klette ist sie obendrein!«

Er ist nicht wiederzuerkennen, dachte Cooper betroffen und erkundigte sich, ob Mistreß MacDonald das Krankenzimmer nach wie vor in ein Blumenmeer verwandle.

»Damit bringt sie mich noch zur Raserei!« erboste sich Sorokin. »Zur Sache also. Wann werden Sie kommen? Mich macht es krank, daß nichts geschieht. Präsident Nasser hat seine Position ja soweit ganz gut gefestigt, seine neuen Leute aber haben, wie mir Mister Ah Boon gestern mitteilte, einen Zahlungsaufschub gefordert. Das ist völlig unmöglich. Ich weiß natürlich, was dahintersteckt. Der Besuch von Podgorny und Sacharow! Rußland duldet keine Nebenlieferanten. Man braucht uns nicht mehr und denkt: Wozu jetzt zahlen? Ich habe Mister Ah Boon deshalb klare Anweisungen gegeben. Wie ein Esel lassen wir uns nicht abhalftern. Er verhandelt bereits mit seinen Freunden. Nach dem Sturz von Liu Tschao-tschi befürchte ich jedoch, daß er Schwierigkeiten bekommen wird.«

»Ich verstehe nicht, was Chinas bisheriger Staatspräsident damit zu tun hat«, entgegnete Cooper in der Hoffnung, mehr zu erfahren.

»Können Sie sich das nicht denken?« fuhr ihn Sorokin kratzbürstig an. »Liu war mit dem Fettwanst Sung-Fei-tjing befreundet, der als einziger chinesischer Kapitalist großen Einfluß auf die ›Bank of China‹ hat. Hatte, werde ich nun wohl sagen müssen. Ich mache mir Sorgen und muß viele Dinge mit Ihnen besprechen. Sie wissen doch, daß ich bewegungsunfähig bin«, fügte er wehleidig hinzu. »Nichts, aber auch gar nichts hat sich bei mir geändert. Wenn ich gelähmt bleibe ...«

»Das werden Sie nicht!« unterbrach ihn Gordon Cooper mit Nachdruck. »Professor Crabb erklärte mir vor meiner Abreise, daß es keinen Hinweis gibt, der eine solche Annahme rechtfertigt.«

»Ich weiß«, erwiderte Sorokin müde. »Professor Jamson, der als die bedeutendste Kapazität auf dem Gebiet der Laminektomie gilt und auf meine Bitte hin von London hierherkam, um mich zu untersuchen, ist der gleichen Auffassung wie Professor Crabb. Man gibt mir eine Chance, mehr aber nicht.«

»Dann glauben Sie an Ihre Chance«, entgegnete Cooper und dachte das gleiche, was Sorokin im nächsten Moment erwiderte.

»Das ist leichter gesagt als getan.«

»Gewiß. Und dennoch ...«

»Wann werden Sie kommen?« unterbrach Sorokin ihn abrupt.

»Ich möchte annehmen, daß ich in vierzehn Tagen mein Pensum erledigt habe.«

»So lange kann ich nicht warten«, erregte sich Sorokin. »Ich will heraus aus dem Krankenhaus. Sie müssen mir hier ein geeignetes Haus suchen. Erforderliches Pflegepersonal wird Professor Crabb zur Verfügung stellen. Wenn ich nur die getünchten Wände nicht mehr sehen muß! Auch ist der Weg für Miß Holstein viel zu weit.«

»Well«, erwiderte Cooper. »Ich werde alles daransetzen, in spätestens einer Woche bei Ihnen zu sein.«

»Allerspätestens!« betonte Sorokin. »Und nun nennen Sie mir den Grund Ihres Anrufes.«

Für Cooper war es peinlich, nach dem von Sorgen und Zweifeln erfüllten Gespräch plötzlich vom Besuch eines Verwandten reden zu sollen. Seine Gesichtsnarbe wurde flammend rot. »Ich wollte mich nach Ihrem Befinden erkundigen und Sie bei der Gelegenheit fragen, ob ich den Bruder meines Schwagers, der morgen für zwei oder drei Tage nach Hongkong kommt, in Stanley unterbringen darf. Über Tag kann ich mich im Augenblick nicht um ihn kümmern«, fügte er in seiner Verlegenheit wie ein Schuljunge hinzu. »Ich bin dann wenigstens am Abend mit ihm zusammen.«

»Er kann selbstverständlich in meinem Haus wohnen«, antwortete Sorokin nach kurzer Pause. »Ich bitte aber darum, mich nicht nochmals wegen einer solchen Lappalie anzurufen. Guten Abend.« Damit legte er den Hörer auf.

Als Gordon Cooper am nächsten Tag zum Flughafen fuhr, um seinen Kollegen Bill Hawker abzuholen, saß ihm das Gespräch mit Ivo Sorokin noch in den Knochen. Immer wieder mußte er an ihn und an Margit Holstein denken, bis er sich beschwor, die Durchführung der ihm gestellten Aufgabe nicht durch Gefühlsduseleien zu gefährden. Nach Erreichen von Kai Tak begab er sich zur Ankunftstelle der Passagiere, wo er nicht lange zu warten brauchte, bis ein Lautsprecher die Landung der aus Bangkok kommenden Maschine meldete. Bald darauf erschien dann auch eine Kette von Menschen, die durch schmale und von Glaswänden begrenzte Wege zur Gesundheits-, Paß- und Gepäckkontrolle geschleust wurde.

»Hallo, Gordon!« rief ihm der strohblonde Bill Hawker schon von weitem zu und ließ seine Arme übermütig kreisen. »Schön, dich zu sehen, alter Junge!«

»Flegel!« gab Cooper drohend zurück. »In China begrüßt man ältere Verwandte mit Ehrfurcht und in Ehrerbietung!«

Beide lachten und übten sich in Geduld, bis es soweit war, daß sie sich die Hände schütteln konnten.

»Das war ja eine tolle Überraschung«, sagte Gordon Cooper, als er seinen ›Verwandten‹ umarmte, um ihm heimlich zuzuflüstern: »Auch im Freien vorsichtig sein!«

»Okay!« grunzte Hawker zurück und klopfte Cooper auf die Schulter. »Für mich war die Überraschung nicht minder groß. Es ist schon ein einmaliges Gefühl, im Lotto zu gewinnen.«

»Quatsch nicht so dumm«, zischte Cooper und drängte seinen Begleiter in einen wenig besuchten Teil der Empfangshalle hinein. »Die Zentrale scheint ja viel Geld übrig zu haben.«

»Wieso?«

»Deine Reise dürfte einiges kosten.«

»Angesichts der nicht mehr zu bändigenden Reiselust unserer Politiker können wir ja schließlich auch mal großzügig sein«, entgegnete Bill Hawker. »Unabhängig davon habe ich einen Auftrag in Bangkok zu erledigen. Phantastisch, sage ich dir!«

»Mich interessieren deine hiesigen Pläne!«

Hawker legte seine Hände über Kreuz. »Heute in drei Tagen.«

Cooper kniff die Lider zusammen. »Du . . .?«

»Warum nicht? Ist doch mal ganz was anderes.«

»Allerdings. Ich begreife nur nicht . . .« Cooper griff sich an die Nase. »Moment, bei mir dämmert's. Das ist ja eine großartige Idee! Hat der Alte sie ausgeheckt?«

»Ich hatte den Geistesblitz, mein liebes Schwippschwägerlein!«

»Gratuliere!« erwiderte Cooper und blickte prüfend hinter sich. »Dann hast du dir die Reise redlich verdient.«

Bill Hawker grinste.

Gordon Cooper stieß eine der ins Freie führenden Türen auf. »Schluß mit dem Thema. Garantiert ohne Mithörer können wir uns nur im Garten unserer Behausung unterhalten.«

Hawker puffte ihn in die Seite. »Alice läßt dir herzliche Grüße bestellen. Dein Glück hat sie richtig neidisch gemacht.«

Cooper lachte. »Geht es ihr gut?«

»Mäßig. Im Augenblick hat sie allerhand Sorgen. Ich erzähle dir später von ihr.«

In ähnlicher und völlig unverfänglicher Weise unterhielten sich die beiden während der Fahrt nach Stanley, die Cooper so anlegte, daß Bill Hawker möglichst viel zu sehen bekam.

»Ich bin in einer tollen Stimmung«, unterbrach dieser Cooper, als sie an den Villen der Deep Water Bay vorbeifuhren. »Wir müssen heute abend unbedingt in die Suzie-Wong-Bar gehen. Smithy hat mir davon erzählt. In der Nähe soll es auch einen Ballroom mit schicken Tanz-Hostessen geben. Aber wem erzähle ich das! Du bist wahrscheinlich jeden zweiten Abend dort, was?«

»Fast jeden Abend«, antwortete Cooper ohne mit der Wimper zu zucken. »So etwas kann man sich doch nicht entgehen lassen.«

Bill Hawker rutschte näher an Gordon Cooper heran. »Gibt's da kesse Frauen?«

»In jeder Kragenweite und Altersklasse.«

Hawker stutzte. »Kragenweite und Altersklasse ist doch ziemlich dasselbe.«

»In Europa!« erwiderte Cooper mit unbewegter Miene. »In Hongkong ist man sehr wählerisch und achtet auch auf den Blutkreislauf, wie man es hier nennt.«

Bill Hawker schluckte, als liefe ihm das Wasser im Mund zusammen. »Und was bezeichnen die Chinesen mit Kragenweite?«

Cooper mußte sich zwingen ernst zu bleiben. »Das Verhältnis von Brust und Taille oder so ähnlich. Genau weiß ich es nicht. Ich wähle immer einfach nach Augenmaß.«

Der Inder Rajan kämpfte mit einem Hustenanfall.

»Und was nennt ihr Blutkreislauf?«

Cooper gab sich einen verwunderten Anschein. »Stellst du dich dumm oder bist du blöd?«

»Nimm letzteres an und kläre mich auf«, erwiderte Bill Hawker gotterbost.

Cooper schüttelte den Kopf. »Was kann es schon sein, nachdem Alter, Brust und Taille nicht mehr in Frage kommen können?«

Hawkers Augen wurden starr. »Ich verstehe. Du meinst die Haarfarbe.«

Gordon Cooper lachte aus vollem Halse. »Da bemühe ich mich, dich auf die Schippe zu nehmen . . .«

»Was dir zu Anfang auch gelungen ist!«

». . . und du legst mich aufs Kreuz!«

»Was in Anbetracht unserer Verwandschaft verständlich sein dürfte.«

Es wurde ein ausgelassener Nachmittag, der nur von einem

längeren, im Garten geführten Informationsgespräch unterbrochen wurde. Danach aßen sie in Aberdeen in einem der Floating-Restaurants, und zum Schluß ließen sie sich von Rajan in die unmittelbar am Hongkonger Hafen gelegene berüchtigte ›Wanchai-Gegend‹ fahren, wo sie eine Reihe von Bars und Nachtklubs besuchten, in denen Bill Hawker voll auf seine Kosten kam. Dabei ging es ihm nicht darum, etwas zu erleben. Er wollte nur einmal mit eigenen Augen sehen, was die Männer aus aller Herren Länder wie ein Magnet anzieht.

Originell fand er ein Lokal, in dem man Melonenkerne knabbert und die Hülsen einfach auf den Boden spuckt. Langweilig mutete ihn das Luk-Know-Hotel an, jenes ehemals aufregende Hafenbordell der Suzie Wong, das im Bestreben, sein Niveau zu heben, im früheren Tanzsaal Teetische aufgestellt hat, die ebenso trist wirken wie die an ihnen sitzenden Suzie Wongs, die sich mit Strickarbeiten beschäftigen und ihre Nadeln erst fortlegen, wenn es wirklich ernst wird. Ekel empfand er in einer der wie Unkraut aus der Erde herausschießenden Hurenkneipen, in deren bierklebrigen Kojen minderjährige Mädchen im Handumdrehen ihr Geld verdienen. Da fühlte er sich im ›Ribbon Dance‹ schon wesentlich wohler, wenngleich ihn das Bild der traditionell gekleideten Chinesinnen, die mit Grazie lange Seidenbänder an kurzen Stöckchen schwingen, angesichts des fragwürdigen Publikums etwas traurig stimmte. Am besten gefiel es ihm in einem Tonocky, einem echten chinesischen Ballsaal, in dem er sich zu Coopers Verwunderung gleich drei Partnerinnen mietete und auf Teufel komm heraus tanzte. Er amüsierte sich köstlich, besonders wenn eine junge, in einen farbenprächtigen Cheongsam gekleidete Sängerin die Kapelle mit hoher Glockenstimme begleitete. Er hätte sich dann jedesmal totlachen können, was ihm viele böse Blicke und schließlich auch erregte Worte einbrachte.

Für Gordon Cooper war dies das Signal, den Abend zu beenden. »Warum hast du bei dem netten Girl eigentlich immer lachen müssen?« fragte er ihn neugierig, als sie das Lokal verließen.

Bill Hawker zuckte die Achseln. »Ich fand ihren Gesang einfach komisch.«

»Sonst geht es dir aber gut?«

»Bei dem hinter mir liegenden Teekonsum kann es kaum anders sein«, antwortete Hawker schlagfertig. »Nicht einen Schluck Alkohol habe ich bekommen.«

»Und bist trotzdem... Aber lassen wir das«, unterbrach sich Cooper. »Ich hoffe, du bist zufrieden.«

»Aber natürlich, Schwippschwägerlein! Dennoch wäre es schön, wenn du mir daheim einen Whisky offerieren könntest.«

»Kann ich. Ich möchte dir aber empfehlen, dich dieserhalb an den Boy Tim zu wenden.«

»Warum?«

»Das wirst du schon sehen.«

Für Gordon Cooper waren die freien Stunden der nächsten beiden Tage eine wahre Erholung. Sein stets zu Späßen aufgelegter junger Kollege tat ihm sichtlich gut und lenkte seine Gedanken einmal völlig fort von dem, was ihn dauernd beschäftigte. Nur wenn er mit ihm im Garten spazierenging, besprachen sie den Fall Sorokin und das, was sich kurz vor Mittag des dritten Tages ereignen sollte, um ohne einen Verdacht zu erregen denjenigen zu ermitteln, der die in Ivo Sorokins Arbeitsraum installierte Abhöranlage bediente.

»Ich neige immer mehr zu der Annahme, daß die Anlage schon vor meiner Zeit eingebaut wurde«, sagte Cooper im letzten Gespräch, das er mit Bill Hawker führte. »Wer sollte schon ein Interesse daran haben, mich zu belauschen? Zumal ich immer allein bin und praktisch nur mit dem Boy spreche.«

»Mister wollen – können!« warf Hawker lachend ein.

»Eben! Besteht nicht vielmehr die Möglichkeit eines Zusammenhanges zwischen den beiden Mordanschlägen und der Geheimanlage?«

Hawker sah seinen Kollegen erstaunt an. »Wie kommst du darauf?«

»Ganz einfach. Ihr teiltet mir nach Genua mit, daß der Chinese Lim Swee Long, den ihr überprüftet, weil euch auffiel, daß er erst fünf Tage vor Auslaufen der ›Bayern‹ von Hongkong nach London flog, seine Passage beim hiesigen Reisebüro einen Tag nach Ivo Sorokin buchte, nicht wahr?«

»Ja.«

»Dann kann es doch sein, daß derjenige oder die Gruppe, die Sorokin erledigen will, vermittels der Abhöranlage von dessen Buchung erfuhr und daraufhin eine Kabine für Lim Swee Long belegte.«

»Gut kombiniert!« erwiderte Bill Hawker anerkennend.

»Ich bin überhaupt der Meinung, daß wir wesentlich schneller weiterkommen würden, wenn wir den Fall ›British Chinese Ex- and Import Company‹ an Mister Lim aufzäumen könnten«, fuhr Gordon Cooper grüblerisch fort. »Wüßten wir, wer die Attentate inszenierte und warum man Sorokin ins Jenseits befördern wollte, dann sähen wir um vieles klarer. Ich bitte dich deshalb, alles daranzusetzen, diesen verdammten Lim Swee Long ausfindig zu machen. Sein Foto habt ihr ja mit der Kopie des Passes erhalten, den ich euch von Genua schicken ließ.«

Bill Hawker nickte. »Ich werde mein möglichstes tun. Aber wäre es nicht richtiger für dich, mit der hiesigen Außenstelle des Secret Service in Verbindung zu treten?«

»Das werde ich schön bleibenlassen, nachdem ich weiß, daß ich beschattet werde. Lo Sung ist mir zu raffiniert. Du könntest aber veranlassen, daß in Zukunft alle zwischen Ivo Sorokin und Ah Boon geführten Telefongespräche abgehört werden.«

Hawker hob abwehrend die Hände. »Das ist im Augenblick völlig unmöglich. Abhören wird zur Zeit superklein geschrieben.«

»Wegen des blöden ›Daily Express‹-Artikels?«

»Du hast ja keine Ahnung, wie die Sache weitergegangen ist. Harold Wilson hat getobt. Der Oppositionsführer verlangte Untersuchung der Affäre. Ein Weißbuch wurde aufgelegt, und zu guter Letzt hat Oberst Leslie Lohan seinen Abschied genommen.«

»Unglaublich!« entfuhr es Gordon Cooper.

»Das hat mancher gesagt. Aber du wirst dir nun vorstellen können, daß der Alte seine Sorgen hat und nicht bereit sein wird, eine Telefonleitung von Hongkong nach Kuala Lumpur anzuzapfen.«

»Na schön, dann müssen wir vorerst darauf verzichten. Vergiß aber den Herrn Lim nicht! Über ihn kommen wir bestimmt weiter.«

Nach diesem Gespräch fuhren Cooper und Hawker zum Repulse Bay Hotel, wo sie unter den Deckenventilatoren der überdachten Terrasse zu Abend aßen und bis fast Mitternacht sitzen blieben. Dann kehrten sie in Sorokins Bungalow zurück, in dessen Arbeitsraum sie sich absichtlich recht umständlich verabschiedeten.

»Fährst du morgen früh wieder mit in die Stadt?« fragte Gordon Cooper seinen Kollegen.

Der druckste unschlüssig herum. »Ach, weißt du, ich würde gerne einmal ausschlafen. Es macht einen doch müde, wenn man dauernd neue Eindrücke aufnimmt.«

»Das ist nur zu natürlich«, entgegnete Cooper. »Bleib also hier.«

»Und wann und wo treffen wir uns?«

»Mir wäre es am liebsten, wenn du um halb zwei bei mir aufkreuzen würdest. Wir machen dann einen kleinen Bummel, und am Nachmittag kannst du weiter irgendeine Tour unternehmen.«

»Okay!« erwiderte Bill Hawker und bewegte seinen Arm, als betätigte er eine Drehorgel. »Und was muß ich tun, um ein Taxi zu bekommen?«

Cooper lachte. »Du klingelst dem Boy und sagst ihm . . .«

»Mister Taxi wollen – können!«

»Du wirst nie ein gepflegtes Chinesisch sprechen«, erklärte ihm Gordon Cooper enttäuscht. »Können, sagt dir Tim, wenn das Taxi vorgefahren ist. Du nur wollen!«

»Raffiniiiert . . .!« flötete Hawker und reichte Cooper die Hand. »Dann bist morgen. Schlaf gut!«

»Ebenfalls!«

Nach diesem der Abhöranlage wegen vorsorglich gespielten Theater trennten sie sich wie Jungen, die über den Bürgersteig eine Schnur gespannt haben und darauf warten, daß ein Passant darüber stolpert. Dabei war das von Bill Hawker ausgedachte Unternehmen überhaupt nicht aufregend. Cooper sollte lediglich bemüht sein, sich am nächsten Tag kurz vor zwölf Uhr im Arbeitsraum von Ah Boon aufzuhalten, und er hatte sogar das Glück, dort auch Lo Sung anzutreffen, als er Sorokins Kompagnon wenige Minuten vor der verabredeten Zeit mit einer Akte in der Hand aufsuchte. Ah Boons Neffe wollte sich sogleich entfernen, doch Cooper hielt ihn mit der Frage zurück: »Was sagen Sie zu den elektro-gesteuerten Demonstrationen in Kowloon?«

Lo Sung lachte wie ein Eunuche. »Das war eine großartige Idee.«

»Entschuldigen Sie, wenn ich nicht im Bilde bin«, wandte sich Ah Boon an Gordon Cooper. »Sie sprachen von einer elektro-gesteuerten Demonstration?«

»Ich bezeichne sie so, weil sich die Demonstranten bei den gestrigen Unruhen vermittels der Leuchtreklame eines Kaufhauses unmißverständliche Zeichen gegeben haben. Brannten die Neonlichter, dann hieß das: Ihr könnt Amok laufen und die Busse anzünden; die Polizei ist weit entfernt. Erstrahlten und erloschen die Lichtröhren in unregelmäßigen Abständen wie bei einem Wackelkontakt, dann war das eine Vorwarnung, die besagte: Polizei rückt heran. Wurde die Leuchtreklame völlig abgeschaltet, kam das dem Befehl gleich, jede Aktion zu beenden und im Gewirr der Nebenstraßen zu verschwinden.«

Die winzigen Augen Ah Boons funkelten. »Fabelhaft! Großartig!«

»Sie sympathisieren mit Demonstranten, die wahllos Straßenpassanten niederknüppeln?« fragte Cooper verständnislos.

»Natürlich nicht!« entgegnete Ah Boon mit vorwurfsvoller Miene. »Wie käme ich dazu. Aber die Idee, sich vermittels der Leuchtreklame eines Kaufhauses zu verständigen, ist doch wirklich originell. Im übrigen wage ich zu bezweifeln, daß die Demonstranten wahllos alles niederknüppeln. Zwischen . . .«

Der Telefonsummer ertönte und ließ Ah Boon den Hörer abheben. »Ja, bitte?« meldete er sich mit weicher Stimme. — »Gewiß. Er ist gerade bei mir. Moment, ich übergebe.« Damit reichte er den Hörer zu Cooper hinüber. »Ein Captain Collins möchte Sie sprechen.«

»Collins?« wiederholte Cooper und zuckte die Achseln. »Kenne ich nicht.«

»Er möchte Sie aber sprechen.«

Gordon Cooper übernahm den Hörer und meldete sich.

»Hier Captain Collins von der Hongkonger Stadtpolizei«, antwortete ihm eine etwas schnarrende Stimme. »Ich rufe Sie aus Ihrer Wohnung in Stanley an.«

»Aus dem Haus von Mister Sorokin?«

»Ja. Ich muß Sie leider davon in Kenntnis setzen, daß wir hier soeben Mister Bill Hawker, mit dem Sie verwandt sind, verhaftet haben.«

»Verhaftet?« rief Cooper und spielte den Entsetzten so sehr, daß seine Gesichtsnarbe sich verfärbte. »Aber warum denn?«

Ah Boon und Lo Sung starrten Cooper wie gebannt an.

»Der Bruder Ihres Schwagers wird beschuldigt, einen namhaften Betrag unterschlagen und sich damit auf eine Weltreise begeben zu haben.«

»Ich denke, er hat im Lotto gewonnen.«

»Alles Unsinn. Er ist geständig, und ich möchte Sie bitten, sich hierherzubemühen. Wir sehen uns bedauerlicherweise gezwungen, die Wohnung zu durchsuchen, weil Ihr Verwandter behauptet, außer einer kleinen Summe, die er bei sich trug, über keinerlei Gelder beziehungsweise Travellerschecks zu verfügen. Das kann aber nicht stimmen, denn wie wollte er weiterkommen? Er muß hier etwas versteckt haben.«

»Bitte, warten Sie mit der Haussuchung, bis ich komme«, erwiderte Cooper kurz angebunden. »Ich fahre sofort los.« Damit legte er den Hörer zurück und stöhnte: »Es ist entsetzlich! Der Bruder meines Schwagers hat eine Unterschlagung begangen und wurde soeben in Mister Sorokins Haus verhaftet.«

»Wie schrecklich!« erwiderte Ah Boon sichtlich betroffen.

»Und nun will die Polizei das Haus durchsuchen!« klagte Cooper im Ton eines Verzweifelten weiter.

»Aber warum denn?« fragten Onkel und Neffe wie aus einem Munde.

Cooper erklärte es ihnen und bat Lo Sung, ihn zu begleiten, um bei der Haussuchung zugegen zu sein und das Personal zu beruhigen. Der Chinese war sofort bereit, mitzufahren, und bereits wenige Minuten später raste der Inder Rajan in Richtung Stanley davon.

»Ich kann Ihnen nicht beschreiben, wie scheußlich das Ganze für mich ist«, jammerte Cooper, als sie auf den Mount Davis zufuhren. »Noch heute muß ich Mister Sorokin anrufen und ihn über die Haussuchung informieren. Er wird außer sich sein.«

»Das ich auch glaube«, entgegnete Lo Sung, der während der ganzen Fahrt noch kein Wort gesprochen hatte und einen zerfahrenen Eindruck machte. »Darum Sie versuchen sollten alles, um Polizei zu bewegen, daß keine Haussuchung wird gemacht. Wozu überhaupt? Ich nicht kann verstehen. Ihr Verwandter doch nicht wird verstecken sein Geld in fremdes Haus.«

»Das ist auch meine Meinung«, erwiderte Gordon Cooper, den Verzagten spielend. »Ich werde auf alle Fälle versuchen, den Captain umzustimmen. Die Sache ist zu peinlich für mich.«

Als sie Ivo Sorokins Bungalow erreichten, sahen sie vor dessen Eingang zwei Wagen, mehrere Polizisten und das gesamte Hauspersonal stehen. Bill Hawker saß in einem der Autos und schaute schuldbewußt zu Cooper hinüber, der ihn nicht beachtete und mit Lo Sung auf den Polizeioffizier zuging.

»Captain Collins?« fragte er ihn eisig.

Gordon Cooper nannte seinen Namen und wies auf seinen Begleiter. »Dies ist Mister Lo Sung, ein Neffe des Kompagnons von Mister Sorokin. Ich ersuchte ihn mitzukommen, um das Personal zu beruhigen und mich in meiner dringenden Bitte zu unterstützen, von jeder weiteren Aktion Abstand zu nehmen. Mister Sorokin wird eine Durchsuchung seines Anwesens bestimmt nicht unwidersprochen hinnehmen, und da es höchst unwahrscheinlich ist, daß . . .«

»Ich weiß, worauf Sie hinauswollen«, unterbrach ihn der Polizeihauptmann. »Meine Hände sind jedoch gebunden. Ich habe Weisung, den Ort, an dem Mister Hawker angetroffen wird, einer gewissenhaften Durchsuchung zu unterziehen, falls bei dem Verhafteten keine größeren Geldbeträge gefunden werden, beziehungsweise er nicht erklärt, wo sich die veruntreute Summe befindet. Die Räume des Personals haben wir schon einer Kontrolle unterzogen, die allerdings negativ verlief.«

»Weshalb haben Sie die Personalräume bereits durchsucht?« fragte Cooper streng, wobei er unauffällig zu Lo Sung hinüberblickte, dessen Miene nicht die geringste Regung zeigte.

»Die Antwort liegt auf der Hand«, erwiderte der Captain. »Beim Personal mußte ich schnell handeln, damit niemand die Möglichkeit hatte, etwas fortzuschaffen. Bei den Herrschaftsräumen ist das etwas anderes, da sich nur Mister Hawker in ihnen befand. Ich konnte also warten, und ich bin auch bereit, von einer Durchsuchung Abstand zu nehmen, wenn Ihr Verwandter erklärt, wo sich das restliche Geld befindet. Sprechen Sie mit ihm. Vielleicht ist er Ihnen gegenüber nicht so verstockt. Er sitzt drüben im Wagen.«

Gordon Cooper nagte unschlüssig an seinen Lippen. »Gut«, sagte er schließlich. »Ich werde mit ihm reden. Zuvor habe ich aber noch eine Frage an Sie. Woher wußten Sie, daß Mister Hawker sich hier aufhält?«

»Von der Rotterdamer Polizei, die es von Ihrer Schwester erfahren hatte.«

»Ich verstehe. Herrgott, ich könnte dem Kerl den Hals umdrehen!«

»Reden Sie ihm lieber ins Gewissen«, empfahl ihm der Polizeihauptmann. »Mister Lo Sung ist inzwischen vielleicht so liebenswürdig, dem Personal eine beruhigende Erklärung zu geben und ihm zu versichern, daß wir nur unsere Pflicht getan und niemanden hier verdächtigt haben.«

Das schwammige Gesicht des Chinesen glänzte plötzlich wie

eine Speckschwarte. »Hah, gerne, sehr gerne ich werde beruhigen alle.« Damit eilte er zum Gesinde hinüber.

Cooper stieg indessen zu Bill Hawker in den Wagen und setzte sich so, daß sein Rücken dem Haus zugewandt war. »Nun pack mal aus, Schwippschwägerlein«, begrüßte er seinen Kollegen. »Was hat die Polizei festgestellt?«

»Verbindungsmann ist der Boy Tim. In seinem Schrank befindet sich ein Empfangsgerät mit gekoppelter Tonbandanlage und Bändern bis zu drei Stunden. ›Du gerne Musik?‹ hat ihn der seinen Raum kontrollierende Beamte gefragt, worauf unser bis dahin zitternder Freund strahlend antwortete: ›Ja, Mister, sehr viel mächtig Musik.‹«

»Mit dem Ergebnis habe ich gerechnet«, erwiderte Cooper bedauernd. »Tim ist ja derjenige, der genau weiß, wann man kommt, geht, etcetera.«

»Und wie hat Lo Sung reagiert, als er hörte, daß die Durchsuchung der Personalräume negativ verlief?«

»Nicht ein Gesichtsmuskel hat gezuckt!«

Bill Hawker konnte seine Enttäuschung nicht verbergen. »Verdammter Mist!« fluchte er wütend. »Ich glaube, die Affen hier haben sich alle eisern in der Gewalt. Traue dem Kerl nicht!«

»Das tue ich schon nicht. Mich bedrückt es natürlich ebenso, daß unsere Aktion kein voller Erfolg geworden ist.«

»Werde nicht unverschämt!« erwiderte Hawker grob. »Dank meines Geistesblitzes weißt du jetzt, was du wissen wolltest, ohne daß der geringste Verdacht erweckt wurde. Außerdem besteht noch die Möglichkeit, daß die Polizei einen getarnten Safe findet, in dem beispielsweise eine Liste mit den Namen von Geheimagenten liegen könnte.«

»Daran glaubst du doch selber nicht«, entgegnete Cooper, und er hatte recht damit. Dennoch sollte Hawkers Hoffnung durch einen ganz merkwürdigen Umstand zum Teil in Erfüllung gehen.

Bei der Hausdurchsuchung fielen Captain Collins in Sorokins Bad zwei Klingelknöpfe auf, deren Bedeutung er sich nicht erklären konnte. Der eine war unmittelbar unter einer über dem Waschbecken befindlichen Glasplatte angebracht, und der zweite befand sich neben der Badezimmertür an einer ebenso unsinnigen Stelle, dort nämlich, wo die Tür in ihren Angeln hängt. Das ist ja eigenartig, dachte er und betätigte versuchshalber einmal den einen, dann den anderen Knopf. Ohne Erfolg. Es ging weder ein Licht an, noch erschien jemand vom Personal. Daraufhin klingelte er ›Sturm‹. Wieder geschah nichts. Ein drittes Mal versuchte er sein Glück, wobei er die gut anderthalb Meter auseinanderliegenden Knöpfe, die er gerade noch mit zwei Fingerspitzen erreichen konnte, absichtslos zu gleicher Zeit betätigte. Im selben Moment ertönte ein leises Geräusch, und dann sah er zu seiner Verwunderung, daß sich der über dem Waschbecken angebrachte Spiegel wie eine Tür öffnete und einen schweren Wandsafe freigab.

Nicht schlecht, dachte Captain Collins, als er sich alles genau angesehen hatte und den Spiegel wieder zurückschwenken ließ. Die Spannweite der Arme eines Chinesen reicht nicht aus, um beide Knöpfe zugleich bedienen zu können.

Nachdem er sich noch die Rückseite der Mauer angesehen und festgestellt hatte, daß der relativ große Tresor in einem ›blinden‹ Betonschornstein untergebracht und verankert war, begab er sich zu Gordon Cooper, der mit Lo Sung vor dem Haus stand und alles tat, um einen bedrückten Eindruck zu erwecken. »Ja, meine Herren«, sage er an beide gewandt, »die Aktion ist beendet, und ich kann Ihnen melden, daß wir nichts gefunden haben. Es steht somit zu befürchten, daß der Verhaftete das Geld daheim an einem geheimen Ort versteckt hat.«

Gordon Cooper rieb erregt seine Hände. »Ist es unter den gegebenen Umständen möglich, daß meine Schwester ...« Er unterbrach sich und warf Lo Sung einen bittenden Blick zu. »Würden Sie Verständnis dafür haben, wenn ich eine familiäre Angelegenheit mit dem Captain allein bespreche?«

»Selbstverständlich!« antwortete der Chinese und wollte sich sogleich entfernen.

Cooper hielt ihn zurück. »Nicht Sie, sondern wir gehen ein paar Schritte zur Seite.«

Lo Sung wußte diese Geste zu würdigen, was zur Folge hatte, daß er nicht den geringsten Verdacht schöpfte, als Gordon Cooper mit dem Polizeihauptmann in den Garten ging und sich erkundigte, ob etwas Besonderes festgestellt worden sei.

»Das kann man wohl sagen«, erwiderte der Captain und berichtete von dem Safe und seinem seltsamen ›Sesam öffne dich‹. »Wenn ich mich nicht täusche, ist es ein Tompson-Tresor, den so schnell niemand knacken wird. Sollte sich diese Notwendigkeit jedoch einmal ergeben, dann suchen Sie den Friseursalon des Mandarin Hotels auf, und lassen Sie sich von ›Richard‹ bedienen. Er ist V-Mann, und Sie dürfen ihm mit dem Trinkgeld jede schriftliche Nachricht zustecken.«

»Ausgezeichnet!« entgegnete Cooper erleichtert. »Ich verstehe nur nicht, daß man mir Richard nicht schon früher genannt hat.«

Captain Collins lächelte. »Er wurde erst vor zwei Tagen auf Anweisung von London eingesetzt, um Ihnen ein ›Ausfallstor‹ zu beschaffen. Ich weiß es, weil ich ebenfalls V-Mann bin.«

»Was ich wiederum wußte«, erwiderte Cooper trocken. »Im Notfall hätte ich mich an Sie gewandt.«

»Hoffen wir, daß dieser Fall nicht eintritt.«

»Danke! Und jetzt wollen wir Schluß machen, sonst wird mein schwammiger Chinese noch argwöhnisch.«

Wenige Minuten später fuhr Captain Collins mit seinen Beamten und Bill Hawker, der noch am selben Tage eine Maschine nach Bangkok zu besteigen hatte, in die Stadt zurück, und Gordon Cooper bat Lo Sung, ihm noch eine Weile Gesellschaft zu leisten, da er gleich ein Gespräch nach Kuala Lumpur anmelden wolle, um den Druck loszuwerden, der auf ihm laste, bis er mit Sorokin gesprochen habe.

Der Chinese sagte gerne zu und versuchte, Cooper zu beruhigen. Dieser aber steigerte sich so in seine Rolle hinein, daß er später nicht mehr wußte, ob er sich nachträglich eingeredet oder wirklich vorausgeahnt hatte, was wie ein Gewitter über ihn hereinbrechen sollte. Der erste Blitz zuckte über den Himmel, kaum daß die Verbindung mit Kuala Lumpur hergestellt war.

»Haben Sie wieder Verwandtenbesuch?« fuhr ihn Ivo Sorokin gereizt an.

»No, Sir!« antwortete Cooper und brachte sekundenlang kein weiteres Wort über die Lippen.

»Nun reden Sie schon! Was wollen Sie von mir? Geschäftliche Dinge werden es bestimmt nicht sein. Und mein gesundheitlicher Zustand interessiert Sie ja auch nur am Rande.«

»Das ist nicht wahr, Sir!« brauste Cooper auf. »Was habe ich Ihnen getan, daß Sie mir derartige Dinge unterstellen?«

»Ich, ich . . . Bitte, nennen Sie mir den Grund Ihres Anrufes«, forderte Sorokin ihn in plötzlich ruhigem Tone auf.

Gordon räusperte sich. »Es fällt mir nunmehr sehr schwer, Ihnen sagen zu müssen, was mich bedrückt und veranlaßt, Sie anzurufen. Der Bruder meines Schwagers wurde heute mittag in Ihrem Haus verhaftet. Wegen einer Unterschlagung, die er in Rotterdam beging.«

»Peinliche Geschichte«, erwiderte Sorokin eisig. »Doch was geht sie mich an?«

Cooper war es, als hinge das Schwert des Damokles über ihm. »Die Verhaftung wurde in Ihrem Haus vorgenommen, das anschließend von der Polizei durchsucht wurde, weil . . .«

»Mein Haus wurde durchsucht?« schrie Sorokin auf und war in der nächsten Minute nicht wiederzuerkennen. Er tobte, als habe er den Verstand verloren, bis er mit einem Male ganz leise sprach, so als schleiche er sich an Cooper heran wie eine Katze an eine Maus. »Sind Sie noch da?« fragte er kaum hörbar.

»Ja, Sir!«

»Gut, Sie begeben sich augenblicklich zum Flughafen und fliegen mit der nächsten Maschine nach hier. Ob direkt oder über zehn Zwischenstationen, das ist mir gleichgültig. Ich wünsche Sie auf jeden Fall noch heute zu sehen. Und wenn es Mitternacht werden sollte, verstanden?«

»Aber ich kann doch nicht . . .«

»Dann sind Sie fristlos entlassen!« schrie ihn Sorokin an. »Sie haben die Wahl! Ende!«

Gordon Cooper war wie vor den Kopf geschlagen, doch es blieb ihm nichts anderes übrig, als seine Koffer zu packen und Lo Sung zu bitten, schnellstens bei einem Reisebüro anzurufen und zu versuchen, noch für den Nachmittag einen Flug nach Kuala Lumpur zu buchen. Und er hatte Glück. Er erhielt bei der ›BOAC‹ einen Platz in einer nach Singapore fliegenden Boeing 707, und von dort aus konnte er mit der Abendmaschine der Malaysian Airways nach Kuala Lumpur weiterfliegen.

»Mir schwirrt der Schädel«, sagte er zu Lo Sung, als er mit ihm im Wagen Platz genommen hatte. »Ich habe im Büro nicht einmal die Akten eingeschlossen.«

»Das erledige ich schon für Sie«, beruhigte ihn der Chinese.

Gordon Cooper begriff Ivo Sorokin nicht mehr. Er hatte kein Verständnis für dessen Reagieren, und er fand keine Entschuldigung für ihn, bis er sich vergegenwärtigte, was es heißen muß, von heute auf morgen gelähmt und dabei im Vollbesitz seiner geistigen Kräfte zu sein. Dann aber weilten seine Gedanken nicht mehr bei Sorokin, sondern bei Su-su, die er an diesem Tage noch nicht angerufen hatte. Er hoffte, sie am Flughafen zu sprechen, traf sie jedoch nicht an, da sie gerade mit einem Auftrag in die Stadt geschickt worden war. Er schrieb ihr deshalb einige Zeilen, die er einer ihrer Kolleginnen anvertraute, und dann war es auch schon höchste Zeit für ihn, sich bei der Abfertigungsstelle zu melden.

## 13

Wenn man den Verlauf bestimmter Ereignisse im nachhinein betrachtet, entdeckt man manchmal Zufälligkeiten, die schicksalshaft miteinander verknüpft zu sein scheinen. So war es gewiß ein Zufall, daß Lee Akira und Gordon Cooper, die sich im Flughafenrestaurant von Kuala Lumpur erstmalig gegenüber gesessen hatten, etliche Wochen später fast zur gleichen Stunde wieder der malaysischen Metropole entgegenstrebten. Hinter diesem Zufall aber webte das Schicksal bereits seine ersten Fäden.

Während Gordon Cooper sich in der von Hongkong nach Singapore fliegenden Verkehrsmaschine wie ein passionierter Porschefahrer in einem Omnibus fühlte, genoß Lee Akira das Beschleunigungsvermögen seines Jaguar-Sportwagens, mit dem er von Ipoh nach Kuala Lumpur raste, um in seinem dortigen Verwaltungsbüro die letzte Phase zur Vernichtung von Patrice MacDonald einzuleiten. Er jagte gerade durch eine mit Reis, Zuckerrohr, Kaffee, Tee, Kakao, Tabak, Tapioka und Ananas bebaute fruchtbare Ebene, als er plötzlich ein Mercedes-Kabriolett mit zurückgeschlagenem Verdeck vor sich entdeckte. Sofort setzte er zum ›Angriff‹ an. Nichts machte ihn so nervös wie ein Konkurrent auf der Straße. Je näher er jedoch kam, um so mehr wurde die Geschwindigkeit des vor ihm liegenden Wagens erhöht. Er sah, daß ihn der eine Kopfhaube und dunkle Brille tragende Fahrer im Rückspiegel beobachtete, und da er wußte, daß er sich einem kurvenreichen Streckenabschnitt näherte, an den sich enge Serpentinen anschlossen, setzte er alles daran, das Kabriolett schnellstens zu überholen. Doch immer wenn er bis auf wenige Meter herangerückt war, zwang ihn eine Kurve oder ein jäh auftauchendes Hindernis, den Fuß vom Gashebel zu nehmen. Einige Male wurde er aber auch vom Wagemut und Können des anderen Fahrers, der beachtliche Kurven mit unverminderter Geschwindigkeit durchraste, auf den zweiten Platz verwiesen. Das war ihm noch nicht passiert, und da sich in den Serpentinen ohnehin keine Überholmöglichkeit mehr bot, verlegte er sich auf eine Zermürbungstaktik. Er setzte sich unmittelbar hinter den Mercedes, scherte dann kurz vor Eintritt in eine Kurve plötzlich seitlich aus, als wollte er einen Überraschungsangriff starten, tat aber nichts dergleichen.

Der vor ihm dahinrasende Fahrer ließ sich nicht beirren, sondern leitete ein Abwehrmanöver ein. Ohne den Fuß vom Gashebel zu nehmen, tippte er in unerwarteten Augenblicken gerade so weit auf das Bremspedal, daß die rückwärtigen Warnlichter aufflammten, die Bremse selbst jedoch noch keine Wirkung zeigte. Der Erfolg blieb nicht aus: Lee Akira trat beim Aufleuchten der roten Rücklichter sofort auf die Bremse und fiel zwangsläufig jedesmal um etliche Meter zurück.

Beide Fahrer wußten, daß es Wahnsinn war, was sie machten, keiner aber wollte nachgeben. Zu allem Übel erkannte Lee Akira dann auch noch an einer Haarsträhne, die mehr und mehr aus der Kopfhaube des vor ihm dahinjagenden Fahrers herauswehte, daß er nicht gegen einen Mann, sondern gegen eine Frau ankämpfte. Von diesem Moment an fieberte er wie ein Rennpferd. Er konnte das Ende der Serpentinen kaum noch erwarten, und als es endlich soweit war, daß eine gerade Straße vor ihm lag, da gab er Vollgas und schoß an dem Mercedes vorbei. Dabei schaute er im Augenblick des Überholens wie triumphierend zur Seite und blickte in ein Gesicht, das sich wie Feuer in sein Hirn eingeprägt hatte. Patrice Lawrence, alias MacDonald, jagte neben ihm dahin. Den Bruchteil einer Sekunde war er versucht, die verhaßte Gegnerin in den Graben zu drängen, dann aber siegte die Vernunft in ihm. Zumindest in dieser Hinsicht, denn das Tempo, das er auf der nunmehr freien Strecke anschlug, war halsbrecherisch. Er holte das letzte aus seinem Wagen heraus, um die zwischen sich und Patrice MacDonald liegende Strecke so schnell wie möglich unübersehbar zu machen. Es war, als befürchte er, doch noch etwas Unverantwortliches zu tun.

Die Fahrt aber hinterließ Spuren in seinem Gesicht, über die er selbst erschrak, als er Kuala Lumpur erreichte und sich zufällig im Rückspiegel seines Wagens gewahrte.

Allmächtiger, dachte er erschrocken. So kann ich mich den ›Aasgeiern‹ nicht präsentieren.

Ein Blick auf das Armaturenbrett zeigte ihm, daß er bis zum Beginn der von ihm anberaumten Sitzung noch eine Stunde Zeit hatte. Er fuhr deshalb schnell in das nahe gelegene Hotel Merlin, in dem er ein Apartment unterhielt, nahm ein heißes Bad und zog frische Wäsche an. Dann begab er sich in sein Büro, wo er als erstes seinen Hauptbuchhalter aufsuchte, der ihn strahlend begrüßte.

»Von mir aus kann es losgehen«, sagte ihm der Malaie. »Das Konto bei der ›The Hongkong & Shanghai Banking‹ ist bis auf dreißigtausend Singapore-Dollar abgehoben.«

»Und wo ist das Geld untergebracht?«

Der Hauptbuchhalter wies auf einen in seinem Raum stehenden Tresor.

»Dann sind wir laut Konto also nicht mehr liquide.«

Der Malaie nickte. »Bin gespannt, was Bankdirektor Aidah Rahman sagen wird, wenn ihm die Wechsel präsentiert werden.«

Lee Akira stieß seinen Hauptbuchhalter vor die Brust. »Beschrei es nicht! Noch sind die Papiere nicht an den Mann gebracht.«

»Die Aasgeier werden ihre Hände schon nach ihnen ausstrekken«, beruhigte ihn der Malaie. »Mich brauchst du nur zu rufen, wenn es soweit ist. Ich habe alles vorbereitet.«

»Okay!«

Eine Viertelstunde später empfing Lee Akira sechs Grundstücksbesitzer, denen er bereits manchen Hektar zinnhaltige Erde zu Phantasiepreisen hatte abkaufen müssen. Zwei von ihnen waren Chinesen, die übrigen Malaien. Den jüngeren von ihnen war anzusehen, daß sie ihr Geld für rassige Wagen und attraktive Weiber ausgaben, die älteren hingegen hatten schlaue Augen und machten Gesichter, als müßten sie am Hungertuch nagen.

Lee Akira begrüßte die Versammelten nicht wie jemand, der etwas erreichen will, sondern wie ein Mann, der sich über ein Zusammentreffen mit alten Freunden freut. Nach Austausch der üblichen Höflichkeitsfloskeln erklärte er jedoch in knappen Sätzen, weshalb er die Herren zu sich gebeten hatte.

»Wie Sie wissen, schlossen wir vor Jahresfrist einen Vertrag miteinander ab, bei dem Sie mir das Fell über die Ohren zogen«, begann er etwas burschikos. »Doch, doch, Sie haben mir das Fell über die Ohren gezogen!« bekräftigte er seine Behauptung, als Widerspruch laut wurde. »Aber das war Ihr gutes Recht, wie es das meine war, mir als Äquivalent für Ihre Halsabschneiderei ein preislich festgelegtes und auf zwei Jahre limitiertes Vorkaufsrecht für weitere fünfhundert Hektar auszubedingen.«

»Damit haben Sie uns das Fell über die Ohren gezogen!« krächzte einer der Chinesen. »Die Preise sind in den letzten Wochen so gestiegen, daß wir ruiniert sind, wenn Sie Ihr Verkaufsrecht erst in einem Jahr ausüben.«

»Das dürfte übertrieben sein«, erwiderte Lee Akira, fügte jedoch sogleich hinzu: »Hinsichtlich der Grundstückspreise haben Sie aber nicht ganz unrecht. Und damit sind wir an dem Punkt angelangt, um dessentwillen ich Sie heute zu mir gebeten habe. Im Interesse einer weiteren guten Zusammenarbeit erkläre ich mich bereit, die fünfhundert Hektar sofort zu übernehmen, obwohl ich das Land noch lange nicht benötige. Mein Angebot muß ich allerdings an die Bedingung knüpfen, daß ich Ihnen diesmal anstelle der üblichen Schecks Drei-Monats-Wechsel überreichen darf. Die Belastung wird sonst zu groß für mich.«

»Und wer zahlt die Spesen?« rief ein junger Malaie.

Da Lee Akira Wert darauf legte, daß die Papiere schon in den nächsten Tagen bei der Bank präsentiert wurden, erbot er sich, fünfzig Prozent der Spesen zu übernehmen, und auf dieser Basis einigte man sich so schnell, daß der Hauptbuchhalter mit der Ausstellung der Wechsel beauftragt werden konnte.

Lee Akira hatte einen weiteren Stein zur Vernichtung von Patrice MacDonald ins Rollen gebracht.

Die Sonne warf ihre letzten Strahlen über den Horizont und tauchte die Baumkronen des Dschungels in flammendes Rot, als der Pilot der von Gordon Cooper benutzten Abendmaschine die Gashebel zurücknahm und zur Landung in Kuala Lumpur ansetzte.

Im Gegensatz zum Flug nach Hongkong, den Cooper in all seinen Phasen begierig verfolgt hatte, war der Rückflug für ihn zur Tortur geworden. Ihm graute vor dem Zusammentreffen mit Ivo Sorokin, und da er wußte, daß Margit Holstein sich des Abends zumeist bis neun Uhr bei ihm aufhielt, überlegte er unschlüssig, ob er Sorokin vor oder nach neun Uhr aufsuchen sollte. Wenn er sich beeilte, traf er Margit Holstein noch an, was vorteilhaft sein konnte, ihn unter Umständen aber auch in die peinliche Lage brachte, vor ihr einige Grobheiten hinnehmen zu müssen. Er kam zu keinem rechten Ergebnis, bis er in ein Taxi einstieg und dem Fahrer, ohne es eigentlich zu wollen, den Auftrag erteilte, auf direktem Wege zur Universitätsklinik zu fahren. Was diesen plötzlichen Entschluß herbeiführte, wußte er nicht, er spürte aber, daß im selben Augenblick der Druck von ihm wich, der während des ganzen Fluges wie ein Stein auf ihm gelastet hatte.

Gordon Cooper versuchte vergeblich die Ursache dieses jähen Wandels seiner Gemütsverfassung zu ergründen. Er fühlte sich wie jemand, der nach einer anstrengenden Wanderung seine schweißverklebte Kleidung von sich streift und ein erfrischendes Bad nimmt. War die Luft in Malaysia anders als in Hongkong? Er glaubte es beinahe. Zumindest ließ sich der eigenartige und undefinierbar würzige Geruch der südostasischen Halbinsel nicht mit den Ausdünstungen der britischen Kronkolonie vergleichen.

Es war knapp vor neun Uhr, als Cooper das Krankenhaus erreichte und den Fahrer beauftragte, auf ihn zu warten.

Die Pförtnerin sah ihn kommen und drückte sogleich auf den Türöffner.

»Ist Miß Holstein noch oben?« erkundigte er sich, nachdem er der hübschen Malaiin zur Begrüßung einige Artigkeiten gesagt hatte.

»Trotz Protestes der Nachtschwester!« antwortete sie lachend. »Sie werden übrigens bereits erwartet. Der Chefarzt persönlich gab die Weisung, Sie heute zu jeder Zeit einzulassen.«

»Danke!« erwiderte Gordon Cooper und warf der Pförtnerin einen Handkuß zu. Er konnte das Flirten nun einmal nicht lassen.

Als er wenige Minuten später in Ivo Sorokins Zimmer eintrat, ging ihm Margit Holstein, die neben dem Bett in einem bequemen Sessel gesessen hatte, mit schnellen Schritten entgegen.

»Herzlich willkommen!« begrüßte sie ihn sichtlich bewegt und reichte ihm die Hand.

»Herzlichen Dank!« erwiderte er und blickte besorgt in ihr Gesicht, das schmal geworden war und alle Bräune verloren hatte. Er wollte ihr noch ein paar verbindliche Worte sagen, spürte aber, daß Sorokin ihn durchdringend musterte. »Entschuldige mich«, sagte er ihr deshalb und wandte sich dem Kranken zu, der sich erschreckend verändert hatte. Seine Augen waren eingesunken und lagen in dunklen Höhlen, seine Haut wirkte durchsichtig und schimmerte grün, seine blutlosen Lippen hatten weiße Ränder, und seine Hände schienen nur noch aus Haut und Knochen zu bestehen. Mitleid erfaßte Cooper. Im Bruchteil einer Sekunde wußte er, daß er Sorokin nichts, aber auch gar nichts verübeln durfte. Er hatte vorgehabt, sich provozierend ›Zur Stelle‹ zu melden, nun aber trat er betroffen an das Bett heran und verneigte sich stumm, als Ivo Sorokin ihm weder die Hand reichte noch irgend etwas tat oder sagte, um ihn zu begrüßen.

Margit Holstein schaute ängstlich von einem zum andern, da sie fühlte, daß die Atmosphäre wie mit Elektrizität geladen war.

Gordon Cooper sah es, und er hätte sie am liebsten in die Arme geschlossen. Sorokins Leid macht sie zu seiner Sklavin, schoß es ihm durch den Kopf.

»Nimm Platz«, forderte sie ihn mit warmer Stimme auf. »Hattest du einen guten Flug?«

»Das interessiert jetzt nicht!« wies Sorokin sie ungebührlich zurecht.

»Doch!« erwiderte sie empört. »Wenn Sie es nicht für notwendig erachten, Ihren Gast zu begrüßen, dann übernehme ich die Aufgabe.«

Cooper gewahrte, daß Sorokin wie unter einem Peitschenhieb zusammenzuckte. »Würdest du uns, bitte, für einen Augenblick allein lassen«, wandte er sich an Margit Holstein.

Sein Wunsch schien sie zu verwirren, denn sie schaute ihn ratlos an.

»So oder so ist in ein paar Minuten alles geklärt«, fügte Cooper einer jähen Eingebung folgend hinzu, um Ivo Sorokin unsicher zu machen. Er dachte dabei keineswegs daran, seine Position zu stärken, sondern wünschte lediglich, die Starrheit des Waffenhändlers zu durchbrechen.

»Es ist vielleicht besser, wenn ich mich für heute verabschiede«, erwiderte Margit Holstein nach kurzem Zögern.

»Das würde ich sehr bedauern«, entgegnete Cooper und warf ihr einen bittenden Blick zu. »Was zwischen Mister Sorokin und mir zu bereinigen ist, nimmt nur wenige Minuten in Anspruch.«

»Gut«, erwiderte sie, trat auf den Balkon hinaus und schloß die Tür hinter sich.

Gordon Cooper wandte sich an den Kranken. »Ich stehe Ihnen zur Verfügung, Sir.«

Ivo Sorokins Augen brannten. »Beachtlich, wie Sie das Heft hier in die Hand nehmen.«

»Sie haben mich vertraglich verpflichtet, Ihre Interessen wahrzunehmen«, antwortete Cooper schlagfertig.

Ivo Sorokin fixierte ihn wie einen Gegner.

Das vertrauliche Verhältnis zwischen Margit und mir tut ihm weh, dachte Gordon Cooper. Ich muß mit ihr sprechen. Wenn sie sich schon um ihn kümmert, darf sie sich ihm gegenüber nicht mehr förmlich wie am ersten Tage geben.

Sorokin riß ihn aus seinen Gedanken. »Ich habe Sie hierherbestellt, um einen klaren Bericht über das zu erhalten, was in meinem Haus geschehen ist.«

Cooper strich sich über die Nase. »Ich hoffe, es enttäuscht Sie nicht, wenn der Bericht mit wenigen Worten gegeben ist. Der Bruder meines Schwagers, den ich mit Ihrer gütigen Genehmigung in Ihrem Haus wohnen ließ, wurde heute morgen wegen einer in Rotterdam begangenen Unterschlagung verhaftet.«

»Sie wiederholen sich!« unterbrach Ivo Sorokin ihn zynisch. »Das haben Sie mir bereits am Telefon erzählt.«

Da Cooper spürte, daß er beleidigt werden sollte, war er nahe daran, die Beherrschung zu verlieren. Seinen Auftrag aber durfte er nicht gefährden. »Gut«, erwiderte er gelassen und steckte die Hände in die Hosentaschen, »dann fasse ich mich kürzer. Ich befand mich im Büro, als die Verhaftung vorgenommen wurde. Man rief mich an und erklärte mir, die Wohnung durchsuchen zu müssen, weil anzunehmen sei, daß der Verhaftete Gelder oder Travellerschecks in ihr versteckt habe. Ich verlangte, daß mit der Haussuchung bis zu meinem Eintreffen gewartet werde. Man gab mir diese Zusicherung, und ich fuhr mit Mister Lo Sung, den ich bat, mich zu begleiten, um das Personal zu beruhigen, im Höllentempo nach Stanley. Dennoch waren bei unserer Ankunft die Gesinderäume bereits durchsucht. Erfolglos. Ich versuchte eine Durchsuchung Ihrer Wohnung zu verhindern. Vergeblich. Man hatte sich nach einer gegebenen Anweisung zu richten.«

»Und . . .?« keuchte Sorokin, als Cooper an dieser Stelle absichtlich eine Pause einlegte.

»Man tat, was man tun mußte, erfüllte den Auftrag allem Anschein nach aber mehr pro forma, denn schon nach wenigen Minuten war die Aktion beendet.«

»Es wurde also nichts gefunden?« fragte Sorokin mit allen Anzeichen nervöser Spannung.

»Natürlich nicht«, antwortete Cooper wie selbstverständlich. »Was hätte man auch finden sollen? Vielleicht eine Kiste oder einen Safe mit dem veruntreuten Geld meines betrügerischen Verwandten?«

Ivo Sorokin sah Gordon Cooper durchdringend an. »Das Wort ›Safe‹ haben Sie nicht zufällig benutzt. Heraus mit der Sprache! Was ist damit los? Hat man meinen Geheimtresor entdeckt?«

»Davon ist mir nichts bekannt«, erwiderte Cooper, und er brauchte sich nicht einmal verwundert zu stellen, weil er es wirklich war. Sorokin hatte die absichtliche Benutzung des Wortes erkannt und damit erneut bewiesen, daß er wie ein Computer zu reagieren verstand. Erstaunlicher aber noch war die Tatsache, daß er das Vorhandensein eines Geheimtresors, dessen Auffindung er offensichtlich befürchtet hatte, selbst erwähnte, und Cooper fragte sich unwillkürlich: Ist das nun ein Trick oder ist ihm die Bemerkung nur herausgeflogen?

»Es ist also nichts gefunden worden«, wiederholte Sorokin erleichtert und schloß für einen Augenblick die Augen. »Dann bin ich beruhigt. Ich verwahre in meinem Haus nämlich Dokumente, die etliche Menschen in eine peinliche Lage bringen würden, wenn sie in falsche Hände fielen«, fügte er erklärend hinzu. »Mit meiner beruflichen Tätigkeit haben sie nichts zu tun. Es sind Unterlagen aus einer Zeit, da ich noch die Schulbank drückte. Ich bin gebürtiger Russe, wie Sie wissen. Meine Mutter heiratete ... Ich werde Ihnen das ein anderes Mal erzählen«, unterbrach er sich. »Es ist ganz gut, wenn Sie auch über diese Dinge Bescheid wissen. Aber jetzt sollten wir Miß Margit erst einmal wieder hereinholen.«

»Ein guter Vorschlag«, erwiderte Cooper, der seine Erleichterung über Sorokins Wandel nicht zu verbergen suchte. »Zuvor möchte ich Sie jedoch begrüßen dürfen.«

Über Ivo Sorokins eingefallenes Gesicht glitt ein erlöstes Lächeln. »Ich bin froh, Sie wieder hier zu haben«, entgegnete er und ergriff Coopers Hand wie ein Ertrinkender. »Bitte, nehmen Sie mir meine Unbeherrschtheiten nicht übel, sondern haben Sie den Mut, mich auf sie aufmerksam zu machen. Ich kenne mich selbst nicht mehr. Jede Kontrolle über mich habe ich verloren. Miß Margit gibt sich viel Mühe mit mir, aber manchmal ist es, als würde ich vom Teufel geritten.«

»Mit dem werde ich schon fertig, wenn Sie ihn nicht an Margit heranlassen«, entgegnete Cooper aufmunternd. »Sie sieht blaß aus und sollte ein paar Tage an die See fahren.«

Sorokins Augen leuchteten plötzlich. »Ich wußte, daß alles gut wird, wenn Sie wieder da sind. Holen Sie Miß Margit, und sagen Sie ihr, daß sie für einige Tage ausspannen soll. Sie müssen darauf bestehen, hören Sie!«

Gordon Cooper drückte ihm die Hand und ging auf den Balkon hinaus, wo Margit Holstein sich ängstlich nach ihm umwandte.

»Sei unbesorgt«, sagte er ihr. »Sich mit einem gebildeten Menschen zu streiten ist besser, als kluge Bücher zu lesen.«

»Seit wann beschäftigst du dich mit Tseng-kuang?« fragte sie ihn erstaunt.

Er grinste sie frech an. »Ich wußte gar nicht, daß du Su-su kennst.«

Die Ochsenfrösche quakten gegen das monotone Rezitativ der Zikaden an, als Margit Holstein und Gordon Cooper das Krankenhaus verließen und in das von Cooper zurückgehaltene Taxi einstiegen.

»Kein Wort mehr über Sorokin«, sagte er ihr, als sie Platz genommen hatten. »Ich möchte jetzt etwas über dich hören. Wie geht es dir?«

»Soweit ganz gut«, antwortete sie tapfer, obwohl sie sich erschöpft fühlte. »Ich komme mit meiner Arbeit großartig vorwärts, und so merkwürdig es klingen mag, meine Gespräche mit Mister Sorokin sind mir dabei unentbehrlich. Er kennt Ostasien eben aus eigener Anschauung und nicht nur von der Literatur her. Übrigens, du darfst ihm nichts übelnehmen. Er ist zur Zeit . . .«

»Kein Wort über Sorokin, habe ich gesagt!« unterbrach Gordon Cooper sie energisch. »Da ich genügend Phantasie besitze, um mir vorstellen zu können, wie es in ihm aussehen muß, habe ich das größte Verständnis für ihn. Im Augenblick bist du mir aber näher, und ich muß gestehen, daß du mir nicht gefällst. Du bist total fertig, und deine Blässe ist nicht vornehm, sondern beängstigend. Ich habe deshalb mit Mister Sorokin vereinbart, daß wir dich schnellstens für eine Woche an die See schicken.«

Sie drehte sich spontan zu Cooper hinüber. »Wann hast du mit ihm darüber gesprochen?«

»Als du auf dem Balkon warst!«

»Ich denke, da habt ihr einen Streit ausgefochten.«

»Haben wir auch. Zum Schluß versöhnten wir uns jedoch mit dem Versprechen, etwas für dich zu tun.«

Margit Holstein umarmte Gordon Cooper und gab ihm einen Kuß. »Du bist rührend.«

»Das akzeptiere ich gerne, weil es so schön klingt«, erwiderte er und holte tief Luft. »Aber du solltest nicht nur mir einen Kuß geben.«

Sie schaute ihn betroffen an. »Was willst du damit sagen?«

»Daß es für Ivo Sorokin nicht ganz leicht sein dürfte, zu hören, daß er der Mister und ich der Gordon bin.«

Sie blickte nachdenklich vor sich hin. »Ich habe selbst schon daran gedacht, das Verhältnis etwas aufzulockern, ich befürchte nur, daß er sich dann nichts mehr sagen läßt. Zur Zeit ist das jedoch dringend erforderlich. Er bedarf jetzt nicht des Zuspruches, sondern muß aus seinem Trauma herausgerissen werden.«

»Beschäftigst du dich neuerdings auch mit Psychologie?« fragte Cooper lachend.

Sie schüttelte den Kopf. »Das nicht. Ich habe mich in letzter Zeit aber viel mit der Akupunktur befaßt, dem chinesischen Verfahren zur Heilung von Krankheiten, bei dem goldene, silberne beziehungsweise kupferne Nadeln an genau festgelegten Punkten unter die Haut gestochen werden.«

Gordon Cooper sah sie entsetzt an. »Glaubst du etwa an solchen Hokuspokus?«

»Dumme Fragen sollte man eigentlich dumm beantworten«, entgegnete sie anzüglich. »Für eine Intelligenzbestie ist das natürlich nicht ganz leicht. Ich werde dir deshalb den Hokuspokus mit wenigen Worten erklären, damit du weißt, was mich zu jener Erkenntnis brachte, die dich vermuten läßt, ich beschäftigte mich neuerdings mit Psychologie.«

O je, dachte Cooper betroffen. Er verzichtete aber darauf, Margit Holstein zu widersprechen, sondern hörte sich geduldig an, was sie ihm vortrug.

»Zusammenfassend läßt sich folgendes sagen«, schloß sie ihre zum Teil schwer verständlichen Ausführungen. »Für den Chinesen vereint der Mensch in sich die Kräfte des Himmels und der Erde, und in der Harmonie eines geistig und körperlich gesunden Menschen befinden sich die polaren Kräfte der Welt somit im Gleichgewicht. Nach chinesischer Auffassung deutet deshalb jede Krankheit auf eine Störung der inneren Harmonie hin.«

»Klingt großartig!« erwiderte Gordon Cooper. »Wirklich großartig! Wenn ich mir aber vorstelle, daß solchen Worten goldene, silberne und kupferne Nadeln folgen, dann spreche ich nicht mehr von Hokuspokus, sondern von einer raffiniert verklausulierten Kabbalistik.«

»Was weißt du schon von Lebenskraftzentren, die auf unserer Haut ein Netzwerk von Meridianen projizieren, welche sich sogar mit den Headschen Zonen der modernen Medizin vergleichen lassen«, ereiferte sie sich.

»Nun aber Schluß!« protestierte Cooper energisch. »Wie kann man nur von einem wohl- und ernstgemeinten Urlaubsvorschlag auf Headsche Zonen zu sprechen kommen. Brrr ...!« machte er und schüttelte sich. »Zurück zum Ausgangsthema. Ist es dir möglich, dich zur Zeit frei zu machen?«

»Du meinst wirklich, ich soll einige Tage fortfahren?«

»Unbedingt!«

»Im Moment sind Ferien; es käme somit gut aus. Aber was wird dann mit Mister Sorokin? Er hat sich so an meine Besuche gewöhnt ...«

».. . daß eine Entwöhnungskur Wunder wirken wird«, unterbrach Gordon Cooper Margit Holstein und ergriff ihre Hand. »Du fährst für eine Woche ans Meer und kommst als braunes Rehlein zurück. Was meinst du, welchen Wunsch du dann in Mister Sorokin erweckst? Gleichfalls braun zu werden! Psychologisch mußt du vorgehen! Nicht mit goldenen, silbernen und kupfernen Nadeln.«

Sie drückte seine Hand. »Ich bin froh, daß du wieder da bist.«

Er versuchte den Ausdruck ihres Gesichtes im Schein der vorbeihuschenden Straßenlaternen zu erkennen. »Hast du dich übernommen?«

»Du meinst hinsichtlich des Studiums?«

»Wohl kaum.«

Sie zuckte die Achseln. »Mit Mister Sorokin ist es im Augenblick natürlich sehr schwierig. Seine Untätigkeit und das daraus resultierende ständige Warten auf das Zurückkehren eines Gefühls in die gelähmten Partien seines Körpers zermürbt ihn und bringt sein Hirn in Aufruhr.«

Gordon Cooper gab Margit Holsteins Hand frei, da er sah, daß der Wagen sich dem Federal Hotel näherte. »Ab morgen beschäftige ich unseren Freund so sehr, daß er nicht mehr zum Grübeln kommt.«

Sie lachte hellauf. »Weißt du, was er mir heute sagte? Ab morgen beschäftige ich diesen Cooper, daß ihm Hören und Sehen vergehen wird!«

»Woraus du ersehen magst, daß wir deiner in den nächsten Tagen nicht bedürfen«, erwiderte er auftrumpfend. »Gleich morgen werde ich ein Reisebüro aufsuchen. Rechne also damit, in ein oder zwei Tagen abrauschen zu müssen.«

Sie lächelte still vor sich hin. »Ich werde mich nicht eine Sekunde lang sträuben.«

»Was viel besagen will!« konstatierte er sachlich und wies auf das vor ihnen auftauchende Hotel. »Morgen früh schläfst du dich aus und gehst nicht zur Uni, verstanden?«

»Yes, Sir!«

»Gegen Mittag kommst du ins Krankenhaus. Wir essen dann gemeinsam mit Mister Sorokin.«

»Yes, Sir!«

»Alles Weitere wird sich finden.«

Der Fahrer fuhr vor das Portal, wo ein Boy die Tür des Wagens öffnete.

Margit Holstein gab Gordon Cooper die Hand. »Herzlichen Dank für deine Fürsorge.«

Er machte eine abwehrende Bewegung. »Bringe mich nicht in Verlegenheit.«

»Wenn ich das gewollt hätte, würde ich ein anderes Thema angeschnitten haben«, erwiderte sie mit Schalk in den Augen.

»Nämlich?«

»Wer ist Su-su, würde ich dich dann gefragt haben.«

»Neugierig?«

»Sehr.«

»Ich werde dir gelegentlich von ihr erzählen. Gute Nacht, Margit. Und grüß Patrice von mir.«

Gordon Cooper glaubte eine paradiesische Landschaft zu durchqueren, als er am nächsten Morgen zur Universitätsklinik von Kuala Lumpur fuhr. Die Üppigkeit der Vegetation übertraf bei weitem die der britischen Kronkolonie. Ihre Farben waren von einer Leuchtkraft, die mit dem Himmel zu wetteifern schien.

Die Beschwingtheit des Morgens hatte allem Anschein nach auch auf Ivo Sorokin abgefärbt, denn seine Augen blickten lebhaft und nicht trübe wie am Tage zuvor. Er konnte Coopers Ankunft nicht erwarten und schaute immer wieder auf seine Armbanduhr, weil er wußte, daß sein ›Privatsekretär‹ die Angewohnheit hatte, pünktlich auf die Minute zu erscheinen.

Tatsächlich klopfte es um genau zehn Uhr an die Tür seines Zimmers, und Ivo Sorokin mußte unwillkürlich lachen, als Gordon Cooper in den Raum eintrat und ihm guten Morgen wünschte.

»Mir scheint, Sie haben denselben Taxifahrer«, sagte er, als er ihm die Hand reichte.

»Stimmt!« erwiderte Cooper gut gelaunt. »Der Hotelportier hat ihn heute morgen sofort verständigt. Trotzdem wäre ich beinahe zu spät gekommen, denn ich mußte ja noch beim Reisebüro vorsprechen.«

Ivo Sorokin hob die Augenbrauen. »Sie bilden sich hoffentlich nicht ein, gleich wieder nach Hongkong zurückkehren zu können.«

Gordon Cooper ergriff einen Stuhl und stellte ihn neben das Bett. »Nicht eine Sekunde habe ich mich einer solchen Illusion hingegeben. Ich habe vielmehr ein Quartier für Margit besorgt.«

Sorokins Augen weiteten sich.

»Dabei haben wir mächtig Glück gehabt«, fuhr Cooper geschäftig fort und öffnete seine Aktentasche, der er ein großes Kuvert entnahm. »Normalerweise ist um diese Jahreszeit kein Hotelzimmer mehr zu erhalten, sagte mir der Leiter des Reisebüros. Ich aber habe eins bekommen. Und sogar ein prächtiges. Schauen Sie sich das an. Ist das nicht herrlich?« Damit übergab er einen Hotelprospekt. »Genau das abgebildete Zimmer bekommt Margit. Mit Blick zum Meer. Und der Strand ist sieben Meilen lang. Da wird sie sich prächtig erholen. So gesehen ist es auch ganz gut, daß ich das Zimmer für zehn Tage nehmen mußte. Ich hoffe, Sie sind damit einverstanden?«

Ivo Sorokin erkannte unschwer, daß Cooper sich über ihn hinweggesetzt hatte. »Würden Sie mir zunächst einmal mitteilen, wohin Miß Holstein fahren soll?« fragte er ausweichend.

»Nach Tanjong Bungah, einem reizenden Badeort an der Nordküste von Penang«, antwortete Cooper aufgekratzt. »Sie ist also nur ein paar Stunden von hier entfernt, und ich habe mich vergewissert, daß sie Telefon in ihrem Zimmer hat.«

»Sie scheinen wirklich an alles zu denken«, entgegnete Sorokin innerlich verstimmt.

Gordon Cooper deutete eine Verneigung an. »Das gehört zu meinen Aufgaben und Pflichten.«

»Gewiß«, erwiderte Ivo Sorokin beherrscht. »Aber doch wohl nur in bezug auf Aufträge, die ich erteilt habe.«

Cooper gab sich einen erstaunten Anschein. »War Ihre gestern ausgesprochene Bitte nicht als Auftrag zu verstehen?«

»Doch, doch!« beeilte sich Sorokin zu versichern, wobei er insgeheim Coopers Geschick bewunderte, das ihn zwang, dessen selbstherrliches Vorgehen gutzuheißen. »Ein Lump sind Sie aber dennoch«, fügte er nach einer kurzen Pause hinzu, um zu zeigen, daß er sein Gegenüber durchschaut hatte.

Cooper grinste ihn offen an. »Dann habe ich nur noch zu fragen, ob Margit morgen mit dem Zug oder mit einem Wagen nach Penang fahren soll.«

»Morgen?« fragte Sorokin aufgebracht. »Schon morgen soll sie . . .?«

»Ich mußte mich nach dem Hotelzimmer richten«, antwortete Cooper mit der Miene eines Heiligen. »Außerdem hielt ich es für gut, daß Margit Urlaub macht, während ich hier bin.«

Ivo Sorokin schaute Gordon Cooper mit Augen an, in denen Auflehnung und Anerkennung miteinander kämpften, und dieser Ausdruck dominierte auch während des nachfolgenden Gespräches über geschäftliche Dinge. Er bewunderte Coopers schnelle Auffassungsgabe, erregte sich aber über die unkonventionelle und selbstverständliche Art, mit der dieser alles in die Wege leitete. Dabei hätte er sich gerade hierüber besonders freuen müssen; er konnte es jedoch nicht, weil er die Tüchtigkeit seines Privatsekretärs immer wieder mit dessen Gesundheit in Zusammenhang brachte. Angesichts der Trostlosigkeit der eigenen Lage schmerzte es ihn, zu sehen, mit welchem Elan Gordon Cooper sich darauf vorbereitete, den ihm zufallenden Aufgabenkreis zu übernehmen. Dann wiederum hatte er Augenblicke, in denen er glücklich darüber war, einen so tüchtigen und zuverlässigen Mitarbeiter gefunden zu haben. Doch schon Minuten später konnte Neid und manchmal sogar Mißtrauen in ihm aufsteigen. Er war hin und her gerissen, und es gab ja auch vieles, was an ihm zerrte.

»Ach, ich vergaß ganz, Ihnen zu sagen, daß Mister Ah Boon mir heute morgen eine erfreuliche Mitteilung machte«, unterbrach er Gordon Cooper, als dieser das Gespräch auf den Freudentaumel der Hongkonger Bevölkerung anläßlich der Zündung der ersten chinesischen Wasserstoffbombe brachte. »Peking stellt Kairo das seinerzeit von mir in Vorschlag gebrachte zinslose Darlehen in Höhe von fünfzehn Millionen Dollar zur Verfügung, und die ›British Chinese Ex- and Import Company‹ wird in Höhe dieses Betrages Waffen liefern.«

»Mein Kompliment!« erwiderte Cooper verblüfft. »Das haben Sie wunderbar hinbekommen.«

Über Ivo Sorokins Gesicht huschte ein befriedigtes Lächeln, das jedoch schnell wieder erstarb. »Im Grunde genommen ist es ein Tropfen auf den heißen Stein. Ägypten schuldet uns, wie Sie wissen, den fast zehnfachen Betrag. Aber das macht mir nicht so viel Sorge wie die derzeitige politische Entwicklung in China. Der Gedanke, daß wir das Zyklotron lieferten, macht mich nicht gerade glücklich.«

»Nanu«, staunte Gordon Cooper. »Sie bereuen ein Geschäft?«

Sorokin nagte an seinen farblos gewordenen Lippen. »Bis vor kurzem habe ich keine Reue über dieses Geschäft empfunden. Auch nicht, nachdem die Wasserstoffbombe gezündet worden war. Nachdenklich stimmten mich erst die letzten Nachrichten über die Kulturrevolution, die erkennen lassen, daß es in China Kämpfe gibt, deren Ausgang ungewiß ist.« Er griff zu einer auf seinem Nachttisch liegenden Zeitung. »Im ›Pekinger Volksblatt‹ heißt es unter anderem:

›Wir wollen nicht leugnen, daß sich in den Provinzen Kwangtung und Fukien ein wahres Massaker ausgebreitet hat. Auch wäre es falsch zu verheimlichen, daß unsere Stahlwerke in der Mandschurei durch Schlachten zwischen Rotgardisten, Arbeiterbataillonen und der Armee zur Zeit lahmgelegt sind.‹

Wer, so frage ich mich nach der Lektüre dieses Artikels, wird aus der Kulturrevolution als Sieger hervorgehen? Anders ausgedrückt: Wer wird eines Tages über die Wasserstoffbombe verfügen? Das ist es, was mich plötzlich unruhig macht.«

Wenngleich Gordon Cooper überaus verwundert war, so benutzte er die günstige Gelegenheit doch, um Ivo Sorokin zu fragen, woher er eigentlich perfekt Chinesisch könne.

Der Waffenhändler sah ihn prüfend an. »Haben Sie nicht gewußt, daß ich einige Jahre in China lebte?«

Cooper spürte, daß ihm eine Falle gestellt wurde. »Ja«, antwortete er nach blitzschneller Überlegung. »Mister Ah Boon erzählte es mir.«

»Warum fragen Sie mich dann, woher ich perfekt Chinesisch kann?«

Die Narbe auf Coopers Wange wurde feuerrot. »Wahrscheinlich war es eine Reaktion darauf, daß Sie den chinesischen Artikel während des Lesens gleich übersetzten. Jedenfalls habe ich in dem Augenblick nicht an die Erzählung Ihres Kompagnons gedacht.«

»Tun Sie das jetzt?« drängte Ivo Sorokin weiter.

»Gewiß«, antwortete Gordon Cooper ratlos, weil er nicht wußte, worauf sein Gegenüber hinauswollte.

»Dann bin ich aber sehr erstaunt«, entgegnete Sorokin scharf. »Wenn ich richtig informiert bin, haben Sie Mister Ah Boon das Versprechen gegeben, über seine Plauderei zu schweigen.«

»Das ist richtig«, erwiderte Cooper betroffen und überlegte, warum Ah Boon seinen Kompagnon wohl informiert hatte. Sollte er, Gordon Cooper, zu einer Aussage verleitet werden, die Ivo Sorokin als Lüge erscheinen mußte? »Ja, ich gab das Versprechen«, bestätigte er nochmals, um Zeit zu gewinnen. »Wenn ich es nicht hielt, so einfach, weil ich Sie nicht belügen wollte. Ich hatte zwischen Ah Boon und Ihnen zu wählen, und ich entschied mich für Sie.«

Der bis zu diesem Augenblick angespannt gewesene Gesichtsausdruck Ivo Sorokins löste sich. »Ich beglückwünsche Sie. Großartig, wie Sie sich aus der Zwickmühle befreiten, die mein Kompagnon und ich Ihnen gestellt hatten.«

»Absichtlich?« fragte Cooper verblüfft.

»Ja«, antwortete Sorokin hintergründig lächelnd. »Wir treiben solche Spiele, wenn wir dieses oder jenes feststellen wollen. Doch genug davon. Ich möchte mich nicht weiter darüber äußern.«

Gordon Cooper war es zumute, als hätte sich eine Zentnerlast auf ihn gewälzt. Er, der er Beobachter sein sollte, mußte feststellen, daß er beobachtet wurde. Und auf welch raffinierte Weise! Asien fing an, ihm unheimlich zu werden. Hatte er eben noch geglaubt, Ivo Sorokin mache sich wegen der Entwicklung in China ernstliche Sorge, so fragte er sich nun, ob ihm mit der zum Ausdruck gebrachten Sorge nicht schon wieder ein neues Theater vorgespielt worden sei. Hatte man womöglich herausgefunden, daß er dem Secret Service angehörte?

Nicht nur Gordon Cooper, auch Ivo Sorokin atmete insgeheim auf, als Margit Holstein wie ein rettender Engel in das Krankenzimmer eintrat. Sie trug ein duftiges Kleid, dessen jugendliche Note ausgezeichnet zu ihr paßte.

»Sie hier?« fragte Sorokin voller Verwunderung, da Cooper ihm seine eigenmächtige Einladung zum Mittagessen verschwiegen hatte.

Margit Holstein blickte erstaunt von einem zum anderen. »Sollte ich geträumt haben, zum Lunch hierher gebeten zu sein?«

Ivo Sorokin schaute zu Gordon Cooper hinüber, der geheimnisvoll lächelte. »Warum haben Sie mir nichts davon gesagt?«

Coopers Lächeln wurde zu einem breiten Grinsen. »Weil ich Überraschungsspiele liebe.«

Sekundenlang stutzte Ivo Sorokin, dann aber lachte er aus vollem Halse.

»Darf ich an Ihrer Freude teilnehmen?« erkundigte sich Margit Holstein, die immer noch wie verloren dastand.

Ivo Sorokin reichte ihr die Hand. »Entschuldigen Sie die ungehörige Begrüßung, aber Mister Cooper hatte mich über seine Einladung, die ich selbstverständlich sehr begrüße, leider nicht informiert.«

»Das habe ich mitbekommen«, erwiderte sie trocken. »Auch, daß Gordon Sie überraschen wollte. Nur Ihr Lachen ist mir nicht verständlich.«

Sorokin rieb nervös sein Kinn. »Wie soll ich Ihnen das mit wenigen Worten erklären? Mister Cooper hat mir mit seiner Bemerkung, er liebe Überraschungsspiele, überraschend schnell etwas heimgezahlt. Kann man es so ausdrücken?« wandte er sich an Gordon Cooper.

Der deutete eine Verneigung an. »Man kann, und ich wäre glücklich, wenn ich Ihren Gast nun ebenfalls begrüßen dürfte.«

»Überraschungen am laufenden Band«, stellte Margit Holstein ironisch fest.

»Sie ahnen nicht, wie recht Sie haben«, entgegnete Ivo Sorokin und griff nach dem Prospekt, den Cooper ihm gegeben hatte. »Sie fahren nämlich morgen früh zu einer Zeit, die Sie selber bestimmen wollen, nach Tanjong Bungah, einem reizenden Badeort an der Nordküste von Penang, wo Sie in diesem Hotel«, er überreichte den Prospekt, »zehn Tage lang wohnen werden.«

Über Margit Holsteins Lippen drang ein unterdrückter Freudenschrei. Wie fasziniert starrte sie Ivo Sorokin an, dann beugte sie sich plötzlich über ihn und küßte seinen Mund. »Das ist wirklich eine Überraschung!« jubelte sie glücklich. »Eine himmlische sogar. Ich danke Ihnen ...« Sie unterbrach sich und schüttelte den Kopf. »Nein, damit muß jetzt Schluß sein. Ich danke dir, Ivo. Von ganzem Herzen danke ich dir.« Damit küßte sie ihn erneut.

Ivo Sorokin umklammerte ihre Schultern.

Coopers Gesichtsausdruck bekam mephistohafte Züge. Es war, als triumphiere er über den Lauf der Dinge. Doch dann wurde sichtbar, daß diese Miene nur seinen Schmerz verdeckte.

»Margit!« stammelte Ivo Sorokin beglückt. »Jetzt wird das Warten auf dich schwerer und leichter zugleich. Glücklicherweise achtete unser an alles denkender Freund darauf, daß dein Urlaubszimmer Telefonanschluß hat, so daß wir am Abend immer miteinander plaudern können.«

Margit Holstein wandte sich nach Cooper um und reichte ihm die Hand. »Auch dir meinen Dank!«

»For nothing«, entgegnete er leichthin. »Ich habe mich nur an die Worte gehalten, mit denen Mister Sorokin mich gestern abend beauftragte, dich vom Balkon zurückzuholen. »Sagen Sie Miß Margit, daß sie für einige Tage ausspannen soll‹, erklärte er mir und fügte unmißverständlich hinzu: ›Sie müssen darauf bestehen, hören Sie!‹«

Ivo Sorokin schoß das Blut in den Kopf. Hatte er wirklich so gesprochen?

Margit Holstein sah, daß sich Sorokins Wangen röteten, und sie flehte den Himmel an, ihn gesunden zu lassen.

Gordon Cooper fühlte sich nicht wohl in seiner Haut, denn das an diesem Morgen mit Sorokin geführte Gespräch hatte ihm dessen Gefährlichkeit drastisch vor Augen geführt. Jedes Mittel war ihm nun recht, um sich in das Herz derer einzuschleichen, die Zwickmühlen aufbauten, um sein Verhalten zu beobachten und seine Psyche unter die Lupe zu nehmen. Er war gewarnt und brauchte in Zukunft nur an Ah Boon und dessen treuherzige Erzählung zu denken, wenn es ihm angebracht erschien, eisige Kälte zu entwickeln. Auch wollte er sich an Ah Boons vertrauenerweckendes Gebaren erinnern, wenn er wieder mit Su-su zusammentraf. Er hatte vorgehabt, ihr eine Ansichtskarte zu schicken, nun aber war ihm die Lust vergangen. Wohin er blickte, niemandem durfte er trauen. Eine einzige Ausnahme nur gab es: Margit Holstein. Das Herz schnürte sich ihm zusammen, wenn er sich an die Nacht zurückerinnerte, in der er sie gewonnen und verloren hatte. Wahrscheinlich war er zu rücksichtsvoll gewesen. Bei Su-su dachte er ja ebenfalls nicht an sich selbst.

Margit Holstein stand unmittelbar vor ihm und lachte ihn an. »Wo bist du mit deinen Gedanken?«

»Du wirst es nicht für möglich halten, aber ich beschäftige mich gerade mit dir«, erwiderte er ohne zu zögern. »Mit dir und deiner Reise, die es sicherlich erforderlich macht, daß du noch ein paar Stunden für dich hast, um notwendige Vorbereitungen zu treffen. Ich möchte deshalb vorschlagen, daß wir dich nach dem Lunch bis zum ›Five o'clock tea‹ entlassen, so daß wir«, er wandte sich an Sorokin, »noch ein paar Stunden in Ruhe miteinander sprechen können. Mit etwas Geschick dürfte Margit es ja wohl erreichen, daß Minstreß MacDonald sie hierherbringt und mich abholt, was Ihnen nicht unangenehm und mir bekömmlich sein dürfte.«

»Sie sind ein perfekter Arrangeur«, begeisterte sich Ivo Sorokin. »Nur eins verstehe ich nicht. Was kann an Mistreß MacDonald bekömmlich sein?«

»Ihr Whisky«, antwortete Cooper mit dem nasalen Laut eines hochherrschaftlichen Butlers.

Von diesem Augenblick an wurde nicht mehr über persönliche Dinge gesprochen. Margit Holstein schwärmte von Penang und freute sich auf das Wiedersehen mit der als Blumenparadies geltenden Insel, deren Kern, wie sie sagte, »so gesund ist, daß man dort Leitungswasser trinken und ohne Moskitonetz schlafen kann«.

Wie schon bei manch anderer Gelegenheit, so dauerte es auch

diesmal nicht lange, bis Margit Holstein ein extremes Thema fand. Es klang noch ganz harmlos, als sie beim Essen, das sie mit Gordon Cooper an einem neben Ivo Sorokins Bett aufgestellten Tisch einnahm, auf das malaiische ›Pan‹ zu sprechen kam, das aus der Nuß der Areca-Palme gewonnen und von der einheimischen Bevölkerung zu allen Tageszeiten gekaut wird. Von dieser harmlosen Angewohnheit eine Volte zu den geistigen Niveau-Unterschieden in der östlichen Welt zu schlagen, war für sie ebensowenig ein Problem, wie von einer Betrachtung des Konfuzianismus zu der Ansicht zu gelangen, daß es die Tragik der Amerikaner sei, über ihre Bereitschaft zu materieller Hilfe nicht den Zugang zum wahren Verständnis der anders gelagerten Wesensart der asiatischen Völker zu finden.

»Ja, ja«, stimmte ihr Gordon Cooper lebhaft zu, als es ihm zu viel wurde. »Es ist schlimm, wenn man Kopfschmerzen und keine Tabletten hat.«

»Schlimmer ist es, wenn man denkt, ohne es gelernt zu haben«, entgegnete sie schlagfertig.

»Sorry«, erwiderte Cooper und bleckte die Zähne. »Man lernt es nicht, man muß es haben.«

Margit Holstein nickte anerkennend. »Eins zu null für dich. Die Hongkonger Luft scheint dir gut zu bekommen.«

»Den Eindruck habe ich auch«, pflichtete ihr Sorokin bei. »Aber ist das ein Wunder? Er bewohnt ein Traumhaus, während ich in einem weißen Käfig sitze.«

»Sie sprachen am Telefon davon, daß ich Ihnen hier ein Heim suchen soll«, beeilte sich Gordon Cooper zu erwidern.

»Erfreulich, daß Sie das nicht vergessen haben«, entgegnete der Waffenhändler boshaft.

Cooper wollte ihm Kontra geben, unterließ es jedoch, da er sah, daß Ivo Sorokin sich gequält zwang, etwas Nahrung zu sich zu nehmen.

Es entstand eine Pause, die auch Margit Holstein nicht zu füllen wußte.

»Ich habe Mister Hamilton bereits gebeten, sich für mich zu verwenden«, nahm Sorokin das Gespräch wieder auf, als er mühsam ein Stück Fleisch hinuntergekaut hatte.

»Den Amerikaner David Hamilton?« erkundigte sich Gordon Cooper überrascht.

»Ja. Er besuchte mich einige Tage nach Ihrer Abreise. Inzwischen war er schon ein paarmal hier. Er sprach von einer Dame, die unter Umständen bereit sei, ihr Haus für einige Monate zu vermieten. Reden Sie also mit ihm. Er deutete an, daß er am Spätnachmittag immer im Klubhaus erreicht werden könne.«

Margit Holstein erhob sich, um Sorokin beim Essen behilflich zu sein.

»Ich werde ihn gleich morgen aufsuchen«, entgegnete Cooper, der sich auf eine Begegnung mit dem Amerikaner freute. »Wie kam es zu seinem Besuch?«

Ivo Sorokin zuckte die Achseln. »Ich vermute, er wollte mich nochmals vor der Person warnen, über die er mit Ihnen gesprochen hatte.«

»Das klingt ja direkt geheimnisvoll«, warf Margit Holstein ein.

»Ist es auch«, erwiderte Gordon Cooper mit bewunderungswürdiger Selbstverständlichkeit. »Mister Hamilton, den ich zufällig kennenlernte, informierte mich über die unschöne Vergangenheit einer Person, mit der wir in Verbindung stehen. Ich habe übrigens Mister Ah Boon keine Andeutungen darüber gemacht«, fügte er an Ivo Sorokin gewandt hinzu.

Er ist unerhört geschickt, dachte der gebürtige Russe anerkennend. Ohne zu lügen hat er die Wahrheit in den Hintergrund geredet.

»Und wie gefällt Ihnen Mister Hamilton?« fragte ihn Cooper.

Ivo Sorokin stocherte in seinem Essen herum. »Er ist mir zu laut, zu direkt, zu offen. Nun ja, wenn man mit Waffen gehandelt und sein Schäfchen ins Trockene gebracht hat, ist es leicht, den edlen Herrn zu spielen und von Kriegsgerät nichts mehr wissen zu wollen.«

Daher weht der Wind, dachte Cooper belustigt und entgegnete vorsichtig: »Ganz kann ich Ihnen nicht beipflichten. Mister Hamilton gab seine Tätigkeit aufgrund von Erlebnissen auf, die er im Zweiten Weltkrieg hatte. Er zog die Konsequenz und wurde Mitinhaber einer Zinnmine.«

»In die er ohne sein im Waffenhandel erworbenes Vermögen niemals hätte einsteigen können«, erregte sich Ivo Sorokin. »Lassen Sie mich mit dem Unsinn doch in Ruhe. Sie setzen Margit nur neue Flausen in den Kopf. Jeden zweiten Tag versucht sie, mir einzureden, daß das menschliche Dasein seinen Anfang im Garten Eden genommen hat. Im umfriedeten Garten, so erklärt sie, könne der Mensch sich am ehesten zu einem kleinen Schöpfer entwickeln und sich die Erde untertan machen, ohne natürliche Lebensverhältnisse zu zerstören. Das klingt ja wunderschön, ist aber unrealistisch, weil unsere Lebensverhältnisse insgesamt nicht mehr natürlich sind. Überall werden Völker vergewaltigt, und auf der ganzen Erde gibt es keine bedeutende politische, soziale oder kirchliche Institution, die ernstlich etwas dagegen unternimmt. Lippenbekenntnisse gibt man von sich, sonst nichts. Warum also, so frage ich mich, soll ich Gärtner werden und versuchen, die Natur geistig zu durchdringen, wenn das Ergebnis nur sein kann, daß dann ein anderer meinen Platz einnimmt und sich nichts, aber auch gar nichts auf diesem Planeten ändert. Ob wir es wahrhaben wollen oder nicht, wir stehen noch genau dort, wo der Mensch vor Jahrtausenden gestanden hat.

In der ältesten chinesischen kulturgeschichtlichen Überlieferung heißt es: ›Zur Urzeit kannten die Menschen noch keine sittliche Ordnung. Hungrig suchten sie nach Nahrung, gesättigt warfen sie die Reste fort.‹ Ist das nicht auch heute noch so? Wie kann man da von mir, der ich kein Mönch bin, erwarten, daß ich mich hinter Klostermauern zurückziehe?«

»Bitte, rege dich nicht auf«, unterbrach ihn Margit Holstein besorgt.

»Schon gut«, erwiderte Ivo Sorokin resigniert. »Es ist ja alles so einfach, wenn man auf seinen Beinen steht. So erstaunlich einfach!«

Gordon Cooper sah, daß die eben vor Eifer noch brennend gewesenen Augen Ivo Sorokins plötzlich trübe wurden. »Sie haben recht, wenn Sie uns kritisieren«, stimmte er ihm schnell zu. »Dennoch wird sich Ihr Widerstandsgeist nur im Feuer der Meinungen erhärten. Unabhängig davon bin ich überzeugt, daß sich für Sie alles bessert, wenn Sie erst einmal aus dem Krankenhaus heraus sind und Ihnen ein Rollstuhl zur Verfügung steht, mit dem Sie von einem Raum in den anderen fahren können. Dann ist der Tag nicht mehr fern, an dem ein grundlegender gesundheitlicher Wandel eintreten wird.«

Ivo Sorokin sah ihn wie ein verwundetes Tier an. »Ist das Ihre Überzeugung, oder wollen Sie mich nur trösten?«

»Es ist meine feste Überzeugung«, antwortete Cooper mit Nachdruck. »Ich werde deshalb auch alles daransetzen, schnellstens ein für Sie geeignetes Haus aufzutreiben.«

»Tun Sie das!« bat ihn Sorokin mit wieder lebhaft werdender Stimme. »Ich will hier heraus und . . .« Er unterbrach sich und blickte nachdenklich vor sich hin. »Wie ist das eigentlich bei Privatflugzeugen? Sind die groß genug, um mit einem Rollstuhl in sie hineinfahren zu können?«

»Das ist bei jedem Typ verschieden«, antwortete Cooper wie elektrisiert. »Bei einer zweimotorigen Düsenmaschine, und eine andere käme für Sie wegen der zu überbrückenden weiten Entfernungen nicht in Frage, läßt sich ein Rollstuhl ohne weiteres in die Kabine schieben.«

»Und wie schnell sind solche Apparate?«

»Etwa achthundert Stundenkilometer. Man würde also beispielsweise die Strecke von Kuala Lumpur nach Hongkong in gut drei Stunden zurücklegen.«

Sorokins Augen erhielten ihren brennenden Glanz zurück. »Und was kostet eine Düsenmaschine?«

»Da bin ich überfragt«, antwortete Cooper, dessen Gedanken wild durcheinanderwirbelten. »Ich schätze jedoch, daß man für ein fabrikneues Flugzeug etwa sechshundert- bis neunhunderttausend US-Dollar ausgeben muß.«

Ivo Sorokin knibbelte an seinen rissig gewordenen Lippen. »Sie sagten: fabrikneu. Gibt es auch Düsenmaschinen aus zweiter Hand?«

»Natürlich«, erwiderte Cooper lebhaft, da er Sorokins Überlegung unschwer erriet. »Bei Flugzeugen kann man jedoch nicht hereinfallen wie beispielsweise bei Autos. Sämtliche Teile eines Flugzeuges werden nach einem genau vorgeschriebenen Schema laufend kontrolliert und überholt.«

»Du wirst dir doch jetzt kein Flugzeug anschaffen wollen«, warf Margit Holstein fassungslos ein.

Gordon Cooper mußte sich beherrschen, den Mund zu halten.

»Und warum nicht?« fragte Sorokin, gleich wieder aufgebracht. »Wenn überhaupt, dann habe ich gerade jetzt ein Flugzeug nötig. Ich muß beweglich sein und Verhandlungen führen, die mir niemand abnehmen kann.«

»Ich begreife dich nicht«, erregte sich Margit Holstein. »Wie kannst du an Geschäfte denken, wo es um deine Gesundheit geht.«

»Jawohl, es geht um meine Gesundheit, der eine Krankenhausatmosphäre ebenso abträglich ist wie dein Wunsch, mich zu einem Menschen zu machen, der sein Geld den Armen vor die Füße wirft, um dann als Wanderprediger durch die Lande zu ziehen.«

»Das habe ich nie von dir verlangt«, begehrte sie auf.

»Natürlich nicht«, entgegnete er. »Aber es kommt auf das gleiche hinaus.« Damit wandte er sich an Gordon Cooper. »Sie möchte, daß ich keine Waffen mehr verkaufe und Organisationen wie das ›Rote Kreuz‹, ›Misereor‹ und ›Terre des hommes‹ unterstütze. Da wäre mein Geld schnell zu Ende. Machen wir es also kurz. Ich bin bereit, fünfhunderttausend Dollar für ein Flugzeug auszugeben, das mir die Möglichkeit bietet, auch im gelähmten Zustand wieder aktiv tätig zu sein. Wie und woher Sie die Maschine besorgen, das ist Ihre Angelegenheit.«

Gordon Cooper klopfte das Herz bis zum Halse. Sein kühnster Traum ging in Erfüllung. Im Geiste sah er sich bereits in zehntausend Meter Höhe am Himmel dahinjagen. Schade nur, daß Margit der große Elan fehlte. Cooper ahnte, worauf sie hinaus wollte, er wußte aber auch, daß man ein Rennpferd nicht vor den Pflug spannen darf. Er mußte unbedingt mit Margit sprechen.

Für Gordon Cooper wurde es ein aufregender und anstrengender Tag. Kaum hatte Margit Holstein das Krankenhaus verlassen, um ihre Reisevorbereitungen zu treffen, da stürzte sich Ivo Sorokin so sehr in die Arbeit, daß man hätte meinen können, er fliehe vor sich selber und fürchte sich vor Dingen, die in seinem Privatbereich lagen. Cooper konnte dies nur recht sein, denn intensive Arbeit war ihm lieber als eine an ein Wechselbad erinnernde Atmosphäre. Am Spätnachmittag wurde er dann von Patrice MacDonald mit Beschlag belegt. Damit hatte er jedoch gerechnet, als er Margit Holstein vorschlug, sich von ihrer Gönnerin zum Krankenhaus zurückbringen zu lassen. Er hatte es sich sogar gewünscht, denn er konnte trotz allem, was er über Patrice MacDonalds Vergangenheit wußte, keinen schlechten Menschen in ihr erblicken. Außerdem war sie attraktiv, und in seiner gegenwärtigen Situation fiel es ihm schwer, sein Feuer vor einem jähen Aufflammen zu bewahren. An diesem Abend ging ihm ihr Getue aber auf die Nerven. Sie umschwirrte ihn wie ein nektarbesessenes Kolibriweibchen, und der Ausschnitt ihres Kleides bot ihm eine so verführerische Aussicht, daß seiner Phantasie kein Spielraum mehr verblieb.

Er atmete daher tief durch, als es ihm nach dem sinnlosen Hinunterschütten einiger Whiskys mit Anstand gelang, ihr Apartment zu verlassen.

Sein Hotel aber suchte er nicht auf. Er fühlte sich verpflichtet, noch an diesem Abend mit Margit Holstein zu sprechen, und er nahm deshalb im Vestibül ihres Hotels Platz, in dem das Publikum an Eleganz miteinander wetteiferte. Wenn die europäische Kleidung auch vorherrschte, so gab es doch viele Malaiinnen und Chinesinnen in bunten, flammensprühenden Seidengewändern. Sogar Sultane, die in ihren farbenprächtigen und mit vielen Orden geschmückten orientalischen Uniformen wie Figuren aus Tausendundeiner Nacht aussahen, wanderten würdebewußt umher.

Kurz nach neun Uhr erschien Margit Holstein, die erstaunt aufblickte, als Gordon Cooper plötzlich vor ihr stand.

Er führte sie zu einer freien Sesselgruppe und bedeutete ihr, auf sie gewartet zu haben, um sie zu bitten, künftighin nicht mehr gegen Sorokins Metier und seinen Tätigkeitseifer anzureden, weil sie ihn dadurch nur deprimiere und somit einem möglichen Gesundungsprozeß entgegenarbeite.

Gordon Cooper aber hatte Margit Holstein unterschätzt. Sie erklärte ihm unumwunden, daß er von den Dingen, auf die es bei Ivo Sorokin jetzt ankomme, nicht das geringste verstehe. Wie die meisten seiner Generation, so wisse auch er über Autos, Flugzeuge und Raketen ausgezeichnet Bescheid, von den alten Philosophen und Weisen aber kenne er nicht einmal deren Namen. Es sei deshalb grotesk, wenn er sich ein Urteil darüber erlaube, was einen Gesundungsprozeß fördere beziehungsweise was ihm entgegen arbeite. Er wisse ja nicht einmal etwas von den Lebenskraftzentren des Menschen, nichts vom Lebenskraftprinzip, das aus ›Yang‹ und ›Yin‹, den polaren Mächten des Daseins, resultiere und dem indischen ›Prana‹ entspreche, von dem er hoffentlich schon einiges gehört habe.

»Nein!« entgegnete Cooper aufgebracht. »Prana ist mir unbekannt, und einem Unterricht über polare Mächte des Daseins werde ich mich entziehen. Mich interessiert einzig und allein Mister Sorokin, den du, wie heute mittag deutlich wurde, mit deinen hochgestochenen Ansichten total verrückt machst.«

»Du täuschst dich«, erwiderte sie mit unerwartet ruhiger Stimme. »Gerade der Mensch unserer Tage bedarf zu seinen äußeren Errungenschaften des inneren Gleichgewichts. Ivos nüchterne und kalt berechnende Art entspricht nicht seinem wahren Wesen; das Leben hat ihn verformt, sein inneres Gleichgewicht ist dadurch gestört. Ich habe das bereits gespürt, als wir noch auf dem Schiff waren, und ich werde nicht ruhen, bis er zu sich selbst zurückgefunden hat. Das aber kann er nur, wenn er den Waffenhandel aufgibt.«

»Und Ringelreihen spielt«, ergänzte Cooper zynisch und erhob sich. »Ich glaube, es ist sinnlos, länger auf dich einzureden.«

Margit Holstein stand ebenfalls auf. »Bedeutet das, daß ich einen guten Freund verliere?«

Er schüttelte den Kopf. »Hältst du mich für kindisch?«

Sie hakte sich bei ihm ein. »Du mußt mich bei Ivo gewähren lassen, Gordon. Er ist mein Schicksal. Entweder ich schaffe es, oder wir gehen beide zugrunde.«

»Und was tust du, wenn er den Waffenhandel nicht aufgibt?«

»Er gibt ihn auf«, antwortete sie mit einer Sicherheit, die Cooper den Atem verschlug. »Du darfst nicht vergessen, daß er zur Zeit durch Einöden schreitet, deren Trostlosigkeit unser Vorstellungsvermögen bei weitem übertrifft. Das wird ihn wandeln und ein neues Licht in ihm entzünden. Ich bin nur ein dazwischenliegender Schalter.«

Am nächsten Morgen war Gordon Cooper früher als gewöhnlich auf den Beinen, obwohl er Zeit und Gelegenheit hatte, sich gründlich auszuschlafen, da Ivo Sorokin ihn erst nach dem Lunch erwartete, um noch einige Stunden mit Margit Holstein verbringen zu können. Der Auftrag, sich nach einem geeigneten Reiseflugzeug umzusehen, ließ Cooper keine Ruhe und trieb ihn zum Airport, wo ihm zu seiner Verwunderung niemand eine Auskunft über in Malaya vorhandene Flugzeugvertretungen erteilen konnte. Einen Aero-Club schien es ebenfalls nicht zu geben, und mit dem wenig tröstlichen Hinweis, sich in Singapore-Subang zu erkundigen, fuhr Cooper zum Hotel zurück, dessen Portier er bat, ihn telefonisch mit David Hamilton zu verbinden, den er glücklicherweise zu Hause antraf.

Der Amerikaner erinnerte sich sofort an ihn, und als er hörte, daß Cooper ihn wegen der bereits mit Ivo Sorokin besprochenen Wohnung anrief, bat er um Entschuldigung dafür, daß es ihm noch nicht gelungen sei, in der Angelegenheit eine Entscheidung herbeizuführen.

»Es ist immer wieder dasselbe«, fügte er ärgerlich hinzu. »Auf

Frauen kann man sich nicht verlassen. Ich werde meine Bekannte sofort nochmals anrufen. Sie hält sich zur Zeit in den Cameron Highlands auf. Nun ja, in der Höhe ist es jetzt nicht so heiß, aber der Golfplatz da oben hat nur neun Löcher. Da fange ich gar nicht erst an. Mein Handikap ist sechs, müssen Sie wissen. Sie spielen doch Golf?«

»Freilich«, log Cooper, weil er wußte, daß für einen Golfspieler der Mensch erst beim ›Caddie‹ beginnt, bei dem Jungen, der die Schläger transportiert.

»Well, dann treffen wir uns am besten im Klubhaus. Sagen wir, in einer Stunde. Bis dahin dürfte ich meine Bekannte erreicht haben.«

Gordon Cooper bedankte sich, und da er nichts Besseres zu tun hatte, fuhr er gleich zum Golfplatz hinaus, wo er mit dem Amerikaner beinahe zusammenprallte.

»Fein, daß Sie schon da sind«, begrüßte ihn David Hamilton überrascht und tippte an seinen verbeulten Golfhut. »Ich habe das Glück gehabt, Mistreß O'Brien auf Anhieb zu erwischen. Sie ist die Dame, deren Haus praktisch nur vom Personal bewohnt wird. Ihr Mann ist vor Jahren darin gestorben. Seitdem hat sie Komplexe. Um es kurz zu machen: Mistreß O'Brien ist bereit, ihr Anwesen Mister Sorokin zur Verfügung zu stellen, wenn er das Personal übernimmt.«

»Eine angenehmere Verpflichtung kann ich mir nicht denken«, entgegnete Cooper erfreut.

»Das habe ich ihr auch gesagt.«

»Und wie ist der Preis?«

»Darüber haben wir nicht gesprochen. Das müssen Sie mit ihr ausmachen. Am besten rufen Sie sie heute abend an. Sie wohnt in Brinchang im Cameron Highland Hotel.«

»Darf ich Sie mit einem Drink für Ihre Bemühungen entschädigen?« erwiderte Cooper dankbar.

David Hamilton warf einen Blick auf seine Armbanduhr und schüttelte den Kopf. »Nehmen Sie es mir nicht übel, aber dann wird es mir zu spät. Ich möchte Ihnen schnell noch die Villa zeigen und dem Hausmeister Bescheid sagen.« Damit ging er auf den Wald zu, der das Golffeld begrenzte.

»Liegt das Haus in der Nähe?« erkundigte sich Cooper verwundert.

»Keine drei Minuten von hier entfernt. Wenn Mister Sorokin es mietet, woran ich nicht zweifle, werden wir Nachbarn. War seinerzeit ein tolles Stück Arbeit, bis Mister O'Brien und ich die Genehmigung erhielten, zwei Bungalows an den Rand des Golffeldes zu stellen. Sie werden staunen, wie schön wir es dort haben.«

Der Amerikaner hatte nicht übertrieben. Cooper glaubte, sich einer Filmkulisse zu nähern, als er zwei moderne flache Häuser erblickte, die in einem Abstand von etwa hundert Metern in den Wald hineingebaut waren.

David Hamilton wies auf das zweite Gebäude, von dessen überdachter Terrasse Honolulu-Kletterpflanzen herabhingen. »Das da ist mein Kasten.« Damit schritt er durch den uneingefriedeten Garten der ersten Villa auf eine Gruppe von Malaiinnen zu, die Unkraut jäteten und sich aufrichteten, als sie ihn kommen sahen. »Ist Melor Hoessein da?« rief er ihnen zu.

Die Frauen nickten lebhaft und wiesen auf das Haus.

»Holt ihn! Ich muß ihn sprechen!«

Wie auf ein Kommando schrien die Malaiinnen den Namen des Hausmeisters, der gleich darauf erschien und dienstbeflissen auf den Amerikaner zulief.

»Hören Sie zu, Melor«, sagte ihm David Hamilton. »Mistreß O'Brien hat mich beauftragt, Ihnen zu sagen, daß Sie Mister Cooper das Haus zeigen sollen. Er wird es voraussichtlich für einen Hongkonger Geschäftsmann mieten, der hier im Krankenhaus liegt. Ihr werdet selbstverständlich bleiben. Wahrscheinlich kommt noch eine Krankenschwester hinzu, aber sonst wird sich nichts ändern. Ist das klar?«

»Yes, Sir!« antwortete der Malaie und faltete seine Hände vor der Brust.

David Hamilton stieß Cooper in die Seite. »Machen Sie es sich gemütlich. Den mir offerierten Drink nehme ich um sechs Uhr in der Bar. Bei mir geht's heute um eine Wette. Da möchte ich vorher ein bißchen trainieren.«

»Eine Frage habe ich noch«, erwiderte Gordon Cooper hastig, da der Amerikaner sich umwandte, um zum Klubhaus zurückzukehren. »Wissen Sie zufällig, ob es in Kuala Lumpur eine Flugzeugvertretung gibt?«

»Keinen Schimmer«, antwortete David Hamilton. »Aber rufen Sie Lee Akira an. Das ist der junge Mann, über den ich seinerzeit mit Ihnen sprach. Er besitzt eine Cessna und weiß bestimmt Bescheid.«

## 14

Der Himmel glaste schwefelig, und über den Bergen rings um Kuala Lumpur ballten sich weiße Wolkentürme, als Gordon Cooper zum Hotel zurückfuhr, um sich frische Wäsche anzuziehen. Die Hitze des Tages erreichte ihren Höhepunkt und ließ die Strahlen der Sonne nur noch bleich durch die über der Metropole liegende Dunstglocke fallen.

Dennoch war Cooper in bester Stimmung. Die von ihm besichtigte Villa war für Ivo Sorokin wie geschaffen. Es gab keine Stufen in dem Haus, so daß sich der Kranke im Rollstuhl durch alle Räume bewegen und auch ohne Hilfestellung die Terrasse aufsuchen konnte, die einen weiten Ausblick auf den Golfplatz bot und im Schatten kühler Bambuszweige lag, die wie exotische Blattpflanzen von dicken Stämmen herabhingen.

Die Einrichtung der großzügig angelegten Räume entsprach wahrscheinlich nicht ganz dem Geschmack Ivo Sorokins; sie war aber keinesfalls altmodisch oder gar kitschig. Man spürte das Walten einer Dame, der beim Anblick moderner Möbel ein Schauer über den Rücken läuft. Die Wände waren mit gelben, rosa und silbernen Seidentapeten bespannt, welche das von Markisen gedämpfte, sanft einfallende Licht zart überglänzte. Auf sandfarbenen chinesischen Teppichen waren blaue Sessel gruppiert. Ein oleanderroter Lampenschirm warf gebrochenes Licht auf eine am Boden stehende asiatische Göttin. Kostbare Vasen, Perserbrücken sowie Silberschalen voller Blumen vervollständigten das Interieur in allen Räumen.

Sorokin kann nichts Besseres finden, dachte Gordon Cooper, und er hoffte zuversichtlich, den Waffenhändler bis zur Rückkehr von Margit Holstein in das Haus überführen zu können. Was immer die deutsche Ethnologin auch reden mochte, er war überzeugt davon, daß Freude einen Gesundungsprozeß günstig beeinflußt, und aus diesem Grunde wollte er Ivo Sorokin nahelegen, Margit Holstein von der bevorstehenden Veränderung nichts zu sagen und sie bei ihrer Rückkehr mit einem glanzvollen Empfang zu überraschen. Auch sollte sie dann nicht mehr im Hotel wohnen und nur des Abends erscheinen, sondern die Rolle der Dame des Hauses übernehmen.

Nicht philantropische Regungen waren es, die Cooper dies denken und planen ließen. Ihn drängte vielmehr der ihm vom Secret Service erteilte Auftrag, den er nur in Hongkong lösen konnte. Er mußte alles daransetzen, Ivo Sorokin zufriedenzustellen, so daß dieser ihn nur rief, wenn er ihn unbedingt benötigte. War das Reiseflugzeug erst angeschafft, dann konnte er innerhalb von wenigen Stunden zur Stelle sein.

Der Ankauf des Flugzeuges wurde für Gordon Cooper zum Zentrum seines Denkens. So schnell wie möglich wollte er Lee Akira aufsuchen, und er war verblüfft, als der Portier des Hotels, den er bat, die Telefonnummer des Zinnminenbesitzers zu ermitteln, ihm die Nummer aus dem Kopf nannte.

»Mister Lee besitzt bei uns ein Dauerapartment«, fügte der Portier erklärend hinzu und wies auf ein in der Nähe des Hotels gelegenes Hochhaus. »Dort hat er sein Stadtbüro. Soll ich Sie mit ihm verbinden?«

»Geben Sie mir das Gespräch auf mein Zimmer«, antwortete Cooper, da ihm das Hemd förmlich am Körper klebte.

Wenig später sprach er mit Lee Akiras Sekretärin, die nach seinem Hinweis, es gehe um eine flugtechnische Auskunft, ohne Rückfrage erwiderte: »Dann kommen Sie nur gleich herüber. Wenn es um fliegerische Dinge geht, hat Mister Lee immer Zeit.«

Ein echter Pilot, dachte Cooper angenehm berührt, wechselte seine Wäsche und machte sich auf den Weg. Kurz vor Erreichen des Hochhauses aber geschah etwas Merkwürdiges mit ihm. Er wußte plötzlich, daß er Lee Akira vom Ansehen her kannte, wenngleich er ihn nicht hätte beschreiben können, und er glaubte ebenfalls zu wissen, daß er sich gut mit ihm verstehen würde. Was ihm diese ihn jäh überkommene Gewißheit gab, hätte er nicht zu sagen vermocht. Sein Erlebnis zählte zweifellos zu den vielen Rätseln, die Europäer nicht zu lösen vermögen, Asiaten hingegen mit übersinnlichen Wesen erklären, die sich ihrer Auffassung nach bei entsprechender Aufgeschlossenheit den Menschen nähern.

Gordon Cooper war deshalb nicht sehr erstaunt, als er in den Arbeitsraum des Zinnminenbesitzers geführt wurde und sich dem jungen Japaner gegenüber sah, der im Restaurant des Flughafens von Kuala Lumpur in seiner Nähe gesessen hatte.

Lee Akira reichte ihm die Hand und schaute ihn prüfend an. »Kennen wir uns nicht irgendwoher?«

»Gewiß«, antwortete Cooper. »Aus dem Flughafenrestaurant. Es goß in Strömen, und die Maschine nach Hongkong hatte Startverzögerung.«

Der gar nicht wie ein Unternehmer aussehende Adoptivsohn Lee Kon-kims schlug sich vor die Stirn. »Ja, richtig! Ein Sauwetter war an dem Tag. Ich mußte nach Singapore und von dort zurück nach Ipoh fliegen. Jetzt kann ich mich genau an Sie erinnern. Sie hatten mich irgendwie unter die Lupe genommen.«

»Stimmt«, erwiderte Gordon Cooper in aller Offenheit. »Sie interessierten mich. Außerdem war Ihre Wildlederjacke große Klasse.«

Lee Akira lachte hellauf und ließ zwei Reihen prächtiger Zähne sehen. »Und ich habe mich gefragt, ob Sie wohl Pilot sind.«

»Wie kamen Sie darauf?«

»Keine Ahnung. Wahrscheinlich, weil Sie nicht wie ein Schmetterlingssammler aussehen. Angehörige bestimmter Berufe tragen ihr Vereinsabzeichen gewissermaßen im Gesicht.«

»Da haben Sie recht.«

»Sie sind also Pilot?«

»Unter anderem«, antwortete Cooper zurückhaltend. »Und Sie kurbeln eine Cessna, wie Mister Hamilton mir sagte.«

»Ja, eine hundertzweiundachtzig. Fliegt wie eine alte Großmutter. Ein Reiseflugzeug soll aber ja wie ein Brett in der Luft liegen und bei schlecht gepflasterten Strecken nicht gleich schaukeln. Was haben Sie für Typen geflogen?«

»Hauptsächlich Jäger.«

»Auch den Starfighter?«

Gordon Cooper nickte.

»Mensch!« entflog es Lee Akira, dessen samtschwarze Augen plötzlich wie feurige Kohlen glühten. »Muß doch toll sein, mit so einem Schlitten zum Himmel hinaufzufahren.«

»Ja, das ist schon ein großartiges Gefühl«, stimmte Cooper ihm zu.

»Wenn Sie mal ein paar Runden drehen wollen, können Sie meine Maschine nehmen. Ich habe sie zur Zeit hier in Kuala Lumpur. Sollen wir rausfahren?«

Gordon Cooper blickte auf seine Armbanduhr. »Sehr liebenswürdig von Ihnen, aber leider kann ich Ihr Angebot nicht annehmen, da ich um zwei Uhr im Krankenhaus sein muß. Ich bin Privatsekretär eines Hongkonger Geschäftsmannes, der in Penang verunglückte und eine scheußliche Querschnittslähmung erlitt, die ihn voraussichtlich für lange Zeit bewegungsunfähig macht. Und damit komme ich zum Grund meines Besuches. Ich soll mich nach einem Reiseflugzeug umsehen, das groß genug ist, um mit einem Rollstuhl in die Kabine fahren zu können. In Frage kommt allerdings nur eine Düsenmaschine.«

»Die Sie dann fliegen sollen?« fragte Lee Akira erwartungsvoll.

»Ja.«

»Toll! Sie sind zu beneiden. Ein Düsenflugzeug ist schon lange mein Traum. Aber hier . . .« Er machte eine geldzählende Bewegung. »Das sitzt bei mir nicht drin.«

»Die Maschinen sind ja auch verdammt teuer«, erwiderte Cooper tröstend. »Meine Frage an Sie ist nun, ob es hier eine Flugzeugvertretung gibt, die mir eine geeignete gebrauchte Maschine anbieten könnte. Bis zu fünfhunderttausend US-Dollar darf ich anlegen.«

Lee Akira fuhr sich erregt durch sein wirres Haar. »Warten Sie mal, ich habe dieser Tage . . .« Er unterbrach sich und trat an einen Schrank heran, dem er eine Luftfahrtzeitschrift entnahm. »Ich glaube, in diesem Heft ist es gewesen. Irgendeine Firma hat ein düsenangetriebenes Geschäftsflugzeug zum Verkauf angeboten. Wenn ich mich nicht irre, handelte es sich um den Jet Commander von ›Rockwell-Standard‹.«

»Machen Sie mich nicht schwach«, entgegnete Cooper und trat hinter Lee Akira, der eifrig in seiner Zeitschrift blätterte. »Der Commander wäre genau das richtige. Ich habe ihn geflogen. Phantastisch, sage ich Ihnen.«

»Hier, ich habe mich nicht getäuscht«, rief Lee Akira aufgeregt. »›The Overseas Union Bank‹ bietet einen Jet Commander an. Bisherige Flugzeit der Motoren sowie der Zelle: Zweihundertfünfzig Stunden.«

»Das ist ja nichts!« frohlockte Gordon Cooper.

Lee Akira sah ihn strahlend an. »Wissen Sie, was da los ist? Die Bank hat den Schlitten vorfinanziert und muß ihn verhökern, weil der Käufer sich übernommen hat.« Er blickte erneut auf die Annonce. »Preis nach Vereinbarung. Listenpreis sechshunderttausend. Ich garantiere Ihnen, daß Sie die Maschine für vierhundert bekommen.« Damit drückte er auf einen Knopf seiner Telefon- und Sprechanlage und rief: »Verbinden Sie mich mit ›The Overseas Union Bank‹, Singapore.«

Cooper sah ihn überrascht an. »Sie wollen gleich mit der Bank sprechen?«

»Na klar! Schreiben Sie mir Ihren und den Namen Ihres Chefs auf. Ebenfalls den Namen seiner Firma.«

Gordon Cooper gefiel das Tempo, das Lee Akira vorlegte, er war aber doch einigermaßen sprachlos, als dieser nach Zustandekommen der Verbindung und Durchschaltung zum zuständigen Sachbearbeiter kaltschnäuzig erklärte: »Mein Name ist Gordon Cooper. Ich möchte mich im Auftrage von Mister Sorokin, dem Inhaber der ›British Chinese Ex- and Import Company‹, Hongkong, erkundigen, ob das von Ihnen angebotene Düsenreiseflugzeug noch zum Verkauf ansteht.«

»Ja, gewiß«, antwortete eine unangenehm laute Stimme.

»Und wo befindet sich die Maschine?«

»In Singapore-Subang.«

»Kann sie dort zur Probe geflogen werden?«

»Ja, gewiß. Die Versicherungskosten des Fluges müßten allerdings von Ihnen bezahlt werden. Ebenfalls das Benzin sowie die Start- und Landegebühren.«

»Man merkt, daß man es mit einer Bank zu tun hat«, entgegnete Lee Akira anzüglich. »Aber, okay. Ich übernehme die Kosten, ziehe sie Ihnen im Falle des Zustandekommens eines Kaufvertrages jedoch auf den Cent genau wieder ab. Ist das klar?«

»Ja, gewiß.«

»Und was soll die Maschine kosten?«

»Der Richtpreis lautet vierhundertachtzigtausend.«

»Wait a minute«, erwiderte Lee Akira und wandte sich an Gordon Cooper. »Sollen wir morgen rüberfliegen?«

»Wenn Sie mir schon ein so liebenswürdiges Angebot machen, dann möchte ich übermorgen vorschlagen.«

»Okay!« entgegnete Lee Akira und vereinbarte ein entsprechendes Treffen.

Cooper war gewohnt, schnelle Entschlüsse zu fassen, Lee Akira aber machte ihn atemlos. Er begriff plötzlich, daß David Hamilton seine Anteile an den ›Albion-Tin-Works‹ verkauft hatte und vor den Folgen zitterte, die es haben mußte, wenn der Adoptivsohn Lee Kon-kims erfuhr, daß Patrice MacDonald in Kuala Lumpur weilte.

Ivo Sorokin war wie verwandelt, als ihm Gordon Cooper von der am Golfplatz gelegenen Villa erzählte und ihm den Vorschlag machte, Margit Holstein nichts vom bevorstehenden Umzug zu sagen und sie bei ihrer Rückkehr im neuen Heim zu empfangen. Die Vorstellung, mit Margit Holstein unter einem Dach zu wohnen und sie mehr oder weniger während des ganzen Tages um sich zu haben, belebte ihn so sehr, daß er von nichts anderem mehr sprach. Ja, er verpflichtete sogar schon die beiden Krankenschwestern, die ihn pflegten, obwohl Cooper noch nicht mit Mistreß O'Brien gesprochen hatte, von einer verbindlichen Abmachung also vorerst keine Rede sein konnte. Auch mit dem Orthopäden und dem Masseur der Universitätsklinik traf er bereits Vereinbarungen, und Cooper freute sich zu sehen, wie sehr es Sorokin half, ein greifbares Ziel vor Augen zu haben. Darüber hinaus gab die Möglichkeit des günstigen Erwerbes eines Jet Commanders Ivo Sorokin so starke Impulse, daß er Pläne über Pläne entwickelte, das Gespräch allerdings mehrfach auch auf Lee Akira zurücklenkte, von dem Cooper ihm nach seinem ersten Gespräch mit David Hamilton erzählt hatte, daß er ein Adoptivsohn des Chinesen Lee Kon-kim sei. Sorokin hatte selbst schon einige Male mit dem Gedanken gespielt, einen Jungen zu adoptieren, und die von David Hamilton zum Ausdruck gebrachte Überzeugung, Lee Akira würde seinen Adoptivvater rächen, wenn er erführe, daß Patrice Mac-Donald im Lande sei, hatte ihn stark beeindruckt, weil er wußte, daß um ihn, Ivo Sorokin, niemand eine Träne geweint hätte, wenn er das Opfer eines Mordanschlages geworden wäre.

Ob Cooper sich wohl bedingungslos für mich einsetzen würde, fragte Sorokin sich eben, als seine Gedanken von Patrice MacDonald unterbrochen wurden, die wie gehetzt in das Krankenzimmer eintrat.

»Gentlemen!« stöhnte sie und ließ sich in den neben Sorokins

Bett stehenden Sessel fallen, aus dem Cooper sich erhoben hatte.
»Gentlemen, Sie müssen mir helfen. Ich weiß nicht, was ich tun soll. Man will mich schädigen. Schlimmer noch: ruinieren will man mich! Ich fühle, daß man . . .«

»Aber, aber«, unterbrach Sorokin ihren Redestrom. »Nun mal schön der Reihe nach. Was ist passiert?«

Sie reichte ihm ein Exemplar der ›Straits Times‹. »Lesen Sie den mit dicken Lettern überschriebenen Artikel: Was tut sich in den ›Albion-Tin-Works‹?«

Ivo Sorokin überflog den Bericht und reichte ihn an Gordon Cooper weiter.

»Was sagen Sie dazu?« fragte Patrice MacDonald ungeduldig.

»Verzeihung, Madam, was kann ich schon dazu sagen, daß die ›Albion-Tin-Works‹ der Zinnschmelze in Penang zur Zeit ungewöhnlich wenig Rohmaterial anliefern«, antwortete Sorokin und flunkerte hinzu: »Von den ›Albion-Tin-Works‹ höre ich heute zum erstenmal. Warum regen Sie sich eigentlich so darüber auf?«

Sie fächelte sich Luft zu. »Ich besitze fünfundvierzig Prozent der Aktien dieses Unternehmens.«

Cooper stieß einen Pfiff aus, als erfahre er eine erstaunliche Neuigkeit.

Auch Ivo Sorokin verstellte sich. »Dann ist mir Ihre Besorgnis natürlich verständlich«, entgegnete er mitfühlend. »Dem Zeitungsartikel zufolge ging die Förderung ja wirklich katastrophal zurück. Andererseits erklärt der Leiter des Unternehmens, wie heißt er noch . . .?«

»Lee Akira.«

»Also dieser Mister Lee erklärte der Presse, es bestehe kein Grund zur Sorge, da es sich lediglich um eine vorübergehende und so geringfügige Schwierigkeit handle, daß er nicht einmal einen einzigen Arbeiter entlassen werde.«

»Das ist doch heller Wahnsinn!« empörte sich Patrice MacDonald. »Was wird da für ein Geld vergeudet. Geld von meinem Gelde! Und warum tut Lee Akira das? Nur um seinen Adoptivvater nachzuahmen. Der ging auch lieber mit seinen Arbeitern zugrunde als an vernünftige Dinge zu denken.«

Gordon Cooper konnte sich plötzlich vorstellen, wie Patrice MacDonald früher einmal gewesen sein mochte. »Warum sprechen Sie dann nicht mit Mister Lee?« fragte er unwillkürlich aggressiv. »Wenn Sie über fünfundvierzig Prozent der Aktien verfügen . . .«

»Ich weiß, worauf Sie hinauswollen«, unterbrach sie ihn unbeherrscht. »Aber das geht nicht.«

»Und warum nicht?«

»Das sind private Dinge.«

»Dann ist die Sache natürlich schwierig für uns«, erklärte Ivo Sorokin und fügte mit bedauernder Geste hinzu: »Sie kamen, wie

Sie sagten, um unsere Hilfe zu erbitten. Ich weiß nun nicht, wie wir Ihnen helfen könnten.«

»Indem Sie mir raten, was ich tun soll«, antwortete Patrice MacDonald erregt und zerrte an einem Tuch, das sie ihrer Handtasche entnahm. »Wenn die ›Albion-Tin-Works‹ in Schwierigkeiten geraten, verliere ich mein ganzes Geld.«

»Nun, so schlimm wird es schon nicht werden«, entgegnete Ivo Sorokin. »Ich muß jedoch gestehen, daß es unverzeihlich leichtsinnig von Ihnen war, Ihr Vermögen in ein einziges Unternehmen zu stecken. Noch dazu in eine Zinnmine, die von einem Menschen geführt wird, mit dem Sie sich allem Anschein nach nicht verstehen.«

»Mein Vater war es, der die ›Albion-Tin-Works‹ gründete!« erwiderte sie voller Stolz. »Darum habe ich die Aktien erworben.«

Ivo Sorokin verzog sein Gesicht. »Verzeihung, Madam, aber das ist eine mir völlig unverständliche Gefühlsduselei. Ich kann Ihnen nur raten, verteilen Sie Ihr Vermögen, wenn Sie nicht eines Tages eine scheußliche Ernüchterung erleben wollen. Stoßen Sie zumindest so schnell wie möglich einen Teil Ihrer Zinnaktien ab.«

»Das geht leider nicht«, entgegnete sie mit heiserer Stimme.

»Und warum nicht?«

»Die Papiere sind der ›Hongkong & Shanghai Banking‹ sicherheitsübereignet.«

Ivo Sorokin glaubte nicht richtig zu hören. »Sicherheitsübereignet?« wiederholte er fassungslos.

»Wofür?« fragte Gordon Cooper in seiner Betroffenheit ungeniert.

Patrice MacDonald zerrte so sehr an ihrem Tuch, daß es zerriß. »Mir wurden die Aktien en bloc für drei Millionen Dollar angeboten, mein Mann und ich verfügten aber nur über eins Komma sieben Millionen. Da haben wir bei der Bank einen entsprechenden Kredit aufgenommen . . .«

». . . und mußten das ganze Paket sicherheitsübereignen«, vollendete Sorokin den Satz und schlug die Hände über dem Kopf zusammen. »Du lieber Gott, wie konnten Sie nur so wahnsinnig sein!«

»Das war nicht so verrückt, wie Sie glauben«, begehrte Patrice MacDonald auf. »Die Zinsen, die ich zu entrichten habe, betrugen im letzten Jahr knapp ein Viertel der Summe, die mir als Dividende überwiesen wurde. Von dem mir verbleibenden Rest konnte ich herrlich und in Freuden leben.«

»Ich flehe Sie an: werden Sie vernünftig, Madam! Wie wollen Sie die Zinsen aufbringen, wenn in diesem Jahr keine Dividende ausgeschüttet wird?«

Sie blickte ihm trotzig in die Augen. »Sagen Sie mir lieber, was ich tun soll!«

Ivo Sorokin schürzte die Lippen. »Wenn ich ehrlich bin, kann ich Ihnen nur noch einen Rat erteilen: Beten Sie, Madam! Beten Sie, daß nichts schiefgeht!«

»Der Rat ist gut«, entgegnete Patrice MacDonald mit Haltung, erhob sich, bat um Entschuldigung für die Störung und ließ sich von Gordon Cooper zum Wagen begleiten, wo sie sich von ihm verabschiedete, als sei nichts geschehen. »Sehen wir uns heute abend?«

Cooper war sich nicht schlüssig, da ihn Patrice MacDonalds Bemerkung über Lee Akira und dessen Adoptivvater verstimmt hatte. Er antwortete deshalb ausweichend: »Wenn, dann komme ich bei dir vorbei. Ich muß heute noch Verhandlungen wegen einer Villa führen, die Mister Sorokin mieten möchte, und ich kann nicht sagen, wie lange die Geschichte dauern wird.«

Sie setzte sich in ihr Kabriolett und blickte wehmütig zu ihm hoch. »Du weißt ja, wo ich zu erreichen bin.«

Er empfand plötzlich Mitleid mit ihr und erwiderte, ohne es eigentlich zu wollen: »Auf eine Whiskylänge wird es schon klappen.«

Als Gordon Cooper zu Ivo Sorokin zurückkehrte, sagte ihm dieser gedankenverloren: »Ich habe gerade einige Überlegungen angestellt, die zu einem hochinteressanten Ergebnis führten. Bevor ich aber mit Ihnen darüber spreche, möchte ich ein paar Fragen an Sie stellen. Es ist doch richtig, daß Mister Hamilton Ihnen gegenüber die Befürchtung äußerte, Mister Lee würde sich rächen, wenn er erführe, wer Mistreß MacDonald ist, nicht wahr?«

»Ja.«

»Und dieser Mister Lee befand sich in einer ausgezeichneten Stimmung, als Sie ihn heute sprachen?«

Gordon Cooper nickte. »Das kann man wohl sagen.«

»Von Sorgen keine Spur?«

»Nein.«

»Und er bot sich an, übermorgen mit Ihnen nach Singapore zu fliegen, um den Jet Commander zu besichtigen?«

»So haben wir es verabredet.«

»Verhält sich so ein Mann, dessen Betrieb in Schwierigkeiten geraten ist?«

Sorokins Elektronenhirn ist in Aktion getreten, dachte Gordon Cooper und antwortete, ohne zu zögern: »Natürlich nicht.«

»Das ist auch meine Meinung. Mister Lee aber ist völlig unbesorgt, und es ergibt sich somit die Frage: Was könnte der Grund dafür sein? Spekuliert er auf Baisse? Vielleicht, weil er über Patrice MacDonalds Teilhaberschaft informiert wurde? Ich habe eben durchdacht, was passieren würde, wenn er die Zinnförderung künstlich unterbindet. Die Bank von Mistreß MacDonald würde dann nervös werden, und Sie dürfen mich einen simplen Anfänger schimpfen, wenn Mister Lee nicht auf diesen Augenblick wartet. Ich garantiere Ihnen, daß das für drei Millionen Dollar erworbene Aktienpaket für eins Komma drei Millionen seinen Besitzer wechselt, und ich überlege fieberhaft, wie ich da mitmischen könnte.«

Cooper verschlug es die Stimme. »Sie möchten . . .?«

Ivo Sorokin lebte förmlich auf. Seine Wangen waren durchblutet, und seine Augen besaßen ihren alten Glanz. »Und ob ich möchte! Über anderthalb Millionen sind hier unter Umständen mit einem Federstrich zu verdienen.«

»Und wer wäre der Verlierer?«

»Mistreß MacDonald!«

»Würde Ihnen das nichts ausmachen?«

Ivo Sorokin sah Gordon Cooper verständnislos an. »Im Geschäftsleben darf einen nur das Geschäft und nicht der Partner interessieren. Wäre Mistreß MacDonald in meiner Lage, dann würde sich ihr Denken und Handeln in nichts von dem meinen unterscheiden.«

Cooper rieb sich die Nase. »Möglich, daß Sie recht haben, aber . . .«

»Kein aber!« unterbrach ihn Sorokin. »Wichtig ist jetzt nur, absolute Klarheit darüber zu gewinnen, ob Mister Lee sich wirklich keinerlei Sorgen macht oder ob er nur den Sorglosen spielt. Das herauszufinden ist Ihre Aufgabe. Auf Ihrem gemeinsamen Flug nach Singapore werden Sie genügend Zeit und Gelegenheit haben, ein paar unverfängliche Fragen zu stellen. Ich muß wissen, ob die ›Albion-Tin-Works‹ gesund oder krank sind. Strengen Sie sich also an. Vorsorglich werde ich heute abend schon mit Ah Boon sprechen, damit wir gegebenenfalls blitzschnell handeln können. Die Beteiligung an einer Zinnmine wird ihn sehr interessieren. China braucht für den Export immer mehr Dosen.«

Gordon Cooper lachte hellauf. »Seit wann verteilen Sie die Haut eines Bären, der noch nicht gefangen ist?«

»Das habe ich in der Vorstellung stets getan«, antwortete Ivo Sorokin unbeirrt und griff unter seine Bettdecke. »Schon um zu ergründen, ob sich die geplante Sache auch lohnt. Denn . . .« Er stockte plötzlich und rang nach Luft. Sein Gesicht verzerrte sich. »Gordon!« stöhnte er. »Gordon! Ich . . .« Im nächsten Moment entspannten sich seine Züge. »Großer Gott, ich habe eben etwas gefühlt! Es war, als würde in mein Bein gestochen. Wie ein elektrischer Schlag ging es durch mich. Gordon, ich kann wieder hoffen! Professor Crabb hat immer gesagt . . .«

»Sollen wir ihn verständigen?« unterbrach Cooper ihn in seiner Aufregung.

»Ja! Rufen Sie ihn an. Er soll gleich kommen.«


Den nächsten Tag verbrachte Gordon Cooper von morgens bis abends bei Ivo Sorokin, der sichtlich auflebte, aber auch voller

Nervosität war, weil er dauernd darauf wartete, daß sich in seinem Bein erneut ein Gefühl einstellen würde. Seine Hoffnung ging jedoch nicht in Erfüllung, und es wäre vielleicht ein Trost für ihn gewesen, wenn er ein Telefongespräch hätte belauschen können, das der Bankdirektor der ›Hongkong & Shanghai Banking‹, den Lee Akira vor Wochen im Flughafenrestaurant von Singapore getroffen hatte, mit dem jungen Zinnminenbesitzer führte.

»Ich verlange von dir, daß du mir reinen Wein einschenkst!« schrie Aidah Rahman aufgebracht und fuhr sich mit einem Tuch über die Stirn. »Du hast doch noch nie Wechsel ausgestellt.«

»Wem sagst du das«, erwiderte Lee Akira gelassen und malte Ornamente auf seine Schreibunterlage. »Mir blieb aber nichts anderes übrig, weil ich neue Grundstücke kaufen mußte, für die du mir bekanntlich keinen Kredit gewähren wolltest. Ich habe dir damals nichts verheimlicht, du hattest jedoch kein Verständnis für meine Lage.«

»Und was hast du mir am Schluß erklärt?« erregte sich der Bankdirektor. »Du würdest den Betrieb dann eben nur modernisieren und vorerst keine Felder kaufen.«

»Hör auf, mich anzuschreien!« entgegnete Lee Akira, wobei er verstohlen vor sich hin grinste. »Ich bin immer noch mein eigener Herr und kann tun, was ich will. Wegen einer einmal gemachten Äußerung werde ich doch nicht so verrückt sein, auf einen günstigen Grundstücksankauf zu verzichten, wenn sich mir ein solcher plötzlich bietet.«

»Natürlich kannst du tun, was du willst«, ereiferte sich Aidah Rahman. »So gesehen, geht mich dein Ankauf auch nichts an. Mich interessieren aber deine Wechsel, die du aller Voraussicht nach nicht einlösen kannst.«

»Wie kommst du zu dieser unverschämten Behauptung?« schrie nunmehr Lee Akira, wobei er sich Mühe gab, echte Empörung vorzutäuschen.

»Dein Bankkonto ist fast völlig erschöpft!«

»Aber nicht, weil ich das Geld verplempert habe! Ich benötigte es zur Modernisierung des Betriebes.«

»Und wie willst du die Wechsel einlösen?«

»Das ist meine Sache und geht dich nichts an. Ich kann dir nur versichern, daß ich sie pünktlich einlösen werde.«

»Angesichts des Förderungsrückganges?« fragte der Bankdirektor erbost. »Ich habe die gestrige Zeitung gelesen und bin im Bilde.«

»Dann weißt du auch, was ich dazu erklärt habe! In vier Wochen redet kein Mensch mehr von unserer augenblicklichen Ausstoßlücke, und dir gebe ich die Versicherung, daß ich die Wechsel termingemäß einlösen werde, andernfalls du mich wegen arglistiger Täuschung anzeigen darfst. Genügt dir das?«

Aidah Rahman wischte sich den Schweiß vom Gesicht. »Ich weiß nicht ... Angesichts deines plötzlich entblößten Kontos ist mir unklar, wie du das machen willst.«

»Laß das meine Sorge sein«, erwiderte Lee Akira in nunmehr ruhigem Tone und fügte beinahe versöhnlich hinzu: »Wenn es dich beruhigt, Aidah, ich gebe dir mein Wort darauf, daß die Wechsel eingelöst werden. Mehr kann ich wirklich nicht tun.«

Der Bankdirektor atmete hörbar auf. »Gut, ich glaube und vertraue dir, obwohl ich sehr beunruhigt bin. Ein gegebenes Wort aber wirst du nicht brechen, das weiß ich.«

Was den auf Sicherheit bedachten Bankdirektor beruhigte, würde Ivo Sorokin zu sofortigem Handeln veranlaßt haben, da er sich nach einem eingehenden Gespräch mit seinem Kompagnon Ah Boon dazu entschlossen hatte, ›mitzumischen‹, wie er es nannte. Er forderte Cooper deshalb bei der Verabschiedung am Abend nochmals nachdrücklich auf, unbedingt herauszufinden, ob Lee Akira Sorgen habe oder sich nur sorglos stelle.

Gordon Cooper bedrückte dieser Auftrag. Er empfand es als hinterhältig, einen Mann auszuhorchen, der ihm freundschaftlich und großzügig entgegentrat. Aber versuchte nicht auch er, Gordon Cooper, Sorokin Geheimnisse zu entreißen, obwohl dieser ihm sein ganzes Vertrauen schenkte und ihn darüber hinaus auch noch fürstlich entlohnte!

Es ist überall dasselbe, sagte er sich und dachte an Su-su, deren Aufgabe es war, ihn auszuhorchen. Im Geiste sah er ihr hübsches Köpfchen und ihre etwas traurig schauenden Augen, und er nahm sich vor, ihr entgegen seinem zunächst gefaßten Vorsatz doch eine Karte zu schicken.

Der Morgen war noch taufrisch, als Gordon Cooper und Lee Akira den Flugplatz von Kuala Lumpur erreichten, auf dem die Cessna 182 der ›Albion-Tin-Works‹ schon startbereit gemacht und warmgelaufen war. Da der Monteur den Wetterbericht bereits eingeholt und die Abfertigung des Bordbuches ebenfalls erledigt hatte, konnte der Start sogleich erfolgen.

Wie viele Ostasier, die ihre Wagen auf längeren Strecken stets barfuß lenken, so steuerte Lee Akira auch sein Flugzeug ohne Schuhe, was Gordon Cooper einigermaßen in Verwunderung setzte. Er sprach aber nicht darüber, sondern beobachtete den jungen Zinnminenbesitzer, dessen Bewegungen im Flugzeug irgendwie verändert waren und denen einer geschmeidigen Katze glichen. Selbst seine Stimme klang anders. Er sprach in sein Mikrophon, als flüstere er einer Geliebten zärtliche Worte zu, und seine Startklarmeldung ›Ready for take-off‹ hörte sich an, als spreche er in Watte hinein. Sein Temperament, das ihn sonst kennzeichnete, war einer Konzentration gewichen, die keine Verkrampfung kannte und an die ruhige und zugleich wache Aufmerksamkeit eines auf der Lauer liegenden Panthers erinnerte.

Für Gordon Cooper war es ein Genuß, Lee Akira zuzuschauen, wenngleich dieser bei seiner kleinen Reisemaschine nur wenig Hebel zu betätigen hatte. Das aber, was zu tun war, führte er nicht mit den nüchternen Handgriffen eines Europäers, sondern mit jenen fließenden Bewegungen aus, die Asiaten so oft zu eigen sind.

Es gab jedoch noch etwas anderes, das Cooper in den Bann schlug: die Faszination des malaiischen Dschungels am frühen Morgen. Außer dem Himmel waren zwar nur Baumkronen zu sehen, von Horizont zu Horizont nichts als Baumkronen. Im saftigen und völlig unverstaubten Grün ihrer Blätter aber spiegelte sich die Sonne wie in der Kräuselung eines Sees. Myriaden goldener Funken tanzten in den Tag hinein, und Myriaden von Jauchzern schienen ihnen zu folgen.

»Hier ist der Dschungel so dicht, daß noch nie ein Mensch in ihn einzudringen vermochte«, sagte Lee Akira, als sie eine Weile geflogen waren. »Einzig eine Eisenbahnlinie und eine Straße, die tagtäglich von beständig über sie hinweggreifenden Gewächsen befreit werden müssen, konnte man durch den Dschungel schlagen.«

»Und wie ist es mit der Tierwelt bestellt?« erkundigte sich Cooper, den die von Lee Akira eingehaltene geringe Flughöhe leicht nervös machte.

»Kunterbunt!« antwortete der Japaner. »Elefanten, Nashörner, Tiger, Tapire, Affen, Riesenschlangen und ungezählte Arten von Tropenvögeln keifen sich des Nachts in ohrenbetäubenden Konzerten an. Um die gespenstige Atmosphäre zu erhöhen, phosphoreszieren dann auch noch viele Bäume und Sträucher, und aus der Erde kriechen Blutegel in solchen Mengen, daß man sie nicht mehr einzeln fortklauben kann, sondern mit Schabern von seinen Beinen abstreifen muß.«

Gordon Cooper verzog sein Gesicht. »Sie reden, als hätten Sie das schon einmal tun müssen.«

»Habe ich auch«, erwiderte Lee Akira mit einem gewissen Stolz in der Stimme. »Während des Zweiten Weltkrieges, als Landsleute von mir Malaya besetzten. Meine Eltern hatten sich hier niedergelassen. Ich zählte damals gerade zwölf Jahre. Es war eine scheußliche und sorgenvolle Zeit.«

Cooper benutzte die günstige Gelegenheit, um die ihm von Sorokin gestellte Aufgabe zu lösen. »Erleben Sie im Augenblick nicht auch wieder eine sorgenvolle Zeit?« entgegnete er in aller Offenheit.

Lee Akira schien den Sinn der Worte nicht zu verstehen, denn er erkundigte sich mit krauser Stirn: »Meinen Sie in politischer Hinsicht?«

»Nein, in persönlicher. Ich las in der Zeitung, daß die ›Albion-

Tin-Works‹ im Augenblick ziemliche Schwierigkeiten zu überwinden haben.«

Lee Akira lachte aus vollem Halse. »Jetzt weiß ich, worauf Sie hinauswollen. Nein, nein, ich habe nicht den geringsten Kummer.«

»Aber Ihre Produktion ist doch sehr zurückgegangen«, gab Cooper zu bedenken.

Der junge Zinnminenbesitzer machte eine wegwerfende Bewegung. »In spätestens drei Wochen ist die Sache vergessen.«

»Ich bin froh, Sie so sprechen zu hören«, erwiderte Gordon Cooper und gab sich einen erleichterten Anschein. »Ich machte mir schon Vorwürfe, Sie zum heutigen Flug nach Singapore verleitet zu haben.«

»Vorwürfe?« Lee Akira schüttelte belustigt den Kopf. »Ich bin glücklich, Ihnen behilflich sein zu können.«

Für Cooper war der Fall klar. Kein Zweifel konnte darüber bestehen, daß Lee Akira sich nicht die geringsten Sorgen machte. Ivo Sorokins Überlegungen und Vermutungen trafen ins Schwarze, und Gordon Cooper tat es leid, daß ausgerechnet er Lee Akira mit einem Trick hatte aushorchen müssen. Er schätzte den temperamentvollen Unternehmer, und er befürchtete, Sorokin könnte Dinge einleiten, die seinem sympathischen neuen Bekannten zum Nachteil gereichten. Wahrscheinlich machte er sich unnötige Gedanken, in Gelddingen aber, das hatte ihm die letzte Unterredung mit Ivo Sorokin gezeigt, kannte dieser weder Gefühlsregungen noch Rücksichtnahme.

Nur selten wurden Ortschaften überflogen, deren zumeist weiße Häuser und rosa Dächer in der Monotonie des nicht enden wollenden Dschungels wie Oasen wirkten. Dann aber, kurz vor Erreichen der am Südzipfel Malayas gelegenen Insel Singapore, die ein Auto- und Eisenbahndamm wie eine Nabelschnur mit dem Festland verbindet, lag eine Landschaft unter ihnen, die an einen riesigen Park erinnerte.

Bald darauf landete Lee Akira auf dem Flugplatz von Singapore, wo er zielstrebig auf eine Halle zurollte, vor der eine Anzahl Privatmaschinen abgestellt waren. »Ihre zukünftige Braut erwartet Sie schon«, sagte er dabei und wies auf einen weißen Jet Commander, dessen Fenster innerhalb eines blauen Farbbandes lagen, das die Maschine vom Heck bis zum Bug zierte. Die beiden Düsenaggregate waren hinter der Tragfläche am Rumpf angeordnet und erinnerten an das Verkehrsflugzeug ›Caravelle‹. »Pihutze!« rief er begeistert. »Ist das ein Vogel! Da läuft einem das Wasser ja im Munde zusammen.«

Gordon Cooper hatte alle Mühe, die Erregung zu unterdrücken, die auch ihn erfaßte. Die mit dem Kennzeichen 4S–MAL versehene Maschine gleißte in der Sonne, als sei sie eben frisch lackiert worden. »Toll sieht sie aus!« stimmte er Lee Akira zu. »Ganz phantastisch!«

Wenige Minuten später gingen beide mit beinahe fiebrigen Augen auf den Jet Commander zu, vor dem drei Herren standen, die sich als Direktoren der ›Overseas Union Bank‹ vorstellten und einen Papierkrieg entwickelten, wie Cooper ihn noch nicht erlebt hatte. Er sah aber ein, daß die Bank sich nach allen Seiten absichern und unter anderem auch sein Pilotenzeugnis von der zuständigen Aufsichtsbehörde prüfen lassen mußte. Dann wurde ein Werkmeister beauftragt, die Maschine zum Probeflug ordnungsgemäß zu übergeben, und als das geschehen war, konnten Gordon Cooper und Lee Akira in das Cockpit einsteigen.

Im Gegensatz zu Cooper, der mit Düsenflugzeugen vertraut war und den Jet Commander bereits geflogen hatte, war Lee Akira von der Fülle der Instrumente, Hebel und Knöpfe so verwirrt, daß er sich kaum mehr rührte. Regungslos schaute er zu, wie Gordon Cooper anhand einer Liste die Vorabflugprüfung durchführte, bei der Warnlampen jede Störung anzeigten.

»Ja, dann wollen wir mal«, sagte Cooper schließlich, an Lee Akira gewandt, wobei er seinen Anschnallgurt einklinkte. »Es funktioniert alles einwandfrei, und die Maschine macht einen ausgezeichneten Eindruck.«

Lee Akira schnallte sich ebenfalls an und wies auf ein im Instrumentenbrett eingebautes Radargerät. »Die Ausrüstung ist wirklich komplett!«

Gordon Cooper nickte und drückte auf den Anlasser des Steuerbordtriebwerkes, woraufhin ein sich steigerndes und immer höher werdendes Pfeifen ertönte. »Gleich ist es soweit«, sagte er an Lee Akira gewandt, schob einen der Leistungshebel vor und zeigte auf die Instrumente. »Steuerbord läuft.« Damit drückte er auf den Anlasser der Backbordturbine.

Die Kreisel der Instrumente summten, und es breitete sich jene faszinierende Atmosphäre aus, die das Startklarmachen eines Flugzeuges zum ästhetischen Genuß werden läßt.

Als auch der zweite Motor einwandfrei lief, schaltete Cooper den Cockpitlautsprecher ein, so daß Lee Akira mithören konnte. In einem merkwürdigen Kauderwelsch, das wie eine Mischung aus Englisch und Russisch klang, meldete er der Kontrollstation des Flughafens den beabsichtigten Flug und bat um die Genehmigung, zur Startbahn rollen zu dürfen.

Im Lautsprecher erklang eine gequetschte Stimme, die in verwirrendem Durcheinander Buchstaben, Zahlen und seltsam anmutende Worte nannte, denen Cooper mit der Andacht eines Gläubigen lauschte. Sie sagten ihm alles, was er zum Start wissen mußte: die augenblickliche Stärke und Richtung des Windes, die Nummer der zu benutzenden Startbahn, den über dem Flugplatz und über dem Meeresspiegel herrschenden Luftdruck, die genaue Uhrzeit und dergleichen mehr.

Als die Lautsprecherstimme schwieg, antwortete Cooper mit einigen Worten. Dann löste er die Handbremse und ließ den Jet Commander im Leerlaufschub anrollen.

Lee Akiras Augen glänzten. »Ein Düsenaggregat ist schon eine großartige Sache.«

Gordon Cooper drosselte die Rollgeschwindigkeit mit den Fußspitzenbremsen und bat den Tower um die Erlaubnis, in die Startbahn einrollen zu prüfen, und nachdem ihm die gewünschte Genehmigung erteilt worden war, rollte er zum äußersten Ende der Piste, wo er die letzten der vorgeschriebenen Kontrollen durchführte. Anschließend brachte er die Tragflächenklappen in Startstellung und schob die Leistungshebel der Triebwerke bis zum Anschlag vor.

Die Turbinen heulten auf und gaben dem Jet Commander eine Beschleunigung, die Gordon Cooper und Lee Akira in ihre Rückenlehnen drückte. Von Sekunde zu Sekunde steigerte sich die Geschwindigkeit, und bereits nach einer Startstrecke von knapp einem Kilometer konnte die Maschine vom Boden abgehoben werden.

Lee Akira verfolgte jede Bewegung Coopers, der einen gelösten Eindruck machte und das Flugzeug souverän beherrschte. Ohne den Blick von den Instrumenten zu wenden, fuhr er das Fahrwerk ein und trimmte er die Tragflächenklappen für einen Steigflug mit 400 Stundenkilometern, und als die Maschine die gewünschte Lage eingenommen hatte, wies er auf den Höhenmesser, dessen Zahlen so schnell wechselten, daß sie kaum zu verfolgen waren. »Was sagen Sie dazu?«

Lee Akira, der nicht richtig zu sehen glaubte, warf einen Blick auf das Variometer. »Mit fünfundzwanzig Metersekunden steigen wir?« rief er verblüfft.

Gordon Cooper zeigte voraus zum Himmel hoch. »Sehen Sie die dünne Wolke da oben? Die steuern wir jetzt im Direktflug an.«

Lee Akira verfolgte die Instrumente, die ihm verrückt geworden zu sein schienen. 1 000 — 2 000 — 3 000 Meter Höhe wurden in zwei Minuten erreicht. In 7 600 Metern schoß der Jet Commander durch die bezeichnete Wolke, die aus feinen Eiskristallen bestand, und wenig später war eine Höhe von 12 000 Metern erreicht.

»Ist das nicht eine herrliche Sache?« begeisterte sich Cooper, wobei er die Leistungshebel in die Stellung für maximale Reisegeschwindigkeit brachte und die Maschine ein wenig andrückte, so daß sie mit einer Geschwindigkeit von 800 Kilometern am Himmel dahinjagte.

Für die Strecke Singapore — Kuala Lumpur, die sie am Morgen in eineinviertel Stunden durchflogen hatten, benötigten sie nunmehr zwanzig Minuten, und nach nochmals der gleichen Zeit lag die Insel Penang unter ihnen, und Malaya war in seiner ganzen Länge überflogen.

Cooper deutete auf tief unter ihnen liegende Quellwolken, die wie kleine Wattebäusche aussahen. Die malaiische Halbinsel glich einer Landkarte. Berge und Erhebungen waren nicht mehr zu erkennen. Die Halbinsel trennte das Südchinesische Meer vom Indischen Ozean, deren Wassermassen zu gleicher Zeit zu sehen waren.

Lee Akira war aufgeregt, als habe er noch nie in einem Flugzeug gesessen, Gordon Cooper hingegen, der sich angesichts der friedlich anmutenden Erde wie im Paradies vorkam, dabei aber das magische Spiel der Instrumente nicht aus den Augen ließ, wurde plötzlich von Gedanken überfallen, wie sie ihm gekommen waren, als er Sorokins Mitarbeiter geworden war. Damals hatte er im Geiste jenes Paradies vor sich liegen sehen, in das er nun eingetreten war, und unwillkürlich stellte sich ihm erneut die Frage, ob er nicht Gefahr laufe, sich an sein derzeitiges großzügiges Leben so zu gewöhnen, daß er den Weg zurück in normale Verhältnisse nicht mehr würde finden können.

Wie schon einmal, so fürchtete Gordon Cooper sich auch jetzt vor dieser auf ihn zukommenden Gefahr, und um nicht länger über sie nachgrübeln zu müssen, leitete er ein Manöver ein, das Lee Akira die Haare zu Berge stehen ließ. »Jetzt wollen wir mal das Verhalten des Jet Commanders im Gefahrenzustand überprüfen«, sagte er ihm und brachte die Leistungshebel in Nullstellung, wodurch sich die Geschwindigkeit schnell verringerte. Und da er die Maschine nicht andrückte, war bald der Punkt erreicht, an dem die Luftströmung an den Tragflächen abreißt und der Absturz beginnt.

»Machen Sie keinen Quatsch!« rief ihm Lee Akira zu, der wie gebannt auf den Fahrtmesser starrte. »Ich falle ja gerne mal vom Himmel, aber nicht ohne Fallschirm!«

Cooper behielt den Horizont im Auge und zog das Höhenruder leicht an.

Ein Warnsignal ertönte, und im nächsten Moment stellte sich das Flugzeug auf den Kopf.

Lee Akiras Hände verkrampften sich.

Die Maschine jagte in die Tiefe, ohne über den Flügel abzukippen.

Gordon Cooper drückte nach und grinste zu Lee Akira hinüber.

Der fauchte wie ein Drache. »Nun machen Sie schon Schluß, Sie Held!«

Cooper lachte und fing das Flugzeug mit leichter Hand ab. »War es so schlimm?«

»Schlimm nicht, aber ich werde die gleiche Frage an Sie richten, wenn ich Ihnen nachher mit meiner Cessna eine kleine Spezialität vorgeführt habe. Ebenfalls ohne Fallschirm und doppelten Boden.«

»Huiii ...!« rief Cooper und ließ die Triebwerke wieder anlaufen. »Dann scheint es mir angebracht zu sein, schnell brav zu werden.«

Wenig später übergab er das Steuer an Lee Akira, der das für ihn völlig neue Fluggefühl nach allen Regeln der Kunst auskostete. Mal steigend, mal fallend, dann wieder um Wolkentürme wie eine Fliege um einen Teller herumsausend, führte er den Jet Commander nach Singapore zurück, wo Cooper die Luftbremsen ausfuhr und zur gezielten Landung ansetzte, die er mit der erforderlichen Geschwindigkeit von 200 Stundenkilometern wie im Schlaf durchführte.

»Phantastisch«, lobte ihn Lee Akira und fügte im gleichen Atemzug hinzu: »Den Vogel werden Sie natürlich kaufen, nicht wahr?«

»Ich denke schon«, erwiderte Cooper und rollte zum Abstellplatz zurück, in dessen Nähe die Herren der ›Overseas Union Bank‹ bereits auf sie warteten. »Zuvor möchte ich Mister Sorokin aber Bericht erstatten.«

Als sie aus der Maschine herausstiegen, gingen ihnen die in fliegerischen Dingen unerfahrenen Bankdirektoren mit erwartungsvollen Gesichtern entgegen.

»Nun, wie war der Flug?« erkundigte sich einer von ihnen. »Entspricht der Jet Commander Ihren Erwartungen?«

»Im Prinzip schon«, antwortete Lee Akira, noch bevor Gordon Cooper den Mund aufmachen konnte. »Die Flugeigenschaften sind sogar ausgezeichnet, es fehlen leider nur allerhand kostspielige Geräte, ohne die ein gesicherter Allwettereinsatz nicht möglich ist.«

»Ja, das ist bedauerlich«, ergänzte Cooper, der unschwer erkannte, daß Lee Akira den Preis des Flugzeuges drücken wollte. »Wir haben uns ausgerechnet, daß zusätzlich etwa fünfzigtausend Dollar zu investieren wären.«

»Mindestens!« bekräftigte Lee Akira.

Gordon Cooper zog ein Tuch aus seiner Tasche und fuhr sich über die Stirn. »Lassen Sie mich offen mit Ihnen reden, Gentlemen. Mister Sorokin hat mir ein Limit von fünfhunderttausend gesetzt. Angesichts der noch erforderlichen Anschaffungen und Verbesserungen werde ich also für die Maschine, so wie sie da steht, im Höchstfall vierhundertfünfzigtausend zahlen können.«

»Der Preis ist völlig unakzeptabel!« erklärte einer der Direktoren mit aller Bestimmtheit.

»Schade«, entgegnete Lee Akira und gab sich einen betrübten Anschein. »Mir wäre der Commander lieber als die Laer Jet 25 gewesen, die wir dann wohl nehmen müssen.«

Die Bankdirektoren sahen ihn verwundert an. »Wird die Maschine ebenfalls hier angeboten?«

»Nein, in Hongkong. Wir haben sie dort in der letzten Woche geflogen.«

Gordon Cooper tat einen Seufzer. »Ja, meine Herren, dann bleibt mir im Augenblick nichts anderes übrig, als Ihnen für Ihre Bemühungen zu danken. Sollten Sie sich doch noch zu einem Nachlaß entschließen können, dann bitte ich darum, mich im Hotel ›Merlin‹ anzurufen. Ich halte mein Angebot bis morgen um neun Uhr aufrecht.«

## 15

Über Kuala Lumpur entlud sich gerade das übliche Nachmittagsgewitter, als Gordon Cooper die Universitätsklinik erreichte, in der Ivo Sorokin ihn bereits erwartete, da er darauf brannte, zu erfahren, in welch seelischer Verfassung Lee Akira gewesen war. Der Ausdruck seines Gesichtes ließ aber auch erkennen, daß sich etwas Außergewöhnliches ereignet hatte.

»Ich habe wieder Stiche gespürt!« rief er, noch bevor Cooper die Tür hinter sich schließen konnte. »Diesmal sogar in beiden Beinen! Sekundenlang hat es gedauert. Es war, als würde ich elektrisiert. Professor Crabb ist überzeugt, daß es nun stürmisch bergauf gehen wird.«

»Das ist ja großartig«, erwiderte Cooper erfreut und reichte ihm die Hand.

»Ach, es war überhaupt ein aufregender Tag«, fuhr Sorokin überschwenglich fort. »Stellen Sie sich vor: Heute mittag suchte mich Mistreß MacDonald auf. Sie fragte mich, ob ich ihr eventuell die Kleinigkeit von eins Komma drei Millionen Dollar leihen würde. Zur Ablösung ihrer Bankschulden. Selbstverständlich gegen Zahlung anständiger Zinsen und Sicherheitsübereignung ihres Aktienpaketes. Ist das nicht grotesk?«

»Allerdings«, antwortete Gordon Cooper und erkundigte sich, ob Mistreß MacDonald seitens der Bank Schwierigkeiten gemacht würden.

Ivo Sorokin nickte. »Das Schicksal spielt mir in die Hände. Man hat sie heute morgen telefonisch nach Singapore zitiert.«

»Und was haben Sie ihr gesagt?«

»Ich habe ihr erklärt, daß ich ihr unter Umständen helfen würde, zuvor aber Erkundigung über die ›Albion-Tin-Works‹ einholen müsse.«

»Sie haben sich also alle Türen offengehalten.«

»Genau!« erwiderte Sorokin blinzelnd. »Sagen Sie mir deshalb schnell, in welcher Stimmung Mister Lee sich befand.«

Gordon Cooper berichtete von seiner Unterredung mit Lee Akira, und es war unschwer zu erkennen, daß seine Ausführungen Ivo Sorokin neuen Auftrieb gaben.

»Ihr Bericht bestätigt meine Vermutung«, frohlockte er und reichte Cooper eine Zeitung. »Hier, die Aktien der ›Albion-Tin-Works‹, von denen wir wissen, daß sie im ausschließlichen Besitz von Mister Lee und Mistreß MacDonald sind, fielen gestern um achtzehn Punkte! Da die Bank respektive Mistreß MacDonald als Verkäufer ausscheiden, muß Mister Lee ein Paket auf den Markt geworfen haben. Er spekuliert also auf Baisse! Seine Rechnung wird aber nicht aufgehen, denn jetzt steige ich ein. Bin gespannt, was der Junge für ein Gesicht machen wird.«

Cooper staunte über die Kraft, die Ivo Sorokin plötzlich entwikkelte. Sie erfüllte ihn jedoch mit zwiespältigen Gefühlen, da Sorokins Pläne zwangsläufig gegen Lee Akira gerichtet sein mußten, den er als selbstlosen und begeisterten Flugkameraden schätzen gelernt hatte. »Unterstellen wir einmal, Ihre Vermutung treffe zu«, entgegnete er nach kurzer Überlegung. »Ist es dann nicht unkorrekt, Mistreß MacDonald zu schädigen?«

»Was heißt hier schädigen?« fuhr Sorokin ihn an. »So oder so verliert sie ihr Geld, weil sie falsch spekuliert hat. Und der Gewinner wird Mister Lee sein, wenn ich nicht mitmische. Geschädigt hat Mistreß MacDonald sich selber, als sie so verrückt war, unter Hinzuziehung geliehenen Geldes fünfundvierzig Prozent Aktien der ›Albion-Tin-Works‹ zu kaufen.«

»Da gebe ich Ihnen recht«, erwiderte Cooper widerstrebend. »Dennoch dürfte es nicht ganz korrekt sein, wenn Sie in die Geschichte einsteigen. Ihr Wissen basiert auf Fakten, die Sie teils direkt, teils indirekt von Mister Hamilton, Mistreß MacDonald und Mister Lee erfahren haben. Eine unerhört günstige Konstellation vermittelte Ihnen Kenntnis von Dingen . . .«

»Und das nennen Sie unkorrekt?« unterbrach ihn Sorokin aufgebracht. »Aber, bitte, wenn Sie in dieser Sache nicht für mich tätig sein wollen, dann sagen Sie es nur. Ich beauftrage dann jemand anderen, meine Interessen zu vertreten.«

»So war es nicht gemeint«, beschwichtigte ihn Cooper. »Ich wollte lediglich daran erinnern, daß Mister Lee sich überaus entgegenkommend für Sie eingesetzt hat.«

»Für mich?« Ivo Sorokin lachte. »Aus Spaß am Fliegen hat er das getan. Wie war der Flug mit dem Jet Commander übrigens?«

Gordon Cooper berichtete ausführlich und so enthusiasmiert, daß Sorokin mitgerissen wurde und schließlich versöhnlich erklärte:

»Dieser Mister Lee scheint ja wirklich ein netter Kerl zu sein. Ich werde mich bei passender Gelegenheit bei ihm revanchieren.«

»Tun Sie es jetzt, indem Sie seine Pläne nicht durchkreuzen«, bat ihn Cooper dringend.

Sorokin schüttelte verständnislos den Kopf. »Sie scheinen nicht begriffen zu haben, worum es geht. Um eins Komma sieben Millionen Dollar, die der Junge sich unter den Nagel reißen will! Ich müßte borniert sein, wenn ich, der ich seinen Plan durchschaue, nun Däumchen drehen würde. Sehen Sie das nicht ein?«

»Doch«, antwortete Gordon Cooper und fügte sarkastisch hinzu: »Wenn man die Dinge richtig betrachtet, tun Sie sogar ein gutes

Werk, denn Sie hindern Mister Lee daran, einen nicht ganz sauberen Trick anzuwenden.«

»So ist es«, entgegnete Ivo Sorokin schmunzelnd. »Und aus diesem Grunde erteile ich Ihnen folgenden Auftrag. Erstens, Sie erwerben den Jet Commander, gleichgültig, ob mit oder ohne Preisnachlaß.«

Wenn der Kauf des Flugzeuges letztlich auch schon festgestanden hatte, so beglückwünschte Cooper sich doch insgeheim.

»Zweitens, Sie suchen einen Notar auf und lassen eine Vollmacht ausfertigen, die Sie berechtigt, in meinem Namen Verträge abzuschließen. Mit dem Beamten kommen Sie dann hierher, damit ich das Dokument unterschreiben kann. Ist das klar?«

»Kristallklar!«

»Drittens, Sie fliegen mit der frühestmöglichen Maschine nach Singapore und quartieren sich im Raffles Hotel ein, in dem auch Mistreß MacDonald wohnt. Sie ist gegen vierzehn Uhr mit ihrem Wagen losgerast, weil sie morgen um elf bei ihrer Bank sein soll. Ich werde Mistreß MacDonald heute abend anrufen und ihr sagen, daß Sie zur Übernahme des Flugzeuges nach Singapore reisen müssen und die Gelegenheit benutzen werden, ihr mit Rat und Tat zur Verfügung zu stehen.«

Gordon Cooper räusperte sich. »Sir, das kann ich nicht. Ich werde Mistreß MacDonald nicht mit Ratschlägen dienen, die zum Verlust ihres Vermögens führen.«

»Sie haben mich nicht aussprechen lassen«, entgegnete Ivo Sorokin eisig. »Ich erwarte von Ihnen überhaupt nicht, daß Sie Ratschläge erteilen. Ihr wirklicher Auftrag lautet, mich auf dem laufenden zu halten, das heißt, sich von Mistreß MacDonald erzählen zu lassen, was bei der Bank geredet wurde und dergleichen mehr. Ich spreche dann zu gegebener Zeit schon persönlich mit Mistreß MacDonald, und ich hoffe zuversichtlich, daß Ihnen dieser Auftrag keine Gewissensbisse bereitet.«

»Nein«, entgegnete Cooper steif. »Werde ich länger in Singapore bleiben müssen?«

»Richten Sie sich vorsorglich auf ein paar Tage ein«, antwortete Ivo Sorokin nach kurzer Überlegung.

»Und was machen Sie in der Zeit?« fragte Gordon Cooper etwas abfällig. »Sie sind dann ja allein.«

Ivo Sorokin schüttelte den Kopf. »Ich werde im Geiste in Singapore sein. Vergessen Sie nicht, daß ich eventuell im Handumdrehen anderthalb Millionen Dollar verdiene. Eine solche Chance bezahle ich gerne mit etwas Langeweile und Einsamkeit. Außerdem telefoniere ich ja abwechselnd mit Margit, mit Ihnen und mit Mistreß MacDonald. Mister Ah Boon ist übrigens begeistert von dem Plan, in die ›Albion-Tin-Works‹ einzusteigen. Er sieht neue Transaktionsmöglichkeiten auftauchen. Hinsichtlich des Flugzeuges hatte er allerdings eine merkwürdige Frage. Er wollte wissen, ob der Jet Commander von der ›Rockwell Standard‹ oder der ›North American‹ gebaut wird.«

Cooper konnte ein Lachen nicht unterdrücken. »Da hat Mister Ah Boon die Glocken läuten hören und weiß nicht, wo sie hängen. Die ›Rockwell Standard‹, die den Jet Commander konzipierte, hat sich kürzlich mit der ›North American‹ zusammengeschlossen und mußte, weil diese Firma ein noch schnelleres Reiseflugzeug baut, die Produktion des Commanders aufgeben, der nun von den ›Israel Aircraft Industries‹ hergestellt wird.«

»Wie bitte?« fragte Sorokin aufhorchend. »Die Maschine wird jetzt in Israel gebaut?«

»Ja.«

Sorokins von der Krankheit tiefliegende Augen wurden zu engen Schlitzen. Seine Stirn legte sich in Falten, und es war ihm anzusehen, daß in seinem Kopf etliche Überlegungen durcheinanderjagten. »Moment noch«, sagte er wie zu sich selbst und schaute angespannt auf einen Punkt, bis er plötzlich diabolisch zu Cooper hochblickte. »Wissen Sie, was wir tun? Wir bestellen bei den ›Israel Aircraft Industries‹ sofort einen zweiten Jet Commander. Damit schaffe ich mir ein Entrée, wie ich es mir besser nicht wünschen kann. Waffengeschäfte mit Kairo werden die Russen über kurz oder lang blockieren; wir müssen deshalb unbedingt in Israel Fuß fassen. Dort dürfte in den nächsten Jahren noch viel geschossen werden. Syrien ist ohnehin schon unser Kunde.«

Wenn er nicht gelähmt wäre und ich keinen bestimmten Auftrag zu erfüllen hätte, würde ich ihm jetzt meine Meinung sagen, dachte Gordon Cooper erbost und erkundigte sich, was mit dem zweiten Flugzeug geschehen solle.

»Das wußte ich zunächst auch nicht«, antwortete Ivo Sorokin mit dem Ausdruck des gerissenen Geschäftsmannes. »Aber dann kam mir ein großartiger Gedanke. Wir liefern die Maschine an einen Geschäftsfreund in Rawalpindi, der gute Beziehungen zu Ayub Khan unterhält. Die Sache sieht dann ganz unverfänglich aus, und niemand wird behaupten können, der Jet Commander sei für China bestimmt.«

»Was er natürlich ist«, entgegnete Cooper mühsam beherrscht. Erstmalig erhielt er einen Beweis dafür, daß die ›British Chinese Ex- and Import Company‹ Geschäfte tätigte, die den Bestimmungen der westlichen Welt zuwiderliefen.

»Wir schlagen dadurch zwei Fliegen mit einer Klappe«, fuhr Sorokin in bester Laune fort. »Aufgeschlossenheit sowohl in Tel Aviv als auch in Peking. Ich sehe Perspektiven vor mir . . .« Sein Gesicht verzerrte sich jäh, und er schrie auf, als hätte er einen Schlag erhalten. Seine Hände verkrampften sich, und seine Lippen zuckten. Sekundenlang dauerte der Spuk, dann stammelte Sorokin aufseufzend: »Es wird alles gut. Ich werde eines Tages wieder gehen können.«

Geschäftliche Chancen bringen sein Blut in Wallung und scheinen ihm auch körperlich zu helfen, dachte Cooper beeindruckt und ratlos zugleich.

Ivo Sorokin betrachtete die farblos gewordenen Knöchel seiner Hand und sagte mit matter Stimme: »Am besten wird es sein, wenn Sie mich jetzt allein lassen. Professor Crabb riet mir, mich nach solchen Attacken etwas zu entspannen. Außerdem möchte ich noch einmal alles in Ruhe überdenken. Erinnern Sie mich morgen daran, daß ich Ihnen zwei Blankoschecks mitgebe. Einen für die Bezahlung des Flugzeuges und einen für den Fall, daß es zum Kauf der Aktien kommen sollte, was sich jetzt freilich noch nicht übersehen läßt. Ich möchte aber, daß Sie gegebenenfalls sofort handeln können.«

Mit zwei Blankoschecks in der Tasche und Unzufriedenheit im Herzen flog Gordon Cooper am Nachmittag des nächsten Tages nach Singapore. Die Freude über den Ankauf des Jet Commanders, dessen Preis die Bank doch noch um einen ansehnlichen Betrag reduziert hatte, war dem bedrückenden Gefühl gewichen, in eine Aktion eingespannt zu sein, deren Ende nur der finanzielle Ruin Patrice MacDonalds sein konnte. Spiritus rector des Unternehmens war freilich Lee Akira gewesen; im Gegensatz zu Ivo Sorokin, den ausschließlich Gewinnsucht leitete, waren seine Motive in gewisser Hinsicht jedoch verständlich. Er wünschte den Mann zu rächen, den Patrice MacDonald dem britischen Secret Service in die Hände gespielt hatte. Motive aber geben kein Recht, und Gordon Cooper, der Mitglied einer zum Schutz des Staates geschaffenen Organisation war, konnte es weder vor seinem Gewissen noch vor seiner Aufsichtsbehörde verantworten, sich in eine anrüchige Sache einspannen zu lassen. Doch es kam anders, als er es befürchtete.

Er schritt kaum an den gleich priesterlichen Wedeln zugeschnittenen Palmen vorbei, die den Eingang des weltberühmten Raffles Hotels säumen, als ihm Patrice MacDonald buchstäblich in die Arme lief. Sie kam offensichtlich vom Friseur, denn ihr leicht silbergrau getöntes Haar zierte ihren Kopf wie ein duftiges Gespinst und gab ihr eine herb-aparte Note, die ein bis zum Hals geschlossenes Sportkleid aus malvefarbenem Jersey noch unterstrich.

»Hallo, Gordon!« rief sie überrascht und umarmte ihn. »Wie schön, daß du bereits da bist. Ich wollte gerade flüchten. Die Halle ist voll Touristen. Alles Landsleute. Schrecklich, sage ich dir.«

»Und du siehst blendend aus«, erwiderte er galant.

Sie lächelte wehmütig. »Es soll ja auch eine Schönheit des Sterbens geben.«

Den Bruchteil einer Sekunde stutzte Cooper, dann hakte er sich burschikos bei Patrice MacDonald ein. »So etwas Dummes habe ich noch nicht gehört. Das müssen wir hinunterspülen. Ein Whisky gefällig?«

»Nur zu gerne«, antwortete sie, und ihre blauen Augen leuchteten plötzlich wieder wie in zurückliegenden Tagen. »Es ist so scheußlich, alleine trinken zu müssen.«

Mitleid mit Patrice MacDonald und Bewunderung für ihr gutes Aussehen veranlaßten Cooper, seine Landsmännin auf dem Weg zur Bar an sich heranzuziehen. »Wollen wir uns einen netten Abend machen?«

Sie küßte seine Wange. »Das fragst du noch? Bei mir ist sowieso bald alles zu Ende.«

»Rede keinen Unsinn!« widersprach er ungehalten. »Du kommst ja erst in das beste Alter.«

»Nein, Gordon«, erwiderte sie und blieb stehen. »Es ist aus! Ich besitze nichts mehr. Arm wie eine Kirchenmaus bin ich. Kein Hund frißt mehr aus meiner Hand.«

»Die für andere Dinge auch viel geeigneter ist«, entgegnete er hintergründig. »Aber jetzt trinken wir unseren Whisky, und dann erzählst du mir, was los ist.«

»Das ist mit wenigen Worten getan«, erwiderte sie, wobei sie zielstrebig auf die Bar zuging. »Die ›Albion-Tin-Works‹ sind nach Auffassung der Bank zugrunde gewirtschaftet. Beweis: Lee Akira arbeitet erstmalig mit Wechseln und . . .«

»Wer sagt das?« unterbrach Gordon Cooper sie überrascht.

»Bankdirektor Aidah Rahman. Er hat mir die Papiere vorgelegt, als ich ihm nicht glauben wollte.«

»Und warum wolltest du ihm nicht glauben?«

»Weil ich Lee Akira nicht über den Weg traue. Er will sich an mir rächen, ich spüre das.«

Gordon Cooper führte Patrice MacDonald an der Bar vorbei. »Bankdirektor Aidah Rahman ist aber offensichtlich anderer Ansicht als du, oder?«

»Ja. Er sagt, er hätte das Desaster bereits kommen sehen, als Lee Akira ihn vor Wochen um die Einräumung eines riesigen Kredites ersucht habe, den er ihm jedoch nicht gewähren konnte. Dann seien die Wechsel aufgetaucht. Er hat daraufhin sofort mit Lee Akira telefoniert, der ihm ehrenwörtlich versicherte, es bestehe kein Grund zur Sorge, und er würde die Wechsel pünktlich einlösen. Gestern nun wurde an der Börse plötzlich ein Paket Aktien der ›Albion-Tin-Works‹ angeboten. Aidah Rahman war außer sich, weil er wußte, daß die Papiere nur von Lee Akira stammen konnten. Der aber ließ sich den ganzen Tag über verleugnen, und als am

Abend endlich ein Telefongespräch mit ihm zustande kam, erklärte er kaltschnäuzig, er hätte die Aktien verkaufen müssen, um seine Wechselverbindlichkeiten einlösen zu können.«

»Und du bist trotz allem immer noch nicht davon überzeugt, daß die ›Albion-Tin-Works‹ zugrunde gewirtschaftet sind?«

»Ich kann es einfach nicht glauben«, antwortete Patrice Mac-Donald nach einigem Zögern. »Aber auf meine Meinung kommt es ja nicht mehr an. Die Auffassung der Bank ist jetzt entscheidend. Man hat mich vor die Alternative gestellt, das mir gewährte Darlehen bis übermorgen zwölf Uhr zurückzuzahlen, andernfalls die Aktien zum Verkauf angeboten werden.«

»Jetzt wollen wir erst einmal abwarten, welche Entscheidung Mister Sorokin trifft«, entgegnete Gordon Cooper in seiner Ratlosigkeit. »Er will dir die erforderliche Summe doch eventuell zur Verfügung stellen.«

»Darauf reflektiere ich nicht mehr«, entgegnete Patrice MacDonald wegwerfend.

»Und warum nicht?«

»Weil nach allem, was ich gehört habe, durchaus die Möglichkeit besteht, daß die ›Albion-Tin-Works‹ tatsächlich bankrott sind. Ich möchte nicht zum zweiten Mal in meinem Leben jemanden ins Verderben stürzen. Etwas anderes aber werde ich heute abend noch versuchen: Mister Sorokin davon zu überzeugen, daß er die ›Albion-Tin-Works‹ wieder auf die Beine bringen kann, wenn er sich schnell einundfünfzig Prozent der Aktien sichert. Mein Paket ist ja nun zum Spottpreis von der Bank zu kaufen, und die noch fehlenden Prozente erhält er zur Zeit günstig an der Börse.«

Cooper glaubte nicht richtig zu hören. Patrice MacDonald war auf dem besten Wege, sich selbst ins Unglück zu stürzen. »Was hast du davon, wenn Mister Sorokin deinen Vorschlag aufgreift?« ereiferte er sich. »Doch nichts!«

»Da bin ich anderer Meinung«, erwiderte sie verbissen. »Ich hätte sogar sehr viel davon. Nämlich die Gewißheit, Lee Akira gestürzt zu haben. Das würde meinen Verlust ausgleichen.«

Welch unerbittlicher Haß auf beiden Seiten, dachte Gordon Cooper entsetzt, und er wußte plötzlich, daß es keinen Sinn hatte, sich weiterhin einzuschalten. Ihm blieb nichts anderes übrig, als die Dinge ihren Weg nehmen zu lassen. Patrice MacDonald aber tat ihm so leid, daß er am nächsten Morgen, als Ivo Sorokin ihm den Auftrag erteilte, den Kauf der Aktien perfekt zu machen, nachdrücklich darum bat, doch zu überlegen, ob es aus optischen Gründen nicht zweckmäßig sei, Patrice MacDonald einen gewissen Gewinn zuzubilligen.

Es dauerte lange, bis Sorokin antwortete: »Ich weiß nicht, ob Ihr Vorschlag Ihrer Weichheit oder Ihrer Weisheit entspricht. Was immer es aber auch sein mag, ich akzeptiere ihn und erhöhe die

Kaufsumme um hunderttausend Dollar. Davon kann Mistreß Mac-Donald eine ganze Weile leben.«

Cooper war es, als wehe eine frische Brise über ihn hinweg. Um so ratloser wurde er, als ihm Patrice MacDonald, der er Sorokins Angebot sogleich unterbreitete, entrüstet erklärte, daß sie Almosen ablehne.

»Almosen nennst du das?« empörte er sich.

»Allerdings!« antwortete sie und warf ihren Kopf in den Nakken. »Wenn Sorokin die Aktien nicht von mir, sondern von der Bank kaufte, brauchte er den Aufpreis bekanntlich nicht zu zahlen. Also gewährt er mir ein Almosen. Bestelle ihm deshalb einen herzlichen Gruß und sage ihm, ich hielte es für makaber, einem nach Luft ringenden Menschen ein Stück Torte in den Mund zu schieben.«

Gordon Cooper fiel es schwer, seine Meinung für sich zu behalten. Ihn ekelte plötzlich alles an. »Wie du willst«, erwiderte er im Bestreben, den Weg des geringsten Widerstandes zu wählen. »Des Menschen Wille ist sein Himmelreich. Beschwere dich hinterher aber nicht!«

»Daß ich das nicht tue, kann ich dir hoch und heilig versprechen«, entgegnete sie maliziös.

Das Gespräch war damit beendet, und Gordon Cooper begab sich mit Patrice MacDonald zur Bank, wo er den Abschluß des Kaufvertrages durch immer neue Beanstandungen in der Formulierung bis nach zwölf Uhr verzögerte, so daß er sich außerstande sah, noch am selben Tage die Börse aufzusuchen, um dort einer von Sorokin gegebenen Weisung entsprechend alle greifbaren Aktien der ›Albion-Tin-Works‹ aufzukaufen.

Cooper war sich im klaren darüber, daß er damit Sorokins Interessen entgegenarbeitete. Das war ihm aber gleichgültig. Wenn Verrücktheiten und Geldgier schon siegen sollten, warum dann nicht auch einmal der Geist der Kameradschaft?

Einem spontanen Einfall folgend hatte er das Zustandekommen des Vertrages verzögert, und kaum war derselbe abgeschlossen, da suchte er die Post auf und ließ sich mit Lee Akira verbinden, dem er nach flüchtiger Begrüßung erklärte: »Ich rufe Sie von Singapore an, wo ich morgen den Jet Commander übernehmen werde. Zuvor muß ich aber noch einige Dinge an der Börse erledigen. Haben Sie dort nicht auch zu tun?«

Lee Akira war augenblicklich hellwach und überlegte blitzschnell, was Cooper mit der Frage bezwecken könnte. »Sie meinen morgen?« erkundigte er sich unsicher, als er keine Erklärung fand.

»Ja, um Punkt neun Uhr. Zu dieser Zeit wird die Börse doch geöffnet, nicht wahr?«

»Ich glaube schon.«

Im Geiste sah Cooper das Gesicht des ratlos gewordenen Flugkameraden vor sich. »Ich weiß bestimmt, daß die Börse um neun Uhr geöffnet wird«, erwiderte er betont. »Mister Sorokin, mit dem ich eben noch telefoniert habe, legt großen Wert darauf, daß ich pünktlich dort bin. Aber immer klappt es ja nicht so, wie man möchte. An der Börse kann eine Verspätung jedoch zum Verhängnis werden. Unter Umständen gewinnt oder verliert man in einer einzigen Minute die Befehlsgewalt über ein gut florierendes Unternehmen.«

Lee Akira stieg das Blut in den Kopf. Er begriff, daß ihm ein Rat erteilt wurde. Sollte er die von ihm auf den Markt geworfenen Aktien schnellstens zurückkaufen? Bestand die Möglichkeit, daß Mister Sorokin . . .? »Sagen Sie, Gordon, interessiert Ihr Chef sich vielleicht für Zinn?«

»Er hat an vielen Dingen Spaß«, antwortete Cooper ausweichend. »Besonders wenn es sich um größere Posten handelt. Da kann er zum Nimmersatt werden. Gerade heute war ich für ihn bei der ›Hongkong & Shanghai Banking‹. Aber sprechen wir lieber von etwas anderem, sonst plaudere ich noch über unsere Geschäfte.«

Lee Akira fieberte plötzlich. Was ging da in Singapore vor sich? Die Erwähnung der Bank, bei der Patrice MacDonalds Aktien lagen, war gewiß nicht zufällig. »Ist Ihnen Direktor Aidah Rahman bekannt?« fragte er beklommen.

»Freilich«, antwortete Cooper lebhaft. »Ich habe seine Laune sogar sehr verbessert, als ich ihm vor einer halben Stunde nach vielem Hin und Her einen Scheck in beachtlicher Höhe überreichte.«

»Ich komme sofort nach Singapore!« rief Lee Akira, dem der Boden mit einem Male unter den Füßen brannte. »In welchem Hotel wohnen Sie?«

»Im ›Raffles‹. Aber dort dürfen Sie nicht erscheinen. Ich bin nicht allein.«

»Verstehe. Ich steige dann im ›Goodwood‹ ab. Können wir uns dort sehen?«

»Nein«, antwortete Gordon Cooper nach kurzem Zögern. »Das Thema muß hiermit beendet sein. Nur eine Frage habe ich noch: Kann man eigentlich einen Makler beauftragen, bestimmte Aktien zu kaufen?«

»Natürlich!«

»Dann könnte ich ja . . . Nein, ich gehe doch lieber selber zur Börse«, unterbrach er sich. »Auch auf die Gefahr hin, eine Viertelstunde später als beabsichtigt zur Stelle zu sein. Ich habe ja Zeit, da ich den Jet Commander erst am Nachmittag übernehme. Wenn es Ihnen recht ist, können wir uns morgen abend treffen.«

»Darauf freue ich mich jetzt schon«, erwiderte Lee Akira beglückt. »Ich platze ja bereits vor Neugier.«

»Tatendrang ist im Augenblick wichtiger!« entgegnete Cooper vielsagend und verabschiedete sich. Dann ging er in die Bar, um sich einen Whisky zu genehmigen. Zum ersten Male seit Tagen fühlte er sich wieder einigermaßen wohl.

Die Überführung des Jet Commanders versetzte Gordon Cooper nicht in die erträumte Hochstimmung, obwohl alles in bester Ordnung war. Das Wetter schien den Tag sogar krönen zu wollen, aber das in Singapore abgewickelte Aktiengeschäft bedrückte ihn. Dies ganz besonders, weil der mit Patrice MacDonald verbrachte Abend ein klägliches Ende genommen und ihn gezwungen hatte, seine Landsmännin mit Hilfe eines Zimmermädchens in ihr Apartment zu bringen. Zunächst war es ihm unverständlich gewesen, wie es zu ihrem Zustand hatte kommen können, da sie in seiner Gegenwart nicht mehr als sonst getrunken hatte. In ihrem Wohnraum fand er jedoch allem Anschein nach im Verlauf des Abends heimlich geleerte Whiskyflasche.

Neben unerfreulichen Erlebnissen bescherte Singapore Gordon Cooper aber auch etwas Positives. Es wurde ihm klar, daß er niemals Gefahr laufen würde, sich an sein derzeitiges großzügiges Leben zu gewöhnen. Im Gegenteil, er sehnte sich in normale Verhältnisse zurück, in denen ein Pfund Sterling zwanzig Schillinge repräsentiert und nicht als Trinkgeld angesehen wird. Geld war mit einem Male etwas, das eine Gänsehaut bei ihm hervorrief.

Cooper sah plötzlich alles mit anderen Augen. Für ihn war Sorokin nur noch bedingt ein bedauernswerter Patient. In erster Linie erblickte er in ihm nun den skrupellosen Geschäftsmann, und er nahm sich vor, ebenso rücksichtslos zu werden, wenn er in Hongkong auch nur den geringsten Hinweis dafür finden sollte, daß in der ›British Chinese Ex- and Import Company‹ etwas nicht stimmte. So schnell wie möglich mußte er in die Kronkolonie zurück, und es wäre ihm gewiß ein Stein vom Herzen gefallen, wenn er gewußt hätte, daß ihn die Ereignisse der nächsten Tage förmlich nach Hongkong katapultieren würden.

Nach seiner Landung in Kuala Lumpur hatte er zunächst jedoch eine erfreuliche Begegnung mit Lee Akira, der sich von der Kontrollstation des Flughafens den Start des Jet Commanders hatte melden lassen und sofort losgejagt war, um Cooper in Empfang zu nehmen.

»Was Sie für mich getan haben, werde ich Ihnen nie vergessen«, sagte er ihm bei der Begrüßung und fügte lachend hinzu: »Das beste an der Geschichte ist freilich, daß Mister Sorokin mir Patrice MacDonalds Aktienpaket vor der Nase weggeschnappt hat!«

Gordon Cooper sah den Japaner verständnislos an. »Das nennen Sie das beste an der Geschichte?«

»Natürlich!« antwortete Lee Akira und fuhr mit seinen Händen durch die Luft. »Mir ging es doch nur darum, Ihre Landsmännin aus den ›Albion-Tin-Works‹ hinauszuwerfen. Arm wie eine Bettlerin sollte sie werden. Meinen Adoptivvater wollte ich rächen, nicht mich bereichern. Und was passiert da plötzlich? Mister Sorokin besorgt die anrüchige Seite des Geschäftes.«

»Sie sind wirklich nicht traurig?«

»Glücklich bin ich!« rief Lee Akira freudestrahlend. »Die Übernahme der Aktien hätte mich finanziell schwer belastet. Nun bleibt das Unternehmen flüssig, und mein Ziel habe ich obendrein erreicht. Ohne Ihren Geheimtip würde ich die Majorität allerdings verloren haben.«

Cooper gab ihm einen Stoß in die Seite. »Das bleibt unter uns!«

»Ehrensache. Wie ist Mister Sorokin mir bloß auf die Schliche gekommen?«

»Er hat kein Hirn, sondern einen Computer im Schädel«, antwortete Gordon Cooper grob. »Man kann ihn bewundern und verachten, lieben und hassen. Diesem Umstand haben Sie es übrigens zu verdanken, daß ich Sie gestern anrief.«

Lee Akira rieb sich die Hände. »Gut, daß Sie es getan haben, denn wenn Mister Sorokin so etwas wie ein Elektronenhirn im Kopf hat, dann kommandiere ich im Werk lieber selber, worauf ich an sich überhaupt keinen Wert lege. Dafür liebe ich das Leben viel zu sehr.«

Cooper nickte zustimmend. »Wollen wir schnell noch einen Drink nehmen?«

Lee Akira faltete die Hände. »Ich rühre keinen Alkohol an.«

»In der Bar wird auch Coca verabreicht.«

»Ich weiß: zum x-fachen Preis! So blöd bin ich aber nicht, daß ich für das unbequeme Sitzen auf einem Hocker mehr zahle, als ich beispielsweise zahlen muß, wenn ich in einer Hotelhalle im bequemen Fauteuil Platz nehme.«

Von ihm kann man noch etwas lernen, dachte Gordon Cooper, als er sich von Lee Akira verabschiedet hatte und zur Klinik fuhr, wo ihn Ivo Sorokin zum ersten Male mit halb aufgerichtetem Oberkörper empfing.

»Der Gips ist weg!« verkündete er überglücklich. »In zwei oder drei Tagen will man mich in den Rollstuhl setzen!«

»Gratuliere!« entgegnete Cooper erfreut und beschwor sich, nicht schwach zu werden und seine Rückkehr nach Hongkong zu erzwingen.

»Professor Crabb meint, daß ich Margit bei ihrer Rückkehr bereits sitzend empfangen kann«, fuhr Sorokin überschwenglich fort.

»Das wäre ja wunderbar«, entgegnete Cooper und fügte wenig sinnvoll hinzu: »Zumal ich an meine eigentliche Arbeit denken muß, die ich nicht hier, sondern nur in Hongkong erledigen kann.«

Ivo Sorokin stutzte. »Gehört es etwa nicht zu den Aufgaben eines Privatsekretärs, Verträge abzuschließen und Käufe zu tätigen?

Mir scheint, der Aufenthalt in Singapore ist Ihnen nicht gut bekommen.«

»Da gebe ich Ihnen recht, Sir«, erwiderte Gordon Cooper ungeniert.

»Sie sollen mich nicht immer ›Sir‹ nennen!« erregte sich Ivo Sorokin.

»Mir tut es aber gut«, antwortete Cooper im Bestreben, einen kleinen Streit vom Zaun zu brechen.

Sorokins Lider verengten sich. »Was ist los mit Ihnen?«

»Ich werde nicht damit fertig, daß Sie sich kaltschnäuzig in den Besitz der Aktien von Mistreß MacDonald gebracht haben.«

»Machen Sie mich nicht dafür verantwortlich, wenn Sie zu weich veranlagt sind«, entgegnete Sorokin heftig. »Nicht ich, sondern Sie liegen falsch! Mister Hamilton suchte mich heute morgen auf, um mir zu gratulieren. Er fand es großartig, daß ich seine ehemaligen Aktien so günstig erstanden habe.«

»Kunststück! Er ist Partei und wünscht Mistreß MacDonald alles Schlechte.«

Ivo Sorokin lachte hämisch. »Wer ist schon unparteiisch. ›Sine ira et studio‹ ist etwas für Richter, nicht aber für Geschäftsleute.«

»Da mögen Sie recht haben«, lenkte Gordon Cooper ein, um den Bogen nicht zu überspannen, was ihm besonders geraten schien, weil er Sorokin noch davon in Kenntnis setzen mußte, daß es Lee Akira gelungen war, alle von ihm auf den Markt geworfenen Wertpapiere zurückzukaufen. Mit einem Wutanfall war also zu rechnen. Zu Coopers großer Verwunderung aber trat gerade das Gegenteil ein. Der ›überraschende Gegenzug‹ des Zinnminenbesitzers fand Ivo Sorokins volle Bewunderung.

»Ich hätte ihn im Betrieb ohnehin gewähren lassen«, sagte er wie zu sich selber. »Da bleibt es sich gleich, ob ich fünfundvierzig oder einundfünfzig Prozent der Anteile besitze. Hauptsache, der Leiter des Unternehmens ist in Ordnung, und daß er das ist, hat er mit seinem unerwarteten Gegenzug bewiesen.«

Gordon Cooper beglückwünschte sich noch nachträglich zu seinem Entschluß, Lee Akira zu informieren, und es versöhnte ihn, daß Ivo Sorokin nicht den Plan gehegt hatte, die Befugnisse des jungen Zinnminenbesitzers einzuengen oder gar zu beschneiden.

Seine versöhnliche Stimmung war aber wie weggeblasen, als er am nächsten Morgen aus einer ihm vom Portier mit bedeutungsvoller Miene überreichten Zeitung ersah, daß Sorokins selbstsüchtiger Aktieneinkauf nicht ohne Folgen geblieben war. Patrice MacDonald lebte nicht mehr! Mit hoher Geschwindigkeit war sie in der Bukit Timah Road, Singapores breiter Ausfallstraße nach Malaya, auf einen mit Eisenträgern beladenen Lastwagen geprallt und auf der Stelle getötet worden. Kurz zuvor hatte sie im Stadtzentrum eine Verkehrsampel nicht beachtet und einen Wagen gerammt, wodurch die Polizei auf sie aufmerksam geworden war und ihre Verfolgung aufgenommen hatte. Als Ursache ihres unkontrollierten Verhaltens wurde Trunkenheit angegeben.

Gordon Cooper war außer sich. Am Mittag hatte er noch versucht, Patrice MacDonald im Flugzeug mitzunehmen, weil er befürchtete, daß sie erneut trinken würde. Sie aber hatte nicht fliegen wollen und ihm versprochen, sich gründlich auszuschlafen und erst am nächsten Morgen zurückzufahren. Statt dessen hatte sie wieder zur Flasche gegriffen und sich danach auf den Weg gemacht.

Patrice MacDonalds Tod ging Gordon Cooper nahe, und es war erschütternd für ihn zu erleben, daß ihr jämmerliches Ende von den Chinesen auf der Straße wie eine Freudenmeldung besprochen wurde. Dann erkannte er jedoch, daß ihr Tod ihm die Möglichkeit bot, Sorokin in die Hand zu bekommen. Eine bessere Chance, schnellstens nach Hongkong zurückzukehren, konnte sich ihm nicht bieten.

Wie am vorhergegangenen Tage, so lag Ivo Sorokin auch an diesem Morgen wieder mit halbaufgerichtetem Oberkörper im Bett, als Cooper in das Krankenzimmer eintrat. Seine Miene war finster, und in seinen Augen lag etwas Schuldbewußtes.

Gordon Cooper reichte ihm die Hand und hob die Zeitung, die er mitgebracht hatte. »Sie werden es bereits gelesen haben, nicht wahr?«

Ivo Sorokin nickte. »Scheußliche Geschichte. Sie konnte ja nicht ohne Whisky leben.«

»Und nicht ohne Aktien«, ergänzte Cooper anzüglich.

Sorokin fegte die Bemerkung mit einer unwilligen Handbewegung fort. »Fangen Sie nicht wieder davon an!«

»Patrice MacDonalds Tod hängt damit zusammen«, entgegnete Cooper unbeirrt.

»So ein Unsinn!« begehrte Ivo Sorokin auf. »Sie wissen genau, daß ich ihren Vorschlag aufgegriffen und Mistreß MacDonald einen Aufpreis angeboten habe, von dem sie eine ganze Weile hätte leben können. Aber nein, das wollte sie nicht. ›Almosen‹ lehnte sie ab. Was hätte ich denn tun sollen?«

»Weniger geldgierig sein!« antwortete Cooper unverblümt, da er den Zeitpunkt für gekommen erachtete, das Heft in die Hand zu nehmen. »Sie und leider auch ich, denn ich habe mitgemacht und mich nicht energisch zur Wehr gesetzt, haben Patrice MacDonald auf dem Gewissen, und beide müssen wir nun damit fertig werden. Sie werden es leichter können als ich, und ich bitte deshalb darum, mich sofort nach Hongkong zu beordern, damit ich mich in die Arbeit stürzen und das Geschehene vergessen kann.«

»Das kommt überhaupt nicht in Frage!« widersprach Sorokin erregt. »Außerdem ist Ihr Schuldkomplex hirnverbrannter Unsinn.«

Gordon Cooper schüttelte den Kopf. »Da bin ich anderer Meinung, und ich bin überzeugt, daß Margit in dieser Sache mir und nicht Ihnen recht geben wird.«

»Unterstehen Sie sich, mit ihr darüber zu sprechen!« warnte ihn Sorokin.

Jetzt habe ich dich in der Zwickmühle, dachte Cooper und entgegnete eisig: »Sie wissen so genau wie ich, daß Margit uns über die letzten Tage und Stunden von Mistreß MacDonald ausfragen wird. Wie soll ich da verheimlichen, daß Sie mich nach Singapore schickten, um ihr die Aktien abzuluchsen?«

Ivo Sorokin schäumte vor Wut. Er durchschaute Cooper und wußte, daß dieser ihn mit einer billigen Drohung in die Zange genommen hatte. Am liebsten hätte er ihn auf der Stelle hinausgeworfen, doch er war auf ihn angewiesen. Was sollte er tun? Sich behaupten und es darauf ankommen lassen, daß Margit alles erfuhr? Zu Kreuze kriechen und sich dem Wunsch seines großspurig gewordenen Privatsekretärs beugen? Seine Augen wurden stechend und schienen Cooper durchbohren zu wollen. »Ihr Spiel ist unfair!« keuchte er heiser. »Aber wenn Sie mich schon in die Knie zwingen, dann sollen Sie wenigstens wissen, daß ich Sie durchschaue und nur unterliege, weil ich bewegungsunfähig bin und Sie die Situation rücksichtslos ausnutzen.«

»Da gebe ich Ihnen recht«, erwiderte Gordon Cooper gelassen. »Ich tue es aber nicht um meines Vorteils willen. Im übrigen erlaube ich mir, darauf hinzuweisen, daß ich dank des von Ihnen angeschafften Flugzeuges jederzeit in der Lage bin, innerhalb weniger Stunden bei Ihnen zu sein. Und was den Empfang in der Villa am Golfplatz anbelangt, da bin ich gewiß, daß ich weder Ihnen noch Margit fehlen werde, oder?«

Er ist immer wieder entwaffnend, dachte Ivo Sorokin unwillig, doch als er antworten wollte, mußte er plötzlich lachen, weil ihm Coopers Erzählung von der jungen Frau einfiel, mit der er daheim verbotene Früchte genascht hatte. Ihretwegen hatte er England verlassen; war es womöglich wiederum ein weibliches Wesen, das sein Handeln bestimmte?

Sorokins Lachen verwirrte Cooper. Um sich zu retten, fragte er ihn nach dem Grund der Belustigung.

»Ich erinnerte mich eben an Ihr galantes Abenteuer, das Sie aus London heraustrieb, und ich fragte mich unwillkürlich, ob es auch heute wieder ein hübsches Mädchen ist, das Ihre Wünsche leitet und Sie plötzlich wie ein Magnet nach Hongkong zieht.«

Coopers Narbe lief flammendrot an. »Sie täuschen sich, Sir, obwohl Sie durchaus recht haben könnten. In Ihren Diensten stehend wäre es aber ein unfaires Spiel, wenn ich mich von privaten Gelüsten leiten ließe. Im Augenblick geht es mir wirklich nur um meine Aufgabe.«

Ivo Sorokin nagte unschlüssig an seinen rissigen Lippen. »Also gut«, sagte er schließlich. »Fliegen Sie nach Hongkong noch bevor Margit zurückgekehrt ist, aber halten Sie sich täglich vor Augen, daß ich Ihnen zu meinem größten Bedauern erstmalig nicht ganz vertraue.«

»Dann bitte ich höflichst darum, mich Ihrem Bedauern anschließen zu dürfen«, entgegnete Gordon Cooper sarkastisch und öffnete seine Aktentasche, um ihr einige Geschäftspapiere zu entnehmen.

## 16

Gordon Cooper befand sich in denkbar schlechter Stimmung, als er zum Flughafen fuhr, um den Jet Commander für den nächsten Tag startbereit zu machen. Er wußte, daß sein Verhalten Ivo Sorokin gegenüber nicht korrekt gewesen war, doch er hatte nicht anders handeln können. Alles, was ihn bis dahin in hohem Maße in den Bann geschlagen hatte, war durch das leidige Aktiengeschäft und den damit in Zusammenhang stehenden Tod Patrice MacDonalds einer erschreckenden Ernüchterung gewichen. Geld glänzte für ihn nicht mehr, und Reichtum schien ihm mit einem Fluch belastet zu sein. Was nützt ein sorgenloses Dasein, wenn man keine Aufgabe zu erfüllen hat, sagte er sich. Ivo Sorokin zu umhegen war ihm weder Aufgabe genug noch entsprach dies dem Auftrag, der ihm in London erteilt worden war. Ihn interessierte jetzt ausschließlich die Aufdeckung der Hongkonger Agentenzentrale, und der Wunsch, dieses Problem energisch anzugehen und zu lösen, hatte ihm die Kraft gegeben, sich über Ivo Sorokins Gesundheitszustand hinwegzusetzen und seinen eigenen Willen durchzudrükken. Sein Mitgefühl war damit freilich nicht erloschen. Im Gegenteil, es war so stark, daß aus dem Widerspruch seines Denkens und Empfindens die schlechte Stimmung resultierte, die ihn bis tief in die Nacht verfolgte.

Als er aber am nächsten Morgen mit dem Jet Commander zum Ende der Piste des Flughafens von Kuala Lumpur rollte, da war er nur noch geballte Spannung. Die Vorstellung, erstmalig allein mit einem Reiseflugzeug eine Strecke von 2 400 Kilometern über den Golf von Thailand, über Vietnam und über das Südchinesische Meer hinweg zurückzulegen, weckte in ihm neben dem beglückenden Gefühl, einen solchen Flug durchführen zu dürfen, auch jene mit gesunder Nervosität gewürzte Konzentration, die nur noch Gedanken an die kommende Aufgabe zuläßt. Mit dem Augenblick jedoch, da die Triebwerke auf volle Leistung gebracht waren und die Maschine schneller und schneller werdend über die Startbahn dahinjagte, sich schließlich abhob und wie ein von magischen Kräften gelenkter Pfeil zum Himmel hinaufschoß, war alles anders. Anspannung und Konzentration wichen Empfindungen ganz eigener Art. Während Coopers Hände an Hebeln und Knöpfen hantierten und seine Augen den geheimnisvollen Zeichen der Instrumente folgten, er sich also bedingungslos der Technik anvertraute, stieg der Jubel des von der Erdenschwere befreiten Menschen in ihm auf. Was eben noch wichtig erschienen war, sank zur Bedeutungslosigkeit herab. Mit Schicksalen angefüllte Dörfer und Städte wurden zu farbigen Klecksen auf einem von Wäldern und Feldern gewebten Teppich.

Ein Aufatmen ging durch Cooper. Wohin er blickte, alles war plötzlich sauber. Schmutz schien die Erde überhaupt nicht zu kennen. Eine Zentnerlast fiel von seinen Schultern. Ihm war es zumute, als stiege er aus einem Morast heraus.

In 10 000 Meter Höhe stellte er die Leistungshebel auf die maximale Reisegeschwindigkeit und lauschte dem metallischen Pfeifen der Motoren. Das Vorbeistreichen der Luft hörte sich an wie das Ritzen eines Diamanten, der über eine Scheibe fährt. Die querab stehende Sonne malte mit einem goldenen Pinsel durch die Fenster.

Gordon Cooper genoß den Flug und das Alleinsein zwischen Himmel und Erde. Wie vom Schöpfer persönlich beschenkt kam er sich vor. Dann aber, als das Mekong-Delta, Cholon, Saigon und viele andere südvietnamesische Städte wie auf einer Reliefkarte unter ihm dahinzogen und er sich das Elend vergegenwärtigte, in das der Mensch den Menschen stürzt, da hätte er aufschreien und Gott fragen mögen: Warum duldest du so etwas?

Gordon Cooper war deshalb froh, als Vietnam hinter ihm lag und sich das bleigraue Südchinesische Meer vor ihm ausbreitete. Über eine Stunde gab es für ihn nun nur Wolken und Wasser, dann tauchte das im Dunst liegende chinesische Festland vor ihm auf. Sofort kontrollierte er seinen Radiokompaß, um sicher zu sein, daß er auf die Kronkolonie zuflog. Es war alles in bester Ordnung.

Dank günstigen Rückenwindes legte der Jet Commander die Strecke nach Hongkong in drei Stunden und fünfzig Minuten zurück, und Coopers Herz schlug schneller, als er die ihm nun schon vertrauten Wolkenkratzer Victorias und Kowloons erblickte und das geschäftige Treiben der Fähren, Sampans, Dschunken und Barkassen gewahrte, die wie Wasserfälle auf dem Perlfluß umherflitzten.

Nachdem die Kontrollstation des Flughafens die Landegenehmigung erteilt hatte, setzte Cooper zum Anflug an. Mit äußerster Konzentration steuerte er dicht über die auf dem Kowlooner Berg errichteten Hochhäuser hinweg, dann nahm er die Leistungshebel zurück und ließ die Maschine seitlich am Flughafengebäude vorbei ausschweben. Unwillkürlich drängte sich ihm dabei das Bild Su-sus auf. Was mochte sie dazu sagen, daß er mit einem Privatflugzeug zurückkehrte? Er hoffte, daß sie an diesem Tage keinen Spätdienst hatte.

Nach der Landung rollte Cooper zum Abstellplatz, wo er zu seiner Verwunderung Ah Boon und Lo Sung hinter dem ihm Zeichen gebenden Einweiser stehen sah. Etwas Rührendes ging von Sorokins zierlichem Kompagnon aus, der neben seinem schwammigen Neffen wie die Inkarnation Lao-tses wirkte und Cooper wie einem verloren geglaubten Sohn zuwinkte.

»Das also ist unser Flugzeug«, sagte Ah Boon, als er nach ungewöhnlich herzlicher Begrüßung den Jet Commander mit der Scheu und dem Stolz eines Kindes betrachtete, das sein erstes Schaukelpferd erhalten hat.

Auch Lo Sung hieß Gordon Cooper übertrieben herzlich willkommen, wobei er kein Hehl daraus machte, daß er dessen fliegerische Fähigkeiten über alle Maßen bewunderte. Seine Hochachtung wurde aber grenzenlos, als Cooper ihm und Ah Boon das Cockpit zeigte und ihnen die Instrumente erklärte. Der für den Laien verwirrende Anblick der Zeiger, Skalen, Hebel und Knöpfe ließ Sorokins Kompagnon erblassen, wohingegen Lo Sung der Schweiß auf die Stirn trat.

Im Bestreben, sich möglichst bald von den zwar sehr freundlichen, ihm in dieser Stunde jedoch wenig willkommenen Chinesen zu befreien, lud Cooper sie zu einem Probeflug über Hongkong und die New Territories ein, woraufhin Ah Boon und Lo Sung es plötzlich sehr eilig hatten, fortzukommen. Gordon Cooper beglückwünschte sich zu seinem Einfall, der ihm den Weg zur Flughafenleitung öffnete, bei der er Su-su anzutreffen hoffte. Welches Gesicht mochte sie machen, wenn sie ihn erblickte? Wahrscheinlich hatte sie von Lo Sung bereits erfahren, daß er zurückkehrte, aber das würde sie ihm natürlich verheimlichen.

Die Erinnerung an Su-sus Spitzeldienste fiel wie ein Tropfen Wermut in Coopers mit Erwartungen bis zum Rand gefüllten Becher. Immer wieder ertappte er sich dabei, daß er völlig vergaß, welche gegen ihn gerichtete Aufgabe die reizende Chinesin übernommen hatte. Offensichtlich wehrte sich sein Instinkt noch mehr als sein Verstand gegen die Vorstellung, daß Su-su gegen ihn kämpfte.

Er verscheuchte die auf ihn einstürmenden Gedanken und ging die Wege, die Piloten nach Beendigung eines Fluges zu gehen haben, bis Su-su plötzlich vor ihm stand und ihn ansah, als offenbare sich ihr ein Wunder. Sie trug das kecke Käppchen der Hostessen von Kai Tak, und aus dem enggeschlossenen hohen Kragen ihrer Uniformbluse schaute ihr Kopf wie der einer bezaubernden Puppe heraus.

»Su-su!« rief Cooper überrascht und breitete seine Arme aus, als stürme sie auf ihn zu.

»Gordon!« erwiderte sie kaum hörbar.

»Wundern Sie sich nicht, mich hier zu sehen?«

»Nein«, antwortete sie in aller Offenheit. »Ich wußte, daß Sie heute zurückkehren, und ich habe hier auf Sie gewartet.«

Seine Miene verfinsterte sich. »Wer hat Ihnen gesagt, daß ich heute eintreffe?«

Der kindlich glückliche Ausdruck ihrer Augen wurde besorgt, und sie blickte hinter sich, als befürchte sie, beobachtet zu werden. »Das kann ich Ihnen jetzt nicht sagen. Ich muß Sie dringend sprechen, Gordon. Sie wissen, daß ich Ihnen schon vor Ihrer Abreise etwas anvertrauen wollte.«

Seine Augenbrauen hoben sich. »Mir wollten Sie etwas anvertrauen?«

Su-su wurde nervös. Alles lief anders, als sie es sich vorgestellt hatte. »Erinnern Sie sich nicht, daß ich Ihnen am Tage nach dem Taifun Antwort auf Ihre Frage bezüglich meines Freundes geben wollte? Aber dann trafen wir uns nicht mehr. Sie erhielten unerwarteten Besuch, und wenige Tage später mußten Sie plötzlich verreisen.«

»Das ist richtig«, erwiderte Cooper, der sich nur noch dunkel daran erinnerte, Su-su über das jähe Fortbleiben ihres Freundes befragt zu haben. Wieso aber erklärte sie ihm nun, sie hätte ihm etwas ›anvertrauen‹ wollen?

Sein Grübeln machte Su-su noch unsicherer, als sie es schon geworden war. In ihrer Ratlosigkeit stammelte sie: »Ich danke Ihnen auch für die drei Karten, die Sie mir geschrieben haben.«

Gordon Cooper stieg das Blut in den Kopf. Drei Karten hatte er geschrieben?

»Ich habe mich so darüber gefreut«, fuhr Su-su hastig fort, um keine neue Gesprächspause eintreten zu lassen. »Und weil ich so glücklich darüber war, habe ich mich sofort beurlauben lassen, als ich hörte, daß Sie heute kommen.«

Er sah den Glanz in ihre Augen zurückkehren, und anstatt die Frage an sie zu richten, die sich ihm aufgedrängt hatte, seufzte er verliebt: »Am liebsten würde ich Ihnen auf der Stelle einen Kuß geben.«

Sie stellte sich auf die Zehenspitzen und reckte ihr Köpfchen. »Wenn ich größer wäre, käme ich Ihnen noch weiter entgegen.«

Cooper umarmte Su-su, als sei sie aus hauchdünnem Porzellan. Dann gab er ihr einen Kuß, so zart wie ein Windhauch, der über eine Kirschblüte streicht.

Sie wunderte sich darüber, daß er dabei die Augen schloß und dachte: Welch borstige Brauen er hat. Im Vergleich zu chinesischen Männern ist alles grob an ihm. Sein Kuß aber gleicht dem der Göttin Kwanon.

Gordon Cooper öffnete die Lider und sah, daß Su-su ihn anblickte. Ihren in diesem Moment nicht ganz parallel stehenden Augen haftete etwas hingebungsvoll Sehnsüchtiges an. »Su-su!« flüsterte er verwirrt.

»Es ist wunderbar, daß du mir gerade jetzt den Kuß gegeben

hast«, sagte sie beglückt. »Du hast mir damit unendlich viel Gesicht geschenkt.«

Er schaute sie fragend an. »Das mußt du mir erklären. Wie kann ich dir . . .«

»Psst!« unterbrach sie ihn und zog ihn mit sich fort. »Du wirst mich verstehen, wenn ich mit dir gesprochen habe. Erledige schnell, was du noch zu erledigen hast.«

»Begleitest du mich?«

»Gerne.«

»Und was machen wir, wenn ich fertig bin?«

»Das hängt davon ab, ob du dein Büro aufsuchen mußt. Rajan habe ich übrigens schon gesehen. Er steht mit dem Wagen vor der Auffahrt.«

Cooper legte seinen Arm um Su-su und ging mit ihr auf die Kontrollschalter zu. »Ich werde heute nicht arbeiten, sondern das Wiedersehen mit dir feiern. Dabei wäre es mir am liebsten, wenn wir irgendwo schwimmen könnten. Hongkong ist die reinste Sauna. Ich klebe bereits wieder am ganzen Körper.«

»Dann schlage ich vor, du setzt mich an meiner Wohnung ab und fährst nach Hause, um dein Badezeug zu holen. Wenn du zurück bist, führe ich dich in eine Bucht, in der wir höchstwahrscheinlich ganz alleine sind, zumindest aber ungestört miteinander sprechen können. Es liegt mir am Herzen, dir als erstes zu erzählen, was mich nun schon seit Wochen bedrückt.«

Ob sie Farbe bekennen will, überlegte Cooper überrascht. Sie erwähnte aber ihren früheren Freund. Sollte es da Zusammenhänge geben?

Ein die Pässe kontrollierender Beamter der Einwanderungsbehörde rief Cooper in die Gegenwart zurück, und von diesem Augenblick an kam er nicht mehr dazu, Überlegungen anzustellen oder sich mit Su-su zu unterhalten, die wie ein kleines Mädchen neben ihm herlief, das stolz auf ihren großen Bruder ist.

Der Zoll, die Flughafenverwaltung, das technische Betriebsbüro, die Flugsicherungsstelle, die Amtskasse und was an sonstigen Organen das Fliegerdasein bürokratisch macht, mußten aufgesucht werden, und Gordon Cooper fühlte sich wie erlöst, als es endlich soweit war, daß er Su-su zum Wagen führen konnte, wo ihn der indische Fahrer mit vor der Brust gefalteten Händen begrüßte und sich dankbar verneigte, als Cooper sich nach seinem Wohlergehen erkundigte.

Während der Fahrt zur Repulse Bay glich Su-su einer sich öffnenden Blume. Sie erzählte, was sie während der Zeit des Alleinseins gemacht hatte, wies auf Dschunken, deren rotbraune und vielfach zerfetzte Segel sich malerisch gegen den Horizont abhoben, sprach über das traurige Dasein der am Wegesrand arbeitenden Hakka-Frauen und flüsterte Cooper in einem günstigen Augenblick zu, daß sie erstmalig in ihrem Leben mehr Sehnsucht nach einem Menschen als Heimweh nach China gehabt habe.

Er drückte verstohlen ihre samtweiche Hand und dachte frohgestimmt: Sie verkörpert die glückliche Vereinigung von Gemüt und Verstand.

Als Su-su in der Repulse Bay ausgestiegen war, erkundigte sich der Inder Rajan nach dem Gesundheitszustand von Ivo Sorokin, wobei er darum bat, ihm ausführlich zu berichten, damit er das Hauspersonal informieren könne, das sehr in Sorge sei.

Gordon Cooper entsprach seiner Bitte, und es tat ihm gut zu sehen, wie erleichtert, ja ergriffen der Inder war, als er hörte, daß gewisse Symptome eine Heilung seines Herrn vermuten ließen.

Bei der Einfahrt in Sorokins Besitzung war es dann wieder so, wie Cooper es bereits einmal erlebt hatte. Das Personal stürzte aus dem Seiteneingang des Hauses und gruppierte sich, um ihn zu begrüßen. Im Gegensatz zum erstenmal blickten ihm nun aber überaus freundliche Gesichter entgegen.

Der Boy Tim strahlte ihn an, als hätte er dreimal hintereinander das Mahjongspiel gewonnen. »Kleiderei von Mister ganz mächtig wunderbar fertig«, meldete er voller Stolz. »Wollen Bad — können.«

Cooper klopfte ihm auf die Schulter. »Wollen Bad mit Duft. Dann mächtig leichte Kleiderei und Badezeug für Strand. Verstehen?«

Tim grinste wie ein kleiner Kobold. »Schon verstehen! Mister aber nicht gut reden. Erst Strand und schwimmen Meer, dann Bad mit Duft, dann mächtig leichte Kleiderei.«

»Hast vollkommen recht«, erwiderte Cooper. »Aus bestimmten Gründen muß ich es heute aber anders machen.«

Dem Boy war anzusehen, daß seine Ordnung gestört war. »Mister müssen wissen«, entgegnete er enttäuscht und ließ den Kopf hängen.

Da Cooper sah, was er angerichtet hatte, erklärte er schnell: »Ich glaube, wir haben uns nicht richtig verstanden. Erst wollen Bad mit Duft. Dann mächtig leichte Kleiderei und Badezeug für Strand. Dort wunderbar mächtig hübsche Chinesin. Vielleicht schwimmen, vielleicht nicht. Wenn schwimmen, dann hinterher nochmals wollen Bad mit Duft. Verstehen?«

»Hah, Mister jetzt gut reden«, rief Tim hocherfreut und lief, um das Badewasser einzulassen.

Gordon Cooper ging lachend hinter ihm her, wobei er beim Durchqueren von Sorokins Arbeitsraum unwillkürlich zu dem Leistenhaken emporschaute, in dessen gewölbter Erhöhung er das winzige Geheimmikrophon entdeckt hatte, das ihm durch seinen etwas hervorstehenden glitzernden Metallrand aufgefallen war. Er glaubte seinen Augen nicht trauen zu dürfen. Deutlich war zu sehen, daß das Mikrophon nicht mehr in der aufgebohrten Wölbung steckte. Wo einst das einfallende Licht reflektiert worden war, befand sich jetzt ein dunkles Loch.

Cooper hätte jubeln mögen. Die Veränderung gestattete Rückschlüsse, die ihn weiterbringen mußten, denn die Fortnahme des Mikrophons bewies, daß derjenige, der es installiert hatte, nach wie vor tätig war. Zweifellos war die Haussuchung zum Anlaß der Demontage geworden, die somit jemand durchgeführt haben mußte, der von der Polizeiaktion wußte. In Frage kam praktisch nur Lo Sung.

Aus dem Ausbau des Mikrophons konnte des weiteren geschlossen werden, daß die Abhöranlage nicht mehr benötigt wurde. Aller Wahrscheinlichkeit nach hatte sie also dazu gedient, Gespräche von Ivo Sorokin zu belauschen. Wenn dies der Fall war, und vieles sprach dafür, dann erhielt der Lo Sung belastende Rückschluß erhöhte Bedeutung, weil dann feststand, daß Ah Boons Neffe gegen den Kompagnon seines Onkels arbeitete.

Unwillkürlich vergegenwärtigte sich Gordon Cooper die Ereignisse der letzten vierundzwanzig Stunden: die Verabschiedung von Sorokin in gespannter Atmosphäre; die ungewöhnlich herzliche Begrüßung von Ah Boon und Lo Sung; die erstaunliche Veränderung in der Einstellung des Personals; das unerwartet große Entgegenkommen Su-sus. Hatte Sorokin womöglich die Weisung gegeben, seinen Privatsekretär besonders nett zu empfangen?

Cooper wußte plötzlich nicht mehr, was er denken sollte. Er spürte, daß etwas nicht stimmte, und konnte es kaum mehr erwarten, mit Su-su zusammenzutreffen, die bereits vor dem Portal des von ihr bewohnten Apartmenthauses stand, als er mit Rajan zur verabredeten Zeit vorfuhr.

Sie trug eine maisgelbe Hose aus grobem Leinen, darüber eine blaue Hemdbluse mit gelben und roten Kreisen. Ihr Pagenkopf glänzte blauschwarz und betonte den rosigen Elfenbeinschimmer ihrer Haut.

»Reizend siehst du aus«, flüsterte Cooper ihr zu, als sie in den Wagen einstieg.

Sie drückte ihm verstohlen die Hand.

»Wohin fahren wir nun?«

Su-su erklärte es dem Inder, und nachdem dieser etwa fünf Kilometer in Richtung Stanley zurückgelegt hatte, bedeutete sie ihm, neben einer zerklüfteten Felspartie zu halten, der nicht anzusehen war, daß sie den Eingang in ein kleines Paradies bildete, das sich irgendein Vermögender früher einmal geschaffen haben mochte. Denn in die Felsen waren Hunderte von Stufen eingeschlagen, die zu einer verschwiegenen kleinen Bucht hinunter führten, in der das Wasser wie Jade leuchtete, während am Rand des grobkörnigen Strandes wilde Rosen, Kamelien, Gardenien und Petunien in den schönsten Farben blühten.

»Was sagst du zu meiner Entdeckung?« fragte Su-su erwartungsvoll, als sie die endlos anmutenden Stufen hinabgestiegen waren.

Gordon Cooper setzte sich auf den Boden und japste: »Wunderbar ist es hier. Im Augenblick machen mir meine Knie aber ganz schön zu schaffen.«

Sie lachte. »Lege dich eine Weile hin. Ich ziehe mich inzwischen um.« Damit entfernte sie sich von ihm.

Da Cooper seine Badehose vorsorglich bereits angezogen hatte, konnte er sich ungeniert ausziehen, und er war bereits damit fertig, als Su-su zurückkehrte.

Ihr schlichter schwarzer Badeanzug unterstrich die verführerische Schönheit ihres Körpers und ihrer makellos reinen Haut, an der nicht das winzigste Härchen zu entdecken war.

Cooper war hingerissen und wollte Su-su in die Arme schließen, doch sie entzog sich ihm, indem sie Heiterkeit vortäuschte und zum Wasser lief.

In Wirklichkeit aber war sie sehr betroffen. Sie wollte nicht flirten, sondern sich von der Last befreien, die ihr Herz einschnürte, seit sie Gordon Cooper kennengelernt hatte. Darüber hinaus war sie zu Tode erschrocken gewesen, als sie sah, daß Cooper an den Armen, auf der Brust und an den Schenkeln behaart war. Nicht stark, aber es stimmte, was über die ›roten Teufel‹ erzählt wurde: Überall wuchsen ihnen Haare. Und sie hatte diese Behauptung für eine Übertreibung gehalten.

Cooper spürte, daß er Su-su erschreckt hatte. Er lief deshalb nicht hinter ihr her, sondern breitete ein ihm vom Boy Tim mitgegebenes großes Frotteetuch aus. »Laß uns nachher baden«, rief er Su-su zu. »Ich möchte zunächst erfahren, was du mir anvertrauen willst.«

Sie näherte sich ihm mit unsicheren Schritten, und sie senkte die Lider, als sie vor ihm stand.

»Setz dich doch!« forderte er sie auf.

Su-su tat es und überkreuzte die Arme, als wollte sie ihre wohlgeformten kleinen Brüste verbergen.

Cooper fühlte sich für Su-sus bisher nie erkennbar gewesene Scheu verantwortlich, und im Bestreben, ihr behilflich zu sein, sagte er mit warmer Stimme: »Entschuldige, wenn ich dich erschreckt habe. Ich hatte nicht bedacht, daß wir Badeanzüge tragen.«

Sie lächelte ihn an.

»Dennoch muß ich dir sagen, daß du wunderschön bist und eine Haut hast, die wie Perlen schimmert.«

»Die zarte Haut habe ich von meiner Mutter geerbt, die zweimal im Jahr gestoßene Perlen schluckte, um einen durchsichtigen Teint und glänzendes Haar zu bekommen«, erwiderte Su-su nun überaus lebhaft. »Das Schönheitspulver bereitete sie selber zu. Zunächst legte sie die Perlen zum Dämpfen in eine Schüssel mit heißem

Reis, dann wurden sie zwischen zwei glatten Steinen zu feinem Staub zerrieben und am Schluß mit Zucker und Reiswasser vermischt.«

»Du glaubst, daß ein solches Elixier die Haut verbessert?« fragte Cooper verblüfft.

»Warum sollte ich es nicht glauben?« antwortete sie belustigt. »Von der Wirksamkeit der Pulver, die ihr einnehmt, seid ihr doch ebenfalls überzeugt.«

»Du hast recht«, erwiderte er im Bestreben, keine Mißstimmung aufkommen zu lassen. Zu deutlich erinnerte er sich an den unerfreulichen Ausgang der am ersten Abend geführten Debatte. »Wo lebt deine Mutter?«

Su-su lächelte schwach. »Wenn meine Eltern noch lebten, würde ich Nanking nicht verlassen haben. So aber folgte ich meinem Freund, als dieser mich aufforderte, mit ihm nach Hongkong auszuwandern.«

»Darf man denn ohne weiteres ausreisen?« fragte Cooper interessiert.

»Sofern man die Gebühren entrichten kann, die für die Bewilligung verlangt werden«, antwortete sie und strich sich eine Haarsträhne aus der Stirn. »Damit sind wir aber bereits bei der Geschichte angelangt, die ich dir erzählen muß, um wieder Ruhe vor mir selbst zu finden. Ich habe dich nämlich belogen. An dem Tage, an dem wir uns kennenlernten, hatte ich meinen Freund schon wochenlang nicht mehr gesehen.«

»Und warum erklärtest du, auf ihn zu warten?«

Su-su sah Cooper flehend an. »Bitte, erschrick nicht! Mister Lo Sung gab mir den Auftrag.«

Hätte Gordon Cooper nicht zuvor bereits den Gedanken gehabt, Su-su beabsichtige, ihm reinen Wein einzuschenken, dann würde er sie jetzt umarmt und geküßt haben. So aber blieb er gefaßt, wobei ein wenig auch die Rückschlüsse mitspielten, die er angesichts der Demontage des Geheimmikrophons gezogen hatte. Er mußte damit rechnen, daß der wahre Hintergrund seiner Tätigkeit erkannt worden war, und um Klarheit über diesen Punkt zu gewinnen, erwiderte er nach kurzer Überlegung in aller Ruhe:

»Ich konnte nicht erschrecken, weil ich seit langem weiß, daß du ein Werkzeug Lo Sungs bist.«

Su-su verlor alle Farbe. »Das wußtest du?«

Cooper nickte. »Du und Lo Sung, ihr habt euch beide verraten. Ihr kanntet eure Namen, die ihr nicht hättet kennen können, wenn die bei meiner Ankunft in Hongkong vor dem Flughafengebäude stattgefundene Szene echt und nicht gestellt gewesen wäre.«

»O Gordon!« rief Su-su und sank an seine Brust. »Wieviel Gesicht gibst du mir damit!«

»Womit?« fragte er überrascht.

»Mit deiner Liebe!« stammelte sie und fing an zu weinen. »Obwohl du alles wußtest, hast du dich mit mir getroffen, hast du mir geschrieben und mich geküßt. Mehr Gesicht kann ein Mann einer Frau nicht geben.«

Su-sus Reagieren war so spontan, daß an seiner Echtheit nicht gezweifelt werden konnte. Sie spielte keine einstudierte Rolle, und das ließ den Rückschluß zu, daß sie ihr Bekenntnis nicht im Auftrag von Lo Sung ablegte. Coopers wahre Tätigkeit war somit aller Voraussicht nach nicht aufgedeckt worden.

Behutsam streichelte er ihr seidiges Haar. »Beruhige dich, es ist alles gut.«

Sie schwankte zwischen Weinen und Lachen. »Ich weiß nicht, was ich sagen soll.«

»Nichts«, erwiderte er. »Oder doch«, korrigierte er sich schnell. »Erzähle mir, wie es dazu kam, daß Lo Sung dir den Auftrag geben konnte. Woher kennst du ihn?«

Su-su fuhr sich über die Augen. »Wie mein Freund und ich, so stammt auch Lo Sung aus Nanking. Er wohnte direkt in unserer Nähe, und er war es, der uns das zur Ausreise benötigte Geld schickte. Vorausgegangen war, daß er meinen Freund aufgefordert hatte, ihm nach Hongkong zu folgen, wo sein Onkel, wie er schrieb, der Mitinhaber einer großen Firma sei und sich glänzende Geschäfte abwickeln ließen. Die beiden hatten in Nanking schon eng zusammengearbeitet, obwohl mein Freund fast zehn Jahre jünger als Lo Sung ist und auch sonst gar nicht zu ihm paßt. Er ist ein richtiger Draufgänger.«

»Welche Art Geschäfte machten die beiden drüben?« erkundigte sich Cooper.

Su-su blickte nachdenklich vor sich hin. »Das kann ich beim besten Willen nicht sagen. Ich glaube aber, daß es sich um Dinge handelte, die im freien Handel nicht erhältlich waren. Ich weiß nur, daß mein Freund mir einmal sagte, Lo Sung sei ein Geschäftsmann, der aus einem Stück Lehm einen Klumpen Gold machen kann, ohne persönlich in Erscheinung zu treten.«

»Und wie ging es weiter?«

»Als wir hier ankamen, war Lo Sung sehr nett zu uns, und es dauerte nur wenige Tage, bis mein Freund für ihn tätig wurde. Er mußte nun häufig nach Macao reisen, einige Male auch nach Kanton. Die Fahrten machten ihn sehr zuversichtlich, denn er erklärte eines Abends: ›Jetzt dauert es nicht mehr lange, dann haben wir es geschafft und werden reiche Leute.‹«

»Über die Art der Geschäfte hat er nicht gesprochen?«

»Nein. Es gehört zur Eigenart der chinesischen Männer, daß sie über geschäftliche Dinge nicht reden. Mein Freund hielt es ebenso, bis er eines Tages strahlend verkündete, daß er nun gut verdiene und in der Repulse Bay eine Wohnung gemietet habe. Er forderte mich auf, nicht mehr Hostess zu spielen, da wir ohnehin bald heiraten würden, doch er erhob keinen Einspruch, als ich ihm bedeutete, weiterhin tätig sein zu wollen, um meine Sprachkenntnisse zu vervollständigen. Oft blieb er Tage und Wochen daheim, um dann plötzlich in irgendeiner Nacht aufzubrechen und für eine Weile verschwunden zu sein. Das komische dabei war, daß er sich, wie ich mit der Zeit feststellte, stets in der Nacht kurz nach elf Uhr auf den Weg machte.«

»Ganz unvorhergesehen?«

»Von einer Minute zur anderen.«

Gordon Cooper strich sich über die Nase. »Wurde er kurz vorher angerufen?«

Su-su verneinte.

»Könnte er irgendein Zeichen bekommen haben?«

»Nicht, daß ich wüßte.«

Cooper blickte grüblerisch vor sich hin. »Erzähle weiter.«

»Da ist nicht mehr viel zu erzählen«, erwiderte sie und strich ihre Haare zurück. »Im Frühjahr dieses Jahres, es war am fünfzehnten April, verschwand mein Freund wie schon so oft ganz plötzlich kurz nach elf Uhr. Seitdem habe ich nichts mehr von ihm gehört.«

»Und du hast keine Nachforschungen angestellt?« fragte Cooper betroffen.

»Nein«, antwortete sie unbefangen. »Lo Sung suchte mich zwei Tage später auf und erzählte mir, mein Freund habe die Dummheit besessen, neben reellen Geschäften, die sie miteinander getätigt hätten, mit Leuten zusammenzuarbeiten, die zwischen Hongkong und Macao im trüben fischen. Dabei sei er in eine Schießerei verwickelt und von der Polizei erkannt worden. Er könne deshalb nicht nach Hongkong zurückkehren, und er habe ihn über einen Mittelsmann gebeten, ihm sein Guthaben zur Verfügung zu stellen. Das sei geschehen, und mein Freund habe die Kronkolonie Hals über Kopf verlassen, um nach Indonesien auszuwandern. Wenn er dort festen Boden gewonnen habe, werde er mir schreiben und mich kommen lassen. Bis dahin solle ich mich gedulden und mir keine Sorgen machen. Die Miete für die Wohnung sei für ein Jahr im voraus überwiesen.«

Cooper spürte instinktiv, daß Lo Sungs Geschichte erlogen war, und er überlegte angestrengt, was der Chinese mit seiner Erzählung verbergen mochte. Er fand jedoch keine Antwort auf diese Frage, bis sich in seinem Unterbewußtsein plötzlich einige von Su-su erwähnte Dinge mit dem Gespräch verwoben, das er an jenem für ihn so denkwürdigen 21. April in London im St. Thomas Club mit Harrison geführt hatte. Su-su sprach von Leuten, die zwischen Hongkong und Macao im trüben fischen, Harrison hatte chinesische Schmuggler erwähnt, die mit einer Dschunke nach Macao übersetzen wollten. Su-su berichtete von einer Schießerei, Harrison von einem Gefecht, das die Hongkonger Marinepolizei zu führen gehabt hatte. Su-su sah ihren Freund am 15. April zum letzten Mal, der Chef der Spionageabwehr hatte in der Unterredung vom 21. April von einem vor sechs Tagen stattgefundenen Gefecht gesprochen. Su-sus Freund war angeblich plötzlich ausgewandert, Harrisons Unbekannter war von Geschossen förmlich durchsiebt worden und hatte im Sterben zweimal den Namen der Firma Ivo Sorokins genannt, in der Lo Sung tätig war.

Gordon Cooper fiel es plötzlich schwer, gelassen zu bleiben. Der Zufall, der so oft im Leben eine entscheidende Rolle spielt, hatte ihm einen Hinweis gegeben, der dem Neffen Ah Boons zum Verhängnis werden konnte. Daß Lo Sung nicht lupenrein war, wußte er seit langem, es gab bisher jedoch nichts, das den Chinesen ernstlich hätte belasten können. Nun war die Möglichkeit eines grundlegenden Wandels gegeben.

Cooper warf Su-su einen aufmunternden Blick zu. »Erzähle weiter. Hat dein Freund dir seitdem niemals geschrieben?«

Sie senkte den Kopf. »Nicht eine Zeile habe ich von ihm erhalten. Ich verstehe das nicht, denn wir waren wirklich gute Freunde. Wenn er Unrechtes getan hat, dann kann ich ihm das verzeihen, aber kein Wort an mich zu richten und mir über Lo Sung Trost zu übermitteln, das geht über meinen Verstand.«

»Und wie kam es zu deinem Auftrag, meine Freundschaft zu suchen?«

Su-su ergriff eine Handvoll Sand, den sie durch ihre Finger gleiten ließ. »Ah Boons Neffe holte mich eines Tages am Flugplatz ab und erzählte mir, daß die Firma seines Onkels plötzlich einen Briten habe verpflichten müssen, von dem man gerne wissen möchte, welche Einstellung er zu China habe und dergleichen mehr.

Er betonte, daß nationale Interessen auf dem Spiele stünden, und mit einem Spruch Mao Tse-tungs forderte er mich auf, meine Pflicht zu tun, das heißt, deine Freundschaft zu suchen, dich auszuhorchen und ihm zu berichten, wann, wo und wie lange wir zusammen seien, was gesprochen werde und welche Interessen und Pläne du hättest. Glaube mir«, fuhr sie erregt fort, »ich war in jener Stunde überzeugt, etwas Gutes zu tun, wenn ich einen ›roten Teufel‹ aushorchen und beschatten würde. Kaum aber hatte ich dich kennengelernt, da war alles anders. Schon auf der ersten Fahrt gabst du mir unendlich viel Gesicht.«

Gordon Cooper sah sie skeptisch an. »Und was zahlt Lo Sung für deine Tätigkeit?«

»Keinen Cent!« rief Su-su entrüstet. »Wie kommst du darauf?«

»Es war nur so eine Frage«, wich Cooper aus, da er Su-sus Aussage bezüglich der von Lo Sung vorgeschobenen nationalen Pflicht automatisch kontrolliert hatte.

Su-su sah ihn flehend an. »Verstehst du jetzt, daß das Bedürfnis, dir die Wahrheit zu sagen, mit jedem Treffen größer in mir wurde! Als ich mich dann endlich durchgerungen hatte . . .«

». . . erhielt ich Besuch«, fiel Cooper beschwichtigend ein. »Und dann mußte ich verreisen. Kein Wort also mehr darüber. Im Geiste hast du mir schon damals die Wahrheit gesagt, und ich bin sehr glücklich darüber.«

Su-sus in den Nacken gelegter Kopf erinnerte an eine vom Wind zurückgebogene Blume.

Gordon Cooper nahm ihr Gesicht in die Hände und küßte sie.

Wie schon beim erstenmal, so schloß sie auch jetzt nicht die Lider und staunte über Coopers borstige Brauen. Dann fühlte sie seine Barthaare wie eine Bürste auf ihrer zarten Haut. »Das kitzelt!« rief sie plötzlich aus und war über sich selbst erschrocken.

Cooper mißdeutete ihr Reagieren nicht. Er lachte vielmehr herzlich und fragte sie: »Wie geht es nun weiter?«

Um ihre Lippen spielte ein Lächeln.

»Meinst du hinsichtlich meiner Tätigkeit für Lo Sung oder in bezug auf uns beide?«

Er ließ sich zurücksinken und drehte sich auf den Bauch. »Ich dachte an beides.«

»Und du erwartest, daß ich dir für beide Fälle Vorschläge mache?«

»Warum nicht?« antwortete er herausfordernd.

»Wohlan«, erwiderte Su-su keck, »dann schlage ich vor, daß es bleibt, wie es war.«

Er wandte sich zurück. »Ist das deine wirkliche Meinung?«

»Natürlich«, antwortete sie mit ernster Miene. »Ich muß Lo Sung doch weiterhin mit Berichten füttern, um ihn in Sicherheit zu wiegen.«

»Das ist klug gedacht«, erwiderte Cooper anerkennend. »Dabei darfst du die Orte der Handlung niemals ändern, denn der Zufall könnte ihm die Wahrheit zuspielen. Alles wäre dann umsonst gewesen.«

»Das ist ebenfalls klug gedacht!« entgegnete sie und tippte ihm auf die Nasenspitze.

Gordon Cooper ergriff ihre Hand. »Und was wird aus uns beiden?«

Su-u blickte nachdenklich vor sich hin. »Woher soll ich das wissen? Gegen Diebe schützt man sich, indem man beispielsweise eine Truhe mit einem Schloß versieht. Das gebietet der Verstand. Wenn nun aber ein starker Dieb kommt, dann trägt er die Truhe auf seinen Schultern davon und hofft, daß das Schloß solide ist und nicht aufspringt. Somit läuft das, was wir Verstand nennen, auf den Beistand hinaus, den wir starken Dieben leisten.«

Cooper stellte keine Frage mehr. Er war Realist, wo Su-su versuchte, ihr Leben träumend zu erhalten.

Ein aprikosenfarbener Himmel leuchtete über Hongkong, als Su-su am nächsten Morgen in verzückter Erinnerung an den vergangenen Abend auf Gordon Cooper wartete, der sie verabredungsgemäß mit in die Stadt nehmen wollte. In Gedanken hatte sie die ganze Nacht über in seinen Armen gelegen, halb schlafend, halb wachend, mit brennenden Augen und sehnsüchtig geöffneten Lippen. Wie sanfte Wellen waren Coopers Hände über sie hinweggeglitten. Mit dem sicheren Instinkt des überlegenen Mannes hatte er sie geführt, um schließlich unnachgiebig wie ein Orkan auf sie einzustürmen. Noch immer empfand sie die glückliche Erschöpfung, die sich wie ein Geschenk des Himmels auf sie herabgesenkt hatte.

Als Rajan zur vereinbarten Zeit vorfuhr, sah sie nur Coopers Hand, die sich ihr entgegenstreckte, um ihr beim Einsteigen behilflich zu sein. Seine Nähe ließ ihre Nerven vibrieren. Keines Wortes mächtig nahm sie neben ihm Platz, und sie war ihm unendlich dankbar dafür, daß er sie nichts fragte und weder über den vergangenen noch den kommenden Abend mit ihr sprach. Sie war von jener Liebe erfüllt, welcher in großen Augenblicken alles zuviel und alles zuwenig ist. Traumhaft war es für sie, die Wärme des Mannes zu spüren, der ihr eigenes Ich ausgebrannt und durch ein ihr noch unerklärliches Etwas ersetzt hatte. Als Su-su sich später am Blake Pier von Gordon Cooper trennte und mit einer Barkasse nach Kowloon hinüberfuhr, schaute sie wie verzückt auf ihren Handrücken, den er zum Abschied geküßt hatte. Es mochte dumm sein, was sie tat, aber spielt die Vernunft angesichts des beseligenden Gefühls, geliebt und geachtet zu werden, schon eine ausschlaggebende Rolle?

Gordon Cooper ging es nicht viel anders. Auch ihn erfüllte die Wärme und Leidenschaft, die ihm am vergangenen Abend entgegengeschlagen war, und ohne sich dessen bewußt zu sein, schnupperte er auf dem Weg zum Mandarin Hotel, dessen Friseursalon er aufsuchen wollte, mehrfach an seiner Hand, um sich Su-sus Parfüm nochmals zu vergegenwärtigen. Im Gegensatz zu seiner Geliebten, zu der er sich mehr hingezogen fühlte, als er es jemals für möglich gehalten hätte, beschäftigten sich seine Gedanken jedoch schon mit Aufgaben, die sich aus den Feststellungen und Überlegungen des vergangenen Tages für ihn ergaben. Als erstes wollte er sich Klarheit über jenen Mann verschaffen, der laut Bericht der Marinepolizei am 15. April während eines Gefechtes von vielen Geschossen getroffen worden war und im Sterben zweimal den Namen der ›British Chinese Ex- and Import Company‹ genannt hatte Er begab sich deshalb in das luxuriöse Mandarin Hotel und ließ sich dort von dem als Friseur getarnten V-Mann ›Richard‹ bedienen, den ihm Polizeihauptmann Collins anläßlich der Durchsuchung des Hauses von Ivo Sorokin genannt hatte. Als sein Haar geschnitten war, übergab er mit dem Trinkgeld einen Zettel, auf dem die wenigen Worte standen: »Erbitte Verhör in alter Sache. G.C.«

Captain Collins arbeitete prompt. Bereits zwei Stunden später übergab ein Beamter der Hongkonger Stadtpolizei der Sekretärin Ah Boons eine an Gordon Cooper gerichtete Vorladung, die dieser wenige Minuten darauf in Gegenwart von Lo Sung wütend zusammenknüllte.

»Was die Herren sich erlauben, ist unglaublich«, erregte er sich künstlich. »Ich soll in der Sache meines betrügerischen Verwandten noch heute zur Vernehmung erscheinen. Dabei weiß ich über die Unterschlagung ebensowenig wie Sie, Ihr Onkel oder sonst jemand in Hongkong.«

»Beruhigen Sie sich«, beschwichtigte ihn Lo Sung. »Wahrscheinlich müssen Sie nur ein Protokoll unterschreiben oder sonst irgendeine Formalität erledigen.«

So getröstet machte sich Cooper auf den Weg zur Polizei, wo er sich von Captain Collins und einem hinzugezogenen Leutnant der Marineeinheit eingehend über die Vorgänge in der Nacht vom 15. zum 16. April informieren ließ, die noch keine Aufklärung gefunden hatten und ausgesprochen mysteriös verlaufen waren. Danach war der Polizei am Nachmittag des 15. April anonym mitgeteilt worden, daß eine Dschunke, deren Bug mit einem phosphoreszierenden Drachen bemalt sei, gegen Mitternacht aus dem in Höhe der Repulse Bay endenden ›East Lamma Channel‹ in südlicher Richtung auslaufen und nach Passieren der Lamma-Insel Kurs auf Ling Ting nehmen werde, an deren Nordküste Schmuggelgut aus Macao übernommen werden solle. Wenn die Marinepolizei auch der Überzeugung gewesen war, daß es sich bei dieser Information um eine Falschmeldung handelte, die dazu dienen sollte, die Aufmerksamkeit von einer wirklichen Umschlagstelle abzulenken, so schickte sie nach Einbruch der Dunkelheit doch ein schweres Patrouillenboot mit abgeblendeten Lichtern an das Ostkap der Lamma-Insel, so daß der Ausgang des etwa drei Kilometer breiten Kanals unter Kontrolle lag. Trotz der mondlosen Nacht mußte sich jedes Segel vor den Lichtern der gegenüber gelegenen Repulse Bay abzeichnen.

Und dann geschah, was niemand ernstlich für möglich gehalten hatte. Kurz vor Mitternacht wurde eine Dschunke gesichtet, deren Bug ein in der Nacht weithin sichtbarer phosphoreszierender Drache zierte. War es an sich schon ungewöhnlich, daß Leuchtfarbe ein Schiff auf große Entfernung verriet, so staunte die Besatzung des Patrouillenbootes noch mehr, als sie hörte, daß auf der Dschunke unmittelbar nach Eintritt in das Südchinesische Meer ein Motor angelassen wurde, der wie ein Rennwagen losdonnerte. Der Kommandant der Marinepolizei gab sofort den Befehl, der Dschunke mit abgeblendeten Lichtern zu folgen, er mußte aber schon bald erkennen, daß sein Boot nur bei vollen Touren in der Lage war, im Kielwasser des ausgemachten Objektes zu bleiben. Daraufhin ließ er die Scheinwerfer einschalten und der Dschunke einen Warnschuß vor den Bug setzen. Umsonst.

Das verfolgte Schiff steigerte seine Geschwindigkeit, woraufhin der Kommandant des Patrouillenbootes Order gab, die Schnellfeuerkanonen sprechen zu lassen. Der Gegner antwortete mit zwei Maschinengewehren, und die Aktion drohte mit einem Fiasko zu enden, als ein Zufallstreffer den Motor der Dschunke ausschaltete, die dadurch bewegungsunfähig wurde und wie eine Ente im Wasser lag. Um kein Risiko einzugehen, schoß die Marinepolizei so lange aus allen Rohren, bis sich auf der Gegenseite nichts mehr rührte, und als die Dschunke schließlich geentert wurde, gab es eine neue Überraschung. An Bord befanden sich nur zwei junge Leute, die keinerlei Papiere bei sich hatten. Einer von ihnen war tot, während der andere, von Geschossen durchsiebt, im Sterben lag.

»Existieren Fotos von den beiden?« erkundigte sich Cooper, als Captain Collins seinen Bericht beendete.

»Gewiß«, antwortete der Polizeihauptmann. »Möchten Sie sie sehen?«

»Ich würde sie gerne mitnehmen, um sie jemandem zu zeigen«, antwortete Gordon Cooper. »Wenn wir Glück haben, erfahre ich noch heute den Namen eines der beiden Männer, und dann hätte ich den ersten Beweis dafür, daß der Chinese Lo Sung, den Sie seinerzeit bei der Durchsuchung von Sorokins Wohnung kennenlernten, vor nichts zurückschreckt.«

»Hoffentlich täuschen Sie sich nicht«, erwiderte Captain Collins und hob seine zu Fäusten geballten Hände. »Ich halte Ihnen die Daumen.«

»Herzlichen Dank«, entgegnete Cooper. »Einige Fragen habe ich aber noch. Wer war der Eigner der Dschunke?«

Der Polizeihauptmann lachte. »Wäre schön, wenn wir das wüßten. Die aufgemalte Registriernummer stimmte nicht.«

»Und wo befindet sich das Schiff?«

»Es wurde nach dem Ausbau des annähernd tausend PS starken Motors verkauft.«

Cooper blickte grüblerisch vor sich hin. »Haben Sie eine Erklärung für die doch reichlich mysteriöse Geschichte?«

»Eine Erklärung haben wir nicht«, antwortete Captain Collins vorsichtig. »Nur eine Vermutung. Der anonyme Anruf und der mit phosphoreszierender Farbe aufgemalte Drache, der durch eine eigens dafür angebrachte Persenning hätte abgedeckt werden können, also absichtlich zur Schau gestellt wurde, wie wir später feststellten, sprechen dafür, daß hier jemand ins Jenseits befördert werden sollte.«

Gordon Cooper stieß einen Pfiff aus. »Das könnte sehr wohl möglich sein.«

Der Polizeihauptmann sah ihn erwartungsvoll an. »Haben Sie einen Verdacht?«

Cooper schüttelte den Kopf. »Mir ist eben nur ein verrückter Gedanke gekommen. Wenn sich einer der beiden Toten als derjenige erweist, den ich vermute, dann gibt es in Lo Sungs Bekanntenkreis gleich drei Männer, die innerhalb einer Woche tödlichen Gefahren ausgesetzt wurden: die beiden am fünfzehnten April erschossenen Unbekannten und Ivo Sorokin, auf den am neunzehnten April, also vier Tage später, in London der erste Mordanschlag verübt wurde. Zufall? Möglich. Es kann aber auch anders sein.«

»Und das Motiv?«

Gordon Cooper hob die Schultern. »Schwer zu sagen. In beiden Fällen könnte Geld eine Rolle gespielt haben. Ich würde anderer Meinung sein, wenn ich nicht erfahren hätte, daß Lo Sung einer Chinesin, deren Freund seit dem fünfzehnten April spurlos verschwunden ist, mit frecher Stirn erklärte, der Verschwundene habe sich ins Ausland absetzen müssen und deshalb um Auszahlung seines Guthabens gebeten.«

»Sehr praktisch!« bemerkte der Polizeihauptmann.

»Eben!« erwiderte Cooper und nahm zwei Fotos entgegen, die ihm ein Sergeant überreichte. »Um Gottes willen!« rief er entsetzt, als er die Bilder betrachtete. »Die kann ich einer Frau unmöglich vorlegen. Lassen Sie alles abdecken und nur von den Gesichtern Kopien machen.«

Wie sehr Gordon Cooper auch darauf brannte, zu erfahren, ob einer der Toten Su-sus früherer Freund war, ihm graute vor der Stunde, da er ihr die Fotos vorlegen mußte. Zu seiner großen Verwunderung reagierte sie jedoch völlig anders, als er es befürchtet hatte. Gewiß, sie verlor alle Farbe, als er ihr nach entsprechender Vorbereitung die Bilder vorlegte und sie fragte, ob sie einen der Toten kenne. Sie schrie aber weder auf, noch weinte oder wehklagte sie. Es war, als sei sie erstarrt.

Lange blickte sie regungslos auf die Fotos, die sie Cooper schließlich stumm zurückreichte.

»Kennst du einen der Männer?« wiederholte er seine Frage und legte seinen Arm wie schützend um sie.

Ihr Kopf sank gleich einer verwelkenden Blume an seine Brust. »Ja«, antwortete sie kaum hörbar. »Lo Sung hat mich belogen. Mein Freund ist tot.«

Er strich beruhigend über ihr blauschwarzes Haar.

Ganz langsam hob sie ihr Gesicht. Ihre Augen hatten den stumpfen Glanz einer Perle. »Woher hast du die Bilder?«

»Von der Polizei«, antwortete er zögernd. »Aber das muß unter uns bleiben. Ich bin hier, um eine Sache aufzuklären, die Lo Sung höchstwahrscheinlich ebenso auf dem Gewissen hat wie den Tod deines Freundes.«

Sie legte ihre Wange an seine Brust. »Ich habe so etwas geahnt. Lo Sung ist gefährlich. Er gleicht einer Spinne, die im verborgenen auf der Lauer liegt. In Nanking haben viele Angst vor ihm gehabt.«

»Jetzt liegen wir beide auf der Lauer«, erwiderte Gordon Cooper und beugte sich zu Su-su hinab. »Wirst du mir helfen?«

Sie nickte.

Er küßte sie und dachte: Wenn Harrison mich eben gehört hätte, würde er mich auf der Stelle zum Teufel jagen. Ich weiß aber, daß ich mich auf Su-su wie auf mich selbst verlassen kann.

## 17

Der Himmel war mit Sternen gepudert, und nur noch wenige Neonlichter hinderten die Nacht daran, in den Armen der Dunkelheit
zu schlafen, als Gordon Cooper in einem Taxi nach Stanley zurückkehrte. Erfüllt von Su-sus zärtlicher Hingabe schwang der bese-
liegende Rausch in ihm weiter, der wie ein alles verzehrendes Feuer
über ihn gekommen war. Dennoch wanderten seine Gedanken von
ihr fort, da ihm die Ermittlungen und Feststellungen des letzten
Tages nicht aus dem Kopf gingen. Lo Sung war schwer belastet,
nachzuweisen war ihm jedoch lediglich, daß er von einem Toten
behauptet hatte, er lebe und habe sich ins Ausland abgesetzt.
Deshalb ein Verfahren gegen ihn einzuleiten, wäre unsinnig gewesen und hätte ihn nur gewarnt. Im Augenblick konnte Cooper
nichts anderes tun, als sich mit Geduld zu wappnen und systematisch alles zu durchdenken, was er über die mysteriöse Dschunke
und Su-sus toten Freund gehört hatte. Nur so bestand die Möglichkeit, irgend etwas zu finden, das ihn weiterbringen konnte.

Coopers intensive Überlegungen und Kombinationen ließen ihn
bald erkennen, daß ihm bei der Beurteilung der Frage nach dem
Motiv ein entscheidender Fehler unterlaufen war, als er annahm,
daß Geld die treibende Kraft gewesen sein könnte. Wohl mochte
Sorokins Ableben für andere von Nutzen sein, der Tod von Su-sus
Freund aber kostete zumindest eine mit einem teuren Spezial-
motor ausgerüstete Dschunke, und es war nicht anzunehmen, daß
Su-sus Freund bei Lo Sung über ein Guthaben verfügte, das den
Verlust eines solchen Schiffes hätte ausgleichen können. Es mußten
also andere Gründe dafür bestimmend gewesen sein, den jungen
Mann in ein nach menschlichem Ermessen aussichtsloses Gefecht
zu treiben, und weil der Gejagte das gegen ihn gerichtete üble Spiel
am Schluß wohl selbst erkannt hatte, versuchte er sich im Sterben
durch Nennung der Firma zu rächen, für die er tätig gewesen
war.

Aber noch ein anderes Problem beschäftigte Gordon Cooper.
Was wird eigentlich zwischen Hongkong und Macao geschmuggelt, fragte er sich, und als er diese Frage am nächsten Morgen
dem Inder Rajan und später auch Su-su stellte, die nun täglich mit
ihm nach Victoria fuhr, da konnten ihm zu seiner Verwunderung
beide keine Antwort geben. Das vermochten ebenfalls Ah Boon
und Lo Sung nicht, die er unter Hinweis auf einen Zeitungsartikel
befragte.

»Ich glaube, es wird überhaupt nichts geschmuggelt«, erklärte Ivo Sorokins Kompagnon verächtlich. »Das ist alles nur ein Gerede, um das auf den Hund gekommene Macao für Touristen interessant zu machen.«

»Was führte eigentlich zum Niedergang der Kolonie?« erkundigte sich Cooper im Bestreben, das Gespräch nicht in eine andere Richtung verlaufen zu lassen.

Ah Boon hob beschwörend die Hände. »Sollten Sie jemals nach Macao fahren, dann benutzen Sie, wenn Sie keine Schwierigkeiten haben wollen, dort niemals das Wort ›Kolonie‹. Für die Portugiesen ist Macao eine ›überseeische Provinz‹!«

Gordon Cooper lachte. »Raffiniert ausgedrückt!«

»In diesem Fall sogar mit einer gewissen Berechtigung«, gab Ah Boon zu bedenken. »Macao, das früher den Namen A-Ma-Kao hatte, was übersetzt ›Bucht der Seegöttin Ama‹ heißt, wurde China vor Jahrhunderten nicht geraubt wie Hongkong und andere Kolonien. Portugiesische Schiffe befreiten uns mit ihren weitreichenden Geschützen von japanischen Piraten, die einstmals vor unseren Küsten kreuzten und unsere Seewege kontrollierten. Als Zeichen des Dankes schenkte der regierende Sohn des Himmels den Portugiesen die ›Bucht der Seegöttin Ama‹, die dann durch die sich rücksichtslos gebärdenden Söhne Portugals allerdings zu einem Schröpfkopf am Leibe Chinas wurde.«

»Und wodurch kam Macao auf den Hund, wie Sie es nannten?«

»Da gibt es mehrere Gründe«, antwortete Ah Boon, wobei er mit den borstigen Haaren spielte, die aus seiner Wangenwarze herauswuchsen. »Der schwerste Schlag dürfte der Verlust des Opiummonopols gewesen sein. In Macao wurde Opium früher offen auf der Straße verkauft. Heute macht China das Geschäft, indem es die westliche Welt über alle möglichen unbekannten Pfade versorgt.«

»Also wird Opium geschmuggelt!« triumphierte Cooper.

Ah Boon lächelte. »Gewiß, aber nicht über Macao. Warum so kompliziert, wenn man die Ware in jedem chinesischen Hafen verladen kann? In der ›überseeischen Provinz‹ sind die süßen Träume heute sogar verboten, und Mao Tse-tung achtet streng darauf, daß die von ihm geforderten Bestimmungen zur ›moralischen Erneuerung der Enklave‹ nicht nur erlassen, sondern auch eingehalten werden.«

Wenn China in dieser seltsamen Domäne so viel zu sagen hat, dann wird es auch andere Dinge über Macao abwickeln, dachte Cooper insgeheim.

Ah Boon kicherte vor sich hin. »Den Krieg gegen die leichten Mädchen der Rua da Felicidada hat Mao allerdings verloren, wenngleich hauteng gekleidete Damen nicht mehr zu sehen sind. Dafür gibt es jetzt eine Unzahl von munteren Soubretten und tüchtigen Masseusen. Hihihi . . . !«

Cooper lachte vorsorglich mit und stellte dann eine Frage, die sich ihm zwangsläufig aufdrängte: »Warum unternimmt die Volksrepublik nichts gegen ein in ihrem Fleisch sitzendes Provinzchen wie Macao, dessen kapitalistische Ausrichtung ihr doch zuwider sein muß?«

Um Ah Boons Lippen spielte ein überlegenes Lächeln. »Weil Macao ein Tor ist, das man benötigt, wenn man die Verbindung mit der Welt nicht verlieren will. Denken Sie nur an die Agenten aller Herren Länder, die sich dort ein Stelldichein geben. In Macao wird niemand angetastet, und dafür, daß es so bleibt, sorgen fünftausend in portugiesischen Diensten stehende und von Mao Tse-tung geduldete Negersoldaten aus Mozambique.«

Es wird höchste Zeit, daß ich mir diesen merkwürdigen Ort einmal ansehe, dachte Cooper und rief zur Mittagsstunde Su-su an, die er nach einigen verliebten Komplimenten bat, sich für den nächsten Tag frei zu nehmen, da er sich angesichts der in ihm brennenden Sehnsucht entschlossen habe, mit ihr einen Ausflug nach Macao zu machen.

Su-su freute sich wie ein Kind, sie war aber klug genug, um zu wissen, daß Cooper sich von dem Ausflug etwas anderes als die Befriedigung seiner Sehnsucht erhoffte.

Die Beschaffung der portugiesischen Visa bereitete keine Schwierigkeiten, und Gordon Cooper war in bester Stimmung, als er mit Su-su, die ein duftiges, dunkelblau punktiertes und von einer Kragenschleife gehaltenes Kleid angezogen hatte, am Connaught Road Pier eines der Wassergleitboote bestieg, die in Abständen von dreißig Minuten mit einer Geschwindigkeit von sechzig Stundenkilometern zwischen Hongkong und Macao hin und her jagen.

Su-su fand es herrlich, auf den Gleitern eines ›Hydrofoils‹ über das Meer hinwegzujagen und im hochsprühenden Gischt alle Farben des Spektrums glitzern zu sehen. Im übrigen tat sie stets das, was Gordon Cooper gerade tat. Schaute er nach Westen, dann reckte sie ihr Köpfchen in die westliche Richtung. Blickte er sie verliebt an, dann erzählten ihm ihre Augen süße Geschichten. Legte er den Arm um sie, dann schmiegte sie sich wie ein Kätzchen an ihn. Nur als er sich einmal die Nase schneuzte, verharrte sie still, wobei sie ihn allerdings wie ein Hündchen anschaute, das darauf wartet, einen neuen Befehl zu erhalten.

Nach einer gut einstündigen Fahrt legte das Gleitboot am Kai von Macao an, nachdem es sich durch eine wahre Flotte von Dschunken hatte hindurchwinden müssen. Gordon Cooper sah, daß die Schiffe überall be- und entladen wurden und daß niemand kontrollierte, was sich an den an wippenden Bambusstangen hängenden Körben befand, die eilfertige Kulis durch das am Ende der Hauptstraße gelegene große ›Macao-China-Tor‹ trugen. Weder die auf portugiesischer Seite stehenden afrikanischen Negersoldaten noch die hinter dem Tor patrouillierenden Chinesen mit dem Sowjetstern an der Mütze interessierten sich für die nach China gehenden beziehungsweise von dort kommenden Waren.

Cooper erkannte unschwer, daß es müßig war, darüber nachzugrübeln, was zwischen Hongkong und der ›überseeischen Provinz‹ geschmuggelt werden könnte. Macao war ein Freihafen von Chinas Gnaden, der unbegrenzte Möglichkeiten bot. Macao war aber auch ein Stück Mittelalter, und beim Anblick der wie eine Theaterkulisse aussehenden Ruine der St.-Pauls-Kirche dachte Cooper unwillkürlich an Margit Holstein, die ihm gewiß sofort hätte sagen können, in welchem Jahre die alte Jesuitenkirche ein Opfer der Flammen geworden war. Zweifellos würde sie auch die Geschichte des Springbrunnens auf der Praya Grande gekannt haben, auf dessen Rand Gordon Cooper sich mit Su-su setzte, um das aus portugiesischen und chinesischen Elementen gebildete Mischmasch von Bauwerken auf sich einwirken zu lassen. Arkaden, schmiedeeiserne Balkone und Kirchen aus der Jesuitenzeit konnten nicht darüber hinwegtäuschen, daß man sich in Ostasien befand.

Hand in Hand durchwanderten Cooper und Su-su die Straßen und Gassen, bis sie vor einem der Spielkasinos standen, die Macao einstmals zum Monte Carlo des Ostens gemacht hatten. Die große Zeit war jedoch dahin. Man spielte nicht mehr in pompösen, von Kristall-Lüstern erhellten Sälen, sondern in einfach verputzten Räumen, in denen sowohl Kulis als auch Millionäre, Zuhälter, Bankiers, Bauernmädchen, Dirnen, Angestellte und Taschendiebe ihre Spielleidenschaft abreagieren. Tag und Nacht wird dort ohne Unterbrechung ›Sic-chai‹ und ›Fan-tam‹ gespielt, wobei entweder die Augenzahl eines Wurfes mit drei Würfeln geschätzt werden muß oder anzusagen ist, wieviel weiße Chips unter einem umgestülpten Silberbecher liegen.

Das von Su-su und Gordon Cooper aufgesuchte Spielkasino war in der untersten Etage so überfüllt, daß es ihnen nicht gelang, auch nur einen einzigen Blick auf den mit grünem Filz überzogenen Spieltisch zu werfen. Dann aber entdeckte Cooper über dem Tisch ein großes Loch in der Decke, durch das an Bindfäden hängende kleine Körbchen herabgelassen und hochgezogen wurden. Da er nicht begriff, was das zu bedeuten hatte, begab er sich mit Su-su in die zweite Etage, wo es ihm jedoch ebenfalls nicht möglich war, sich durch die Menschen zu zwängen, die sich um eine die Deckenöffnung umgebende Balustrade drängten und gebannt in die Tiefe starrten. Da auch hier wieder die Decke zur nächst höheren Etage ein großes Loch aufwies, durch das weitere an Bindfäden hängende Bambuskörbchen hinauf und hinunter schwebten, stieg Cooper mit Su-su zur dritten Etage empor, in der es ihnen endlich gelang, einen Platz an der Brüstung zu erhalten. Was sie nun aber zu sehen bekamen, überraschte beide so sehr, daß sie hellauf lachten. Aus der Vogelperspektive erblickten sie den in der untersten Etage stehenden, von Menschenleibern umlagerten Spieltisch, auf dem gewürfelt wurde und hemdsärmelige Croupiers damit beschäftigt waren, umherliegende weiße Chips zu zählen. Aber nicht nur das Publikum der ersten Etage setzte seine Wetten, das taten auch die Besucher der zweiten und der dritten Etage, die ihre Einsätze mit Hilfe der an Fäden hängenden kleinen Körbchen leisteten. Schleierhaft blieb nur, wie man in dem unglaublichen Durcheinander eine Übersicht behalten konnte.

»Daß es so etwas gibt, hätte ich nicht für möglich gehalten«, sagte Cooper lachend an Su-su gewandt, die mit glänzenden Augen auf den Spieltisch starrte.

»Darf ich auch einmal setzen?« fragte sie ihn atemlos.

Er sah sie verwundert an. »Ist das dein Ernst?«

»Natürlich!« antwortete sie und machte kein Hehl daraus, daß die allen Völkern Ostasiens eigentümliche Spielleidenschaft auch in ihr schlummerte.

»Gut«, erwiderte Cooper amüsiert, und er griff eben nach einem Bambuskörbchen, als er in der zweiten Etage jemand wiehernd lachen und »Hah, no problem, no problem!« rufen hörte.

Wie von einer Tarantel gestochen zuckte Gordon Cooper zusammen. Das Lachen und die Stimme kannte er doch! Er blickte nach unten und glaubte einer Halluzination zum Opfer gefallen zu sein: Lim Swee Long, den er des Mordanschlages auf Ivo Sorokin verdächtigte, stand an der Balustrade der zweiten Etage und entleerte gerade ein mit Geldscheinen bis oben hin gefülltes Körbchen. Ohne den Blick von dem Chinesen zu wenden, ergriff Cooper Su-sus Hand und zog sie dicht an sich heran. »Siehst du den zierlichen Mann dort, der das Geld aus dem Körbchen nimmt«, flüsterte er ihr zu.

»Ja«, antwortete sie und schaute erwartungsvoll zu ihm hoch.

»Jetzt kannst du mir entscheidend helfen«, raunte er ihr ins Ohr. »Geh hinunter und halte dich in der Nähe des Mannes auf, der wahrscheinlich bald aufbrechen wird, um seinen Gewinn in Sicherheit zu bringen. Folge ihm dann unauffällig, bis du weißt, wo er wohnt. Mich darf er nicht sehen, weil er mich kennt. Ich bleibe jedoch hinter dir und passe auf dich auf. Alles klar?«

Su-su nickte.

»Aber nicht unmittelbar hinter ihm hergehen!«

»Du wirst mit mir zufrieden sein«, erwiderte Su-su selbstbewußt und verließ die Balustrade wie jemand, der die Lust am Zuschauen verloren hat.

Gordon Cooper trat vorsorglich etwas zurück, um augenblicklich aus dem Blickfeld verschwinden zu können, wenn Lim Swee Long zufällig nach oben sehen sollte. Der Chinese zählte gerade das gewonnene Geld, als Su-su hinter den ihn umstehenden Männern und Frauen erschien, und es freute Cooper zu sehen, daß sie weder zu ihm hinauf schaute noch zu dem Gewinner hinüber blickte, sondern sich neben ein junges Mädchen stellte.

Lim Swee Long stopfte sein Geld in die Hosentaschen und wandte sich um.

Su-su bückte sich, als habe sie etwas verloren.

Cooper lobte sie insgeheim, da er erkannte, daß es ihr nur darum ging, ihr Gesicht zu verbergen.

Lim Swee Long verließ den Spielsaal.

Gordon Cooper eilte zum Treppenhaus.

Su-su folgte ihrem Landsmann erst, als dieser fast schon die unterste Etage erreicht hatte.

Cooper bildete die Nachhut und überlegte, ob er es riskieren sollte, sich an einen Polizeibeamten zu wenden. Lim Swee Long konnte immerhin nachgewiesen werden, daß er sich gefälschter Papiere bedient hatte. Aber kam es in der Hochburg für Fälschungen aller Art nicht einer Beleidigung gleich, von einer läppischen ›Paßbeschaffung‹ zu sprechen? Cooper konnte im Augenblick nichts anderes tun, als den Wohnsitz des Verdächtigen zu ermitteln. Auf irgendeine Weise mußte er dann später versuchen, ihn nach Hongkong zu locken.

Ein Fieber erfaßte Gordon Cooper, der zum erstenmal spürte, daß er nahe daran war, die ihm vom Secret Service gestellte Aufgabe zu lösen.

Lim Swee Long überquerte die Straße und bog in eine Seitengasse ein, die zur Rua da Felicidada führte. Ohne zu ahnen, in welch verrufene Gegend sie gelangte, trippelte Su-su in gemessenem Abstand hinter ihm her, bis er die Hauptstraße erreichte und ein Lokal aufsuchte, vor dem ein dickbauchiges portugiesisches Weinfaß stand.

Da Cooper sich vorsorglich auf die andere Straßenseite begeben hatte, blieb er stehen und trat an die Auslage eines Geschäftes heran, in dessen Scheibe er Su-su beobachten konnte, die ihre Schritte verlangsamte, schließlich die Straße überquerte und auf ihn zuging.

Sie wird wissen wollen, was sie jetzt tun soll, dachte Cooper, und er täuschte sich nicht.

Su-su näherte sich wie zufällig dem Schaufenster und betrachtete interessiert die ausgestellten Bleistifte, Füllfederhalter, Postkarten und Bücher. Dabei fragte sie, ohne den Kopf zu wenden: »Soll ich in das Lokal gehen?«

»Nein«, antwortete er und setzte sich in Bewegung, um in die

Richtung zurückzuschlendern, aus der er gekommen war. »Halte dich in der Nähe auf.«

Keiner von beiden hatte einen Fehler gemacht, das Schicksal aber wollte es, daß ein junger Chinese, der Su-su und Cooper zufällig zuvor auf der Praya Grande am Springbrunnen hatte sitzen sehen, ausgerechnet in dem Augenblick vorbeikam, da Cooper sich von Su-su entfernte.

Die beiden scheinen sich verzankt zu haben, dachte er unwillkürlich und ging auf Su-su zu, die noch immer die Auslage betrachtete. »Darf ich Ihnen die Sehenswürdigkeiten von Macao zeigen?« fragte er ungeniert.

Su-su schrak sichtlich zusammen. »Nein, danke«, antwortete sie hastig. »Ich habe mir schon alles angesehen.«

»Auch das Gedächtnishaus von Doktor Sun Yat-Sen?«

»Ja«, log sie, um den Fremden loszuwerden.

»Und wie steht es mit den Tempelanlagen aus der Ming-Zeit?«

»Die habe ich ebenfalls bereits besucht.«

»Aber die Fabrik für Feuerwerkskörper haben Sie bestimmt noch nicht besichtigt.«

»Nein, und die will ich auch nicht besichtigen!« entgegnete Su-su schärfer, als sie es wollte. »Ich fordere Sie auf, mich nicht zu belästigen!«

Die Augen ihres Landsmannes wurden zu winzigen Schlitzen, er ließ sich aber nicht anmerken, was er dachte, sondern entfernte sich mit einer devoten Verbeugung. An der nächsten Straßenecke blieb er jedoch stehen und schaute zurück, um zu sehen, in welche Richtung seine hübsche Landsmännin gehen möchte. Zu seiner Verwunderung stellte er fest, daß sie sich immer noch in Höhe des Geschäftes aufhielt, vor dem er sie angesprochen hatte. Offensichtlich wartete sie dort auf jemanden. Ob sie hoffte, der ›rote Teufel‹ würde zurückkehren?

Eifersucht und Wut fraßen plötzlich in dem Chinesen. Doch noch während er überlegte, ob er einen zweiten Vorstoß unternehmen sollte, entdeckte er Gordon Cooper, der nicht weit von ihm entfernt langsam auf und ab ging und abwechselnd zu seiner früheren Begleiterin und zum Restaurant ›Maria da Gloria‹ hinüberblickte.

Was mag das zu bedeuten haben, fragte sich der junge Mann und faßte den Entschluß, den Verlauf der Dinge abzuwarten. Vielleicht ermittelte er etwas, das sich auszahlen würde. In Macao hat alles seinen Wert.

Die Geduld des Chinesen wurde auf eine harte Probe gestellt, denn es dauerte über eine Stunde, bis Su-su sich mit einem Male lebhaft in Bewegung setzte. Ein schneller Blick zeigte ihm, daß auch der von ihm beobachtete Europäer Schritt faßte. Folgten die beiden jemandem? Womöglich dem zierlichen Mann, der aus dem

Restaurant herausgekommen war? Eine Art Jagdfieber erfaßte ihn, da kein Zweifel darüber bestehen konnte, daß zwischen seiner hübschen Landsmännin und dem ›roten Teufel‹ eine Absprache bestand.

Su-su und Cooper ahnten nicht, daß sie beobachtet wurden, der junge Chinese aber wußte nach dem Passieren einiger Straßen und Gassen, daß er sich nicht getäuscht hatte. Er eilte deshalb sofort hinter seinem kleinen Landsmann her, als dieser in ein wenig ansehnliches Gebäude eintrat.

Während Su-su langsam weiterging und überlegte, ob ihr Auftrag nun wohl zu Ende sei, überquerte Gordon Cooper die Straße und schaute sich im Vorbeigehen einige neben der Haustür angebrachte Firmenschilder an, die ihm jedoch nichts besagten. Er kehrte daher auf die andere Straßenseite zurück, wo er hinter einem Lastwagen Stellung bezog, um das Haus unauffällig im Auge behalten zu können. Doch kaum schaute er zur Fassade hoch, da bemerkte er, daß in der zweiten Etage ein Fenster aufgerissen wurde, hinter dem Lim Swee Long mit einem jungen Chinesen erschien, der lebhaft auf Su-su deutete, die unterhalb des Hauses auf und ab promenierte.

Sekundenlang begriff Cooper nicht, was das zu bedeuten hatte, dann aber, als er sah, daß beide Männer hastig verschwanden, wurde ihm klar, daß Su-su in Gefahr geraten war. Wieso und warum, das wußte er nicht. Er spürte nur, daß er blitzschnell handeln mußte, und eilte auf Su-su zu, faßte sie bei der Hand und lief mit ihr davon.

»Was hast du?« rief sie erschrocken.

Cooper rannte mit ihr um eine Ecke und gewahrte in geringer Entfernung das Portal des Central Hotel. Ohne lange zu überlegen eilte er darauf zu und zog Su-su in den Eingang hinein. »Verschwinde in der Toilette«, sagte er ihr und drängte sie in den Hintergrund. »Mich findest du im Vestibül. Bleibe aber mindestens zehn Minuten fort.«

Su-su ging schnell in die gewiesene Richtung, und Gordon Cooper trat an einen der freien Tische heran, nahm ein dort liegendes Tagesblatt auf, faltete es auseinander und setzte sich so, daß er den Hoteleingang hinter der vorgehaltenen Zeitung unbemerkt beobachten konnte. Seine Befürchtung trat jedoch nicht ein. Lim Swee Long erschien nicht auf der Bildfläche.

Gordon Cooper fiel ein Stein vom Herzen, wenngleich für ihn alles höchst rätselhaft war. Er vermutete, daß der des Mordanschlages verdächtigte Chinese mit seinem Begleiter plötzlich am Fenster verschwunden war, um auf die Straße zu laufen und Su-su zu stellen. Wie immer die Dinge aber auch liegen mochten, er mußte dafür sorgen, daß Su-su unauffindbar blieb, weil er sonst gezwungen sein konnte, einzugreifen, wodurch Lim Swee Long gewarnt sein würde. Der Schlüssel zur Lösung des ihm erteilten Auftrages lag mit großer Wahrscheinlichkeit bei dem feingliedrigen Chinesen, und Cooper war nicht gewillt, die Chance zu gefährden, die das Glück ihm nun beschert hatte.

Kurz entschlossen erhob er sich und ging zur Rezeption, wo eine korpulente Portugiesin Dienst tat. »Entschuldigen Sie, Senhora«, sagte er ohne Umschweife. »Könnte ich bis zum Abend ein Zimmer bekommen? Eine Bekannte von mir fühlt sich nicht wohl, und ich möchte, daß sie sich etwas hinlegt.«

Die Portugiesin lächelte hintergründig. »Selbstverständlich können Sie ein Doppelzimmer haben. Wünschen Sie es mit oder ohne Bad?«

»Mit Bad«, antwortete Gordon Cooper steif. »Wäre es Ihnen auch möglich, mir zwei Tickets für das Nachtschiff nach Hongkong zu besorgen?«

»Aber gewiß, Sir«, erwiderte die Portugiesin und machte sich eine Notiz. »Eine Doppelkabine erster Klasse für heute abend. Wenn Sie etwas zu essen oder zu trinken haben möchten, brauchen Sie nur zu klingeln. Speise- und Getränkekarte finden Sie auf dem Zimmer. Die Hotelrechnung sowie den Fahrpreis für das Nachtschiff bitte ich gleich zu regulieren.«

Das ist ja wie in einem Absteigequartier, dachte Cooper empört. Am liebsten hätte er auf der Stelle kehrtgemacht, doch er durfte nichts gefährden und wollte lieber Spießruten laufen, als Lim Swee Long in Begleitung von Su-su zu begegnen. Also zahlte er, was von ihm gefordert wurde, und es machte ihm kaum noch etwas aus, als die korpulente Portugiesin bei Su-sus Erscheinen die Lippen spitzte und einen anerkennenden Laut von sich gab.

Wie schon zuvor, so stellte Su-su auch jetzt keinerlei Fragen, als Cooper sie zum Lift führte, in dem er hörbar aufatmete, als sich die Aufzugstür hinter ihnen schloß.

»Ich erkläre dir gleich alles«, sagte er ihr, als sich der Lift in Bewegung setzte.

Su-su lächelte ihn verschmitzt an. »Du hast ein Zimmer gemietet?«

Er nickte. »Aber nicht, weil die Sehnsucht zu groß ist.«

Sie legte ihren Zeigefinger auf den Mund. »So etwas sollte ein Mann einer Frau nicht sagen.«

Er öffnete die Aufzugstür, vor der ein Boy stand, der sie in ein Zimmer führte, das muffig roch und altmodisch eingerichtet war. Das störte aber weder Gordon Cooper noch Su-su, die sich umarmten, als sie alleine waren.

Minutenlang standen sie eng umschlungen, dann führte Cooper seine Geliebte zu einer Sesselgruppe, deren Armlehnen mit Spitzendeckchen versehen waren. »Jetzt werde ich dir erst einmal erzählen, warum ich dich vorhin so plötzlich fortgezogen habe«, sagte er ihr und schilderte mit wenigen Worten, welche Beobachtung er gemacht hatte.

Su-su schüttelte den Kopf, als Cooper schwieg. »Das Ganze ist wirklich sehr merkwürdig. Aber wer ist der Mann, dem ich folgte und der mich deshalb wahrscheinlich zur Rede stellen wollte?«

»Lim Swee Long ist sein Name«, antwortete Gordon Cooper und begann in aller Ausführlichkeit zu berichten, was sich auf der Überfahrt nach Ostasien an Bord der ›Bayern‹ ereignet hatte und wie er Ivo Sorokins Privatsekretär geworden war. Dabei verheimlichte er nicht, daß er den Auftrag erhalten hatte, Anschluß an den Waffenhändler zu suchen, er verschwieg jedoch, daß er zum Secret Service gehörte, und erweckte den Eindruck, als sei er zum Schutz des international bekannten Geschäftsmannes Sorokin abkommandiert worden.

Als er endete, setzte sich Su-su auf seinen Schoß und kuschelte sich an ihn. »Jetzt liebe ich dich noch viel, viel mehr.«

»Weil ich einen Waffenhändler beschütze?« fragte er belustigt.

»Nein, weil du es dir zur Aufgabe gemacht hast, böse Menschen zu entlarven.«

Er strich über ihr samtweiches Haar. »Das stimmt nur bedingt. Die Genugtuung, einen Gegner zu erledigen, ist dominierender als der Gedanke, der Menschheit einen Dienst zu erweisen.«

Sie küßte seine Nasenspitze. »Und wie geht es nun weiter?«

»Wir bleiben in diesem Zimmer, bis es dunkel geworden ist, und dann fahren wir mit dem Nachtboot in einer Doppelkabine erster Klasse nach Hongkong zurück.«

Su-su schlang ihre Arme um Coopers Hals. »So schön der Gedanke ist, meine Frage bezog sich auf die Herren Lim und Lo Sung. Was wirst du jetzt unternehmen?«

Er zuckte die Achseln. »Das kann ich erst sagen, wenn ich mich mit Captain Collins unterhalten habe. Wir müssen einen Weg finden, Lim Swee Long nach Hongkong zu locken. Auf portugiesischem Territorium sind wir machtlos.«

Su-su schnupperte an Coopers Wange. »Kann ich dir nicht irgendwie helfen?«

»Das ist durchaus möglich«, antwortete er und zog sie an sich. »Laß uns zusammen überlegen. Vielleicht fällt uns etwas Hübsches ein.«


Mitternacht war bereits vorüber, als der wegen seiner bequemen Doppelkabinen von Liebespärchen überaus geschätzte Dampfer ›Macao‹ nach einer Fahrzeit von fast vier Stunden in Hongkong anlegte. Da um diese Zeit nicht zu befürchten war, beobachtet zu werden, suchte Gordon Cooper sogleich das in der Connaught Road gelegene Polizeirevier auf, nachdem er Su-su in ein Taxi gesetzt und sie gebeten hatte, nicht unruhig zu werden, wenn es bis zu seiner Rückkehr eine Weile dauern würde. Sie hatte es als Geldverschwendung bezeichnet, daß sie in einem Wagen auf ihn warten sollte, doch er gestattete ihr nicht, in der Dunkelheit im Freien zu bleiben.

Vom Polizeirevier aus ließ Cooper sich mit der Wohnung von Captain Collins verbinden, und nachdem er sich bei diesem für den späten Anruf entschuldigt und ihm sein Erlebnis in Macao geschildert hatte, bat er den Polizeihauptmann, ihm zu sagen, ob er irgendeine Möglichkeit sehe, den zufällig wiedergefundenen Chinesen durch Einschaltung portugiesischer Behörden festzunehmen.

»Das ist völlig ausgeschlossen«, erklärte ihm Captain Collins. »Was Sie gegen Lim Swee Long vorbringen, sind durch nichts zu belegende Vermutungen, die nicht genügen, um drüben polizeiliche Unterstützung zu erhalten. Sie dürfen nicht vergessen, daß man in Macao sehr vorsichtig geworden ist, seit Mao Tse-tungs Agenten unter den Arkaden der Liliputprovinz darauf achten, daß nichts geschieht, was Chinas Interessen zuwiderläuft. Solange Sie keine handfesten Beweise dafür besitzen, daß Lim Swee Long jemanden umgebracht hat, wird er behaupten, man verfolge ihn einzig und allein, weil er Chinese und Kommunist ist. Nur wenn Sie ihn nach Hongkong bringen, kann ich Ihnen helfen, andernfalls nicht.«

»Und was würden Sie von einer Überwachung des Schiffsverkehrs halten?«

Captain Collins lachte. »Selbst wenn wir wüßten, daß Ihr Mister Lee jede Woche einmal hierherkommt, könnte ich es nicht verantworten, den Schiffsverkehr zwischen Macao und der Kronkolonie Tag und Nacht überwachen zu lassen. Über so viel Beamte verfügen wir nicht. Außerdem würde ihr Auftrag praktisch darauf hinauslaufen, eine Stecknadel zu suchen, die wie jede andere aussieht.«

Gordon Cooper sah ein, daß Captain Collins ihm nicht helfen konnte. Er entschuldigte sich deshalb nochmals für die nächtliche Störung und kehrte zu Su-su zurück, die brav in ihrem Taxi sitzend auf ihn wartete.

»Das ging aber schnell«, sagte sie ihm, als er in den Wagen einstieg.

»Gott sei Dank!« erwiderte er, um sich seine Enttäuschung nicht anmerken zu lassen. Dann nannte er dem Fahrer das Ziel und legte seinen Arm um Su-su.

»Traurig?« fragte sie ihn ahnungsvoll.

»Ein bißchen«, antwortete er bedrückt.

Sie schloß die Augen und dachte: Merkwürdig, daß mit einer gewissen Trauer überlagerte Stunden unser Empfinden besonders stark werden lassen. Wie jetzt, da ich mir wünsche, für immer bei Gordon bleiben zu können, aber weiß, daß dies nicht der Fall sein kann. Früher oder später wird er in seine Heimat zurückkehren und an mich wie an eine exotische Blume denken, deren Duft bei aller Schönheit nur aus der Nähe wahrzunehmen ist.

Als hätten ihre Überlegungen sich auf Cooper übertragen, sinnierte er voller Zärtlichkeit: Man müßte Orientale sein, um den Zauber dieser Stunde wiedergeben zu können. Ich liebe Su-su, wie ich noch nie ein Mädchen geliebt habe.

Su-su versuchte Coopers Augen im Schein der vorbeihuschenden Straßenlaternen zu erkennen. »Soll ich in meinem Bericht für Lo Sung erwähnen, daß wir erst mit dem Nachtschiff zurückgekommen sind?« fragte sie ihn leise.

»Natürlich«, antwortete er in der gleichen Weise. »Wir müssen mit der Möglichkeit rechnen, von irgend jemandem gesehen worden zu sein.«

»Das Hotel erwähne ich aber nicht, oder?«

»Nein«, erwiderte er nach kurzer Überlegung. »Du müßtest dann ja entweder den wahren Grund unseres dortigen Aufenthaltes nennen oder bekennen, daß wir uns lieben. Und das wollen wir so lange wie möglich hinausschieben.«

Su-su legte ihr Köpfchen an seine Schulter und schob ihre Hand unter sein Jackett, so daß sie sein Herz schlagen fühlte. »Ich möchte einmal in deinen Armen einschlafen«, flüsterte sie ihm ins Ohr.

Gordon Cooper küßte ihr Haar. »Wenn du willst, übernachten wir morgen im Repulse Bay Hotel.«

Der Abend war mild und die Luft infolge eines von China herüberwehenden Windes angenehm trocken, als Gordon Cooper mit Su-su durch den weiten Speisesaal des Repulse Bay Hotel zur überdachten Terrasse hinausschritt, wo ein Tisch für sie reserviert war, der einen Blick über den Park und die Bucht gestattete. Su-su hatte zur Feier des Tages einen blau und goldgelb schillernden Cheongsam angelegt, und Cooper trug ein weißes Dinnerjackett, das seiner sportlichen Erscheinung eine interessante Note gab. Beide waren in einer festlichen Stimmung, die sie erfaßt hatte, als sie fertig angekleidet aufeinander zugegangen waren. Obwohl sie gemeinsam ein Zimmer bewohnten, hatten sie sich in natürlicher Scheu getrennt voneinander umgezogen: zunächst Su-su, die dann auf den Balkon hinausgegangen war, anschließend Cooper, der Su-su mit einem Glas Sekt in der Hand in den Raum zurückholte. Sie hätte vor Glück weinen mögen, als er ihr einen zarten Kuß gab und wortlos mit ihr anstieß. Sie brauchten sich nichts zu sagen; ihre Augen drückten aus, was sie füreinander empfanden. Als Cooper dann aber noch einen hübschen Jadearmreifen aus seiner Tasche hervorzauberte und ihn Su-su anlegte, da ging es doch nicht ganz ohne Tränen ab.

Gordon Cooper erwies sich als vollendeter Kavalier, und Su-su war überwältigt, als sie mit ihm auf die Hotelterrasse hinaustrat und sah, daß der für sie reservierte Tisch besonders feierlich gedeckt war und von Windlichtern erhellt wurde, die nicht zum Inventar des Hauses gehörten.

»Ich habe das letzte Mal bemerkt, daß dich die infolge der Deckenventilatoren ständig flackernden Kerzen nervös machten«, sagte er ihr, als sie Platz genommen hatte. »Deshalb habe ich diese Lichter gekauft, die du zur Einnerung an diesen Abend mitnehmen kannst.«

Cooper ahnte nicht, daß sich im Verlauf des Abends etwas ereignen würde, das all seine Überlegungen, Kombinationen und Pläne über den Haufen werfen sollte. Es begann damit, daß zu ziemlich später Stunde ein am Nebentisch sitzender Junge plötzlich in die Dunkelheit hinauswies und seinen Eltern zurief: »Da steigt ein roter Lampion in die Höhe!«

Ein Lampion kann doch nicht fliegen, dachte Gordon Cooper verwundert und blickte unwillkürlich nach draußen, wo er zu seiner Überraschung sah, daß genau über der am Meer liegenden Besitzung Ah Boons ein roter Lampion langsam in die Höhe stieg. Wie ist das möglich, fragte er sich.

Er hatte es kaum gedacht, da wirbelten seine Gedanken wie ein Funkenregen durcheinander. Roter Lampion war doch das Kennwort, das Ivo Sorokin ihm genannt hatte! Später hatte er ihn dann gebeten, das Kennwort zu vergessen, wobei er hinzufügte, daß er es mit Ah Boon nur für den Notfall vereinbart habe. Jetzt aber stieg ein offensichtlich an einem Luftballon hängender roter Lampion über dem Anwesen seines Kompagnons in die Höhe! Das konnte kein Zufall mehr sein.

Gordon Cooper schwor sich, innerhalb von vierundzwanzig Stunden zu wissen, welche Bewandtnis es mit dem roten Lampion habe. Nicht die geringste Rücksicht wollte er mehr auf Sorokin nehmen, der möglicherweise doch eine andere Rolle spielte, als es in letzter Zeit den Anschein gehabt hatte.

»Was ist mit dir?« fragte ihn Su-su erschrocken, da sie sich den plötzlich grimmigen Ausdruck seines Gesichts nicht erklären konnte.

Er schaute sie an, als komme er aus einer anderen Welt. »Was soll mit mir sein«, antwortete er ausweichend.

Sie streckte ihm besorgt ihre Hand entgegen. »Deine Stirnadern sind angeschwollen, und die Narbe auf deiner Wange ist ganz rot angelaufen.«

Er ergriff ihre Hand. »Bitte, nimm es mir nicht übel, wenn ich dir jetzt sage, daß ich dich noch in dieser Stunde verlassen muß.«

Su-su erbleichte.

»Wir holen alles nach«, beschwor er sie. »Nichts wird uns verlorengehen. Ich muß nur . . . Mir ist eben ein Gedanke gekommen, der mein sofortiges Eingreifen erforderlich macht.«

Su-su zwang sich, zu lächeln. »Deine Aufgabe hat selbstverständlich den Vorrang. Ich bedaure lediglich, daß ich dir nicht helfen kann.«

»Das kannst du!« erwiderte er, sich über den Tisch beugend und seine Stimme dämpfend. »Wir gehen jetzt auf unser Zimmer und packen unsere Sachen. Zwischendurch reguliere ich die Hotelrechnung. Dann bringe ich dich nach Hause und fahre weiter nach Stanley, wo ich deinen Anruf eine halbe Stunde nach meinem Fortgang erwarte. Sprechen dürfen wir aber nicht miteinander, da die Möglichkeit besteht, daß Sorokins Telefonleitung angezapft ist. Wähle also nur die Rufnummer, und lege den Hörer auf, wenn ich mich gemeldet habe. Hast du verstanden?«

Su-su nickte. »Ich kann mir zwar nicht denken, was du damit bezweckst, aber du wirst es schon wissen. Sage mir nur, wann wir uns wiedersehen werden.«

»Unter Umständen erst in ein paar Tagen, weil ich morgen früh nach Kuala Lumpur fliegen muß.«

Sie sah ihn enttäuscht an. »Und ich soll dich nicht zum Flughafen begleiten?«

Gordon Cooper fuhr sich über die Stirn. »Entschuldige, ich bezog deine Frage auf ein längeres Zusammensein. Selbstverständlich fahren wir gemeinsam zum Flughafen.«

Bereits zwanzig Minuten später verließen sie das Repulse Bay Hotel. Im Gegensatz zu Su-su stieg Cooper jedoch nicht sofort in das Taxi ein, das er beordert hatte. Er suchte vielmehr eine wenige Meter vom Hotel entfernt gelegene öffentliche Fernsprechzelle auf und wählte die ihm vom vorhergehenden Abend bekannte Nummer des Privatanschlusses von Captain Collins, der sich sogleich meldete.

»Denken Sie nicht, es würde mir zur lieben Gewohnheit werden, Sie des Nachts zu stören«, sagte er ihm zur Begrüßung. »Es brennt aber plötzlich so lichterloh, daß ich Sie einschalten muß.«

»Wenn Sie in Ihrer Sache weiterkommen, dürfen Sie mich die ganze Nacht über in Anspruch nehmen«, erwiderte der Polizeihauptmann zuvorkommend.

»Sehr liebenswürdig«, entgegnete Cooper und blickte zu dem Taxi hinüber, in dem Su-su Platz genommen hatte. »Ich rufe Sie aus einer Telefonzelle an, um Sie zu bitten, sich sofort mit der Außenstelle von M.I.5 in Singapore ins Benehmen zu setzen und dafür zu sorgen, daß die Telefonverbindung zu Mister Sorokin noch heute nacht blockiert wird. Ich muß eine Garantie dafür haben, daß zwischen ihm und seinem hiesigen Kompagnon kein Gespräch mehr geführt werden kann!«

»Das wird eine harte Nuß für mich werden!«

»Für mich ist sie härter«, erklärte Gordon Cooper unbekümmert.

»Ich habe noch allerhand zu erledigen und muß morgen früh nach Kuala Lumpur fliegen, um Mister Sorokin auseinanderzunehmen. Das kann mir aber nur gelingen, wenn die Telefonverbindung zu ihm unterbrochen ist. Am einfachsten wird es sein, wenn unser V-Mann in Kuala Lumpur die zum Haus von Sorokin führende Leitung durchzwickt. Ich habe zufällig gesehen, daß dort noch kein Erdkabel verlegt ist.«

»Wenn wir es mit einer Freiluftleitung zu tun haben, ist die Geschichte überhaupt kein Problem«, rief der Polizeihauptmann erfreut. »Sonst noch Wünsche?«

»Im Augenblick nicht. Es könnte aber sein, daß ich Sie morgen von Malaya aus anrufen muß. Bis wann sind Sie im Dienst?«

»Bis fünf Uhr. Ab sechs können Sie mich immer zu Hause erreichen.«

Gordon Cooper dankte Captain Collins für die Unterstützung, und nachdem er sich verabschiedet hatte, begab er sich zum Taxi, wo Su-su ihm glücklich entgegenblickte. Sie spürte, daß sie nur gewinnen konnte, wenn sie ihre Enttäuschung über die Entwicklung des Abends verbarg und Verständnis für Coopers Pflichtbewußtsein zeigte. Aus diesem Grunde war sie auch nicht traurig, als er ihr zum Abschied nur einen Handkuß gab. Sie wußte, daß der Abend für ihn zu bewegend gewesen war, als daß er seine Empfindungen vor einem fremden Menschen hätte zur Schau stellen können.

»Ich danke dir für deine Liebe«, flüsterte sie ihm zu, als er sich über ihre Hand beugte. »Du hast mich zur glücklichsten Frau gemacht.«

Als Gordon Cooper eine Viertelstunde später den Bungalow von Ivo Sorokin erreichte, lief ihm der Boy Tim in einem viel zu langen Nachthemd entgegen.

»Rajan gehört hat Kommen von Mister«, sagte er noch halb verschlafen. »Mich geweckt. Nicht gut, wenn Mister sagen, nicht kommen und doch kommen.«

Cooper fuhr ihm durch die Haare. »Hast recht. Es kam aber etwas dazwischen.«

Tim sah ihn mitfühlend an. »Mädchen nicht gut Hupp-hupp?«

Gordon Cooper knallte ihm eine Ohrfeige. »Wie oft habe ich dir schon gesagt, daß ich davon nichts hören will.«

Der Boy schrie, als würde er aufgespießt. »Ai-ya! Ai-ya! Mister schlimm reden. Alle sprechen von Hupp-hupp. Nur Mister nicht. Wenn Mister anders, ich unschuldig. Macht nichts. Wollen Bier — können.«

»Ja, bring mir ein Bier«, antwortete Cooper wütend und dachte kopfschüttelnd: Jetzt hält man mich schon für andersherum.

Tim eilte davon, und Cooper konnte sich ein Lachen nicht verkneifen, als er die flinken nackten Füße des Boys unter dessen zu langem Nachthemd hervorkommen sah.

Gleich darauf kehrte Tim zurück und servierte eine in einem silbernen Thermobehälter steckende Flasche Bier.

»Jetzt gehst du schnell wieder ins Bett«, sagte ihm Cooper versöhnlich.

»Hah, nun Mister gut reden«, erwiderte der Boy strahlend und verneigte sich, als habe er einen Siegeslorbeer in Empfang genommen.

Wenige Minuten später schellte das Telefon. Cooper ließ es ein paarmal rasseln, bevor er den Hörer abhob und sich meldete. Sekundenlang vernahm er Su-sus Atem, dann knackte es, und er wußte, daß sie den Hörer wieder aufgelegt hatte. Nun drückte auch er die Gabel seines Apparates herunter und rief mit freudig erregter Stimme: »Das ist ja eine große Überraschung. Wie geht es Ihnen, Mister Sorokin?« Danach schwieg er eine Weile, um ein Gespräch vorzutäuschen, und entgegnete schließlich: »Aber gewiß, Mister Sorokin. Spätestens morgen mittag bin ich bei Ihnen.« Anschließend machte er noch mehrere Male eine Pause, die er jeweils mit »Ja!«, »Nein!« oder »Selbstverständlich!« beendete, um sich zu guter Letzt zu verabschieden, den Hörer aufzulegen und nach Tim zu klingeln, der so schnell zur Stelle war, daß kein Zweifel darüber bestehen konnte, daß er hinter der Tür gelauscht hatte.

Gut, daß ich mich nicht auf den Anruf beschränkt, sondern auch ein Gespräch vorgetäuscht habe, dachte Gordon Cooper, mit sich selbst zufrieden, und sagte dem Boy: »Mister Sorokin hat soeben angerufen und mich beauftragt, morgen früh nach Kuala Lumpur zu fliegen und dich mitzubringen.«

Die Augen Tims weiteten sich. »Ich fliegen . . .?«

»Ja, du fliegst! Mister Sorokin darf endlich im Rollstuhl sitzen und möchte, daß du ihn versorgst und seine Kleiderei in Ordnung hältst. Das ist eine große Ehre für dich.«

Der Boy wußte nicht, ob er weinen oder lachen sollte. Wenn der ›Tai-pan‹ ihn kommen ließ, gewann er ganz wunderbar mächtig viel Gesicht. Aber er sollte fliegen? Seine Ahnen hatten sich nie in die Luft erhoben. »Ai-ya! Ai-ya!« schrie er verzweifelt. »Nicht wollen fliegen — nicht können. Wollen Master Sorokin helfen — können. Nicht wissen, was tun! Ai-ya! Ai-ya!«

Gordon Cooper zog den Jungen an sich heran. »Du fliegst doch mit mir und nicht mit einem fremden Menschen. Da brauchst du keine Angst zu haben.«

Tim verdrehte seine Augen, so daß nur noch das Weiße sichtbar war. »Ai-ya! Ai-ya!« jammerte er immer wieder aufs neue.

Cooper redete weiterhin auf den Boy ein, bis es ihm zu dumm wurde und er ihn beauftragte, den Inder Rajan zu holen, den er kurz über den bevorstehenden Flug informierte und bat, sich Tims anzunehmen und ihn zur Vernunft zu bringen. Dann verständigte er telefonisch alle für die Start- und Flugvorbereitung zuständigen

Dienststellen des Flughafens, und als auch das geschehen war, legte er sich ins Bett, um noch einige Stunden zu schlafen. Am nächsten Morgen rief er dann Ah Boon an, dem er mitteilte, Mister Sorokin habe ihn in der Nacht angerufen und gebeten, ihm den Boy Tim zu bringen, da er mit seinem Rollstuhl nicht richtig fertig werde. Er, Gordon Cooper, würde somit nicht ins Büro kommen und wahrscheinlich auch in den nächsten Tagen nicht anwesend sein. Ah Boon wünschte ihm daraufhin einen guten Flug und richtete Grüße an seinen Kompagnon aus, und Cooper atmete erleichtert auf, als Tim ihm das Frühstück brachte und einen sichtlich gefestigten Eindruck machte. Dieser Zustand währte allerdings nur bis zum Augenblick des Abschiednehmens vom übrigen Personal. Das wehklagende Gesinde, das den Boy betastete, als gelte es böse Geister wie Unkraut aus ihm herauszuzupfen, raubte dem kleinen Kerl die mühsam errungene Haltung und ließ ihn plötzlich so jämmerlich brüllen und weinen, daß Cooper sich keinen anderen Rat mehr wußte, als ihn beim Kragen zu packen und in den Wagen zu schieben. Der Inder erfaßte die Situation: Er setzte sich blitzschnell an das Steuer und fuhr an, kaum daß Cooper die Tür des Fonds hinter sich zugezogen hatte.

Auf der Fahrt zur Repulse Bay beruhigte sich der Boy nur langsam. Er war jedoch wie verwandelt, als Rajan neben Su-su anhielt und Cooper ihn aufforderte, sich auf den vorderen Sitz zu setzen, um der jungen Dame Platz zu machen. Wie gebannt starrte er seine hübsche Landsmännin an, und obwohl der Inder ihn mehrfach aufforderte, nach vorne zu schauen, blickte er immer wieder mit verklärten Augen hinter sich.

»Jetzt bist du nicht nur meine, sondern auch seine Göttin«, flüsterte Cooper Su-su heimlich zu.

Sie lächelte glücklich. »Willst du ihn mit nach Kuala Lumpur nehmen?«

Er nickte. »Mister Sorokin rief mich heute nacht an und bat mich, ihm noch heute seinen Boy zu bringen. Für Tim ist das eine große Ehre.«

Su-su war anzusehen, daß sie versuchte, den Sinn des Gehörten zu ergründen. »Soll er bekennen, wer die Abhöranlage installierte?« fragte sie hinter der vorgehaltenen Hand.

Gordon Cooper gab ihr mit dem Ellbogen einen unsanften Stoß und blickte zum Himmel hoch. »Du hast recht. Das Wetter ist wirklich günstig. Wir werden einen guten Flug haben.«

Über allgemeine Dinge redend und sich gelegentlich auch mit dem Boy unterhaltend, der es nicht lassen konnte, Su-su wie ein unbegreifliches Wunder anzustarren, fuhren sie über Aberdeen nach Victoria, wo Cooper in der Nähe des Queen-Mary-Hospitals zufällig sah, daß ein älterer Chinese mit einem Bambusrohr brutal auf einen kleinen Hund einschlug, den er an der Leine hielt.

»Stoppen Sie!« rief er dem Inder zu, und als dieser erschrocken anhielt, sprang er mit hochrotem Kopf aus dem Wagen und lief zu dem Chinesen zurück, dem er den Stock aus der Hand riß. »Sind Sie verrückt geworden?« schrie er aufgebracht.

Der Alte glotzte ihn fassungslos an. »Was Sie wollen? Das mein Hund. Ich doch werde ihn erziehen dürfen.«

»Indem Sie ihn halbtot schlagen?«

»Wenn ich schlage tot, das ist meine Sache!«

Gordon Cooper mußte sich beherrschen, nicht tätlich zu werden. »Das wollen wir mal sehen«, erwiderte er, riß dem Chinesen die Leine aus der Hand und hob den Hund, der am ganzen Körper zitterte, auf die Arme. »Den können Sie sich bei der Polizei wiederholen, bei der ich Sie wegen Quälerei anzeigen werde.«

Der Alte zuckte wie unter einem Hieb zusammen. »Nicht, nicht!« flehte er plötzlich weinerlich. »Ich Polizei nicht kennen wollen. Hund ist zugelaufen. Ich nicht wieder losgeworden.«

Cooper sah ihn böse an. »Wem haben Sie den Hund gestohlen?«

Der Alte wand sich wie ein Aal. »Ich gestern gesehen auf Fähre. Hah, ich lungenkrank. Brauche Hundefett.«

Gordon Cooper glaubte, nicht richtig zu hören. »Sie wollten das Tier schlachten?«

»Nein, nicht!« beteuerte der Chinese. »Metzger machen.«

In Coopers Schädel klirrte es. Ohne den Alten noch eines Blickes zu würdigen, kehrte er mit dem Hund, der seine Wangen stürmisch beleckte, zum Wagen zurück, wo ihm Su-su, Tim und Rajan erwartungsvoll entgegenblickten.

»Du hast ihm den Hund einfach weggenommen?« fragte Su-su verwundert.

»Ja«, antwortete er und erzählte, was er erfahren hatte.

»So eine Roheit!« empörte sich Su-su, als Cooper endete, wobei ihre Empörung weniger der Tatsache galt, daß der Hund geschlachtet werden sollte. Das war für sie nichts Besonderes, da auf chinesischen Märkten gemästete Hundchen wie Karnickel und Hühner angeboten wurden. Wie man ein Tier aber schlagen konnte, daß es blutige Striemen bekam, das begriff sie nicht. »Bitte, schenke mir den Hund«, bat sie Cooper. »Ich pflege ihn gesund und habe dann einen wunderbaren Gruß von dir bei mir.«

»Einverstanden«, erwiderte er erfreut und legte ihr den kleinen Kerl, der winselnd zu ihr aufschaute, liebevoll auf den Schoß. »Dann müssen wir nur noch einen Namen für ihn finden.«

»Ling wollen — können!« mischte sich der Boy hastig in das Gespräch. »Ling wunderbar mächtig schön!«

»Und was bedeutet der Name?« fragte Cooper lachend.

Su-su tippte an ein am Halsband des Hundes hängendes Glöckchen. »Ling . . .!«

## 18

Gordon Coopers Flug nach Kuala Lumpur verlief normal, wenn man davon absah, daß der auf dem zweiten Führersitz festgeschnallte Boy Tim beim Einsetzen der Startbeschleunigung wie ein verwundetes Tier zusammensackte und keinen Laut mehr von sich gab. Erst als die Maschine eine dünne Wolkendecke durchstoßen hatte und im gleißenden Licht der Sonne unter azurblauem Himmel wie an einem unsichtbaren Faden hängend dahinflog, kehrte Leben in ihn zurück. Voller Begeisterung betrachtete er nunmehr das magische Spiel der Instrumente, bis Cooper ihm zeigen wollte, an welchem Gerät er die Flughöhe ablesen könne. Als habe er den Verstand verloren, schob er die Hand des Piloten zurück und rief voller Schrekken:

»Mister aufpassen! Nicht reden! Fliegen! Gut fliegen!«

Wenig später forderte die Natur ihr Recht. Von den auf ihn eingestürmten Aufregungen erschöpft, fiel Tim in einen abgrundtiefen Schlaf, aus dem er erst wieder erwachte, als die Metropole Malaysias in greifbare Nähe gerückt war.

»Jetzt haben wir es gleich geschafft«, sagte ihm Cooper und wies auf die gut erkennbare Piste des vor ihnen liegenden Flughafens. »Das ist schon Kuala Lumpur.«

»Aufpassen! Aufpassen!« schrie der Boy verzweifelt.

»Du kannst völlig unbesorgt sein«, beruhigte ihn Cooper und fuhr die Landeklappen aus. »Siehst du, jetzt wird die Geschwindigkeit geringer, und wenn wir in Erdnähe sind, ziehe ich das Höhensteuer langsam an, um die Maschine immer flacher zu nehmen, bis die Räder weich den Boden berühren.«

»Mister wunderbar mächtig großer Pilot!« frohlockte der Boy nach einem tiefen Seufzer der Erleichterung, als die Landung durchgeführt war. »Master Sorokin mächtig gut mit Mister zufrieden.«

Dessen bin ich mir noch nicht gewiß, dachte Gordon Cooper im Hinblick auf die vor ihm liegende Unterredung. Dann wendete er die Maschine und rollte zum Abstellplatz, wo ihn der Einwinker schon wie einen alten Bekannten begrüßte.

»Wissen Sie, ob Mister Lee zur Zeit in Kuala Lumpur ist?« fragte ihn Cooper.

»Ich möchte es annehmen«, antwortete der Malaie nach einem kurzen Blick in die Halle. »Seine Maschine ist jedenfalls da.«

»Dann werde ich ihn gleich anrufen«, erwiderte Cooper und ging mit Tim zum Flughafengebäude, wo er die notwendigen Formalitäten erledigte und dem Boy ein Erfrischungsgetränk kaufte. Danach suchte er eine Telefonzelle auf und rief Lee Akira an, den er glücklicherweise in dessen Büro erreichte.

»Wo stecken Sie?« rief der Japaner freudig überrascht.

»Am Flughafen. Wäre es Ihnen möglich, herauszukommen? Mister Sorokin weiß nicht, daß ich hier bin, und bevor ich ihn aufsuche, möchte ich einen kleinen Jungen loswerden, den ich mitgebracht habe. Es ist der Boy von Mister Sorokin.«

»Bin schon unterwegs!« erwiderte Lee Akira, knallte den Hörer auf die Gabel und eilte davon.

Zwanzig Minuten später umarmten sich die beiden, als hätten sie sich jahrelang nicht gesehen.

Gordon Cooper klopfte dem Japaner auf den Rücken. »Herzlichen Dank, daß Sie gleich gekommen sind.«

»Das ist doch selbstverständlich«, entgegnete Lee Akira. »Zumal ich mich sehr freue, Sie wiederzusehen. Gerade gestern haben wir von Ihnen gesprochen.«

Cooper sah sein Gegenüber erstaunt an. »Wer sind ›wir‹?«

»Miß Holstein, Mister Sorokin, David Hamilton und meine Wenigkeit.«

»Sie haben Miß Holstein und Mister Sorokin inzwischen kennengelernt?«

Lee Akira nickte. »Nicht nur das. Mister Sorokin und ich verstehen uns sogar ausgezeichnet. Dreimal war ich bereits bei ihm. Er hat wirklich tolle Ideen. Produktionsmäßig werden wir manches ändern, das sehe ich schon kommen. Sie hatten vollkommen recht, als Sie sagten, er habe einen Computer im Schädel.«

Ein leises Gefühl der Eifersucht stieg in Gordon Cooper auf, doch er unterdrückte es und entgegnete:

»Daß Sie sich mit ihm einmal gut verstehen würden, war nicht zu erwarten.«

Lee Akira lachte.

»Ich vermute, daß Mister Sorokin sich hier eines Tages ganz niederlassen wird.«

Cooper war verblüfft.

»Wie kommen Sie darauf?«

Der Japaner zuckte die Achseln. »Es gibt ein paar Punkte, die dafür sprechen. Er interessiert sich plötzlich für alles, was mit den ›Albion-Tin-Works‹ zusammenhängt, und ich fresse einen Besen, wenn Miß Holstein nicht dahintersteckt. Ihr paßt es doch nicht, daß er Waffenhändler ist, und in David Hamilton hat sie ihren Verbündeten gefunden.«

Gordon Cooper stieß einen Pfiff aus. »Ist ja toll, was sich in wenigen Tagen alles ändern kann. Und ich hatte schon befürchtet, der Haussegen könnte schief hängen.«

»Wegen des Aktienankaufes hat es auch Krach gegeben«, erwiderte Lee Akira. »David Hamilton erzählte es mir. Er ist ja jetzt Nachbar von beiden, und der Hausmeister muß es ihm gesteckt haben.«

Cooper lachte hellauf. »Mir scheint, hier ist schon ein richtiger Familientratsch im Gange.«

Lee Akira fiel in Coopers Lachen ein. »Verstehen Sie jetzt, warum ich nicht heirate und im Hotel wohne? Malaya ist ein Dorf! Aber wo ist der Junge, den Sie in meine Obhut geben wollen?«

»Im Restaurant«, antwortete Cooper und wies zur oberen Etage des Flughafengebäudes. »Ich habe ein wichtiges Gespräch mit Mister Sorokin zu führen, in dessen ersten Verlauf er nicht wissen soll, daß der Boy hier ist. Dann allerdings müßte ich ihn plötzlich zur Stelle haben.«

»Nichts einfacher als das«, entgegnete Lee Akira, ohne zu überlegen. »Ich warte mit ihm im Haus von David Hamilton. Sie brauchen dann nur anzurufen, und schon ist er da.«

»Das ist eine gute Idee«, erwiderte Gordon Cooper angetan. »Ich werde mir den Jungen zu gegebener Zeit holen.«

Lee Akira lag es auf der Zunge, Cooper zu fragen, ob etwas Besonderes los sei, er beherrschte sich jedoch und sagte, daß er Tim ein wenig die Stadt zeigen werde.

Cooper bedankte sich für die Freundlichkeit, und nachdem er den Boy geholt und ihm erklärt hatte, Mister Lee würde sich seiner für eine Weile annehmen, weil er noch etwas zu erledigen habe, stieg er in ein Taxi und fuhr auf direktem Weg zum Golfplatz. Dabei fragte er sich, ob er Ivo Sorokin allein oder in Gegenwart von Margit Holstein antreffen würde, und er wußte nicht, was er sich wünschen sollte. Dennoch war er erleichtert, als er die für den Kranken gemietete Villa erreichte und erfuhr, daß dessen ›Gesellschafterin‹ anwesend sei.

»Die Herrschaften befinden sich auf der Terrasse«, fügte der Hausmeister hinzu. »Wünschen Sie, daß ich Sie anmelde?«

»Ja, bitte«, antwortete Gordon Cooper nach kurzer Überlegung und begab sich in den Salon, von dem er die Terrasse überschauen konnte. Er wollte sehen, wie Ivo Sorokin, der in einem Rollstuhl saß und sich gerade mit Margit Holstein unterhielt, auf die Meldung des Butlers reagierte.

Wie zu erwarten stand, war er sehr überrascht, als ihm Cooper gemeldet wurde, doch im Gegensatz zu Margit Holstein, die erfreut aufschrie, verfinsterte sich seine Miene, als wäre ein Schatten auf sein Gesicht gefallen.

»Gordon!« rief Margit Holstein und eilte in den Salon. »Warum hast du uns nicht mitgeteilt, daß du kommst?«

Er reichte ihr die Hand und stellte sich verwundert. »Ihr wußtet das nicht?«

»Nein«, antwortete sie und führte ihn nach draußen.

»Das verstehe ich nicht«, erwiderte er kopfschüttelnd. »Mister Ah Boon wollte doch anrufen. Er sagte mir noch . . .« Cooper unterbrach sich und eilte auf Ivo Sorokin zu, der ihm grimmig entgegenblickte. »Ich gratuliere Ihnen, Sir. Welche Freude, Sie außerhalb des Bettes anzutreffen. Und wie prächtig Sie aussehen! Richtig erholt!«

Sorokins Gesicht erhellte sich etwas. »Es geht mir auch wesentlich besser. In drei bis vier Monaten werde ich die Geschäfte wieder selber übernehmen können.«

»Ich halte Ihnen die Daumen«, erwiderte Cooper, der sehr wohl wußte, weshalb Sorokin diesen Hinweis gemacht hatte.

Margit Holstein horchte auf, da sie einen gespannten Unterton herauszuhören glaubte.

»Danke!« erwiderte Sorokin steif. »Aber wieso kommen Sie heute hierher? Ich habe Sie doch nicht gerufen.«

Gordon Cooper überhörte die aggressive Bemerkung. »Ich sagte eben bereits zu Margit, daß es mir unbegreiflich ist, warum Mister Ah Boon Sie nicht verständigt hat. Er wollte Sie gestern abend anrufen.«

»Gibt es denn etwas Besonderes?« fragte Ivo Sorokin mit plötzlich besorgter Miene.

»Nicht daß ich wüßte«, antwortete Cooper gelassen, um die Nervosität des Waffenhändlers zu steigern.

Der Erfolg blieb nicht aus, denn Sorokin schrie ihn unvermittelt an: »Weshalb sind Sie dann hierhergeflogen?«

Gordon Cooper spielte den Beleidigten. »Ihr Ton läßt es mir ratsam erscheinen, meinen Dienst bei Ihnen baldmöglichst zu beenden.«

»Warum schreist du ihn an?« wandte sich Margit Holstein augenblicklich an Ivo Sorokin. »Hat er dir etwas getan?«

Cooper gelang es nur mit Mühe, seine Befriedigung zu verbergen. Es lief alles so, wie er es sich gewünscht hatte.

»Es ist nicht seine, sondern meine Sache, zu bestimmen, wann und wohin geflogen wird!« antwortete Sorokin zornbebend.

»Oh, pardon«, fiel Cooper hastig ein und erklärte kaltschnäuzig lügend: »Wenn Sie glauben, ich hätte in eigener Machtvollkommenheit gehandelt, dann täuschen Sie sich. Ich habe meine vorbereitende Arbeit beendet, und es ergaben sich für mich einige Fragen, mit denen ich mich an Mister Ah Boon wandte, der mir jedoch keine Antwort geben konnte und dringend empfahl, Sie aufzusuchen. Er selbst, so versicherte er mir, würde Sie verständigen.«

»Wenn das der Sachverhalt ist, dann bitte ich um Entschuldigung«, lenkte Ivo Sorokin ein. »Ich glaubte, Sie wären . . . Na, Schwamm drüber. Haben Sie schon gegessen?«

»Nein«, antwortete Cooper und rieb sich die Nase. »Ich möchte mich für meine Unbeherrschtheit ebenfalls entschuldigen.«

Beide mußten plötzlich lachen, und Gordon Cooper wußte, daß es nun nicht sogleich zu einem Gespräch über geschäftliche Dinge kommen würde. Und das war es, was er hatte erreichen wollen.

Er brauchte eine Unterhaltung in versöhnlicher Stimmung, um die Frage nach dem roten Lampion so unverfänglich stellen zu können, daß Ivo Sorokin nicht stutzig wurde, und er hatte während des hinter ihm liegenden vierstündigen Fluges genügend Zeit und Muße gehabt, sein Vorgehen in allen Teilen zu durchdenken. Dabei war ihm das Mondfest eingefallen, das er mit Su-su in Aberdeen auf einem der Restaurantboote erlebt hatte, und von diesem Abend erzählte er nun bei Tisch, um ein ausgiebiges Gespräch über das von allen Chinesen überaus geschätzte Fest in Gang zu bringen.

Margit Holstein wartete sogleich mit einer Geschichte auf, derzufolge das Mondfest auf eine Königin zurückgeführt werde, die ihrem Gemahl das Elixier für Jugend und Unsterblichkeit gestohlen habe und zur Strafe dafür in den Mond verbannt sei, wo man sie seitdem bei klaren Vollmondnächten sehen könne.

»Ich habe bis jetzt immer nur einen Mann im Mond gesehen«, warf Cooper lachend ein.

»Weil man dir in der Kindheit die Geschichte vom Mann im Mond erzählt hat«, erwiderte Margit Holstein und fügte etwas dozierend hinzu: »Wir haben hier ein interessantes Beispiel für die Beeinflußbarkeit des Menschen. Die chinesischen Kinder sehen eine Frau im Mond, weil ihnen die Geschichte von der verbannten Königin erzählt wird.«

»Das ist richtig«, stimmte Ivo Sorokin ihr zu. »Jenes mit üppigem Essen, viel Feuerwerk und zahllosen Lampions verbundene Mondfest wird in China aber nicht wegen der von dir erwähnten Königin, sondern zu Ehren des Mondgottes Yüeh Lao Yeh gefeiert, eines alten Mannes, dem die Fähigkeit zugesprochen wird, Liebende zusammenzuführen und sie für immer mit einem roten Faden zu verbinden.«

»Warum gerade mit einem roten Faden?« erkundigte sich Gordon Cooper im Bestreben, das Thema unmerklich auf die ihn bewegende Frage hinzulenken.

»Rot ist in China eine früher nur dem Kaiser vorbehalten gewesene Farbe«, antwortete Ivo Sorokin. »Kaiserliche Edikte wurden stets mit dem roten Pinsel unterzeichnet, wodurch die Farbe gewissermaßen zur erhabensten wurde.«

»Jetzt ahne ich, warum die Schrifttafeln an den Geschäften meistens rot sind«, erwiderte Cooper.

Sorokin nickte bestätigend. »Ganz bestimmt hängt das damit zusammen.«

Gordon Cooper gab sich einen belustigten Anschein. »Haben Sie deshalb auch dem zwischen Ihnen und Mister Ah Boon vereinbarten Kennwort, das Sie mir seinerzeit anvertrauten, die rote Farbe gegeben?«

Ivo Sorokin lachte. »Nein, für so erhaben hielten wir uns denn doch nicht.«

»Dann bin ich beruhigt«, entgegnete Cooper und fügte nach kurzer Pause hinzu: »Um ganz ehrlich zu sein, ich habe mich damals gefragt, wie Sie wohl auf das merkwürdige Kennwort gekommen sein mögen. Hatte es eine besondere Bewandtnis?«

»Von welchem Kennwort sprecht ihr?« erkundigte sich Margit Holstein.

»Roter Lampion!« antwortete Ivo Sorokin und wandte sich erneut Gordon Cooper zu. »Ja, ich wählte das Kennwort aus einem besonderen Grund, und es ist vielleicht ganz gut, wenn ich Sie über die Geschichte informiere. Vor etwa einem Jahr bemerkte ich anläßlich einer Einladung meines Kompagnons, daß Lo Sung, der im Haus Ah Boons wohnt, zu vorgerückter Stunde im hinteren Teil des Gartens einen Ballon an einen großen roten Lampion band. Ich war hinausgegangen, um etwas Luft zu schnappen, und da ich mich im Augenblick meiner Wahrnehmung zwischen fast mannshohen Rhododendron-Sträuchern befand, blieb ich stehen, um zu sehen, ob Lo Sung den Lampion aufsteigen lassen wollte. Ich hatte plötzlich ein ungutes Gefühl, was daraus resultieren mochte, daß ich Ah Boons Neffen nicht mag.«

»Sie sagten einmal: Er ist wie Schlamm; man kann ihn nicht fassen«, warf Gordon Cooper ein.

Ivo Sorokin nickte. »So ist er. In jener nächtlichen Stunde wurde mein ungutes Gefühl aber wohl auch dadurch hervorgerufen, daß ich mich fragte: Was kann es für einen Sinn haben, einen Lampion aufsteigen zu lassen? Entweder ist es eine reine Spielerei, oder man will jemandem ein Zeichen geben. Daß letzteres der Fall war, wurde mir klar, als ich sah, daß Lo Sung mit dem startbereit gemachten Lampion in der Hand auf seine Uhr schaute. Ich stellte fest, daß es zwei Minuten vor elf war. Um es kurz zu machen: Um Punkt elf ließ er den Lampion los, und damit wußte ich, daß kein harmloses Spiel, sondern eine hintergründige Sache abgewickelt wurde, die mir nicht gleichgültig sein konnte, weil Ah Boon mein Kompagnon und Lo Sung in unserer Firma tätig ist. Ich stellte die beiden deshalb zur Rede, und man beichtete mir, daß Lo Sung insgeheim einen ungewöhnlich lukrativen Handel mit Ginseng betreibt.«

»Mit was?« fragte Cooper, da er glaubte, das Wort nicht richtig verstanden zu haben.

»Mit Ginseng!« wiederholte Ivo Sorokin. »Noch nie davon gehört?«

»Nein.«

Sorokin lachte. »Sie sind ja auch noch nicht in dem Alter, in dem man sich für die Hebung der Potenz interessiert.«

»Vielleicht darf ich darauf aufmerksam machen, daß ich noch nicht in dem Alter bin, in dem man taub wird«, bemerkte Margit Holstein unwillig.

»Entschuldige, aber ich muß mich klar ausdrücken, damit Mister Cooper mein damaliges Reagieren versteht«, verteidigte sich Ivo Sorokin und wandte sich wieder Gordon Cooper zu. »Die in China und Korea gewonnene Ginsengwurzel erfreut sich wegen der ihr eigenen Wirkung seit Jahrhunderten großer Beliebtheit. Infolge der in den letzten Jahren ausgebrochenen Illustrierten-Sexualität, wie ich den heutigen Rummel einmal nennen möchte, ist der Preis für Ginseng so gestiegen, daß man sagen kann: Ein Gramm der Wurzel wird mit einem Gramm Gold aufgewogen. Dabei enthält Ginseng, wie man heute weiß, lediglich die Vitamine B eins und B zwei, Glucoside, ätherische Öle, Alkaloide sowie östrogene Substanzen, die freilich dazu angetan sind, die geistige und körperliche Leistungskraft des Menschen zu steigern.

Die unerhörte Nachfrage nach Ginseng konnte China nur recht sein, die ins Phantastische kletternden Preise machten es den Händlern mit der Zeit aber unmöglich, das teure Material in chinesischen Häfen zu verladen, da zu viele der von China auslaufenden Schiffe von Tschiang Kai-scheks Flotte aufgebracht werden, gleichgültig, welcher Nation sie angehören. Diese Tatsache brachte Lo Sung auf die gar nicht schlechte Idee, den Handel mit Ginseng heimlich über Macao zu leiten.«

»Warum heimlich?« fragte Cooper, der mit wachsendem Interesse zugehört hatte.

»Nun, warum schon?« antwortete Ivo Sorokin spöttisch. »Solange Log Sungs Masche nicht bekannt wird, macht er alleine das Geschäft. Aus diesem Grund läßt er die mit Ginsengwurzeln beladenen Körbe auch immer erst in der Nacht in Macao anliefern, wo sie gleich auf Sampans verladen werden, die mit ihrer kostbaren Fracht eine Dschunke ansteuern, welche außerhalb des Hafens liegt und durch ein phosphoreszierendes Zeichen am Bug kenntlich gemacht ist.«

Gordon Cooper konnte seine Erregung kaum mehr verbergen, und da das Gehörte vollkommen ausreichte, um Lo Sungs Spiel zu durchschauen, fiel er lebhaft ein: »Der Rest ist mir klar. Ah Boons Neffe gibt seinem irgendwo vor Hongkong in Wartestellung liegenden Dschunkenführer vermittels eines aufsteigenden roten Lampions das Zeichen zum Start, sobald die Ware in Macao angekommen ist.«

»So ist es«, bestätigte Ivo Sorokin. »Der Bursche verdient ein sagenhaftes Geld, weshalb ich schließlich meine anfänglichen Bedenken gegen die seltsame Abwicklung seiner Geschäfte zurückgestellt habe.«

»Und warum wählten Sie den roten Lampion als Kennwort?« fragte Cooper erwartungsvoll.

Ivo Sorokin verzog sein Gesicht. »Die Geschichte des roten Lampions ist sehr intim. Wer über sie Bescheid weiß, dem hat man sich nackt gezeigt.«

»Womit du selber zum Ausdruck bringst, daß du dir über die Unsauberkeit des Ginsenggeschäftes im klaren bist«, mischte sich Margit Holstein erregt in das Gespräch. »Ich begreife nicht, wie du einen Menschen in deiner Firma dulden kannst, der — sprechen wir es doch offen aus — Schmuggel betreibt.«

»Schmuggel betreibt er nicht«, verteidigte sich Ivo Sorokin. »Ich gebe aber zu, daß Lo Sungs Geschäftsgebaren anrüchig ist, und aus ebendiesem Grunde habe ich nachträglich einige Male mit Ah Boon über die Geschichte gesprochen und ernstlich versucht, seinen Neffen zumindest für die Zeit aus der Firma hinauszubugsieren, da er seinen Ginsenghandel betreibt. Vergebens. Der alte Mann, der all seine Nachkommen in den Wirren der chinesischen Revolution verloren hat, klammert sich an Lo Sung.«

Und damit ist offensichtlich, warum Sorokin beseitigt werden sollte, dachte Gordon Cooper, für den es nun absolut feststand, daß Lim Swee Long ein von Lo Sung gedungenes Subjekt war. Aber noch eine andere Frage beschäftigte ihn: Was bewahrte Ivo Sorokin in seinem Geheimtresor auf? Private Dinge oder vielleicht Namenslisten von Kontaktpersonen und ähnliches mehr? Um über diesen Punkt Klarheit zu gewinnen, entgegnete er nach kurzer Überlegung: »Gut, ich verstehe, daß Sie Ah Boons Gefühle und Empfindungen respektieren wollen. Was aber tun Sie dagegen, daß Sie nicht eines Tages der Leidtragende sind?«

Ivo Sorokin sah ihn verwundert an. »Wie meinen Sie das?«

»Wie ich es sagte. Wäre es nicht denkbar, daß Lo Sung aufgrund Ihrer Bemühungen, ihn aus Ihrer Firma hinauszudrängen, den Plan gefaßt haben könnte, Sie aus dem Wege zu räumen? Wir hätten damit ein schönes Motiv für die beiden Mordanschläge auf Sie.«

»Bitte, keine Verdächtigungen!« erregte sich Ivo Sorokin. »Wenn ich den Neffen meines Kompagnons auch nicht leiden kann, so weiß ich doch, daß er derartiges niemals tun würde. Dafür ist er zu weich und zu ängstlich.«

»Da bin ich anderer Meinung«, entgegnete Cooper unbeirrt. »Wer in den Arbeitsraum Ihres Bungalows eine drahtlose Abhöranlage einbaut, tut das bestimmt nicht ohne Grund.«

Ivo Sorokin war wie erstarrt. »Eine Abhöranlage, haben Sie gesagt?«

»Ja«, antwortete Cooper gelassen. »Ich entdeckte sie, als ich an Ihrem Schreibtisch saß und nachdenklich zur Decke hochblickte. Im Leistenhaken, der das abstrakte Bild hält, war ein Mini-Mikrophon untergebracht.«

»Das ist ja unglaublich!« rief Margit Holstein außer sich. »Ivo, deine Feinde sitzen in deiner engsten Umgebung. Gordon hat vollkommen recht. Dieser Lo Sung . . .«

»Keine Anschuldigungen!« unterbrach er sie aufgebracht, wobei seine Hände in die Speichen seines Rollstuhls griffen und diesen mit einer kurzen Bewegung zurückstießen. »Mit Verdächtigungen kommen wir nicht weiter. Was Mister Cooper berichtet, ist so ungeheuerlich, daß wir keine Vermutungen anstellen dürfen, sondern systematisch vorgehen müssen.«

»Das habe ich bereits getan«, erklärte Gordon Cooper, wobei er sich erhob. »Wenn mich nicht alles täuscht, wurde das Mikrophon von Lo Sung installiert, und ich bitte mich für einen Moment zu entschuldigen, damit ich Ihnen den Beweis für die Richtigkeit meiner Annahme liefern kann. Ich habe nämlich eine kleine Überraschung für Sie mitgebracht, die ich schnell holen will.« Damit trat er von der Terrasse in den Garten und ging auf David Hamiltons Haus zu.

Ivo Sorokin blickte entgeistert hinter ihm her. »Verstehst du das?« fragte er Margit Holstein mit belegter Stimme.

»Wie sollte ich«, antwortete sie ratlos.

Sorokins Gedanken überschlugen sich. Er vergegenwärtigte sich nochmals das mit Cooper geführte Gespräch und erkannte blitzartig, daß dieses mit unerhörter Raffinesse auf den roten Lampion gebracht worden war. »Cooper ist nicht der, für den er sich ausgibt«, sagte er zutiefst betroffen.

»Wie soll ich das verstehen?« fragte ihn Margit Holstein erschrocken.

»Warten wir es ab«, erwiderte er ausweichend. »Ich werde mich jedenfalls über nichts mehr wundern. Wenn er schon Überraschungen in Mister Hamiltons Villa versteckt hält . . .« Er unterbrach sich und starrte zu Gordon Cooper hinüber, dem Lee Akira, der ihn offensichtlich hatte kommen sehen, mit dem Boy Tim entgegenging. Ihnen folgte David Hamilton, der Cooper herzlich begrüßte und ihm kräftig die Hand schüttelte.

»Freut mich, Sie wieder einmal zu sehen«, sagte der Amerikaner dabei. »Daß Sie Akira den Tip wegen der Aktien gegeben haben, rechne ich Ihnen hoch an. Ich bedaure nur, daß ich Ihrem kratzbürstigen Chef das nicht unter die Nase reiben darf.«

Gordon Cooper lachte. »Ich werde es ihm wahrscheinlich noch heute sagen.«

»Damned, da möchte ich dabeisein!« ereiferte sich David Hamilton. »Haben Sie etwas dagegen, wenn ich mitkomme?«

»Bist du verrückt geworden?« wies ihn Lee Akira zurecht. »Du kannst doch nicht einfach . . .«

»Darüber hat Mister Cooper und nicht du zu entscheiden«, unterbrach ihn der Amerikaner ärgerlich.

»Kommen Sie in einer Stunde«, bat ihn Gordon Cooper. »Ich verspreche Ihnen, bis dahin nicht über die Aktienangelegenheit zu reden.«

David Hamilton klopfte ihm auf die Schulter und verzog seinen schiefen Mund zu einem aufreizenden Grinsen. »Sie gefallen mir, Gordon! Also bis nachher.«

Cooper blinzelte Lee Akira zu und führte Tim zur Terrasse von Ivo Sorokin, der ihnen mit stechend schwarzen Augen entgegenblickte.

»Master!« rief der Boy, als er seinen Herrn entdeckte. »Master nun alles gut«, rief er überglücklich und raste auf ihn zu. »Ich jetzt alles machen. Dann Master gesund.«

Ivo Sorokin war gerührt und begrüßte Tim in der chinesischen Sprache.

»Bitte, sprechen Sie englisch!« fiel Gordon Cooper sofort ein.

»Sie wissen, worum es geht.« Damit trat er hinter den Boy und ergriff ihn bei den Schultern. »Ich habe Tim hierhergebracht, damit er Ihnen und mir gesteht, wer ihm den Auftrag erteilte, das in seiner Kammer befindliche Tonbandgerät zu bedienen, das mit einem drahtlosen Empfänger gekoppelt war.«

Cooper hatte kaum geendet, da versuchte Tim sich loszureißen. »Ai-ya! Ai-ya!« schrie er wie von Sinnen. »Mister nicht gut reden. Ich nicht verstehen. Ich kein Tonband. Mister mächtig schlecht reden!«

Ivo Sorokin spürte sein Herz im Halse klopfen. Der kleine nette Boy hatte gegen ihn gearbeitet? »Heraus mit der Sprache!« fauchte er ihn an. »Wer hat dich für deine Tätigkeit bezahlt?«

»Ai-ya! Ai-ya!« brüllte Tim verzweifelt. »Ich nicht bezahlt! Kein Cent erhalten ich. Gedroht, mich töten, wenn ich nicht einschalte Gerät, sobald Master telefonieren.«

»Ich will wissen, wer es war!« schrie Sorokin unbeherrscht. »Wer hat dir den Auftrag erteilt?«

»Und wer hat das Mikrophon im Arbeitszimmer eingebaut?« fügte Gordon Cooper hinzu.

»Er mich töten!« jammerte der Boy. »Er mich töten!«

Cooper beugte sich zu ihm hinunter. »Damit dir nichts geschieht, habe ich dich hierhergebracht. Wir schützen dich. Sonst hätte ich dich doch in Stanley ausgefragt. Also, heraus mit der Sprache: Wer war es?«

Tim wimmerte und blickte ängstlich von einem zum anderen.

»Nun sage schon, daß es Lo Sung war«, ermunterte ihn Gordon Cooper.

Der Boy nickte.

»War es wirklich Lo Sung?« fuhr ihn Ivo Sorokin an.

»Ja, Master. Er gesagt, mich töten, wenn ich nicht gehorche.«

Sorokin schloß die Augen und stützte den Kopf in die Hände.

Cooper drehte den Jungen zu sich herüber.

»Jetzt noch ein paar Fragen, dann ist der Fall für mich erledigt.«

»Master wird mich behalten?«

»Selbstverständlich«, antwortete Cooper, ohne zu zögern. »Aber nur, wenn du meine Fragen beantwortest. Hat Lo Sung das Mikrophon persönlich ein- und ausgebaut?«

»Ja.«

»Wann hat er es ausgebaut?«

»Abend nach Haussuchung, als Sie sind geflogen fort.«

»Und nun denke einmal ganz genau nach. Zu welcher Zeit ungefähr wurde das Mikrophon eingebaut?«

»Ich noch genau weiß«, antwortete der Boy, ohne zu überlegen. »Master war verreist, und wir großes Laternenfest gefeiert. Lo Sung plötzlich gekommen mit viel Laternen. Macht nichts.«

»Wann ist das Laternenfest?« erkundigte sich Gordon Cooper bei Ivo Sorokin.

Dieser bat Margit Holstein, ihm seine Aktentasche zu reichen, der er einen Kalender entnahm. »Es stimmt«, sagte er nach kurzer Prüfung. »Das Laternenfest wird am fünfzehnten Tag nach Neujahr gefeiert, das in diesem Jahr auf den zehnten Januar fiel. Das Fest war also am fünfundzwanzigsten, und an diesem Tag war ich in Washington.«

»Danke«, erwiderte Cooper und wandte sich an Margit Holstein. »Würdest du den Jungen jetzt wohl dem Personal übergeben?«

Die sonst immer resolute Ethnologin, die während des Verhörs schon einen verzagten Eindruck gemacht und Gordon Cooper mit einer Mischung von Bewunderung und Skepsis beobachtet hatte, nahm Tim bei der Hand und ging wie eine Marionette mit ihm hinaus.

Indessen schaute Ivo Sorokin mit düsterer Mine vor sich hin. Die Vorstellung, von eigenen Leuten bespitzelt zu werden, traf ihn stärker, als er es sich eingestand. Welche Konsequenzen ergaben sich daraus! War Lo Sung womöglich mit den Mordanschlägen in Verbindung zu bringen? Wer war Gordon Cooper, und welche Funktion übte er aus?

Margit Holstein kehrte gerade zurück, als Ivo Sorokin sich an seinen ›Privatsekretär‹ wandte. »Nach Ihrer eindrucksvollen Show möchte ich anstelle von vielleicht angebrachten Dankesworten, die mir im Augenblick nicht über die Lippen wollen, einige Fragen an Sie richten. Sind Sie einverstanden?«

Gordon Cooper deutete eine Verneigung an. »Aber gewiß!«

»Woher wußten Sie, daß sich in Tims Kammer ein Tonbandgerät mit gekoppeltem Empfänger befindet?«

Sein Kombinationsvermögen ist glänzend, dachte Cooper und antwortete: »Ich erfuhr es vom Polizeikommando, das seinerzeit die Haussuchung vornahm.«

»Und die Beamten, die das Gerät sahen, ließen es unbeachtet an seinem Platz?«

»Ich staune über Ihren Scharfsinn.«

»Der mich nunmehr erkennen läßt, daß die Haussuchung einen anderen als den von Ihnen genannten Sinn gehabt haben muß.«

»Darf ich fragen, welchen?« erwiderte Cooper, der am liebsten Beifall geklatscht hätte, sich aber noch nicht decouvrieren durfte.

Ivo Sorokin griff nach den Rädern seines Rollstuhles. Seine Lider waren halb geschlossen. Es war ihm anzusehen, daß er selbst die Antwort finden wollte.

Margit Holstein, die trotz ihrer zweifellos hohen Intelligenz nicht begriff, was hinter dem merkwürdigen Quiz der Männer steckte, beobachtete Sorokin besorgt.

Der lehnte sich plötzlich wie befreit zurück. »Nein, so etwas! Ich sah vor lauter Bäumen, sprich Problemen, den Wald nicht mehr. Der Sinn der Hausdurchsuchung kann nur gewesen sein, herauszufinden, wo sich das Aufnahmegerät des von Ihnen entdeckten Mikrophons befindet.«

»Mein Kompliment!« entgegnete Cooper. »Und woraus schließen Sie das?«

»Aus der Tatsache, daß die Polizeibeamten keinen Anstoß daran nahmen, in der Kammer eines Boys ein so kostspieliges Gerät vorzufinden.«

»Damit bestätigen Sie meine schon seit langem gehegte Vermutung, daß Ihr Hirn einem präzise arbeitenden Computer gleicht«, erwiderte Gordon Cooper lachend.

»Danke«, entgegnete Ivo Sorokin nüchtern. »Ich bin aber noch nicht fertig. Wenn Sie nämlich der Spiritus rector des Unternehmens waren, ergibt sich für mich die Frage, weshalb Sie seinerzeit, und ich erinnere mich sehr genau daran, absichtlich das Wort ›Safe‹ in unser Gespräch über die Haussuchung gebracht haben.«

Cooper grinste frech. »Wollen Sie nicht versuchen, auch diese Frage selber zu beantworten?«

»Für mich gibt es nach wie vor nur die Erklärung, die mich seinerzeit nervös machte: Mein Geheimsafe wurde entdeckt!«

»Hinter Ihrem Toilettenspiegel!« bestätigte Gordon Cooper. »Und ich brachte das Wort ins Spiel, um Ihr Reagieren zu ermitteln.«

Ivo Sorokins Stirn legte sich in Falten. »Das verstehe ich nicht. Was konnte an meinem Reagieren schon interessant sein?«

Cooper lachte spöttisch. »Glauben Sie, daß Ihre Reaktion die gleiche ist, wenn sich in ihrem Tresor anstelle von Wertpapieren beispielsweise die Namen von Kontaktpersonen einer verbotenen Organisation befinden?«

Ivo Sorokins Blässe wurde wächsern. Sekundenlang war er unfähig, etwas zu erwidern. Er blickte Cooper an, als habe er den

Verstand verloren. Dann tastete seine Hand nach der ihm zuvor von Margit Holstein gereichten Aktentasche, der er einen Schlüsselbund entnahm, den er Cooper hinhielt. »Nehmen Sie«, sagte er mit tonloser Stimme. »Nachdem mir vorhin bereits klargeworden war, daß Sie hier eine besondere Funktion ausüben, weiß ich jetzt, daß ich es bin, der unter Verdacht steht. Mit diesen Schlüsseln können Sie meinen Geheimsafe sowie meine Schränke und Schubladen im Büro und daheim öffnen.«

Margit Holstein legte ihren Arm wie schützend um Sorokins Schulter. »Reg dich nicht auf«, beschwor sie ihn. »Das Ganze muß ein Mißverständnis sein.« Damit schaute sie flehend zu Cooper hinüber, der den Schlüsselbund nachdenklich betrachtete und seine Hand bewegte, als schätze er das Gewicht der Schlüssel ab. »Nicht wahr, es ist doch Unsinn, daß Ivo verdächtigt wird.«

»Unsinn kann man es nicht nennen«, antwortete Coper bedächtig. »Es steht allerdings nicht Mister Sorokin, sondern die ›British Chinese Ex- and Import Company‹ im Verdacht, die Zentrale einer weltweiten Agentenorganisation zu sein, und nachdem Mister Sorokin mich durch Übergabe seiner Schlüssel davon überzeugte, daß er nichts zu befürchten hat, freue ich mich, ihm gegenüber nunmehr mit offenen Karten spielen zu können. Ich gehöre der Abteilung M.I.5 des Secret Service an, und ich erhielt den Auftrag, mich an Mister Sorokin heranzumachen, sein Vertrauen zu gewinnen und seine Firma unter die Lupe zu nehmen.«

Margit Holstein schrie auf.

Ivo Sorokin war zumute, als gerinne ihm das Blut in den Adern. Schwindel überkam ihn. Sein Unternehmen war gefährdet, ernstlich gefährdet. Lo Sung stellte eine nicht mehr tragbare Belastung dar. Aber konnte Ah Boons Neffe der Kopf einer Agentenzentrale sein? Seine mit einem schweren Motor ausgerüstete Dschunke, seine Vertriebsorganisation für Ginseng, die Unverfrorenheit, in einer fremden Wohnung eine Abhöranlage zu installieren, gaben Anlaß zu schlimmsten Vermutungen und ließen Sorokin die Fäuste ballen. Alles mochte geschehen, wenn nur die Firma nicht in Mitleidenschaft gezogen wurde. Ohne sich dessen bewußt zu sein, fragte er Cooper mit einer wie aus weiter Ferne kommenden Stimme: »Gibt es konkrete Anhaltspunkte dafür, daß in unserem Unternehmen nicht alles in Ordnung ist?«

»Zumindest einen«, antwortete Gordon Cooper und berichtete von dem im Gefecht mit der Marinepolizei tödlich verwundeten Chinesen, der im Sterben zweimal den Namen der ›British Chinese Ex- and Import Company‹ genannt hatte. Des weiteren schilderte er die Lo Sung belastenden Ermittlungen, und er wollte eben von seinen auf der ›Bayern‹ gemachten Beobachtungen bezüglich Lim Swee Long erzählen, als David Hamilton und Lee Akira im Garten erschienen.

»Ich hoffe, wir stören nicht«, rief der Amerikaner schon von weitem.

Ivo Sorokin machte einen verzweifelten Eindruck. Ihm stand nicht der Sinne danach, jetzt über andere Dinge zu reden. Er konnte seinen Gästen aber schlecht erklären, keine Zeit für sie zu haben.

Margit Holstein erging es ähnlich. Auch sie brannte darauf, weitere Details zu erfahren. Im Gegensatz zu Sorokin bangte sie jedoch nicht um dessen Firma. Insgeheim hoffte sie sogar, daß das Unternehmen gezwungen sein könnte, seine Tore zu schließen. Wie oft schon hatte sie den Kranken beschworen, den Handel mit Waffen aufzugeben. Dieser Wunsch lag ihr so sehr am Herzen, daß sie ihm das mit Patrice MacDonald abgeschlossene Aktiengeschäft verziehen hatte, um die Brücke nicht zu gefährden, über die er schreiten mußte, wenn er einen neuen Aufgabenkreis übernehmen wollte. David Hamilton, der den Waffenhandel aus Überzeugung aufgegeben hatte, war für sie ein leuchtendes Vorbild, und unwillkürlich dachte sie bei seinem Auftauchen: Wenn es Ivo auch peinlich sein wird, David Hamilton und Lee Akira sollen erfahren, in welchen Morast er geraten ist. Vielleicht bietet sich mir hier eine ungeahnte Chance, einen Sinneswandel herbeizuführen, ohne den ich seinen Wunsch, ihn zu heiraten, niemals erfüllen werde. Kurz entschlossen rief sie dem Amerikaner deshalb zu: »Sie stören uns keineswegs. Mister Cooper hat uns allerdings gerade eine Eröffnung gemacht, die uns mächtig in die Glieder gefahren ist.«

»Ich glaube, du bist nicht gescheit!« zischte Ivo Sorokin peinlich berührt.

Gordon Cooper schaute verwundert zu Margit Holstein hinüber, und er erkannte an ihrem Gesichtsausdruck, daß sie die Bemerkung nicht gedankenlos gemacht hatte. Wollte sie David Hamilton und Lee Akira in das Gespräch einbeziehen? Ihm konnte es recht sein, da er keinen Grund hatte, sich ihnen gegenüber weiterhin als Privatsekretär Ivo Sorokins auszugeben. Vielleicht war es sogar gut, den gesamten Komplex gemeinsam durchzusprechen. Die Chance, eine rettende Idee zu finden, konnte sich dabei nur verbessern. Aus dieser Überlegung heraus ergänzte er Margit Holsteins Bemerkung, indem er hinzufügte: »Es ist richtig, daß wir gerade über eine unangenehme Sache sprachen, aber warum soll ich Ihnen verheimlichen, was Sie über kurz oder lang doch erfahren werden: daß ich dem Secret Service angehöre und einer Bande auf der Spur bin, die allem Anschein nach den Namen der ›British Chinese Ex- and Import Company‹ mißbraucht beziehungsweise sich heimlich in dieser Firma eingenistet hat.«

Ivo Sorokin warf ihm einen dankbaren Blick zu.

Gordon Cooper nickte verständnisvoll zu ihm hinüber und reichte David Hamilton die Hand. »Sie haben seinerzeit ja auch Ihre Erfahrungen mit dem Secret Service gemacht, nicht wahr?«

Der Amerikaner stutzte. »Sie wissen davon?«

»Ich habe mich ein bißchen informiert und stieß dabei auf Henry Dymont, der damals Ihr Kompagnon war und das Pech hatte, gegen Mister Lees Adoptivvater antreten zu müssen.«

»Tücke des Objekts«, erwiderte der Amerikaner mit bitterer Miene. »Henry ist nie ganz darüber hinweggekommen.«

»Unser Geschäft ist nicht immer leicht«, entgegnete Cooper und reichte Lee Akira die Hand. »Sollen wir beide gleich beichten?«

»Na klar!« rief David Hamilton, noch bevor sein junger Schützling antworten konnte. Damit wandte er sich an Sorokin. »Hören Sie jetzt gut zu, Sie unverbesserlicher Geld-aus-Blut-Macher! Sie werden eine erstaunliche Beichte hören!«

»Die ich den Herren Cooper und Lee schenke«, kam Ivo Sorokin den beiden zuvor. »Ich weiß doch, daß der Aktienrückkauf im Einvernehmen getätigt wurde.«

Der schiefe Mund des Amerikaners stand plötzlich gerade, und alle anderen machten verblüffte Gesichter.

»Seit wann weißt du das?« fragte ihn Margit Holstein erstaunt.

Ivo Sorokin lachte. »Um ehrlich zu sein: seit dieser Minute. Ich habe nur blitzschnell geschaltet, als das Wort Beichte fiel. Danach gab mir mein geschätzter ehemaliger Berufskollege mit seiner Symphonie auf die Schadenfreude allerdings noch hinreichend Zeit, alles in Ruhe zu durchdenken.«

»Eins zu null für Sie!« konstatierte David Hamilton enttäuscht. »Und ich hatte mich schon so gefreut.«

Die Atmosphäre war plötzlich entspannt, und Ivo Sorokin machte es nichts mehr aus, daß der Amerikaner und Lee Akira erfuhren, welch ungeheurer Verdacht auf seine Firma gefallen war. Darüber hinaus war das, was Gordon Cooper nun von seinen Beobachtungen auf dem Schiff, von Lo Sung und Su-su, von der Abhöranlage, der in Szene gesetzten Haussuchung, dem Bekenntnis Su-sus und deren Schilderung über ihren Freund, dem Polizeibericht über das nächtliche Gefecht mit der Dschunke, dem Bericht über sein Erlebnis in Macao und zu guter Letzt vom aufsteigenden roten Lampion erzählte, so fesselnd, daß niemand mehr zum Nachdenken kam. Die Sonne stand bereits wie eine riesige Feuerkugel vor den die Terrasse umgebenden Bambusstämmen, deren Zweige wie die Schatten exotischer Blattpflanzen herabhingen, als Cooper mit den Worten schloß:

»Zusammenfassend läßt sich folgendes sagen. Erwiesen ist, daß Lo Sung den Freund Su-sus in den Tod schickte und in Mister Sorokins Bungalow eine Abhöranlage installierte, die darauf schließen läßt, daß er gegen den Kompagnon seines Onkels eine Aktion in die Wege leitete. Da in der Folge zwei Mordanschläge verübt wurden, ist anzunehmen, daß diese die vorbereitete Aktion darstellten.

Beide Attentatsversuche wurden mit an Sicherheit grenzender Wahrscheinlichkeit von Lim Swee Long verübt.

Nun könnte man Ah Boons Neffen ohne weiteres festnehmen lassen, da das gegen ihn vorliegende Material für eine Verhaftung ausreicht. Erreicht würde damit aber nur, daß Lim Swee Long, der meines Erachtens von Lo Sung den Auftrag erhielt, Mister Sorokin zu beseitigen, gewarnt wäre, womit uns nicht gedient sein kann. Nur wenn beide zu gleicher Zeit festgesetzt werden, kann es gelingen, den Nachweis dafür zu erbringen, daß die Mordanschläge in London und auf dem Schiff auf deren Konto gehen. Das ist das Problem Numero eins, vor dem ich stehe. Ich muß Lim Swee Long nach Hongkong locken. Problem Numero zwei ist das eigentliche Hauptproblem, nämlich festzustellen, ob es eine Agentenorganisation gibt, die sich in der ›British Chinese Ex- und Import Company‹ eingenistet hat. Diese Frage kann erst beantwortet werden, wenn die Wohnung von Mister Ah Boon und Lo Sung sowie deren Büroräume durchsucht worden sind. Der Befehl dazu darf aber erst gegeben werden, wenn alle Verdächtigen beisammen sind, es also gelungen ist, Lim Swee Long nach Hongkong zu bringen.«

»Ah Boon können Sie von Ihrer Liste streichen«, warf Ivo Sorokin überzeugt ein.

Gordon Cooper schüttelte den Kopf. »Erst wenn in seinem Haus und im Büro nichts Belastendes gefunden werden konnte, glaube ich an seine Unschuld. Für Sie gilt übrigens das gleiche. Ich halte Sie zwar nicht mehr für verdächtig, erwiesen ist Ihre Unschuld aber erst, wenn auch Ihre Räume erfolglos durchstöbert worden sind.«

»Das soll das kleinste Problem sein«, erwiderte Ivo Sorokin. »Die Hauptschwierigkeit ist und bleibt, Mister Lim nach Hongkong zu bringen. Einem Europäer können Sie diesen Auftrag nicht erteilen. Er würde in Macao sofort auffallen. Und ein Chinese aus Hongkong kommt ebenfalls nicht in Frage, da die meisten von ihnen einem Geheimbund wie dem ›Kung-sing‹ angehören, der sich über ganz Ostasien erstreckt. Niemand weiß, wer Mitglied dieser Organisation ist und wo sich ihre Zentrale befindet, ihre Existenz wird aber offenkundig, wenn beispielsweise in Djakarta, Bangkok oder sonstwo ein allzu scharfer Kommunist seine Stellung verlieren soll. Im Nu gibt es Schlachten, bei denen sich nicht feststellen läßt, wer oder was sie ausgelöst hat. Zehn bis zwanzig Tote bilden jedoch zumeist das traurige Ende. Bei der Auswahl Ihres Helfers werden Sie also überaus vorsichtig zu Werke gehen müssen.«

»Ich weiß, ich weiß«, erwiderte Gordon Cooper und fuhr sich durch die Haare. »Ich habe deshalb schon an einen Chinesen gedacht, der bei der Hongkonger Polizei Dienst tut.«

Ivo Sorokin hob abwehrend die Hände. »Um Gottes willen! Die in Polizeidiensten stehenden Chinesen sind allen Geheimbünden bekannt.«

»Existiert von Mister Lim eigentlich ein Foto?« erkundigte sich Lee Akira, der bis jetzt schweigsam zugehört hatte.

»Sogar ein sehr gutes«, antwortete Cooper und griff nach seiner Aktentasche, der er ein Duplikat des seinerzeit in Genua fotokopierten Passes von Lim Swee Long entnahm. »Hier haben Sie sein Gesicht. Man könnte das Bild natürlich noch stark vergrößern.«

Lee Akira betrachtete das Foto eine Weile und sagte dann, an Gordon Cooper gewandt: »Damals haben Sie mir geholfen, jetzt helfe ich Ihnen.«

»Was hast du vor?« fuhr David Hamilton ihn augenblicklich an.

»Ich gehe nach Macao! Mich kennt dort niemand. Außerdem bin ich beweglich genug, um mich nicht aufs Kreuz legen zu lassen.«

Im ausbrechenden Stimmengewirr ging der Fluch unter, den der Amerikaner in seiner Erregung darüber ausstieß, daß Lee Akira, wie er es nannte, wieder einmal den Versuch machte, seinen Adoptivvater nachzuahmen.

Indessen drückte Gordon Cooper dem jungen Zinnminenbesitzer spontan die Hand. »Herzlichen Dank für die rettende Idee! Wir werden einen Plan aushecken, der es in sich hat. Es müßte doch mit dem Teufel zugehen, wenn zwei Piloten nicht mit einer dunklen Wolke fertig werden würden!«

»Das will ich meinen«, erwiderte Lee Akira lachend.

»Und ich bin mit von der Partie!« rief Ivo Sorokin mit erstmalig wieder kräftiger, befehlsgewohnter Stimme.

»Du . . .?« entsetzte sich Margit Holstein.

»Ja, ich! Es geht um die Ehre meiner Firma, und ich will zumindest zur Stelle sein, wenn Mister Lee den Versuch macht, die für ein Losschlagen notwendige Voraussetzung zu schaffen.«

»Du bist doch krank!« ereiferte sich Margit Holstein. »Wahnsinn wäre es, wenn du . . .«

»Welcher Meinung sind Sie?« unterbrach Ivo Sorokin die Ethnologin mit einem Blick zu Gordon Cooper hinüber.

Der strich sich nachdenklich über die Nase. »Die medizinische Seite kann ich nicht beurteilen, ich könnte mir aber vorstellen, daß Ihr Auftauchen in Hongkong gewisse Leute nervös machen würde und vielleicht sogar an einen neuen Anschlag denken ließe, der uns wie gerufen käme.«

»Seid ihr denn total übergeschnappt?« rief Margit Holstein außer sich vor Empörung. »Ivo ist krank und kein Versuchskaninchen. Außerdem ist er transportunfähig!«

»Und wie bin ich in diese Villa gelangt?« entgegnete er süffisant. »Unabhängig davon möchte ich wissen, wofür ich ein Flugzeug besitze. Ich habe mich entschlossen, mit nach Hongkong zu fliegen, und keine Macht der Erde wird mich daran hindern.«

»Und wer versorgt dich?«

»Mein Hongkonger Personal und eine Krankenschwester, die du

mir mitgeben darfst«, antwortete er und fügte versöhnlich hinzu: »Im übrigen mache ich dir ein Versprechen: Ich löse die ›British Chinese Ex- and Import Company‹ auf, wenn sie sich auch nur im geringsten als belastet erweist. Vielleicht ziehe ich mich dann nach Kuala Lumpur zurück. Aber darüber müßte ich mich zu gegebener Zeit zunächst mit Mister Lee unterhalten.«

Das Rechte sehen und es nicht tun ist Feigheit, dachte Margit Holstein und umarmte Ivo Sorokin.

## 19

Bei strahlend blauem Himmel startete Gordon Cooper mit dem am Tage zuvor kabinenmäßig ein wenig umgerüsteten Jet Commander zum Flug von Kuala Lumpur nach Hongkong. Am zweiten Steuer saß Lee Akira, dem er die Führung der Maschine übergab, nachdem er sie zum Steigflug ausgetrimmt hatte. Im mittleren Teil der Kabine waren neben der Einstiegstür zwei Sessel ausgebaut worden, um Platz für den im Rollstuhl sitzenden Ivo Sorokin zu schaffen, der sichtlich guter Laune war und es gelassen hinnahm, daß seine Sitzhöhe ihn daran hinderte, aus den tiefer gelegenen Fenstern hinausschauen zu können. Für ihn war es schon ein unvorstellbares Glück, nicht mehr an einen Raum gebunden zu sein, und er gab sich ganz der Beobachtung der beiden Piloten hin, die er durch die offenstehende Cockpittür sehen konnte. Unmittelbar vor ihm saßen eine Krankenschwester und ein ihm von Professor Crabb dringend empfohlener Pfleger, der eine Ausbildung als Masseur erfahren hatte.

Margit Holstein war es schwergefallen, nicht mit nach Hongkong zu fliegen, aber sie stand kurz vor dem Abschluß ihrer Arbeiten, die sie nicht vernachlässigen wollte. Darüber hinaus deckte sich ihr Wunsch mit dem von Ivo Sorokin und Gordon Cooper, die der Auffassung gewesen waren, daß es besser sei, wenn sie zurückbleibe. Die Gegenseite sollte durch Sorokins plötzliches Auftauchen unsicher gemacht werden, was nicht unbedingt eintreten mußte, wenn er in Begleitung einer ›Gesellschafterin‹ erschien. Sie wollten eine richtige Schockwirkung erzielen und ließen aus diesem Grunde auch den Boy Tim in Kuala Lumpur zurück, was Lo Sung, der sich seiner bedient hatte, nervös machen mußte. Unabhängig davon gingen sie nach einem sehr genau durchdachten, im Prinzip jedoch einfachen Plan vor, über den Gordon Cooper sich telefonisch mit Captain Collins abgestimmt hatte, damit dieser einige Hilfestellungen gewährleistete, die Lee Akira in Hongkong benötigte.

Das Schwergewicht der gesamten Aktion lag auf dem Japaner, der den Jet Commander als erster nach der Landung verließ. Cooper hatte die Triebwerke noch nicht ganz stillgelegt, da eilte Lee Akira, der nur eine Aktentasche mit sich führte, bereits auf das Flughafengebäude zu, wo ihn ein Zivilbeamter der Einwanderungsbehörde in Empfang nahm und zur nahegelegenen Hung Hom Bay führte, an deren Kai sie in eine kleine Barkasse einstiegen, die von einem Marinepolizisten in Zivil gesteuert wurde.

»Wir zeigen Ihnen jetzt das japanische Frachtschiff ›Oshima Maru‹, das vor einer Stunde eingelaufen ist«, sagte ihm der Beamte und wies auf einen verrosteten Dampfer, der zwischen Kowloon und Victoria vor Anker lag. »Das knapp viertausend Tonnen große Schiff kommt von Manila, wo es vor vier Tagen mit einer Ladung Abacafaser ausgelaufen ist. Der Name des Kapitäns ist Takamatsu.«

Lee Akira prägte sich die Namen ein und ließ die Barkasse mehrere Male in unterschiedlichem Abstand um die wenig vertrauenerweckende ›Oshima Maru‹ fahren, so daß er deren Aufbauten genau kannte und notfalls ein anschauliches Bild von ihr geben konnte. Dann übergab er dem Beamten der Einwanderungsbehörde seinen Paß und ließ sich am Government Pier absetzen, von wo aus er zu Fuß zur Anlegestelle der nach Macao fahrenden Gleitboote ging. Da die schnellen ›Hydrofoils‹ halbstündlich verkehren, brauchte er nicht lange zu warten, und so kam es, daß er sich schon am frühen Nachmittag in der berüchtigten ›überseeischen Provinz‹ befand, deren Behörde ihm allerdings sogleich Schwierigkeiten bereitete, als er erklärte, über keine ordnungsgemäßen Papiere zu verfügen. Eine verstohlen von Hand zu Hand gehende Geldnote glättete die Woge der Erregung jedoch im Nu, und bereits eine halbe Stunde später konnte sich Lee Akira in dem ihm von Gordon Cooper genannten Central Hotel einquartieren, dessen in der Rezeption beschäftigte korpulente Portugiesin ihm schöne Augen machte, als er um ein Einzelzimmer bat. Eingedenk der Tatsache, daß man in kritischen Stunden nie genügend Freunde haben kann, flirtete Lee Akira eine Weile mit der aufdringlichen Senhora, dann begab er sich auf sein Zimmer, machte sich frisch und verließ das Hotel, vor dem er eine Weile wie unschlüssig stehenblieb, um schließlich in die Richtung zu gehen, in der das Restaurant ›Maria da Gloria‹ lag, das Lim Swee Long aufgesucht hatte, als Su-su und Gordon Cooper diesem gefolgt waren.

Das Lokal war weitläufig und von Angehörigen aller Rassen und Nationen besucht, so daß Lee Akira in Ruhe und ohne Aufsehen zu erregen Ausschau nach jenem kleinen, zierlichen Chinesen halten konnte, um dessentwillen er nach Macao gekommen war. Doch vergebens. Lim Swee Long, dessen stark vergrößertes Paßfoto er sich genau eingeprägt hatte, war nicht anwesend, und er begab sich nunmehr in jene in unmittelbarer Nähe des Hotels gelegene Straße, in welcher Gordon Cooper plötzlich mit Su-su davongelaufen war. Und hier hatte er ein geradezu sagenhaftes Glück. Er war kaum in die Straße eingebogen, da sah er den Gesuchten auf sich zukommen.

Lee Akira war so verwirrt, daß es ihm schwerfiel, zu tun, was er mit Gordon Cooper und Ivo Sorokin besprochen hatte. »Verzeihung«, sagte er, an den Chinesen herantretend. »Kennen Sie sich in Macao aus?«

»Hah, gewiß«, antwortete Lim Swee Long wiehernd lachend. »Ich wohne seit sechs Jahren hier. Kann ich etwas für Sie tun?«

Lee Akira blickte sich um, als befürchte er, gehört zu werden. Dann beugte er sich vor und flüsterte: »Ich bin in eine peinliche Lage geraten.«

»Hah, in die kommt jeder einmal«, erwiderte Lim Swee Long und beschrieb mit seinen schmalen Händen weite Kreise durch die Luft. »Der eine früher, der andere später!«

Lee Akira nickte heftig. »Da haben Sie recht! Sie ahnen gar nicht, wie recht Sie haben! Wenn ich nur wüßte . . .«

»Hah, was?« erkundigte sich der Chinese, als sein Gegenüber schwieg.

»Wie ich es am besten anstelle«, antwortete Lee Akira gedämpft. »Ich benötige einen Paß. Nicht daß Sie denken, ich hätte etwas verbrochen«, fügte er hastig hinzu. »Ich habe mein Land nur plötzlich verlassen müssen, und mir wurde gesagt, es gebe hier Lithographen, die jede Urkunde, auch Pässe, absolut echt nachmachen.«

»Hah, no problem!« entgegnete Lim Swee Long. Gleich darauf erhielten seine Augen jedoch einen mißtrauischen Ausdruck. »Wie sind Sie eigentlich hierhergekommen?«

»Mit dem Schnellboot.«

»Ohne Papiere?«

Lee Akira blickte erneut um sich. »Ich habe einem Beamten . . .« Er machte eine geldzählende Bewegung.

»Wieviel?«

»Hundert Hongkong-Dollar!«

Der Chinese spitzte die Lippen. »Eine beachtliche Summe!«

»Ich weiß, aber das ist mir egal. Hauptsache, ich bekomme einen Paß.«

»Hah, mit Geld ist die Beschaffung leicht möglich«, erwiderte Lim Swee Long. »Ich könnte alles für Sie regeln, wenn Sie zwei bis drei Tage Zeit haben und in der Lage sind, fünfhundert US-Dollar zu zahlen.«

»Das ist aber sehr viel«, entgegnete Lee Akira, wobei er sich den Nacken kratzte. »Doch was soll ich machen? Für mich stehen fünfzigtausend auf dem Spiel. Da darf ich nicht lange überlegen.«

»Hah, kommen Sie in meine Wohnung«, lud ihn der hellhörig gewordene Chinese ein. »Es ist gut, daß Sie an mich geraten sind. Für mich arbeiten mehrere Lithographen. In spätestens zwei Tagen haben Sie Ihren Paß!«

Lee Akira stellte sich erfreut und folgte Lim Swee Long in eine Wohnung, die spärlich eingerichtet war, an Sauberkeit aber nichts zu wünschen übrigließ. Der Fußboden blitzte, daß sich die Fenster darin spiegelten.

Während der Chinese mit wenigen Griffen grünen Jasmintee zubereitete, erkundigte er sich, woher sein Gast komme, welcher Nationalität er sei und welchen Beruf er ausübe.

Lee Akira erklärte ihm, er hätte plötzlich aus Yokohama flüchten müssen und sei mit dem nächstbesten Schiff als ›blinder Passagier‹ nach Manila und von dort auf gleiche Weise nach Hongkong gefahren, dessen Hafen er erst vor wenigen Stunden erreicht und sofort wieder verlassen habe, um schnellstens nach Macao zu gelangen. »Wenn es mir nicht möglich ist, bald nach Japan zurückzukehren, geht mir unter Umständen verloren, woran ich seit Jahren gearbeitet habe«, fügte er mit sorgenvoller Miene hinzu. »Ich bin Chemiker, und Sie werden wissen, daß Erfindungen von heute schon morgen veraltet sein können.«

Lim Swee Long glich einer auf der Lauer liegenden Katze. »Hah, wie reimt sich das zusammen?« fragte er ungeniert. »Wieso muß ein Chemiker flüchten?«

Lee Akira zuckte die Achseln. »Ihre Frage ist berechtigt, ich kann sie jedoch nicht mit wenigen Sätzen beantworten. Es mag Ihnen genügen, wenn ich Ihnen sage, daß in dem Unternehmen, für das ich tätig war, nur der Chefchemiker am Nutzen der Erfindungen eines ganzen Teams partizipiert. Da habe ich meine Fühler nach Amerika ausgestreckt, von wo ich eines Tages ein Angebot auf externe Mitarbeit erhielt. Sie verstehen, was damit gemeint ist?«

»Nein«, antwortete Lim Swee Long, der sich seinen Reim allerdings schon machen konnte.

»Man bot mir eine bestimmte Summe für die Übermittlung eines gewissen Arbeitsergebnisses an«, erklärte Lee Akira gedämpft. »Sie werden jetzt vielleicht denken, das sei Werkspionage, aber das ist nicht der Fall, weil ein großer Teil der Arbeit ja schließlich mein geistiges Eigentum ist!«

»Natürlich!« pflichtete ihm Lim Swee Long eifrig bei. »Und man bezahlt Sie gut?«

Lee Akira lächelte befriedigt. »Sehr gut sogar. Für die Arbeit, die ich jetzt fertiggestellt habe und nur noch aus Osaka herauszuholen brauche, wo ich sie versteckt halte, hat mir der größte Chemiekonzern der Vereinigten Staaten fünfzigtausend Dollar plus Anstellung angeboten. Wenn einer meiner Kollegen nicht geredet hätte, wäre ich mit meinen Unterlagen bereits auf dem Weg nach Amerika. Nun muß ich noch einmal nach Japan zurück, und dafür benötige ich einen Paß, der nicht auf meinen richtigen Namen lautet.«

»Ich verstehe«, erwiderte der Chinese in der festen Überzeugung, vor einem ungewöhnlichen Fang zu stehen. »Zahlen Sie die fünfhundert Dollar, und Sie sind in zwei Tagen im Besitz jeden Passes, den Sie sich wünschen.«

Lee Akira gab sich einen erstaunten Anschein. »Sie verlangen Vorauskasse?«

»Das ist bei solchen Aufträgen üblich.«

»Fordern Sie Vorauskasse, von wem Sie wollen«, entgegnete Lee Akira scharf. »Nicht aber von einem Menschen meines Standes. Hier«, er zückte eine prall mit Geldscheinen gefüllte Brieftasche, der er eine Hundert-Dollar-Note entnahm. »Dies ist meine Anzahlung, und damit basta. Werden Sie liefern?«

»Selbstverständlich«, beeilte sich Lim Swee Long zu versichern. »Es war auch nicht so gemeint.«

»Dann sollten Sie sich dementsprechend ausdrücken«, erwiderte Lee Akira zurechtweisend, lächelte dann aber und sagte in verändertem Tonfall: »Vergessen wir die Geschichte. Ich werde Ihnen jetzt aufschreiben, welche Angaben der Paß enthalten soll. Ich habe mich übrigens bereits auf den Namen meiner neuen Papiere im Central Hotel einquartiert.«

»Hah, dann wohnen Sie ja in meiner unmittelbaren Nähe.«

»Und Sie waren darum wahrscheinlich der erste, der mir über den Weg lief.«

»Darf ich Sie heute abend zu einem echten chinesischen Essen einladen?« bat ihn Lim Swee Long mit vor Schweiß glänzender Stirn.

Lee Akira tat erfreut. »Gerne, sofern Sie mir gestatten, Sie als meinen Gast zu betrachten.«

Dem zierlichen Chinesen fiel es nicht schwer, hierzu sein Einverständnis zu geben.

Lim Swee Long hatte in einem kleinen chinesischen Schlemmerlokal einen Tisch reserviert, und er erwies sich beim Essen nicht nur als kultivierter, sondern auch als überaus intelligenter Partner, der nicht direkt auf sein Ziel losging. Er sprach zunächst von der geistigen Entwicklung der Menschheit, bei der, wie er sagte, die Ausbildung des Gedächtnisses der Fähigkeit des Denkens vorangegangen sei. Das Denkvermögen im westlich-intellektuellen Sinne habe sich erst später auf Kosten des Gedächtnisses herausgebildet, was durch die nicht im westlichen Sinne geschulten Chinesen und Japaner, die ihre philosophischen Klassiker und religiösen Texte Wort für Wort auswendig beherrschen, eindeutig bewiesen werden. Von dieser These kam er auf das Licht der Wahrheit zu sprechen, um schließlich das chinesische ›Buch der Wandlungen‹ zu zitieren, demzufolge es keine größere und schönere Kunst gebe, als die, den Menschen zur Harmonie mit dem All zu führen.

Lee Akira hatte teilweise Mühe, dem Gedankenflug seines Tischpartners zu folgen, der zweifellos nicht mit seinem Wissen protzen wollte, sondern es benutzte, um das Ziel zu erreichen, das er sich für diesen Abend gesetzt hatte, nämlich seinen japanischen Gast, dessen Brieftasche so überzeugend prall gefüllt war, für die Sache Chinas zu gewinnen.

Aber nicht nur in geistiger Hinsicht tat sich Lim Swee Long hervor. Es war kaum glaublich, was er im Verlauf von drei Stunden alles vertilgte. Gebratene Fische, Reisknödel, Backwerk, Innereien, Süßigkeiten, Glasnudeln, süßsaures Schweinefleisch, glasierte Ente, Hammel, Huhn, Blumenkohl, Kürbis und Bambusspitzen wanderten vermittels seiner lustig klappernden Stäbchen wie am Fließband über seine Lippen, ohne daß er seinen Redefluß auch nur einmal in nennenswerter Weise unterbrach.

Als letztes Gericht wurde eine Suppe mit gekochten Gänsefüßen gereicht, die so ausgezeichnet schmeckte, daß Lee Akira unumwunden erklärte: »Dies sind die besten Gänsefüße, die ich je gegessen habe!«

»Hah, das glaube ich Ihnen gerne«, erwiderte Lim Swee Long und stimmte sein wieherndes Gelächter an. »Hier werden sie auch auf besondere Weise zubereitet. Der Koch nimmt die lebende Gans so fest unter den Arm, daß sie sich selbst bei größter Anstrengung nicht losreißen kann. Dann steckt er die Beine des Tieres in einen Kessel mit siedendem Wasser, was natürlich dazu führt, daß die Gans sich wie wild gebärdet und zu befreien versucht, wodurch ihr Blut in die Beine einschießt, die folglich anschwellen und zu einer einzigartigen Delikatesse werden.«

Als Asiat empörte sich Lee Akira weniger über die Grausamkeit als über die Tatsache, das Schicksal der Gans während des Essens geschildert zu bekommen. Sein ästhetisches Empfinden war gestört, er ließ sich jedoch nichts anmerken, um nicht in den Verdacht zu geraten, vom westlichen Bazillus befallen zu sein.

Seine veränderte Stimmung half ihm aber unverhofft, überzeugend die Rolle zu spielen, die er bald darauf zu übernehmen hatte. Denn alles, was Lim Swee Long über die geistige Entwicklung der Menschheit, über das Licht der Wahrheit und über das Streben, zur Harmonie mit dem All zu gelangen, gesagt hatte, endete in der durchaus plausibel klingenden Festellung, daß der seit Jahrtausenden lebendige Geist Ostasiens untergehe, wenn Asiaten sich im Kampf gegen Rußland und Amerika nicht beistehen und über alles informieren würden, was dem Wohle der großen asiatischen Familie diene, deren Vater unzweifelhaft Mao Tse-tung sei.

»Da gebe ich Ihnen nicht ganz recht«, entgegnete Lee Akira etwas aufsässig. »Wenn wir Ihre Schlußfolgerung auf meinen Fall beziehen, werden Sie zugeben müssen, daß Theorie und Praxis zwei verschiedene Dinge sind. Ich bin Asiat, stehe China also wesentlich näher als den Vereinigten Staaten. Ich bin aber auch Mensch, und als solcher interessiere ich mich in erster Linie für mein Wohlergehen. Ergo lege ich mein Wissen in die Hände derer, die mich am besten bezahlen: Ich gehe nach Amerika.«

»Hah, dagegen ist nichts einzuwenden«, erwiderte Lim Swee Long lachend. »Ich würde genauso handeln, wenn ich an Ihrer Stelle wäre. Darüber hinaus würde ich aber versuchen, noch weitere Geschäfte zu machen, indem ich mein bereits vorhandenes Wissen nicht nur an die USA, sondern auch an die Volksrepublik China verkaufte. Auch würde ich einen Vertrag anstreben, der mir für jede wichtige Information auf dem Gebiet der Chemie eine bestimmte Summe zusichert.«

»Die mir dann in chinesischer Währung nach Amerika überwiesen wird?« fragte Lee Akira mitleidig lächelnd.

»Hah, Sie scheinen nicht zu wissen, daß China in der Lage ist, Ihnen jeden Betrag in New York, London oder Paris zur Verfügung zu stellen«, entgegnete der Chinese triumphierend.

Lee Akira blickte vor sich hin, als stehe er vor einer schweren Entscheidung. »Gut und schön«, erwiderte er schließlich. »Irgendwann würde es aber herauskommen, wenn ich Post nach China schicke.«

»Was überhaupt nicht erforderlich wäre«, beeilte sich Lim Swee Long zu versichern. »Werden wir doch einmal konkret. Erzählen Sie einem Bekannten von mir, der etwas von Chemie versteht, an welchem Problem Sie in letzter Zeit gearbeitet haben und welche Erfindung die amerikanische Interessengruppe von Ihnen erwerben will. Ich sage Ihnen dann klipp und klar, was wir für eine Kopie Ihrer Unterlagen zahlen können und auf welchem Wege es in Zukunft für Sie möglich wäre, uns Informationen zu übermitteln.«

Lee Akira gab sich einen mürrischen Anschein. »Und warum soll ich als erster reden?«

»Hah, weil theoretisch die Möglichkeit besteht, daß Sie ein Schwindler sind.«

»Sie wollen mich examinieren lassen?«

»Hah, wer denkt an so etwas!« entgegnete Lim Swee Long abfällig. »Wir möchten lediglich abschätzen können, welchen Wert Ihre derzeitige Arbeit repräsentiert.«

»Okay« erwiderte Lee Akira, der sich auf die von ihm übernommene Rolle mit Hilfe einer wissenschaftlichen Zeitschrift im Rahmen des Möglichen vorbereitet hatte. »Holen Sie Ihren Bekannten. Ich mache aber darauf aufmerksam, daß ich mich nur ganz allgemein ausdrücken und keinerlei Geheimnisse preisgebe werde.«

Lim Swee Long ging in den Nebenraum des Restaurants und kehrte mit einem intelligent aussehenden Chinesen zurück, dem Lee Akira nach erfolgter Vorstellung und dem Austausch der üblichen Höflichkeitsphrasen in knapper Form über angeblich von ihm durchgeführte Untersuchungen der Geschwindigkeit sehr schneller chemischer Umwandlungen berichtete, die, wie er abschließend erklärte, von ihm und einigen seiner Mitarbeiter vor kurzem meßbar gemacht worden seien.

»Können Sie andeuten, auf welchem Wege Sie Ihr Ziel erreicht haben?« fragte ihn der chinesische Wissenschaftler.

Lee Akira zögerte. »Wenn ich eine chemische Umwandlung einmal mit einer sich drehenden Trommel vergleichen darf, in der viele

Kugeln umhergeschleudert werden, so steht am Ende der Umwandlung ein chemisches Gleichgewicht, das dem Stillstand der Trommel entspricht, in dem sich keine Kugel mehr bewegt. Dieses Gleichgewicht haben wir mit Hilfe starker elektrischer Entladungen, über die ich mich hier nicht näher auslassen kann, blitzschnell in einer bestimmten Richtung gestört.«

Die Augen des Chemikers glänzten. »Ich verstehe. Ein genialer Gedanke. Da der Anfangszeitpunkt des Experimentes festliegt . . .«

»Genau!« unterbrach ihn Lee Akira. »Unsere Arbeit wird in der Kunststoffindustrie für die Vereinigung von Riesenmolekülen von eminenter Bedeutung sein.«

Der Wissenschaftler reichte ihm die Hand. »Ich kann Ihnen nur gratulieren.«

Nachdem der Chemiker gegangen war, erklärte Lim Swee Long ohne Umschweife, für eine Kopie der aus Osaka zu holenden Unterlagen zwanzigtausend US-Dollar in bar zahlen zu wollen.

Lee Akira lehnte entrüstet ab. »Ich habe keine Veranlassung, Ihnen meine Arbeit so billig zu verkaufen. Dreißigtausend Dollar sind das mindeste, was ich verlange.«

Die Augen des Chinesen wurden zu dünnen Schlitzen. »Okay!« preßte er mühsam heraus. Es war das erste Mal, daß er einer Äußerung kein ›Hah‹ voranstellte.

»Und wie verständigen wir uns in Zukunft?« erkundigte sich Lee Akira.

Lim Swee Long zögerte einen Moment, bevor er antwortete: »Hah, grundsätzlich ist folgendes zu sagen. Bei Anfragen und Informationen dürfen Sie niemals Ihr eigenes, sondern nur das Schreibpapier und den Briefumschlag eines Hotels benutzen, und zwar des Hotels einer Stadt, in die wir unser Antwortschreiben hauptpostlagernd unter einer von Fall zu Fall willkürlich von Ihnen zu wählenden Chiffre schicken sollen. Die Chiffre geben Sie jeweils oben auf der Rückseite Ihres Schreibens mit farbloser Tinte an, mit der Sie ebenfalls auf der Rückseite all das notieren, was Sie uns mitteilen wollen. Die Vorderseite versehen Sie stets mit einem sichtbar geschriebenen Text, der irgend etwas mit Waffen zu tun haben muß. Zum Beispiel: Über eine neuartige Bombe las ich heute in der ›New York Times‹ nachstehenden Artikel, der Sie interessieren wird. Oder: In der Auslage der Waffenhandlung Maxwell & Nottingham sah ich heute . . .«

»Sehr geschickt!« erklärte Lee Akira, dem es plötzlich schwerfiel, zu verbergen, was in ihm vor sich ging. Er wußte, welche Anschrift ihm nun genannt werden würde, und die auf ihn zukommende Gewißheit, seine Aufgabe durch glückliche Umstände in unvorstellbar kurzer Zeit gelöst zu haben, ließ ihn nervös werden.

»Zu adressieren sind die stets mit der Hand zu beschriftenden Briefumschläge an die ›British Chinese Ex- and Import Company‹,

Hongkong, Postbox 555«, fuhr Lim Swee Long geschäftig fort und fügte in einer jähen Anwandlung beruhigend hinzu: »Sie brauchen nicht zu befürchten, daß bei dieser Firma ein mit einem Hotelaufdruck versehenes und nicht mit der Schreibmaschine beschriftetes Kuvert in falsche Hände gerät. Dafür stehe ich ein.«

Bis ich die Schlinge zuziehe, in die du deinen Kopf gerade gesteckt hast, dachte Lee Akira voller Genugtuung. Er konnte es kaum mehr erwarten, Macao zu verlassen, mußte sich jedoch noch drei Tage gedulden, bis ihm Lim Swee Long, mit dem er im weiteren Verlauf des Abends noch viele Details besprach, einen erstklassigen japanischen Paß überreichte und dafür die ihm zugesicherten restlichen vierhundert Dollar kassierte.

»Zufrieden?« fragte ihn dabei der zierliche Chinese.

»Sehr!« antwortete Lee Akira, der bestimmt anders reagiert haben würde, wenn er gewußt hätte, was in den beiden vergangenen Tagen, in denen er Lim Swee Long nicht getroffen hatte, in Hongkong geschehen war.

Nachdem Gordon Cooper die Triebwerke des Jet Commanders abgestellt hatte, schaute er mit zwiespältigen Empfindungen hinter Lee Akira her, der mit schnellen Schritten auf das Flughafengebäude zuging. Er beneidete den Japaner um die Aufgabe, die dieser übernommen hatte, und dennoch war er froh, nicht selber nach Macao fahren zu müssen. Die Vorstellung, nur eine Fahrstunde von Su-su entfernt zu sein und sie nicht aufsuchen zu dürfen, erweckte ein solches Unbehagen in ihm, daß er glücklich darüber war, in Hongkong bleiben zu können.

Sosehr Cooper jedoch an Su-su dachte, er unternahm nichts, um sie zu sehen. Nicht einmal den Jet Commander verließ er, in dessen Cockpit er sitzen blieb, bis ein von Polizeihauptmann Collins beorderter Krankenwagen erschien, der Ivo Sorokin im Rollstuhl sitzend aufnehmen konnte. So unauffällig wie möglich sollte der Flugplatz verlassen werden, und aus diesem Grunde übergab Cooper auch einem mit dem Sanitätswagen erschienenen britischen Zivilbeamten die Flugzeugpapiere und erklärte ihm, wohin er mit ihnen gehen müsse und was bei den einzelnen Dienststellen zu erledigen sei. An alles war gedacht worden, und wenn Captain Collins einige der festgelegten Punkte auch für übertrieben gehalten hatte, so ließ sich Gordon Cooper doch nicht beirren. Er wollte lieber zuviel als zuwenig tun, und es konnte kein Fehler sein, völlig unbemerkt nach Stanley zu gelangen, wo niemand ahnte, daß Sorokin zurückkehren würde. Cooper ging es darum, Ah Boon und Lo Sung erst am Spätnachmittag von Sorokins Rückkehr in Kenntnis zu setzen, um eine klare Differenz zu der Ankunftszeit zu schaffen, die Lee Akira aller Voraussicht nach Lim Swee Long nennen mußte.

Die Fahrt nach Stanley verlief reibungslos, und das Glück des

Hauspersonals kannte keine Grenzen, als es seinen ›Tai Pan‹ wiedersah. Das Heulen und Schluchzen nahm kein Ende, und es wurde herzzereißend, als Sorokin in etwas feierlicher Form erklärte, der Boy Tim sei in Kuala Lumpur geblieben, um dort eine junge Frau zu betreuen. Das deutete auf eine schon nicht mehr für möglich gehaltene, aber sehnlichst herbeigewünschte Veränderung hin.

Ivo Sorokin tat es gut, das ihm treu ergebene Personal wieder um sich zu haben, und es verdroß ihn nicht im mindesten, als Gordon Cooper ihm bedeutete, daß er die Zeit, die bis zur Benachrichtigung Ah Boons noch verstreichen müsse, zur Durchsuchung des Safes sowie einiger Schränke und Schubladen benutzen wolle.

»Mir wäre es sehr lieb, wenn Sie dabeisein würden«, fügte Cooper in dem Bestreben hinzu, der erforderlichen Aktion einen verbindlichen Charakter zu geben.

»Das ist sehr freundlich von Ihnen«, etwiderte Ivo Sorokin distanziert. »Ich möchte aber, daß Sie Ihres Amtes so walten, als befänden Sie sich in der Wohnung meines Kompagnons.« Damit griff er in die Speichen seines Rollstuhls und dirigierte ihn in den Garten hinaus.

Gordon Cooper unterzog sich der unangenehmen Pflicht, in fremden Papieren und Dokumenten herumwühlen zu müssen, und er war froh, als er seine Tätigkeit beendet hatte und Sorokin die Schlüssel zurückgeben konnte. »Zwei habe ich behalten«, sagte er dabei. »Die Schlüssel zu Ihrem Büroschreibtisch.«

Ivo Sorokin nickte und wies auf seine Armbanduhr, um von dem leidigen Thema fortzukommen. »Ich glaube, jetzt könnten wir meinen Kompagnon anrufen.«

Da Cooper sah, daß es kurz vor Büroschluß war, wählte er sogleich die Nummer der ›British Chinese Ex- and Import Company‹. Wie vorauszusehen war, glaubte Ah Boon, Gordon Cooper erlaube sich einen Scherz, als er sich von Kuala Lumpur zurückmeldete und lakonisch hinzufügte: »Ich übergebe an Mister Sorokin.«

Es dauerte eine ganze Weile, bis der Chinese begriff, daß er nicht genarrt wurde. Dann aber erklärte er freudig erregt: »Ich komme sofort. In spätestens einer Stunde bin ich bei Ihnen.«

»Bitte, tun Sie das nicht«, ersuchte ihn Sorokin. »Der Flug hat mich so angestrengt, daß ich mich hinlegen muß. Besuchen Sie mich morgen um zehn Uhr. Bis dahin habe ich durchgestanden, was in der Frühe auf mich zukommt: Massage, Gymnastik und dergleichen. Im Moment ging es mir nur darum, Sie über meine Rückkehr zu informieren.«

Cooper rieb sich die Hände, als Sorokin den Hörer zurücklegte. »Jetzt würde ich gerne Lo Sungs Gesicht sehen. Bestimmt wird er außer sich darüber sein, daß Sie Ihre Rückkehr nicht angekündigt haben. Bin gespannt, was er Su-su sagen wird, die ich übrigens auch noch anrufen möchte. Hätten Sie etwas dagegen, wenn ich mich heute abend mit ihr treffe?«

Ivo Sorokin lachte. »Hervorragend, wie Sie das Thema von Lo Sung auf Miß Su-su übergeleitet haben. Brausen Sie also getrost von dannen.«

»Herzlichen Dank!« erwiderte Cooper, der bald darauf mit dem Inder Rajan in Richtung Victoria davonfuhr.

Su-su glaubte auf einer Wolke zu schweben, als sich die von ihr gemietete Barkasse dem Blake Pier näherte, wo sie Gordon Cooper wie einen jungen Gott stehen sah, der vom Olymp herab nach seiner Göttin Umschau hält. »Gordon!« stammelte sie und warf ihr Köpfchen in den Nacken, als er seine Arme wie ein Gewand um sie legte.

»Su-su!« erwiderte er verliebt und schaute ihr in die Augen. »Ich möchte dich küssen und kann es nicht, weil deine Augen mich nicht loslassen.«

»Dann werde ich sie schließen«, entgegnete sie mit vibrierender Stimme.

»Noch nicht«, bat er inständig. »Du weißt ja gar nicht, was ich alles sehe. Es ist, als fände eine Explosion in dir statt. Ich fühle deinen Körper. . .«

Sie schloß hastig die Lider. »Küß mich!«

Das Wiedersehen und die herausfordernde Süße der Begegnung ließ beide ihre Umgebung vergessen. Die Welt existierte nur noch für sie allein.

Später erst, als sie im Wagen saßen und in Richtung Repulse Bay davonfuhren, fanden sie in die Gegenwart zurück.

»Du hast mir schrecklich gefehlt!« flüsterte Su-su bewegt. »Und das, obwohl Ling mich mit seinen treuen und dankbaren Augen die ganzen Abende über tröstete!«

Gordon Cooper faßte sich an die Stirn. »An den Hund habe ich überhaupt nicht mehr gedacht. Was ist mit ihm? Wo steckt er?«

»Er hat sich prächtig erholt und ist das zufriedenste Tier, das es gibt«, antwortete Su-su begeistert. »Ich kann ihn unbesorgt zu Hause lassen. Wenn er mich am Abend jedoch sieht, ist es aus. Dann gebärdet er sich wie verrückt, bis ihm einfällt, daß es höchste Zeit ist, nach draußen zu rennen. Nun, du wirst ihn ja erleben.«

Su-su hatte nicht übertrieben. Kaum hatte sie die Wohnungstür geöffnet, da sprang der Hund wie besessen an ihr hoch. Als er aber Cooper gewahrte, da war er nicht mehr zu halten. Er jaulte und winselte, bis er auf den Arm gehoben wurde, machte dann jedoch vor lauter Aufregung das, was ihn sonst veranlaßte, schnellstens das Freie aufzusuchen. Der Schaden war aber gering, da Cooper mit der Piloten eigenen Geschwindigkeit reagierte und Ling wie ein

Baby von sich hielt, was Su-su in ein schallendes Gelächter ausbrechen ließ.

»Geh mit ihm etwas spazieren«, bat sie ihn. »Ich ziehe mich inzwischen um.«

Der Hund schien Su-su zu verstehen, denn er machte sich plötzlich frei und rannte in mächtigen Sätzen die Treppe hinunter.

Gordon Cooper lief lachend hinter ihm her, und es machte ihm in der Folge Spaß, zu sehen, mit welch schuldbewußtem Ausdruck Ling immer wieder zu ihm hochblickte.

Als er später in Su-sus hübsch eingerichtetes Apartment zurückkehrte, legte sie ihre Hände um seinen Hals und fragte ihn verliebt: »Wäre es nicht netter, wenn wir hier blieben? Eine kalte Platte könnte ich im Nu herbeizaubern.«

Er zog sie an sich. »Dann werde ich doch nicht so dumm sein, dich in ein Lokal zu entführen.«

Es wurde ein Abend, an dem der Pulsschlag der Liebe Zärtlichkeiten ungeahnten Ausmaßes weckte, und mit Schaudern dachten beide daran, daß hinter dem Traumbild, das sie umfangen hielt, jene gnadenlose, barbarische Trennung stand, welche körperliche Erschöpfung zur geistigen Verwundung machen kann.

»Würdest du mich heiraten, wenn ich Europäerin wäre?« fragte Su-su, als eine tiefe Niedergeschlagenheit in ihr aufstieg.

»Da gibt es für mich keinen Unterschied«, antwortete Cooper ausweichend. Er konnte und wollte ihr nicht sagen, daß es das Ende seiner Karriere wäre, wenn er eine Chinesin heiraten würde. Unwillkürlich fragte er sich, ob er nicht einen anderen Beruf ergreifen sollte. Er konnte auf Su-su nicht verzichten und spürte zu seiner eigenen Verwunderung das Gespenst der Eifersucht in sich aufsteigen. Eifersüchtig war er mit einem Male sogar auf den Freund, den Su-su vor ihm gehabt hatte. Bewirkte das seine Liebe zu ihr oder meldete sich seine Eitelkeit? Er hatte noch keine Frau wie Su-su geliebt, fragte sich aber ausgerechnet in dieser Stunde: Was ist eigentlich Liebe, die uns so sehr bewegt, in der Gewohnheit und Alltäglichkeit aber in eine beklemmende und stumpf machende Einsamkeit treibt?

Su-su schmiegte sich an ihn. »Bleibe heute nacht bei mir«, bat sie ihn und nahm sein Ohrläppchen zwischen die Lippen.

Gordon Cooper fühlte ihre Wärme, sah ihr puppenhaftes Gesicht und atmete den Duft ihrer Haut. »Mach es mir nicht so schwer. Du weißt, wie scheußlich es auch für mich ist, dich jetzt verlassen zu müssen, aber es geht nicht anders. Ich verspreche dir jedoch, einen Monat lang mit dir zu verreisen, sobald ich meine Aufgabe hier erfüllt habe.«

Sie richtete sich jäh empor. »Großes Ehrenwort?«

Er deutete auf ihren nackten Oberkörper. »Deine Schönheit ist Garant genug.«

## 20

Das vom Wasser reflektierte und nur während des Monsunregens nicht gleißende Hongkonger Tageslicht stach Gordon Cooper in die Augen, als er am nächsten Morgen zur Repulse Bay fuhr, um Su-su abzuholen. Ausschließlich ihretwegen war er zu früher Stunde aufgebrochen, denn im Gegensatz zu einst drängte es ihn nicht mehr, die Büroräume der ›British Chinese Ex- and Import Company‹ aufzusuchen. Den Schein aber mußte er wahren, und es interessierte ihn auch, zu erfahren, wie Lo Sung die unerwartete Rückkehr Ivo Sorokins aufgenommen hatte. Er stellte sich eben vor, welches Gesicht der schwammige Chinese bei Erhalt der überraschenden Nachricht gemacht haben mochte, als der Inder Rajan das Fahrtempo verringerte und sich nach ihm umwandte. »Verzeihen Sie, Sir, wenn ich Sie störe«, sagte er wie jemand, der innerlich einen langen Anlauf nehmen mußte, bevor er sich dazu aufrafft, das Wort zu ergreifen. »Ich halte mich aber für verpflichtet, Ihnen etwas mitzuteilen.«

»Dann heraus mit der Sprache«, ermunterte ihn Cooper. »Versäumte Pflichten liegen schwer im Magen.«

Der Chauffeur bog seinen Kopf halb zurück. »Mister Lo Sung erschien gestern abend im Personaltrakt und wollte wissen, wie es Mister Sorokin ergehe, den er, wie er sagte, in der vorgeschrittenen Stunde nicht mehr stören mochte. Aber das war nicht der Grund seines Kommens. Ihm ging es darum, zu erfahren, ob wir über Mister Sorokins Rückkehr informiert gewesen waren.«

»Und was haben Sie ihm gesagt?«

»Die Wahrheit! Daß wir nichts gewußt haben! Und dann passierte etwas sehr Merkwürdiges. Mister Lo Sung wurde leichenblaß, als er erfuhr, daß Tim in Kuala Lumpur geblieben ist, um dort eine junge Frau zu betreuen. ›Blödsinn!‹ hat er im ersten Moment geschrien, doch dann hat er mit einem Male gelacht und gesagt: ›Es wäre natürlich wunderbar, wenn Mister Sorokin heiraten würde. Ich glaube jedoch noch nicht daran!‹ Anschließend verteilte er Kekse und forderte uns auf, den Himmel durch Abbrennen von Räucherstäbchen um Glück und Gesundung für Mister Sorokin anzuflehen.«

Cooper dachte sich seinen Teil und erwiderte: »Es ist gut, daß Sie mich informiert haben. Mister Lo Sung ist manchmal wirklich sehr komisch.«

Dem Inder Rajan schien diese Beurteilung nicht zu gefallen, Gordon Cooper aber war nicht gewillt, sich aus seiner Reserve herauslocken zu lassen.

Nur nichts gefährden, sagte er sich und dachte an Lee Akira, der sich in Macao gewissermaßen in der Frontlinie befand. Ob er Lim Swee Long schon ausfindig gemacht hatte?

Cooper würde seine Freude gehabt haben, wenn er Lee Akira hätten sehen können, der vor lauter Glück über den unverhofft errungenen Erfolg nicht hatte schlafen können und so frühzeitig aufgestanden war, daß er die neun Quadratkilometer große portugiesische ›überseeische Provinz‹ an diesem Morgen bereits zweimal durchwandert hatte. Dabei fragte er sich immer wieder, ob Cooper sich nicht täusche, wenn er Lo Sung als das Haupt der Agentenorganisation betrachtete, die sich allem Anschein nach speziell mit Werkspionage befaßte und nicht kommerziellen, sondern nationalen Zielen diente. Gewiß, er kannte Lo Sung nur vom Hörensagen, doch alles, was Cooper über ihn erzählt hatte, deutete auf Hinterhältigkeit und Skrupellosigkeit hin, wohingegen Lim Swee Long einen intelligenten Eindruck machte.

Indessen fuhr Gordon Cooper mit Su-su nach Victoria, wo er den Inder Rajan anwies, nicht wie üblich am Blake Pier zu halten, sondern auf die Autofähre und weiter zum Flughafen Kai Tak zu fahren.

Su-su drückte ihm verstohlen die Hand.

Er warf ihr einen verliebten Blick zu. »Es wäre dumm, wenn wir nicht jede Minute ausnutzen würden, die sich uns bietet.«

Ihre Augen glänzten wie schwarze Diamanten und unterstrichen den seidigen Perlenschimmer ihrer Haut. »Kannst du dich heute nachmittag freimachen?«

»Aber natürlich!« antwortete er sogleich. »Du etwa auch?«

Sie nickte lebhaft. »Wollen wir unseren Badeplatz aufsuchen?«

Cooper rückte unmerklich an Su-su heran. »Nur wenn es dich nicht mehr stört, im Badeanzug umarmt zu werden.«

»Das verspreche ich dir!«

Beide waren plötzlich wieder in jener prickelnden Stimmung, die das Blut in Wallung bringt, Stiche versetzt und den Magen nervös macht. Am liebsten würde Cooper auf der Stelle umgekehrt sein, er mußte jedoch den Inhalt von Sorokins Schreibtisch sichten, um gegebenenfalls versichern zu können, kein belastendes Material gefunden zu haben. Daß er im Safe des gelähmten Waffenhändlers verschiedene Dokumente aus der Zeit der russischen Revolution gefunden hatte, die einigen noch lebenden Menschen die Schamröte ins Gesicht treiben würden, brauchte er nicht zu erwähnen; das ging niemanden etwas an.

Gordon Cooper hatte seinen Büroraum kaum aufgesucht, als sich Lo Sung mit überschwenglichem Gehabe bei ihm meldete. »Das gestern ist gewesen eine mächtige Überraschung«, rief er und ging mit ausgestreckten Armen auf Cooper zu.

Der lachte jungenhaft. »Das sollte es ja auch sein.«

Lo Sung stutzte. »Wieso?«

»Das kann ich Ihnen nicht sagen. Mister Sorokin hatte plötzlich einfach die Idee, all seine Bekannten zu überraschen. Wer mich mag, sagte er, der wird sich über meine Rückkehr freuen; wer mir etwas Schlechtes gönnt, dem wird mein unverhofftes Auftauchen ein Schlag ins Gesicht sein.«

Ah Boons Neffe lachte hölzern. »Gut, gut. Sehr gut! Und Flug Mister Sorokin hat gut überstanden?«

»Sogar ausgezeichnet! Er war natürlich überanstrengt, aber immerhin, es geht bergauf mit ihm. In zwei bis drei Monaten dürfte er schon an Stöcken gehen können, und dann wird es nicht mehr lange dauern, bis er seinen Feinden die Stöcke um die Ohren haut.«

»Sie heute Spaß machen«, entgegnete Lo Sung verkrampft lachend.

»Ich bin auch in guter Stimmung«, antwortete Cooper aufgekratzt und fügte, sich vertraulich gebend, gedämpft hinzu: »Ich werde heute nachmittag mit Su-su schwimmen. Sie ist wirklich entzückend. Manchmal möchte ich sie direkt in die Arme schließen.«

»Sie noch nicht mit ihr . . .?«

Cooper unterbrach den Chinesen mit der schnell gestellten Frage: »Wissen Sie schon, daß Tim in Kuala Lumpur geblieben ist?«

Lo Sung spielte den Erstaunten so überzeugend, daß man beim besten Willen nicht auf den Gedanken kommen konnte, er sei über die Abwesenheit des Boys bereits informiert. Cooper bewunderte die schauspielerische Fähigkeit seines Gegenübers, und er befürchtete, daß es zu gegebener Zeit nicht leicht sein würde, ihn zu überführen. Er tat aber alles, um weiterhin die Nervosität Lo Sungs zu steigern, der schließlich einen so gehetzten Eindruck machte, daß Cooper sich verwundert fragte, womit er diese erstaunliche Wirkung eigentlich erzielt habe. Was immer es jedoch gewesen sein mochte, das Ergebnis befriedigte ihn und ließ keine Sekunde den Gedanken in ihm aufkommen, daß er einen Fehler gemacht haben könnte.

Wenn dies auch nicht der Fall war, so brachte Gordon Cooper doch einen Stein ins Rollen, der die Katastrophe heraufbeschwören sollte. Denn Lo Sung, dem plötzlich unheimlich zumute war, bat Lim Swee Long, als dieser ihn am Nachmittag anrief, um ihn über seine mit Lee Akira getroffene Vereinbarung in Kenntnis zu setzen, umgehend nach Hongkong zu kommen, da er eine dringende Sache zu besprechen habe. Der zierliche Chinese entsprach dieser Bitte nur widerstrebend, und als er erklärte, keinesfalls vor 20 Uhr in Victoria eintreffen zu können, da forderte Lo Sung ihn auf, gleich nach seiner Ankunft mit einem Taxi zur Repulse Bay zu fahren, wo er ihn im Haus seines Onkels erwarten werde.

So kam es, daß Gordon Cooper, der nach einem von Sonne und Glück durchtränkten Nachmittag am Abend mit Su-su auf der Terrasse des Repulse Bay Hotel saß, sich keine vierhundert Meter von dem Manne entfernt befand, den Lee Akira mit einem aufwendigen Trick nach Hongkong locken sollte. War dies schon eine Ironie des Schicksals, so glich das nachfolgende Geschehen einer Aufführung des Kabuki-Theaters, bei dem die Akteure über verdeckte Brücken die Bühne betreten, dort eine kurze Zeit mit finsteren Mienen agieren, um plötzlich auf geheimnisvolle Weise wieder zu verschwinden und anderen Akteuren Platz zu machen.

Die zwischen Gordon Cooper und Lim Swee Long liegende geringe Distanz war dem Schicksal allem Anschein nach noch zu groß, denn es lenkte die Schritte des Chinesen, der infolge des überstürzten Abrufes noch nicht zu Abend gegessen hatte, in dasselbe Restaurant, in dem Cooper mit Su-su saß. Und vergleichbar mit den Akteuren des Kabuki-Theaters, wählten Lo Sung und Lim Swee Long den nicht überschaubaren Weg über den seitlich gelegenen Hoteleingang, anstatt die einladende Freitreppe zu benutzen, die normalerweise jeder Gast wählt, der das exklusive Restaurant aufsuchen will.

Was folgte, war beängstigend. In dem Augenblick, da die beiden Chinesen den geräumigen Speisesaal durchschritten hatten und auf die überdachte Terrasse hinaustreten wollten, ergriff Lim Swee Long seinen Begleiter jäh beim Ärmel und zog ihn zurück.

»Dort sitzt die Frau, die in Macao vor meinem Haus stand«, flüsterte er erregt.

»Täuschst du dich nicht?«

»Hah, sie trägt sogar dasselbe Kleid.«

Lo Sung lugte vorsichtig um die Ecke, hinter der er mit seinem Begleiter stehengeblieben war. »Unmöglich!« sagte er im nächsten Moment und lachte befreit. »Das ist Su-su, die in meinen Diensten steht.«

Lim Swee Long stutzte und schaute nochmals zu der Frau hinüber, die ihm aufgefallen war. »Und wenn sie hundertmal Su-su heißt und tausendmal in deinen Diensten steht, sie hat in Macao einen mich betreffenden Auftrag auszuführen gehabt«, zischte er mühsam beherrscht. »Ich täusche mich nicht, zumal ihr Kleid mit den großen blauen Punkten und der Kragenschleife nicht zu verwechseln ist.«

»Und weißt du, mit wem sie dort sitzt?« entgegnete Lo Sung hämisch. »Mit Mister Cooper, auf den ich sie vorsorglich angesetzt habe. Du mußt ihn vom Schiff her kennen. Nach Sorokins Unfall wurde er dessen Privatsekretär.«

Lim Swee Longs Augen wurden starr und glichen zwei kreisrunden schwarzen Punkten auf einer weißen Fläche. »Hah, mir geht ein Licht auf«, keuchte er und zog Lo Sung mit sich fort. »Cooper muß der Mann sein, vor dem Lefèvre mich warnte, als er mir nach Penang schrieb, er vermute auf Grund gewisser Anfragen, die während seiner Schiffsreise in Paris gestellt worden seien, daß sich ein Agent des Secret Service an Bord der ›Bayern‹ befinde. Du weißt, ich habe das Schiff daraufhin sofort verlassen und bin über Bangkok zurückgekehrt.«

»Also jetzt siehst du Gespenster«, erwiderte Lo Sung aufsässig, als Lim Swee Long auf den Hotelausgang zuging. »Außerdem möchte ich wissen, wieso du gerade jetzt darauf kommst, daß Cooper der Betreffende gewesen sein muß.«

»Hah, das ist schnell gesagt«, antwortete Lim Swee Long mit vor Erregung hoher Stimme. »Ich weiß, daß ich mich bezüglich der Frau, die da oben sitzt, nicht täusche. Sie stand vor meinem Haus, und der junge Mann, der mich über sie informierte, berichtete von einem Europäer, der ihr in einem gewissen Abstand gefolgt sei. Dieser Europäer muß Augen wie ein Luchs gehabt haben und schnell wie ein Windhund gewesen sein, denn als ich auf die Straße kam, war die Frau spurlos verschwunden. Hah, und nun komme ich zu meiner Schlußfolgerung: Wenn die auf der Terrasse sitzende Frau von dir den Auftrag erhielt, Cooper zu beschatten, dann war er derjenige, der ihr folgte und der im entscheidenden Moment nicht wie ein Normalbürger, sondern wie ein Agent reagierte. Verstehst du, worauf ich hinaus will? Wenn sich auf dem Schiff ein Angehöriger des Secret Service befand, dann muß es Cooper gewesen sein!«

Lo Sung drückte seine Finger gegeneinander, daß sie knackten. »Su-su erstattet mir täglich Bericht, und ich weiß, daß sie mit Cooper in Macao war. Von einem besonderen Vorkommnis hat sie aber nichts gemeldet.«

»Hah, weil sie umgedreht wurde!« rief Lim Swee Long verächtlich. »Sie steht nicht mehr in unseren, sondern in britischen Diensten, hah!«

»Du hältst es für möglich, daß . . .?«

»Hah, natürlich!« unterbrach ihn Lim Swee Long aufgebracht. »Für mich ist alles klar. Alles! Du selbst hast mir eben bestätigt, daß Mister Cooper tatsächlich mit dieser Su-su in Macao gewesen ist, und ich frage dich: Was willst du noch mehr? Deine Su-su ist eine Verräterin, die sich alle Folgen selber zuzuschreiben hat. Mit Cooper und Sorokin machen wir ebenfalls kurzen Prozeß. Sonst wirst du doch noch aus der Firma ausgebootet, und unsere ganze Organisation ist zum Teufel.«

Lo Sung ballte die Hände zu Fäusten. »Aber dieses Mal darf nichts schiefgehen.«

Lim Swee Long atmete die frische Nachtluft tief ein und stieß sie wie eine Lokomotive wieder aus. »Dieses Mal wird Maßarbeit geleistet.«


Gordon Cooper war in bester Stimmung, als er am nächsten Morgen zu gewohnter Stunde in den Wagen einstieg, um zur Repulse Bay zu fahren und Su-su abzuholen. Er hatte sie am Abend zuvor noch nach Hause begleitet, und es war bereits Mitternacht gewesen, als er sich von ihr verabschiedet und sie im süßen Nachklang zärtlicher Umarmungen allein gelassen hatte. Doch nicht nur die Erinnerung an vergangene Stunden versetzte ihn in eine gute Laune; er hatte mit einem Male das sichere Gefühl, daß Lee Akira sein Ziel erreicht habe, und er wünschte sich nichts sehnlicher, als mit Su-su Ferien machen zu können. Vielleicht in Penang, dessen Strand Margit Holstein sehr gelobt hatte.

Cooper war so in Gedanken verloren, daß er eine vor Su-sus Apartmenthaus stehende Menschenmenge erst gewahrte, als ihn der Inder auf sie aufmerksam machte.

»Da muß etwas passiert sein«, sagte Rajan und wies auf ein Sanitätsfahrzeug, das vor dem Hauptportal stand.

»Sieht aus, als würde ein Kranker abgeholt«, erwiderte Cooper und hielt nach Su-su Ausschau.

»Das glaube ich nicht«, entgegnete der Fahrer. »Dafür stehen zuviel Menschen umher. Und drüben parken auch Polizeiautos.«

Er hat recht, dachte Cooper, den plötzlich ein unheimliches Gefühl beschlich. Sollte etwas mit Su-su ...? Sei nicht kindisch, beschwor er sich und stieg hastig aus dem Wagen, wobei er sah, daß die Menschen vor zwei Wärtern Platz machten, die eine verdeckte Bahre zum Sanitätswagen trugen, dessen hintere Tür offenstand. Halb die Bahre verfolgend, halb nach Su-su Umschau haltend, ging er auf das Portal zu, wo ein Polizeibeamter einigen Fotografen gerade den Eintritt in das Haus verwehrte.

Beim Anblick des Beamten hatte Gordon Cooper aus ihm selbst unerklärlichen Gründen jäh das Gefühl, als erhielte er einen Schlag in den Magen, wie er ihn einmal verspürt hatte, als er seinen besten Freund mit nicht geöffnetem Fallschirm auf die Erde herabstürzen sah. Wie er damals die Augen nicht hatte schließen können, so blickte er jetzt starr zum abfahrenden Sanitätswagen hinüber. Auf seinen Lippen lag ein Schrei, von dem er sich nicht befreien konnte, dann aber rannte er mit wenigen Sätzen auf den Polizeibeamten zu. Doch noch bevor er ihn erreichte, blieb er plötzlich wie gelähmt stehen, da er Captain Collins aus dem Portal heraustreten sah.

Der Polizeihauptmann stutzte, als er Gordon Cooper gewahrte, und er brauchte Sekunden, bis er auf ihn zuschritt, ihm die Hand reichte und mit gedämpfter Stimme sagte: »Ich habe eben bei Ihnen angerufen und erfuhr von Mister Sorokin, daß Sie bereits unterwegs seien.«

Cooper stand da und rührte sich nicht. Seine Haut wirkte zerknittert. Die Narbe auf seiner Wange, die sich sonst feuerrot verfärbte, wurde häßlich und glich einem vertrockneten Wurm.

»Es tut mir leid für Sie«, hörte er Captain Collins wie aus weiter Ferne sagen.

Coopers Kopf senkte sich.

»Der Tod muß sofort eingetreten sein«, fuhr der Polizeihauptmann behutsam fort. »Ein Stilett traf ihr Herz. Wenn ihr Hund nicht bis zur Erschöpfung gebellt und dadurch die Hausbewohner alarmiert hätte, wüßten wir noch nichts von ihrer Ermordung.«

Gordon Cooper schloß für einen Moment die Augen. Er durfte sich nicht schwach zeigen, mußte Haltung bewahren. Später, wenn er allein war, durfte er sich gehenlassen, durfte er zusammenbrechen und das Schicksal verfluchen, das ihm den Himmel gezeigt und ihn in die Hölle gestürzt hatte. »Wo haben Sie sie gefunden?« fragte er mit bleierner Stimme.

»Im Korridor, gleich hinter der Tür. Vermutlich hat der Mörder geschellt und ihr nach dem Eintritt in die Wohnung die tödliche Waffe in den Rücken gestoßen.«

Cooper war die Kehle wie zugeschnürt. »Konnten Spuren gesichert werden?«

»Griff des Stilettes, Türklinke, Klingelknopf — alles ist blank geputzt und ohne jeglichen Abdruck. Der Hund muß den Täter aber ins Bein gebissen haben, denn wir fanden ein mit einer kleinen Blutspur versehenes Stoßband, wie es Schneider in Hosenbeine einnähen.«

»Dann werden wir den Mörder finden«, erwiderte Cooper mit solcher Entschlossenheit, daß Captain Collins erleichtert aufatmete. »Wo ist der Hund?«

»Eine Nachbarin hat ihn an sich genommen.«

Cooper strich sich über den Nasenrücken. »Würden Sie ihn mir holen lassen? Ich möchte nicht nach oben gehen.«

»Selbstverständlich«, antwortete der Polizeioffizier und trat in das Haus zurück.

Wer mag Su-su ermordet haben, fragte sich Cooper, dessen Schmerz jedes andere Empfinden überlagerte. Wer konnte ein Interesse daran haben, sie zu töten? Lo Sung? Höchst unwahrscheinlich. Dafür war er zu feige. Aber wer, wer . . .?

Undeutlich ahnte Cooper, daß zwischen Su-sus Tod und ihrer Liebe zu ihm ein Zusammenhang bestand. War es möglich, daß der Neffe Ah Boons herausgefunden hatte, daß Su-su nicht mehr auf seiner Seite stand? Er, Gordon Cooper, hatte gerade noch am Tage zuvor alles getan, um Lo Sung nervös zu machen.

Seine Gedanken überschlugen sich. Wenn seine Vermutung stimmte, dann bewies Su-sus Tod, daß die Gegenseite vor nichts zurückschreckte und zum Gegenschlag ausgeholt hatte. Was wußte er von den Kräften, die Lo Sung zur Verfügung standen? Es war falsch, ihn von der möglichen Täterschaft auszuschließen.

Captain Collins kehrte zurück und legte den völlig apathisch gewordenen und am ganzen Körper zitternden Hund auf den Arm Coopers, der ihn jedoch nur flüchtig beachtete.

»Sie müssen sofort etwas zur Absicherung von Mister Sorokin in die Wege leiten«, sagte er dem Polizeihauptmann. »Wenn Su-sus Tod eine Folge ihrer Zusammenarbeit mit mir ist, was durchaus im Bereich des Möglichen liegt, dann hat die Gegenseite losgeschlagen, und jeden Moment kann etwas gegen den Gelähmten unternommen werden.«

»Die Gefahr ist tatsächlich nicht von der Hand zu weisen«, erwiderte Captain Collins zustimmend. »Ich werde sofort das Notwendige veranlassen.«

Lee Akira ahnte nichts von Su-sus Tod, als ihm am dritten Tage seines Aufenthaltes in Macao der erbetene japanische Reisepaß von Lim Swee Long überreicht wurde, der dafür die ihm zugesicherten restlichen vierhundert US-Dollar kassierte.

»Zufrieden?« fragte ihn dabei der zierliche Chinese.

»Sehr!« antwortete Lee Akira und deutete auf das linke Bein seines Gegenübers, das dieser ein wenig nachzog. »Haben Sie sich verletzt?«

Lim Swee Long machte eine wegwerfende Bewegung. »Hah, nicht der Rede wert. Lediglich etwas verstaucht.«

»Dann wünsche ich Ihnen gute Besserung«, erwiderte Lee Akira und reichte dem Chinesen die Hand. »Ich rechne damit, daß ich noch heute nach Osaka fliegen kann, wo ich dann morgen mein Versteck aufsuchen werde, so daß ich aller Voraussicht nach übermorgen zurück sein dürfte. Vielleicht dauert es auch einen Tag länger. Auf jeden Fall rufe ich Sie an, sobald ich nach Hongkong zurückgekehrt bin. Vergessen Sie also nicht, für die Bereitstellung der zwischen uns vereinbarten Summe zu sorgen.«

Lim Swee Long versicherte, alles Erforderliche bereits veranlaßt zu haben, und Lee Akira dachte insgeheim: Dazu dürfte auch meine Überwachung bis zu dem Zeitpunkt gehören, da ich die nach Japan fliegende Verkehrsmaschine besteige. Im Geiste sah er in den nächsten Stunden beständig zwei Augen, die ihm auf Schritt und Tritt folgten, und er wagte es deshalb nicht, eine der Telefonzellen des Hongkonger Flughafengebäudes aufzusuchen, um Polizeihauptmann Collins, den Cooper als Verbindungsmann eingesetzt hatte, über den erfolgreichen Ausgang seines Aufenthaltes in Macao zu informieren. Der Gedanke, in unmittelbarer Nähe von Gordon Cooper und Ivo Sorokin zu sein, machte es ihm schwer, seinen ›Sieg‹ nicht zu melden. Er beherrschte sich aber, weil er wußte, daß die Gegenseite hellwach werden würde, wenn ein Mann, der behauptete, aus Japan geflüchtet zu sein, in Hongkong ein Telefongespräch führte. Wohl oder übel mußte er sich gedulden, bis er Osaka erreicht hatte.

Gordon Cooper erging es ähnlich. Durch eine Meldung der Einwanderungsbehörde, die ihm Captain Collins in verschlüsselter Form telefonisch übermittelte, erfuhr er, daß Lee Akira die Zollsperre des Flughafens Kai Tak passiert hatte und auf den Abgang einer nach Japan fliegenden Boeing 707 wartete. Es stand somit fest, daß das

Unternehmen erfolgreich verlaufen war, und es drängte Cooper, den jungen Amateuragenten zu sprechen und ihn über das furchtbare Geschehen und die sich daraus ergebenden Konsequenzen in Kenntnis zu setzen. Er verzichtete jedoch darauf, weil er in letzter Minute nicht noch einen Fehler machen wollte und es nach reiflicher Überlegung auch für richtiger hielt, Lee Akira nicht mit Su-sus Ermordung zu belasten. Der Japaner mußte die von ihm übernommene Rolle unbeschwert weiterspielen.

Eine Ironie des Schicksals aber war es, daß Su-sus Tod das gegen Lo Sung und Lim Swee Long eingeleitete Unternehmen insofern erleichterte, als Gordon Cooper jetzt in der Lage war, ohne Vorsichtsmaßnahmen die Polizei aufzusuchen. Es gab nun vieles zu regeln, und die Gegenseite konnte aus seinem Kontakt mit der Polizei nur den Rückschluß ziehen, daß er dort wegen Su-sus Ermordung vorzusprechen habe. So konnte er sich über Captain Collins Telefonapparat lange und ausführlich mit Lee Akira unterhalten, der in übersprühender Laune aus Osaka anrief und mehrfach versicherte, daß nichts mehr schiefgehen könne.

»Ich bringe den Schurken nach Hongkong, darauf können Sie sich verlassen«, erklärte der Japaner mit Nachdruck, als es Cooper bedenklich stimmte, daß Lim Swee Long nicht auf Lee Akiras Wunsch eingegangen war, sich mit ihm in Hongkong zu treffen. »Seien Sie ganz unbesorgt, und freuen Sie sich darüber, daß sich die Richtigkeit Ihrer Annahme, die ›British Chinese Ex- and Import Company‹ dekke eine Agentenzentrale, in allen Teilen erwiesen hat. Ich bleibe übrigens vorsorglich einen Tag länger in Osaka, damit nicht alles zu reibungslos verläuft, und ich treffe somit erst übermorgen mit der Zehn-Uhr-Maschine in Hongkong ein, wo ich den Beamten der Immigration bitten werde, von seinem Büro aus nach Macao telefonieren zu dürfen. Sorgen Sie also dafür, daß der gute Mann Bescheid weiß und Sie das Gespräch mithören können.«

Warum muß er noch einen Tag länger fortbleiben, dachte Cooper, dem es immer schwerer fiel, zu verbergen, wie es in ihm aussah. Gerade vierundzwanzig Stunden war Su-su tot. In aller Frühe war er zur Leichenhalle gegangen, um sie noch einmal zu sehen, doch dann hatte er plötzlich die Flucht ergriffen, als er in Verkennung eines chinesischen Schildes in einen eiskalten Raum geraten war, in dem Leichen auf kleinen Wagen wie am Fließband über Schienen rollten und mit einem Spray übersprüht wurden. Von diesem Augenblick an glichen seine Nerven allzu stramm gespannten Saiten, und er hatte ernstlich Mühe, den Ablauf der von ihm erstellten Planung im Kopf zu behalten.

Ivo Sorokin, der sich des Hundes Ling angenommen und ihn zumeist vor sich auf dem Schoß liegen hatte, beobachtete Cooper voller Sorge, als dieser am Abend des zweiten Tages nach Su-sus Ermordung aus dem Büro zurückkehrte, das er nur aufgesucht hatte, um Lo Sung in Sicherheit zu wiegen. Wenn der Chinese ihm schon ein phantastisches Theater vorspielte, so wollte er ihm nicht zurückstehen. In eiserner Selbstdisziplin hatte er sich bei den verlogenen Worten des Bedauerns, die der Neffe Ah Boons über Su-sus Tod äußerte, beherrscht gezeigt und nicht erkennen lassen, was er empfand.

Sorokin berichtete von einem langen Telefongespräch mit Margit Holstein, die ihn gebeten hatte, herzliche Grüße zu übermitteln.

»Danke«, antwortete Cooper wie abwesend. »Über Lee Akira und dessen Ermittlungen haben Sie hoffentlich nicht mit ihr gesprochen.«

»Schweren Herzens nicht«, bekannte Ivo Sorokin. »Sie wissen, daß ich Margit zusicherte, die Firma zu liquidieren, wenn Ihre Vermutungen bezüglich der Agentenzentrale zutreffen würden. Als ich das Versprechen gab, glaubte ich, daß es mir gegebenenfalls schwerfallen würde, es zu halten, nun kann ich es jedoch kaum erwarten, mit allem Schluß zu machen. Das mag merkwürdig klingen, ich weiß aber jetzt, daß Ah Boon und ich nicht ganz schuldlos an der Entwicklung sind. Wir haben hart am Rande der Legalität gesegelt, und vielleicht hat unsere Informations-Organisation Lo Sung erst auf die Idee gebracht, seinen Ginseng-Vertriebsapparat zu einer Agentenzentrale auszubauen.«

»Es ehrt Sie, daß Sie diese Möglichkeit nicht von der Hand weisen«, erwiderte Cooper anerkennend. »Für Mister Ah Boon wird die Liquidation der Firma dennoch ein harter Schlag werden.«

Ivo Sorokin nickte. »Gewiß. Schlimmer aber wird ihn das andere treffen. Lo Sung ist sein letzter noch lebender Verwandter.«

Gordon Coopers Miene wurde abweisend. »Mir wird schlecht, wenn ich seinen Namen bloß höre«, erwiderte er und trat an Sorokin heran. »Su-sus Tod dürfte auf sein Konto gehen.« Damit nahm er dem Gelähmten den Hund vom Schoß. »Ich werde mit Ling noch einen kleinen Spaziergang machen.«

Am nächsten Morgen traf Gordon Cooper später als gewöhnlich im Büro ein, wo ihm Lo Sung sogleich meldete, die Polizei habe angerufen und darum gebeten, ihm zu übermitteln, er möchte im Laufe des Vormittags zur Unterschrift des Protokolls vorbeikommen.

Cooper gab sich einen nachdenklichen Anschein. »Zu dumm. Gerade heute vormittag erwarte ich den Anruf eines Freundes. Würden Sie ihm für den Fall, daß er sich in meiner Abwesenheit meldet, bestellen, ich sei um halb zwölf im ›Mandarin‹?«

»Aber gewiß«, antwortete Lo Sung bereitwillig.

Cooper bedankte sich und suchte kurz vor zehn Uhr eine in der Nähe gelegene Polizeistation auf, in der Captain Collins ihn bereits erwartete.

»Alles okay?« fragte ihn der Polizeihauptmann erwartungsvoll.

»Im Bürdo dürfte alles klappen«, antwortete Gordon Cooper mit einem Blick auf seine Uhr. »Ah Boon und Lo Sung sind anwesend. Wie sieht es mit den Telefonschaltungen aus?«

Captain Collins wies auf einen Lautsprecher. »Die Schaltung nach Kai Tak ist durchgeführt, so daß wir Mister Lees Gespräch mithören können. Unmittelbar nach Beendigung des Gespräches wird auf die ›British Chinese Ex- and Import Company‹ umgeschaltet.«

»Gut«, erwiderte Cooper und nahm einen Einsatzplan entgegen, den der Polizeihauptmann ihm reichte. »Dann wollen wir hoffen, daß Mister Lee sich nicht täuscht und es fertigbringt, Lim Swee Long ins Büro zu locken.«

Wenige Minuten später ertönte Lee Akiras Stimme im Lautsprecher. »Ich möchte Mister Lim sprechen«, sagte er schwer atmend.

»Hah, ich bin am Apparat«, antwortete der Chinese.

»Hier spricht Lee. Ich komme soeben von Osaka und habe die Papiere bei mir.«

»Großartig!« rief Lim Swee Long erfreut. »Gratuliere!«

»Herzlichen Dank. Und wie geht es nun weiter? Ich möchte möglichst noch mit der Abendmaschine nach Honolulu fliegen.«

»Das wird keine Schwierigkeiten bereiten«, erwiderte der Chinese. »Sie brauchen nur zu der Hongkonger Firma zu gehen, die ich Ihnen nannte. Fragen Sie nach Mister Lo Sung, der alles vorbereitet hat und Ihre Unterlagen fotokopieren wird.«

»Ich glaube, Sie sind nicht gescheit!« empörte sich Lee Akira. »Ich soll mich an einen mir wildfremden Menschen wenden? Sorry, da spiele ich nicht mit. Ihnen und niemand anderem übergebe ich die Papiere!«

»Aber das Geld hat doch Mister Lo Sung!« ereiferte sich Lim Swee Long.

»Und er wird es behalten, wenn Sie nicht kommen. Lieber verzichte ich auf ein Geschäft, als daß ich mich der Gefahr aussetze, in eine Falle hineinzulaufen.«

»Das tun Sie doch nicht«, beschwor ihn der Chinese. »Mister Lo Sung ist mein Chef.«

»Mit dem Sie mich aber nicht bekannt gemacht haben«, konterte Lee Akira erregt. »Meine Zukunft ist mir wichtiger als Ihr Angebot, und ich werde die Unterlagen deshalb nur Ihnen und keinem anderen übergeben. Kommen Sie also oder kommen Sie nicht?«

»Nun gut«, antwortete Lim Swee Long resigniert. »Wenn Sie unbedingt darauf bestehen, dann komme ich eben.«

Gordon Cooper tat einen Seufzer der Erleichterung.

»Wann werden Sie eintreffen?« erkundigte sich Lee Akira.

Der Chinese schien einen Blick auf seine Uhr zu werfen, denn es dauerte eine Weile, bis er antwortete: »Ich werde das Elf-Uhr-Boot nehmen, bin also kurz nach zwölf an der Connaught Road Pier.«

»Okay«, erwiderte Lee Akira innerlich frohlockend. »Ab zwölf Uhr werde ich dort auf Sie warten.«

Als das Gespräch zu Ende war, stellte der Polizeihauptmann ein von ihm eingeschaltetes Tonbandgerät ab. »Besser konnte das Gespräch nicht laufen«, sagte er dabei befriedigt. »Das Beweismaterial haben wir praktisch schon in den Händen. Nun brauchen wir die Burschen nur noch ›in flagranti‹ zu ertappen.«

Es dauerte nicht lange, bis sich im Lautsprecher eine Frauenstimme meldete, die eine Verbindung mit Lo Sung herstellte, als der Anrufer diesen zu sprechen wünschte. Am Apparat war Lim Swee Long, der Ah Boons Neffe über seine Unterredung mit Lee Akira informierte und ihm mitteilte, daß er den Japaner kurz nach zwölf Uhr zu ihm bringen werde.

Gordon Cooper straffte sich, und Captain Collins gab einem Sergeanten die Weisung, die vorbereitete Aktion anlaufen zu lassen.

Geräuschlos setzte sich die Polizeimaschinerie in Bewegung. Die Telefonverbindung zu Ah Boons Villa wurde unterbrochen, und kurz darauf drangen sechs Mann in das Haus ein, um es von oben bis unten zu durchsuchen. Captain Collins fuhr auf schnellstem Wege zur Repulse Bay, um das Kommando persönlich zu übernehmen. Gordon Cooper begab sich in sein Büro, und Ivo Sorokin wurde im Rollstuhl sitzend in einen Krankenwagen hineingehoben, der mit mäßigen Tempo nach Victoria fuhr, um dort in der Nähe der Connaught Road Pier so zu parken, daß die Anlegestelle der Schnellboote aus einem halb herabgelassenen Rückfenster des Wagens zu überschauen war. Neben Sorokin saßen zwei Beamte in Zivil, die den Auftrag hatten, Lim Swee Long keinesfalls entkommen zu lassen, wenn nach seiner Ankunft etwas Unvorhergesehenes eintreten sollte. Cooper wollte absolut sichergehen. Er hatte deshalb Ivo Sorokin beauftragt, die Beamten auf Lee Akira aufmerksam zu machen, sobald dieser erscheine.

Kurz vor zwölf war es soweit, daß die getarnten Polizeimänner den Sanitätswagen verlassen und zum Ufer hinübergehen konnten, wo sie sich trennten und dem Japaner unauffällig folgten, als dieser nach der Ankunft des Schiffes mit einem zierlichen und lebhaft gestikulierenden Chinesen die Straße überquerte und auf das Hochhaus zuging, in dem sich die Geschäftsräume der ›British Chinese Ex- and Import Company‹ befanden.

Alles klappte wie am Schnürchen. Kaum waren Lee Akira und Lim Swee Long im Gebäude verschwunden, da fuhr der Sanitätswagen vor; Sorokin wurde in seinem Rollstuhl herausgehoben und von einem der beiden Beamten zum Portal geschoben.

»Gelang es Ihrem Kollegen, mit in den Lift zu kommen?« erkundigte er sich hastig.

»Gerade noch!« antwortete der verkappte Polizist und wies auf Gordon Cooper, der aus der Portiersloge herauskam und auf den zweiten Fahrstuhl zueilte, vor dem ein Schild mit der Aufschrift ›Außer Betrieb‹ angebracht war.

Sekunden später befanden sich alle drei in dem bisher für sie blockierten Lift, den Cooper in der obersten Etage als erster verließ, um sich zu vergewissern, daß Lim Swee Long mit Lee Akira bereits in Lo Sungs Arbeitsraum verschwunden war.

»Schnell«, sagte er dem Beamten und eilte auf dessen Kollegen zu, der mit zwei weiteren Polizisten vor einer mit dem Firmennamen beschrifteten großen Doppeltür stand, die er augenblicklich öffnete. Noch bevor die in der Empfangsloge sitzende Chinesin begriff, was geschah, riß Cooper das Kabel ihres Telefonapparates aus der Wand und rannte in seinen Arbeitsraum, während Ivo Sorokin den ihn schiebenden Beamten vor Lo Sungs Büro dirigierte und die übrigen Polizisten sich hinter ihn postierten.

Gordon Cooper spürte sein Herz klopfen, als er die Hand auf die Klinke zu der zwischen seinem und Lo Sungs Arbeitszimmer befindlichen Verbindungstür legte. Er hörte Lee Akiras Stimme und Lim Swee Longs wiehendes Lachen. Sekunden noch zögerte er, dann stieß er die Tür auf und trat in den Raum.

Die beiden Chinesen starrten ihn an, als gewahrten sie einen Geist.

»Ihr Spiel ist aus!« sagte Cooper in einem Tonfall, der frieren machte.

Lim Swee Long war mit einem Satz bei der zum Korridor führenden Tür, doch als er sie aufriß, prallte er entsetzt vor Ivo Sorokin zurück, der ihm aus seinem Rollstuhl wie ein Gott der Rache entgegenblickte.

»Verrat!« keuchte Lo Sung, dessen schwammiges Gesicht plötzlich flach und breit wirkte.

Lim Swee Long tat einen Schrei und stürzte sich auf Sorokin, aber noch bevor er diesen erreichte, faßte ihn Lee Akira von hinten und schleuderte ihn zu Boden.

»Festnehmen!« kommandierte Cooper.

Die Beamten eilten in den Raum und ergriffen die beiden Chinesen.

Gordon Cooper trat an Lo Sungs Sprechapparat heran, drückte eine Taste und bat Ah Boon, in den Arbeitsraum seines Neffen zu kommen.

»Ich weiß nicht, was Sie von mir wollen«, schrie Lim Swee Long aufgebracht.

»Das möchte auch ich wissen!« pflichtete Lo Sung ihm bei.

»Hauptsache, ich weiß es«, entgegnete Cooper eisig. »Gedulden Sie sich noch ein paar Minuten, dann werden Sie es erfahren.«

Ah Boon erschien im Türrahmen und blieb betroffen stehen. »Was geht hier vor?« stammelte er und ging zögernd auf seinen gelähmten Kompagnon zu, der ihm die Hand entgegenstreckte.

»Schlimmes«, antwortete Ivo Sorokin. »Für uns beide gibt es ein bitteres Erwachen. Mister Cooper gehört dem Secret Service an und wurde nach Hongkong geschickt, um den Nachweis zu erbringen, daß unsere Firma der Deckmantel einer weltweiten Agentenorganisation ist, die auf das Kommando Ihres Herrn Neffen hört.«

Die Hände des Chinesen zitterten. Er verlor den Halt und wäre zu Boden gestürzt, wenn Cooper ihn nicht aufgefangen und zu einem Sessel geführt hätte, in dem der alte Mann die Augen schloß und kaum hörbar flüsterte: »Machen Sie es kurz.«

Er hatte dies kaum gesagt, da trat Captain Collins in den Raum und ging mit verbissener Miene auf Lo Sung zu, dem er eine Hose vor das Gesicht hielt. »Ich habe in Ihrer Wohnung nicht nur die Liste von über achtzig Agenten, sondern auch den Beweis dafür gefunden, daß Sie der Mörder Su-sus sind.«

Die Anwesenden erstarrten.

»Das ist nicht wahr!« schrie Ah Boons Neffe mit angstgeweiteten Augen. »Mit Su-sus Tod habe ich nichts zu tun.« Damit wandte er sich an Lim Swee Long. »Gib zu, daß du es warst.«

»Weil du es mir befohlen hattest!« kreischte der zierliche Chinese.

»Nein, es war deine Idee! Ausschließlich deine!«

Lee Akira, der nichts von Su-sus Tod gewußt hatte, stand plötzlich neben Lim Swee Long und legte seine Hände wie Zangen um dessen Hals. »Das wirst du mir büßen!« keuchte er mit hochrotem Kopf.

»Machen Sie sich nicht unglücklich!« fuhr Cooper ihn an und schlug ihm mit dem Handrücken in den Nacken.

Der Japaner zuckte zusammen und ließ Lim Swee Long los, vor dem Gordon Cooper nun wie ein Riese stand, der nicht weiß, was er mit einem Zwerg anfangen soll.

»Sie geben zu, Su-su getötet zu haben«, fragte er ihn mit spröder Stimme.

Die Mundwinkel des Chinesen zuckten. »Ich verweigere die Aussage und verlange einen Anwalt.«

Gordon Cooper mußte an sich halten, um nicht zu tun, was Lee Akira im Affekt versucht hatte. Er wandte sich an Captain Collins. »Bitte, geben Sie mir die aufgefundene Liste.«

Der Polizeihauptmann überreichte ein kleines mit einem Register versehenes Notizbuch, in dem Cooper eine Weile blätterte, bis er unter dem Buchstaben ›L‹ auf den Namen Charles Lefèvre stieß.

Er hatte sich also nicht getäuscht. Ein Mitglied der französischen Spionageabwehr stand in chinesischen Diensten, und es war jetzt nicht mehr schwer zu beweisen, daß Ivo Sorokin im Auftrage von Lo Sung umgebracht werden sollte. Zweifellos hatte Lefèvre die Bomben für die Attentatsversuche Lim Swee Long übergeben.

In aller Ruhe und Nüchternheit trug Gordon Cooper nun vor, wessen er die beiden Chinesen bezichtigte, und es war unverkennbar, daß die Fülle des von ihm zusammengetragenen Materials Lo

Sung und Lim Swee Long mehr und mehr erdrückte. »Sie sehen, daß Leugnen für Sie sinnlos ist«, schloß er seine Ausführungen. »Nur ein Geständnis kann Ihre Lage noch verbessern.«

Ah Boon glich einem gebrochenen Mann. »Warum hast du das getan?« jammerte er seinen Neffen an. »Ich begreife nicht, weshalb du meinen Kompagnon töten wolltest.«

»Weil er schon mehrfach den Versuch gemacht hatte, mich aus der Firma herauszudrücken«, antwortete Lo Sung aufsässig. »Beim nächstenmal hätte er sich vielleicht durchgesetzt, und dann wäre alles aus gewesen.«

»Und warum mußte Su-sus Freund aus dem Wege geschafft werden?«

»Er wußte, was geplant war, wollte plötzlich aber nicht mehr mitmachen und drohte, uns anzuzeigen. Da habe ich ihn in eine Falle geschickt. Mir blieb keine andere Wahl, weil die Sache geklärt sein mußte, bevor Lim Swee Long nach London flog.«

»Und ausgerechnet diese Falle und der wenige Tage später in London verübte Mordanschlag führten zu meinem Einsatz und zu Ihrem Ende«, entgegnete Cooper, dem es nur mühsam gelang, mit den beiden Überführten zu sprechen. Er wollte aber herausbekommen, warum Su-su ermordet worden war, und er glaubte den Verstand zu verlieren, als er erfuhr, daß sein in Macao an Su-su gegebener Auftrag, Lim Swee Long zu folgen, letztlich ihren Tod besiegelt hatte.

»Abführen!« sagte er tonlos und ging zum Fenster, wo er wehmütig auf den Hongkonger Hafen hinunterblickte.

Lee Akira trat hinter ihn und legte ihm die Hand auf die Schulter. »Kopf hoch!«

Gordon Cooper schaute zurück. »Sie meinen, damit ich den mir von Mister Sorokin erteilten Auftrag erfüllen kann, Sie auf den Jet Commander umzuschulen?«

Einen Augenblick lang strahlten Lee Akiras Augen, dann aber wurde sein Gesicht ernst. »Soll das heißen, daß Sie uns verlassen wollen?«

Cooper nickte.

»Warum bleiben Sie nicht?«

»Weil es mich nach Europa zieht.«

»Zum Secret Service?«

»Ja.«

»Bei dem Verein können Sie doch nicht reich werden.«

Gordon Cooper lächelte. »Da haben Sie recht. Eines aber weiß ich seit einigen Wochen: daß das Elend auch hinter der Fassade des Reichtums wohnt.«

Während Lee Akira mit Ivo Sorokin im Sanitätswagen über den Mount Davis nach Stanley fuhr, ließ Gordon Cooper den Inder Rajan den Weg über die Repulse Bay nehmen, den er so oft mit Su-

su zurückgelegt hatte. Es wollte ihm nicht in den Kopf, daß ihr Tod der Preis seines Erfolges war. Fragwürdig erschien ihm plötzlich alles.

Er versuchte die vorbeigleitende Landschaft mit ihren Augen zu sehen, sah aber alles wie durch eine Scheibe mit blinden Flecken. Nur das Sonnenlicht war wie immer grell und stach ihm in die Augen.

»Halten Sie bei den Felsen«, sagte er dem Fahrer, als die Repulse Bay passiert war und sie sich der Bucht näherten, in die Su-su ihn geführt hatte, als sie ihr Herz erleichtern wollte.

Wie an jenem Tag, so stieg Cooper auch jetzt die endlos erscheinenden Stufen hinab, die irgendein Vermögender in die Felsen hatte schlagen lassen, um sich eine verschwiegene Bucht zu erschließen, in der das Wasser wie Jade leuchtete, während am Rande des grobkörnigen Strandes wilde Rosen, Kamelien, Gardenien und Petunien wie Unkraut wuchsen und in den schönsten Farben blühten. Diesmal aber hörte er im Hinabsteigen nicht die Metallabsätze von Su-sus Schuhen, deren Rhythmus immer wie eine Synkope in seinen Schritt eingefallen war. Hinter dem in Moll klingenden Echo seiner Schritte vernahm er nun ein bang pulsierendes Motiv, in das sich wie aus weiter Ferne Klänge zarter Melodien mischten, die sich mehr und mehr verdichteten und eine süße Verklärung ankündigten, die in sphärischen Höhen zu verhallen schien.

Daß er die Stufen hinabgestiegen war, merkte Gordon Cooper erst, als er unmittelbar am Wasser stand, das silbrig flimmerte und sich in sanften Wellen im Sand des Strandes verlief. Er dachte an Su-su, und während er versonnen über das Meer hinwegschaute, sah er im Geiste, wie sie einmal im Wasser stehend ihr Köpfchen gesenkt und ihre Arme wie Flügel bewegend gesagt hatte:

»Stelle dir vor, ich habe geträumt, ich sei ein Schmetterling, ein hin und her flatternder Schmetterling, der ganz seinem lustig torkelnden Flug hingegeben ist. Davon, daß ich ein Mensch war, wußte ich nichts. Erst als ich erwachte, wurde ich wieder ganz ich selbst, und nun weiß ich nicht, ob in mir die Seele eines Menschen wohnt, der träumte, er sei ein Schmetterling, oder ob ich ein Schmetterling bin, der träumt, ein Mensch zu sein.«

Wäre sie doch ein Schmetterling gewesen, dachte Cooper und ging zu den wild wachsenden Blumen hinüber, um eine makellos weiße Rose zu pflücken, die er an die Stelle legte, an der er das erste Mal mit Su-su gesessen hatte.

# C.C. Bergius
# bei C. Bertelsmann:

# GOLDMANN
# TASCHENBÜCHER

## Informativ · Aktuell
## Vielseitig · Unterhaltend

Allgemeine Reihe · Cartoon
Goldmann Werkausgaben · Großschriftreihe
Goldmann Reisebegleiter
Goldmann Klassiker · Gesetzestexte
Goldmann Ratgeber
Sachbuch · Stern-Bücher
Grenzwissenschaften/Esoterik
Science Fiction · Fantasy
Goldmann Krimi
Regionalia · Austriaca · Goldmann Schott
ZDF-Begleitmaterialien
Goldmann Magnum · Citadel Filmbücher
Goldmann Original

GOLDMANN